Hanni Münzer

Als die Sehnsucht uns Flügel verlieh

PIPER

Zu diesem Buch

»In der Kabine der Tupolew war es eiskalt, der Lärm ohrenbetäubend, die Sitzbank aus Metall unbequem. Kathi fand es herrlich. Sie flog! Das erste Mal in ihrem Leben sah sie die Welt von oben. Es war ein unbeschreibliches Gefühl, zu fantastisch, um es in Worte zu fassen. Für einen kurzen, leuchtenden Moment rückte das Erlittene in den Hintergrund: die Schrecken des Krieges, der bittere Verlust der Großeltern, das ungewisse Schicksal der in den Kriegswirren vermissten Eltern. Und auch das eigene Schicksal. Denn mit jeder Sekunde in der Luft entfernten sie und ihre Schwester sich weiter von ihrer Heimat, wurden in ein fremdes Land entführt. Als Kriegsbeute.«

In »Als die Sehnsucht uns Flügel verlieh« erzählt SPIEGEL-Bestsellerautorin Hanni Münzer, eingebettet in ein imposantes Zeit- und Sittengemälde, vom Schicksal der schlesischen Familie Sadler in der zweiten Hälfte des 20. Jahrhunderts.

Hanni Münzer verschlang bereits als Sechsjährige jedes Buch. Heute gehört sie zu den erfolgreichsten Autorinnen Deutschlands. Mit den SPIEGEL-Bestsellern ihrer »Honigtot-Saga«, der »Seelenfischer«- und »Schmetterlinge«-Reihe schrieb sich Hanni Münzer in die Herzen von Millionen Lesern. Mittlerweile erscheinen ihre Bücher in über siebzehn Ländern, die Filmrechte zu »Honigtot« sind verkauft. Nach Stationen in Seattle, Stuttgart und Rom lebt Hanni Münzer heute mit ihrer Familie in Mittelerde.

Mehr Informationen finden Sie auf: www.hannimuenzer.de
Der direkte Kontakt zum Leser ist mir wichtig. Daher freue ich mich jederzeit über Anregungen, Kritik und Austausch über: mail@hannimuenzer.de.

Hanni Münzer

Als die Sehnsucht uns Flügel verlieh

Roman

PIPER

Mehr über unsere Autoren und Bücher:
www.piper.de

Von Hanni Münzer liegen im Piper Verlag vor:
Die Honigtot-Saga:
Band 1: Honigtot
Band 2: Marlene

Die Seelenfischer-Tetralogie:
Band 1: Die Seelenfischer
Band 2: Die Akte Rosenthal – Teil 1
Band 3: Showdown – Die Akte Rosenthal – Teil 2
Band 4: Das Hexenkreuz – Die Vorgeschichte zu »Die Seelenfischer«

Die Schmetterlings-Reihe:
Band 1: Solange es Schmetterlinge gibt (Eisele Verlag)
Band 2: Unter Wasser kann man nicht weinen

Die Heimat-Saga:
Band 1: Heimat ist ein Sehnsuchtsort
Band 2: Als die Sehnsucht uns Flügel verlieh

Unser Versprechen für mehr Nachhaltigkeit
• Klimaneutrales Produkt
• FSC®-zertifiziertes Papier
• Hergestellt in Europa

FSC
www.fsc.org
MIX
Papier aus verantwortungsvollen Quellen
FSC® C083411

Ungekürzte Taschenbuchausgabe
ISBN 978-3-492-31743-6
September 2021

erschienen im Verlagsprogramm Pendo
Redaktion: Myriam Welschbillig
Umschlaggestaltung: U1berlin / Patrizia Di Stefano
Umschlagabbildung: De Agostini Picture Library / Bridgeman Images; Aaron Foster / Getty Images; ullstein bild - SPUTNIK; privat
Satz: Uhl + Massopust, Aalen
Gesetzt aus der Dante
Druck und Bindung: CPI books GmbH, Leck
Printed in the EU

DRAMATIS PERSONAE

(Historische Persönlichkeiten sind mit einem * gekennzeichnet.)

Die Bewohner des Sadlerhofs

Katharina Sadler (geb. 1928), genannt Kathi, eine mathematische Ausnahmebegabung

Franziska Sadler (geb. 1935), Kathis Schwester, genannt Franzi; leidet an Sklerodermie, lebt in ihrer eigenen kleinen Welt

Laurenz Sadler (geb. 1901), Kathis Vater – ein Landwirt, der im Herzen Musiker ist

Annemarie Sadler (geb. 1899), Kathis Mutter, eine Frau mit bewegter Vergangenheit und einem Geheimnis

Charlotte Sadler (geb. 1873), Laurenz' Mutter und Kathis Großmutter, eine Pferdenärrin und Zigarren rauchende Exzentrikerin

August Rudolf Sadler (geb. 1865), Mann von Charlotte und Kathis Großvater. Ein Kriegsversehrter

Paulina Sadler, geb. Köhler, Witwe von Kurt Sadler, Laurenz' Sadlers älterem Bruder

Dorota Rajewski, Olegs Ziehmutter, Wirtschafterin auf dem Sadlerhof mit Vorliebe für italienische Küche. Lebensklug und stets gut gelaunt. Besitzt die Gabe des Zweiten Gesichts.

Oleg Rajewski, Dorotas Ziehsohn, Knecht, begnadeter Handwerker und Kathis guter Freund

Petersdorfer und andere Personen

Der wundersame Herr Levy. Ein Wanderhändler

Berthold Schmiedinger, Pfarrer von Petersdorf; im Herzen ein Rebell

Milosz Rajewski, Dorotas Neffe und Kathis Freund; polnischer Mathematiker, Kryptologe und Geheimdienstler

Dimitri Domratchev, Offizier des russischen Geheimdiensts NKWD

Wanja Domratcheva, seine Frau

General Gennadi Pchela, Chef des militärischen Geheimdiensts GRU

Ludmila Pchelava, seine Frau

Nikolaj Pchela (geb. 1923), Kommunist, genialer Ingenieur und Physiker, leitet eine eigene Forschungsgruppe, liebt die Mundharmonika

Kirill Merkulow, General Pchelas Bursche

Anatoli Kobulew, Astrophysiker, ein Mann, als sei er der Rübezahl-Sage aus dem Riesengebirge entsprungen

Pelageja Kobulewa, seine Schwester, kleinwüchsige, weise Frau, bewandert in den alten Künsten

Oberst Xenia Michailowna Liskowa, *Lawrenti Berijas Nichte

Semjon Jakowlewitsch Semjonowitsch, Leiter der SMERSCH, ein Spion

Pawel Pawlowitsch Sergejew, sowjetischer Chefkonstrukteur der Sputnik-Satelliten.

Konstantin Pawlowitsch Sokolow, russischer Spion, Tschekist

Grigorij Taubman, Testpilot, Nikolajs bester Freund

**Lawrenti Berija,* Volkskommissar, Chef des sowjetischen Geheimdiensts NKWD bis 1953

**Wasili Blochin,* Henker und Mörder von Katyn

**Josef Wissarionowitsch Dschugaschwili*, Führer (Woschd) der Sowjetunion, Generalissimus, Kampfname: Stalin, der Stählerne; engste Freunde nannten ihn Koba

**Juri Gagarin*, Kosmonaut, erster Mensch im All

**Oleg Gasenko*, Wissenschaftler und Begründer der Raumfahrtmedizin

**Sir William Hayter*, englischer Botschafter in Moskau

**Igor Wassiljewitsch Kurtschatow*, führender Atomwissenschaftler der Sowjetunion

**Alexander Poskrebyschew*, Stalins treuer Staatssekretär, ehemaliger Pfleger

**Laika, Belka und Strelka*, die tapfersten Hunde der Welt

Heilige

Die Madonna von Tschenstochau

Für Papi, unvergessen …

Allen gewidmet:
den Liebenden
den Sehnenden
den Einsamen
den Gesunden
den Kranken, die hoffentlich schnell genesen,
den Mutigen
den Verzagten
den Träumenden
den Hoffenden
den Heimatlosen
jedem Lebewesen unseres Paradieses,
der Erde …

»Was ist Liebe? Was ist Schöpfung?
Was ist Sehnsucht? Was ist Stern?«
– so fragt der letzte Mensch und blinzelt.

Friedrich Wilhelm Nietzsche
»Also sprach Zarathustra«

PROLOG

Über den Wolken, zwischen Gleiwitz und Moskau, im August 1945

In der Kabine der Tupolew war es eiskalt, der Lärm ohrenbetäubend, die Sitzbank aus Metall unbequem, und der penetrante Benzingestank nahm einem die Luft zum Atmen. Kathi fand es herrlich. *Sie flog!* Das erste Mal in ihrem Leben sah sie die Welt von oben. Es war ein unbeschreibliches Gefühl, zu fantastisch, um es in Worte zu fassen. Neben ihr festgeschnallt, saß ihre neunjährige Schwester Franzi. Sie hatte ihr kleines Gesicht gegen die Scheibe gepresst und summte: *Ich bin eine Biene!*

Für einen kurzen, leuchtenden Moment rückte das Erlittene in den Hintergrund: die Schrecken des Krieges, der bittere Verlust der Großeltern, das ungewisse Schicksal der in den Kriegswirren vermissten Eltern. Und auch das eigene Schicksal.

Denn mit jeder Sekunde in der Luft entfernten sich die beiden Schwestern weiter von ihrer Heimat, wurden sie in ein fremdes Land entführt. Als Kriegsbeute.

1

Nichts ist über Moskau als der Kreml,
und über dem Kreml ist nichts als der Himmel.

Russisches Sprichwort

Moskau. *Moskwa*. Seit Stunden rollte und holperte der Name der Hauptstadt Russlands durch Kathis Gedanken – wie ein Rad, das sich seinen Weg durch schwieriges Gelände sucht. Zu unwirklich war das, was ihr, Katharina Sadler aus dem winzigen schlesischen Petersdorf, passierte.

Im ersten Morgennebel hatte sie das Flugzeug in Gleiwitz bestiegen. Nein, korrigierte sich Kathi, nicht mehr Gleiwitz. Jene Stadt, in der sie bis zum vorigen Jahr die höhere Schule besucht hatte, in der sie mit ihrem Jugendfreund Anton im Wilhelmbad schwimmen war und im Café *Haus Oberschlesien* Kakao getrunken und Mohnstriezla gegessen hatte, gab es so nicht mehr. Gleiwitz hieß nun Gliwice, und seit März gehörte es zu Polen. Die Sowjetarmee hatte die Stadt im Januar ’45 eingenommen und die Verwaltung wenig später an Polen, ihren neuen Verbündeten, übergeben.

Längst hatte die kleine Tupolew das in Trümmern liegende Warschau hinter sich gelassen, war zum Auftanken kurz in Minsk gelandet, und nun überflogen sie bereits das Gebiet von Smolensk.

Immer wieder verirrten sich Kathis Augen in das Cockpit, zu Niklas. Von ihrer Position im Frachtraum aus sah sie nicht mehr von ihm als einen Teil seines Rückens. Uniform, Mütze, Brille und Kopfhörer machten ihn ohnehin völlig unkenntlich.

Der junge deutsche Kommunist und Physiker, der sich freiwillig der Roten Armee verpflichtet hatte, war erst vor Kurzem in Kathis Leben getreten. Doch seither war die Welt für sie eine andere. Er war der Grund, weshalb sie nicht in stiller Verzweiflung den Verlust ihrer Freiheit beklagte, sondern mit wachsamer Neugier der Dinge harrte, die die Zukunft für sie bereithielt. In Kathi vereinigten sich die guten Anlagen ihres seit der Schlacht von Leningrad vermissten Vaters Laurenz. Er hatte sie gelehrt, dass es noch niemals etwas geändert hatte, sich zu beklagen. Und es ging hier auch nicht um sie selbst: Ihr oblag die Verantwortung für ihre jüngere Schwester Franzi. Ihre Sorge um diesen geliebten Menschen verdrängte ihre eigenen. Zum wiederholten Male vergewisserte sich Kathi, dass Franzi nicht fror. Sie trug warme Winterkleidung, und zusätzlich hatte sie sie vor dem Abflug in eine Militärdecke gewickelt. Die zarte Franzi reagierte seit jeher empfindlich auf Kälte, darüber hinaus litt sie an einer unbekannten chronischen Krankheit, die sich bislang jeder Behandlungsform entzogen hatte. Ihr Körper wies schuppenartige Male auf, die Haut darüber war hart wie ein Panzer. Auch von ihrer Lippe bis zur Wange zog sich seit ihrer Geburt einer dieser auffälligen Flecken. Ihr Mund war deshalb winzig, kaum mehr als ein kleines O. Deshalb hatte Franzi auch nie richtig sprechen gelernt. Aber die Schwestern fanden früh ihre eigene Form der Verständigung: Sie summten die Buchstaben, aus Wörtern erwuchsen Tonfolgen, und daraus entstanden ganze Sätze.

Franzi war in jeder Hinsicht außergewöhnlich. Sie konnte verloren geglaubte Dinge überall aufspüren und verfügte auch über die Fähigkeit, sich nahezu unsichtbar zu machen. Was ihr gestattete zu verschwinden, wie und wann es ihr beliebte. Franzis größtes Geheimnis jedoch bestand in ihrer bemerkenswerten Beziehung zu Tieren, insbesondere zu Bienen. Sie umschwärmten Franzi, als wäre sie Teil ihres Stocks, ließen sich auf ihr nieder und hielten still, wenn Franzi sanft ihre pelzigen Rücken streichelte.

Berthold Schmiedinger, Pfarrer ihrer Heimat Petersdorf, war einmal Zeuge dieses ungewöhnlichen Schauspiels geworden und fand eine spirituelle Erklärung: Wie der heilige Franz von Assisi sei Franzi mit göttlichen Eigenschaften gesegnet. Der Pfarrer selbst hatte keinen Schutzpatron gehabt. Im Krieg war er von den Nazis verhaftet worden; sein weiteres Schicksal war ebenso ungewiss wie das so vieler guter Menschen. Kathi musste oft daran denken, was ihr Vater bei Kriegsbeginn gesagt hatte: *Der Krieg ist ein Dieb, er stiehlt Hoffnung, er stiehlt Leben*. So war es. Der Krieg hatte ihr beinahe alles genommen.

Kathis Gedanken kehrten erneut zu Niklas zurück, und wie sich ihre Wege in Petersdorf gekreuzt hatten.

Vor einem Jahr hatte sie die Dinge selbst ins Rollen gebracht, als sie, entgegen dem Rat ihrer früheren Grundschullehrerin, Fräulein Liebig, die eigene Klugheit zu verbergen, etwas sehr Dummes tat. Als Anfang 1944 die Nazis in den Schulen eine landesweite Mathematikolympiade ins Leben gerufen hatten, konnte sie der Herausforderung nicht widerstehen. Sie gewann den Wettbewerb und lenkte damit das Auge Berlins auf sich.

Dieser Sieg beim Mathematikwettbewerb weckte gegen Kriegsende auch das Interesse der Sowjets. So trat Niklas in ihr Leben. Der junge deutsche Wissenschaftler, der sich als überzeugter Kommunist der Roten Armee angeschlossen hatte, erhielt den Auftrag, Kathis außerordentliche Begabung einzuschätzen und somit ihren Nutzen für die russische Forschung.

Wenn Kathi mit Niklas in die Geheimnisse von Physik und Mathematik eintauchte und das reale Universum gegen das imaginäre in ihrem Kopf eintauschte, verloren die Schrecken des Krieges und ihre Situation als Kriegsgefangene kurz an Bedeutung. Niklas und sie verbrachten viele Stunden zusammen, spürten dem tiefsten Wesen der Wissenschaft von Raum und Zeit nach, trotzdem blieb ihr der junge Mann ein Rätsel.

Einerseits trat Niklas ihr gegenüber zugänglich auf und ließ keinen Zweifel daran, dass er sie mochte. Andererseits spürte sie in ihm eine innere Grenze, die nicht überschritten werden durfte. Niklas kam ihr vor wie der Himmel, dessen Sterne des Nachts verführerisch glänzten und ihr zum Greifen nahe schienen – und dennoch unerreichbar blieben. Aber tief in ihrem Herzen wusste sie, dass sie eines Tages Antworten auf ihre Fragen erhalten würde.

2

Alles Böse kommt vom Menschen.
Das Gute bestimmt der Mächtige.

Annemarie Sadler

Die kleine Tupolew hatte die zugewiesene Halteposition noch nicht völlig erreicht, als ein offener Jeep auf sie zuraste. Im buchstäblich letzten Moment bremste der Fahrer ab, riss das Lenkrad herum, und der Wagen schlitterte in eine Halbkurve. Eine Frau in Uniform sprang heraus. Kurz fiel die Sonne auf einen ihrer zahlreichen Brustorden. Die Auszeichnungen erinnerten Kathi an ihren kriegsversehrten Großvater. Auch ihm waren einst Orden verliehen worden, ein lächerliches Pfand für die zeitlebens ruinierte Gesundheit.

Doch diese Frau sah mehr als gesund aus; sie verströmte eine geradezu aggressive Vitalität, als müsste jedes Hindernis ihr ausweichen und nicht umgekehrt. Durch das winzige Bullauge beobachtete Kathi, wie die Offizierin mit energischem Schritt auf das Flugzeug zueilte, um gleich darauf aus ihrem Blickfeld zu entschwinden.

Niklas überließ die abschließenden Handgriffe seinem Co-Piloten, nahm die Kopfhörer ab und öffnete den Gurt. In gebückter Haltung kam er auf Kathi zu und half ihr und Franzi, die eigenen Gurte zu lösen. »Alles in Ordnung mit euch beiden?«

Kathi nickte. Sie war von einem unwirklichen Gefühl beseelt, kam sich leicht und schwebend vor, beinahe benommen. »Es war wie im Traum«, sagte sie und wunderte sich, wie körperlos sich ihre Stimme anhörte.

»Achtet auf euer Gleichgewicht, wenn ihr aussteigt. Ihr seid mehrere Stunden gründlich durchgerüttelt worden. Der Boden dürfte euch zunächst ziemlich wackelig vorkommen.«

Niklas öffnete die Luke und hängte die Ausstiegsleiter ein. »Wir machen es wie beim Einsteigen. Ich zuerst, dann folgt Franzi und dann du, Katja.« Kathi mochte es, wenn er sie Katja nannte. Er selbst hatte sich ihr als Niklas vorgestellt, aber alle anderen sagten Nikolaj zu ihm. Das wollte sie von nun an auch tun.

Wie von Nikolaj angekündigt, fühlten sich die ersten Schritte höchst unsicher an, als wäre der Boden unter ihren Füßen zum Leben erwacht. Kathi griff nach Franzis Hand. Der Eindruck verflüchtigte sich jedoch schnell, die Erde rückte wieder an ihren angestammten Platz.

Zwischenzeitlich hatte die Offizierin Nikolaj beiseitegezogen. Kathi hätte ihr Gespräch gerne belauscht, aber der Lärm der unablässig startenden und landenden Maschinen verhinderte das. Kurz streifte der Blick der Fremden Kathi, zeigte jedoch kein besonderes Interesse an ihr.

Für Kathi galt das genaue Gegenteil. Ungeniert unterzog sie die fremde Frau einer Musterung. Die vielen Abzeichen an der Uniform deuteten auf einen höheren Offiziersrang hin. Als Kathi sie auf das Flugzeug hatte zueilen sehen, erfasste sie ein vertrautes Gefühl, ähnlich jenem, wenn die Lösung eines Mathematikrätsels zum Greifen nahe schien, um sich ihr im letzten Moment doch noch zu entziehen. Kathi ahnte, dass diese Frau eine Rolle in ihrem Leben spielen würde. Wer war sie? Was hatte sie mit Nikolaj zu tun?

Die Russin hatte ihre Kappe abgenommen und unter den Arm geklemmt. Während Nikolaj angespannt wirkte, verharrte die Frau in lässiger Pose. Ein Bein leicht angewinkelt, den Kopf ihm zugeneigt, sprach sie weiter auf ihn ein.

Schönheit, wusste Kathi, wurzelte in der Geometrie. Dennoch blieb sie eine subjektive Angelegenheit. Für ihren Vater Laurenz war ihre Mutter Annemarie die schönste Frau der Welt. Bei dieser Unbekannten hatte die Geometrie Gesicht und Körper in perfekter Harmonie zusammengefügt: eine schlanke Gestalt, fein gemeißelte Züge, hell schimmernde Haut und volles rotes Haar, das in der frühen Abendsonne wie geschmolzenes Kupfer leuchtete.

Zwei weitere Wagen kamen in Sicht und rollten auf das Vorfeld. Eine Limousine mit verdunkelten Scheiben und Standarte, gefolgt von einem offenen Militärjeep, bemannt mit vier Rotarmisten.

Die Limousine stoppte unmittelbar neben Nikolaj und der Unbekannten. Die hintere Tür schwang auf. Anstatt auszusteigen, begnügte sich der Insasse damit, den Arm herauszustrecken und die beiden mit herrischer Geste heranzuwinken. Es entwickelte sich eine kurze Diskussion zu dritt.

Kathi bemerkte den Unwillen auf Nikolajs Gesicht. Neugierig tat sie einen Schritt auf den Wagen zu. Weiter kam sie nicht, eine Hand senkte sich bleischwer auf ihre Schulter. Von ihr unbemerkt waren zwei Rotarmisten aus dem Jeep gestiegen. Während der eine sie hinderte weiterzugehen, half der andere dem Co-Piloten mit dem Gepäck aus der Tupolew. Viel war es nicht. Neben den schweren Militärtaschen der beiden Piloten standen nur ihre eigenen Rucksäcke, ein kleiner Koffer und ihr Akkordeon einsam auf dem Rollfeld.

Niklas löste sich nun aus dem Gespräch und näherte sich Kathi. Sofort gab der Rotarmist Kathi frei und trat zurück.

»Es tut mir leid, Katja. Ich muss fort«, sagte Nikolaj. »Es hat sich eine Situation ergeben.«

»Was soll das heißen, du musst fort?« Er würde sie doch jetzt nicht alleine hier stehen lassen? Sie hatte mit vielem gerechnet, aber nicht damit, dass sie sich bereits auf dem Flughafen trennen würden. Die Enttäuschung schlug über ihr wie eine Woge zusammen.

Nikolaj schenkte ihr ein aufmunterndes Lächeln. »Geh mit Xenia, Katja. Sie wird euch euer Quartier zeigen.« Er wies mit dem Kopf in Richtung der russischen Offizierin, die noch mit dem Unbekannten in der Limousine sprach.

»Xenia?«, hauchte Kathi. Sie glaubte, den Namen vor einiger Zeit schon einmal in einem anderen Zusammenhang gehört zu haben. Während sie noch ihr Gedächtnis danach durchwühlte, schlangen sich zwei kleine Hände um ihren Bauch, und ein Kopf presste sich gegen ihre Hüfte. Franzi! Die Kleine spürte die Verwirrung ihrer älteren Schwester.

Nun gesellte sich die Rothaarige zu ihnen und übernahm selbst die Vorstellung: »Guten Tag, ich bin Xenia«, sagte sie auf Deutsch. Aus unmittelbarer Nähe betrachtet, wirkte ihre Schönheit geradezu einschüchternd. Ihr sicheres Auftreten verriet, wie sehr sie es gewohnt sein musste, dass man ihr überall einen Platz in der ersten Reihe freiräumte. Dennoch gab es einen Makel, auch wenn Xenia ihn durch ihre leise und akzentuierte Art zu sprechen geschickt zu kaschieren wusste: Sie lispelte, und der eigene Name hörte sich aus ihrem Mund wie *Fenia* an.

Von der Limousine ertönte ein anhaltendes Hupen. Das Signal behauptete sich selbst gegen den infernalischen Fluglärm.

»Ich muss los, Katja. Xenia wird sich um euch kümmern.« Nikolaj strich Franzi, die sich weiter an ihre Schwester klammerte, kurz über den dunklen Schopf. Anschließend schulterte er seine Militärtasche. Kathi kämpfte vergeblich gegen das enge

Gefühl in ihrer Kehle an, während sie zusah, wie sich Nikolaj von ihr entfernte.

»Wann kommst du wieder?«, schrie Kathi gegen ein startendes Flugzeug an. Hätte Franzi nicht an ihr gehangen wie ein verängstigtes Äffchen, sie wäre ihm womöglich nachgelaufen. Dabei wollte sie sich nicht benehmen wie ein Kind, nicht vor diesem perfekten Wunderwesen Xenia. Doch ihr flehendes Herz betete darum, dass sich Nikolaj nochmals zu ihr umwenden und ihr das Lächeln schenken würde, das nur ihnen beiden gehörte. Ein Lächeln, gewebt aus Mondlicht.

Nikolaj drehte sich tatsächlich um, legte die Hände wie einen Trichter vor den Mund und rief: »Bald. Ich melde mich!« Das erhoffte Lächeln blieb er ihr dabei schuldig.

Für einen kurzen Augenblick verwandelte sich Kathis Welt in Glas, wurde durchsichtig und zerbrechlich, drohte zu zersplittern.

Xenia musste ihre Anweisung wiederholen: »Nehmt euer Gepäck und kommt mit!« Erst jetzt reagierte Kathi auf die Russin.

Sie folgten ihr und kletterten vorne in den Jeep.

»Wohin fahren wir?«, erkundigte sich Kathi.

»In ein Krankenhaus.«

»Was sollen wir in einem Krankenhaus?«

»Ihr werdet dort ärztlich untersucht.«

»Was denn für Untersuchungen?« In Kathi schrillten Alarmglocken. Zwar beschränkten sich ihre eigenen Erfahrungen mit Ärzten auf ein Minimum, jedoch waren ihr die vielen Fehlschläge bei der Behandlung ihrer Schwester überaus präsent. Später hatten ihre Eltern nur knapp verhindern können, dass Naziärzte ihre Schwester euthanasierten.

»Fragst du immer so viel?«, wollte Xenia wissen.

»Wundert dich das?«, duzte Kathi sie zurück. In ihrer Erregung vergaß sie, dass ihr Instinkt sie erst vor wenigen Minuten gewarnt hatte, Vorsicht walten zu lassen. »Meine Schwester und ich sind Fremde in einem fremden Land. Warum sollte ich nicht wissen wollen, was weiter mit uns geschieht?«, schob sie als Erklärung nach.

Ein feines Lächeln umspielte Xenias Lippen. »Nikolaj hat mir bereits angedeutet, dass du dich nicht so leicht einschüchtern lässt. Ich gebe dir einen Rat: Fremde können sich keinen Stolz leisten.«

»Ich bedanke mich für den Rat, aber ich sehe keinen Sinn darin. Mein Interesse an unserem weiteren Schicksal hat keineswegs mit Stolz zu tun.«

»Nikolaj verriet mir auch, dass du gerne diskutierst.«

»Nur wenn die Diskussion zielführend ist«, konterte Kathi. Was sollte das? Was wollte Xenia? Warum erwähnte sie ständig Nikolaj? »Verrätst du mir, warum wir untersucht werden sollen? Bitte«, fügte sie hinzu.

»Wir müssen uns vergewissern, dass ihr uns nicht irgendwelche Krankheiten ins Land schleppt.«

»Ist das nicht ein wenig spät? Wir sind schon hier. Womöglich habe ich dich längst angesteckt?«

Für den Bruchteil einer Sekunde wirkte Xenia irritiert. Erst darauf lachte sie glockenhell auf. »Du bist sehr direkt. Ich weiß zwar nicht, ob mir das gefällt, aber amüsant ist es allemal.« Sie startete den Motor.

Franzi, die sich bislang ruhig verhalten hatte und sich eng an Kathis Seite gepresst hielt, rührte sich und stellte ihrer Schwester summend eine Frage. Kathi summte erklärend zurück, dass es jetzt wichtig sei, sich unauffällig und zurückhaltend zu verhalten, um Xenia bei Laune zu halten. Dann würde alles gut werden.

Franzi reagierte mit einem Unmutslaut. Sie summte erneut, höchst ungehalten und wenig melodiös.

»Was summt ihr da?«, wollte Xenia wissen und warf ihnen einen schnellen Blick zu. »Lasst das sein. Es klingt scheußlich.«

»Wir verständigen uns auf diese Art.«

»Wie bitte? Kann deine Schwester etwa nicht sprechen?«

»Sie hat es nie gelernt.«

»Und was fehlt ihr?«

»Das haben die Ärzte niemals richtig herausgefunden.«

»Pah, deutsche Ärzte!«, rief Xenia abschätzig. »Russische Ärzte werden es herausfinden!«

Die übrige Fahrt verlief schweigend. Kathi blieb stumm, und Franzi schmollte, da sie es nicht leiden mochte, wenn man in ihrer Gegenwart über ihren Defekt sprach. Xenia beachtete sie ohnehin nicht weiter.

Mittlerweile hatten sie den Militärflughafen hinter sich gelassen und fuhren in östlicher Richtung.

Es herrschte reger Verkehr. Neben Ochsen- und Pferdefuhrwerken bestimmten vor allem Militärfahrzeuge das Straßenbild. Auf beiden Seiten quälten sich ganze Kolonnen Lastwagen durch die karge, gerodete Landschaft. Pannen, ein Unfall und Unmengen am Straßenrand zurückgelassener Fahrzeuge in den unterschiedlichsten Stadien des Zerfalls erschwerten zusätzlich den Verkehrsfluss. Xenia scherte sich jedoch weder um Hindernisse noch um Verkehrsregeln. Sie hupte und überholte riskant, ging kaum je vom Gaspedal, als gälte es, sämtliche Geschwindigkeitsrekorde zu brechen. Die drei Jeep-Insassen wurden tüchtig durchgerüttelt, und der offene Wagen sorgte dafür, dass sie eine Menge Staub schluckten. Mit einer Hand hielt Kathi Franzi fest, mit der anderen krallte sie sich an den harten Schalensitz, um zu verhindern, beim nächsten halsbrecherischen Manöver aus dem Fahrzeug geschleudert zu werden.

An einer Weggabelung bog Xenia in beinahe voller Fahrt

nach links ab. Kathi schloss in Panik die Augen, betete, dass die Fliehkraft sie nicht in den Graben befördern möge.

Kurz darauf kam das Ende einer Lkw-Kolonne in Sicht. Mit ungeminderter Geschwindigkeit raste Xenia darauf zu. Die schweren Fahrzeuge zu überholen stand außer Frage, zumal die Gegenseite gleichfalls durch Lkws blockiert wurde. Für Xenia noch lange kein Grund, ihr Tempo zu drosseln.

Warum bremste sie nicht endlich? Kathi schrie entsetzt auf, umfasste ihre Schwester noch fester und drückte deren Kopf schützend auf ihren Schoß. Gleichzeitig ließ sie den Sitz los, um sich mit der anderen Hand gegen das Armaturenbrett zu stemmen. In letzter Sekunde riss Xenia das Steuer herum und raste rechts an der stehenden Kolonne vorbei. Das Fahrzeug flog förmlich über die kurze Böschung hinweg, landete in einer Wiese und setzte die Fahrt mit aufjaulendem Motor fort.

Xenia warf den Kopf zurück und lachte, während ihr Haar wie eine rote Fahne hinter ihr herwehte.

Sie genoss es! Die Frau war verrückt! Kathi war fassungslos. Der Jeep rumpelte über die Wiese, von den Lastwagen erklang ein Hupkonzert. Übermütig winkte Xenia den Fahrern zu.

Als sie die Spitze des Staus passierten, sahen sie einen umgekippten Militärjeep auf der Straße liegen. Daneben, unter einer Decke verborgen, konnte man den Umriss eines Körpers erkennen.

Kathi bekreuzigte sich.

»Lass den Unsinn!«, zischte ihr Xenia darauf zu und trat das Gaspedal noch einmal tüchtig durch. Der Wagen schoss die niedrige Böschung hinauf und zurück auf die Straße, die nun frei vor ihnen lag.

Schließlich verließen sie die geteerte Straße und bogen in einen unbefestigten Weg. Ein Schlagbaum kam in Sicht. Zwei Uniformierte mit Maschinengewehren traten ihnen entgegen. Auch dies veranlasste Xenia nicht, ihr Tempo zu verlangsamen. Stattdessen legte sie eine Vollbremsung hin, die den Kontrollposten in eine dichte Staubwolke hüllte. Mit ausdrucksloser Miene salutierten die Rotarmisten. Xenia reichte ihnen den Passierschein, der Schlagbaum hob sich.

Hinter einer lang gezogenen Kurve tat sich vor ihnen eine schnurgerade Allee auf, von hohen Kastanien gesäumt, deren dichtes Blätterwerk sich über den Weg hinweg berührte wie Paare, die die Nähe des anderen suchten. Das üppige Grün ließ kaum Sonne durch, nur hier und da malte das Licht geheimnisvolle Zeichen in den Schatten. Zu beiden Seiten erstreckte sich schier endlos ein Park. Trotz seines verwahrlosten Zustands ahnte man die einstige Pracht und Kunstfertigkeit der Anlage.

Die Allee mündete in ein Rondell vor einem palastartigen rosafarbenen Gebäude. Zahllose Türmchen und Stuckverzierungen ließen es völlig überladen wirken. Ein Bau aus einer anderen, üppig-sorglosen Epoche. Und längst von der neuen Zeit in Besitz genommen. Auf seinem Dach wehte die scharlachrote Fahne der Revolution.

In der Mitte des Vorplatzes schraubte sich ein Marmorbrunnen dem Himmel entgegen, die trockenen Becken überwuchert von grünlichen Flechten. Kathi empfand Traurigkeit angesichts des wasserlosen Brunnens. Kaum minder berührte sie der Anblick der zerbrochenen Marmorfiguren, die überall verstreut im Gras lagen. Als hätte sie der Stiefel eines Riesen von ihren Sockeln getreten.

Xenia parkte den Jeep nahe am Gebäude. Aus der Nähe trat zutage, dass überall Stuck und Farbe abblätterten. Dabei war es weniger die Zeit, die der Fassade klaffende Wunden geschlagen hatte, sondern zahlreiche Einschusslöcher, stumme Zeugen eines vergangenen Dramas.

Vor dem ehemaligen Palast parkten bereits Dutzende anderer Fahrzeuge. Xenia hatte sich in eine schmale Lücke zwischen zwei Lastwagen gequetscht. Es wimmelte von Uniformierten. Soldaten, die mit unbekanntem Ziel umhereilten, Soldaten, die exerzierten, Soldaten, die Fracht aus Lkws entluden.

Xenia hüpfte aus dem Wagen wie ein munteres Reh. »Kommt mit, ihr beiden«, befahl sie knapp.

Kathi blieb es völlig schleierhaft, wie scheinbar unbeeinträchtigt sich Xenia nach dieser Höllenfahrt bewegte. Ihr schmerzte jeder Knochen im Leib. Gerne hätte sie Xenia gefragt, ob sie vorhabe, sie alle umzubringen. Angesichts ihrer Situation begnügte sie sich damit, einmal tief Luft zu holen. Vorsichtig hob sie Franzi aus dem Wagen und fragte leise summend: *Wie geht es dir, meine kleine Eidechse*?

Ich will nicht mit der hässlichen Frau gehen, summte Franzi.

Es dauert nicht lange, mein Schatz. Wir besuchen nur kurz einen Doktor.

Ich will keinen Doktor! In Franzis Augen entzündete sich Panik, spiegelte sich eine ganze Welt erlittenen Leids. Das Wort *Doktor* bedeutete für Franzi fremde, grobe Hände, die ihren Körper abtasteten und sie zwangen, den Mund zu öffnen. Hände, die sie mit Nadeln und Skalpellen traktierten und Hautproben nahmen. *Doktor*, das bedeutete für Franzi Schmerz.

Kathi schalt sich eine Idiotin, weil sie den Arzt erwähnt hatte. Dadurch hatte sie Franzi noch mehr erschreckt. *Ich lasse nicht zu, dass sie dir wehtun, meine Kl…*

»Hört endlich mit dem weibischen Gesumme auf!« Xenia schob sich zwischen sie und packte Franzis Hand. »Kommt ihr jetzt freiwillig mit, oder muss ich nachhelfen?«

Franzi versuchte vergeblich, sich Xenias eisernem Griff zu entwinden. Kathi fasste schnell Franzis andere Hand. Franzi weinte, aber sie wehrte sich nicht weiter.

Sie betraten das Gebäude durch ein Nebenportal. Der Weg zog sich über zahllose Flure, er schien irgendwie kein Ende nehmen zu wollen. Auch im Haus herrschte viel Betrieb; einige Soldaten bewachten einzelne Räume, andere eilten geschäftig umher. Je weiter sie vordrangen, umso stiller wurde es, und umso weniger Personen begegneten ihnen.

Kathi fiel auf, wie ehrfurchtsvoll Xenia von jedermann gegrüßt wurde. Als brächte man ihr über ihren militärischen Rang hinaus einen besonderen Respekt entgegen.

Xenia führte sie zu einem Fahrstuhl. Davor standen zwei weitere Kontrollposten mit Maschinengewehren. Xenia zeigte ihren Passierschein vor. Darauf öffnete ein Rotarmist die Aufzugtür und trat gemeinsam mit ihnen in die Kabine.

Zu Kathis Verwunderung ging die Fahrt nicht nach oben, sondern führte hinab. Ein Krankenhaus unter der Erde?

Mit einem Ruck stoppte die Kabine. Von außen zog jemand die Türen auf, und sofort umfing sie der vertraute Spitalgeruch. Wochenlang hatte ihn Kathi beinahe täglich geatmet, als ihre Mutter im Gleiwitzer Frauenkrankenhaus um ihr Leben gerungen hatte. Auch Franzi erkannte den Geruch wieder. Erschrocken wich sie zurück, presste sich in die Ecke und weigerte sich, den Fahrstuhl zu verlassen.

Xenia zog die Kleine unerbittlich mit sich nach draußen. Da tat Franzi etwas Unvorstellbares: Sie grub ihre Zähne tief in Xenias Handrücken.

Die Russin schrie auf wie ein verwundetes Tier, ein hoher keuchender Laut, mehr Überraschung als Schmerz, und Franzi erreichte ihr Ziel: Xenia ließ ihre Hand los.

Eine Sekunde lang schien die Welt den Atem anzuhalten. Kurz sah es aus, als wollte Xenia Franzi schlagen. Mit einer raschen Bewegung schob sich Kathi zwischen sie und ihre Schwester.

Darauf kräuselte Xenia verächtlich ihre Lippen, als hätte sie dergleichen von den Geschwistern erwartet. Die Russin zog ein Taschentuch aus ihrer Tasche und wickelte es um ihren Handrücken, auf dem sich Franzis Zähne als blutender Halbmond abzeichneten. Den Rotarmisten, der seiner Offizierin hatte beispringen wollen, scheuchte sie mit einem einzigen Blick zurück.

Franzi summte: *Jetzt muss die hässliche Frau auch zum Doktor.*

Xenia befestigte ihren provisorischen Verband. »Was spricht das kleine, tollwütige Biest?«, fauchte sie.

»Sie sagt, es tut ihr leid. Sie schäme sich.«

»Ach ja? Du lügst schlecht, Katja. Sei froh, dass deine Schwester kaum größer ist als eine Kanalratte!« Xenia rief dem Rotarmisten einen Befehl auf Russisch zu, und der schnappte sich daraufhin Franzi und hielt sie fest. Bevor Kathi gegen diese Behandlung ihrer Schwester einschreiten konnte, wurde sie von Xenia gepackt und ihr Arm nach hinten gerissen. Ein glühender Schmerz bohrte sich in ihren Rücken und zwang sie hilflos zu Boden. Schon einmal war sie auf diese Weise niedergerungen worden – von Sonia Petrowa, der russischen Politkommissarin, der sie ihre Gefangenschaft zu verdanken hatte.

Xenia verstärkte ihren Griff und entlockte Kathi damit einen erstickten Laut.

Mit einer Stimme, die klang, als würde ein Degen über Stein schaben, wandte sich Xenia Franzi zu: »Hör zu, Miststück. Ich weiß, dass du mich verstehst. Wenn du dich nicht benimmst und das tust, was ich dir sage, dann werde ich nicht dir wehtun, sondern deiner großen Schwester. Ist das klar? Dann nicke einmal, du Kretin.«

Langsam senkte Franzi den Kopf. Aber Kathi bemerkte den Ausdruck, der zuvor über Franzis Gesicht gehuscht war. Es lag keine Furcht darin, sondern Trotz.

Nie zuvor hatte Franzi einen Menschen wissentlich verletzt. Es passte nicht zu diesem süßen, sanften Kind, das das allerwinzigste Lebewesen wie eine Kostbarkeit behandelte und selbst Dorotas klebrige Fliegenfallen in der Küche sabotierte, indem sie sie stibitzte. Die Angst musste Franzi völlig überwältigt haben.

Sobald sie mit ihrer Schwester allein wäre, würde sie sich ernsthaft mit ihr unterhalten müssen. Xenia war keine Person, die man ungestraft demütigte.

Aufgewühlt strich Kathi über Franzis dunklen Schopf. Nachdem der Rotarmist sie endlich freigegeben hatte, flüchtete sich Franzi sofort in die schützenden Arme ihrer Schwester. Kathi fragte sich, wie sie Xenia und die untersuchenden Ärzte davon überzeugen konnte, dass es sich bei Franzi um eine friedliche Neunjährige handle, der Biss lediglich Folge und Ausdruck eines völlig verängstigten, elternlosen Kindes gewesen sei, das man aus der vertrauten Umgebung gerissen hatte.

Der Soldat schubste sie unerbittlich weiter und stieß sie in einen Behandlungsraum.

Xenia entfernte sich ohne ein Wort, während der Rotarmist zu ihrer Bewachung zurückblieb. Bevor er die Tür schloss und davor Posten bezog, bemerkte Kathi die Schweißperlen auf seinem jungen, geröteten Gesicht. Weshalb schwitzte er so stark, obwohl im Untergeschoss angenehme Kühle herrschte?

Franzis Hand verkrampfte sich in ihrer, und die Nägel bohrten sich schmerzhaft in Kathis Haut. Sie hörte, wie Franzis Atem zunehmend hektisch wurde, während sie auf die monströse technische Apparatur stierte, die den halben Raum einnahm. Ein Röntgengerät! Kathi entzifferte den Hersteller: Siemens & Halske. Bei Franzi weckte der Anblick des Geräts schlimme Erinnerungen. Aufgrund ihrer seltenen Hautkrankheit war sie bereits mehrmals von Ärzten auf einen Röntgentisch gezwungen worden.

Der jämmerliche Laut, der nun ihrer Kehle entstieg, fuhr Kathi in alle Glieder. Sie wollte Franzi erneut schützend an sich ziehen, doch ihre Schwester riss sich jäh von ihr los. Wie eine wild gewordene Furie begann sie gegen das Tischgestell zu treten. Gleichzeitig stimmte sie ein wildes Geheul an.

Der Rotarmist riss die Tür auf. Ihm drängte ein Mann mit Kittel und Mundschutz hinterher. Kathi gelang es schließlich, ihre Schwester mit beiden Armen zu umfangen und von dem Gestell wegzuziehen. Franzi gebärdete sich weiter wie von Sinnen, stieß hohe, wimmernde Laute aus und trat um sich. Kathi begann leise in ihr Ohr zu summen. *Ich bin ja da. Es ist gut, meine kleine Eidechse. Alles wird gut. Alles wird gut.*

Nichts war gut. Ein scharfer Befehl ertönte an der Tür. Xenia! Eine scheußliche Dissonanz zu Kathis sanftem Summen.

Der Soldat entriss Kathi Franzi, klemmte sie sich wie ein Paket unter den Arm und trug die Strampelnde hinaus.

»Nein!«, schrie Kathi. »Lasst sie hier. Ich kann sie beruhigen!« Sie wollte losrennen, dem Soldaten hinterher. Aber Xenia hielt sie zurück. Kathi kugelte sich durch den Schwung beinahe den Arm aus.

»Hiergeblieben!«, bellte die Russin.

»Was macht ihr mit Franzi? Wo bringt ihr sie hin? *Franzi!*«, brüllte Kathi. Ihr Herz hämmerte wie von Sinnen.

Statt einer Antwort gab Xenia sie unvermittelt frei und schubste sie in Richtung des Arztes. »Sie gehört Ihnen, Genosse. Sie wissen, was zu tun ist.« Sie verließ den Raum.

»Zieh dich aus«, sagte der Arzt barsch. »Alles.«

3

»Früher sind sie noch mit Säbeln aufeinander losgegangen. Jetzt werfen sie Gas und Bomben! Das kann der Herr sicher nicht gewollt haben, als er den Menschen Verstand eingehaucht hat.«

Dorota Rajewski

Am Kreml, entlang der Moskwa

»Dein Ausflug mit den deutschen Mädchen war nicht genehmigt, Genosse Oberleutnant«, blaffte der Mann in Generalsuniform, kaum dass Nikolaj neben ihm in der Limousine Platz genommen hatte.

»Genossin Oberst Petrowa wies mich an, das Vertrauen der Älteren zu gewinnen …«

Der General winkte ab. Stimmungsschwankungen dieser Art waren beispielhaft für ihn und Nikolaj hinreichend mit ihnen vertraut.

»Was ist geschehen? Warum werde ich abgeholt?«, lenkte Nikolaj das Gespräch auf die Frage, die ihm auf der Zunge brannte. Wegen einer Lappalie würde sich General Pchela, der Chef der militärischen Spionage GRU, sicher nicht persönlich zum Flughafen begeben.

»Die Amerikaner haben eine Atombombe über Japan abgeworfen. Genosse Stalin ist in höchster Weise erzürnt. Er fragt, warum hat die Sowjetunion keine Atombombe?«

Also doch! Sie hatten es wirklich getan!, schoss es Nikolaj durch den Kopf. Nun rächte es sich, dass sich Josef Stalin seit Jahren den Berichten des Geheimdiensts GRU ebenso verweigert hatte wie den Wortmeldungen der russischen Atomwissenschaftler. Selbst der führende sowjetische Kernforscher Igor Kurtschatow konnte sich bei ihm kaum Gehör verschaffen. Dabei war spätestens seit 1943, als Klaus Fuchs, ihr Spion in Übersee, sie erstmals über das amerikanische Manhattan-Projekt in Kenntnis gesetzt hatte, mit der Bombe zu rechnen.

Aber der große Führer der Sowjetunion zeigte wenig Interesse an der Nukleartechnik. Was auch daran lag, dass er Wissenschaftlern grundsätzlich misstraute. Jetzt, da die Amerikaner über die Bombe verfügten, tobte er. Und dies bedeutete, dass es wieder zu willkürlichen Verhaftungen kommen würde, zu Folter und Erschießungen. Ob schuldig oder unschuldig, jemand musste für den Triumph der Amerikaner bestraft werden. Vermutlich arbeitete Genosse Berija, Stalins Henker und gefürchteter Leiter des Geheimdienstes NKWD, in ebendiesem Moment an einer Liste mit Namen, um den Zorn seines Herrn zu besänftigen.

Wie Stalin ging Lawrenti Berija jegliche Vorstellung von den Möglichkeiten der Kernspaltung ab, deshalb befeuerte er dessen Argwohn. Beide Männer folgten hier einer simplen Gleichung: Wissenschaft bedeutete Intelligenz, und Intelligenz bedeutete, die Dinge infrage zu stellen. Berijas und Stalins Paranoia ging so weit, dass ein nicht unerheblicher Teil der brillantesten sowjetischen Denker sein Dasein in sibirischen Lagern fristete. Am Ende verdankten es diese Männer und Frauen allein dem Krieg, dass sie nicht ihre gesamte ungerechte Strafe absitzen mussten, sondern vorzeitig, unter strengen Auflagen, in den Dienst Mütterchen Russlands zurückkehren durften. Viele Wissenschaftler überlebten die unmenschlichen Lagerbedingungen nicht, andere kehrten krank und schwer gezeichnet zurück.

Nikolaj scheute sich nicht, seinen Grimm offen zu zeigen. »Wir wären ein ganzes Stück weiter, wenn Berija unsere klügsten Köpfe nicht in Lager gesperrt hätte! Leute wie Tupolew oder Sergejew!«

»Der Genosse Berija macht nur seine Arbeit.« Der Satz klang einstudiert.

»Seit wann gilt willkürliches Morden als Arbeit? Berija geht es weder um Wahrheit noch um Fakten, er rechnet mit Wahrscheinlichkeiten. Sein Universum ist derart beschränkt, dass er in jedem intelligenten Menschen einen Konterrevolutionär sieht.«

»Ja, ja, es lebt sich gefährlich in diesen Zeiten, und niemand kann sich sicher fühlen.« Der General tat das Gesagte mit einer verächtlichen Geste ab. »Was willst du? Soll sich unser Generalissimus etwa mit jedem Detail beschäftigen? Hat er nicht eben erst den Großen Vaterländischen Krieg gewonnen? Genosse Stalin hat die Bombe nun zur Aufgabe Nummer eins erklärt, und er fordert sofortige Ergebnisse. Er hat Genosse Berija diese Aufgabe übertragen.«

»Berija wird das Projekt leiten? Das wird ja immer besser.« Nikolaj knirschte hörbar mit den Zähnen.

»Hüte deine Zunge, Genosse Oberleutnant! Außer dich gelüstet es nach Sibirien.«

Die Drohung veranlasste Nikolaj zu einem weiteren Unmutslaut. Der Abwurf der amerikanischen Bombe würde tief greifende Auswirkungen auf Russland haben. Schon seit Wochen beförderte die transsibirische Eisenbahn russische Soldaten in Richtung Osten, um die japanischen Truppen in der Mandschurei und China anzugreifen. »Das bedeutet, die Sowjetunion wird nun endgültig in den Krieg mit Japan eintreten«, sagte er düster.

»Genosse Stalin bleibt keine Wahl, wenn unser Land noch

etwas von der japanischen Kriegsbeute abbekommen will. Unsere Vereinbarung mit den Amerikanern ist unmissverständlich: Spätestens neunzig Tage nach der deutschen Kapitulation müssen wir den Gelbnasen den Krieg erklärt haben.« Der General setzte zu weiteren politischen Erläuterungen an, sein liebstes und einziges Steckenpferd.

Nikolaj hörte ihm nicht zu. Als Forscher galt sein Interesse der Atombombe. Der Abwurf hatte eine seltsame Erregung in ihm ausgelöst, eine Mischung aus Schrecken und Faszination. Als der General sich zwischen zwei Sätzen einen Schluck aus der allzeit griffbereiten Wodkaflasche gönnte, nutzte er die Pause für eine Frage: »Liegen uns weitere Informationen über die Wirkkraft der Bombe vor?«

»Bisher wurde nur das bekannt, was Truman Stunden nach dem Abwurf in seiner Radioansprache vortrug. Du kannst dir die Aufzeichnung später anhören. Angeblich verfügte die Bombe über eine Sprengkraft von zwanzigtausend Tonnen TNT.«

»Das ist mindestens das Zweitausendfache der bisher größten bekannten Bombe!« Ein Schauer durchlief Nikolaj. »Wo hat man sie gezündet?«

»Die Stadt heißt Hiroshima.«

»Wurden Opferzahlen genannt?«

Der General zuckte die knochigen Schultern. »Ersten Schätzungen nach angeblich zehntausend. Ach ja, es gibt Hinweise auf eine zweite Bombe.«

»Die Amerikaner haben noch eine abgeworfen?« Nikolaj spürte eine Schwäche in den Gliedern. Jäh entstanden vor seinem inneren Auge Bilder glutheißer Feuerstürme. Plötzlich schien die Luft zu heiß zum Atmen.

»Noch nicht. Aber ich bin sicher, sie werden sie zünden.«

Nikolaj schüttelte unwillig den Kopf. »Das gefällt mir nicht.«

»Ach so? Was passt dem jungen Genossen denn nicht?«

»Japan steht ohnehin mit dem Rücken zur Wand. Seit Wochen sieht es sowjetische Truppen an seinen Grenzen aufmarschieren. Es weiß, es kann diesen Krieg nicht mehr gewinnen. Spätestens, wenn Russland dem Kaiserreich den Krieg erklärt, wird Japans Kapitulation unvermeidlich. Die Amerikaner wissen das. Und trotzdem werfen sie jetzt noch ihre Bombe ab.«

Ein scharfer Blick durchbohrte Nikolaj. »Skrupel? Leg sie ab, Genosse Oberleutnant. Sonst wirst du nicht weiter für mich arbeiten.«

»Ich dachte, ich arbeite für Mütterchen Russland?«

Der General stieß ein kurzes, meckerndes Lachen aus. »Hör zu. Diese bornierten Japaner hatten mehr als einmal die Gelegenheit zur Kapitulation. Sie lehnten ab. Statt an die zehntausend toten Japsen solltest du an unsere tapferen vierzig Divisionen an der Grenze denken, die jetzt nicht mehr in den Krieg ziehen, sondern zu ihren Familien heimkehren dürfen. Die Japsen haben ihre Lage selbst verschuldet. Die Amerikaner haben seit Pearl Harbor ein Recht auf ihre Rache.«

»Möglich. Meiner Meinung nach haben die Amerikaner die Bombe aus einem einzigen Grund abgeworfen: Sie wollten der Kapitulation Japans zuvorkommen.«

»Niemand fragt nach deiner Meinung«, wies ihn der General geradezu milde zurecht, um sich Nikolajs Aussage anschließend selbst anzueignen. »Fraglos bestätigt diese Vorgehensweise die Raffgier der amerikanischen Imperialisten. Sie gönnen unserer glorreichen Sowjetunion keinen Anteil an der japanischen Kriegsbeute und werfen die Bombe, um Japans Kapitulation *vor* unserem Kriegseintritt zu erzwingen. Gleichzeitig testen die Amerikaner damit die Wirkkraft ihrer neuen Waffe. Das geht nur im Krieg. Eine Tat, zwei Fliegen!«, erläuterte der General ungerührt.

Nikolaj sah aus dem Fenster. 1939, kurz vor Kriegsbeginn, hatte er das Phänomen des spontanen radioaktiven Zerfalls entdeckt und erstmals die Möglichkeiten der Kernspaltung erkannt. Damals las er einen geheimen Bericht, in dem es um eine Entdeckung der Physiker Otto Hahn und Fritz Straßmann aus dem Vorjahr ging. Seit 1938 publizierte kein deutscher Physiker mehr in den einschlägigen Wissenschaftsmedien. Allgemein wurde es als alarmierendes Signal gewertet, dass die Deutschen sich mit Kernphysik befassten. Unter anderem schilderte der Geheimbericht, die beiden deutschen Wissenschaftler hätten Uran 38 mit Neutronen bestrahlt und durch die Spaltung Unmengen an Energie freigesetzt. Der Bericht durchfuhr Nikolaj damals wie ein Stromstoß; etwas in ihm entzündete sich, ließ ihn nicht mehr los. Von nun an stürzte er sich auf jede Publikation, die sich je mit Kernspaltung beschäftigt hatte, sichtete die Veröffentlichungen von Albert Einstein, Enrico Fermi, Lise Meitner bis hin zu Leo Szilárd, und fand seine eigenen Ansätze bestätigt. Atomkraft barg eine Vielzahl an Möglichkeiten. Warum sie nicht zum Wohle der gesamten Menschheit nutzbar machen? Atomkraft, das war reinste Energie! Eine Energie, die eines Tages vielleicht auch Reisen in den Kosmos ermöglichen würde …

Aber er hatte niemals eine zerstörerische Bombe bauen wollen. Die Amerikaner, in Kollaboration mit den Briten und Kanadiern, schienen da von weniger Skrupeln geplagt. Sie hatten eine Atombombe gebaut. Eine monströse Waffe von unvorstellbarer Zerstörungskraft.

Er hatte den Drachen nur gekitzelt, die Amerikaner hingegen hatten sein tödliches Feuer entfacht. Erneut schauderte es Nikolaj. Er ahnte, dass die Welt nie wieder dieselbe sein würde …

Der General an seiner Seite strahlte in etwa die Menschlichkeit eines Felsens aus, als er konstatierte: »Das ist der Krieg. Es geht darum, den Gegner entscheidend zu schwächen. Bau die

Bombe! Das ist dein Auftrag. Ich wiederhole: Genosse Stalin erwartet schnelle Ergebnisse, und ich habe ihm diese versprochen. Ansonsten kann das unser Ende sein. Also streng dich an!«

Nikolaj verscheuchte die trüben Gedanken und beschloss, sich in das Spiel einzubringen. Vorerst und nach seinen Regeln. »Gerne. Wenn du mir verrätst, wie ich das mit dem kümmerlichen Material, das mir zur Verfügung steht, bewerkstelligen soll? Ich kann die Bombe nicht aus Schlamm formen. Uns stehen weder ausreichend qualifizierte Wissenschaftler noch die entsprechenden Mittel zur Verfügung. Seit Jahren müssen wir um jede Schraube betteln. Was wir vor allen Dingen benötigen, ist mehr Uran. Ohne Uran kein Reaktor.«

Der General strich sich über das großflächige dunkle Mal auf seiner Wange. »Mit dem Betteln ist es vorbei. Der gewonnene Krieg setzt die nötigen Ressourcen frei. Genosse Stalin hat jede Hilfe zugesagt. Zweihundertfünfzig Kilogramm Uranmetalle, zwei Tonnen Uranoxid und zwanzig Liter schweres Wasser sind bereits nach Moskau unterwegs. Wir haben es den Amerikanern im Keller des Berliner Kaiser-Wilhelm-Instituts direkt unter dem Hintern weggeschnappt.«

»Woher stammt das Uran? Das aus Johannistal ist weitgehend nutzlos.«

»Es kommt aus Belgisch-Kongo. Dort haben es die Deutschen gestohlen. Nun gehört es uns.«

Nikolaj lehnte sich zurück. Formeln fügten sich vor seinem inneren Auge zusammen. Von fiebriger Spannung erfüllt, sah er sich bereits in seinem Forschungsbüro in der Akademie der Wissenschaften vor einer Wandtafel mit der Kreide hantieren und Berechnungen anstellen.

Die roten Kremlmauern kamen nun in Sicht. Moskaus frühe Verteidiger hatten die gesamte Mauer mit an die zwanzig Türmen bestückt und damit ein mächtiges Bollwerk gegen seine

Feinde geschaffen. Auch der Umriss des Kreml zeichnete sich nun ab, der Prachtbau schien wie ein Himmelsschiff über Moskau zu wachen. Hitler hatte alles auf eine Karte gesetzt, um den Kreml in die Hand zu bekommen. Doch der Kreml trotzte seiner Eroberung.

Seit Jahrhunderten hatte über dem Kreml die weiße Fahne der Romanows geweht. Nun sah Nikolaj dort Hammer und Sichel flattern. *Serp i Molot*. Wahrzeichen und Symbol der Arbeiter. Auch wenn sie nicht die wahren Herrscher Moskaus waren …

Unvermittelt geriet eine Frau in Nikolajs Blickfeld. Sie verharrte in völliger Versunkenheit an einem der Zugänge zum Roten Platz. Kleidung und Kopftuch verrieten ihre Zugehörigkeit zum einfachen Volk. Was ihn irritierte, war ihre absolut aufrechte Haltung. Der kerzengerade Rücken verriet Stolz. Nun wandte sie sich um – und augenblicklich fiel ihre Körperspannung in sich zusammen.

Verblüfft registrierte Nikolaj die Verwandlung. Beim Vorbeifahren erhaschte er einen flüchtigen Blick auf ihr Gesicht. Es rief eine vage Erinnerung in ihm hervor. In dem Moment traf ihn ein schmerzhafter Ellbogenstoß in die Seite.

»Träumst du, Genosse Oberleutnant? Hör mir gefälligst zu«, zürnte der General. Die folgende Information verdrängte die Frau vor dem Kreml aus Nikolajs Gedanken, und er legte sie als merkwürdige Episode in einem entfernten Winkel seines Gehirns ab. »Genosse Kurtschatow und Genosse Sergejew haben dich jeweils für ihre Forschungsgruppe angefordert.«

Ein Leuchten zog über Nikolajs Gesicht. Kurtschatow baute als Chefphysiker die Bombe, aber Sergejew war der Chefkonstrukteur für die Rakete und den Antrieb, die sie befördern sollte. Der Technik, die es eines Tages auch erlauben würde, zum Mond zu fliegen. *Sein Lebenstraum*. »Ich will zu Sergejew!«, äußerte er spontan.

»Das hast nicht du zu entscheiden. Das ist Genosse Berijas Aufgabe.«

Die Enttäuschung durchfuhr Nikolaj wie ein heißer Stich. Den General und Lawrenti Berija verband eine innige Feindschaft. Irgendein lang zurückliegender Vorfall, in dessen Zentrum Genosse Stalin stand. Der Generalissimus fand diebisches Vergnügen daran, die beiden Rivalen fortwährend gegeneinander auszuspielen – wie ein Schiedsrichter, der die Regeln nach Lust und Laune festlegte.

Da er, Nikolaj, als Sergejews Protegé galt und General Pchela den Chefkonstrukteur seit Längerem förderte, brauchte es nicht viel Fantasie, um sich Berijas Entscheidung auszurechnen. Er würde bei Kurtschatow landen. Vielen Dank auch!

Aber der General überraschte ihn: »Unsere Würfel sind noch im Spiel. Genosse Stalin schickt eine Abordnung Wissenschaftler zwecks Studiums deutscher Beutewaffen nach Berlin. Der Genosse Chefkonstrukteur Sergejew leitet eine der Gruppen und reist ebenfalls nach Deutschland. Vielleicht ist er interessiert, dich mitzunehmen. Das würde dich vorerst aus Berijas Schusslinie befördern.«

Die Limousine verlor an Tempo, bog ab und näherte sich dem nordwestlichen Spasski-Tor, der üblichen Zufahrt für Kremlbesucher.

»Bist du im Kreml verabredet?«, fragte Nikolaj.

»Erwähnte ich das nicht? Wir treffen gleich den Genossen Stalin. Er hat Kunzewo verlassen und wegen der Bombe eine Dringlichkeitssitzung des Politbüros einberufen. Alle werden da sein.«

»Wieso *wir*?« Nikolaj glaubte, sich verhört zu haben.

»Du wirst mich begleiten.«

4

Die bitterste Frucht des Krieges ist der Hass.

Annemarie Sadler

Der Arzt kniff und zerrte an Kathis Haut, als wäre es ein Gummiband, stieß Nadeln in sie, entnahm Blut, spritzte Undefinierbares in ihren Körper. Er riss ihren Mund auf und musterte ihre Zähne, er verlangte Kniebeugen und hieß sie bücken, inspizierte jede einzelne Körperöffnung. Zuletzt ließ er sie auf einen Stuhl klettern. Er untersuchte sie gynäkologisch und stieß seine Finger tief in sie hinein.

Klaglos ließ Kathi alles mit sich geschehen. Sie litt andere Schmerzen. Man hatte sie von Franzi getrennt! Tat man ihr das Gleiche an wie ihr? Wie viel Angst musste ihre kleine Schwester gerade ausstehen! Sie wollte bei Franzi sein, sie in ihre Arme nehmen und trösten. Sie hatte ihrer Mutter versprochen, Franzi zu schützen, und bei der ersten Gelegenheit versagt. Innerlich glühte sie vor Wut, wollte toben, wollte schreien.

Auch wenn sie keine andere Wahl gehabt hatte, so war sie dennoch aus freien Stücken in Nikolajs Flugzeug gestiegen, hatte sich dafür gute Gründe eingeredet. Die Politkommissarin Oberst Sonia Petrowa hatte ihr in Aussicht gestellt, sie könne ihren in Russland gefangenen Vater wiedersehen. Und sie bot ihr ein Studium ihrer Wahl in Moskau an, während im Nachkriegsdeutschland die Universitäten auf unbestimmte Zeit geschlossen bleiben würden. Aber erst als Sonia ihr noch Nikolaj vorstellte, hatte sie sich endgültig einlullen lassen, sich in absurden Träumereien verloren; sich wie eine Idiotin benommen. Nicht einen Deut unterschied sie sich von den albernen Gänsen im Lyzeum, die mit leuchtenden Augen über Kriegshelden getuschelt hatten.

Nach der Untersuchung wurde Kathi wieder dem Rotarmisten übergeben. Sie bestürmte ihn sogleich mit Fragen nach ihrer Schwester und Xenia. Aber er wies sie barsch zurück.

Der Soldat führte sie durch ellenlange, schlecht beleuchtete Flure und sperrte sie schließlich in einen engen, vom Boden bis zur Decke gefliesten Raum. Es gab keinen Tisch, keinen Stuhl, nur eine Lampe an der Decke, die alles in grelles Licht tauchte. Der Anblick der Fliesen genügte, um in Kathi ein dumpfes Gefühl der Beklemmung hervorzurufen. Eine Weile schrie und hämmerte sie gegen die Tür, in der Hoffnung, damit Xenias Erscheinen herbeizuführen. Am Ende erreichte sie lediglich, dass ihr Hände und Kehle schmerzten. Erschöpft ließ sie sich zu Boden sinken.

Die vorangegangenen Ereignisse hatten ihr ihre Rechtlosigkeit unmissverständlich vor Augen geführt. Die grobe Behandlung des Arztes, seine Kniffe, jeder seiner Blicke zeigten ihr, was er für sie empfand: Verachtung. Der Mann hasste sie, eine Fremde, der er nie zuvor begegnet war. Er hasste sie allein für das, was sie war: eine Deutsche.

Kathi erkannte darin die nachhaltigste Wirkung des Krieges. Den unversöhnlichen Hass der Menschen. Und als öffneten sich die Schleier der Zukunft vor ihr, wurde ihr ein seltener Moment der Klarheit zuteil: Dieser Hass würde nicht verschwinden, sondern seine Saat würde in den Herzen der Menschen weiter keimen und ausschlagen.

Ein eisiger Hauch legte sich über Kathi. Sie schlang die Arme um sich, im instinktiven Versuch, sich an der eigenen Wärme festzuhalten. Unwillkürlich drängte sich Dorota in ihren Verstand. Ach, sie vermisste die herzensgute Polin, die über vierzig Jahre dem Sadlerhof als Wirtschafterin treu gedient hatte und ein Teil der Familie geworden war. Dorota war in vielerlei Hinsicht etwas Besonderes, sie besaß das Zweite Gesicht. Der Sinn ihrer Prophezeiungen offenbarte sich allerdings meist erst dann, wenn sie eintrafen. Und das taten sie stets. Manche früher, manche später. Mit elf Jahren war Kathi selbst Gegenstand einer Prophezeiung Dorotas geworden. Damals hatte sie gerade erst Anton, ihren Freund und Kameraden, verloren und war untröstlich in ihrem Schmerz. Weinend war sie auf den Hügel geflüchtet und hatte Schutz an ihrem Lieblingsplatz unter dem alten Apfelbaum gesucht.

Dorota fand sie und leistete ihr Gesellschaft. Plötzlich kam Wind auf, er rüttelte an Ästen und Zweigen, zerrte an ihren Haaren und Kleidern.

Dorota sprang auf, breitete die Arme aus, als wollte sie die Elemente umfangen, und rief: »Das Dunkel, du wirst es sehen! Das Einhorn ist fort, aber der Sternenmann wird kommen und dich mitnehmen! Doch hüte dich vor der falschen Biene! Hüte dich vor der falschen Biene!«

Dorotas damalige Weissagung hatte sich in Teilen bewahrheitet. Anton, das Einhorn, war fort, und der Sternenmann, Nikolaj, hatte sie mit nach Moskau genommen. Was es mit der falschen Biene auf sich hatte, darüber grübelte Kathi bis heute nach.

Nikolaj, der Sternenmann. Der Gedanke an ihn entfachte neuen Zorn. Bei der ersten Gelegenheit hatte er sie an Xenia weitergereicht! Wenn er Xenia kannte, weshalb wusste er dann nicht, was für eine Person sie war? Diese Frau zeichnete sich durch unnachgiebige Härte aus. Kathi fasste einen Entschluss, straffte ihr kleines Kinn. Wenn sie überleben und Franzi schützen wollte, musste sie sich ihrer Umgebung anpassen. Von nun würde auch sie sich mit Härte wappnen.

5

Eine Kirche ohne Glocken ist wie ein Mann ohne …

Semjon Semjonow

Unweit von Moskau, in der kleinen Gemeinde Terjochowo, hatte sich das gesamte Dorf in der kleinen Kapelle zur Heiligen Jungfrau eingefunden, um von Olga Fedorowna Semjonowa Abschied zu nehmen.

Der alte Pope sparte nicht an Worten und noch weniger an Weihrauch. Olgas Witwer Semjon Jakowlewitsch Semjonow kniete in der ersten Reihe und fühlte sich von dem brennenden Kraut schon völlig benebelt. Äußerlich entsprach er vollkommen dem Bild eines trauernden Witwers: Die Schultern gramgebeugt, die Hände gefaltet, suchte sein Blick immer wieder den einfachen Holzsarg, als könne er nicht begreifen, dass seine Frau nun zwischen diesen Brettern ruhte.

In Wahrheit erging sich Semjon Jakowlewitsch gerade in höchst unheiligen Gedanken. Er bedauerte, dass man eine Seele nicht sezieren konnte. Seit ihm die ganze Wahrheit über seine Frau offenbar geworden war, fragte er sich, was eine pathologische Untersuchung von Olgas Seele zutage fördern würde. Es wunderte ihn ohnehin, dass die Kälte ihrer Seele nicht sämtliche Kerzen in der Kirche zum Erlöschen brachte.

Über seine eigene Seele machte sich Semjon wenig Illusionen. Vermutlich war sie so schwarz wie die Lungen der Bergarbeiter am Donbass. Und mit reichlich Wodka konserviert. Der Gedanke erheiterte ihn und weckte seine Gelüste nach einem Glas. Oder zwei. Aber er riss sich zusammen, blieb in seiner Rolle. Wahrte Anstand, wahrte Lüge.

Genauso hielt es auch das gesamte Dorf. Olga Fedorowna Semjonowa war tot, und das war das Beste, was man über sie sagen konnte. Mörderisch wie Medea und geifernd wie Xanthippe, hatte sie Semjon die Hölle auf Erden bereitet. Und jeder im Dorf wusste darüber Bescheid.

Verstohlen behielt Semjon die Uhr im Auge. Er musste dringend nach Moskau. Sein Versuch, die Beisetzung um einen Tag zu verschieben, war nicht nur am Willen des Popen, sondern auch am Wetter gescheitert. Die anhaltende Sommerhitze machte eine rasche Beisetzung unumgänglich.

Sobald der Pope den letzten Segen gesprochen und Semjon die Beileidswünsche der Dorfbewohner entgegengenommen hatte, lotste er die Trauergemeinde in die Dorfschenke. Dort orderte er Wodka und Essen für alle, überließ sie dem Trinken und Schmausen und machte sich durch den Hinterausgang davon. Ihn trieb eine Mischung aus alter Gewohnheit und einer Hoffnung, die er sich niemals erlaubte aufzugeben. Weil der Tod von so vielen Tapferen, die sich für ihre Sache geopfert hatten, dann völlig umsonst gewesen wäre.

***

Wie ein einfacher Bauer vom Land gekleidet, die lange Gestalt gekrümmt und sein auffällig rotes Haar unter einer derben Kappe verborgen, näherte sich Semjon dem nordwestlichen Zugang zum Roten Platz. Einst hatte sich dort das Auferstehungstor befunden. Deshalb war es in den Anfängen der Revolution von seinen Mitstreitern als Treffpunkt auserkoren worden: weil sie eines Tages auferstehen und die alte Ordnung wiederherstellen würden.

Stattdessen gab es das im Jahr 1680 erbaute Tor nicht mehr. 1931 war es auf Geheiß der Bolschewiki-Regierung abgerissen worden, um Platz zu schaffen für die Panzer, die an den Paraden zur Feier des Jahrestags der Machtergreifung teilnahmen. Auch die kleine Kapelle, in der er als junger Mann vor der Gottesmutter-Ikone von Iviron gebetet hatte, war den roten Barbaren zum Opfer gefallen.

Mangels Erlösertor und Kapelle blieb ihm nichts anderes übrig, als über den Platz zu marschieren, als strebte er einem festen Ziel zu. Mit der Miene eines Besuchers, der die Wunder Moskaus das erste Mal erblickte, behielt er seine Umgebung im Auge, achtete auf mögliche Beschatter oder Auffälligkeiten und schlenderte bis zur prachtvollen Basiliuskirche. Mit ihren pittoresken Zwiebeltürmen und dem farbenfrohen Anstrich erweckte sie den Eindruck, als wäre sie aus Zuckerwerk modelliert.

Der Anblick der Kathedrale stimmte ihn stets melancholisch. Auch dieses Wahrzeichen Moskaus hatte der Bann des Politbüros getroffen: Sie erschossen den Priester, aber ihr Versuch, die Kathedrale in ein Museum umzuwandeln, schlug fehl. Die Moskauer sahen darin weiter ihre Kirche und betraten das Museum zum Gebet.

1929 wurde die Kathedrale deshalb für alle Gläubigen geschlossen, ihre Glocken abgebaut und teilweise eingeschmolzen.

Zwei Männer erregten nun seine Aufmerksamkeit. Sie näherten sich aus verschiedenen Richtungen einer hundert Meter vor ihm ausschreitenden Frau in bäuerlicher Kleidung. Offenbar wollten sie sie in die Zange nehmen.

Er beschleunigte seinen Schritt.

6

Erinnerungen haben ihre eigene Sicht der Dinge.

Aus »Honigtot«

Moskau! Endlich … Zum ersten Mal seit siebenundzwanzig Jahren setzte sie ihren Fuß wieder auf den Roten Platz.

Gott, wie sehr sie diese wunderbare Stadt vermisst, sich in all den Jahren nach ihr gesehnt hatte, der Stadt, in der sie geboren und aufgewachsen war, in der sie ihre Kindheit und Schulzeit verbracht und in der sie ihre erste Liebe erlebt hatte. In dieser Stadt hatte sie Glück und Freude erfahren, bis sich alles in Tod und Trauer verwandelt hatte. Sie allein war noch von ihrer Familie übrig.

Aber sie war nicht hier, um alte Geschichten aufzuwärmen oder um die Toten zu betrauern. Das hatte sie bereits vor langer Zeit getan. Sie besaß nun eine eigene Familie. Einen Mann und zwei Töchter. Ihre Töchter wusste sie in Sicherheit. Sie hatte sie noch rechtzeitig nach London schicken können.

Nun ging es um ihren geliebten Mann Laurenz. Um seinetwillen war sie hier. Er war im März 1944, nur wenige Wochen nach seiner Einberufung, in russische Kriegsgefangenschaft geraten. Der Gedanke, dass der Vater ihrer Kinder fern von ihr sterben könnte, war ihr unerträglich, und das hatte einen verrückten Plan in ihr reifen lassen: ihren Mann zu retten.

In Moskau hoffte sie in Erfahrung zu bringen, in welches Lager man ihn gebracht hatte. Sie würde ihn befreien und nach Hause bringen. Nicht mehr und nicht weniger.

Sie nahm den Kreml in Augenschein, musterte verächtlich die roten Fahnen, die sich über seinen Dächern im Wind blähten. Getränkt mit dem Blut eines betrogenen Volkes. Mochte die Farbe der Fahne dort oben auch gewechselt haben, dieses Gebäude bestand seit Jahrhunderten, und seine Mauern wurzelten tiefer als die Saat eines Marx, Lenin oder Trotzki. Weil es mit dem Blut und dem Schweiß des gesamten russischen Volkes erbaut worden war. Die neuen Herren mochten es noch so sehr leugnen, aber jeder Moskauer, der den Kreml ansah, erblickte darin die Glorie vergangener Zeiten. Eines Tages, und diese Überzeugung wurzelte ebenso tief in ihr wie das Fundament, auf dem der Kreml ruhte, würde man sich mit Stolz erneut der russischen Geschichte zuwenden. Eines Tages würde wieder der weißgoldene Zarenadler über den Mauern wehen.

Sie wandte sich ab. Mochte sie auch ihre Familie und Freunde verloren haben, so gab es dennoch Verbündete. Menschen, die den Romanows weiterhin treu ergeben waren. Menschen, die sie bei ihrem Vorhaben unterstützen würden. Und dieses Mal würde sie nicht scheitern!

Lange Zeit war es ihr gelungen, die schrecklichen Ereignisse von 1918 zu verdrängen, wie auch die folgenden Jahre ihrer erniedrigenden Gefangenschaft. Mit dem Betreten ihrer Heimatstadt kam alles wieder hoch.

1918, dieses furchtbare Jahr, in dem alles verloren ging, ihre Eltern und Geschwister gemeinsam mit Zehntausenden niedergemetzelt wurden, weil Lenin und Tschekisten wie Latsis die Parole ausgaben: »*Wir beenden die Bourgeoisie als Klasse. Darin liegt der Sinn des roten Terrors.«* Die Bolschewiki ermordeten jeden »Klassenfeind«, Adlige, Bürgerliche, Offiziere, Priester und Nonnen genauso wie streikende Arbeiter und protestierende Bauern, die sich gegen Zwangsarbeit und Zwangskollektivierung wehrten. Selbst die jungen Kadetten der Militärschulen wurden ermordet, darunter auch ihr dreizehnjähriger Bruder Ilja. Später hatte sie oft über die unfassbare Ironie des Schicksals gegrübelt, das sie ausgerechnet in Deutschland Zuflucht finden ließ, nur um dort auf dieselben Fanatiker zu treffen, diesmal im braunen Gewand.

Sie selbst befand sich in jenem verhängnisvollen Sommer 1918 mit einigen Mitstreitern auf dem Weg nach Jekaterinburg, um den letzten Auftrag ihres Vaters zu erfüllen: die Zarenfamilie aus den Händen der Bolschewiken zu befreien.

Ihr Vater Boris, Chef der zaristischen Geheimpolizei, hatte alles akribisch geplant, die entsprechenden Reisedokumente besorgt und die Fluchtroute bis ins letzte Detail vorgezeichnet. Selbst für ein mögliches Scheitern war Vorsorge getroffen worden. Sie mussten Parolen auswendig lernen und sich Kontaktpunkte in Moskau, Sankt Petersburg und Breslau einprägen.

Allerdings hatten sich heute, siebenundzwanzig Jahre später, zwei der von ihrem Vater verfügten Kontaktpunkte bereits als Sackgasse erwiesen.

Sie näherte sich den Kremlmauern aus nordwestlicher Richtung, als sie irritiert innehielt. Das Wiederauferstehungstor, es war verschwunden! Auch die kleine Kapelle der Muttergottes suchte sie vergeblich. *Sie* hatten beides niedergerissen! Oh, diesen Barbaren war nichts heilig! Wenigstens die Basilius-Kathedrale stand noch. Ihre Zwiebeltürme ragten seltsam tröstlich in den Himmel, und ein Seufzer entwich ihrer Brust, als sie ihren Weg in Richtung der Kathedrale fortsetzte. Zu ihrem Entsetzen bemerkte sie aus dem Augenwinkel, wie sich ein Mann von der Mauer eines angrenzenden Verwaltungsgebäudes löste und sich an ihre Fersen heftete. Sie hätte es vorgezogen, wenn er schnurstracks auf sie zugekommen wäre und sie nach ihren Papieren gefragt hätte, anstatt ihr heimlich zu folgen. Sie behielt ihren Schlendergang bei. Verdammt, sie hatte sich wie eine Anfängerin benommen! Anstatt in ihrer Rolle zu bleiben, hatte sie sich, als sie begriff, dass das Wiederauferstehungstor und die Muttergottes-Kapelle niedergerissen worden waren, von ihren Gefühlen leiten lassen. Vorsichtig tastete ihre Hand nach dem Messer in ihrem Rock. Wenn sie den Mann töten musste, um ihn loszuwerden, würde sie keine Sekunde zögern. Vorsorglich steckten auch eine Zwiebel und etwas Brot in ihrer Tasche, um für den Fall der Fälle eine Erklärung für das Messer vorweisen zu können. Fände man das zweite Messer in ihrem Stiefel, erübrigte sich ohnehin jede weitere Ausflucht.

Mit jedem Schritt wuchs die Basilius-Kathedrale vor ihr weiter in die Höhe. Plötzlich hatte sie eine Eingebung, wie sie ihren Verfolger loswerden konnte. Sie rief sich alles ins Gedächtnis, was sie über die Kirche des seligen Basilius wusste. Vor allem ihre unterirdische Beschaffenheit und die Nekropole, durch die ihr Vater sie einst geführt hatte, als sie noch ein kleines Mädchen gewesen war. Damals konnte sie seinen Stolz deutlich fühlen, weil sie keinerlei Furcht zeigte, als sie in die Stadt der Toten hinabstiegen. Von dort führte sie ihr Vater über geheime Stollen wieder nach draußen. Sie musste in die Kathedrale gelangen und den Geheimgang wiederfinden! Sie angelte die Zwiebel hervor und ließ sie scheinbar ungeschickt fallen. Während sie sie auflas, bemerkte sie einen zweiten Verfolger, der sich ihr von der anderen Seite des Platzes näherte. Zwei Fluchtwege waren ihr damit bereits versperrt. Sie glaubte nicht an einen Zufall, die Männer mussten sie bereits erwartet haben. Wie war dies möglich? Sie hatte jede erdenkliche Vorsichtsmaßnahme ergriffen, bevor sie die zwei Kontaktstellen aufgesucht hatte.

Unmerklich beschleunigte sie ihren Schritt. Noch fünfzig Meter, noch vierzig, noch dreißig.

»Stoj!«, erklang hinter ihr der scharfe Ruf.

Sie gab ihre Tarnung auf, begann zu rennen, warf sich dem Portal der Basilika entgegen. Doch es war verschlossen!

Sie rannte links um die Kathedrale herum, hielt ihr Messer bereit. Ein Blick zurück zeigte ihr, dass nur einer der Männer sie unmittelbar verfolgte. Wo war der andere hin? Egal, jetzt, da sie nur noch einen Gegner hatte, schlüpfte sie in eine der Nischen, die sich rund um die Kathedrale auftaten, und stellte sich ihrem Verfolger mit gezückter Klinge. Ihr Herz pumpte vom schnellen Lauf.

Auch ihr Verfolger rang nach Luft, dennoch glitt ein Lächeln über sein Gesicht, als er sah, dass seine Beute in der Falle saß. Er richtete seine Pistole auf sie: »Lass das Messer fallen!«

»Wer sind Sie? Was wollen Sie von mir?«, stammelte Annemarie in einem kaum verständlichen, russischen Dialekt. »Ich habe kein Geld. Bitte tun Sie mir nichts«, schauspielerte sie. Unmerklich tat sie dabei einen Schritt auf den Mann zu, die Hände flehend erhoben.

»Messer weg!« Die Pistole klickte bedrohlich.

»Ich ergebe mich!«, rief Annemarie und warf ihm gleichzeitig ihre Klinge vor die Füße. In jener Sekunde, die das Messer den Mann ablenkte, machte sie einen Satz, warf sich mit ihrem zweiten Messer, das sie blitzschnell aus ihrem Stiefel riss, auf den Mann und schlitzte ihm die Kehle auf. Sofort sprang sie wieder auf die Beine. Wo war der zweite Verfolger hin? Sie steckte die Pistole ein und zerrte die Leiche in die Nische. Vorsichtig blickte sie um sich, vermutete, dass der andere Mann den längeren Weg um die Kathedrale herum genommen hatte, um ihr den Weg abzuschneiden. Über den Roten Platz zu flüchten kam nicht infrage, sie wäre dort ein zu leichtes Ziel. Es gab nur einen Ausweg: Sie musste in die Kathedrale gelangen und die Katakomben erreichen. Mit ihrem Messer machte sie sich an einer der Seitenpforten zu schaffen.

Plötzlich schlang sich ein Arm um ihren Mund, ein anderer um ihren Leib und hielt sie mit eisernem Griff fest. Sie wand sich wie ein Aal, versuchte, an ihr Messer zu kommen. Vergeblich, der Angreifer presste sich nur noch fester an sie.

»Ah, sehr gut, Genosse! Du hast das Weib!«, rief eine Stimme. *Verdammt*! Nicht zwei, drei Männer hatten sie verfolgt! Nun war alles aus.

»Still, kein Wort«, knurrte eine Stimme an ihrem Ohr und drehte sich langsam mit ihr um, sodass sie nun dem dritten Mann ins Gesicht blicken konnte.

Siegesgewiss, mit vorgehaltener Pistole trat er auf sie zu. Plötzlich ließ ihr Angreifer sie los und stieß sie dem anderen direkt in die Arme. »Hier, nimm du sie!«

Sie wurde davon ebenso überrumpelt wie der Mann, dem die Pistole bei dem Zusammenstoß entglitt. Sie nutzte ihre Chance. Blitzschnell setzte sie ihm das Messer an die Kehle und schlitzte sie auf. Sofort ließ sie sich fallen und zog im Liegen die Pistole, um auch ihren dritten Verfolger zu erledigen. Der stand mit erhobenen Händen vor ihr, und noch bevor sein hastig hervorgestoßenes »Nicht schießen, ich bin's!« zu ihr durchdrang, hatte sie ihn erkannt. »Semjon!«, entfuhr es ihr.

Er streckte ihr die Hand entgegen und zog sie hoch. »Los, verschwinden wir von hier!« Mit dem Kopf zeigte er auf den Platz. Eine Gruppe Uniformierter rannte mit gezogenen Waffen auf sie zu. Blitzschnell beförderte Semjon einen Schlüsselbund zutage, fand den richtigen und öffnete die Seitenpforte, während ihnen die ersten Schüsse um die Ohren pfiffen. Semjon verrammelte die Tür von innen, packte ihren Arm, und sie liefen zur Treppe, die in die Dunkelheit führte, in das Reich der Toten.

7

Hütet euch vor den Technikern!
Mit der Nähmaschine fangen sie an,
und mit der Atombombe hören sie auf.

Marcel Pagnol

Nach und nach trafen im Kreml die führenden Atomwissenschaftler des Landes ein.

Nikolaj entdeckte Chefphysiker Igor Kurtschatow und Andrei Sacharow in einer Fensternische im Gespräch. Auch die Mitglieder des Zentralkomitees hatten sich inzwischen nahezu vollzählig im Allerheiligsten, im sogenannten Kleinen Eck, eingefunden. Er sah Molotow, Kaganowitsch, Malenkow und natürlich den allseits präsenten Lawrenti Berija.

Der General, der sich kurz entfernt hatte, um einige Weggefährten zu begrüßen, tauchte wieder neben Nikolaj auf: »Siehst du Semjon Semjonow irgendwo?«

»Nein.«

»Halte nach ihm Ausschau!«

Nikolaj fragte sich, weshalb der General ausgerechnet nach dem Leiter der SMERSCH fahndete, und rief sich ins Gedächtnis, was er über Semjonow wusste. Die Smersch wurde erst 1943 gegründet, um aus deutscher Gefangenschaft heimkehrende Sowjetsoldaten zu überprüfen, da es sich bei jedem aus dem Westen Zurückkehrenden auch um einen Spion des Feindes handeln konnte. Smersch bedeutete nichts anderes als: *Tötet die Spione.* Offiziell galt die Smersch als eine Abteilung des NKWD und war damit eigentlich Lawrenti Berija unterstellt. Tatsächlich aber fungierte sie als eine Art übergeordnete Instanz, jederzeit berechtigt, Kontrollen innerhalb des NKWD durchzuführen. Weshalb Semjonow auch direkt an Josef Stalin berichtete.

Semjonow stammte wie Stalin aus dem georgischen Gori, und er zählte, wie der General, zu den wenigen, die Josef Stalin bei seinem Vornamen Josef Wissarionowitsch nennen durften. Was Semjonow selbstredend in direkte Konkurrenz zu Berija brachte, der ihn eifersüchtig verfolgte. Allerdings längst nicht mit der leidenschaftlichen Feindschaft, die er dem General entgegenbrachte.

Interessiert suchte Nikolaj den Raum ab, konnte den rothaarigen Chef der Smersch allerdings nirgendwo finden.

An der rückwärtigen Tür entstand Bewegung. Auftritt Josef Stalin. Der sowjetische Führer gesellte sich zu ihnen ins Kleine Eck, den Ort, den er zu Beginn seiner Herrschaft für wichtige Zusammenkünfte bestimmt hatte, wo er Besucher empfing und sich bevorzugt aufhielt. Nebenan befand sich eine Bibliothek mit Stalins Schlafsofa. Der Woschd mochte keine Betten.

Nikolaj, für den diese illustre Versammlung eine Premiere darstellte, beobachtete ein interessantes Phänomen: Alle Anwesenden schienen in Gegenwart des großen Führers zu schrumpfen. Stalins Verstimmung hing wie eine dunkle Wolke über dem Raum. Dabei hätte es für ihn kaum besser laufen können. Er hatte Sowjetrussland glorreich zum Sieg geführt, sein Reich um weite Teile Osteuropas vergrößert, und mehr denn je schlug ihm die Verehrung seines Volkes entgegen. Josef Stalin schien auf dem besten Weg in die Unsterblichkeit.

Und dann warfen die Amerikaner die Atombombe auf Japan.

Diese Bombe verdarb dem Woschd in jeglicher Hinsicht den Triumph über Hitlerdeutschland.

Stalins schlechte Laune ließ alle Anwesenden erzittern. Sie lebten lange genug im bolschewistischen Russland, um zu wissen, dass jemand für Stalins Verdruss büßen musste … Der General behauptete stets, wenn man von einem Treffen mit Stalin kam, wisse man nie, ob man nach Hause fuhr oder ins Gefängnis.

Die Sitzung begann. Die Diskussion zog sich über den gesamten Tag, teils mit, teils ohne Stalin. Denn er kam und ging, wie es ihm beliebte, alle anderen blieben wie festgenagelt an ihren Plätzen. Die Gespräche hielten an, alle beteiligten sich lebhaft daran, jeder wollte etwas dazu beitragen. Nikolajs Magen knurrte bereits seit geraumer Zeit, aber niemand schien sich um etwas Essbares zu scheren.

Gegen elf Uhr nachts wurden endlich Platten mit Speisen aufgetragen, allem voran das obligatorische Spanferkel, Stalins Lieblingsgericht. Und Krüge mit georgischem Wein. Und Wodka. Unmengen an Wodka.

Das Mahl ging alsbald in ein Gelage über, ab zwei Uhr nachts wurden georgische Lieder gesungen und Stühle zur Seite gerückt, um Platz für den Tanz zu schaffen. Nikolaj beobachtete verblüfft, wie General Pchela und Stalin gemeinsam einen Khorumi aufführten, danach tanzte Budjonni im russischen Stil mit dem Taschentuch.

Gegen fünf Uhr morgens kam Nikolaj todmüde in seinem Quartier in der Kaserne an. Betrunken war er nicht, einen Großteil des Alkohols hatte er gleich in der Kremltoilette von sich gegeben. Dafür litt er an elenden Kopfschmerzen.

Die Zeit reichte gerade aus, um zu duschen, die Kleidung zu wechseln und sich zum Dienst zu melden. Er war Soldat. Sein Vorgesetzter reagierte allerdings auf seine Anwesenheit mit

Verwunderung und ließ ihn wissen, der Krieg sei vorbei und er ab sofort wieder für das Forschungsinstitut freigestellt. Dort solle er sich melden. Typisch General!, ärgerte sich Nikolaj. Warum hatte er nichts gesagt? Er räumte in aller Eile sein Quartier und betrat gegen sieben Uhr sein Büro in der Akademie.

Seine Hoffnung, vor Ort Xenia oder wenigstens eine Benachrichtigung von ihr über die Geschwister vorzufinden, erfüllte sich nicht. Er läutete bei Xenia durch, aber sie hob nicht ab.

Sie schien die Einzige, die über den Verbleib der Mädchen Auskunft geben konnte. Das ergab sein Anruf in der Lenin-Kaserne, wohin Xenia die Mädchen zwecks Gesundheitsprüfung hatte bringen sollen.

Nikolaj plagte zunehmend das schlechte Gewissen. Er hatte Katja versprochen, sich um sie und Franzi zu kümmern. Stattdessen ließ er sie noch am Flughafen stehen und lud sie bei Xenia ab wie Gepäckstücke.

Im Büro, das ihm seit dem Studium zur Verfügung stand, fand er zwar keine Nachricht von Xenia vor, dafür eine des Generals: Zusammen mit einem Teil des Berliner Urans waren auch einige der erbeuteten deutschen Raketenkonstruktionspläne eingetroffen.

Er hatte seit gut sechsunddreißig Stunden nicht mehr geschlafen. Dennoch fühlte er zunächst keine Müdigkeit, als er die Pläne entfaltete und sich über sie beugte.

Er war nicht aus Stein. Bald verschmolzen Zahlen und Buchstaben vor seinen Augen zu einem schwarzen Fleck. Sein Kopf sank auf den Schreibtisch, und er fiel in einen erschöpften Schlaf – nur um fünf Minuten später unsanft daraus geweckt zu werden.

Vor ihm stand breitbeinig der General. *Schläft der nie?* Nikolaj rieb sich die rot geränderten Augen und fragte gähnend: »Was ist los?«

»In zwei Stunden ist ein Testflug mit der Pe-1 angesetzt. Der reaktive Antrieb wird getestet.«

Die Information brachte Nikolaj schlagartig auf die Beine. »Ohne mich? Aber ich habe das neue Triebwerk konstruiert!«

»Eben. Diesen Streich haben wir Berija zu verdanken. Ich schlage vor, du bewegst sofort deinen Hintern dorthin und sorgst dafür, dass alles reibungslos vonstattengeht. Läuft es nämlich ohne dich gut, ernten andere die Lorbeeren. Geht es schief, so werde ich dich kaum vor dem Zugriff Igor Kurtschatows bewahren können.«

Schon fast zur Tür hinaus, machte Nikolaj eine Kehrtwende und eilte zurück zu seinem Schreibtisch. Als er nach dem Hörer griff, bellte der General ihn wütend an: »Was soll das? Wen willst du anrufen?«

Nikolaj betätigte bereits die Wählscheibe. »Xenia. Sie muss sich um die deutschen Schwestern kümmern.«

Der General hieb auf die Gabel. »Lass den Unsinn! Du kannst sie später vom Stützpunkt aus anrufen. Jetzt zählt jede Minute!«

Mit einem letzten bedauernden Blick auf das Telefon folgte Nikolaj dem General hinaus zum Wagen.

8

In einer kalten Welt ist der Fühlende allein.

Annemarie Sadler

Am Morgen nach einer albtraumhaften Nacht hörte Kathi einen Schlüssel rasseln. Die schwere Eisentür schwang auf, und Xenia stand auf der Schwelle. Die Russin sah unanständig frisch und munter aus. Sie roch sogar nach Parfüm. Maiglöckchen?

Kathi hingegen fühlte sich völlig zerschlagen; die Sorge um Franzi hatte sie nicht eine Minute zur Ruhe kommen lassen. »Wo ist meine Schwester? Was haben Sie mit ihr gemacht?«

Statt einer Antwort befahl Xenia: »Komm!«

Kathi wiederholte ihre Frage: »Wo ist meine Schwester?«

Diesmal geruhte Xenia zu antworten. »Sie wurde in ein Kinderheim gebracht.«

»Ich muss sofort zu ihr!«

»Du musst gar nichts. Es wird dort gut für sie gesorgt.«

»Aber sie ist erst neun! Sie weiß doch gar nicht, was los ist, und ängstigt sich zu Tode. Bitte, Xenia, lassen Sie mich zu ihr!«

»Erstens heißt es Genossin Major, und zweitens gibt es keinen Grund, sich in unseren Kinderheimen zu fürchten!«, entgegnete die Russin scharf. »Und jetzt Schluss damit! Ich bin nicht hier, um mit dir über die kleine Beißerin zu diskutieren.«

»Aber Nikolaj hat versprochen …«

Xenia wirbelte herum. »Der Genosse Oberleutnant ist nicht befugt! Genauso wenig, wie er befugt war, dich und deine Schwester im Flugzeug mitzunehmen. Ich habe dies nachträglich autorisiert, damit er sich nicht vor einem Militärgericht verantworten muss. Du kapierst es nicht, oder? Du bist nur aus einem einzigen Grund hier: Weil du dich nach Einschätzung von Genossin Oberst Sonia Petrowa möglicherweise der Sowjetunion als nützlich erweisen könntest. Dieses *möglicherweise* ist das Einzige, was dich von einem sibirischen Straflager trennt!«

Xenias Worte hinterließen keinen Eindruck bei Kathi. Ihre Gedanken galten allein Franzi. »Aber sie braucht mich! Bitte, Genossin Major«, verlegte sie sich aufs Flehen.

»Niemand braucht irgendwen! Ist sie etwa dein dritter Arm oder dein zweiter Kopf? Und jetzt schweig still, oder du schmorst die nächsten Tage weiter in der Zelle.«

Xenias Worte brachten Kathi auf eine spontane Idee. Ohne eine Sekunde nachzudenken, welche Konsequenzen ihr Einfall für sie und ihre Schwester haben konnte, erklärte sie: »Es ist, wie Sie sagen, Genossin: Ich brauche Franzi ebenso, wie sie mich braucht. Franzi *ist* mein zweiter Kopf.«

Xenia stieß einen Laut aus, der das Ende ihrer Geduld markierte. »Jetzt reicht es!« Sie packte Kathi und zerrte sie den Flur zurück.

»Bitte, Sie müssen mir zuhören!«, versuchte sich Kathi an einer hastigen Erklärung und verstrickte sich nur noch tiefer: »Ich denke etwas, und Franzi denkt es weiter. Gemeinsam kommen wir auf das Ergebnis!«

»Erzähl das der Wand!« Xenia schubste sie zurück in die Zelle. Die Tür schlug zu.

Eine Weile löste sich Kathis Welt in Verzweiflung und Tränen auf. Als die nasse Flut versiegte und ihre Gedanken sich klärten, ging sie mit sich selbst hart ins Gericht: Du kapierst es nicht!, hatte Xenia sie angeblafft. Jetzt begriff sie es. Zu spät. Anstatt ihren Verstand zu nutzen, hatte sie sich von ihren Emotionen leiten lassen. Damit kam sie einer Frau wie Xenia nicht bei. Sie war nur eine Geduldete, besaß keine Rechte, konnte sich keinen Stolz leisten. Sie war eine Fremde in einem Land, in dem sie als Feindin galt. Um zu überleben und ihre Schwester zu schützen, würde sie künftig lernen müssen, ihr Mundwerk und ihre Gefühle zu kontrollieren. Erst zu denken, dann zu handeln.

All ihre Hoffnung konzentrierte sich nun auf Nikolaj.

Auch wenn er angeblich nicht befugt war, so würde er sich doch wenigstens nach ihrem Verbleib erkundigen?

Nikolaj, wo bist du?

9

Wer fragt schon danach, wie viel Blut es kostet?
Am Ende zählt der Sieg.

Grigorij Taubman

Bereits von Weitem stach Nikolaj die Pe-1 auf dem Rollfeld ins Auge. Keine Sekunde zu früh! Ein Soldat schickte sich eben an, die Bremsklötze vor den Rädern zu entfernen.

Vor der Einstiegsleiter führten der Pilot und ein Mann in einem Monteurskittel eine sichtlich angeregte Diskussion. Einige Meter entfernt stand eine Gruppe uniformierter Männer und schien ebenfalls in eine Debatte verstrickt. Nikolaj entdeckte unter ihnen den Chefkonstrukteur des OKB, Gluschko, und zu seiner besonderen Freude auch Pawel Sergejew! Beide führende Experten für Strahltriebwerke. Er kannte sie seit 1943, als sie in Kasan gemeinsam an der Weiterentwicklung der Tupolew gearbeitet hatten. Das Flugzeug ging bald darauf in Serie und avancierte zum erfolgreichsten Sturzbomber des Krieges. Er hatte sich auf Anhieb mit Sergejew verstanden und enorm von dessen Erfahrung und Genialität profitiert. Darüber hinaus teilten Sergejew und er denselben Traum: die Eroberung des Kosmos.

Der Pilot der Pe-1 wurde nun auf die eingetroffene Limousine aufmerksam. Zu seiner Freude erkannte Nikolaj in dem

Mann seinen besten Freund Grigorij! Gemeinsam hatten sie an verschiedenen Fronten gegen die Faschisten gekämpft. Es war eine Weile her, dass sie sich zuletzt gesehen hatten, fast ein Jahr.

Sie fielen sich in die Arme und klopften sich auf Männerart die Schultern. »Ich wusste, du würdest rechtzeitig hier aufkreuzen! Es tut gut, dich zu sehen, Kamerad«, sagte Grigorij Taubman laut, um seine Rührung zu überspielen.

»Dasselbe gilt für mich, alter Freund«, lächelte Nikolaj. »Du bist heute mein Pilot?«

»Denkst du, ich würde mir das entgehen lassen? Als ich hörte, du seist zurück, habe ich mich sofort freiwillig für den Testflug gemeldet«, meinte Grigorij und schob sich eine in Zeitungspapier gedrehte Machorka zwischen die Lippen.

Sie gesellten sich zur Gruppe. Nikolaj begrüßte die ihm aus Kasan bekannten Konstrukteure, schüttelte herzlich die Hände von Sergejew und Gluschko und wurde mit dem Rest der Herren bekannt gemacht. Auch zwei Beobachter des NKOP, des Volkskommissariats der Verteidigungsindustrie, befanden sich unter der Gruppe. Unauffällig musterte Nikolaj die beiden Männer und fragte sich, welcher von ihnen das NKWD vertrat und folglich von Berija geschickt worden war.

Nikolaj, der bereits in der Kaserne seine Fliegerkombination angelegt hatte, öffnete seine Kartentasche und überprüfte die Aufzeichnungen. Ein Meteorologe und der Diensthabende stießen hinzu, und Grigorij und Nikolaj lauschten ihren Ausführungen über Windverhältnisse und navigatorische Lage in der Flugzone. Gemeinsam über die Flugkarte gebeugt, besprachen sie die Route und legten den Ablauf des Testflugs fest. Die Zündung des Raketentriebwerks sollte auf siebentausend Metern Flughöhe erfolgen.

Anschließend inspizierte Nikolaj nochmals gründlich die von

ihm neu konstruierte, reaktive Startvorrichtung für das Raketentriebwerk. Die PE-1 war nun einsatzbereit. Hinter Grigorij kletterte Nikolaj in die Maschine und nahm den Platz des Co-Piloten ein. Der Tower erteilte ihnen die Freigabe, und Grigorij spulte routiniert das Startprozedere ab. Sie starteten die Motoren und rollten an den Konstrukteuren und Militärs vorbei auf die Startbahn, beschleunigten und hoben ab. In kurzer Zeit erreichten sie die Zielhöhe.

Die beiden Freunde sahen sich in siebentausend Metern nochmals an. Grigorij hob den Daumen. Nun galt es. Nikolaj nickte entschlossen und aktivierte das Raketentriebwerk.

Für die Ewigkeit einer Sekunde geschah nichts, außer dass Nikolaj der eigene Herzschlag in den Ohren dröhnte. Er blickte nach draußen auf das Triebwerk, sah die Stichflamme der Zündung. Und dann explodierte die Welt!

Die Wucht der Detonation brachte die Maschine sofort ins Trudeln. Grigorij umklammerte mit beiden Händen den Steuerknüppel und versuchte, die PE-1 zu stabilisieren. »Wie schlimm ist es?«, schrie er Nikolaj zu, der auf allen vieren nach hinten gekrochen war.

»Das Heckteil wurde beschädigt!«, brüllte der gegen den Fluglärm an.

»Ich weiß nicht, ob ich die Maschine so noch landen kann! Nimm den Fallschirm und spring!«, schrie Grigorij. »Das ist ein Befehl!«

»Nein!«, widersprach Nikolaj. »Ich muss erst wissen, wie das passieren konnte!« Irgendwie bekam er den Feuerlöscher zu fassen, um zu verhindern, dass das Feuer in der Kabine um sich griff. Während sie tüchtig durchgerüttelt wurden, ihnen der Rauch in Mund und Augen biss und Grigorij alles gab, um die Maschine irgendwie sicher zur Erde zurückzubringen, begann Nikolaj, noch im Flugzeugrumpf nach der Ursache der Havarie zu forschen. Eine Stichflamme schoss ihm entgegen, versengte sein Gesicht, eine zweite verbrannte seine Hände, aber in der tödlichen Gefahr spürte er nichts davon.

Grigorij gelang tatsächlich das Kunststück, das Testflugzeug einigermaßen wohlbehalten zu landen. Doch Nikolaj hatte es übel erwischt. Hände, Gesicht und Augenbrauen waren verbrannt. Besonders schlimm hatten seine Augen gelitten. Blind taumelte er aus der Maschine. Man brachte ihn sofort in eine Klinik.

Beim Abtransport flüsterte er: »Wie schlimm ist es?« Er schmeckte dabei sein eigenes Blut auf den Lippen. Aber der brennende Schmerz war nichts im Vergleich zu der Furcht um sein Augenlicht. Dieses hilflose Gefühl, plötzlich zu erblinden und damit jegliche Kontrolle über sein Leben zu verlieren. Es fühlte sich an, als wäre er weiterhin in der trudelnden Maschine gefangen und fiele einer allumfassenden Schwärze entgegen.

Was genau war eigentlich passiert?, fragte er sich später im Krankenhaus. Er hatte kaum eine Erinnerung an die Ereignisse bis auf einige aufblitzende Bilder, fragmentarisch und unscharf.

»Die Augenschleimhäute sind verbrannt«, hörte er einen Mann wie aus weiter Ferne sagen.

Nikolaj zuckte zusammen. Er war blind! Und mit seinem Gehör stimmte auch etwas nicht! Ein Druck lastete auf seinen Ohren, und er hörte ein beständiges Summen.

»Wir behandeln das entsprechend«, sprach die Stimme indes weiter, »und legen für fünf Tage einen Verband an. Der Patient muss die Zeit über ruhig liegen bleiben. Vorerst ist er nicht vernehmungsfähig.« Nikolaj begriff nun, dass der Arzt gar nicht mit ihm redete. Mit wem dann?

Als Nächstes hörte er, wie sich eine Tür schloss. Plötzlich fiel ihm ein wichtiges Detail ein. »Wo ist Grigorij?«, versuchte er zu fragen. Allerdings entrang sich seinen wunden Lippen lediglich ein unverständliches »Wois Grioi?«.

»Sie sollten nicht sprechen, Genosse Oberleutnant«, sagte der Arzt.

»Ich muss …«, hauchte Nikolaj.

»Sie müssen gar nichts. Außer schlafen.« Der Arzt fasste nach seinem Arm. Zu spät begriff Nikolaj, was er vorhatte. Er versuchte noch, ihm den Arm zu entziehen, als die Nadel bereits in seine Haut drang. Die eigene Schwäche erschreckte ihn.

Erneut setzte er zu sprechen an. Aber der Arzt wollte nichts hören. »Sie können sich noch früh genug rechtfertigen. Seien Sie froh, dass ich Ihnen vorerst die Genossen vom NKWD vom Leib gehalten habe. Und jetzt schlafen Sie!«

»Ich …«, flüsterte Nikolaj noch, bevor die Wirkung der Spritze ihn in einen Dämmerschlaf versetzte.

10

Das ist das Maß der Liebe: was wir zu geben bereit sind.

Annemarie Sadler

»Du planst *was*? Deinen Mann aus einem sibirischen Gefangenenlager befreien? Hast du bei den Deutschen völlig deinen Verstand verloren, Elena?«, wütete Semjon.

»Du willst es nicht verstehen«, versuchte Elena zu ihm durchzudringen. »Damals hat er mich gerettet, nun rette ich ihn.«

Nach über einer Stunde Fußmarsch durch feuchte, glitschige Gänge, in denen sie die Gegenwart der Toten in jedem Schatten spürten, fanden sie sicheren Unterschlupf bei einem weiteren Zaristen, Semjons Vater.

Zu viele von ihnen waren während der Revolution, dem folgenden Bürgerkrieg und bei den Säuberungsaktionen der Stalinisten umgekommen. Die Überlebenden hatten sich eng zusammengeschlossen und bildeten ein geheimes Netzwerk. Gemeinsam schmuggelten sie Menschen und Nachrichten ins Ausland, mit der Unterstützung derer, die sich noch rechtzeitig in den Westen hatten absetzen können.

Ihr betagter Gastgeber war vor Elena auf die Knie gesunken, hatte ihre Hand geküsst und erklärt, sein Haus stehe der Fürstin Elena Filipowna immerdar zur Verfügung. Darauf hatte er seinen besten Sessel für sie zurechtgerückt und an Speisen und Getränken aufgetragen, was seine bescheidene Küche hergab. Und sich anschließend taktvoll zurückgezogen. Elena weilte in Gedanken noch bei seiner Ehrenbezeigung. Derlei gehörte zu ihrem früheren Leben wie eine Selbstverständlichkeit, obwohl sie nie sonderlich Wert darauf gelegt hatte. Im ersten Impuls hatte sie Semjons Vater die Hand entziehen wollen, aber es entging ihr nicht, wie viel es dem Alten selbst bedeutete. Für ihn war sie das Symbol der alten Zeit, von der er hoffte, dass sie wiederkehrte.

Semjons Tirade hielt schon eine ganze Weile an. Ihren Verstand anzuzweifeln war dabei noch eine der freundlicheren Bemerkungen.

Elena ließ ihn. Ihr Freund hatte sich nicht verändert. Er war älter geworden, so wie sie, das rote Haar von grauen Strähnen durchzogen, die lang aufgeschossene Gestalt magerer denn je. Aber seinem Temperament und dem Funkeln seiner Augen hatte die Zeit nichts anhaben können. Er brauchte dieses Herumpoltern, das Toben und das Laute, weil er gerade mit zu vielen Gefühlen auf einmal kämpfte.

Guter alter Freund, dachte sie zärtlich. Wie wohl es tat, ihn am Leben zu wissen und sich von ihm ausschelten zu lassen.

»Wie stellst du dir das vor?«, wetterte Semjon weiter. »Einfach in das Lager spazieren, deinen Mann greifen und mit ihm Zigtausende Kilometer mir nichts, dir nichts heimwärts durch Russland und Polen marschieren? Hast du einmal auf die Karte gesehen?«

»Es ist machbar. Auf dem Weg hierher sind mir massenhaft Flüchtlinge und Vertriebene begegnet. Halb Europa ist in Auflösung begriffen, eine millionenfache Völkerwanderung im Gange. Zwei mehr machen das Kraut nicht fett.«

»Das Kraut nicht fett, das Kraut nicht fett! Was ist denn das für eine Ausdrucksweise«, brummelte Semjon und verdrehte die Augen. »Kann es sein, dass dir dabei entgangen ist, dass du exakt gegen den Strom spazieren würdest? Kein Mensch, der noch halbwegs seine Sinne beisammenhat, begibt sich freiwillig nach Sibirien!«

»Ich habe eine Ausbildung als Krankenschwester und werde mich als Ärztin melden.«

Er spürte ihre Entschlossenheit und kam zum gleichen Urteil wie zuvor Elena über seine Person: »Auf alles eine Antwort. Du hast dich nicht verändert. Derselbe Dickkopf wie früher. So warst du schon als kleines Mädchen. Stets mit Anlauf durch die Wand.«

»So habe ich überlebt«, entgegnete Elena leise.

Semjons Züge entspannten sich, wurden weich. Er sank vor ihrem Stuhl nieder, nahm ihre Hand und presste sie an seine Wange. »Sieh mich an, Elena. Ich bin ein alter Mann. Deine Rückkehr ist ein Wunder, und anstatt das zu feiern, schimpfe ich dich aus. Verzeih mir«, murmelte er.

»Dann hilfst du mir?«

»Wann hätte ich dir je etwas abschlagen können? Komm!« Er zeigte auf die bisher unberührte Mahlzeit. »Iss etwas, und ruh dich danach aus. Du musst völlig erschöpft sein. Wir reden später weiter. Ich muss mich zu Hause in Terjochowo blicken lassen.«

»Aber ich habe noch so viele Fragen …«

»Die müssen warten. Tu einmal, was ich dir sage, ich bitte dich, Elena. Ich bin alt, und du bist nicht mehr jung. Der heutige Tag hat dich viel Kraft gekostet. Gönn dir etwas Ruhe.«

Elena hatte sich seit Ewigkeiten nicht mehr satt gegessen und merkte nun, wie hungrig sie war. Sie griff tüchtig zu, und schneller, als sie geglaubt hatte, schlief sie auf dem Diwan ein.

Ein leises Geräusch weckte sie. Gedämpftes Licht fiel durch die geschlossenen Vorhänge, ein neuer Morgen dämmerte herauf.

Semjon kniete vor dem Kamin und stocherte in der Asche, um letzte Glutnester freizulegen. Nachdem er das über Nacht erkaltete Feuer wieder in Gang gesetzt hatte, wandte er sich um, als spürte er ihren Blick im Rücken.

»Oh, du bist wach!«, rief er freudig. Er bewegte sich etwas schwerfällig und stützte sich beim Aufstehen auf den Schürhaken. Während er Asche von seiner Hose klopfte, meinte er leichthin: »Meine alten Knochen wollen nicht mehr so wie früher.« Er deutete auf den Samowar. »Ich habe uns Tee zubereitet und Syrniki. Und dazu deine Lieblingsmarmelade besorgt, Erdbeere.«

Elena machte sich freudig über die Quarkpuffer her und löffelte Erdbeermarmelade darüber. Es schmeckte nach Kindheit, nach unbeschwerten Zeiten.

Semjon freute sich über ihre kindliche Begeisterung. Er erzählte ihr zunächst nichts von Olga. Er hatte bereits viele Stürme überstanden und gelernt, dass man manche einfach vorüberziehen lassen musste. Außerdem wusste er selbst noch zu wenig über den Verrat seiner Frau, und es gab bereits zu vieles, um das sich Elena sorgte. Warum ihr noch Weiteres aufbürden? Er brannte darauf, ihr Gespräch fortzuführen. Vergangenes bedurfte noch der Klärung, bevor sie sich der Gegenwart widmen konnten. Er goss ihr Tee nach und stellte die frische Tasse vor Elena auf das Tischchen. Seine eigene schlürfte er stehend, an den Kaminsims gelehnt. »Warum bist du damals ohne ein Wort aus Breslau verschwunden?«, eröffnete er das Gespräch. »Ich bin beinahe verrückt geworden vor Sorge um dich. Ich musste annehmen, man hätte dich gefangen genommen.«

»Ohne ein Wort? Das stimmt nicht. Ich habe dir eine Nachricht im toten Briefkasten der Marienkirche hinterlassen.«

»Ich habe keine gefunden. Was hast du seit unserer letzten Begegnung in Breslau vor siebzehn Jahren getrieben – abgesehen davon, dich davonzustehlen und einen Deutschen zu heiraten?«

Sein Ton mochte seit dem gestrigen Abend versöhnlicher klingen. Dennoch registrierte Elena mit leisem Bedauern, dass er seine Verstimmung nicht völlig abschütteln konnte. In Semjons Augen hatte sie den Feind geheiratet.

»Ich habe zwei wunderbare Töchter«, beschied sie ihm.

Er vernahm den zärtlichen Ton, sah den liebevollen Glanz in ihren Augen. Trotz seines Vorsatzes, ruhig zu bleiben und sich ganz auf die Freude über Elenas Rückkehr zu konzentrieren, fühlte er neuen Groll. Elenas Gegenwart wühlte sein Innerstes auf. Seit jeher gelang es ihr, die tiefsten Empfindungen in ihm zu wecken. Vielleicht, weil diese beiden Mädchen seine Kinder hätten sein können, seine und Elenas. Heftiger als beabsichtigt, sagte er: »Ach ja? Warum bist du dann nicht bei ihnen, sondern jagst deinem Mann quer durch Russland hinterher?«

»Meine Kinder sind in Sicherheit.«

»Wo?«

»In London. Und daher habe ich auch eine Bitte: Kannst du Kontakt zu unseren Leuten dort aufnehmen? Ich möchte ihnen einen Brief für meine Kinder übermitteln.«

»Eine Bitte?«, brauste er wiederum auf. »Doch wohl eher eine Forderung! Ja, darin erkenne ich dich wieder, Elena Filipowna, Tochter des mächtigen Großfürsten Boris Filipow! Erst verlangst du, dass ich dich bei deinem hirnrissigen Unterfangen, deinen *deutschen* Mann zu befreien, unterstütze, und darüber hinaus soll ich es auch riskieren, unser Netzwerk für einen Brief an deine Kinder zu aktivieren! Hat die allergnädigste Großfürstin sonst noch irgendwelche Wünsche an ihren Lakaien?«

»Ja«, erwiderte Elena ungerührt. »Ich konnte auf dem Weg

hierher eine Menge Flugzeuge am Himmel beobachten. Da du es für derart schwierig hältst, aus Sibirien zu entkommen, weshalb beschaffst du uns nicht ein Fluggerät samt Pilot?«

Semjon sank in den Sessel wie ein geschlagener Mann. »Erbarmen«, stöhnte er.

Eine Weile senkte sich Stille über sie, lediglich unterbrochen vom Knistern des Feuers und dem Zischeln des Samowars.

Elena blickte in die Flammen des frisch geschürten Feuers, Semjon brütete dumpf vor sich hin. Einst hatten sie einander blind vertraut. Doch siebzehn Jahre waren eine lange Zeit, und die Brücke, die sie trennte, breit und brüchig. Es brauchte mehr als die wenigen gemeinsam verbrachten Stunden, bis sie den ganzen Weg wieder aufeinander zugehen konnten.

»Wie steht es mit deinem eigenen Kontakt in London?«, knüpfte Semjon schließlich an ihr Gespräch an.

»Er steht mir nicht zur Verfügung.«

»Tot?«

»Was sagen dir die Namen Ferdinand von Schwarzenbach und Milosz Rajewski?«, umging Elena die Frage.

Semjon pfiff anerkennend durch die Zähne. »Interessant ... Beide stehen auf unserer Fahndungsliste oder, anders formuliert: auf unserer Wunschliste. Woher kennst du sie?«

»Du zuerst.«

Semjons buschige Augenbrauen stiegen fragend in die Höhe, aber er folgte ihrer Aufforderung: »Von Schwarzenbach gilt als einer der engsten Mitarbeiter Wernher von Brauns und verschwand im April 1944 spurlos. Später tauchte er als Überläufer bei den Briten auf. Milosz Rajewski ist Mathematiker und arbeitete als Kryptologe für den polnischen Geheimdienst. Er floh aus Polen, bevor wir ihn uns schnappen konnten, und ist seit Jahren ebenfalls für den britischen Geheimdienst tätig. Was hast du mit den beiden zu schaffen?«

»Ich verdanke ihnen die Rettung meiner Kinder. Milosz Rajewski ist der Neffe unserer polnischen Wirtschafterin. Er freundete sich mit meiner älteren Tochter an. Später nahm er Kontakt zu uns auf und bot an, Katharina zu sich nach England zu holen.«

»*Angefreundet?*«, fragte Semjon betont. »Wie alt ist deine Tochter?«

»Sechzehn, und es ist keinesfalls das, was du denkst«, wies Elena ihn zurecht. »Sie ist hochbegabt, deshalb das Angebot.« Darauf schilderte sie ihm, wie Kathi durch den Sieg bei einem Mathematikwettbewerb die Aufmerksamkeit des Bildungsministeriums in Berlin auf sich gezogen und man ihnen darauf den jungen von Schwarzenbach geschickt hatte, um sich ein Bild von Katharinas besonderen Fähigkeiten zu verschaffen.

»Aha. Und mit ihm hat sich Kathi auch *angefreundet?*«, warf Semjon ein.

Elena bedachte ihn mit einem abschätzigen Blick. »Früher, alter Freund, hast du weniger vorschnell geurteilt. Kennt dein Verstand heute nur noch diese eine Richtung?«

Semjon zuckte die Achseln. »Ich habe in dreißig Jahren Geheimdienst vor allem eines gelernt: Das Naheliegendste ist in den meisten Fällen auch die Lösung. Die Wahrheit ist einfach, wenn man den Menschen kennt.«

»Das ist mein Stichwort. Wie stehen die Chancen, dass du jemanden kennst, der an einen der beiden Männer herantreten kann?«

Semjon wiegte den Kopf. »Die ehrliche Antwort lautet: schlecht. Zwar sind wir offiziell mit den Tommys alliiert, aber sie vertrauen uns Russen nicht.«

Sie zuckte mit den Achseln. »Es ist unseren Verbündeten nicht zu verübeln.«

»Zynismus ist ein neuer Zug an dir, Elena.«

»Es ist mir nicht zu verübeln«, konterte sie.

»Verrat mir eines: »Wie hast du es geschafft, deine Kinder mitten im Krieg nach England zu schicken?«

»Über das Netzwerk, mit dem die Briten und Amerikaner ihre überlebenden Piloten aus dem Reich geschmuggelt haben. Ostern 1944 nahm Milosz Rajewski Kontakt zum deutschen Widerstand auf. Unser Dorfpfarrer und dessen Bruder in Berlin gehörten dazu. Sie haben die Verbindung hergestellt und uns ihre Hilfe angeboten.«

»Alle Achtung, Elena«, zollte Semjon ihr Beifall. »Du hast es nicht verlernt, überall Freunde zu finden.«

»Du bist mein Freund«, entgegnete Elena warm. »Wirst du mir helfen?«

»Zweifelst du etwa daran? Habe ich dir meine Hilfe nicht längst zugesagt? Wir sollten jedoch nichts überstürzen. Wann hattest du das letzte Mal Kontakt zu deinen Kindern?«

»Nicht mehr, seit ich sie im April 44 in den Zug in Richtung Berlin gesetzt habe.«

Semjons Augen weiteten sich. »Aber … wie kannst du dir dann sicher sein, dass sie überhaupt noch in London sind?«

»Durch die glaubwürdigste Quelle überhaupt: Die Nazis selbst haben es mir verraten.«

»Ha!« Semjon hieb sich auf den Schenkel. »Wie hast du sie dazu gebracht?«

»Zwei Tage nachdem ich meine Kinder auf die Reise geschickt hatte, wurde ich von der Gestapo verhaftet. Sie brachten mich zum Verhör nach Breslau. Die Art ihrer Befragung verriet mir, wie sehr sie im Trüben fischten. Am dritten Tag führten sie mich zu einer Zelle und zeigten mir den blutüberströmten Pfarrer Schmiedinger. Sie behaupteten, er habe alles gestanden. Ich glaubte ihnen kein Wort. Pfarrer Berthold hätte sich lieber umbringen lassen, als meine Mädchen zu verraten. Die Gestapo drohte mir im Übrigen damit, dass sie über ausreichend Spione in England verfügten und es nur eine Frage der Zeit sei, bis sie meine Kinder dort aufspüren würden.«

Wieder schlug sich Semjon auf den Schenkel. »Stümper! Anstatt deine Kinder gegen dich einzusetzen, bestätigen sie dir, wo sie sind!«

»Es ist vermutlich die einzige gesicherte Information, die sie aus Pfarrer Schmiedinger und seinem Bruder herausbekommen haben. Sie befragten mich auch zu Ferdinand von Schwarzenbach und Milosz Rajewski. Am dritten Tag übernahm ein weiterer Gestapomann das Verhör: Hubertus von Greiff. Ich hatte bereits in Petersdorf seine Bekanntschaft gemacht. Damals ließ er mich noch vom Haken.«

Obwohl Semjon es vor ihr zu verbergen suchte, sah sie den Ausdruck des Schreckens, der über sein Gesicht huschte: »Von Greiff? Die Nummer zwei der Gestapo? Was hat er dir angetan?«

»Unwichtig«, wiegelte Elena ab.

»Von Greiff«, sagte Semjon gedehnt, »wurde noch vor Kriegsende in Berlin ermordet. Ein Racheakt, wenn du mich fragst.«

Sein forschender Blick verriet Elena seine Gedanken. Offenbar argwöhnte ihr Freund, sie habe womöglich auch einen kleinen Abstecher nach Berlin unternommen … Sie beließ es bei einem Achselzucken. »Von Greiff war von einem anderen Kaliber, und er machte keinen Hehl aus seinem Zorn über die dilettantische Vorarbeit der Breslauer Gestapo. Dennoch unterlief der entscheidende Fehler ihm.«

»Wie?«

»Indem er mich fragte, wie es sich für mich anfühlte, zu wissen, dass meine Kinder in London niemals erfahren würden, was aus ihrer Mutter geworden war. Wie sie Jahr um Jahr vergeblich auf mich warteten, allein in einem fremden Land. Eines Tages würden sie mich vergessen haben. Er wollte mich mit diesen Sätzen quälen. Dabei hatte ich vor lauter Glück, sie in Sicherheit zu wissen, Mühe, meine Freude vor ihm zu verbergen. Bezeichnenderweise erwähnte von Greiff Schwarzenbach oder Rajewski mit keinem Wort.«

Semjon nickte. »Weil er es für pure Zeitverschwendung hielt. In England kam er nicht an sie heran.«

»Eben. Stattdessen konzentrierte er sich auf mich. Er ahnte, dass ich nicht die war, die ich vorgab zu sein. Wenn ich überleben wollte, musste ich fliehen.«

»Wie hast du es geschafft, von Greiff zu entkommen?«

»Das war pures Glück. Der polnische Widerstand verübte einen Anschlag auf das Quartier der Breslauer Gestapo. Sie müssen es auf von Greiff abgesehen haben. In dem folgenden Chaos gelang es mir zu entkommen.«

Semjon legte die Stirn in Falten. »Mir ist kein Attentat auf von Greiff in Breslau bekannt.«

»Es tut gut zu wissen, dass die Tscheka ihre Augen nicht überall hat.«

»Die Tscheka heißt jetzt NKWD, und ich vermute vielmehr, von Greiff hat den Anschlag vertuscht.« Semjon neigte den Kopf in Richtung der bescheidenen Uhr auf dem Kamin. »Ich muss zum Dienst. Du bleibst hier und unternimmst nichts, hörst du? Ich komme am Abend zurück. Du bist hier sicher.« An der Tür blieb er nochmals stehen. »Wenn ich deinen Mann in unseren Lagern aufspüren soll, solltest du mir vielleicht noch seinen Namen verraten, Elena.«

»Er heißt Laurenz. Laurenz Sadler.«

»Und ist er es wirklich wert, dass du dein Leben für ihn riskierst? Die ungeheuren Strapazen auf dich nimmst?«

»Ist das nicht das Maß der Liebe?«, erwiderte Elena. »Was wir zu geben bereit sind?«

11

Schicksal ist nur ein anderes Wort dafür,
dass Gott nichts erklären muss.

Rabea Rosenthal aus »Die Seelenfischer«

Im Flur prallte Semjon auf seinen Vater. »Hast du etwa gelauscht?«, zischte er.

»Das ist mein Haus.«

»Ach ja? Vergiss nicht, wem du es verdankst.«

»Wie sollte ich, da du mich ständig daran erinnerst.«

»Ich muss zum Dienst. Pass auf sie auf.« Semjon wollte sich an seinem Vater vorbeischieben.

Der aber stellte sich ihm in den Weg. »Nein, erst hörst du mir zu!«

Semjon, hinreichend mit der Sturheit seines Vaters vertraut, wünschte keinen Streit, insbesondere nicht vor der Wohnzimmertür, hinter der Elena alles verfolgen konnte.

Rasch bugsierte er seinen Vater in die Küche, schloss die Tür und forderte gereizt: »Sag, was du zu sagen hast.«

»Ich habe alles gehört. Hast du ernsthaft vor, sie bei ihrem närrischen Unternehmen zu unterstützen?«

»Das geht dich nichts an.«

»Natürlich geht mich das etwas an! Einst habe ich einen Eid geschworen, die Romanows zu schützen. Genauso wie du, mein

Sohn. Elena Filipowna ist eine der letzten überlebenden Fürstinnen. Das, was sie vorhat, ist Wahnwitz. Du schickst sie in den sicheren Tod!«

Semjon schüttelte unwillig den Kopf. »Du kennst sie nicht, wie ich sie kenne, Vater. Nichts und niemand wird Elena aufhalten. Sie wird so oder so aufbrechen, mit oder ohne meine Hilfe. Also werde ich sie unterstützen und ihre Chancen damit erhöhen.«

Sein Vater traktierte ihn mit einem festen Blick: »Nein, das wirst du nicht. Es gibt nämlich eine ganz simple Lösung, du Idiot. Sag ihr, ihr Mann sei tot. Damit tust du ein gutes Werk und rettest sie vor dem sicheren Tod.«

»Ich soll Elena belügen?«

»Warum nicht? Vermutlich ist der Deutsche sowieso nicht mehr am Leben. Und sollte er es doch sein …« Der Vater vollführte eine unmissverständliche Kopf-ab-Geste. »Er ist ein deutscher Soldat, ein Mörder am russischen Volk. Ich weiß genau«, vertraulich berührte der Vater seinen Arm, »du wolltest Elena Filipowna schon immer für dich. Das ist deine Chance, Sohn! Nimm sie dir!« Die Stimme seines Vaters nahm die Süße von Honig an, lockte ihn in ihre klebrige Falle. Für einen Augenblick erlag Semjon der verführerischen Vorstellung von Elena in seinen Armen. Da traf sein Blick auf den seines Vaters, und er sah den Triumph darin glimmen. Sein Traum zerplatzte wie eine Seifenblase.

Seit er denken konnte, waren sich sein Vater und er in inniger Rivalität verbunden. Meist hatte er sich nur deshalb in eine seiner verrückten Aktionen gestürzt, weil sein Vater diese zuvor missbilligt hatte. Bis er eines Tages begriff, dass er seinem Vater damit das perfekte Instrument der Manipulation in die Hand gab. Seither ging er besonnener vor. Nein, er würde Elena nicht anlügen. Wenn ihr Mann noch lebte, würde er es ihr sagen.

»Ich gehe.« Ohne Abschied ließ er seinen Vater stehen.

Nimm sie dir! Der Satz verfolgte Semjon wie ein unheilvoller Kanon und biss sich in ihm fest, als besäße er Widerhaken. Unbewusst beschleunigte er seine Schritte, im vergeblichen Versuch, der inneren Stimme zu entkommen. Der Zeitungsverkäufer an der Straßenecke schien ihm die Worte ebenso zuzurufen wie die beiden Passanten, deren Weg er kreuzte. *Nimm sie dir!* ratterten die Räder des vorbeifahrenden Pritschenwagens, und *Nimm sie dir!* raunte der Straßenfeger. Unerbittlich zogen ihn diese drei Worte in das Netz unerfüllter Wünsche und Begierden. *Nimm sie dir*!

Ja, seine Frau war tot und er somit frei. Die neue Freiheit fühlte sich gut an, als hätte sich eine Hand, die ihm jahrelang die Luft abschnürte, von seinem Hals gelöst.

Und kaum hatte seine Frau das Zeitliche gesegnet, trat Elena zurück in sein Leben. Zufall? Oder Fügung? An etwas wie ein vorbestimmtes Schicksal hatte er nie glauben wollen. Diesen Unfug überließ er den Popen. Nun kamen ihm erstmals Zweifel.

Warum, fragte er sich, hatte er seine Frau nicht schon früher ermordet? Was hatte ihn davon abgehalten? Skrupel? Das Risiko? Dabei war es so einfach gewesen.

Sie hatte zu Hause auf ihn gewartet.

»Was soll der Koffer im Flur?«, hatte er sie gefragt, während er auf die Anrichte zuhielt. Olga konnte er nur mit Wodka ertragen.

»Ich verlasse dich!«

»*Ura, spasibo!* Darauf trinke ich!« Er kippte den Wodka hinunter und goss nach.

»Ich weiß, wer du bist!«

»Ausgezeichnet. Eine reife Leistung für fünfundzwanzig Jahre Ehe.« Er trank und stellte das Glas klirrend ab. »Wenn du sonst nichts zu sagen hast, ich muss nochmals fort.« Er strebte zur Tür. *Nichts wie weg hier.* Olga im Normalzustand war bereits unerträglich, in Streitlaune hingegen weckte sie in ihm wahre Mordgelüste. Seit Jahren perfektionierten sie deshalb ihre Methode, sich möglichst aus dem Weg zu gehen.

»Hiergeblieben!«, blaffte Olga. »Ich habe die Wahrheit über dich herausgefunden. Du bist ein Spion!«

Das Glitzern in ihren Augen flößte ihm zum ersten Mal, seit er sie kannte, Furcht ein. Er flüchtete sich in Gelächter. »Natürlich bin ich das, genauso wie du. Wir arbeiten beide für den Geheimdienst.« Er ließ die Maske fallen. Mit zwei langen Schritten war er bei ihr, packte sie bei den Armen und schüttelte sie: »Was hast du getan, Weib?«

»Ich habe dich gemeldet!« Ihr Lachen klang wie das einer Irren. »Du bist ein toter Mann!«

»Und du bist eine Idiotin. Denkst du, Berija wird dich verschonen?«

»Hältst du mich für derart beschränkt? Ich weiß mich zu schützen. Du wirst nie wissen, wann sich die Schlinge um dich zuzieht. In der nächsten Stunde, in der nächsten Woche oder erst im nächsten Monat?«

Darauf hatte er kurz erwogen, sein Heil in der Flucht zu suchen. Für diesen Fall hatte er Vorbereitungen getroffen. In einem Versteck lagen neue Papiere, Geld und Kleidung bereit. Er konnte es schaffen. Andererseits spürte er schon länger eine gewisse Müdigkeit, ein Erlahmen seines Kampfgeistes. Er hatte Mütterchen Russland alles geopfert. Aber zu welchem Preis?

Seine große Liebe: verloren.

Seine Träume: unerfüllt.

Die Hoffnung: geschwunden.

Einzig Russland, seine Heimat, blieb ihm noch. Was sollte er im Westen, in der Fremde?

Noch eine weitere Fluchtmöglichkeit stand ihm offen: Er konnte sein Leben beenden. Schluss mit dem ständigen Verstellen. Schluss mit dem Warten auf eine neue Zeit. Es gab keine neue Zeit. Warum weiterkämpfen? Seine Hand fuhr in die Brusttasche, tastete nach dem vertrauten Umriss der Giftspritze. Er trug sie stets bei sich.

»Was hast du da in der Tasche?«, rief Olga scharf. Sie hielt plötzlich eine Waffe auf ihn gerichtet.

»Schieß doch!« Kugel oder Giftspritze, Semjon war beides recht.

»Das würde dir so passen! Du warst schon immer ein jämmerlicher Feigling. Eine Kugel wäre viel zu gnädig für dich«, höhnte Olga.

Er tat einen Schritt auf sie zu.

»Zurück!«, fuchtelte sie mit der Pistole. »Oder ich schieße dir ins Bein!«

»Also gut«, gab Semjon scheinbar nach. Er wandte ihr den Rücken zu, ließ die Spritze unauffällig in seine Hand gleiten und verbarg sie im Ärmel. Darauf nahm er zwei Gläser und die Flasche Wodka von der Anrichte. Er zeigte auf die beiden Sessel vor dem Kamin. »Da ich ohnehin so gut wie tot bin … Was hältst du davon, wenn wir noch einen letzten Wodka zusammen trinken? Auf alte Zeiten?«

Olga trat misstrauisch näher. Offenbar stimmte sie der sicher geglaubte Sieg milde, denn sie nickte schließlich und ließ sich in den Sessel sinken. Die Pistole hielt sie weiter in der rechten Hand, die linke streckte sie aus, um das gefüllte Glas von Semjon entgegenzunehmen.

Semjons Hand vollführte eine blitzschnelle Bewegung, der Wodka landete in Olgas Gesicht. Sofort brachte er die Waffe an sich und richtete sie nun auf Olga.

»Du verdammtes Schwein!«, kreischte Olga. Halb blind versuchte sie aufzuspringen. Ein gezielter Hieb gegen ihre Schulter schleuderte sie zurück auf den Sessel. Bevor Olga sein Vorhaben erfasste, hatte er die Nadel bereits in ihren Oberschenkel gerammt. Sie bäumte sich auf und stieß einen wütenden Heulton aus. Semjons Faust schickte sie in eine Dunkelheit, aus der sie nicht mehr erwachen würde.

Semjon wusste nicht, wie viel Zeit ihm noch blieb. Womöglich kamen Berijas Schergen ihn doch bald holen? In der Regel ließ Berija nichts anbrennen. Daran, sich zu retten, dachte er nicht mehr. Genug war genug.

Olgas Todeskampf setzte innerhalb weniger Minuten ein. Das Gift wirkte schnell und verlässlich.

Semjon horchte auf jedes Geräusch von draußen.

Eine Stunde verging, eine zweite. Wo blieben Berijas Männer? Er glaubte nicht an einen Bluff Olgas. So sehr konzentrierte er sich auf ein Motorgeräusch, dass er zusammenzuckte, als es an seine Tür klopfte.

Er schlich zum Fenster und erspähte durch die Gardine den örtlichen Popen Wassili. Semjon fiel ein, welcher Tag heute war, Freitag. Seit langen Jahren spielten Wassili und er, sofern es Semjons Dienst erlaubte, an jedem Freitagabend Schach. Semjon öffnete die Tür. Er folgte keiner bewussten Entscheidung. Das Schicksal lenkte den Lauf der Dinge.

Er zeigte Wassili seine tote Frau im Sessel. »Ich fand sie so, als ich nach Hause kam. Ihr Herz hat aufgehört zu schlagen.«

Wassili sprach ein Gebet, Arzt und Totenbeschauer wurden herbeigeholt. Niemand zweifelte an Semjons Worten.

Ja, das Schicksal lenkte den Lauf der Dinge. Und jetzt flüsterte es: *Nimm sie dir*!

12

Als Russe fürchte ich mich nur vor einem:
der Furcht.

Grigorij Taubman

»Wie geht es Nikolaj? Was ist mit seinen Augen?«, erkundigte sich Grigorij bei General Pchela. Sie saßen sich in dessen Büro im Volkskommissariat der Verteidigung gegenüber.

»Laut Arzt sind die Augenschleimhäute verbrannt«, erklärte der Leiter des militärischen Nachrichtendienstes GRU.

»Heißt das, er ist blind?«, entfuhr es Grigorij entsetzt.

»Vorerst.« Der General schob ihm ein Glas Wodka zu.

Grigorij griff danach wie nach einer Rettungsleine und genehmigte sich einen tüchtigen Schluck.

Der General redete weiter: »Laut Arzt wird sich erst in fünf Tagen zeigen, ob ein dauerhafter Schaden zurückbleibt.«

Grigorij setzte das Glas mit einem lauten Knall ab. »Bin ich verhaftet?«, fragte er weiter.

»Nein«, antwortete General Pchela. »Noch nicht. Was ist da oben passiert?«

Grigorij schüttelte den Kopf. »Ich weiß es nicht.« Er fuhr sich müde über sein rußgeschwärztes Gesicht. »Alles verlief routinemäßig. Bis zu dem Moment, als Nikolaj das Strahltriebwerk zündete. Sie hätten mich die Maschine untersuchen lassen sollen, Genosse General, anstatt mich gleich in Ihr Fahrzeug zu beordern!«, begehrte Grigorij auf.

»Gut, gehen Sie. Ich halte Sie nicht auf, Genosse Hauptmann«, sagte Pchela geschmeidig und zeigte auf die Tür. »Draußen erwartet Sie schon das NKWD.«

Selbstredend entschied sich Grigorij dafür zu bleiben.

»Eine Untersuchung wurde angeordnet. Der Genosse Chefkonstrukteur Sergejew wird sie selbst vornehmen. Bis zum Abschlussbericht bleiben Sie vom Dienst suspendiert. Gehen Sie nach Hause, Genosse Hauptmann.« Der General deutete auf eine zweite Tür. »Dort hinaus.«

»Und das NKWD?«

»Um die kümmere ich mich.« Der General machte keinen Hehl aus seinem Vergnügen, Berijas Handlangern ein Schnippchen zu schlagen.

Grigorij verließ Pchelas Büro. Nicht, um nach Hause zu gehen. Stattdessen nahm er den kürzesten Weg zu Nikolaj ins Botkinsker Krankenhaus. Auf dem Vorplatz herrschte reges Gewimmel, als ob ganz Moskau sich dort eingefunden hätte; wie ein menschlicher Keil strömte alles dem Eingang des Krankenhauses zu. Grigorij dagegen verharrte einen Moment, den Blick auf die heruntergekommene Fassade gerichtet, erfüllt von einem eigentümlichen Gefühl der Beklommenheit. Ein Krankenhaus zu betreten löste in ihm eine Urangst aus, deren Ursprung er nicht begriff.

Im Foyer schlugen ihm sofort die Ausdünstungen zu vieler Menschen auf zu engem Raum entgegen. Grigorij spielte seine Uniform und Autorität ungern aus, aber er war für jede Minute dankbar, die er nicht in dieser Umgebung verbringen musste. Also schob er sich energisch an der Schlange vor der Auskunft vorbei und fragte nach Nikolajs Zimmernummer. Nachdem er sich mühsam vier Stockwerke hochgekämpft hatte, zwischen

Wartenden und aufgereihten Matratzen mit Patienten hindurch, fing ihn eine resolute Schwester vor Nikolajs Zimmer ab und forderte ihn auf, sich zuerst zu waschen. Vorher würde er keinen Fuß hineinsetzen!

Als Grigorij sein geschwärztes Antlitz im Spiegel des Waschraums erblickte, grinste er es an. Kein Wunder, dass er die Schwester nicht hatte überreden können.

Er schrubbte sich sorgfältig. Nikolaj zog ihn gern mit seiner Eitelkeit auf. Sein gutes Aussehen brachte ihm eine Menge Eroberungen ein, und er griff gerne zu. Gerade im Krieg, wenn jeder Tag der letzte sein konnte. Aber die Friedenszeiten erwiesen sich als kaum minder bewegt. Sein bester Freund lag im Krankenhaus und bangte um sein Augenlicht. Vielleicht würde Nikolaj nie wieder den Anblick eines schönen Mädchens genießen.

Grigorij trocknete sich die Hände an seiner Hose und trat dann auf den belebten Flur zurück. Trotz der Überfüllung belegte Nikolaj ein kleines Zimmer für sich allein. Vermutlich auf Anweisung des Generals, der sich selbst ungern mit dem Pöbel, wie er das russische Volk nannte, abgab.

Nikolaj regte sich nicht bei Grigorijs Eintreten. Die regelmäßigen Atemzüge zeugten von einem tiefen Schlaf.

Grigorij zog den einzigen Hocker heran und setzte sich. Bis er Gewissheit erlangt hatte, dass sein Freund wieder sehen konnte, würde er sich nicht von Nikolajs Bett fortbewegen. Zog man seine abgrundtiefe Abneigung gegen Krankenhäuser in Betracht, war dies ein nicht unerheblicher Freundschaftsbeweis.

***

Seine Kehle brannte, als atmete er flüssiges Feuer. Und er roch Rauch. Feuer!, durchzuckte es ihn. Erschrocken fuhr er auf und fand sich von wabernder Schwärze umgeben. Ihm schwindelte, die ganze Welt schien in Bewegung zu sein, als befände er sich in einem Boot auf stürmischer See. Was geschah mit ihm? Wo war er? Alles fühlte sich für ihn fremd und unvertraut an.

Eine Erinnerung regte sich in ihm. Der Testflug! Die Explosion … Reflexhaft griff er sich ins Gesicht. Ein Verband? Auch seine Hände schienen dick bandagiert. In diesem Augenblick setzte der Schmerz ein und durchflutete ihn wie ein Feuerschwall. Er schien überall zu sein, als wäre sein Körper eine einzige offene Wunde.

»Wie geht es dir, Kamerad?«, tönte eine Stimme vom Bettrand.

Grigorij! Erleichterung durchflutete Nikolaj, als er den Rauchgeruch als brennende Machorka identifizierte. Selbst in einem Krankenhaus konnte Grigorij nicht von seiner Sucht lassen.

»Keine … Ahnung«, hörte er sich undeutlich krächzen. »Wie … sehe ich … aus?«

»Beschissen, mein Freund.«

»Meine … Stimme … ich …« Nikolaj hob mühsam den Arm und deutete auf sein Gesicht. Er hatte einen ekelhaft medizinischen Geschmack im Mund.

»Du hast zu viel heiße Dämpfe eingeatmet. Eben war der Arzt da, hat die Verbände gewechselt und deinen Rachenraum eingepinselt. Er sagte, du musst dich ausruhen und möglichst wenig sprechen. Er wollte mich fortschicken.«

»Was ist … passiert?« Obwohl Nikolaj sich selbst kaum verstehen konnte, schien Grigorij seine Fragen zu erraten.

Grigorij schilderte ihm die Geschehnisse von der Fehlzündung über die Explosion des Triebwerks bis hin zu ihrem Beinaheabsturz. »Wir haben verdammtes Glück, dass wir noch am Leben sind, mein Freund«, schloss Grigorij seinen Bericht.

»Meine … Augen?«, raspelte Nikolaj zuletzt und fürchtete sich vor der Antwort.

»Der Arzt sagt, es dauert fünf Tage, bis Gewissheit herrscht.«

Nikolaj sammelte seinen gesamten Mut: »Gewissheit, ob … ich blind bin …?«

»Gewissheit, ob du wieder sehen kannst. Du musst Geduld haben, mein Freund.«

Nikolaj, der sich während des Gesprächs mühsam aufgestützt hielt, spürte seine Kräfte schwinden. Sosehr er dagegen ankämpfte, er konnte Schmerz und Schwäche nicht länger standhalten. Erneut breitete sich Nebel in seinem Kopf aus, alles wurde leicht, entglitt ihm, trieb davon. Er ahnte, dass es da noch etwas gab, an das er sich erinnern sollte, eine Frage, die er stellen wollte.

Später, lautete sein letzter klarer Gedanke. Später wird es mir wieder einfallen …

13

Gott segne die Amerikaner!

Semjon Semjonow

Vielleicht, überlegte Semjon, hätte er Elena besser nicht bei seinem Vater untergebracht. Allerdings war dieses Versteck so gut wie jedes andere in Moskau. Sein Vater galt als tot. Nach seiner Weigerung, die Stadt zu verlassen, hatte Semjon ihm wohl oder übel zu einer neuen Identität verholfen. Außerhalb des Netzwerks wusste niemand, dass er noch lebte.

Nach Verlassen des Hauses vergewisserte sich Semjon aufs Neue, ob ihm jemand folgte, konnte jedoch keine Anzeichen einer Beschattung feststellen. Olga hatte gehöhnt, die Schlinge könne sich jederzeit um ihn zuziehen. Wann? Und welcher Werkzeuge hatte sie sich angeblich bedient?

Er konnte nicht sagen, was ihn mehr beunruhigte: die Ungewissheit oder die Warterei, dass etwas geschah. Er fragte sich, ob er während der Verfolgungsjagd auf dem Roten Platz erkannt worden war und Berija angeordnet hatte, seine nächsten Schritte abzuwarten, um etwaigen Komplizen auf die Spur zu kommen. Spielte Berija Katz und Maus mit ihm? Ein solches Vorgehen sähe dem mächtigen Chef des NKWD ähnlich.

Nun, er würde es erfahren. Sobald er seine Dienststelle

betrat … Damit setzte er alles auf eine Karte. Ihm blieb ohnehin keine andere Wahl. Entweder er tauchte unter und verschwand von der Bildfläche, oder er ging das Wagnis ein. Er hatte Elena versprochen, ihr bei der Suche nach ihrem Mann zu helfen. Die nötigen Informationen konnte er sich nur in der Llubjanka beschaffen. Dasselbe galt für die Reisedokumente für Elena und ihren Mann.

Kaum hatte er die Schwelle übertreten, lief er Matwej Luschukin in die Arme. *Ausgerechnet*. Der Mann gehörte zu Berijas glühendsten Verehrern und schwamm in seinem unmittelbaren Fahrwasser.

Luschukin trug einen sensationslüsternen Ausdruck zur Schau. Der Agent wollte etwas loswerden.

»Genosse Generalleutnant!«, rief Luschukin. »Wo sind Sie gewesen? Genosse Berija hat Sie bereits gesucht!«

Semjons Nervenenden begannen zu vibrieren. Würde er gleich verhaftet werden? Er blieb in seiner Rolle, zumal er im Rang weitaus höher stand als Luschukin. »Genosse Berija ist informiert, dass ich eben erst meine Frau beerdigt habe.« Er schob sich unwirsch an dem Mann vorbei.

»Haben Sie es noch nicht gehört? Die Amerikaner haben eine Atombombe über Japan gezündet! Und zwei unserer Leute wurden gestern auf dem Roten Platz ermordet! Ich sage Ihnen, Genosse Generalleutnant, hier ist das reinste Chaos ausgebrochen!«

Semjon stieß die Luft aus. *Gott segne die Amerikaner*! »Wo ist der Genosse Berija?«

»Er ist beim Generalissimus.«

»In Kunzewo?« Eine weitere gute Nachricht! Berijas Abwesenheit verschaffte ihm Zeit.

Luschukins nächste Worte machten seine Hoffnung zunichte:

»Genosse Berija ist im Kreml. Unser verehrter Generalissimus hat seine Ruhepause unterbrochen und ist nach Moskau zurückgekehrt.«

»Unser Führer denkt stets zuerst an das Wohl Russlands«, entgegnete Semjon getragen, als wäre er voller Ehrfurcht für den opferbereiten Führer des sowjetischen Volkes. »Wem wurde der feige Mord an unseren Kameraden zugeteilt, wissen Sie das, Genosse Luschukin?«, erkundigte er sich.

»Es ist der Genosse Major Rykow.«

Semjon, dem bekannt war, dass die beiden eine Art Freundschaft pflegten, sagte: »Der beste Mann.« Er nickte Luschukin zu und begab sich sofort zu Rykow, um den Ermittlungsstand in Erfahrung zu bringen.

»Genosse Generalleutnant Semjon Jakowlewitsch! Ich freue mich, Sie zu sehen!« Mit diesen Worten sprang Major Rykow bei seinem Eintreten auf. Nach einer kurzen Beileidsbezeugung zum Tod seiner Frau Olga hieb der Major auf einen Stapel Papiere. »Genosse Generalleutnant, das hier ist eine Riesensauerei! Zwei unserer Männer werden auf dem Roten Platz ermordet, und die Täter können trotz Verfolgung und sofort eingeleiteter Fahndung unerkannt entkommen.«

»Von wie vielen Tätern ist die Rede?«

»Angeblich nur zwei! Stellen Sie sich das vor. Ein Doppelmord am helllichten Tag mitten in unserem Moskau!«

Semjon nahm Platz. »Waren unsere Männer aus einem bestimmten Grund dort?«

»Sie gingen einem Hinweis nach. Man hatte uns eine verdächtige Person gemeldet.«

Das alarmierte Semjon. Jemand hatte ihn gemeldet? Wer? Seine Frau! *Verdammt*!, durchfuhr es ihn heiß. Er hätte Olga vor ihrem Tod verhören sollen! »Von wem stammt die Meldung?« Er beugte sich unwillkürlich vor.

»Wir sind noch dabei, das herauszufinden.«

»Anonym also. Anruf oder Nachricht?«

»Eine Nachricht, verschlüsselt«, erteilte Rykow bereitwillig Auskunft.

Semjon verstand. Olgas erste Tretmine. Während Semjon fieberhafte Überlegungen anstellte, lehnte sich Rykow vertraulich vor: »Es ist etwas passiert. Ich bitte deshalb um Ihren Rat, Genosse Semjon Jakowlewitsch.«

»Was ist los?«, fragte Semjon gedämpft.

»Ich kann es mir absolut nicht erklären, aber die Nachricht ist verschwunden. Eben hielt ich sie noch in Händen, im nächsten Augenblick …«, Rykow sah sich um, als befürchtete er fremde Lauscher, »… war sie nicht mehr da.«

»Was soll das heißen? Haben Sie sie verlegt? Oder wollen Sie etwa andeuten, sie sei Ihnen gestohlen worden?«

»Nun, äh, weder noch …«, druckste Rykow herum.

»Wenn Sie einen Rat von mir erwarten, ersparen Sie mir Ihr nebulöses Geschwätz, Major«, forderte Semjon. »Die Nachricht ist weg. Wenn Sie sie nicht selbst verlegt haben, wurde sie gestohlen. Wer hatte in der fraglichen Zeit Zutritt zu Ihrem Büro?«

»Niemand außer mir und Genosse Berija wusste überhaupt davon. Ich schwöre, ich habe sie auch nur ihm gezeigt. Ich glaube …«, Rykow senkte seine Stimme zu einem Flüstern, »… Genosse Berija hat die Nachricht selbst heimlich an sich genommen. Verstehen Sie das? Warum sollte er das tun?«

Ja, warum?, fragte sich auch Semjon. Berija, dieser geniale Taktiker, musste sich etwas von ihr versprechen. Ein Druckmittel? Gegen ihn, Semjon? Aber warum schloss er den Genossen Rykow von seiner Intrige aus? Weil er ihm ebenfalls misstraute?

»Haben Sie den Genossen Berija auf die verschwundene Nachricht angesprochen?«, fragte Semjon.

»Äh, nein. Sonst … äh …«

»Ich verstehe. Sie fürchten, sich dem Verdacht auszusetzen, eine wichtige Nachricht verloren zu haben.«

»Ich leugne es nicht, Genosse Semjon Jakowlewitsch. Mir ist nicht wohl bei der Sache.« Rykow spielte seit geraumer Zeit mit seinem Ehering. »Was hat das nur zu bedeuten? Ich hätte dem Genossen Berija die Nachricht zu jeder Zeit überlassen!« Es gelang ihm nicht, die Furcht aus seiner Stimme herauszuhalten. Er wähnte sich wohl auf der Abschussliste.

Semjon konnte sich zwar auch keinen Reim auf das Ganze machen, wollte sich jedoch nicht zu sehr den Kopf darüber zerbrechen. Solange ihn niemand daran hinderte, würde er einfach seinem ursprünglichen Plan folgen. In der Llubjanka war es eine wohlbekannte Tatsache, dass er hinter General Pchela Platz zwei auf Berijas Abschussliste belegte, der mächtige NKWD-Chef sich aber trotz raffinierter Intrigen bisher die Zähne an ihm ausgebissen hatte. Vermutlich deshalb vertraute sich der Genosse Major Rykow ihm an.

Semjon erhob sich und strich seine Uniformjacke glatt. »Ich sehe keinen Anlass zur Besorgnis, Genosse Major. Wenn der Genosse Berija die Nachricht tatsächlich, und ohne Sie zu informieren, an sich nahm, so hat er dafür sicher seine Gründe. Wir müssen sie nicht immer verstehen. Er ist Ihr Chef und nur gegenüber unserem Woschd, dem Genossen Stalin, Rechenschaft schuldig. Zudem ist weiterhin nicht auszuschließen, dass Sie sie nur verlegt haben. Vielleicht taucht sie wieder auf? Dann lachen wir beide herzlich über diese Episode. Ich rate Ihnen, konzentrieren Sie sich auf die Ermittlungen, Genosse Rykow, und lösen Sie den Fall! Sie sind der richtige Mann dafür.« Er erhob sich und tat so, als würde er sich verabschieden wollen, wandte sich dann aber nochmals wie beiläufig Rykow zu: »Ach ja, ich würde gerne mit den Zeugen reden. Es gibt doch Zeugen?«

»Natürlich!« Genosse Rykow stand unwillkürlich stramm. »Ich habe die Stümper verhaften lassen, die die Mörder entkommen ließen. Dazu noch einige weitere Anwesende vor der Basiliuskirche. Soll ich Sie zu ihnen führen?«

»Zuerst will ich die Leichen der beiden Männer sehen. Begleiten Sie mich.«

»Das mit der Atombombe ist auch so eine verdammte Sauerei!«, schnaubte Rykow erregt. Korpulent und kleinwüchsig hatte er seine liebe Mühe, dem schnell ausschreitenden Semjon zu folgen. Nichtsdestotrotz wollte er sein Wissen ebenso loswerden wie seinen Standpunkt: »Es heißt«, keuchte er, »die neue Bombe habe auf einen Schlag Zehntausende Japaner vernichtet. Ich sage Ihnen, Genosse Semjon Jakowlewitsch, die Imperialisten konnten uns nur deshalb zuvorkommen, weil sie uns betrogen und bestohlen haben!«

»Was meinen Sie? Erklären Sie sich.«

»Ich hörte, wie sich Genosse Berija beschwerte, die Amerikaner hätten eine geheime deutsche Forschungsstätte in … Thur…, äh, Thor…, äh Tehruingen …«

»Thüringen?«, half ihm Semjon mit dem deutschen Namen aus. Die Sache interessierte ihn. Insbesondere, da ihm bereits durch General Pchela Einzelheiten zugetragen worden waren. Nicht, dass er den Genossen Pchela besonders schätzte, was selbstredend auf Gegenseitigkeit beruhte. Sie standen jedoch im Geheimen in Verbindung, zur gegenseitigen Absicherung gegen den gemeinsamen Feind, Lawrenti Berija. Um Rykow die Möglichkeit zu geben, wieder zu Atem zu kommen, hielt Semjon kurz inne.

»Genau, ja, das ist der Ort!«, rief Rykow aus. »Er wurde uns zugesprochen! Die Amerikaner besetzten dieses Thuringen im April 1945 widerrechtlich und plünderten die geheimen Tunnel. Es soll sich dabei um ein unbekanntes Führerhauptquartier gehandelt haben. Genosse Berija erwähnte auch noch ein deutsches U-Boot, das die Amerikaner ebenfalls kaperten und plünderten. Unseren Informationen nach wollten die Deutschen es kurz vor Kriegsende noch nach Japan senden. Genosse Berija hegt den Verdacht, dass den Amerikanern dabei wichtige Teile der deutschen Atombombe in die Hände gefallen sind.«

»Welche Teile?«, fragte Semjon und versuchte, nicht allzu interessiert zu klingen.

»Im U-Boot sollen sich Zünder befunden haben. Stellen Sie sich vor, diese mächtige Bombe in unserem Besitz! Was könnten wir nicht alles mit ihr erreichen!«, schwärmte Rykow.

»Hm, über die Bombe weiß ich allerdings wenig. Nur, dass General Pchela die Aufgabe übertragen wurde, sich rechtzeitig der deutschen Waffenproduktions- und -forschungsstätten zu versichern und den Amerikanern zuvorzukommen«, legte Semjon den Köder aus.

»General Pchela hat versagt«, sagte Rykow wichtig. Als Berijas Vasall verhehlte er nicht seine Schadenfreude. Die Feindschaft zwischen den Chefs der beiden wichtigsten Geheimdienste der Sowjetunion, NKWD und GRU, schwelte seit Jahren, und beide Lager verwendeten eine Menge Energie darauf, die Flamme beständig am Brennen zu halten.

Die beiden Männer bogen am Flurende nach links und stießen dort beinahe mit einer uniformierten Person zusammen, die geschickt auswich und mit gesenktem Kopf weitereilte.

Semjon, von den eigenen Gedanken in Beschlag genommen, achtete nicht weiter auf sie. Er wunderte sich nur, warum er plötzlich Maiglöckchenduft in der Nase hatte.

Rykow hingegen, in Plauderlaune und darauf erpicht, sich Semjon anzudienen, flüsterte ihm zu: »Sieh an! Genosse Berijas Nichte. Hoher Besuch!«

Nun ebenfalls von Neugier erfasst, blickte Semjon über die

Schulter zurück. Was mochte Xenia Liskowa, Nichte und heimliche Favoritin Berijas, hierher führen? Er hatte sie nie zuvor hier gesehen, es hieß, sie mied die Llubjanka. Onkel und Nichte mussten etwas Wichtiges zu besprechen haben. Da hätte er gerne gelauscht. Dabei fiel ihm ein, dass Rykow vorhin erwähnte, Berija halte sich im Kreml bei Stalin auf. Nun, ihm konnte es gleich sein, wenn die Liskowa den Onkel nicht antreffen würde.

»Genosse Berija sagt«, Rykow trocknete sich mit einem Taschentuch die feuchte Stirn, »die Atombombe sei von unserem verehrten Generalissimus zur Aufgabe Nummer 1 erklärt worden. Und dass er ihm diese wichtige Aufgabe übertragen werde.«

Semjon nickte. »Genosse Berija ist der beste Mann für diese bedeutsame Aufgabe«, betonte er in völliger Unaufrichtigkeit. Die Bombe interessierte ihn nicht im Geringsten. Ihr Abwurf zu diesem Zeitpunkt stellte jedoch einen unerwarteten Glücksfall dar. In nächster Zeit würden die Gedanken aller auf sie gelenkt sein.

Nachdem er die beiden Leichen begutachtet, sich mit einigen fachmännischen Mutmaßungen über den möglichen Tathergang wichtig gemacht und gegen alle Beteiligten entsprechende Drohungen ausgestoßen hatte, falls dieses abscheuliche Verbrechen nicht binnen vierundzwanzig Stunden aufgeklärt und die Schuldigen verhaftet sein würden, besorgte er eine Flasche Wodka und begab sich zu Juri Pomerenko. Pomerenko, seines Zeichens Oberster Verwalter der sowjetischen Gulags, war die erste und beste Anlaufstelle, um den Aufenthaltsort von Laurenz Sadler zu ermitteln.

Semjon verbrachte eine gesellige Stunde mit Pomerenko, an deren Ende er sein Anliegen geschickt einflocht. Nur um Pomerenko bedauernd ausrufen zu hören: »Aber wo denken Sie hin, werter Genosse Semjon Jakowlewitsch! Sie hätten sich nicht persönlich hierher bemühen müssen. Sofort nachdem Genosse Berijas Anfrage am Morgen einging, habe ich ihm die Akte Laurenz Sadler selbst hinaufgebracht!«

Semjons Magen machte einen Satz, und eine halbe Flasche Wodka drängte zurück nach oben. *Verdammt!* Wie konnte Berija von Laurenz Sadler wissen? Weshalb interessierte sich das fette Wiesel ausgerechnet für diesen einen Kriegsgefangenen, einen unter vier Millionen?

14

Wehe dem, auf den das Auge der Mächtigen fällt …

Ignazio Bentivoglio
aus »Die Seelenfischer«

Am frühen Morgen erfuhr Xenia per Telefon von Nikolajs Flugunfall. Sie reagierte wütend, weil man sie erst jetzt verständigte.

Sie befand sich fast schon auf dem Sprung ins Krankenhaus, als ihr Telefon erneut klingelte. Das Büro des Genossen Berija bestellte sie in dringender Angelegenheit in die Llubjanka. Natürlich leistete sie dem sofort Folge, doch als sie ankam, war ihr Onkel gar nicht da. Seit Stunden harrte sie nun in seinem leeren Büro aus. In ihr brodelte es wie in einem überkochenden Kessel.

Einfach wieder zu verschwinden, so wie früher, das konnte inzwischen nicht einmal sie sich mehr erlauben. Mit wachsender Macht waren die Launen ihres Onkels unberechenbar, seine Paranoia und Mordlust immer beängstigender geworden. Da sie ihre Wohnung ohne Frühstück verlassen hatte, meldete sich gegen Mittag ihr Magen. Sie schickte eine der adretten Sekretärinnen, die Berijas Vorzimmer bevölkerten, nach etwas Essbarem. Etwas später erschien einer von Berijas Getreuen und meldete, der Chef würde bald kommen und sie solle weiter auf ihn warten.

Also wartete sie, darüber wurde es früher Abend.

Xenia spülte ihren Ärger mit einigen Wodkas aus dem beachtlichen Vorrat ihres Onkels herunter. Anschließend übermannte sie Müdigkeit, sowohl dem Alkohol wie der ungewohnten Untätigkeit geschuldet.

Sie legte sich auf den Diwan, obwohl es sie davor ekelte. Hier trieb ihr Onkel seine perversen Spielchen mit den Mädchen aus seinen Vorzimmern.

Die waren noch die Glücklicheren, sie wussten, worauf sie sich einließen. Wehe dem jungen hübschen Mädchen auf Moskaus Straßen, auf das Berija aus seiner Limousine heraus ein Auge warf. Er ließ es entführen, und zeigte es keine Freude an der Vergewaltigung durch den großen Genossen Berija, so verschwand es auf Nimmerwiedersehen. Die Willigen jedoch durften leben und erhielten zur Belohnung einen Blumenstrauß. Xenia verzog den Mund, wenn sie an ihren Blumenstrauß dachte …

Sie schlief ein.

Am nächsten Morgen wurde sie von demselben Mann geweckt, der am gestrigen Mittag behauptet hatte, der Genosse Berija würde bald erscheinen. Dieses Mal schickte er sie fort, bestellte sie jedoch für den späten Nachmittag erneut ein.

15

Heimat ist mehr als ein Ort, Heimat ist ein Gefühl.

Annemarie Sadler

Kathi war zu Hause. Wohlig eingekuschelt in ihrem Bett, lauschte sie dem friedlichen Prusten ihrer Schwester. Sie liebte diese besondere Stille am Morgen, kurz bevor die Sonne die Nacht verdrängte und ihr erstes Licht über den Hügel mit dem Apfelbaum schickte. Sobald dies geschah, setzte das morgendliche Vogelkonzert ein.

Kathi mochte auch die vertrauten Geräusche, mit denen der Hof aus dem Schlaf erwachte. Das quietschende Geräusch der Ofenklappe, wenn Dorota den Herd schürte, die Stiege, die unter dem Schritt ihres Vaters auf seinem Weg zur Küche knarzte, das Klappern der Fensterläden im Schlafzimmer, wenn ihre Mutter sie öffnete, um Licht und Luft hereinzulassen. Wärme, Geborgenheit, Glück. Kathis Herz schwoll vor Freude an, dehnte sich aus, wurde größer und hob sie empor. Leicht und schwerelos wie eine Feder schwebte sie durch das Fenster, flog höher und höher, über das Dach des Hofes und der Scheune hinaus in den Himmel, sah zu, wie das unter ihr liegende Land in den Strahlen der aufgehenden Sonne aufleuchtete, als wäre es aus purem Gold gesponnen. Sie weinte, überwältigt von so viel Schönheit. Und wurde wach. Sie fiel aus großer Höhe und schlug auf dem Boden der Wirklichkeit auf.

Dies war nicht der Sadlerhof, sondern eine fensterlose Zelle. Die einzigen Geräusche, die ab und an zu ihr hereindrangen, waren fremde Stimmen, die sich Befehle zubrüllten. Ihr Leben hatte sich in einen Albtraum verwandelt. Sie redete sich ein, dennoch mit der Situation klarzukommen. Gefangenschaft bedeutete nicht nur den Verlust der Freiheit, sie entband sie auch jeglicher Verantwortung. Keine Pflichten, die sie erfüllen, keine Entscheidungen, die sie treffen musste; ihr Schicksal lag nicht mehr in ihrer Hand. Dafür durchlitt Kathi die schlimmste aller Foltern: ihre Sorge um Franzi. Gab man ihr im Waisenhaus genug zu essen? Hatte sie eine warme Decke? Franzi wurde doch so schnell kalt.

Unablässig kreisten ihre Gedanken um ihre kleine Schwester, quälte sie sich mit Selbstvorwürfen. Zwei Tage waren sie nun getrennt, zwei Tage, die wie eine Ewigkeit anmuteten. Die Ungewissheit, ein Martyrium.

Zwischendurch packten Kathi unkontrollierbare Ausbrüche. Sie hämmerte gegen die Tür, brüllte sich die Seele aus dem Leib. Sie begriff, dass sie ihren Verstand irgendwie beschäftigen musste, sonst würde sie verrückt werden. Eine Flucht in den Wahn mochte vielleicht eine Gnade sein, aber für sie gab es eine Aufgabe auf dieser Welt: Franzi.

Sie begann, imaginäre Rechenaufgaben zu lösen, und spielte stumm alle Musikstücke durch, die sie kannte. Auch wandten sich ihre Gedanken immer wieder dem Vater zu. Sie fragte sich, wie es ihm wohl in der Gefangenschaft ergehen mochte. Vor neunzehn Monaten hatten ihn die Nazis gegen seinen Willen in eine Uniform gezwungen und in den Krieg geschickt. Nach wenigen Wochen im Feld war er den Russen bei Leningrad in die Hände gefallen. Bestimmt würden auch seine Gedanken unentwegt um seine Familie kreisen, die er sicher auf dem Sadlerhof wähnte. Diese Hoffnung würde ihrem Vater die Kraft geben, sein Los durchzustehen. Und wenn er es durchhalten konnte, dann konnte sie das auch.

16

Die Bösen, das sind immer die anderen.

Aus »Heimat ist ein Sehnsuchtsort«,
Band 1 der Heimat-Saga

Das nächste Mal weckte ihn nicht der Geruch von Rauch, sondern Stimmen. Wütende Stimmen. Ein Mann und eine Frau schienen sich direkt vor seinem Krankenzimmer in die Haare geraten zu sein. Nikolaj musste nicht lange raten: *Xenia und Grigorij.*

Grigorij, bekanntlich kein Kostverächter, was Frauen anbetraf, konnte ausgerechnet Xenias Liebreiz nichts abgewinnen. Spätestens seit Xenia durch einen ihrer Bewunderer erfahren hatte, dass Grigorij sie hinter ihrem Rücken als »Prinzessin Lispel« bezeichnete, war die Atmosphäre zwischen ihnen vergiftet. Wann immer die beiden aufeinandertrafen, mündete dies unweigerlich in Streit.

Die Tür öffnete sich. Noch bevor der Besucher einen Laut von sich gab, verriet der dynamische Schritt Nikolaj, dass es sich um Xenia handelte. Sie betrat jeden Raum wie ein Eroberer.

Ein Gewicht an seiner Seite, eine Hand auf seiner Bandage, meinte sie: »Du Armer! Ich habe es eben erst erfahren. Niemand hat es für nötig gehalten, mich zu informieren.« Letzteres eindeutig ein Seitenhieb gegen Grigorij.

Nikolaj gab Xenia mit einer Geste zu verstehen, dass er sich gerne aufrichten würde. Sie half ihm und stopfte ihm das Kissen in den Rücken. Während er versuchte, eine Position zu finden, die ihn weniger schmerzte, verkündete ihm ein schleifendes Geräusch, dass Xenia eine Sitzgelegenheit heranzog.

»Sieh dich an, Nikolaj! Du hättest bei diesem Testflug nicht dabei sein müssen. Du bist viel zu wertvoll für unsere wissenschaftliche Forschung. Du hast dich völlig unnötig in Gefahr begeben! Russland verfügt über ausreichend Piloten.«

Nikolaj gab zu, dass sie nicht ganz unrecht hatte.

»Ich habe mit den behandelnden Ärzten gesprochen. Sie sagen, deine Hände sind übel verbrannt, kämen aber mit ein paar Hauttransplantationen wieder in Ordnung. Wegen deiner Augen wollten sie sich nicht festlegen. Man müsse abwarten. Pah! Ärzte! Sie …«

»Mir geht … es … schon viel … besser …«, blockte er mühsam ab. *Verdammt!* Weshalb fiel ihm das Reden heute schwerer als gestern?

Dass Xenia sich nicht direkt nach seinem Befinden erkundigte, störte ihn nicht. Im Gegensatz zu Grigorij schätzte er ihre unsentimentale Art. Es vereinfachte die Dinge, machte das Leben berechenbar. Für Grigorij hingegen lag darin der Grund für ihre Animosität. Grigori lebte die ganz großen Gefühle, er liebte den Tanz, den Gesang, und ganz besonders liebte er die Liebe und die Mädchen. Grigorij quoll oftmals vor Gefühlen geradezu über. Ein nichtiger Anlass reichte, und Grigorij verdrückte ein Tränchen, auch in der Öffentlichkeit. Er war ein Seelchen.

Nikolaj freute sich über Xenias Anwesenheit. Sie belebte seine Gedanken und vertrieb daraus den Nebel. Bislang hatte er vergeblich mit seinen Erinnerungen gerungen. Nun kristallisierte sich endlich die drängende Frage hervor, die ihm auf der Zunge lag: »Wie geht es … den Schwestern? Wo … sind sie?« Jedes einzelne Wort schmerzte. Er konnte sein Gekrächze selbst kaum verstehen. Vermutlich deshalb verstand ihn Xenia zunächst falsch. »Den Schwestern?«, wiederholte sie ungläubig. »Ich habe nur mit den Ärzten gesprochen.«

Er winkte sie näher an seinen Mund heran. »Nicht die Krankenschwestern. Die beiden deutschen Mädchen«, flüsterte er undeutlich.

»Typisch Genosse Nikolaj!« Xenia warf den Kopf zurück und ließ ein perlendes Lachen ertönen. »Halb tot sorgt er sich noch um seine Gefangenen. Ich kann dich beruhigen. Sie sind bestens untergebracht. Die Jüngere ist im Kinderheim, die Ältere habe ich in der Lenin-Kaserne gelassen.«

»Die Untersuchung … nicht abgeschlossen? Sie sollten … zusammenbleiben … Ich gab … Versprechen«, presste er mühevoll hervor.

»Beide Mädchen haben sich höchst impertinent verhalten. Ich musste sie trennen.«

»Impertinent? Was hab …?« Seine Stimme erstarb, wollte ihm nicht mehr gehorchen.

»Das kleine Biest ist auf mich losgegangen. Sie sind beide durchtrieben und undankbar. Mach dir keine Gedanken. Ruh dich aus und werde gesund, während ich mich um alles andere kümmere.«

Sie wollte schon gehen? Dabei hatte er noch einiges mit ihr zu besprechen. Enttäuscht hob er den Arm und griff ins Leere. »Hol sie … zusammen … Ich … versprochen«, wiederholte er. Blind, halb taub und zur Bewegungslosigkeit verurteilt, versagte ihm nun auch die Stimme endgültig ihren Dienst.

Xenia verabschiedete sich und ging. Nikolaj glaubte noch mitzubekommen, wie sie draußen auf dem Flur nach einer Schwester verlangte.

Kurz darauf trat jemand ein und griff nach seinem Arm.

Nein! Er wollte keine weitere Spritze, die ihn zurück in die Dunkelheit schickte! Die Wut gab ihm Kraft. Er zog die Hand zurück, gab einige knurrende Laute von sich und schüttelte den Kopf, trotz der Schmerzen, die ihm jede kleine Bewegung verursachte.

Die Krankenschwester sagte etwas, das er nicht verstand, dann war er wieder allein. Erschöpft sank er zurück und fand keine Ruhe, irrte hilflos durch das Labyrinth seiner Gedanken. Er fühlte sich für die beiden deutschen Mädchen verantwortlich. Grigorij! Er musste mit Grigorij sprechen!

17

Jeder Mensch für sich ist einzigartig und besitzt seine eigene Melodie. Finde seine Töne! Wenn du weißt, wie ein Mensch zu dem geworden ist, was er ist, dann kannst du ihn verstehen.

Laurenz Sadler

Als sich die Zellentür abermals öffnete und Xenia »Komm!« sagte, folgte ihr Kathi wortlos. Es fiel ihr schwer, sich bei Xenia nicht sogleich nach ihrer Schwester zu erkundigen. Aber da es ihr gestern einen weiteren Tag Gefangenschaft eingebracht hatte, hütete sie diesmal ihre Zunge.

Erst als sie im Wagen saßen und den Schlagbaum vor dem Kasernengelände passiert hatten, tastete sie sich an ein Gespräch heran. »Danke, dass Sie mich freigelassen haben, Genossin Xenia. Wie geht es meiner Schwester? Bitte, darf ich sie sehen?«

»Später. Vielleicht.«

»Wohin fahren wir?«

»Moskau.«

Kathi sah es ein. Genossin Xenia schien heute nicht zum Plaudern aufgelegt. Eine vage Ahnung verriet ihr, dass dies irgendwie mit Nikolaj zusammenhing. Aber sie verzichtete vorerst darauf, die Russin auf ihn anzusprechen. Stattdessen begnügte sie sich damit, aus dem Fenster zu sehen und die vorbeiziehende Landschaft zu betrachten.

Fast alles, was Kathi über Russland und die Stadt Moskau wusste, hatte sie von Sonia Petrowa gehört, der sowjetischen Politkommissarin, deren Gefangene sie in den letzten Wochen gewesen war. Sonia schwärmte von Moskau als der schönsten Stadt der Welt und pries ihre Wunder mit blumigen Worten. Nikolaj hatte kaum minder begeistert über Moskau gesprochen, wobei sein Fokus weniger den von goldenen Kuppeln gekrönten Palästen oder dem roten Prachtbau des Kreml galt, sondern den zahlreichen Bildungsstätten wie der Technischen Universität Baumann, an der er seine beiden Abschlüsse erworben hatte. Laut Nikolaj sollte auch sie dort ihre Studien aufnehmen. Kathi war in der Nähe der Städte Gleiwitz und Kattowitz aufgewachsen und hatte einige Tage im zerstörten Berlin verbracht. Doch für den flüchtigen Besucher war Stadt gleich Stadt. Erst wenn man in einer von ihnen lebte, konnte man einen Teil ihres Wesens erfassen und vielleicht selbst ein Teil von ihr werden.

Da Moskau mit hoher Wahrscheinlichkeit die nächsten Jahre ihr Zuhause sein würde, war Kathi fest entschlossen, die Stadt zu mögen.

Sie näherten sich nun den Randbezirken Moskaus.

Das Erste, was Kathi von der viel gerühmten Stadt zu sehen bekam, glich nicht ansatzweise den Schilderungen Sonias und Nikolajs. Keine goldenen Dächer, keine Farben, keine Wunder. Stattdessen schäbige Hütten mit Strohdächern, manche so niedrig, dass sie eher Erdlöchern glichen. Nackte, magere Kinder balgten sich mit ebenso mageren Hunden im Staub. Lang gezogene Fabrikbauten, aus deren Schornsteinen schwarzer Rauch entwich, wechselten sich ab mit freudlos grauen Vorstadtsiedlungen, die Wege bevölkert von dunkel gekleideten Elendsgestalten. Der Verkehr, neben den allgegenwärtigen Militärfahrzeugen, bestand vorwiegend aus Fuhrwerken, gezogen von mitleiderregenden Schindmähren. Der Krieg hatte Moskau und seine Bewohner ausgezehrt.

Kathi hatte sicher keine direkte Vorstellung davon gehabt, was sie in Moskau erwarten würde. Aber sicher nicht das. So sahen keine Sieger aus. Ihre Enttäuschung verwandelte sich in ein anderes Gefühl: Schuld. Und Beschämung. Als trüge sie persönlich eine Verantwortung für diesen Zustand.

Und traf dies nicht teilweise sogar zu? Schließlich waren es Hitler und das Deutsche Reich gewesen, die Russland ohne Not und aus purer Raubgier angegriffen hatten. Darauf fußte der Hass des Kasernenarztes und Xenias Abneigung gegen sie.

Unwillkürlich fragte sich Kathi, was sie empfinden würde, hätte die russische Armee ihre Heimat zuerst überfallen, gebrandschatzt und millionenfach gemordet. Sie musste an den fürchterlichen Streit zwischen ihrer Mutter Annemarie und ihrer Großmutter Charlotte denken, der schon einige Jahre zurücklag. Damals forderten die Nazis ihre Eltern auf, Franzi wegen ihres angeborenen Defekts in eine Anstalt zu geben. Damals meinte ihre Großmutter zu ihrer Mutter, dies sei die beste Lösung, da Franzi auf Dauer eine Belastung für die Familie wäre. Ihre Schwester fortgeben? Entsetzt war sie zu ihrem Lieblingsplatz auf den Hügel geflüchtet. Dort fand sie später der Vater und bat sie um Verständnis für das Verhalten der Großmutter.

»Mein kleiner Kolibri, du musst versuchen, dein Gegenüber mit seinen Augen zu sehen. Jeder Mensch für sich ist einzigartig und besitzt seine eigene Melodie. Finde seine Töne! Wenn du weißt, wie ein Mensch zu dem geworden ist, was er ist, dann kannst du ihn besser verstehen. Wie du es bei unserer Franzi tust. Unsere Franzi kann nichts für ihren Defekt. Sie ist so geboren. Wir haben nicht einmal die Wahl, uns gegen das Leben zu entscheiden, wir werden einfach in es hineingeworfen. Ob

König oder Bettler, ob Junge oder Mädchen, wir kommen alle nackt und hilflos zur Welt. Was wir aber wählen können, ist, Brücken zu überqueren.«

Die Worte ihres Vaters hallten in ihrem Herzen wider, und Kathi traf ihre Wahl. Sie würde sich nicht länger gegen ihr Schicksal stellen, sondern die Brücke überschreiten.

»He! Bist du taub?«

»Was?«, fuhr Kathi aus ihren Gedanken.

»Wir sind da. Steig aus!«

Kathi fand sich vor einem schmucklosen grauen Gebäude wieder, an das sich einige windschiefe Anbauten aus Holz schmiegten. Vor dem Haus reckte ein einzelner Baum seine verkohlten Überreste in den Himmel. Den einzigen Farbpunkt in diesem trostlosen Ensemble setzte die rote Fahne auf dem Dach.

»Wo sind wir?«

»Das ist das Waisenhaus. Du wolltest doch deine Schwester sehen.«

Xenia stapfte voran. Die Tür öffnete sich, und eine schmale Frau trat ihnen entgegen. Sie wirkte so grau wie das Haus und, wie Kathi fand, auch ein wenig ängstlich.

Zu Recht, wie sich herausstellte.

Fassungslos lauschte Kathi dem kurzen Wortwechsel zwischen Xenia und der Heimleiterin.

»Was heißt das, sie ist nicht da?«, fragte Xenia scharf.

»Sie ist seit gestern verschwunden.« Die Augen der Frau flackerten nervös.

»Sie haben meine Schwester verloren?« Kathi schnappte nach Luft. Ein heißes Gefühl stieg in ihr auf. Damit hatte sie nicht gerechnet, dabei sah es Franzi überaus ähnlich. Seit sie krabbeln konnte, beherrschte ihre kleine Schwester die Kunst zu verschwinden. Zu Hause hatte sie ihnen anfangs damit häufiger einen Schrecken eingejagt. Bis sie herausfanden, dass es Franzi vor allem an einen besonderen Ort zog …

Kathi folgte ihrer Eingebung. »Gibt es in der Nähe vielleicht Bienenstöcke?«, wandte sie sich spontan an die Heimleiterin.

»Was soll das denn für eine Frage sein?«, entgegnete diese argwöhnisch.

»Franzi liebt Bienen. Sie ist zu Hause oft verschwunden. Danach fanden wir sie meist schlafend unter den Stöcken.«

»Ich weiß von keinen Bienenstöcken. Siehst du hier vielleicht Bienen?«

Kathi sah vor allem keine Blumen in dem traurigen, kleinen Garten. Dafür erspähte sie den Kirchturm, der nicht allzu weit hinter dem Gebäude aufragte. »Meine Schwester mag auch Kirchen. Vielleicht ist sie dort. Können wir bitte nachsehen?«

»Die Kirche ist verschlossen. Da kommt niemand mehr hinein.«

»Schluss jetzt!«, fuhr Xenia wie eine Axt in die Unterhaltung. »Deine Schwester ist weg, und ich werde sicher keine Zeit auf die Suche nach ihr verschwenden. Und Sie, Genossin Kralowa, sollten besser auf Ihre Schutzbefohlenen achtgeben. Ich werde Ihre Nachlässigkeit in meinem Bericht erwähnen müssen. Los, gehen wir!« Sie packte Kathis Arm und zerrte sie ohne viel Federlesens mit sich.

»Bitte, Genossin Xenia!«, flehte Kathi und stemmte sich gegen sie. »Franzi ist allein hilflos. Können wir nicht kurz in der Kirche nachsehen?«

»Nein. Deine Schwester ist nicht mehr mein Problem. Komm jetzt. Außer du möchtest zurück in deine Zelle.«

Das verschloss Kathi den Mund. Vorerst. Sie warf einen letzten, flehentlichen Blick zurück zur Heimleiterin.

Die stand klein und grau weiter auf dem Weg, knetete nervös ihre Hände und sah ihnen hinterher.

18

Plötzlich, dort: ein fremder Duft,
welch zwielicht' Geschöpf kündet die Gruft?

Aus dem Gedicht »Honigtot«

Dieses Mal tauchte Berija beinahe pünktlich in seinem Kellerbüro auf, mit breitem Lächeln, hinlänglich wodkabenebelt und natürlich, ohne ein Wort über den gestrigen Tag zu verlieren. Oder sich deswegen bei Xenia zu entschuldigen.

Nun quälte er sie bereits seit einer Stunde mit seinen üblichen Prahlereien. Er lief gestikulierend durchs Büro und unterbrach seinen Marsch nur, um ein weiteres Glas Wodka runterzukippen.

Dass die Männer immer saufen müssen … Xenia widerte das an.

Ihr Onkel badete in seinem neuesten Triumph: Generalissimus Stalin hatte ihm die Aufgabe Nr. 1 übertragen: den Bau der Atombombe. »Mir, mir allein vertraut er!«, rief er jubelnd und warf die Arme hoch. »Mir, Lawrenti Berija! Vor allen anderen hat er mich ausgezeichnet! Oho, jetzt kann mich niemand mehr aufhalten! Gib deinem Onkelchen einen Kuss, Xenjuschka. Meine Süße, mein Augapfel«, säuselte er und hielt ihr seinen gespitzten Mund entgegen. Jeder Karpfen war schöner.

Xenia küsste ihn, heuchelte Freude und zollte ihm zum wiederholten Male Beifall, während sie innerlich schäumte: *Sollte er doch endlich zum Punkt kommen, der fette alte Idiot!* Sie gierte danach zu erfahren, weshalb er sie in die Llubjanka beordert hatte.

»Dies ist unsere Chance, Xenjuschka!«, rief Berija, von sich selbst berauscht. Er blieb vor ihr stehen und blies ihr seinen Schnapsatem ins Gesicht. »Wenn wir es richtig anstellen, Xenjuschka, wird General Pchela als Chef der GRU bald Geschichte sein!«

Das hörte Xenia nicht zum ersten Mal. Seit vielen Jahren schon biss sich ihr Onkel die Zähne um Stalins Gunst an seinem größten Rivalen aus. »Ich habe einen Auftrag für dich«, erklärte Berija.

Endlich! Xenia befeuchtete ihre Lippen mit der Zunge.

»General Pchela plant etwas gegen mich.« Noch ein Satz, den Xenia im Überdruss von ihm kannte. Tatsächlich ermüdete sie die Fixierung der beiden aufeinander. *Dass Männer immer gegeneinander kämpfen mussten* … Dabei zog sie ihren Vorteil daraus – gerade weil sie früh erkannt hatte, dass Männer Gegner brauchten, um sich durch einen Sieg selbst zu erhöhen.

Berija holte eine Mappe aus seinem Schreibtisch und nahm auf dem Stuhl dahinter Platz.

»Was ist das?«

»Die Akte Katharina Sadler.«

»Nikolajs Hitlermädchen?« Wieso interessierte sich ihr Onkel für sie? Verdammt, Nikolaj! Was hatte er ihr verschwiegen? Zumindest erklärte sich damit sein besonderes Interesse an der Deutschen. General Pchela musste ihn auf sie angesetzt haben!

Xenia beugte sich begierig vor. »Ist sie eine Spionin?«

»Nichts anderes, hehe! Sieh, was deine Freundin Sonia Petrowa über die kleine Sadler in ihrem Bericht schreibt.« Er schob ihr mehrere Blätter zu.

»Sonia?«, entfuhr es Xenia.

»Lies! Und schau, wer das Dokument neben ihr noch unterzeichnet hat.«

Xenia beendete die Lektüre und starrte auf die beiden Unterschriften. Neben Sonias prangte dort Nikolajs schwungvoller Namenszug.

Sie spürte den abschätzigen Blick ihres Onkels auf sich. Er war hässlich, gemein und skrupellos, und an seinen Händen klebte das Blut Hunderttausender Unschuldiger. Er war auf ekelhafte Weise verdorben, und es gab keine Abscheulichkeit, die er einem Mann oder einer Frau noch nicht angetan hatte. Lawrenti Berija war der gefährlichste Mann in ganz Russland, und keiner konnte sich vor ihm sicher fühlen. Nicht einmal Stalin selbst. Xenia wusste, dass ihr Onkel insgeheim davon träumte, dessen Platz einzunehmen. Es gefiel ihr nicht, wie er die nachfolgenden Worte über die Zunge rollen ließ: »Dein Freund Nikolaj hat also Geheimnisse vor dir.« Berija lehnte sich zurück und faltete die Hände über dem Schmerbauch.

Xenia verzichtete auf jeglichen Rechtfertigungsversuch. Stattdessen sah sie ihm fest in die Augen und versicherte ihm, was er von ihr hören wollte: »Ich werde es herausfinden. Du kannst dich auf mich verlassen. So wie immer, Onkel Lara.«

»Bravo, das ist meine Xenjuschka! Hier steht es schwarz auf weiß«, Berijas bleicher Finger tippte auf den Bericht, »Katharina Sadler wird eine enorme Begabung nachgesagt. Daher die Empfehlung, sie auf die Liste der für Russland anzuwerbenden Wissenschaftler zu setzen. Unser *Freund* Pchela hat die Sadler tatsächlich in unser Land geholt! Eine Spionin! Hehe, ich spüre es in meinen Knochen! Pchela wird über dieses Mädchen stürzen!«

Xenia verkniff es sich, ihren Onkel auf die Tatsache hinzuweisen, dass der Krieg vorbei war und es für Katharina Sadler damit keinen Grund gab, weiter für die Deutschen zu spionieren. »Liegen uns weitere Informationen über diese Sadler vor?«

Berija erlaubte sich sein berühmtes Grinsen. »Wir haben den Vater in Gewahrsam! Die Verlegung vom Lager in Leningrad nach Moskau ist bereits veranlasst. Ich werde ihn persönlich befragen. Trotz der Anstrengungen der Gestapo, ihre Archive zu vernichten, fielen uns in Berlin noch genügend Dokumente in die Hände. Darunter die Akte Ferdinand von Schwarzenbach.«

»Dieser Name ist mir bekannt«, bestätigte Xenia. »Er steht ebenfalls auf unserer Liste der Wissenschaftler.«

»Schwarzenbach verschwand im April 1944, einen Tag nachdem er Katharina Sadler in der jetzigen Woiwodschaft Schlesien aufgesucht hatte. Die Nummer zwei der Gestapo, Einauge Greiff, wurde persönlich mit der Suche nach ihm beauftragt. Erfolglos. Von Schwarzenbach hatte sich bereits nach Großbritannien abgesetzt.«

»Ich verstehe, Onkel. Du denkst, er hat die kleine Sadler angeworben, um für die Briten zu spionieren?«

»Falsch! Ich denke das nicht, ich weiß es. Im selben April 1944 tauchte nämliche Katharina Sadler in Berlin auf.«

Xenia überlegte. »Warum befand sie sich bei Kriegsende dann wieder auf dem elterlichen Hof in Schlesien?«

»Das herauszufinden, Nichte, ist deine Aufgabe. Wir haben den Mitschnitt eines Telefonats durch die Gestapo. Die Sadler telefonierte im April 1944 von einem Anschluss auf dem Berliner Anhalter Bahnhof mit einem Anschluss in Potsdam. Letzterer gehörte nachweislich zum Anwesen des Großvaters von Schwarzenbach, dem Generalfeldmarschall Schwarzenbach.« Er reichte ihr das Protokoll samt russischer Übersetzung über den Tisch.

Xenia zog es vor, das deutsche Original zu lesen, und stolperte sogleich über einen Absatz:

Teilnehmer 1 (weiblich, jung): *Ferdinand ist gefallen*?

Teilnehmer 2 (männlich, alt): *Nein, der junge Herr ist zum Feind übergelaufen. Und Fräulein … Ich soll Sie von der falschen Biene grüßen. Sie spielt jetzt Teufelsquadrat. Auf Wiederhören!*

»Falsche Biene? Teufelsquadrat? Was …?« Auf Xenias glatte Stirn trat eine Querfalte. Pchela bedeutete auf Russisch *Biene*! »Mein Gott!«, hauchte sie.

Die Selbstzufriedenheit in Berijas Gesicht war kaum mehr zu ertragen. Es hielt ihn nicht mehr auf dem Stuhl: »Wir haben ihn! Pchela ist ein Spion und arbeitet für die Briten! Er hat vor, das Hitlermädchen in die Aufgabe Nr. 1 einzuschleusen! Dieses Mal *muss* Stalin mir glauben. Das deutsche Mädchen ist der Schlüssel. Beschaff mir stichfeste Beweise, Xenjuschka! Dieses Mal darf uns kein Fehler unterlaufen.«

Was hieß hier *uns?*, schoss es Xenia durch den Kopf. Die letzten Beweise gegen den General hatte er allein fingiert, und Stalin hatte den Braten schnell gerochen.

»Ah, Pchela! Warte nur, bis ich dich in die Finger kriege«, schwelgte Berija weiter in seinem künftigen Triumph.

»Verdammt«, entfuhr es Xenia.

»Was ist?«

»Ich habe die jüngere Sadler-Schwester gleich nach ihrer Ankunft in ein Waisenhaus verfrachtet. Die andere hab ich heute Morgen bei den angeworbenen deutschen Wissenschaftlern aus dem Kaiser-Wilhelm-Institut untergebracht.« Berija nickte, als wäre er über alles im Bilde.

»Leider ist die jüngere Schwester aus dem Waisenhaus entwichen«, ergänzte Xenia dann allerdings.

»Was?«, fuhr er auf. »Weshalb wurde ich nicht unterrichtet?«

»Weil die Heimleiterin es nicht gemeldet hat und ich das Verschwinden bis soeben für eine Bagatelle hielt. Ein deutsches Balg weniger, für das unser Volk sorgen muss.« Xenia unterstrich ihre Worte durch ein Achselzucken. »Als die Ältere vom

Verschwinden der Schwester erfuhr, erkundigte sie sich sofort nach Bienenstöcken in der Nähe des Waisenhauses. Angeblich hält sich ihre Schwester mit Vorliebe bei den Tieren auf. Sie bestand darauf, sie suchen zu gehen.«

»Das wird ja immer besser!« Berija fuchtelte mit dem Zeigefinger und nahm seinen Marsch durchs Büro wieder auf. »Denken wir es durch. Der Bienenstock steht für einen Code, das ist klar. Oder aber …«, Berija nahm seinen Kneifer ab und schwenkte ihn durch die Luft, »es handelt sich bei *Bienenstock* um einen Treffpunkt für Spione. Wenn die kleine Schwester verschwunden ist, so muss sie sich dorthin abgesetzt haben.« Berija blieb stehen, tippte sich mit dem Finger auf die Nase und verkündete: »Ich wette, die Heimleiterin ist auch involviert. Ich lasse sie abholen.«

Xenia verkniff sich ein Augenrollen. Die ausufernde Paranoia ihres Onkels, inzwischen hinter jedem Baum einen Zaristen oder Konterrevolutionär zu vermuten, fand kaum ihren Beifall. »Wäre es nicht besser, die Frau zunächst nur zu beobachten?«, versuchte sie, seinem Verhaftungseifer entgegenzuwirken. »Womöglich führt sie uns von selbst zum Treffpunkt?«

Wieder dieser kurze, taxierende Blick, der jedem anderen als Xenia den Puls hochtreiben würde.

Unversehens klatschte Berija in die Hände und rief: »Gut, gut, so machen wir das! Nichts übereilen. Ich habe noch weitere Aufgaben für dich, Xenjuschka. Die kleine Sadler hat ein Notizbuch verfasst. Es enthält Berechnungen und Zeichnungen. Pchela übergab es dem Genossen Chefingenieur Sergejew zwecks Beurteilung. Wie mir zugetragen wurde, begeistert der Inhalt Genosse Sergejew. Ich habe einen meiner Leute darauf angesetzt. Diesem Dilettanten ist es bisher aber lediglich gelungen, ein paar Seiten daraus zu fotografieren. Ich muss dieses Buch haben! Beschaff es mir! Hat Pchela einen Major Tolkin und den Atlas der Sadler erwähnt?«

Xenia forschte in ihrem Gedächtnis. »Major Tolkin? Der Name ist mir nicht bekannt. Und welchen Atlas meinst du genau?« Sie war es gewohnt, dass die Gedanken ihres Onkels umherschossen wie Protonen in einem Reaktor.

»Pchela versucht, den Besitz des Atlas geheim zu halten. Aber ich bin ihnen einen Schritt voraus, hehe! Vor zwei Tagen habe ich Major Tolkin verhaftet. Er hat die kleine Sadler noch vor deiner Freundin Sonia verhört und den Atlas konfisziert. Laut ihm ist es ein deutscher Autoatlas. Darin sind mehrere Orte gekennzeichnet. Zweifellos handelt es sich um bis dato geheime Führerhauptquartiere und Waffenforschungsstätten! An einige Namen konnte sich Tolkin noch erinnern. Meine Leute sind bereits unterwegs dorthin. Ich will eine vollständige Liste dieser Orte haben, hörst du! Die Meriten stehen mir zu, mir! Nicht diesem miesen Verräter Pchela. Er ist eine Schande für unser schönes Sowjetrussland! Er verdient es nicht, ein Russe zu sein!« Berija erging sich noch eine ganze Weile in Verwünschungen gegen den General, und Xenia übte sich in Geduld.

»Was weiß Nikolaj, was hat er dir erzählt?« Mühelos fand Berija aus seiner Schimpftirade in einen lauernden Ton zurück.

»Nichts, wir konnten seit seiner Heimkehr kaum ein Wort miteinander wechseln. Er liegt derzeit im Botkinsker Krankenhaus und ist kaum bei Bewusstsein. Bedauerlicherweise wurde ich erst gestern von seinem Flugunfall unterrichtet.«

»Krankenhaus? Ach ja, der Absturz. Ihm droht Blindheit, wie man mir zugetragen hat? Wie tragisch«, sagte er ohne den Hauch des Bedauerns.

Xenia enthielt sich einer Antwort.

»Und nun geh, Xenjuschka.« Berija umfasste ihren Leib und drückte ihr einen wenig onkelhaften Kuss auf die Lippen. »Ich erwarte rasche Ergebnisse. Mach dein Onkelchen glücklich.« Mit einem letzten Klaps auf ihren Po schickte er sie hinaus.

19

»Es gibt nichts, was ein wenig Seife und Spucke nicht beheben kann!«

Dorota Rajewski

»Oleg Rajewski! Wirst du wohl die schmutzigen Stiefel ausziehen!«, schimpfte Dorota ihren Ziehsohn.

Oleg sah an sich hinab und fand nichts auszusetzen. Gut, ein winziges Fädchen Mist mochte vielleicht unter seiner Schuhspitze hervorlugen. Kaum der Rede wert.

»Das bisschen Mist?«, murmelte er.

»Das bisschen Mist? *Das bisschen Mist?*« Wie von Zauberhand tauchte ein Besen in Dorotas Händen auf.

Oleg, der in seinem Leben bereits hinreichend Bekanntschaft mit diesem Besen gemacht hatte, gab sofort klein bei. Er trat zurück in den Flur und entledigte sich seiner Knobelbecher.

»Was ist das?«, grollte Dorota mit ihrer Gewitterstimme. Die Hände an den Hüften starrte sie auf seine Füße. »Bei der Schwarzen Madonna von Tschenstochau! Deine Socken bestehen aus mehr Löchern als Wolle!«

In der Tat ragten aus den Selbstgestrickten einige seiner Zehen hervor. Unbeschadet der Tatsache, dass die Zehen auch ziemlich schmutzig aussahen, wackelte Oleg fröhlich mit ihnen. »Das sind meine Lieblingssocken«, verkündete er.

»Dann soll deine Frau sie dir stopfen.«

Oleg, jederzeit bereit, seine Angetraute zu verteidigen, versprach: »Ich mach es heute selbst. Paulina hat genug mit den Zwillingen zu schaffen. Sie haben wieder Blähungen«, spielte er seinen besonderen Trumpf aus.

Sofort zerfloss Dorotas rundes Gesicht vor Zärtlichkeit. *Oij, die Zwillinge, ihre herzigen Enkele …* Freilich hatte Olegs Frau wenig Zeit. »Gib deine Socken her, ich flick sie dir später. Und gib Paulina Bescheid. Die Suppe ist fertig, wir können essen.«

»Ist gut.«

»Und, Oleg?«

»Ja, Mütterchen?«

»Geh dir die Füße waschen.«

Zehn Minuten später löffelten sie zu viert sämige Rübensuppe. Neben Dorota, ihrem Ziehsohn Oleg und seiner Frau Paulina, verwitwete Sadler, hatte sich auch Pjotr, einer von Dorotas zahlreichen Neffen, mit an den Tisch gesellt. Seit die Russen nach einem halben Jahr Besetzung aus Petersdorf abgezogen waren, half ihnen der Pole auf dem Hof aus. Besonders jetzt, zur Erntezeit, war jede zusätzliche Hand willkommen.

Neben dem Tisch, in der Wiege, die bereits unzählige Generationen von Sadlers beherbergt hatte, schlummerten die zwei Wochen alten Zwillinge Alma und August. Sie waren einen Monat zu früh gekommen, und für die Erstgebärende und bereits dreiundvierzig Jahre zählende Mutter Paulina war ihre Geburt eine einzige Qual gewesen. Ohne die tatkräftige Hilfe von Dorota hätten Mutter und Kinder wohl nicht überlebt. Sowohl die Säuglinge als auch die Mutter erholten sich aber erstaunlich gut von der Strapaze, und vor zwei Tagen hatte Paulina das Kindbett endgültig verlassen. Die Namen der Neugeborenen wurden mit Bedacht gewählt: Alma nach Paulinas Mutter, die in den letzten Kriegswochen bei einem Brand ums Leben gekommen war.

Der Junge wurde, auf Dorotas Wunsch, auf den Namen August getauft, nach dem verstorbenen Altbauern des Sadlerhofs. Es sollte wieder einen August auf dem Sadlerhof geben.

Sie tranken eben Tee, frisch aufgebrüht aus Dorotas selbst gesammelten Kräutern, als jemand gegen das Fenster klopfte.

Alle vier fuhren zusammen. Denn Besuch war in diesen Zeiten oftmals unerfreulich. Flüchtlinge, Bettler und hier und da auch zwielichtiges Gesindel stellten das geringere Problem dar. Erstere wurden von ihnen versorgt, soweit es ihre eigene Lage erlaubte, und Letztere wurden entweder durch Dorota (und ihren Besen) oder Oleg und Pjotr in Schach gehalten. Ihre Sorge galt den polnischen Offiziellen.

Schon zweimal waren diese bei ihnen vorstellig geworden und hatten Oleg als neuen Besitzer des Sadlerhofs angezweifelt. Oleg sah sich beide Male gezwungen, nach Breslau zu fahren und sich einen frischen Stempel von der russischen Militärverwaltung zu holen. Nach dem ersten Besuch hatte er es sich angewöhnt, vornehmlich in seiner russischen Uniform herumzulaufen. Noch besaß er den Rückhalt der Russen, konnte jedoch nicht sagen, wie lange noch.

Heute jedoch hatten sie Glück. Ein freundliches Gesicht presste sich gegen die Scheibe.

Paulina sprang auf und rief: »Es ist Herr Levy!« Vor allen anderen lief sie nach draußen.

Herr Levy, der Wanderhändler und seit Langem ein Freund der Familie Sadler, wirkte unternehmungslustig wie eh und je. Die Jahre des Krieges hatten ihm augenscheinlich nichts anhaben können. Am Oberarm, über seiner abgewetzten Jacke, trug er die Farben der polnischen Befreiungsarmee.

Vor zwei Wochen, kurz nachdem die beiden neuen Erdenbürger das Licht der Welt erblickt hatten, war er schon einmal bei ihnen aufgetaucht und hatte den überraschten Eltern die

Geburtstagsgeschenke für Alma und August überreicht. Für Alma ein Paar zertanzte Ballettschuhe in verblichenem Rosa und für August Goethes *Die Leiden des jungen Werther.*

Sicher mochte es adäquatere Präsente für Neugeborene geben, wie Lätzchen oder Rasseln. Jedoch konnten sich alle Anwesenden getrost darauf verlassen, dass sich der Nutzen dieser Geschenke noch erweisen würde. Später. Irgendwann. Einzig die rostfarbenen Flecken im Innenbereich der Tanzschuhe riefen bei Dorota Stirnrunzeln hervor. Aber in ihren Augen gab es nichts, was ein wenig Seife und Spucke nicht beheben konnten.

Bei seinen Besuchen erfuhren sie von Herrn Levy auch, was sich auf der großen Weltbühne abspielte. In die Abgeschiedenheit des Sadlerhofs gelangten nur wenig Neuigkeiten. Das Radio hatten die Russen mitgenommen, und eine Zeitung gab es nicht. Der Ort Petersdorf war zur Hälfte zerstört und abgebrannt, die Bewohner bereits im Februar 1945 vor den Russen geflohen. Nur einige wenige alte Bauern weigerten sich damals, ihre Heimat zu verlassen. Sie wollten vor allem auch ihre Tiere nicht im Stich lassen. Man fand die Alten bei Kriegsende tot, das Vieh war verschwunden. Die noch intakten Höfe wurden von polnischen Familien besetzt, die man ihrerseits aus ihren polnischen Heimen vertrieben hatte, weil ein Teil von Polen nun zu Russland gehörte.

Dorota und Oleg hatten die neuen Bewohner der Reihe nach aufgesucht und unermüdlich ihre Hilfe angeboten. Denn zu ihrem Schrecken hatte sich herausgestellt, dass sich nicht einer unter den Neuankömmlingen vorher in der Landwirtschaft verdingt hatte. Stattdessen bekam Petersdorf einen neuen Pfarrer, der seine Messen in einer Scheune hielt, da die Kirche ebenfalls ein Raub der Flammen geworden war, einen Schneider, alt und mit schlechten Augen, sodass er kein Garn mehr einfädeln konnte, einen Musiklehrer, der den Verlust seiner Geige nicht verwinden konnte, mehrere Grubenarbeiter mit bösem Husten, zwei Wäscherinnen, und einen Witwer mit acht Kindern, der den ganzen Tag seinem ungebärdigen Nachwuchs im Dorf hinterherjagte. Bis auf die Kinder, die nichts als Blödsinn im Kopf hatten, und die Wäscherinnen waren die meisten jenseits der fünfzig und stammten alle aus derselben Kleinstadt. So hielten sie wenigstens zusammen und halfen einander gegenseitig. Diese Menschen wussten jedoch fast nichts über Viehzucht und Ackerbau. Bereits die richtige Bemessung der Körner für die überlebenden Hühner und Gänse stellte für sie ein Problem dar. Selbst das Melken von Kuh oder Ziege, wunderte sich Dorota, musste man ihnen beibringen. Vom Buttern ganz zu schweigen.

Dorota und Oleg brachten bei Herrn Levys erstem Besuch auch ihre schwierige Lage und die zunehmenden Besitzansprüche der Polen zur Sprache. Herr Levy, stets bestens informiert, berichtete ihnen bei dieser Gelegenheit von einer Konferenz in Potsdam, an der die drei großen Führer der Welt, Truman, Churchill und Stalin, teilgenommen hätten. »Wie nach jedem Krieg«, erklärte er, »haben ferne Politiker die Grenzen neu gezogen, und Hunderttausende fliehen in Richtung Westen. Deutsche und Polen, die aus ihren östlichen Landen vertrieben werden, da dieser Teil nun Russland zugesprochen ist.«

»Es ist, wie es immer ist. Die Kleinen bezahlen den Krieg der Großen!«, rief Paulina erhitzt. »Dass diese neuen Grenzen wieder Millionen Menschen heimatlos machen würden, kümmert diese Politiker einen Dreck!«

Oleg ergriff beschwichtigend die Hand seiner Frau und fuhr mit dem Daumen über ihren Handrücken.

Am Tag seines zweiten Besuchs fand sich ein sorgenvoller Ausdruck in Herrn Levys Augen. Nachdem er den Zwillingen die gebührende Bewunderung hatte zuteilwerden lassen, verkündete er: »Schlimme Dinge geschehen in der Welt. Die Menschen sind von einem unvorstellbaren Zerstörungswahn befallen.«

Dorotas Hand fuhr erschrocken an ihr Herz, mit der anderen tastete sie nach der Bibel, die sie stets in ihrer Reichweite hielt. »Was ist geschehen?«, flüsterte sie.

»Zwei Feuersäulen wurden über Japan abgeworfen, Zehntausende sind gestorben.«

Dorota bekreuzigte sich. »Aber ... der Krieg ist doch vorbei?«

»Nur auf dieser Seite der Weltkugel.«

»Bei der Schwarzen Madonna! Versteh einer diesen Tötungswahn.« Ratlos schüttelte Dorota den Kopf. »Früher sind sie noch mit Säbeln aufeinander losgegangen. Jetzt werfen sie Gas und Bomben! Das kann der Herr sicher nicht gewollt haben, als er den Menschen Verstand eingehaucht hat.«

»Im Krieg«, sagte Oleg leise, »verlieren die Menschen ihren Verstand.«

1917 hatte man ihn als Dreizehnjährigen in eine Uniform gezwängt, 1944 unrechtmäßig verhaftet und nach Auschwitz gebracht. Oleg wusste um Elend und Leid im Krieg. Nun oblag es Paulina, ihren Mann zu trösten, und sanft rieb sie ihre Wange an seiner. Sofort entspannten sich Olegs Züge. Mehr als zwanzig Jahre hatte er Paulina heimlich geliebt, aber als Knecht und gebürtiger Ukrainer kaum das Recht besessen, sie auch nur länger anzusehen. Eine Ironie des Schicksals, dass die beiden Kriege der Deutschen, die ihm so viel Schreckliches beschert hatten, ihn am Ende mit ihr zusammenbrachten. Krieg, der große Gleichmacher. Mit Paulina und den Zwillingen besaß er nun den Himmel auf Erden.

»Offenbar haben diese Bomben bewirkt, dass die Welt tatsächlich zum Frieden findet. Das japanische Kaiserreich hat kapituliert.«

»Wer hat sie denn abgeworfen?«, fragte Oleg zwischen zwei Schlucken Tee.

»Die Amerikaner.«

Die Zwillinge regten sich, verlangten nach der nächsten Mahlzeit. Paulina zog sich zum Stillen in die gute Stube zurück. Tagelang hatten sie und Dorota Raum und Wände geschrubbt und gesäubert, und Oleg hatte sogar neue Farbe für die Decke aufgetrieben. Bis auf einige gesprungene Ofenkacheln, weil die Russen gerne leere Flaschen hinter sich geworfen hatten, und einige Brandspuren von achtlos auf Tisch und Bank ausgedrückten Zigaretten, erstrahlte der Raum wieder in gewohntem Glanz.

Während Paulina ihre Babys stillte, erkundigte sich Dorota bei Herrn Levy, ob seine letzte Reise erfolgreich gewesen sei. Dabei hegte sie wenig Hoffnung. Erst kürzlich hatten sich für sie die Schleier der Zukunft erneut gehoben und ihr einiges über Kathis und Franzis Schicksal verraten.

Herr Levy bestätigte ihre Einschätzung. »Leider wurde ich unerwartet in Warschau aufgehalten. Armes Warschau, es bricht einem das Herz, diese wunderschöne Stadt in diesem Zustand zu sehen. Kaum ein Stein steht noch auf dem anderen. Als hätte man ihre Seele vollkommen in den Boden stampfen wollen.«

»Genauso war es!« Pjotr hieb wuchtig auf den Tisch. »Ich habe in Warschau gekämpft. Wir stellten uns mit ein paar kümmerlichen Gewehren den Deutschen entgegen, während die russische Armee vom anderen Weichselufer zusah, wie wir einer nach dem anderen abgeschlachtet wurden. Verdammte Deutsche, verdammte Russen! Sie wollen uns beide vernichten! Und jetzt nehmen die Russen uns schon wieder das Land weg und sagen uns, was wir zu tun haben. Polen darf sich das nicht gefallen lassen. Ich sage euch …«

Mit einem einzigen Blick brachte Dorota ihren Neffen zum Schweigen. »Pjotr, der Krieg ist vorbei. Wir müssen Frieden halten. Damit wir die Steine wieder aufeinandersetzen können, ja?«

»Ich pflichte deiner Tante bei, Pjotr«, sagte Herr Levy. »Die Spirale von Krieg und Hass muss unterbrochen werden. Kluge Menschen wissen das. Präsident Roosevelt hat vor seinem Tod den Völkerbund angemahnt. Das ist die Zukunft: eine engere Zusammenarbeit der Völker, aufbauend auf gemeinsamen Interessen und Handelsmärkten. Zum Wohle aller Menschen.«

Es fehlte nicht viel, und Pjotr, voll schwelenden Zorns, hätte aufbegehrt. Andererseits wollte er lieber zu den Klugen gezählt werden. Also erhob er sich, murmelte, er müsse sich noch um das Heu kümmern, und stapfte aus der Küche.

»Er ist jung«, sagte Dorota. »Noch einen Tee, Abel?«, fragte sie Herrn Levy und schenkte ihm unaufgefordert nach.

»Auf meiner Reise hielt ich ständig Ausschau nach Frau Annemarie und erkundigte mich bei jedem, der des Weges kam, nach ihr«, fuhr Herr Levy fort. »Aber ich traf niemanden, der mir etwas über sie sagen konnte oder ihr begegnet wäre. Darum besteht für mich wenig Zweifel: Sie hält sich nach wie vor im Osten auf. Dorthin werde auch ich bald aufbrechen.«

»Gehst du nach Moskau, Abel, und suchst nach meinen beiden Mädchen?«

»Wie ich es versprochen habe, Dorota. Ich werde sie finden.«

»Ich weiß«, antwortete Dorota schlicht. »Ich habe dich mit ihnen gesehen.« Weder Herr Levy noch Oleg wunderten sich über Dorotas Worte. Sie waren damit vertraut, dass Dorota manchmal Dinge wusste, bevor diese geschahen. Ebenso wenig konnte sie der Umschlag überraschen, den Dorota nun aus ihrer Schürze zog. »Nimm, Abel. Ich habe den beiden Herzele einen zweiten Brief geschrieben. Auch Paulina hat eine Seite beigesteuert.«

Herr Levy nahm ihn und steckte ihn zu jenem, den er bei seinem letzten Besuch erhalten hatte. Danach wandte er sich an Oleg: »Ich muss mit deiner Ziehmutter noch ein paar Worte alleine wechseln.«

Oleg, der mit einem weiteren Teller Suppe geliebäugelt hatte, nickte ergeben und verzog sich zu Paulina in die Stube. Kurz darauf hörten sie ihn das Haus verlassen. Das Tagwerk rief.

Was Herr Levy und Dorota an diesem Mittag besprachen, blieb lange ihr Geheimnis.

20

Eine gute Mahlzeit macht nicht immer satt.

Oleg Rajewski

In der Ulica Prechistenka, in Sichtweite des Kreml und umgeben von einem gepflegten Park, stand ein schmuckes kleines Adelspalais. Nun wurde es Kathis neues Gefängnis.

Sie bewohnte es nicht allein. Ein gutes Dutzend europäischer Wissenschaftler war ebenfalls darin untergebracht, überwiegend Deutsche, unter ihnen auch ein Ehepaar in mittleren Jahren, das von den anderen mit Herr und Frau Baron angeredet wurde. Rotarmisten hielten Wache vor dem schmiedeeisernen Tor, innerhalb von Haus und Park konnten sich die Gefangenen jedoch frei bewegen.

Kathi fragte sich, was sie hier sollte. Xenia hatte sie vom Waisenhaus hierhergebracht und ohne ein Wort der Erklärung am Tor abgeliefert. Die Wissenschaftler empfingen sie freundlich, scharten sich um sie und fragten sie nach ihrer Geschichte. Sie bekundeten ihre ehrliche Anteilnahme, und Kathi tat es wohl, nach drei Tagen Isolationshaft wieder unter Menschen zu sein. Aber ihre brennende Sorge um Franzi konnte niemand lindern.

Die Baronin setzte sich beim Abendessen zu Kathi. Die Stühle waren zwar hübsch, aber wenig bequem, die Wände des

Salons schmückten Tapisserien aus Seide, und wenn man den Blick zur Decke hob, konnte man vergoldete Motive aus der griechischen Mythologie bestaunen.

Solche Pracht kannte Kathi bisher nur aus Kirchen. Die verschwenderische Vielfalt der Speisen und die Tatsache, dass sie von russischem Dienstpersonal bedient wurden, verblüfften sie kaum minder. Serviert wurden kräftige Suppe mit Sahne, gebratenes Huhn, Weißbrot, Aufschnitt in Fülle, Obst, Kefir, Wein und Wodka. Was für ein Unterschied zur wässrigen Suppe und dem altbackenen Brot der letzten Tage. Es gab sogar Nachtisch und richtigen Kaffee! Kathis Magen regte sich hungrig, und sie langte tüchtig zu.

Von der redseligen Baronin erfuhr sie die Hintergründe ihres Aufenthalts in Moskau. Kathi bemerkte die warnenden Blicke, die der Herr Baron seiner Frau zuwarf. Aber Wein und Wodka lockerten ihr zusätzlich die Zunge. Sie erzählte, dass ihr Mann und die anderen alle Nuklearphysiker seien. Ein russischer General hätte sie angeworben, in sowjetische Dienste zu treten. Dabei sei ihnen versprochen worden, man würde sie nach Abchasien bringen, eine Region im Kaukasus, die vom Krieg verschont geblieben war. Dort, in Suchumi am Schwarzen Meer, herrsche ein subtropisches Klima, weshalb dort Palmen, Weinreben und Mandarinen gediehen.

»Wie weit ist das von Moskau?«, wollte Kathi wissen.

»An die zweitausend Kilometer.«

Kathi bekam ein mulmiges Gefühl in der Magengegend. Wenn man sie so weit fortbrachte, wie sollte sie jemals Franzi wiederfinden? »Wissen Sie, wann es so weit ist?«, erkundigte sie sich.

»Man versprach es uns bereits für letzte Woche«, erteilte die Baronin willig Auskunft. »Wir warten jeden Tag darauf, dass man uns abholt.«

Nein, schrie Kathi innerlich auf. Sie wollte nicht nach Abchasien! Wo war Nikolaj? Er hatte ihr versprochen, dass sie in Moskau studieren und Franzi bei ihr bleiben könne. Warum ließ er sie im Stich? Die Antwort lag auf der Hand: Er hatte sie von Anfang an belogen. Bisher hatte ihr Zorn auf Nikolaj nur im Verborgenen geschwelt, nun aber loderte er umso heftiger auf, und es hielt sie kaum auf dem Stuhl.

Die Baronin spürte ihre Erregung. Unvermittelt fühlte Kathi, wie sich deren Hand um die ihre schloss. »Es wird alles gut werden, mein Kind. Wir kümmern uns um dich.«

Kathi murmelte ein Dankeschön für das gut gemeinte Angebot, während sich ihre Gedanken längst mit Flucht beschäftigten. Sie musste eine Möglichkeit finden, rechtzeitig vor dem Abtransport aus dem Palais zu entkommen.

21

Wo Herz, da auch Glück.

Dorota

»Was sagen Sie da?«, blaffte Xenia den wachhabenden Offizier an.

Tapfer wiederholte der Unterleutnant: »Alle Bewohner wurden abgeholt und zum Bahnhof gebracht.« Er wich unmerklich einen halben Schritt zurück, fürchtete, die Genossin Major könnte ihren Zorn an ihm auslassen.

»Welchen Zug haben sie genommen?«

Der Leutnant konsultierte seine Papiere.

Xenia ging es nicht schnell genug. Sie riss sie ihm aus der Hand. »Suchumi?«, fragte sie scharf.

»Abchasien. Das liegt am Schwarzen Meer.«

»Ich weiß, wo das liegt, Trottel!« Fassungslos schüttelte Xenia den Kopf. Ihre Armbanduhr zeigte drei Uhr am Nachmittag an. Gleich nach dem Gespräch mit ihrem Onkel in der Llubjanka war sie zur Villa geeilt, um Kathi abzuholen. Sie hatte bereits einen Plan im Kopf. Sie wollte das Hitlermädchen im Waisenhaus unterbringen, aus dem die Jüngere verschwunden war, und sich anschließend davor auf die Lauer legen. Fraglos würde sich das Mädchen über kurz oder lang auf die Suche nach ihrer

Schwester machen und sie damit zum heimlichen Treffpunkt des britischen Spions führen.

Stattdessen saß die Deutsche seit Stunden in einem Zug in Richtung Schwarzes Meer. Ihr Instinkt hatte sie von Beginn an nicht getrogen. Dieses Miststück brachte ihr nichts als Ärger ein!

22

Das Schicksal ist selten zimperlich.

Rabea Rosenthal aus »Die Seelenfischer«

Kathi schalt sich eine Eselin und noch so einiges mehr.

Am Abend zuvor hatte sie einen Baum hinter dem Haus ausgemacht, dessen ausladende Äste bis zur Mauer reichten. Ihn zu erklimmen, von dort auf die Mauer zu steigen und sich nach außen herabzulassen, wäre für sie ein Leichtes gewesen. Zumal ihr die mitteilsame Baronin ebenfalls verraten hatte, dass im Park keine Wache patrouillierte.

Da sich bereits die Dämmerung herabsenkte, sie sich in der fremden Stadt nicht auskannte und fürchtete, sich im Dunkeln zu verirren, hatte sie ihre Flucht bis zum Sonnenaufgang verschoben. Auch, weil sie sich hundeelend fühlte. Sie hatte schlicht und ergreifend zu viel gegessen und das meiste ihres Abendessens dem Park übergeben … Ihr neuer Plan sah vor, in der Nacht ein paar Lebensmittel aus der Küche zu stibitzen und sich kurz vor der morgendlichen Dämmerung zu verdrücken. Und damit hatte sie die einmalige Möglichkeit zur Flucht vertan.

Denn gerade als sie sich im Morgengrauen durch das Foyer schlich, um über die hintere Terrasse zu verschwinden, wurde die Haustür aufgestoßen, und in Sekundenschnelle wimmelte es in der Halle von Rotarmisten. Befehle wurden gebrüllt und die Hausbewohner mit Schlägen gegen die Türen aus dem Schlaf gejagt. Die Baronin beschwerte sich bitterlich, dass man sie *erst wochenlang warten ließ und nun wie Kriminelle behandelte*!

Die Soldaten befahlen den Bewohnern, sich anzuziehen und zu packen. Die Bediensteten, die sie am Abend noch so aufmerksam umsorgt hatten, ließen sich nicht blicken.

Mit » Dawai, dawai«-Rufen und erhobenen Gewehren trieb man sie vor sich her und verteilte sie auf die Ladeflächen zweier Militärfahrzeuge. Wo es den Soldaten nicht flott genug ging, wurde mit dem ein oder anderen Stiefeltritt nachgeholfen.

Nach kurzer Fahrt erreichten sie den Bahnhof. Trotz der frühen Stunde herrschte bereits reger Betrieb. Auf dem Vorplatz hatten sich mehrere Pferdefuhrwerke hoffnungslos ineinander verkeilt. Die Kutscher sparten weder an Flüchen noch an Peitschenhieben, wobei so mancher Hieb nicht den Pferden galt, sondern dem gegnerischen Lenker. Die Soldaten schrien die Kutscher an, zerrten an den Zügeln der Tiere und suchten, eine Schneise für die beiden Militärfahrzeuge zu schaffen. Vergeblich. Darauf stießen die Wagen mit ihren Passagieren zurück, bogen erst in Richtung Westen ab, um sofort die nächste Abzweigung nach Norden zu nehmen. Nach einer halben Runde um den Bahnhof, stoppten sie hinter einer Kolonne weiterer Lkws.

Aus dem Bahnhofsgebäude quollen, in Zweierreihen aneinandergekettet, Elendsgestalten, bewacht von Soldaten mit Peitschen und Maschinengewehren. Trotz der fadenscheinigen Lumpen der Gefangenen erkannte Kathi noch Reste der Wehrmachtsuniform. Deutsche Kriegsgefangene! Kathi erbleichte, dachte sofort an ihren Vater. Wie ging es ihm? Sah er genauso abgemagert aus wie diese Männer, mit wirrem Haar und struppigem Bart? Entgegen aller Wahrscheinlichkeit suchten ihre Augen sofort die Reihe der Männer ab.

Grobe Finger griffen nach ihrem Arm.

»Dawai!«, rief der Soldat, und die Passagiere sprangen von der offenen Ladefläche. Während die Wissenschaftler ihr Gepäck abluden, wurden die Kriegsgefangenen mit Peitschenhieben auf eine Reihe wartender Lkws getrieben. Mehrere der Gefangenen brachen unter der Wucht der Schläge zusammen und kamen nicht mehr auf die Beine. Ihre eigenen Bewacher wandten sich dem Schauspiel zu, zeigten auf die Männer am Boden, lachten und ergötzten sich an deren Elend.

Jetzt! Kathi nutzte den Moment ihrer Unaufmerksamkeit und rannte los. Sie hetzte in Richtung Bahnhofvorplatz zurück, um im dortigen Getümmel unterzutauchen.

Sie kam nicht weit. Es war einfach ein saudummer Zufall.

Eine Limousine scherte vor ihr ein, bremste abrupt, und bevor Kathi ausweichen konnte, wurde die Fahrertür aufgerissen. In vollem Lauf prallte sie dagegen. Sie stürzte schwer, schürfte sich Hände und Knie blutig. *Weiter!* Sie rappelte sich hoch, als ein rüder Rempler sie ein weiteres Mal zu Boden schickte.

»Pass doch auf, Mädchen!«, herrschte sie der Fahrer des Wagens an, der sie überhaupt erst in diese Situation gebracht hatte. Er schob sie weg, interessierte sich nicht weiter für sie, sondern folgte dem zweiten Mann, der die Limousine auf der Beifahrerseite verließ.

Kathi war im Begriff weiterzuhasten, als eine Stimme sie innehalten ließ. *Kleiner Kolibri!*, rief diese.

Sie drehte sich um. Und entdeckte einen Mann, der starr wie eine Säule dastand. Er sah genauso elend aus wie die übrigen Kriegsgefangenen, in schmutzigen Lumpen und ohne Schuhe an den Füßen. Sie erkannte ihn allein an seinen Augen. Niemand konnte so viel Liebe in einen einzigen Blick legen wie ihr Vater. Konnte es wirklich wahr sein? Ihr Vater, hier in Moskau?

In einer anrührenden Geste hob ihr Vater nun die gefesselten Hände, und Kathi flog ihm förmlich entgegen. Im gleichen Moment stieß ihm ein Rotarmist den Gewehrkolben in den Rücken und riss ihn von den Beinen. Er fiel auf die Knie. Schon war Kathi bei ihm, lag an seiner Brust, umfing ihn.

»Vater«, schluchzte sie, »Vater, Vater!« Und in einer herzzerreißenden Selbstbezichtigung: »Ich habe Franzi verloren!«

Der Vater schmiegte sein Kinn auf ihren Kopf, presste seinen Mund in ihr Haar, konnte sie mit den gefesselten Händen nicht umarmen. Aber sie hörte ihn murmeln: »Du wirst Franzi wiederfinden. Das weiß ich sicher.«

Es blieben ihnen nur wenige gemeinsame Sekunden vergönnt. Die Tochter wurde dem Vater entrissen. Vom selben Mann, gegen dessen Wagentür sie zuvor geprallt war. Er rief irgendetwas auf Russisch, aber Kathi hörte ihn nicht. Sie konnte sich nicht vom Blick ihres Vaters lösen. Laurenz erhielt nun einen weiteren Stoß seines Bewachers. Das brach den Bann.

»Dawai, dawai!«, brüllte der Russe. Nur mühsam kam Kathis Vater auf die Beine, blieb schwankend stehen. Seine erschreckende Magerkeit und Schwäche entsetzte Kathi.

Da schenkte der Vater ihr sein Lächeln, und dieses Lächeln enthielt eine ganze Welt. Mut, sagte es, Mut, kleiner Kolibri. Du kannst alles schaffen!

Der Vorfall hatte reihum kaum Aufmerksamkeit erregt. Die Moskauer waren Ähnliches gewohnt und zogen es vor, sich nicht in Dinge zu mischen, die sie nichts angingen. Leider hatte die Szene ausgereicht, um das Augenmerk von Kathis Verfolgern wieder auf sie zu lenken.

Zwei Rotarmisten drängten sich vor, einer warf sich mit einem zornigen Schrei auf Kathi und versetzte ihr einen Faustschlag. Der hätte sie zu Boden geschickt, wenn der Fahrer der Limousine sie nicht weiter am Arm festgehalten hätte.

Kathis Vater entlockte die rüde Behandlung seiner Tochter

einen nicht minder wütenden Schrei. Mit einer jähen Bewegung riss er sich von seinem Bewacher los, stürmte dem Schläger Kopf voran entgegen und rammte ihn in dessen Bauch. Laurenz' Bewacher setzte ihm nach und schlug mit dem Gewehrkolben kraftvoll auf ihn ein, sodass er bewusstlos zu Boden sank. Kathi schrie wie von Sinnen und trat mit den Beinen nach dem Limousinenfahrer, damit er sie losließ.

Der Rotarmist, der nach Laurenz' Attacke wieder zu Atem kam, trat seinerseits mit dem Stiefel auf Laurenz ein, woraufhin der Beifahrer einschritt, ihn wegstieß und anbrüllte. Dies wiederum gefiel dem zweiten Rotarmisten nicht. Es folgte ein wüstes Handgemenge. Der Limousinenfahrer klärte es. Zunächst schickte er die wild um sich schlagende Kathi mit einem Schlag halb ins Reich der Träume, danach schoss er mit seiner Pistole einmal in die Luft. Die beiden Rotarmisten griffen nun ebenfalls nach ihren Waffen.

Da hatte der Mann bereits seinen Ausweis gezückt. »NKWD. Der deutsche Gefangene gehört uns!« Darauf hob sein bulliger Beifahrer Laurenz wie ein Bündel Kleider auf und trug ihn zur Limousine. »Du kommst mit uns«, sagte der andere NKWD-Mann zu Kathi und stieß sie vor sich her. Aber dieses Mal folgte sie ihm bereitwillig, solange sie nur nah bei ihrem Vater bleiben durfte.

Dagegen schritten die beiden Rotarmisten ein. »Sie ist unsere Gefangene«, beharrte der Schläger, ein Unteroffizier, und packte Kathi. »Wir haben unsere Befehle direkt aus dem Innenministerium.« Der Offizier wies ein Dokument vor, es entspann sich ein weiterer Disput. Kathi rief mehrmals: »Ich will bei meinem Vater bleiben!« In ihrer Aufregung rief sie es auf Deutsch.

Am Ende gab den Ausschlag, dass die NKWD-Männer lediglich eine Order bezüglich des Vaters besaßen. Und so blieb Kathi den beiden Rotarmisten überlassen.

23

Manchmal versteckt sich die Wahrheit
hinter den Sternen.

Kathi

»Sagst du mir auch wirklich die Wahrheit, Semjon?«, fragte Elena nach seiner Rückkehr. Sie hatte Tee gekocht und die quälende Warterei damit verbracht, Honigküchlein zu backen. Semjon lobte ihre Prjaniki in den Himmel.

»Sagst du mir auch die Wahrheit?«, wiederholte Elena.

Semjons Augenlid zuckte. Er fühlte sich ertappt, dabei hatte er gar nichts getan. *Noch nicht*, flüsterte sein inneres, böses Echo. Und: *Nimm sie dir*!

»Deine Prjaniki schmecken wirklich köstlich.« Beinahe hätte er seine Finger abgeleckt, aber selbst er hielt das für zu dick aufgetragen.

»Weich mir nicht aus. Du kannst mich nicht belügen.«

»Aber ich belüge dich nicht!«

»Vielleicht jetzt noch nicht. Dein Vater belauert mich.«

»Er belauert dich nicht. Er gibt auf dich acht.«

»Das ist dasselbe. Denkst du, ich würde einfach so verschwinden?«

»Das ist dir durchaus zuzutrauen.« Er schwächte seine Antwort durch ein Lächeln ab.

»Das ist also deine Furcht?«

»Du bist schon einmal ohne ein Wort des Abschieds verschwunden.«

»Und das trägst du mir nach.«

Semjon entschied, darauf nicht zu antworten.

»Dein Vater scheint der Ansicht, ich solle von meinem Vorhaben ablassen und in Moskau bleiben. Er hält mich für närrisch. Für eine Frau, die nicht weiß, wo ihr Platz ist. Eine Frau, die nicht weiß, was gut für sie ist …«

»Hat er das gesagt?« *Verdammt!* Sein Vater hatte nie gelernt, den Mund zu halten.

»Nicht so direkt. Aber jeder seiner Blicke zeigt es mir.«

»Er ist ein alter Mann.«

»Kürzlich hast du mir zu verstehen gegeben, ich sei eine alte Frau.« Ein Konter wie ein Magenhieb. Sie vertraute ihm nicht. Nicht mehr. Die Erkenntnis war ein Schock.

Ihre Hand berührte sacht seinen Arm. »Ich verstehe dich, Semjon. Für die Liebe sind wir bereit, alles zu tun. Selbst wenn dies Verrat bedeutet. Es hätte mich gewundert, wenn es bei dir anders wäre. Was zählt, ist die Tat. Nicht der Gedanke. Ich weiß, du bist mein Freund.«

Er wärmte sich an ihrem Lächeln, nahm ihre Hand und küsste ihre Fingerspitzen. »Du bist anbetungswürdig«, raunte er auf Französisch, der Sprache ihrer Jugend am Zarenhof. »Und du kannst dich auf mich verlassen.«

»Gut. Und jetzt lass uns darüber reden, was du herausgefunden hast.«

Elena goss ihnen Tee nach, setzte sich wieder. Semjon hingegen zog es vor, sich an den Kamin zu lehnen. Sein Gesicht verdüsterte sich merklich.

Elenas Hand zuckte zu ihrem Mund. »Was?«

»Es ist nichts Gutes, Elena. Der NKWD interessiert sich für

deinen Mann. Es ist mir nicht gelungen, weitere Informationen über ihn zu beschaffen.«

»Aber das bedeutet, er ist am Leben! Das ist eine gute Nachricht, du Kohlkopf. Jag mir doch keinen solchen Schrecken ein!«, rief Elena in einer Mischung aus Freude und Erregung. Sie war aufgesprungen. Kämpferisch ballte sie die Fäuste, während sie den kleinen Raum abschritt. »Wir müssen herausfinden, weshalb sich der Geheimdienst für Laurenz interessiert.«

»Eigentlich wollte ich dich das fragen. Sagtest du nicht, du hättest deinem Mann nie etwas über deine wahre Identität erzählt?«

»So ist es.«

»Könnte er dennoch davon erfahren haben?«

»Ausgeschlossen.«

»Nichts ist je ausgeschlossen, Elena«, korrigierte Semjon sie sanft. »Das ist einer der Grundsätze, die uns dein Vater lehrte. *Immer mit allem zu rechnen, erhöht die Wahrscheinlichkeit, in unserem Metier zu überleben*«, zitierte er Boris Filipow.

Elena schüttelte unwillig den Kopf. »Bitte sprich nicht von ihm. Jetzt ist nicht die Zeit für Erinnerungen. Meine Gegenwart und meine Zukunft heißen Laurenz. Und selbst wenn mein Mann von meiner wahren Identität erfahren haben sollte, was könnte er dem NKWD großartig erzählen, was nicht längst in deren Akten steht? Laurenz kann niemals wissen, dass ich hier bin, um nach ihm zu suchen. Als man ihn Anfang 1944 in den Krieg gezwungen hat, lag ich nach einem Überfall auf unserem Hof in Petersdorf handlungsunfähig im Bett. Er wähnt mich immer noch dort.«

»Nun, dein Mann könnte genau das erzählen, und Berija würde seine Leute losschicken, um das zu überprüfen.«

»Berija?« Elena spuckte den Namen aus wie eine Widerwärtigkeit. Eine einzige Begegnung vor über zwanzig Jahren hatte ausgereicht, um sie mit unversöhnlichem Hass auf diesen Mann zu erfüllen. Wie sein Vorgänger Jeschow war er eine Bestie in Menschengestalt.

»Natürlich Berija, er leitet inzwischen den NKWD.«

»Denkst du, mir ist das nicht bekannt?«

»Ich wende mich morgen direkt an Berija und mache mich auch nochmals an Juri Pomerenko heran. Die beiden Morde an der Basiliuskirche dienen mir dabei als Vorwand. Aber ich muss vorsichtig sein.«

24

Wer Gerüchten Glauben schenkt, tut es meist nur,
um daraus eigenen Nutzen zu ziehen.

Gennadi Pchela

Als Semjon am folgenden Tag die Llubjanka betrat, folgte er einem exakten Plan. Als Leiter der militärischen Spionageabwehr kannte er sich in Verhörtechniken aus. Aber zu seiner besonderen Spezialität, die schon der frühe Genosse Stalin zu schätzen gewusst hatte, gehörte die Agitation. Und genau das würde er nun tun: agitieren.

Auch diesmal bemerkte er auf dem Weg zum Dienst keine Anzeichen von Beschattung. Als Doppelagent tanzte er seit Jahrzehnten auf Messers Schneide, er wusste, wie man seinen Rücken deckte, es war ihm längst in Fleisch und Blut übergegangen. Zudem wusste er, über wen ihm seine Frau Olga überhaupt auf die Schliche gekommen war: Konstantin Sokolow.

Sokolow war ein Wrack mit wirren Plänen und träumte davon, Lawrenti Berija zu ermorden. Elena hatte das Relikt aus alten Tscheka-Zeiten im letzten Jahr zu ihm gesandt. Es hatte ihn nicht wenig Mühe gekostet, den alten Tschekisten von der Ausweglosigkeit seines Vorhabens zu überzeugen. Er hatte ihn in der Kirche bei seinem Freund und Schachpartner Wassili versteckt. Wassili half immer und fragte nie nach dem Grund. Leider benahm sich Sokolow ungeschickt, kreuzte ungebeten bei ihm zu Hause auf, wo er auf Olga traf.

Bisher hatte sich Elena nicht nach Sokolow erkundigt, und er hütete sich, ihn von sich aus zu erwähnen. Sonst hätte er ihr auch von seiner verhängnisvollen Heirat mit Olga erzählen müssen.

Im Grunde war sein Leben seit Elenas Verschwinden eine Chronik des Versagens. Aber er schüttelte jeden Gedanken an Vergangenes ab. Stattdessen konzentrierte er sich auf seine gestrigen Gespräche mit Luschukin, Rykow und Pomerenko, ging sie noch einmal Wort für Wort durch, suchte nach Auffälligkeiten und fand keine. Falls ihm die drei Männer Misstrauen entgegenbrachten, hätte er es bemerkt. Nein, Berija interessierte sich nicht für Laurenz Sadler, weil er Elenas Mann war. Es musste einen anderen Grund dafür geben. Er sah nur eine Möglichkeit, mehr in Erfahrung zu bringen: Er musste Rykow und Pomerenko gegeneinander ausspielen. Ein riskantes Unterfangen.

Zunächst suchte Semjon Rykow auf und erkundigte sich nach dem Stand der Ermittlungen. Befriedigt nahm er zur Kenntnis, dass sie stockten. »Haben Sie die Nachricht wiedergefunden?«, fragte er und wechselte vom amtlichen in einen vertraulichen Ton.

Rykow passte sich ihm an. »Nein, Genosse Generalleutnant.« Er holte eine flache Schachtel aus dem Schreibtisch heraus und öffnete sie.

Sofort kitzelte würziger Tabakduft Semjons Nase.

»Auch eine? Es sind amerikanische Virginias«, pries Rykow den Tabak an.

»Gerne.«

Sie entzündeten jeweils eine Zigarre, nahmen den ersten Zug, der immer der beste war, und lehnten sich zufrieden zurück.

»Ich habe darüber nachgedacht«, sagte Semjon und betrachtete dabei die Decke, »warum der Genosse Berija die Nachricht verschwinden ließ.«

Die Zigarre in Rykows Hand zögerte kurz auf dem Weg zu seinem Mund. Eine kleine Unsicherheit, die ihn verriet. Semjon wollte sich das zunutze machen. »Gestern traf ich den Genossen Pomerenko. Er hat mir gesteckt, der Genosse Berija interessiere sich für einen deutschen Kriegsgefangenen. Er nannte einen Namen.« Er tat so, als kramte er in seinem Gedächtnis danach. Rykow schwieg abwartend.

»Bei Lenin«, lachte Semjon und aschte auf den Boden. »Ich werde alt. Aber deutsche Namen konnte ich mir noch nie gut merken. Ich meine, Pomerenko sagte etwas Ähnliches wie Ludwig Sattler.« Semjon gab sich jovial, während er heimlich Rykows Reaktionen ausforschte. Wenn Rykow den Namen Laurenz Sadler kannte, würde er der Versuchung widerstehen können, ihn zu berichtigen? Verriet er sich sonst irgendwie?

Rykow tat weder das eine noch das andere. »Der Name sagt mir nichts. Wer ist dieser Sattler? Ein deutscher Spion? Dann fällt er in Ihre Verantwortung, Genosse Generalleutnant. Hm«, meinte Rykow, »denken Sie, es gibt einen Zusammenhang zwischen dem deutschen Spion und den Morden an unseren beiden Kameraden?«

Und wie es den gab … Aber das war nichts, was er Rykow auf die Nase binden würde. »Pomerenko hat nichts dergleichen geäußert«, antwortete Semjon wahrheitsgemäß.

»Glauben Sie, er verschweigt etwas, Genosse Generalleutnant?«

Jetzt hatte er angebissen … »Ich weiß nur, dass er die Akte Sattler an Berija weitergereicht hat …« Semjon ließ zwei Sekunden verstreichen, bevor er ergänzte: »Ich selbst kenne die Akte nicht.«

»Sie wurden nicht informiert?«

»Nein.«

Und nun saßen sie im selben Boot. Zwei Männer, die fürchteten, dass sich etwas gegen sie zusammenbraute.

»Was hat das zu bedeuten?« Wie erwartet, spielte Rykow Semjon den Ball zu.

»Das werde ich herausfinden.« Semjon drückte die halb gerauchte Zigarre aus und steckte sie in seine Brusttasche. »Bleiben Sie ruhig, und machen Sie Ihre Arbeit. Ich halte Sie auf dem Laufenden. Und, Genosse Major, dieses Gespräch bleibt natürlich unter uns.«

»Das versteht sich von selbst, Genosse Generalleutnant.«

»Guter Mann! Ich werde Sie bei Gelegenheit beim Genossen Stalin lobend erwähnen.« Befriedigt nahm Semjon Rykows überschwänglichen Dank entgegen. Und jetzt auf zu Freund Pomerenko!

»Oh, zwei Tage in Folge? Was führt Sie erneut zu mir?« Pomerenko sprang auf, die Hände an der Hosennaht.

»Setzen wir uns.« Semjon gab sich lässig, die Arme über die Lehne gebreitet, betrachtete zunächst schweigend den Raum. Das genügte, um Pomerenko eine steile Falte auf die Stirn zu treiben. Semjon beendete das Vorspiel. »Ich komme gerade vom Genossen Rykow. Das ist eine merkwürdige Sache.«

»Was ist eine merkwürdige Sache?« Pomerenko beugte sich unwillkürlich vor, ein Wangenmuskel zuckte.

Eine Reaktion ganz nach Semjons Geschmack. Er verdankte sie dem jahrelangen blutigen Treiben Nikolai Jeschows und seines Nachfolgers Berija. Ein jeder konnte zu jeder Zeit willkürlich verhaftet werden. Und niemals traf es ihn allein. Stets riss der Beschuldigte sein Umfeld mit in den Abgrund, die Frau, die Kinder, die ganze Familie. Darin bestand die wahre Macht Berijas: Er herrschte durch Sippenhaft und Sippenmord.

»Gestern erkundigte ich mich bei Ihnen nach der Akte eines deutschen Spions: Laurenz Sadler.« Semjon legte eine Pause ein, bevor er in leicht gesenktem Tonfall fortfuhr: »Laut Ihren Angaben haben Sie die Akte persönlich an den Genossen Berija weitergeleitet und besäßen keine Kopie. Wie erklären Sie sich dann, dass ich soeben eine gesehen habe?«

Pomerenkos Schultern versteiften sich. »Das ist nicht möglich. Ich habe keine Kopie veranlasst. Aber … ach so, natürlich!« Pomerenko tippte sich an die Stirn. »Wahrscheinlich hat das Büro des Genossen Berija eine gefertigt.« Pomerenko lehnte sich zurück, wähnte sich aus dem Schneider.

»Sicher, so muss es gewesen sein, Genosse. Aber welche Erklärung haben Sie dafür, dass die Akte Sadler auf dem Tisch des Genossen Rykow liegt? Seit wann hat er mit deutschen Spionen zu schaffen? Ist uns da etwas entgangen?«

»Rykow?« Pomerenko räusperte sich. »Ich stimme Ihnen zu, Genosse Generalleutnant. Das ist in der Tat merkwürdig. Was denken Sie?«

»Das verrate ich Ihnen, Genosse Pomerenko, wenn Sie mir sagen, wie viel Sie über diesen Sadler wissen.« Semjon verwettete den verschwundenen Zarenschatz darauf, dass Pomerenko die Akte vor der Weiterleitung an Berija gründlich studiert hatte. Sobald das Auge des mächtigen Berija auf jemanden fiel, wollte man schon aus Selbsterhaltungstrieb wissen, warum. »Und behaupten Sie jetzt nicht, Sie hätten keine Ahnung vom Inhalt der Akte«, half Semjon nach.

»Natürlich, ich kenne meine Akten«, antwortete Pomerenko mit wohldosierter Entrüstung. Das Gespräch stockte erneut, auf Pomerenkos Stirn bildeten sich Schweißtropfen.

Semjon stupste ihn noch ein wenig an: »Übrigens, wie ich höre, sind Sie wieder Vater geworden. Noch ein Sohn! Meine Gratulation auch an die Genossin Pomerenkaja. Wir sollten unbedingt darauf trinken, dass eure Kinder glückliche und reiche Eltern haben«, zitierte er einen gebräuchlichen russischen Trinkspruch.

Dieses Mal zuckten beide Augenlider Pomerenkos. Er nahm eine Flasche Wodka und zwei Gläser aus einer Schublade und platzierte eine Filmrolle daneben, so vorsichtig, als handelte es sich dabei um ein rohes Ei. Während er den Schnaps einschenkte, sagte er: »Ich habe die Akte fotografiert.«

Semjon steckte die Rolle ein, und die beiden Männer tranken auf eine glorreiche Zukunft. Bevor Semjon sich endgültig von Pomerenko verabschiedete, raunte er in gedämpftem Verschwörerton: »Die Sache bleibt natürlich unter uns. Kein Wort zum Genossen Rykow, hören Sie!«

Pomerenko stand stramm. »Sie können sich auf mich verlassen, Genosse Generalleutnant.«

»Guter Mann!«

Semjon begab sich unverzüglich in die Räumlichkeiten der Smersch-Auslandsaufklärung. Sie verfügte über eine eigene Dunkelkammer. Den Fotospezialisten schickte er fort und machte sich selbst an die Arbeit. Niemand wunderte sich darüber, er nutzte die Dunkelkammer häufig.

Semjon vergewisserte sich zunächst, dass alles in der exakten Reihenfolge bereitstand, was er zur Entwicklung des Films benötigte, und löschte das Licht. Er war ungeduldig, das Warten auf das Ergebnis fiel ihm schwer.

Jemand klopfte gegen die Tür. »Genosse Generalleutnant. Anruf aus Ihrem Büro. General Pchela erwartet Sie dort.«

Semjon erkannte den Leiter der Aufklärung an der Stimme. »Gut, Genosse Wlaschik. Informieren Sie den Genossen General, ich sei in zehn Minuten bei ihm!« Weshalb, fragte er sich, suchte ihn Pchela ohne Anmeldung auf?

Er knipste das Deckenlicht an und konzentrierte sich auf die Negative. Das Format erwies sich leider als zu klein, die Buchstaben auf den Dokumenten waren unleserlich. Er holte eine Lupe. Was er entdeckte, zauberte ein Lächeln auf sein Gesicht. Am liebsten hätte er Elena die gute Neuigkeit sofort überbracht, stattdessen musste er sich mit dem General und dessen vermutlich neuester Intrige auseinandersetzen.

Er eilte in sein Büro, wo Pchela vor einer halb geleerten Wodkaflasche saß, daneben ein Tablett mit Kaffee und Gebäck. Auf seine Sekretärinnen konnte er sich blind verlassen.

»Was ist los, Gennadi?«, kam Semjon ohne Umschweife zur Sache.

»Die Amerikaner haben eine zweite Atombombe auf Japan geworfen.«

»Ist der Genosse Stalin schon informiert?«

»Nein. Die Amerikaner haben es bisher nicht über offizielle Kanäle verlauten lassen. Hattest du Kenntnis von der zweiten Bombe?«

»Ah! Du willst wissen, ob ich dir Informationen vorenthalten habe … Ich versichere dir, Gennadi, mein Dienst wusste nicht mehr darüber als deiner. Wie steht's mit Berija? Hat er bereits Kenntnis von der zweiten Bombe?«

»Schwer zu beurteilen. Er hat die Llubjanka nicht verlassen. Ich lasse ihn beobachten.«

»Eine zweite Bombe … Das wird Josef Wissarionowitsch erzürnen.« Insgeheim passte die Nachricht Semjon gerade sehr ins Konzept. Die Aufregung über die erste Bombe hatte sich noch gar nicht richtig gelegt, da schürten die Amerikaner das Feuer neu. Alle Aufmerksamkeit würde sich darauf richten, und im Windschatten dieses Weltereignisses konnte er in Ruhe seine eigenen Pläne verfolgen. »Ich nehme an, Gennadi, du überlässt diese besondere Ehre dem Genossen Berija?«

»So ist es. Ich schweige wie ein Grab, wenn du es tust.«

»Darauf trinken wir. Auf unsere Allianz!«

»Auf Berijas Sturz!«, ergänzte Pchela und prostete ihm zu.

»Gibt es sonst noch etwas, Gennadi?« Semjons Instinkt sandte Warnsignale, seit man ihn aus der Dunkelkammer geholt hatte.

»Nein, nur das Übliche. Alle gehen auf Zehenspitzen, die Dolche sind gezückt…« Pchela lächelte, als bereitete es ihm Vergnügen, Teil dieses Minenfelds zu sein. Er stellte sein Glas ab. »Danke für den Wodka. Ach so, mein Beileid zu deinem Verlust.«

»Welchem Verlust?« Da fiel es ihm ein. »Olga? Sie ist kein Verlust.«

»Für dich vielleicht nicht. Aber ihr Schatten ist lang.«

»Spuck aus, was du zu sagen hast, Gennadi.«

»Nichts, nur ein Gerücht, und ich vermute, sie hat es selbst in die Welt gesetzt.«

»Olgas Spezialität.« Beiläufig tat Semjon die Bemerkung ab, doch er war alarmiert.

»Wer Gerüchten Glauben schenkt, tut es meist nur, um daraus eigenen Nutzen zu ziehen. Und wir wissen beide, wie leichtgläubig der Genosse Berija ist…«

Und das war eine Warnung.

Nachdem General Pchela gegangen war, wehrte Semjon zunächst seine beiden Sekretärinnen ab, die ihn mit Anruflisten und Terminanfragen bombardierten, und instruierte sie, ihn unter keinen Umständen zu stören, außer Genosse Stalin rufe an.

Die nächsten beiden Stunden verbarrikadierte er sich in seinem Büro. Nachdem er Pomerenkos Bilder gründlich ausgewertet hatte, öffnete er seinen Panzerschrank und holte die Dokumente und Stempel hervor, die er benötigte, um Elena und ihrem Mann neue Identitäten zu verschaffen. Danach führte er zwei Telefonate auf seiner sicheren Leitung, die selbst Berijas erfindungsreiche Agenten bisher nicht hatten knacken können.

Er lehnte sich zurück, die Beine auf dem Tisch. Er fand, er hatte ausgezeichnete Arbeit geleistet. Olga, Berija, Pchela schob er im Moment weit von sich. Falls Lawrenti Berija etwas gegen ihn im Schilde führte, konnte er ohnehin nicht viel dagegen tun. Auf Josef Wissarionowitschs Fürsprache hoffen? Geschenkt. Sein Leben retten, indem er jetzt sofort aufstand und das Land verließ? Nein.

Er entzündete die halb gerauchte Virginia und stellte sich dabei Elenas Gesicht vor, wenn sie von ihm die positive Nachricht erfuhr. Vorher aber warteten noch eine Menge Aufgaben.

Er rief seine Sekretärinnen herein und ging mit ihnen die Reihenfolge der Rückrufe durch, streng geordnet nach Priorität und Rangordnung des jeweiligen Anrufers. Er prüfte seine Termine für die nächsten Tage, einige sollten abgesagt, andere in die folgende Woche verlegt werden. Er diktierte Briefe, sichtete Verhörprotokolle und empfing Mitarbeiter. Er tat all das, was er immer tat, wahrte den Schein und verließ sein Büro wie üblich nicht vor zehn Uhr abends. Von Stalin hörte er nichts.

25

Es werde Licht.

Aus der Bibel

»Heute ist der große Tag, mein Junge!«

Nikolaj fand die aufgesetzt fröhliche Stimme des Arztes unerträglich. Er wettete, dass der Mann im selben Plauderton auch Dinge sagte wie: *Heute nehmen wir dein Bein ab, mein Junge*!

Der Arzt redete indes weiter: »Ich löse nun den Verband. Bitte die Augen so lange geschlossen halten.«

Nikolaj folgte der Anweisung, obwohl er vor Ungeduld beinahe verging. Er hatte die Tage damit verbracht, sich vorzustellen, wie sein Leben künftig aussähe, falls er sein Augenlicht nicht zurückgewann. Er würde auf andere angewiesen sein, und seine wissenschaftliche Forschung wäre nur noch unter großen Einschränkungen möglich. Und niemals wieder würde er ein Flugzeug steuern …

»Nicht verkrampfen!«, ermahnte der Arzt. »Und jetzt beug den Kopf nach hinten, wir werden zunächst die Augen spülen. So ist es brav, mein Junge.«

Nikolaj wünschte, der Mann würde mit ihm nicht wie mit einem Kleinkind sprechen. Er fühlte sich dadurch noch hilfloser.

»Schwester«, sagte der Arzt, »schließen Sie die Vorhänge. Wir wollen unseren Patienten langsam an das Licht gewöhnen. Und jetzt, mein Junge, öffne ganz langsam die Augen.«

Zunächst konnte Nikolaj nicht mehr als fließende Schatten erkennen. Sie bewegten sich wie dichter Nebel vor seinen Augen. Er war enttäuscht. Doch dann schienen die Schatten sich langsam aufzulösen, und er nahm erste Helligkeit wahr. Licht, da war tatsächlich Licht! Allmählich schälten sich mehr Konturen heraus: der Arzt, der vor seinem Bett stand, hinter ihm die Wand mit einem schmalen Spind davor, daneben ein Schemel. Zwar wirkte alles noch grau und unscharf, als wäre seine Umgebung in Bewegung, aber er war keineswegs blind!

Die Erleichterung trieb Nikolaj Feuchtigkeit in die Augen. Vielleicht waren es auch Reste der Spülung.

»Na, das sieht gut aus«, lobte der Arzt jovial. »Ich bin übrigens Doktor Sawtschenko.« Er hob die Hand vor Nikolajs Gesicht: »Wie viele Finger halte ich hoch?«

»Zwei!«, krächzte Nikolaj.

»Ausgezeichnet! Die Augen werden noch einige Tage extrem lichtempfindlich sein. Bitte vorerst nicht direkt in eine Lichtquelle sehen und auch nicht lesen. Morgen wirst du verlegt.«

»Verlegt? Weshalb? Auf wessen Veranlassung?«

»Freu dich, mein Junge! Du kommst in eine Spezialklinik auf der Krim und kannst dort unter Palmen gesund werden. Dort wird man sich auch deiner Hände annehmen.«

»Was ist mit ihnen?« Ihm fiel ein, dass Xenia ein paar Hauttransplantationen erwähnt hatte. Aber er war viel zu sehr von der Furcht um sein Augenlicht vereinnahmt gewesen und hatte dem keine Beachtung geschenkt.

»Die Haut an der rechten Hand ist an einigen Stellen bis zu sechzig Prozent verbrannt. Dadurch wurden Nerven geschädigt. Damit du die volle Beweglichkeit deiner Finger zurückerlangst, sind einige Operationen nötig«, gab Doktor Sawtschenko bereitwillig Auskunft.

Nikolaj ließ sich zurück aufs Bett sinken. Er hatte verstanden. Wenn er seine Lizenz als Pilot der Roten Armee behalten wollte, musste er die jährlich erforderlichen Gesundheitstests bestehen. Und das konnte er nur mit zwei voll funktionsfähigen Händen.

»An welchen Ort werde ich verlegt?«, flüsterte er.

Doch Arzt und Schwester hatten den Raum bereits verlassen. Nikolaj blieb allein mit seinen Gedanken zurück.

Gegen Mittag betrat Xenia sein Krankenzimmer. Wie immer lud ihre Energie den Raum auf, und Nikolaj gewann den Eindruck, schon sehr viel besser sehen zu können.

Xenia freute sich mit ihm über sein wiedergewonnenes Augenlicht. Doch ihr Benehmen ließ Nikolaj aufmerken. Sie erschien ihm zerstreut, nicht ganz bei der Sache. Was ihn darin bestärkte, sich bei ihr nicht nach den deutschen Schwestern zu erkundigen. Sie hatte ihm schon am Flughafen gezürnt, weil er die deutschen Mädchen, *Feinde Russlands!*, ihrer Meinung nach viel zu freundlich behandelte. Und dann halste er sie ihr auch noch auf. Aber schnelles Handeln tat not. Daher hatte er Grigorij, der ihn an diesem Tag auch kurz besuchte, gebeten, Anatoli Kobulew ausfindig zu machen. Anatoli Kobulew war einer der wenigen Männer, die Xenia ungestraft Paroli bieten konnten.

26

So ist die Liebe. Bitter und süß zugleich.

Semjon Semjonowitsch

»Ich habe gute Neuigkeiten!«, platzte Semjon in den kleinen Wohnraum.

Elena, die vor dem Kamin eingenickt war, schreckte auf.

»Was?«, fragte sie benommen und strich mit beiden Händen ihr langes Haar zurück.

»Du musst nicht nach Sibirien reisen! Dein Mann ist in einem Lager nahe Sankt Petersburg!«

Als die Bedeutung dieser Nachricht zu Elena durchdrang, rief sie: »Aber das sind ja kaum siebenhundert Kilometer!«

»Statt zehntausend«, meinte Semjon und grinste dabei über das ganze Gesicht. »Du wirst die gesamte Strecke bequem mit dem Zug reisen können. Und von Sankt Petersburg aus ist es nur noch ein Katzensprung in den Westen!«

Elena schnürte es vor Erleichterung die Kehle zu. Von Beginn an hatte Semjon klargestellt, was er von ihrem Plan, Laurenz zu befreien, hielt: Es sei Wahnwitz! Erst jetzt war sie in der Lage, sich die eigenen Zweifel am Gelingen ihres Vorhabens einzugestehen. Sich mitten im Herbst tausende Kilometer quer durchs

Land bis nach Sibirien durchzuschlagen und die gesamte Strecke mitten im sibirischen Winter wieder zurück, mit einem geschwächten Mann im Schlepptau, dazu musste man wirklich wahnsinnig sein. Oder sehr lieben …

Und nun diese unverhofft glückliche Wendung! Elena spürte ihr Herz in der Brust flattern. »Wie lautet dein Plan? Du hast doch einen Plan?«

»Natürlich. Du reist als Agentin der Smersch mit einem Geheimauftrag: den deutschen Spion Laurenz Sadler im Lager ausfindig zu machen und zu verhören. Bei dieser Gelegenheit überzeugst du dich von seiner Gefährlichkeit und ordnest an, ihn nach Moskau zu überführen. Ich habe das Dokument vorbereitet, das dich dazu ermächtigt. Aber statt nach Moskau geht es für euch beide nach Helsinki. Die Reisepapiere für dich und deinen Mann habe ich schon hier.« Semjon holte sie mit großer Geste hervor und reichte sie Elena.

Sie starrte darauf, als könnte sie es gar nicht fassen. Sie hielt die Papiere der Freiheit in den Händen! Tränen stiegen ihr in die Augen. »Oh, Semjon, das ist wundervoll!«, stammelte sie.

»Und es kommt noch besser! Vor Ort verfüge ich über vertrauenswürdige Kontakte. Ein Offizier wird dich zum Lager begleiten. Anschließend wird er dich und deinen Mann zum Flughafen bringen. Dort warten ein Pilot und sein Flugzeug auf euch.«

»Wir werden ausgeflogen?« Elena legte die Hand an ihr heftig schlagendes Herz.

»War das nicht dein Wunsch?« Semjon bekam das Grinsen gar nicht mehr aus dem Gesicht. »Der Pilot fliegt euch nach Helsinki, der Offizier wird dich ebenfalls begleiten. Die beiden werden mit euch in den Westen fliehen. Hör zu, Elena! Die finnische Polizei wird euch vier in Gewahrsam nehmen und dem Geheimdienst übergeben. Das ist die übliche Prozedur bei Überläufern. Du wirst ihnen deine wahre Identität enthüllen müssen. Sonst werden sie dich und Laurenz nicht nach Stockholm ausreisen lassen. Von dort geht es für euch weiter mit dem Flugzeug nach Dover. Wenn alles nach Plan läuft, kannst du schon nächste Woche in England bei deinen Kindern sein.«

Tränen liefen Elenas Wangen hinab, während sie sich ausmalte, endlich wieder ihre geliebten Mädchen in die Arme zu schließen.

»In London nimmst du Kontakt auf zum Großfürsten Dimitri, einen Cousin des Zaren. Er wird euch helfen. Selbstverständlich werde ich dich mit ausreichend Devisen ausstatten.«

Elena legte die Arme um Semjon, schmiegte sich an seinen Hals und flüsterte: »Danke, mein Freund! Das werde ich dir nie vergessen.«

Semjon hielt sie fest, genoss die zarte Gestalt an seiner Brust, spürte ihr weiches Haar an seiner Wange, atmete ihren Duft. Er ahnte, dies würde das letzte Mal sein, dass er die Liebe seines Lebens in den Armen hielt.

Elena löste sich von ihm. Der fiebrige Glanz in ihren Augen brannte sich in sein Herz. Sie konnte es kaum mehr erwarten, bis sich ihre Vision von einer gemeinsamen Zukunft mit ihrem Mann und ihren Kindern erfüllte. »Wann breche ich auf?«

»Morgen.« Er küsste sie zart, nahm den Abschied vorweg und schmeckte ihre salzigen Tränen auf den Lippen. Und er dachte: So ist die Liebe. Bitter und süß zugleich. Er schenkte ihr das Glück, nach dem sie sich sehnte, während er selbst am Wegesrand zurückblieb. Da erinnerte er sich der Worte Elenas über das Maß der Liebe: *Was wir zu geben bereit sind …*

Und er fand Trost darin.

***

Sie war fort. *Sie war fort.* Der Satz pflügte durch sein Bewusstsein und löschte das ihn seit Tagen quälende *Nimm sie dir!* endgültig aus.

Gestern, nach ihrem Abschied, war er wie immer nach Terjochowo heimgekehrt. Nun trödelte er zu Hause herum. Er wartete, bis Elena im Zug saß, um der Versuchung zu widerstehen, an den Bahnhof zu eilen, um vielleicht einen letzten Blick auf sie zu erhaschen.

Liebe, überlegte er, setzte die ungewöhnlichsten Kräfte frei. Ebenso wie die Liebe einen schwächen konnte …

Elenas Rückkehr hatte ihm seinen alten Schwung zurückgebracht und das Grau aus seinem Dasein getilgt. Er nahm die Welt wieder in all ihren Farben wahr – als wäre er aus einem tiefen Schlaf erwacht. Nun traf ihn die Traurigkeit unvorbereitet.

Vor vielen Jahren hatte er seine Gefühle in seinem Inneren weggesperrt. Um seine Feinde zu bekämpfen, hatte er genauso werden müssen wie sie. Ein Mann im Dunstkreis Stalins durfte weder Erbarmen noch Mitleid zeigen. So war es ihm gelungen, zum Leiter der Smersch aufzusteigen, sein persönliches Meisterstück. Ein Spion, der Spione jagte …

Als er Stalin mitten im Krieg die Gründung der SMERSCH als Gegengewicht zum NKWD und der GRU vorschlug, hatte der ihn lange angesehen und gefragt: »Und wer überwacht die Smersch, Semjon Jakowlewitsch?«

Für einen kurzen Augenblick wähnte er sich durchschaut. Stalin besaß ein unbestechliches Gespür für die Schwächen seines Gegenübers. Damit beherrschte er seine gesamte Umgebung.

Er erinnerte sich an eine weitere Episode, bei der er Stalins Instinkte unterschätzt hatte, damals, Anfang der Dreißiger, als der Woschd dem NKWD Quoten vorgab, wie viele Konterrevolutionäre es in Russland geben musste, und durchblicken ließ,

Denunziation lohne sich. Da hatte er gewagt, einzuwenden, wenn man bei einer Rattenplage für jede tote Ratte eine Prämie auslobte, erreiche man damit lediglich, dass die Menschen Ratten züchteten. Auch hier hatte ihn Stalin, der Stählerne, lange fixiert und schließlich angemerkt: »Der Falle ist es egal, wer in sie hineintappt. Hast du Mitleid, Semjon?«

Semjon schüttelte die Erinnerungen ab. Elena ein zweites Mal zu verlieren schmerzte ihn mehr als vor siebzehn Jahren. Damals war ihm wenigstens die Hoffnung auf ein Wiedersehen geblieben. Nun aber schickte er sie in die Arme eines anderen. Noch zwei Tage musste er durchhalten, bis er den erlösenden Anruf aus Helsinki auf der sicheren Leitung erhalten würde, dann wurde es Zeit für seinen eigenen Abgang.

***

Am nächsten Morgen erschien Semjon etwas später als gewöhnlich zum Dienst. Er parkte auf dem für ihn reservierten Platz, unweit Berijas dunkler Staatskarosse, einem gepanzerten Packard mit Klimaanlage. Außer den sowjetischen ZiS-Limousinen fanden sich hier eine Menge ausländischer Fabrikate, vorwiegend amerikanischen und deutschen Ursprungs.

Als er die Llubjanka betrat, verharrte er kurz in der Vorhalle, witterte wie ein Spürhund, ob eine besondere Spannung in der Luft lag. Nichts deutete darauf hin. Wie stets gab es jene, die ihm ehrerbietig begegneten, andere wiederum zogen es vor, einen Bogen um ihn zu machen, weil sie gelernt hatten, dass es meist von Nachteil war, die Augen der Mächtigen auf sich zu lenken.

»Guten Morgen, Genosse Semjonow«, empfing ihn seine Sekretärin munter. »Der Genosse Pomerenko möchte Sie sprechen. Er sagt, es sei dringend.«

Die Nachricht verstimmte Semjon. Was wollte Pomerenko?

Kapital aus ihrem letzten Gespräch schlagen? Damit prahlen, dass der Leiter der Smersch ihm wiederholt sein Ohr lieh? Semjon schwankte, ob er den Mann ignorieren, warten oder zu sich rufen sollte. Er orderte schwarzen Kaffee und entschied sich, erst ein wenig ungeliebte Büroarbeit zu erledigen. Er tauchte seinen Füller ins Tintenfass, unterschrieb Briefe und Anordnungen, sichtete Post, überflog die Schlagzeilen der ausländischen Zeitungen und zog anschließend einen der über Nacht eingegangenen Berichte auf seinem Schreibtisch heran. Leider mangelte es ihm an der nötigen Konzentration, die Sätze zerflossen vor seinen Augen. Ohnehin war er es überdrüssig, immer nur Schlechtes über den Menschen zu lesen. Das machte etwas mit einem. Er hatte verlernt, an das Gute zu glauben, vergessen, dass es einmal Gutes gegeben hatte. Erst durch Elenas Rückkehr war es ihm wieder bewusst geworden.

Er schob die Papiere von sich und schloss die Augen. Was nun? Um zehn stand die Hinrichtung eines hochrangigen Offiziers an, der er beiwohnen wollte. Der Verurteilte hatte ihm während der Verhöre Respekt abgenötigt. Ein ehrlicher Mann, der zu seinen Überzeugungen stand. Das genügte im neuen Russland, um die Aufmerksamkeit der falschen Leute auf sich zu ziehen. Trotz verschärfter Folter gab dieser Major Tolkin weder die ihm vorgeworfenen Verfehlungen zu, noch lieferte er andere ans Messer. *Er sei kein Denunziant …* Er hingegen war denunziert worden, das Ergebnis der Folter eines anderen, weniger standhaften Mannes, der glaubte, die eigene Haut zu retten, wenn er nur eine ausreichende Anzahl Namen nannte. Ein Trugschluss. Auch diesen Mann erwartete der Tod.

Ihm blieb eine halbe Stunde, bevor er aufbrechen musste. Semjon griff zum Hörer, gab seiner Sekretärin durch, sie solle Pomerenko zu ihm schicken, und orderte mehr schwarzen Kaffee.

Als Pomerenko eintrat, fiel Semjon sofort dessen Verschwörerlächeln auf. Das behagte ihm nicht. Offenbar glaubte der Mann, er könne sich mit ihm verbrüdern. Dafür sprach auch die Flasche Wodka, die er mitbrachte.

Semjon verzichtete auf eine Begrüßung, bot ihm keinen Stuhl an, sondern stellte sogleich die Fronten klar: »Was gibt es, Genosse? Ich habe in fünf Minuten einen wichtigen Termin.« Semjon nippte an seiner Kaffeetasse, demonstrierte sein Desinteresse. Pomerenko stieß sich nicht an der Botschaft, sondern ließ sich unaufgefordert auf dem Stuhl nieder.

Semjons Augenbrauen hoben sich. Die Verstimmung wich einer vagen Unruhe. Dieser Pomerenko wirkte, als hätte er ein Ass im Ärmel. Und er legte es nun auf den Tisch.

»Es gibt Neuigkeiten zum deutschen Spion Laurenz Sadler.«

Semjon ließ sich nichts anmerken, lediglich seine Augenbrauen wanderten ein Stück höher. »Ausgezeichnet«, lobte er. »Was haben Sie in Erfahrung gebracht?«

»Er ist hier.«

»Wie?«, entfuhr es Semjon nun doch, und zu seinem Leidwesen stieß er dabei das offene Tintenfass um.

Obwohl Pomerenko einige Spritzer trafen, nahm er es hin, als wäre nichts geschehen. »Der Spion Sadler wurde heute früh ins Butyrsker Gefängnis gebracht.«

Semjon unterdrückte einen Fluch. Weshalb das Butyrsker? Dort wurden doch nur Volksaufständler, Beteiligte der Bauernaufstände und Revolutionäre untergebracht. Warum brachte Berija Laurenz Sadler nicht im Gefängnis der Llubjanka unter? Semjon stoppte seine Überlegungen und riss sich zusammen. »*Wie* haben Sie davon erfahren?«

Pomerenko biss die Zähne zusammen.

Semjon winkte ab. »Das ist nicht von Belang, Genosse Pomerenko. Ich weiß zu schätzen, dass Sie gleich zu mir gekommen sind.« Er erhob sich zum Zeichen, dass die Unterredung beendet sei.

Pomerenko gab sich noch nicht geschlagen. »Seine beiden Kinder sind auch hier. Hier in Moskau.«

Semjons Gedanken weilten längst bei Elena. Er musste sofort zum Bahnhof! Vielleicht war es ja noch nicht zu spät? *Was?* Was hatte Pomerenko eben über die Kinder gesagt? Nur langsam sickerten die Worte in seinen Verstand. »Die Kinder interessieren nicht«, sagte er und hoffte inständig, sich verhört zu haben.

»Den Genossen Berija interessieren die Mädchen sehr.«

Nein, nein, nein! Lass es nicht wahr sein! Er verfluchte sich für seine Blindheit. Nun ergab alles einen Sinn!

Die Welt um Semjon schrumpfte zu einem schmalen Korridor, seine Kehle wurde ihm eng.

Pomerenko fiel ihm wieder ein. Er hielt die Finger wie zum Gebet verschränkt, und Semjon entdeckte die Tintenspritzer auf seinen Ärmeln.

Das brachte ihn zur Besinnung. *Jetzt bloß nicht den Kopf verlieren!* Ein Gedanke blitzte in ihm auf, das Gefühl, etwas übersehen zu haben. Etwas passte nicht ins Bild. Die Rädchen in seinem Kopf griffen ineinander und spuckten einen Namen aus: *Pomerenko!* Es sah Berija nicht ähnlich, eine niedere Charge wie Pomerenko vorzuschicken und sich den persönlichen Triumph entgehen zu lassen. Außer natürlich das gehässige Frettchen wartete im Vorzimmer.

Er steckte den Kopf durch die Tür und fand lediglich zwei emsig tippende Sekretärinnen vor. Geistesgegenwärtig bestellte Semjon zwei frische Gläser und schenkte sich und Pomerenko aus dessen mitgebrachter Wodkaflasche ein.

Damit ging er einem Verdacht nach, der Pomerenkos Besuch womöglich erklärte: Entweder Pomerenko legte gleich eine

Patrone auf den Tisch, als unmissverständliche Botschaft an Semjon, sich selbst zu richten, oder der Wodka enthielt Gift. Der NKWD unterhielt eine erstklassig ausgestattete Hexenküche. Ein schnell wirkendes Gift oder ein erzwungener Selbstmord waren probate Mittel, um langwierige Ermittlungen zu umgehen. Die Spritze, die Olga ins Jenseits befördert hatte, stammte gleichfalls aus dem NKWD-Labor.

Pomerenko prostete ihm unbedarft zu und kippte das Glas in einem Zug hinunter. Semjons Nasenflügel bebten. Er konnte den Wodka jetzt wirklich brauchen. Der Schnaps kitzelte angenehm in seiner Kehle.

Semjon rief sich ins Gedächtnis, was er über Pomerenko wusste. Hatte der Mann nicht einen Haufen Kinder? Er erinnerte sich, wie ihm bei einem Empfang der Akademie der Wissenschaften die Pomerenkaja vorgestellt worden war. Eine dralle, rotwangige Person, die ihren Mann zu einem frühen Verlassen der Festlichkeit drängte, da es sie nach Hause zu den Kindern zog. Die beiden Eheleute schienen sich ehrlich zugetan. Hatte ihm Pomerenko deshalb von den Sadler-Kindern erzählt, weil er die üblicherweise praktizierte Sippenhaft missbilligte? Niemand wagte es, offen Kritik daran zu üben. Weil es jeden treffen konnte …

Semjon nickte Pomerenko zu, zum Zeichen, dass er verstanden habe. Pomerenko erwiderte die Geste. Der Austausch der stummen Botschaft war abgeschlossen.

27

Das Leben ist ein bunter Teppich,
und wir sind alle nur winzige Fäden seines Musters.

Anatoli Kobulew

»Freund Nikolaj! Ich habe mich schon gefragt, wo du steckst!«, dröhnte Anatoli, kaum dass er die Tür zu dessen Krankenzimmer aufgestoßen hatte. Das Blatt knallte mit Schwung gegen die Wand, wo die Türklinke die bereits vorhandene Schramme vertiefte. Im Institut konnte man schon am Türenknallen hören, wenn sich Anatoli näherte, es galt als sein unverwechselbares Markenzeichen. Durch seine Größe und die Schultern eines Ringers war Anatoli ohnehin eine sehr präsente Person. Über der Straßenkleidung trug er wie üblich einen weißen, offenen Kittel, dessen Taschen schwer herunterhingen, weil er stets alles Mögliche in sie hineinstopfte.

Anatoli kam mit ausgebreiteten Armen auf den Patienten zu, neigte sich zu ihm herab und küsste Nikolaj, obwohl dessen Gesicht bandagiert war, auf russisch-brüderliche Art die Wangen.

»Das ist also das Staatsgeheimnis? Du spielst Mumie?« Anatoli lachte, und sein mächtiger Bauch hüpfte. Er zog den Schemel heran und beäugte ihn, bevor er ihm sein Gewicht anvertraute. Der Schemel hielt stand. Aber es sah komisch aus, als säße er auf einem Nagel.

»Hat Grigorij dir erzählt, wie es passiert ist?«

»Hat er. Wie sieht es unter den Bandagen aus?«

»Keine Ahnung. Das bereitet mir weniger Sorgen. Ich bin zunächst froh, wieder sehen zu können und wieder einigermaßen verständlich zu sprechen.«

»Ja, du krächzt wie ein asthmatischer Rabe. Hmm, lass mich nachdenken, welche Kräuter ich …« Anatoli begann bereits, in seinen ausladenden Taschen zu kramen, und beförderte einige welke Salatblätter, eine Haselnuss, ein Stück Draht, einen säuberlich abgenagten Hühnerknochen, etwas Verschrumpeltes, von dem man besser nicht wissen wollte, was es einmal gewesen war, und zuletzt ein speckiges Ledersäckchen zutage, in dem es leise klackerte.

»Nein, Anatoli, wegen deiner Hausapotheke habe ich dich nicht hierhergebeten. Es geht um Xenia.«

»Was hat das Höllenweib diesmal verbrochen? *Diese Hexe mit der dämonischen Macht, den Himmel niederzulegen, die Erde aufzuhängen, Quellen zu verhärten, Berge zu schmelzen, Geister heraufzuholen, Götter herabzuziehen, Sterne auszulöschen, tatsächlich die Unterwelt zu illuminieren«*, zitierte Anatoli seinen Hausphilosophen Apuleius.

Denn neben Grigorij erwies sich auch Anatoli Kobulew als immun gegen Xenias beträchtliche Reize, und er behauptete gerne, in ein paar Jahren würde ihre Haut so runzelig sein wie ihre Seele. Anatoli nahm niemals ein Blatt vor den Mund, und natürlich hatte einer von Xenias zahllosen Bewunderern ihr die ein oder andere Bemerkung zugetragen. Xenia und Kobulew verband eine herzliche Feindschaft. Nikolaj erklärte seinem Freund nun, weshalb er ihn hergebeten hatte.

Je länger er sprach, umso größer wurden Anatolis Augen. Als Nikolaj endete, schlug er sich auf seinen mächtigen Schenkel und rief: »Ha! Wie ich immer sage: Das Leben ist ein bunter

Teppich, und wir sind alle nur winzige Fädchen in seinem Muster. Aber manchmal verbinden sich einige von ihnen zu einem magischen Zusammenspiel. Junger Freund, höre, was ich dir zu berichten habe.«

Fassungslos lauschte Nikolaj Anatoli Kobulews Bericht. Er zweifelte keine Sekunde daran, dass sich alles genauso zugetragen hatte, obwohl es zu fantastisch klang.

28

Eine Zwiebel ist ein Wunder.

Juri

»Der Zug hält«, bemerkte die Baronin das Offensichtliche. Sie saß Kathi gegenüber im Abteil und hatte es erst nach einer Stunde Fahrt gewagt, Kathis Fesseln zu lösen. Dabei waren jene Rotarmisten, die sie so rabiat aus der Villa gejagt und in den Zug verfrachtet hatten, am Bahnsteig zurückgeblieben; andere Soldaten hatten ihre Bewachung übernommen. Die jedoch interessierten sich nicht weiter für ihre Passagiere, sondern vertrieben sich weiter vorne beim Kartenspiel die Zeit. Zuweilen drangen ihr Lachen und Johlen bis zu ihnen, mischten sich in das Zischen der Lokomotive und das Rattern der Schienen. Obwohl sich Waggon an Waggon reihte, schien der Zug bis auf ihre Gruppe und einige wenige Kranke, die in einem Wagen mit aufgemaltem roten Kreuz untergebracht wurden, leer zu sein. Allerdings maß Kathi dem Zug und seiner Fracht ohnehin keine Bedeutung bei.

Die Baronin vertrieb sich die Zeit mit Beschwerden über ihre rüde Behandlung und die miese Unterbringung. Das wiederum hatte ihren Mann aus dem Abteil getrieben. Die beiden anderen Wissenschaftler folgten ihm in den Gang, wo sie eine Zigarette nach der anderen rauchten. Gut, mit den verschmutzten und verschlissenen Sitzen war es vielleicht nicht die erste Klasse, aber weit entfernt von den Viehwaggons, mit denen Gefangene üblicherweise zu rechnen hatten.

Kathi nahm das Lamentieren der Baronin nur mit halbem Ohr wahr. Zu viel war in kurzer Zeit auf sie eingestürmt, ihr Kopf schmerzte, genauso wie ihr Herz. Seit sie in Moskau aus Nikolajs Flugzeug gestiegen war, hatte sich ihre Situation fortlaufend zum Schlimmeren gewandt. Sie hatte Franzi verloren, ihren Vater wiedergefunden, nur um auch ihn gleich wieder zu verlieren. Und nun entfernte sie sich mit jedem Meter weiter von Moskau und damit von der Möglichkeit, beide jemals wiederzufinden.

»Wir stehen tatsächlich!«, rief die Baronin aufgeregt und spähte durchs Fenster. »Ach du meine Güte! Was für eine schreckliche Einöde! Nichts als Hühner, Ziegen und Schafe. Was soll das sein? Ein Bahnhof? Wohl eher ein Bauernhof. Das kann unmöglich unser Ziel sein!« Sie sprang auf und öffnete die Abteiltür. Der schmale Korridor war bereits von den Wissenschaftlern bevölkert, die gleichfalls über den Halt spekulierten. Allein Kathi bewegte sich nicht vom Fleck.

Nur am Rande nahm sie davon Notiz, dass zwei Rotarmisten und der Lokführer ausstiegen und einen alten Mann in einer Armeejacke, vermutlich der örtliche Vorsteher, beschimpften, weil er den Zug gestoppt hatte.

Der schwenkte jedoch unverdrossen ein Papier und hielt es ihnen entgegen wie den Schlüssel zur Stadt. Alsbald entspann sich eine heftige Diskussion unter den beiden Rotarmisten, während sich der Lokführer trollte. Kathi sah ihn anschließend, wie er gegen die Ecke des windschiefen Bahnhofsgebäudes pinkelte.

Unvermittelt wurde ihr Abteil aufgerissen, und ein Unteroffizier gab Kathi zu verstehen, sie habe mitzukommen. Als sie darauf nicht schnell genug reagierte, riss er sie hoch und schubste sie vor sich her. Sie stolperte über die Schwelle und prallte gegen die dicke Baronin, die sich neugierig vor dem Abteil postiert hatte.

»Na hören Sie mal, junger Mann«, wies sie den Rotarmisten entrüstet zurecht. Sie legte einen Arm um Kathi und schob ihren gut gepolsterten Körper zwischen sie und den Soldaten. Eine nette, aber vergebliche Geste.

Der Rotarmist fackelte nicht lange. Er stieß die Baronin grob gegen die Wand, zischte eine Drohung und hielt den protestierenden Baron mit seiner Pistole auf Abstand. »Ich nur das Mädchen will«, sagte er in gebrochenem Deutsch, fasste nach Kathis Arm und zog sie hinter sich her aus dem Zug. »Du hier warten«, befahl er und gab dem weiter vorne aus der Lokomotive lehnenden Zugführer das Zeichen zur Abfahrt. Es zischte und dampfte, Kathi sah sich in einen dichten Nebel gehüllt, und alsbald setzte sich der Zug mit einem ohrenbetäubenden Quietschen erneut in Bewegung. Ohne sie.

Die Baronin und die Wissenschaftler hingen halb aus den offenen Fenstern und bekundeten ihre Fassungslosigkeit mit entsetzten Rufen. Ihre blassen Gesichter trieben an Kathi vorbei und entschwanden ihrem Blickfeld, während der Zug Geschwindigkeit aufnahm.

Als der Zug nur noch als schmaler dunkler Streifen mit einer Rauchwolke darüber auszumachen war, legte sich eine knochige Hand auf ihre Schulter.

»Komm«, sagte der alte Bahnhofsvorsteher auf Deutsch. Kathi folgte ihm durch das schäbige Gebäude zu einer einsamen Holzbank. Ein rostiges Fahrrad lehnte daran. Auf der Bank dösten bereits ein Huhn und eine Katze, die der Alte verscheuchte, damit er und Kathi sich hinsetzen konnten. Auf Kathis Frage, warum man sie aus dem Zug geholt habe, zuckte der Alte nur mit den Schultern und schwieg. Kathi hatte kaum mehr mit einer Antwort gerechnet, als er entgegnete: »Ich weiß es nicht, Dewuschka, Mädchen.«

Kathi glaubte ihm. Welchen Grund hätte er, sie anzulügen?

»Was stand in dem Papier?«, tastete sie sich vorsichtig voran.

Der Alte wandte ihr den Kopf zu, forschte lange in ihrem Gesicht. Wieder ließ er sich Zeit mit der Antwort. »Befehl aus Moskau.«

Mehr sagte er nicht, und mehr war auch nicht nötig. Die Geschehnisse sprachen für sich.

Kathi musste sich erst räuspern, bevor ihr die Stimme gehorchte: »Wie geht es weiter?«

Dasselbe Achselzucken, und auch diesmal erhielt sie erst nach einer Minute eine Antwort: »Du musst warten.«

»Wie lange?«

»Wie alt bist du, Dewuschka?«

»Sechzehn, aber im Dezember werde ich siebzehn.« Wie alle jungen Menschen erlag Kathi der Versuchung, älter erscheinen zu wollen.

Juri lächelte auf eine Art, als hätten sich ihm die Wunder und Geheimnisse dieser Welt bereits vor langer Zeit mitgeteilt. Da endlich erkannte Kathi, an wen er sie erinnerte. Auf eigentümliche Weise glich Juri dem wundersamen Herrn Levy.

Jetzt holte er eine Zwiebel hervor und begann, sie zu schälen. Die Schalen ließ er nicht etwa zu Boden fallen. Nein, er steckte sie in seine Hosentasche. Das entlockte Kathi ein wehmütiges Lächeln. In der Sorgfalt, mit der sich Juri dem Gemüse widmete und nicht ein Fitzelchen davon verschwendete, erkannte Kathi Dorota wieder. Dorota sah in den Früchten der Erde das Wirken Gottes – sein Geschenk an den Menschen.

»Magst du Zwiebeln?«, fragte Juri.

»Äh, ja…« Zu Hause begann beinahe jedes Dorota-Rezept mit: *Man nehme eine Zwiebel…*

»Diese Zwiebel«, sagte Juri in seinem bedächtigen Tonfall und hielt die Knolle hoch wie eine Reliquie, »ist ein Wunder. So wie das Leben selbst ein Wunder ist. Man kann es nicht erklären. Auch die Popen nicht.« Juri legte eine kurze Pause ein, bevor er seinen Monolog fortsetzte: »Man mag heute wissen, wie Leben entsteht, Dewuschka. Aber *warum* entstand das Leben? Ich jedenfalls zerbreche mir nicht den Kopf über die Motive unseres Schöpfers. Ich genieße die Wunder, die er uns schenkt. Die Zwiebel *und* ihre Schale. Sie kommt später in die Suppe.« Er bot Kathi von der Zwiebel an. Trotz eines aufkeimenden Hungergefühls lehnte sie dankend ab.

Juri verspeiste mit Bedacht seine karge Mahlzeit. Von ihm ging eine große Ruhe aus, die sich auf Kathi übertrug. Erstaunt stellte sie fest, dass sie seit ihrer Ankunft in Moskau keinen solch friedlichen Moment mehr erlebt hatte. Eine tiefe Stille lag über dem Land, das in seiner weiten Ausdehnung biblisch anmutete. Kathi stellte sich vor, wie Gott einst selbst über diese Steppe gewandert und sich an seiner Harmonie erfreut hatte. Sie verfolgte den scheinbar ziellosen Flug eines Insekts, und weit oben, am gleißend blauen Himmel, sah sie einen Bussard seine Kreise ziehen. Die Katze, die sie von ihrem Platz auf der Bank vertrieben hatten, eroberte jetzt mit einem eleganten Sprung den Schoß des Alten, der begann, sie zu kraulen. Das Huhn, das sich vielleicht zu langweilen begann oder die Katze um die Zuwendungen beneidete, schwang sich mit einem lauten Gackgack auf Kathis Schoß. Kathi empfand das zarte Gewicht auf ihren Knien als seltsam tröstlich und kraulte das zutrauliche Tier.

Als würde ein Schlüssel ins Schloss gleiten, öffnete sich für Kathi eine Tür in eine andere Realität, zu einem Ort, wo Vergangenheit und Zukunft ineinanderflossen. Und obwohl es niemals sein konnte, es jeglicher Logik widersprach, erinnerte sie sich an diesen Ort, an Juri und ihr Gespräch. Als wäre sie schon einmal hier gewesen, in einer anderen Zeit, in einem anderen Leben. Wie merkwürdig … Hatte Albert Einstein in seinen beiden Relativitätstheorien nicht aufgezeigt, dass im Universum Raumkrümmung und Zeitparadoxien existierten? Geschah dasselbe gerade mit ihrem Verstand?

Etwas Fremdes brach in die Harmonie ein.

»Was ist das, Juri?«, fragte Kathi. Sie zeigte auf eine Staubwolke, die sich ihnen von Westen her zu nähern schien.

Juri beschirmte seine Augen. Wieder ließ seine Antwort auf sich warten. Als sie schließlich erfolgte, konnte Kathi längst selbst erkennen, dass es sich nicht um ein Fuhrwerk, wie zunächst angenommen, sondern um ein motorisiertes Fahrzeug handelte. Allerdings verdiente das klapprige Gefährt diese Bezeichnung kaum, so verbeult und rostig, wie es aussah. Der korpulente Mann mit Knebelbart, der sich nach seiner Ankunft nun aus dem Gefährt schälte, schien auch nicht mehr der Frischeste. Der zu enge Anzug war mit Flecken übersät, und der schwankende Gang seines Trägers ließ Kathi das Schlimmste vermuten. Tatsächlich roch er aus der Nähe wie eine ganze Schnapsfabrik.

Der Dicke baute sich vor Kathi und Juri auf und beäugte sie mit zusammengekniffenen Augen, als wartete er auf etwas. Kathi hatte keine Ahnung worauf, aber es war sicher nichts Gutes. Huhn und Katze gaben Fersengeld.

»Was ist, Juri Popov?«, brüllte der Dicke. »Hast du keine Manieren? Steh gefälligst auf, wenn ich mit dir rede!« Er stieß mit seinem Fuß gegen Juris löchrigen Stiefel.

Der alte Juri blieb sitzen, steckte den Finger ins Ohr und rieb, als müsste er einen starken Juckreiz stillen. »Meine Mutter«, sagte er bedächtig, »hat mir sicher Manieren beigebracht, Jegor. Zum Beispiel, den Älteren zuerst zu grüßen. Und auch, sich nicht um den eigenen Verstand zu saufen.«

Der Mann namens Jegor ließ einen bösen Fluch vom Stapel,

verlor dann aber von einer Sekunde auf die andere das Interesse an Juri. Stattdessen wandte er sich nun Kathi zu. »Du bist also die Nemka? Mitkommen!«, röhrte er.

Kathi, die etwas Ähnliches bereits geahnt hatte, wandte sich verschreckt Juri zu. Leise, sodass es der Neuankömmling nicht verstehen konnte, raunte der: »Geh mit Jegor, Dewuschka. Er wird dir nichts tun. Dieser Apparatschik ist mein Schwager und so feige, dass er sogar vor sich selbst Angst hat.« Juri hob nun seine Stimme: »He, Jegor, Gruß an deine Frau!«

Der dicke Jegor stieß einen Unmutslaut aus, griff nach Kathi und bugsierte sie zu seiner Rostlaube. Der Innenraum stand dem Äußeren in nichts nach, eine einzige Müllhalde. Falls die Bezüge einmal eine Farbe besessen hatten, so war sie unter dem ganzen Schmutz nicht mehr festzustellen. Jegor wies Kathi den Beifahrersitz zu.

Unter anderen Umständen hätte sie sich geekelt, aber inzwischen war sie über diese Feinheiten hinaus.

Jegor watschelte um den Wagen und klemmte sich hinter das Lenkrad. Vor dem Start setzte er zu einer gewichtigen Erklärung an: Er sei Geheimagent und geschult im Umgang mit gefährlichen ausländischen Subjekten. Sie solle also nicht auf dumme Gedanken kommen. Ohnehin sei eine Flucht sinnlos, weil es hier draußen nichts gebe außer Bären und Pumas, die bevorzugt Nemkas fräßen. Dazu drohte er ihr, sie zu fesseln und zu knebeln, falls sie ihr freches Nemetski-Maul nicht halten würde. Dabei hatte Kathi noch keinen Laut von sich gegeben.

So ernst ihre Situation auch sein mochte, Kathi fand den Mann unfreiwillig komisch. Die einzige von ihm reell ausgehende Gefahr schien ihr zu sein, dass er in seinem betrunkenen Zustand Auto fuhr und während der Fahrt den Alkoholpegel gleichmäßig hochhielt, da er ständig nachtankte. Auf der Rückbank klirrte eine ganze Batterie leerer Flaschen aneinander, während der Motor die seltsamsten Geräusche von sich gab. Kathi erinnerte es ein Stück weit an die lamentierende Baronin.

Die Straße selbst war mindestens so löchrig wie Juris Stiefel. Kathi rechnete jede Sekunde mit einem Achsenbruch. Wenigstens führte ihr Weg stetig geradeaus, parallel zu den Gleisen. Es gab keinen echten Straßengraben, in dem sie landen, und keine Bäume, gegen die sie prallen konnten. Und Verkehr gab es auch so gut wie keinen. Ihren Berechnungen zufolge waren sie in knapp neun Stunden Zugfahrt mindestens fünfhundert Kilometer ins Moskauer Hinterland vorgedrungen. Nun ging die Fahrt wieder zurück, in Richtung Westen.

Befehl aus Moskau, hatte ihr Juri verraten. Und das konnte nur eines bedeuten: Nikolaj hatte Xenias Pläne durchkreuzt und ihre Rückkehr veranlasst!

Die kleine Flamme der Hoffnung entzündete sich neu und wärmte Kathi auf der gesamten Fahrt. Und während in ihr die Zuversicht wuchs, überwand Dorotas Stimme Raum und Zeit, und sie hörte sie flüstern: *Der Sternenmann wird kommen und dich holen. Es wird alles gut, Herzele.*

***

Offenbar hatte Gott gerade nichts Wichtigeres zu tun, als für Kathi Wunder zu wirken. Es war ein Wunder, dass der Wagen bis Moskau durchhielt, und genauso ein Wunder, dass der rauchende Jegor ihn beim Betanken aus den mitgeführten Benzinbehältern nicht in die Luft jagte.

Kathi begann, um diese Wunder zu beten, nachdem sie das menschenleere Hinterland hinter sich gelassen hatten, vermehrt wieder anderen Fahrzeugen begegneten und sich erwies, dass Jegors Trunkenheit in Kombination mit dem verkehrsuntüchtigen Fahrzeug – die Bremsen funktionierten nur bedingt – diese Wunder bitter benötigte.

Der göttliche Beistand erschöpfte sich in dem Moment, als Jegor an der vorgegebenen Adresse hielt und Kathi das Waisenhaus wiedererkannte, aus dem Franzi vor Tagen verschwunden war. Aber nicht etwa Nikolaj nahm sie dort in Empfang, sondern Xenia.

Vor Enttäuschung brannten Tränen hinter Kathis Augen, sie hätte jedoch eher ihren rechten Arm geopfert, als vor Xenia zu weinen.

Als Jegor die schöne russische Offizierin zu Gesicht bekam, seine unbekannte Auftraggeberin, fielen ihm beinahe die Augen aus den Höhlen. Er zog seinen Bauch ein und trat ihr schneidig und mit militärischem Gruß entgegen. »Genosse Jegor Trutschnik meldet Vollzug der ihm gestellten Aufgabe. Hiermit übergebe ich Ihnen die Gefangene Nemetski, Genossin …?« Er kam ins Stocken, und der Schweiß brach ihm aus, weil er sich nicht mehr an ihren Rang erinnern konnte. War die Genossin ein Oberleutnant, Oberst, Major? Und wie sie ihn anblickte, als wollte sie ihn vierteilen. Dabei roch sie so gut, wie ein Strauß Maiglöckchen …

Kathi tat Juris Schwager beinahe leid, wie er so vor Xenia stand, ein dickes Elend mit hängenden Schultern. Beinahe die gesamte Fahrt hatte er ihr mit Moskau in den Ohren gelegen. Je näher sie der Stadt gekommen waren, umso mehr hatten seine Augen geglänzt, sodass Kathi schließlich überzeugt war, dass Jegor nie zuvor in der sowjetischen Hauptstadt gewesen war, obschon er das Gegenteil behauptete. Vermutlich hatte er sich ausgemalt, dass der Ruhm Moskaus ein wenig auf ihn abfärben würde, sich sicher auch ein wenig Lob erträumt, wenigstens einen Händedruck, weil er seine Aufgabe gut erfüllt hatte. Nichts dergleichen. Xenia ließ ihn einfach stehen und befahl Kathi mitzukommen. Kein Wort der Erklärung, weshalb sie Kathi erst hatte in den Zug setzen und dann wieder zurückholen lassen.

Kathi interessierte in diesem Augenblick ohnehin nur eines: »Bitte, Genossin, was ist mit meiner Schwester? Haben Sie sie gefunden?«

»Ich habe nicht nach ihr gesucht«, log Xenia.

»Aber ...«, setzte Kathi an.

»Still! Deine Schwester hätte nicht weglaufen sollen. Wenn ihr etwas passiert, dann ist das allein ihre Schuld. Und jetzt setz dich dahin.« Sie hatten das Waisenhaus betreten, und Xenia wies auf eine Bank im Flur. »Rühr dich nicht vom Fleck! Ich muss mit der Heimleiterin sprechen.« Mit einem scharfen Blick scheuchte Xenia das Dutzend Kinder, das sich neugierig auf der Treppe tummelte, zurück nach oben und verschwand in einem angrenzenden Raum.

Kathis Augenmerk richtete sich wie von selbst auf den Schlüssel, der innen an der Haustür steckte. Xenia hatte vergessen abzuschließen! Und sie saß hier völlig unbeaufsichtigt. Ihr Puls raste. Sie musste nur aufstehen und durch diese Tür gehen. Dann könnte sie nach Franzi suchen und ... Dennoch zögerte sie, ihrem ersten Impuls nachzugeben.

Um das Durcheinander in ihrem Kopf zu ordnen, zählte sie erst die an der Wand aufgereihten Holzpantinen und danach die geflickten Kittel, die von einfachen Nägeln gehalten wurden. Insgesamt kam sie auf achtunddreißig Paar Schuhe und vierundvierzig Kittel. Entweder das Haus beherbergte nur achtunddreißig Waisen, oder für sechs Kinder standen keine Schuhe zur Verfügung. Kathi hatte vorhin einige der Jungen und Mädchen gesehen, allesamt magere, hohlwangige Geschöpfe. Und hierher hatte man Franzi gebracht? Kein Wunder, dass sie davongelaufen war.

Xenia kehrte mit der Heimleiterin zurück. »Ich melde mich«,

sagte sie. Während Kathi sich noch fragte, ob Xenia das an ihre Adresse oder an jene der Heimleiterin gerichtet hatte, fiel bereits die Haustür hinter der Russin ins Schloss.

Die Heimleiterin wies Kathi eine Kammer im Erdgeschoss zu. Sie war so winzig, dass lediglich das schmale Bett hineinpasste. Für Kathi ein Anlass zur Freude, denn wie es aussah, musste sie sie mit niemandem teilen. Die Kammer lag im hinteren Teil des Gebäudes und verfügte sogar über ein kleines Fenster. Die Frau informierte sie knapp, Frühstück sei vorüber, Mittagessen um zwölf. Sie ließ sie allein, schloss allerdings die Tür ab.

Kathi inspizierte sofort das Fenster. Der Griff war leider abmontiert. Sie tippte gegen die Scheibe, nur ein dünnes Glas. Es wäre ein Leichtes, sie einzuschlagen. Kathi wunderte sich über die Nachlässigkeit der Heimleiterin. Was würde Xenia mit der armen Frau anstellen, wenn sie wie ihre Schwester flüchtete? Aber das sollte sie nicht kümmern. Ihr Freund Oleg hatte immer gesagt, ein jeder habe sein eigenes Schicksal. Und ihres war es, sich um Franzi zu kümmern. Kathi überzeugte sich davon, dass sie sich bei Bedarf durch das schmale Fenster hindurchzwängen konnte. Danach setzte sie sich aufs Bett, nicht mehr als eine fleckige Matratze mit einer fadenscheinigen Decke am Fußende, und dachte nach. Es wunderte sie, dass die Heimleiterin sie weder durchsucht noch ihr die Kleidung abgenommen hatte, um sie in dieselbe graue Einheitstracht zu stecken wie die anderen Kinder. Dabei war das ein großes Glück, denn ihre Kleidung barg ein Geheimnis: sieben in den Saum ihrer Jacke genähte Goldmünzen aus dem Hussitenschatz, den Anton und sie als Kinder in einer Höhle entdeckt hatten. Kathi quälten inzwischen Hunger und Durst. Ihren letzten Schluck Wasser hatte sie im Zug getrunken. Nun holte sie einen weiteren Schatz aus ihren Taschen: Brot, einen kleinen Ziegenkäse und einen Apfel, alles aus der Küche der Villa. Kurz ertasteten ihre Finger das halbe Dutzend in Papier gewickelte Pralinen, die sie jedoch nicht anrührte, obwohl ihr das Wasser im Mund zusammenlief. Für die Suche nach Franzi würde sie Hilfe benötigen. Vielleicht wussten ja die anderen Kinder etwas? Beim Mittagessen könnte sie versuchen, diese auszuhorchen. Dabei würden ihr die Pralinen sicher gute Dienste leisten …

Von Brot und Käse gönnte sie sich nur jeweils eine Hälfte und hob die andere auf, den Rest verspeiste sie mit Appetit. Besonders der Apfel schmeckte köstlich. Bevor sie ihn aß, hielt sie ihn hoch wie Juri seine Zwiebel und bedankte sich für dieses essbare Wunder.

Die Heimleiterin durchkreuzte Kathis Plan, die anderen Kinder auszuhorchen. Punkt zwölf entriegelte sie die Kammer, brachte ihr einen Teller dünne Suppe und eine harte Scheibe Brot und sperrte sie wieder ein.

Aus Frust aß Kathi eine Praline. Nugat. Sie rollte die Schokolade im Mund, sog und lutschte an ihr wie an einem Bonbon und leckte anschließend mehrmals über das Einwickelpapier.

Darauf zermarterte sie sich wieder das Gehirn darüber, was sie jetzt tun sollte. Ihre Hoffnung auf Nikolaj begrub sie endgültig. Er hatte sich offensichtlich jeglicher Verantwortung für sie entledigt und sie an Xenia weitergereicht. Sie musste die Dinge selbst in die Hand nehmen.

Entschlossen zog sie ihre Jacke vom Bett, fühlte das tröstliche Gewicht der Goldmünzen. Ja, sie würde nach Franzi suchen. Jetzt gleich.

Sie wickelte die Jacke um ihre Hand und schlug die Scheibe ein.

29

Die Welt birgt viele Rätsel. Nicht alles ergibt einen Sinn.
Das Leben ist ungewiss.

Pelageja Kobulewa

»Ich weiß nicht, von wem Sie sprechen«, wehrte die Heimleiterin den riesenhaften Mann an der Tür ab. »Ich kenne kein deutsches Mädchen.«

»Frau, was ist mit Ihren Händen?«, fragte der zurück.

Verblüfft sah sie zu dem Hünen auf.

»Sie kneten sie wie Teig. Sie müssen nicht nervös sein. Ich will nur das Mädchen.«

Hastig verbarg die Heimleiterin die Hände hinter ihrem Rücken. Ihre Abwehr klang seltsam kraftlos, als sie rief: »Aber ich sagte doch, sie ist nicht hier!«

»Vzdor! Blödsinn«, brummte ihr unwillkommener Besucher. Er hob die Frau an den Schultern an, stellte sie beiseite wie ein unliebsames Möbelstück, trat in den Flur und brüllte in einer Lautstärke, die selbst durch die Dachziegel dringen musste: »Katja Sadler? Bist du hier? Melde dich, wenn du kannst.«

Ein Riesenschreck durchfuhr Kathi, und sie ließ los. Keine besonders gute Idee, wenn man gerade mit dem Kopf voran aus einem Fenster hing. Eigentlich sah ihr Plan vor, sich langsam herabzulassen. Stattdessen plumpste sie nun unsanft hinaus und landete in Brennnesseln. »*Verdammt!*«, entfuhr es ihr auf Deutsch.

Ohnehin erwies sich ihr Fluchtvorhaben als kniffliger als angenommen. Damit sie sich nicht an den Scherbenresten schnitt, hatte sie sie Stück für Stück aus dem Rahmen lösen müssen. Die Höhe der Fenster zwang sie, nicht zuerst ihre Beine, sondern ihren Oberkörper vorzuschieben. Und gerade als sich ihr Schwerpunkt nach außen verlagerte, brüllte jemand nach ihr. Die Stimme gehörte eindeutig nicht Nikolaj. Vielleicht der dicke Jegor? Egal, sie musste zusehen, so schnell wie möglich von hier zu verschwinden. Die Rückseite des Hauses umgab eine Mauer mit einem schmalen Durchlass. Sie rannte darauf zu, schwang sich über das Holzgatter und sprintete weiter. In vollem Lauf bog sie um die nächste Ecke und prallte dort gegen etwas Weiches, Kleines. Ein Kind! Kathi konnte den Sturz nicht mehr auffangen, und sie und das Kind purzelten übereinander.

Und dann blieb Kathi beinahe das Herz stehen. »*Franzi!* Mein Gott, du bist hier!«, rief sie und riss die Kleine heftig an sich. »Ich dachte, ich hätte dich verloren!«, stammelte sie und erdrückte ihre zarte Schwester beinahe in ihrer Umarmung.

Franzi strampelte sich frei, und ihr kleines Gesicht glühte vor Eifer. Sie summte: *Ich habe bei einem Zwerg gewohnt! Wie Schneewittchen. Und Rübezahl war auch da!*

Kathi verzichtete auf die Bemerkung, es gebe keine Zwerge, und Rübezahl sei eine schlesische Sagengestalt. Sie war völlig berauscht vom Glücksgefühl, ihre Schwester gesund und wohlbehalten vor sich zu haben. »*Wo bist du nur so lange gewesen?*«, summte sie.

»Der Zwerg wohnt in einem Blumenstrauß. Mit ganz vielen Bienen und anderen Tieren. Und Rübezahl hat ein geflügeltes Auto!«

Kathi tat für den Moment, als glaubte sie den Fantastereien ihrer Schwester. Franzi lebte nun einmal in einer anderen Realität. Doch jeden Moment konnte ihr Verschwinden auffallen. Sie mussten hier weg!

»Komm, Franzi!« Sie fasste nach der Hand ihrer Schwester und zog sie mit sich. Aber Franzi sträubte sich dagegen. Kathi selbst verharrte mitten in der Bewegung. Weshalb noch weglaufen, da ihre Suche nach Franzi nun beendet war? Sie würde mit Franzi ins Waisenhaus zurückkehren. Aber Franzi hatte andere Pläne. Sie hängte sich mit ihrem gesamten unerheblichen Gewicht an Kathi und summte: *Komm mit, ich zeige dir die Bienen!*

Nein, Franzi. Wir gehen besser zurück ins Waisenhaus.

Der Ausdruck des Entsetzens, der sich daraufhin auf Franzis Gesicht abmalte, erschütterte Kathi.

Ich will da nicht mehr hin. Franzi brach in Tränen aus, und ihr Kummer zerriss Kathi das Herz. Was mochte sie dort bloß erlebt haben? Plötzlich stutzte sie. In ihrer Wiedersehensfreude war es zuvor ihrer Aufmerksamkeit entgangen, aber Franzi sah nicht aus, als wäre sie tagelang allein durch eine fremde Stadt gestreunt. Die Kleine verströmte einen frischen, sauberen Geruch, trug ein neues Schürzenkleid, und ihr gescheiteltes Haar war in zwei ordentliche Zöpfe geflochten. Wo in Gottes Namen war ihre Schwester in der Zwischenzeit gewesen?

Kathi gab nach und reichte Franzi die Hand: *Gut, zeig mir die Bienen!*

Franzi führte ihre Schwester in einen verwilderten Park. Die teilweise eingestürzte Mauer bot keinen Schutz gegen unwillkommene Besucher, und anstelle des einstigen Tores klaffte eine riesige Lücke. Sicher hatte es sich für jemanden als nützlich erwiesen, genauso wie das Holz der Bäume. Auf dem Grundstück ragten nur noch traurige Stümpfe aus dem Boden. Doch die Natur wusste sich immer zu helfen. Überall leuchteten bunte Farbtupfer zwischen wuchernden Hecken und Büschen –

wild wachsende Rosen blühten neben violetten Astern, gelben Sonnenaugen und blauem Rittersporn. In der Luft summte und brummte es von emsigen Insekten. Neben Franzis geliebten Bienen entdeckte Kathi einen Schwarm Pfauenaugen. Und nicht nur Insekten lockte diese friedliche Oase mitten in der Stadt. Nach und nach tauchten auch immer mehr Katzen auf und strichen maunzend um ihre Beine. Franzi begrüßte sie jede einzeln, und Kathi wunderte es nicht, dass die Tiere auf dieselben Namen hörten wie jene, die sie zu Hause zurückgelassen hatten: Ratibor, Oderberg, Rybnik, Goldentraum, Frankenstein, Breslau und Görlitz.

Von einer Brombeerhecke naschten die Schwestern einige noch nicht ganz reife Früchte. Kathi fielen nun ihre Pralinen ein. Süß und schokoladig schmolzen sie in ihrem Mund … Kathi und Franzi veranstalteten einen kleinen Wettbewerb mit dem Einwickelpapier, wer seines schneller sauber schleckte. Sie blieben ein Weilchen im Schatten der Hecke sitzen, pflückten Gänseblümchen, und während sie sich daraus Kränze banden, erzählten sie sich Geschichten von zu Hause. Anschließend setzten sie sich ihre Kränze mit großem Krönungszeremoniell gegenseitig auf. Franzi band noch einen dritten, größeren Kranz, den sie sich wie eine Kette um den Hals legte. *Der ist für den Kuchenkönig*, verkündete sie.

»Oh, wer ist der Kuchenkönig?«

Das weiß ich nicht. Er ist noch nicht ernannt.

Kathi war Franzis kryptische Auskünfte gewohnt; mit ihrer Schwester aufzuwachsen bedeutete, dass das Unmögliche in den Rahmen des Möglichen rückte. Wie Dorota, die die Gabe der Weissagung von ihrer böhmischen Mutter geerbt hatte, wusste auch Franzi manchmal Dinge, bevor sie geschahen. Franzi nahm einen an die Hand, und es war, als würde man auf eine Wolke steigen und ihr in ihre magische Welt folgen.

Kathi fand zunehmend Gefallen an ihrem Ausflug, genoss die unverhoffte Atempause, die Möglichkeit, sich für eine Weile treiben zu lassen. Tagelang hatte sie um Franzi gefürchtet, sich entlang einer Schattenlinie bewegt, an deren Rand sich die Ereignisse beständig zuspitzten und deren einzige Gewissheit die Ungewissheit war. Nun lag sie plötzlich neben ihrer Schwester im Gras, an diesem wunderbar verwunschenen Ort, und gab sich seinem Zauber hin.

Franzi begann, vor sich hinzusummen. Zu Kathis Erstaunen gab sie unsinnige Schüttelreime von sich, die sie nie zuvor von ihr gehört hatte: *Ich bin Pipipi, du bist dududu, Einstein, Zweistein, Türe zu.* Oder: *Schwarzfuß, Stockfuß, Apfelmus.*

»Wo hast du die denn gelernt, meine kleine Eidechse?«

Vom Zwerg.

Ein paar Minuten reimten sie lustig vor sich hin, aber die warme Sonne und das träge Summen der Insekten wirkten einschläfernd. Dabei schätzte Kathi, dass es nur wenig später als zwei Uhr sein konnte.

Ich habe Mama gesehen.

Kathi, die gerade ihre Lider schloss, blinzelte träge. »Hm?«

Ich habe Mama gesehen.

Hast du von ihr geträumt?, summte Kathi zurück, zu faul, die Augen zu öffnen.

Nein. Sie ist hier.

Nun setzte sich Kathi auf. Sie dachte an ihre eigene Begegnung mit dem Vater in Moskau. Dieser unerwartete Zufall mutete ihr kaum minder fantastisch an als Franzis Behauptung über die Mutter. Zudem rückte ihr Wissen über den Plan ihrer Mutter, den Vater in Russland zu suchen und ihn heimzubringen, Franzis Worte in das Licht des immerhin Möglichen.

Wo hast du Mutter gesehen?, summte sie.

Komm, ich zeig sie dir!

Franzi führte ihre Schwester zu einem verborgenen Weg jenseits der Hecke. Rosen umrankten die zersplitterten Überreste von Spalieren und bedeckten den Boden wie einen bunten Teppich. Sie gingen weiter, und je näher sie dem geheimen Ort kamen, umso lauter schlug ihnen Insektensummen entgegen.

Franzi schlüpfte durch eine weitere Hecke, und sie betraten einen kleinen, von allen Seiten geschützten Platz. Hier wuchsen die allerschönsten Blumen. Das wussten auch die Bienen zu schätzen, die sich hier zu Tausenden tummelten. Franzi kniete sich auf den Boden. Gut verborgen zwischen Gras und Blumen entdeckte Kathi die Überreste mehrerer Statuen. Hier ein Arm, dort eine Büste ohne Kopf, mutwillig zerstörte Kunstwerke. Vorsichtig legte Franzi den abgebrochenen Kopf einer Statue frei. Sie war an der Wange verkratzt, und ihr fehlte die Nase. Aber das konnte dem Zauber der fein gemeißelten Züge, die der Bildhauer dem Mädchen verliehen hatte, nichts anhaben. Der kostbare Marmor hatte ihre Schönheit für alle Zeit konserviert.

Mama summte Franzi und küsste den Kopf zart auf die Stirn. Auf dieselbe liebevolle Art hatte ihre Mutter sie früher vor dem Schlafengehen geküsst. Kathi schnürte es bei der Erinnerung die Kehle zu. Sie sank neben Franzi auf die Erde.

Die Züge des Kopfes wiesen tatsächlich Ähnlichkeit mit jenen ihrer Mutter auf. Es gab eine alte Aufnahme von Kathi und ihrer Mutter, die ihr Vater kurz nach ihrer Geburt gemacht hatte und an die sich Kathi erinnert fühlte. *O Franzi, ich vermisse Mama auch so sehr.* Kathi schloss ihre Schwester fest in die Arme.

Am liebsten wäre Kathi noch länger an diesem Ort geblieben, aber Franzi wollte weiter.

Sie umrundeten die Trümmer eines abgebrannten Anwesens, überquerten eine Wiese und schlüpften durch ein weiteres Loch in der Mauer hinaus. Ein kleiner Schwarm Bienen begleitete sie.

Kathi musterte die Gegend, von einem unbestimmten Gefühl gewarnt. Wurden sie beobachtet? Folgte ihnen jemand? Sie hielt ihren Blick misstrauisch auf die Lücke in der Mauer gerichtet, bis Franzi erneut ungeduldig an ihrer Hand zupfte.

Darauf wandte Kathi ihre Aufmerksamkeit der Umgebung zu. Sie befanden sich am Rand einer breiten, ruhigen Straße. Hohe Mauern schützten die versteckten Anwesen dahinter. Kathi stutzte. Die Gegend kam ihr vertraut vor. Wenn sie der Straße in westlicher Richtung folgte, würde sie vermutlich auf das Adelspalais treffen, in dem sie eine Nacht mit den Wissenschaftlern verbracht hatte. Neugierig hielt sie nach einem Straßenschild Ausschau.

Plötzlich hörten sie Schmerzensschreie. Sie drangen aus dem Park, den sie gerade erst verlassen hatten. Für Kathi klang es, als würde dort jemand angegriffen.

Komm!, summte Franzi ungeduldig und zog ihre Schwester weiter, die Straße entlang in östlicher Richtung. Die Schreie verfolgten sie noch eine Weile, wurden schwächer, verloren sich.

Kathi warf einen kurzen Blick zurück. In der Ferne erkannte sie die Umrisse des Kreml, dessen mächtige Mauern und Türme sich markant gegen den blauen Himmel abzeichneten.

Es bestätigte ihre Vermutung: Der von Franzi eingeschlagene Weg führte stadtauswärts. Kathi entdeckte nun auch ein Straßenschild, und tatsächlich handelte es sich um die Ulica Prechistenka!

Franzi bog in eine Nebenstraße ein, und als folgte sie einem inneren Kompass, führte sie sie mal nach rechts, mal nach links, ein eigenartig verschlungener Zickzackkurs, der verkehrsreichere Straßen mied. Die Gegend wurde zunehmend ärmlicher, genauso wie die Menschen, die sie bevölkerten. Armselige Hütten standen im Schatten schnell hochgezogener grauer Zweckbauten, die sich wiederum an Gebäude schmiegten, von denen manche noch Reste von Stuck und Reliefs aufwiesen und vielleicht ebenso wie Kathi und Franzi von besseren Zeiten träumten.

Vor den Häusern und Hütten saßen alte Weiblein auf Bänken und trotzten der Hitze in langer Kleidung und Kopftüchern. Auf den staubigen Straßen jagten sich Kinder gegenseitig, Hühner suchten flügelschlagend das Weite, und eine Rotte Jungen balgte sich um einen Eimer, der ihnen als Fußball diente. Sehnsüchtig beobachtete Kathi ein Mädchen und einen Jungen dabei, wie sie sich gegenseitig mit selbst gebastelten Papierfliegern bewarfen. Vor lauter Schauen hätte sie beinahe Franzi aus den Augen verloren und rannte ihr nun hinterher. Franzi zeigte ihr einen Brunnen, und sie löschten ihren Durst, bevor sie weitermarschierten.

Schließlich erreichten sie offenes Land. Kathi konnte sich schon länger den Weg nicht mehr merken. Sie vertraute Franzi.

Fahrzeuge und Fuhrwerke begegneten ihnen so gut wie keine. Nur einmal erlebte Kathi einen Riesenschreck, als ein Militärjeep mit einem halben Dutzend Rotarmisten auf der Ladefläche an ihnen vorüberholperte. Außer einigen Zoten, die Kathi galten, interessierten sich die Soldaten aber nicht weiter für sie.

Schließlich kamen sie an eine Gabelung. In ihrer Mitte stand eine Eiche. Einst musste sie ein gar prächtiger Baum gewesen sein, eine Zaubereiche, wie sie die alten Druiden anbeteten. Nun ragte sie, geschwärzt wie Kohle und in zwei Teile gespalten, wie ein monumentales V in den Himmel. Franzi summte: *Der Baum der Erkenntnis. Der Zwerg sagt, ein Blitz hat ihn getroffen.*

Kathi trat näher an den Baum heran. Sie glaubte, etwas Erstaunliches entdeckt zu haben, traute aber zunächst ihren Augen nicht. Aber sie hatte sich nicht geirrt. Ein unbekannter Künstler hatte tatsächlich eine Madonna in den geschwärzten Stamm geschnitzt. »Das ist wunderschön«, sagte Kathi ehrfürchtig und fuhr mit dem Zeigefinger über die Rinde.

Die Schwarze Madonna, summte Franzi.

Da fuhr es in Kathi wie der Blitz in den Baum. Die Schwarze Madonna von Tschenstochau! *Dorotas Schutzheilige*! Bei jeder Gelegenheit hatte Dorota sie angerufen.

»Wie …?«, stotterte Kathi. Dabei kannte sie die Antwort längst.

Die Bienen haben mir den Weg gezeigt. Komm … Franzi hüpfte voran und wählte die rechte Gabelung. Der Weg stieg nun leicht an. Auf den ordentlich umzäunten Koppeln und Weiden grasten Pferde, Kühe und Schafe.

Das friedliche Bild ließ Kathi innehalten, und sie nahm es mit all ihren Sinnen in sich auf: den Geruch von frischem Heu, den der Wind herantrug und der sich in den kräftigen, erdigen Geruch der Tiere mischte, das träge Summen der Insekten, das Rumoren der Vögel in den Büschen. Es war wie das Traumbild aus einer fernen, glücklicheren Zeit, das Kathi im Herzen trug. Es fühlte sich tatsächlich unwirklich an, als hätte sie ein anderes Land betreten. *Das Land aus Licht und Blumen*, von dem ihr Vater oft erzählt hatte. Was, wenn sie das alles nur träumte, einem Trugbild erlag? Sechs endlose Tage hatten Angst und Sorgen ihr Denken bestimmt, sechs Tage war sie wie durch einen dunklen Wald geirrt, und nun trat sie unversehens ins Licht.

Ungeduldig zupfte Franzi ihre Schwester am Ärmel und drängte: *Komm*!

Wohin führst du uns?, summte Kathi.

Zum Baum der Erkenntnis. Wo der Zwerg mit Rübezahl wohnt.

Steht der Baum nicht an der Gabelung?

Es sind immer zwei. Die Welt ist ein Spiegel. Komm!

Kathi löste sich aus ihrer Starre und folgte ihrer Schwester. Noch konnte sie ihr Zaudern nicht ablegen, die Unsicherheit, ob das alles gerade wahrhaftig passierte. War es tatsächlich erst sechs Tage her, seit Franzi und sie sich von Dorota, Oleg, ihrer Tante Paulina und Herrn Levy in Petersdorf verabschiedet hatten, sechs Tage, seit sie mit Nikolaj in Moskau gelandet waren?

Der Weg erreichte seinen höchsten Punkt. In der Ferne, versteckt zwischen hohen Laubbäumen, leuchtete ein rotes Dach, als schwebte es ganz von allein in der Luft.

Beim Näherkommen erklärte sich die Täuschung: Obstspaliere und Kletterpflanzen rankten an Haus und Nebengebäuden empor. Die Gebäude fügten sich dadurch absolut natürlich in die Landschaft.

Eine mächtige Eiche breitete sich wie ein Schirm über den Hof und bot pickenden Hühnern Schatten. Neben der Haustür dösten zwei Katzen.

Links vom Haus gab es einen umfriedeten Bauerngarten. Fast erwartete Kathi, Dorota inmitten der Beete knien zu sehen, mit einem Wagenrad von Strohhut auf dem Kopf und einem Korb roter Früchte neben sich. Die Sehnsucht nach ihrer Heimat sprengte Kathi beinahe die Brust.

Ihre Ankunft blieb nicht unbemerkt. Ein schwarz-weißer Hund stürzte ihnen entgegen, fegte mitten durch die Hühner und begrüßte Franzi so stürmisch, dass er die Kleine glatt umwarf. Eifrig leckte er ihr das Gesicht. Franzi stieß glückliche Gluckser aus.

Für Kathi war es zu viel auf einmal. Sechs Tage hatte sie tapfer durchgehalten, nun aber plumpste sie kraftlos auf den Boden und weinte. Bis sie Franzis kleine, tastende Hand auf ihrem Kopf spürte und ihr gleichzeitig eine feuchte Hundezunge über das Gesicht fuhr. Aufschluchzend schlang Kathi einen Arm um Franzi, den anderen um den Vierbeiner. Ihre Tränen wichen einer jähen, alles durchdringenden Glückseligkeit, einer hoffnungsfrohen Gewissheit, dass alles möglich war, wenn man es nur wollte. *Danke*, flüsterte sie an niemand Bestimmtes gerichtet.

Sie trocknete ihre Tränen, rappelte sich auf und klopfte sich und Franzi den Staub von der Kleidung.

Der Hund hatte sich einen Ast geschnappt und legte ihn Kathi wie eine Morgengabe vor die Füße. Seine Augen, eines blau, eines braun, bettelten darum, mit ihm zu spielen. Kathi griff den Ast und erstarrte mitten in der Bewegung.

Aus der Haustür trat eine riesenhafte Gestalt. Franzi klatschte fröhlich in die Hände und summte erfreut: *Rübezahl!* Sie rannte auf den Mann zu, so schnell ihre kleinen Füße sie trugen. Lachend fing der Riese sie auf und wirbelte sie herum. Franzi jauchzte laut.

»Da bist du ja, mein kleines Kätzchen, mein Koschytschka!«, hörte Kathi ihn in holprigem Deutsch sagen. Seine Stimme klang wie ein tiefes Grollen, als entstiege sie dem Grund eines Brunnens. Er schien nur aus Haaren zu bestehen, und aus dem Gestrüpp, das sein Gesicht bedeckte, ragte die Nase wie eine Runkelrübe.

Kathi näherte sich dem Mann neugierig. Über dunklen, ausgefransten Hosen, in denen säulenartige Beine steckten, trug er die typisch russische Kosovorotka. Seine nackten Füße waren noch größer als Olegs und geschwärzt, als wäre er durch einen Kohlenkeller gestapft.

Der Riese unterzog Kathi ebenfalls einer eingehenden Musterung. »Das Täubchen sieht mir ziemlich gerupft und mager aus. Bekommt es nicht genug zu essen?« Er tippte Kathi gegen den Magen. Franzi kicherte.

»Wie heißt du, Täubchen?«, fragte er sie.

»Kathi Sadler.« Sie deutete auf Franzi. »Wir sind Schwestern.«

»Das sehe ich.« Er nahm ihre Hand, schüttelte sie kräftig und sagte: »Ich bin Anatoli. Rauchst du?« Er streckte ihr eine zerknautschte Packung entgegen. Als Kathi den Kopf schüttelte, sagte er: »Sehr vernünftig, kleines Täubchen. Den Tabak hat der Teufel erfunden.« Er selbst gönnte sich nichtsdestotrotz einen tiefen Zug, rollte den Rauch ausgiebig durch seine Lunge und seufzte vor Wohlbehagen, als er ihn in kleinen Kringeln in die Luft entließ.

»Anatol!«, erklang ein scharfer Ruf aus dem Haus.

Anatoli zuckte wie ein ertappter Honigdieb zusammen und trat hastig die Zigarette aus.

Ein Geschöpf von der Größe Franzis, allerdings mit dreifachem Umfang, schob sich an ihm vorbei nach draußen, die Hände in die üppige Taille gestemmt. Ihr dunkles, mit lila Anemonen besticktes Gewand umfloss sie wie Wasser. »Lass das mit den Zigaretten, du Schafskopf!«, schimpfte sie.

»Aber, Golubtka, Täubchen, draußen darf ich das.«

»Bring dich ruhig mit dem Kraut um. Aber wehe dir, du gibst den Kindern davon!« Sie holte aus und trat Anatoli einmal kräftig auf den nackten Fuß. Sie trug Holzpantinen.

Der zog eine komische Grimasse und zwinkerte Franzi und Kathi verschwörerisch zu.

Kathi verfolgte mit aufgerissenen Augen den Schlagabtausch. *Eine Zwergin*! Sie sah wieder zu Rübezahl und begriff … *Ich habe bei einem Zwerg gewohnt! Wie Schneewittchen! Und Rübezahl war auch da.*

Sie hatte Franzi unrecht getan, ihre Schwester hatte mitnichten fantasiert!

Die kleinwüchsige Frau, die Anatoli eben noch so böse angefunkelt hatte, strahlte plötzlich über das ganze Gesicht, fasste Franzi und Kathi an den Händen und sagte: »Kommt, Kinder, es gibt Essen!«

Und dies war der schönste Satz, den Kathi seit Langem gehört hatte.

Da die Hofanlage äußerlich dem heimatlichen Sadlerhof glich, erwartete Kathi, es verhalte sich innen nicht anders. Und wurde prompt eines Besseren belehrt. Es war, als würde sie in einen Garten eintauchen. Überall in Flur und Küche hingen getrocknete Blumen und Kräuter von der Decke, und sie verströmten einen ebenso betörenden Duft wie das vor sich hin simmernde Gericht auf dem Holzherd in der Küche. Zwei winzige Butzenfenster ließen nur wenig Licht herein, und so erinnerte der Raum Kathi mehr an eine anheimelnde Höhle als an eine Küche. Ringsum auf den Regalen tummelten sich die wunderlichsten Dinge. Neben Dutzenden von Weckgläsern, die überwiegend mit einer Substanz gefüllt waren, die wie gewöhnliche Erde wirkte, lagerten Wurzeln, bunte Glasscherben, ausgebleichte Holzstückchen, Federn in verschiedenen Größen und Farben sowie einige Fossilien. Besonders gefielen Kathi die vielen Edelsteine, Tigeraugen, Malachit und Bernstein, aber genauso auch die einfachen Kiesel, die wohl nur wegen ihrer besonderen Form den Weg in die Regale gefunden hatten. Gegen jede Logik glaubte Kathi zu wissen, sollte jemand eines dieser Stücke auch nur um einen Millimeter verrücken, würde die Welt aus dem Gleichgewicht geraten.

Gut, die ausgestopften Eulen mochten vielleicht ein wenig gewöhnungsbedürftig sein, wie sie da auf dem befestigten Ast neben der Tür hockten und mit starren Augen auf sie herabsahen. Kathi blieb beinahe das Herz stehen, als eine davon plötzlich blinzelte. Madonna, sie lebten! Kathi schwindelte von all den neuen Eindrücken.

Die Suppe dampfte auf dem Tisch, herrlich viele Speckwürfel schwammen zwischen ebenso vielen Gemüsestückchen, dazu gab es dicke Scheiben Brot, innen weich, außen mit beinahe schwarzer Kruste, die beim Hineinbeißen wunderbar knusperte.

Es gab vieles, was Kathi jetzt hätte fragen wollen. Doch sie schwieg. Seit der Wiederbegegnung mit Franzi hatten sich die Grenzen der Realität für sie verwischt, und seither schwebte sie wie in einem Seifenblasentraum dahin. Sie fürchtete, er könne platzen, wenn sie nach Erklärungen suchte.

Kathi begegnete dem aufmerksamen Blick der kleinwüchsigen Frau. Wie seltsam, stellte Kathi fest, ihre Augen haben eine unterschiedliche Farbe, eines blau, das andere braun, genau wie ihr Hund.

Da sagte die kleine Frau: »Die Welt birgt viele Rätsel. Nicht alles ergibt einen Sinn. Das Leben ist ungewiss.«

30

Kontrolle ist der Schlüssel zum Sieg!
Gefühle sind das Lindenblatt,
durch das der Gegner in dich eindringt.

Alexander Liskow

»Genossin Major, die Verdächtigen haben sich soeben Zutritt zu einem verlassenen Gelände verschafft.« Der Atem des jungen NKWD-Leutnants ging heftig, als wäre er schnell gerannt.

»Wo?« Xenia legte das Fernglas fort. Sie hielt sich bewusst im Hintergrund, falls das ältere Mädchen mit einer Beschattung rechnete.

»Es handelt sich um das vormalige Anwesen Boris Filipows«, informierte sie der NWKD-Agent.

Darauf stockte Xenia der Atem.

Es konnte sie nicht sonderlich überraschen, dass die jüngere Schwester die ältere bereits am Waisenhaus erwartet hatte. Aber dass die beiden ausgerechnet in jener Ruine Unterschlupf suchten, die einst der Familie des berüchtigten Verbrechers Filipow, des letzten Leiters der zaristischen Ochrana, gehörte, das konnte keinesfalls ein Zufall sein! Bei den jungen Deutschen handelte es sich fraglos um imperialistische Spioninnen.

Nichts kam der Befriedigung gleich, den eigenen Verdacht bestätigt zu sehen. Dennoch versagte sich Xenia Genugtuung. Wichtige Entscheidungen mussten getroffen werden, und zwar rasch, wollte sie nicht nur die Mädchen, sondern auch deren Hintermänner schnappen.

»Soll das Anwesen umstellt werden, Genossin Major? Auf der gegenüberliegenden Seite grenzt es an die Ulica Prechistenka. Ich kann zwei meiner Männer dort postieren.«

»Nein«, entschied Xenia spontan. »Wir warten. Unsere Leute sollen sich im Hintergrund halten und sich auf die Überwachung beschränken. Erstatten Sie mir alle halbe Stunde Bericht.«

»Jawohl, Genossin Major!« Der junge Leutnant salutierte und kehrte zu seinem Beobachtungsposten zurück – einem weitverzweigten Kastanienbaum, der an der Mauer zwischen dem verwaisten Filipow-Anwesen und dem Nachbargrundstück wuchs. Er bedauerte, dass in den Tagen der Revolution auch die nahe Kirche gesprengt worden war. Er könnte nun bequem mit dem Fernglas im Glockenturm sitzen, anstatt wie ein Affe in Bäumen herumzuklettern. Er erschrak über seinen eigenen Gedanken. Rasch warf er einen Blick neben sich, als säße dort die Genossin Major auf einem Ast und erklärte: »Ich verhafte Sie wegen antirevolutionären Gedankenguts.« Aber er sah nur einen Spatz, der ihn mit schräg gelegtem Kopf beäugte, als fragte er sich, wie es geschehen konnte, dass die Menschen nun auch noch in den Bäumen hockten.

Ja, das frage ich mich auch, seufzte der junge Leutnant leise.

Einige der Geschichten, die sich um das Filipow-Anwesen und seine letzten Bewohner rankten, waren dem jungen Agenten vertraut. Er war im angrenzenden Viertel aufgewachsen; sein Vater hatte die Frau von Boris Filipow gekannt, eine Großcousine des letzten Zaren und angeblich sehr mildtätige Dame. Gemeinsam mit ihren jungen Töchtern hatte sie im Ersten Weltkrieg als Schwester für das Rote Kreuz gearbeitet und Soldaten gepflegt. Ohne Tatjana Filipowa, sagte sein Vater oft, wäre er nicht mehr am Leben.

Bei Lenin! Fast wäre der junge Leutnant vom Baum gefallen. Da hatte er sich gedanklich so sehr verheddert, dass er die beiden Mädchen glatt aus den Augen verloren hatte. Hektisch hantierte er mit dem Fernglas. Da waren sie! Sie lagen im Schatten einer Hecke im Gras. Hielten die etwa ein Nickerchen? Nein, sie aßen Schokolade. Durch das erstklassige Fernglas, ein deutsches Beutegut, konnte er die Schokoladenflecken in ihren Gesichtern deutlich ausmachen. Die Spioninnen wurden auch immer jünger. Eigentlich sahen sie nicht gefährlich aus. Aber die Genossin Major wusste selbstverständlich, was sie tat. Der Leutnant tauschte den Platz mit einem seiner Kollegen, der unten am Baum Wache gehalten hatte, und meldete der Genossin Major seine jüngsten Beobachtungen.

»Keine sonstigen Bewegungen auf dem Gelände?«, hakte Xenia enttäuscht nach.

»Nein, Genossin Major.« *Nur Spatzen …*

Als der junge NKWD-Leutnant auch beim zweiten Mal nichts Neues zu berichten hatte, entschied Xenia: »Vermutlich warten Sie auf den Einbruch der Dunkelheit. Zwei unserer Leute sollen sich als Stadtstreicher verkleiden und bereithalten. Wenn die Mädchen sich in Richtung Ruine oder Straße bewegen, folgen sie ihnen unauffällig. Aber nicht eingreifen. Ich will wissen, wohin sie gehen und wen sie treffen.«

»Jawohl, Genossin Major. Bitte um Ihre Erlaubnis, die Mädchen selbst zu verfolgen.«

»Erlaubnis erteilt.«

***

»Wer ist das?« Angewidert rümpfte Xenia die Nase. Der Mann, den zwei Agenten vor sie schleppten, verströmte den beißenden Gestank nach billigem Fusel, altem Schweiß und Pisse. Er hing wie ein nasser Mehlsack zwischen den Männern, Gesicht und Hände auf groteske Art geschwollen und deformiert. Er sah kaum mehr menschlich aus, ähnelte dem Elefantenmann, den ihr Vater ihr einmal auf einer Kirmes gezeigt hatte. Sie war erst fünf gewesen und hatte Mitleid mit dem seltsamen Wesen gezeigt. Damals hatte der Vater ihr die erste von vielen nachfolgenden Lektionen erteilt: *Xenjuschka*, hatte er gesagt, *jeder hat das verdient, was er ist. Du darfst niemals Mitleid zeigen. Mitleid ist Schwäche. Sag mir, willst du schwach sein, Xenjuschka?*

Nein, Vater …

»Das ist Leutnant Valentin Zwerew.«

Xenia ignorierte den Gestank und trat näher. Doch beim besten Willen konnte sie in den verwüsteten Zügen keine Spur des adretten jungen Leutnants wiederfinden. »Was ist passiert, Leutnant? Wer hat Sie derart zugerichtet?«

Sie sah, wie der Leutnant, der kaum mehr bei Bewusstsein schien, Anstrengungen unternahm, ihr zu antworten. Doch die Zunge wollte ihm nicht gehorchen.

»Was ist passiert?«, wandte sich Xenia darauf an seine beiden Begleiter.

»Leutnant Zwerew und Unterleutnant Koscholow wurden von einem Bienenschwarm attackiert«, schnarrte der Wortführer.

»Wo ist der Genosse Unterleutnant?«

»Er hat es nicht geschafft.«

»Was soll das heißen?«

»Er ist tot, Genossin Major.«

»Wo sind die Mädchen?«

Die beiden Agenten tauschten über den Kopf des armen Leutnant Zwerew hinweg einen furchtsamen Blick. »Wir haben ihre Spur verloren, Genossin Major«, bekannte der eine tapfer.

»Die Ruine? Haben sie sich darin verschanzt?«

»Sie haben kein Interesse an der Ruine gezeigt, sondern verließen das Anwesen zur Ulica Prechistenka hin. Die Genossen Zwerew und Koscholow verfolgten sie, als der Schwarm sie angriff.« Der Mann verzichtete klugerweise darauf, die Genossin darauf hinzuweisen, dass sie allein die Entscheidung getroffen hatte, das Anwesen nicht zu umstellen.

Xenias Zorn sprengte ihr beinahe die Brust. Was für ein grandioser Fehlschlag! »Unfähiges Pack! Gehen Sie mir aus den Augen!«

Hastig entfernten sich die Männer.

Xenia setzte sich in ihren Jeep, legte den Kopf auf das Lenkrad und brachte sich wieder unter Kontrolle. *Kontrolle*, hatte ihr Vater sie gelehrt, *ist der Schlüssel zum Sieg. Zeige nie deine wahren Gefühle. Gefühle sind das Lindenblatt, durch das der Gegner in dich eindringt*. Ihr Vater hatte tiefe Bewunderung für die Deutschen gehegt und oft betont, dass Russland Marx und Engels viel zu verdanken habe. Besonders liebte er die deutschen Epen und Sagen, insbesondere die Nibelungen; zeitlebens zitierte er daraus. Sie war sechs, als ihr Vater sie in einen Trog Drachenblut tauchte und ihr versicherte, von nun an sei sie unverwundbar.

Das mit dem Drachenblut nahm sie ihrem Vater später übel, als ihr klar wurde, dass es sich um gewöhnliches Schweineblut gehandelt hatte. Genauso wie sie es ihrem Vater übel nahm, dass er sich am selben Tag, als seine geliebten Deutschen Russland überfielen, eine Kugel in den Kopf jagte.

31

Die Wirklichkeit ist das, was wir in ihr sehen.

Pelageja Kobulewa

»Ich bin Pelageja«, sagte die kleine Frau, »und dieser Nichtsnutz mit den schlechten Tischmanieren ist mein Bruder Anatol.«

Anatoli stellte kurz das geräuschvolle Schlürfen ein, mit dem er der Suppe zusprach, und winkte Kathi mit dem Löffel zu. »Anatoli, nicht Anatol. So nennt sie mich nur, wenn sie mit mir schimpft. Also eigentlich immer.« Er grinste spitzbübisch, und Kathi fühlte sich stark an die Neckereien zwischen Dorota und Oleg erinnert. Sie wurde schon wieder rührselig… Mit Eifer beugte sie sich über ihren Teller. Die sämige Suppe schmeckte köstlich, dennoch gelang es ihr, sie nicht allzu gierig in sich hineinzulöffeln. Sie wollte als Gast einen guten Eindruck hinterlassen. Diese Leute hatten sich tagelang um Franzi gekümmert. Was ihr jäh zu Bewusstsein brachte, dass sie es bisher versäumt hatte, ihnen dafür zu danken! Wo hatte sie nur ihre eigenen Manieren gelassen?

Sie legte den Löffel neben ihren noch halb gefüllten Teller und sagte feierlich: »Liebe Pelageja, lieber Anatoli, ich möchte Ihnen beiden meinen Dank aussprechen, weil Sie auf meine Schwester Franziska aufgepasst haben.«

»Siehst du, Anatol, das sind gute Manieren! Schreib es dir hinter deine ungewaschenen Ohren. Und du iss weiter, Kind, es gibt genug.«

Offenbar schien das Kapitel Dankbarkeit für Pelageja denselben Stellenwert zu besitzen wie eine Entschuldigung für Franzi. Ohnehin fühlte sich ihre kleine Schwester hier ganz wie zu Hause. Sie imitierte Anatolis Schlürfen, und anders als bei ihrem Bruder störte sich Pelageja nicht daran. Genauso wenig wie sie sich daran störte, dass Franzi und sie wie Schmutzfinken aussahen, war sie auch nicht gegen Anatolis schmutzige Füße eingeschritten. »Es ist gute russische Erde«, sagte Pelageja.

»Was? Ich meine, wie bitte?«, stammelte Kathi ertappt. Dabei hatte sie es doch vermieden, auf Anatolis Füße zu starren!

»Alle Gedanken wurden schon einmal gedacht. Sie umfließen uns wie ein steter Strom. Man muss sie nur im rechten Moment herauszupflücken wissen.«

Kathis eigene Gedanken teilten sich, als funktionierte ihr Verstand auf zwei Ebenen. Ihr Kopf wurde seltsam leicht, die Wirklichkeit von einer jähen Vision in den Hintergrund gedrängt. Sie sah, wie die kleine Frau auf einem Hügel stand, und um sie herum tobte ein gewaltiges Unwetter. Es krachte und donnerte, und wilde Blitze durchzuckten den nächtlichen Himmel. Die Zwergin lachte nur, griff die Blitze und steckte sie in ihre Tasche.

»Die Wirklichkeit ist das, was wir in ihr sehen«, erklärte die Zwergin. Sie lächelte Franzi voller Wärme an. Kathi bewunderte Pelagejas Gesichtsakrobatik. Ihre Mimik wechselte schneller, als sie blinzeln konnte.

Franzi summte: *Gibt es Kuchen?*

Pelageja erhob sich und kehrte mit Tellern und einem Napfkuchen zurück. Sie schnitt ihn mit dem großen Brotmesser an. Innen leuchtete er saftig gelb, und dicke Rosinen lugten aus dem Teig hervor. Franzi jubelte.

Im gleichen Augenblick stutzte Kathi. Franzi hatte summend um Kuchen gebeten, und Pelageja hatte einen gebracht. Zufall oder …? »Können Sie verstehen, was Franzi summt, Frau Pelageja?«, fragte sie vorsichtig nach.

»Du nicht?«

»Doch, aber …«

»Na also. Kuchen?« Ein großes Stück wanderte auf Kathis Teller. Bevor Franzi den eigenen Kuchen vertilgte, pickte sie eifrig die Rosinen aus Kathis. Zu Hause hatte nie jemand daran Anstoß genommen, und hier tat es auch keiner.

Kathi entging nicht, wie die Zwergin Franzi ein ums andere Mal liebevoll betrachtete. Erneut wurde Kathi von einem Glücksgefühl getragen, das jedoch ziemlich schnell von einer grauen Wolke verdrängt wurde. *Xenia*. Wie hatte die Genossin Major wohl auf ihr Verschwinden reagiert? Puh, das stellte sie sich lieber nicht vor … Doch das Unangenehme verschwand nicht, indem man es aufschob. Sie musste sich damit auseinandersetzen, wie es mit ihr und Franzi weiterging. Sie hatte den heutigen Tag sehr genossen, diese Atempause, sich ein paar Stunden mit Franzi auf der Scholle der Glückseligkeit dahintreiben zu lassen und sich frei bewegen zu können. Den wahren Wert von Freiheit erfuhr man erst, wenn sie einem genommen wurde.

Die Sehnsucht nach Petersdorf drückte auf ihre Brust. Warum nicht dorthin zurückfliehen? Aber wie weit würde sie kommen ohne Papiere? Xenia suchte gewiss längst nach ihr. Wäre sie allein, hätte sie es vielleicht dennoch gewagt, aber sie musste an Franzi denken.

Vielleicht konnte Anatoli ihr dabei helfen, Nikolaj zu finden? Oder wäre diese Bitte zu dreist? Es lag ihr nicht daran, die Hilfe und Güte dieser guten Leute überzustrapazieren. Sie hatten schon genug getan, indem sie mit Franzi ein fremdes Mädchen in ihrem Haus willkommen hießen. Da fiel ihr ein, sie konnte sie ja entlohnen! Mit den Goldmünzen aus dem Innenfutter ihrer Jacke.

Sie gab sich dem befriedigenden Gedanken hin, sich erkenntlich zeigen zu können, als ein schriller Ton die Luft durchschnitt. Hässlich und unharmonisch passte er wenig zur Atmosphäre des Hauses und kam Kathi vor wie ein physischer Eindringling. Bis ihr klar wurde, dass er von einem Telefon stammte.

Anatoli nahm das Gespräch im Flur entgegen. Innerhalb einer Minute kehrte er zurück. »Koba braucht mich.«

»Gut«, nickte Pelageja. »Nimm die Kleine mit.«

»Welche Kleine? Die kleine Kleine oder die große Kleine?«

Franzi stand bereits neben Anatoli, einen Arm um sein Säulenbein geschlungen.

»Möchtest du raten?«, meinte Pelageja trocken. Sie verließ kurz die Küche und kehrte mit einer Bürste und einem angefeuchteten Waschlappen zurück.

»Hier.« Beides drückte sie Kathi in die Hand. »Säubere deine Schwester, ich hole ein frisches Kleid.«

Verdutzt sah Kathi von den Gegenständen in ihrer Hand zu Anatoli. »Wer ist Koba?«, platzte sie angesichts dieser Entwicklung heraus.

»Ein Freund«, sagte Anatoli und machte sich daran, Franzis Zöpfe mit verblüffender Geschicklichkeit zu entflechten.

»Kann Franzi nicht ein anderes Mal mitkommen, Anatoli? Es war ein langer Tag, und wir sind weit gelaufen.« Kathi widerstrebte es, dass sie sich nach diesen wenigen gemeinsamen Stunden schon wieder von Franzi trennen sollte.

Franzi summte: *Ich bin nicht müde. Ich will mit Anatoli fahren.*

Pelageja betrat erneut die Küche, über dem Arm ein hellblaues Kleid mit weißen Punkten.

Bist du ganz sicher?, summte Kathi zurück.

Ja. Ich will das hübsche Kleid mit den Punkten anziehen.

Pelageja lachte mit zurückgeworfenem Kopf. Ein Geräusch, als würden Perlen über den Holzboden rollen. »Oh, du wunderbares göttliches Wesen.« Sie nahm Kathi den Lappen ab und säuberte nun selbst Franzis Gesicht.

Frisch wie eine Blume ließ sich Franzi wenig später in ihrem getüpfelten Kleid von ihnen bewundern. Ihre winzigen Füße steckten in passenden weißen Söckchen und Schuhen, Schleifchen schmückten ihr Haar. Zuletzt legte sie sich die Gänseblümchenkette um den Hals. Kathi wünschte, ihre Eltern könnten Franzi jetzt so sehen. »Du bist wunderschön«, flüsterte sie, und Franzis Augen strahlten heller als jeder Stern am Himmel.

Bevor Anatoli ging, wandte er sich nochmals an Pelageja. »Was soll ich Koba von dir ausrichten?«

»Sag ihm, die Kleine wird einmal sein Leben retten.«

Kathi schnappte hörbar nach Luft.

32

Blumenstrauß oder Kranz? Alles eine Frage der Fügung. Wenn man leben will.

Xenia Liskowa

»Summ, summ«, machte Lawrenti Berija.

»Ich weiß, Onkel Lara. Es ist meine Schuld.« Xenia gab sich angemessen zerknirscht. An manchen Tagen schätzte es ihr Onkel, wenn jemand Verantwortung übernahm, an anderen nicht. Es schien ihr den Versuch wert. Nervös fuhr sie sich mit der Zunge über die Zähne, eine Angewohnheit aus ihrer Kindheit. Anders als das Nägelkauen konnte sie es nie richtig abstellen. Damals glaubte sie, es helfe gegen ihr Lispeln.

Ihr Onkel sah noch schlechter aus als bei ihrer letzten Begegnung. Statt des üblichen Rollkragenpullovers trug er seine Marschallsuniform. Das aufgedunsene, fahle Gesicht, die trüben Augen und die inzwischen fast vollständige Glatze ließen ihn sehr viel älter erscheinen als seine sechsundvierzig Jahre. Die jahrelangen Ausschweifungen und Saufgelage mit Stalin und seinen Spießgesellen hinterließen zunehmend ihre Spuren.

Für sie stand das Wohlwollen ihres Onkels auf dem Spiel. Dennoch gingen Xenias Gedanken wie so oft auf Wanderschaft. Onkel Lara sah wirklich kränklich aus. Vielleicht konnte sie auf ein frühes Ableben hoffen? Auch Stalin wirkte zuletzt angeschlagen, vermehrt drangen Gerüchte über einen Schlaganfall oder Herzinfarkt aus dem Kreml. Aber die Erfahrung lehrte, dass die schlimmsten Bestien unter den Menschen stets am längsten durchhielten. Der Teufel gewährte ihnen Aufschub.

»Also, Nichte?«, sagte Berija und fuhr sich wie beiläufig über den Schritt.

»Ich werde meinen Auftrag erledigen, du kannst dich auf mich verlassen. Ich finde die Mädchen wieder.«

»Und …?«

»Ich mache es wieder gut.«

»Natürlich wirst du das.« Er nahm sie in Augenschein wie eine Ware, begutachtete ihre schlanke Gestalt von den kniehohen Stiefeln über Hüfte, Taille und Brust bis hinauf zu ihrer Uniformmütze. Kurz verweilte sein Blick auf dem Picknickkorb, den sie neben sich gestellt hatte und der einen seltsamen Kontrast zu ihrer Paradeuniform bildete. Sie trug sie für ihn, darin sah er sie am liebsten.

Ihr Onkel grinste sie lüstern an und lehnte sich entspannt zurück, wie ein Theaterbesucher in Erwartung eines guten Schauspiels.

Xenia war die Kulisse in Berijas Moskauer Heim vertraut. Einen Flügel bewohnten seine Frau Nina, ihre Tante Nina, und der gemeinsame Sohn Sergo. Im anderen residierte Berija und ging dort unbehelligt seinen perversen Spielen nach. Unzählige Frauen hatte er in diesem Raum vergewaltigt. Filmstars wie Soja Fjodorowna und Tatiana Okunewskaja genauso wie zahllose namenlose Mädchen von der Straße. Xenia fragte sich des Öfteren, ob die kultivierte Nina, die Schwester ihrer Mutter, darüber Bescheid wusste, dass sie ein Monster geheiratet hatte. Andererseits, wer mochte es Nina verdenken, wenn sie davor die Augen verschloss? Tante Nina führte ein Leben im Luxus, und ihr Mann behandelte sie meist gut. Sie besuchten Feste, spielten am Wochenende Volleyball auf dem eigenen Platz und sahen sich im Heimkino amerikanische Western an.

Xenia öffnete die Tür und führte ein blutjunges Mädchen herein. Die bildhübsche Elevin des Moskauer Bolschoi trug ein weißes Tutu und nichts darunter. Xenia hatte sie mit Drohungen oder Versprechungen, je nachdem, wie sich ihr Gespräch entwickelte, gefügig machen wollen. Sie plante für ihren Onkel etwas ganz Besonderes. Doch das kaum siebzehnjährige Mädchen hatte sie mit seiner Abgebrühtheit überrascht: »Lassen Sie es gut sein, Genossin Major. Ich weiß Bescheid. Die großen Kreml-Männer gehen hier ein und aus. Was soll ich tun?«

33

Die Logik vermag nicht alles zu erklären.
Oft steht sie auch im Weg.

Pelageja Kobulewa

Auch Anatoli hatte sich ausgehfein gemacht. In frischen Hosen, Kosakenhemd und polierten Stiefeln, die dichte Mähne mit Zuckerwasser gebändigt und nach hinten gekämmt, sah er überaus stattlich aus. Da vergaß man fast den bis auf die Brust wuchernden Bart.

Kathi und Pelageja folgten ihm und Franzi nach draußen.

»Er liebt seine Kutsche«, bemerkte Pelageja zu dem Gefährt, das Anatoli nun rückwärts aus der Scheune fuhr, vor ihnen bremste und ausstieg, um für Franzi die Tür zu öffnen.

Kutsche?, staunte Kathi. Was Pelageja so lapidar als Kutsche bezeichnete, entpuppte sich als das schönste Gefährt, das Kathi je zu Gesicht bekommen hatte: ein cremefarbenes Rolls-Royce-Cabriolet, das in der späten Nachmittagssonne funkelte wie das Collier einer Dame. Beinahe hätte sich Kathi nun gegen die Stirn gepatscht. *Der Zwerg wohnt in einem Blumenstrauß. Mit ganz vielen Bienen und anderen Tieren. Und Rübezahl hat ein geflügeltes Auto!*

Das geflügelte Auto … Da stand es. Dennoch, so spektakulär sich der Wagen auch ausnahm, auf Kathi übte er dieselbe Wirkung aus wie zuvor das Telefon, ein Fremdkörper, der kaum hierhergehörte und die Harmonie der Dinge störte. Umso mehr traf Kathi die Erkenntnis, dass das fantastische Gefährt absolut zu Anatoli passte. Er schwang sich mit einer fließenden Bewegung hinter das Steuer, als streifte er sich einen Maßanzug über.

Franzi winkte ihnen übermütig zu, als sie hupend vom Hof rollten. Der Hund lief bellend neben ihnen her und ließ erst ab, als Pelageja ihn mit einem scharfen Pfiff zurückholte. Kathi kraulte das zutrauliche Tier. Sein schwarz-weißes Fell war struppig, und eben schlüpfte ein frecher Floh durch ihre Finger. »Wie heißt er?«, fragte sie.

»Er hat keinen Namen. Franjuscha brachte ihn mit. Wie die Katzen dort. Oh, nun sind es schon vier.« In der Tat ließen sich auf der Bank inzwischen vier Felltiger die Sonne faul auf den Pelz scheinen.

Kathi fand sich von Pelageja in Augenschein genommen und erwartete, dass es nun auch für sie *Wasser und Kernseife* hieß. Stattdessen sagte sie: »Weißt du, wie Kriege entstehen?«

»Äh, nein …«

»Schade, ich auch nicht. Tee?«

»Gerne.« Kathi stellte fest, dass sie Pelageja mochte. Sie war jemand, in dessen Nähe man an Wunder glauben konnte.

»Du bist das Mädchen mit den Fragen. Die Suchende«, sagte Pelageja in der Küche und reichte ihr eine Tasse.

Darauf wusste Kathi keine Antwort und kostete stattdessen erst einmal den Tee. Ihre Zunge musste in letzter Zeit an Empfindsamkeit gewonnen haben. Sie konnte Minze, Melisse und Bergamotte herausschmecken.

Pelageja legte ein Ei auf den Tisch. Es rollte sofort auf Kathi zu, als zöge sie es an wie ein Magnet.

Kathi fing es auf und bemerkte: »Der Tisch ist ein wenig schief.«

»Oder der Küchenboden.«

»Oder der Boden darunter.«

»Oder die Erde hängt schief im Kosmos.«

»Oder das Ei ist sehr rund.«

»Das Leben ist ungewiss«, schloss Pelageja ihr Spiel. Sie grinsten sich an, ein Zwillingslächeln. Sie verstanden sich.

»Warum nennst du mich *die Suchende*?«, fragte sie dann.

»Weil deine Schwester die ist, die findet. Es ist immer ein Paar: eine, die sucht; eine, die findet.«

Kathi erinnerte sich daran, wie Franzi, als sie kaum krabbeln konnte, ständig fremde Dinge anschleppte. Oft waren es Gegenstände, die andere gar nicht verloren hatten. Franzi hatte das Prinzip von Mein und Dein nie verstanden. Oder verstehen wollen. Für sie unterschied sich ihr Tun in nichts von dem, den Bienen den Honig zu nehmen und den Bäumen ihre Frucht. Alles war für alle da. Meinte Pelageja das? Es erschien Kathi als Erklärung allerdings nicht völlig ausreichend. Während sie noch darüber nachgrübelte, kam Pelageja ihr zuvor: »Du liebst die Logik. Aber die Logik vermag nicht alles zu erklären. Oft steht sie auch im Weg, und vieles entzieht sich dem Verständnis des Menschen. Was meinst du, kam zuerst: Huhn oder Ei?«

Kathi zögerte, unsicher, ob dies eine einfache oder eine schwierige Frage war.

»Eben«, kürzte Pelageja Kathis Überlegungen ab. »Darum gibt es eine Wissenschaft der Logik und eine Wissenschaft der Unlogik. Für alles auf der Welt gibt es ein Gegenstück, verstehst du? Zusammen halten sie die Dinge im Gleichgewicht. Leider gibt es dunkle Kräfte, die gegen das Gleichgewicht arbeiten. Damit die Welt nicht zu sehr aus den Fugen geraten kann, geschieht in jeder Dekade etwas Wunderbares: die Geburt von Pi. Die Kraft, die das Universum durchdringt.«

»Pi? Die Zahl, die den Umfang eines Kreises zu seinem

Durchmesser definiert? Sind Sie Mathematikerin?«, fragte Kathi, nun doch etwas baff.

»Pah, Mathematik… So nennen die Menschen die Wissenschaft, mit der sie versuchen, die Schöpfung zu erklären. Mathematik ist nur das Ei. Ich brauche keine Berechnungen. Das IST existiert seit dem ersten Tag der Welt, und ich trage seine Gesamtheit in meinem Kopf. Ich bin das Huhn. Der Baum der Erkenntnis.«

Kathi musste derart verdutzt dreingeschaut haben, dass Pelageja sich erhob, nach einem steinernen Gefäß griff und sagte: »Ich zeige es dir.« Sie hob den Deckel ab, und Kathi wartete gespannt darauf, was sie herausziehen würde. Die Wurzel einer Alraune? Die Träne einer Meerjungfrau? Den Schatten des Mondes?

Nein, es war nur eine Handvoll gewöhnliches Mehl, das Pelageja nun auf den Tisch streute. Als wäre ihr Finger ein Zirkel, malte sie einen perfekten runden Kreis hinein, und in seine Mitte setzte sie zwei Striche: »Hier haben wir das mathematische Ist-Zeichen.«

Sie schrieb ein X vor das Zeichen, ein Y dahinter, und die Formel X = Y erschien im Mehlkreis.

»Das«, Pelageja zeigte auf das X, »das bist du. *Die Suchende*. Und hier, das Y, das steht für alles, was ist. Als Logiker nennst du es Lösung: Die Schöpfung in ihrer Gesamtheit. Du musst wissen, es gibt gute und schlechte Suchende. Auch hier greift das Prinzip des Gleichgewichts. Die Guten treibt die reine Wissbegier, sie erkennen die Schönheit im Wissen. Die Schlechten verstehen das Wissen nur als Mittel zum Zweck, sie streben nach Macht.« Sie deutete erneut auf das Ist-Zeichen: »Diese beiden Striche sind das IST. Aber sie stehen auch als Markierung für die Masse zwischen Himmel und Erde.«

Bis hierhin konnte Kathi gut folgen. Nun fragte sie: »Welche Masse?«

»Die Masse, das sind jene Menschen, die von den schlechten Suchenden vor sich hergetrieben werden, und manchmal führt der Weg sie geradewegs ins Verderben. Darum braucht es das Pi.«

»Wenn es nicht das mathematische Pi ist, wer oder was ist dann Pi?«

»Liegt das nicht auf der Hand?« Pelageja forderte sie auf, von selbst auf die Lösung zu kommen.

Während sie überlegte, saugte Kathi an der Unterlippe. Immer, wenn Milosz Rajewski, Dorotas Neffe und zudem ein nicht unbedeutender Mathematiker, sie dabei beobachtet hatte, hatte er sie aufgezogen: »Na, löst du gerade die Riemannsche Vermutung?« Sie vermisste ihren Freund Milosz. Er hätte das Rätsel um Pi im Handumdrehen gelöst. Er war im Sommer 1939 ohne ein Wort verschwunden. Sie hatte lange um ihn gebangt, bis sie Jahre später erfuhr, dass er nach England geflohen war. Sie merkte, dass sie vom Thema abkam, und konzentrierte sich wieder auf die Frage: *Wer oder was ist Pi*?

Sie ging im Kopf ihr Gespräch mit Pelageja durch, aber die richtige Verknüpfung wollte sich nicht einstellen. Ein Glied in der Gedankenkette fehlte … Sie ging noch ein Stückchen weiter zurück. Wie nannte Pelageja Franzi zuvor? *Ein wunderbares göttliches Wesen*. Und sie sprach auch von der Geburt von Pi. Der Gedankenblitz schlug ein.

»Franzi … ist das Pi?«, hauchte Kathi ungläubig.

Pelageja lachte wieder kehlig. »Du hast die Lösung gefunden! Franjuscha ist das Licht, das alles durchdringt. Pi ist das Wesen, das die Welt im Gleichgewicht hält. Franjuscha ist perfekt. Aber die Masse der Menschen sieht in ihr nur das Unperfekte. Die Wahrheit ist, die Masse *ist* das Unperfekte. Auch das ist Teil des Gleichgewichts. Das Perfekte manifestiert sich im Unperfekten.«

Für Kathi war die Unterhaltung mit Pelageja wie eine Wanderung durch eine Schatzkammer.

»Wanne oder Teich?«, fragte Pelageja jetzt zusammenhanglos, aber Kathi folgte mühelos ihrem Gedankensprung. »Teich!« An diesem milden Sommerabend ein paar Runden zu schwimmen – himmlisch!

Pelageja gab ihr ein Handtuch und zeigte auf einen von Buchen gesäumten Pfad. »Folge ihm, es ist nicht weit.«

Was für ein bezaubernder Ort, staunte Kathi, als sie aus dem dämmrigen Schatten des Weges trat. Der kleine Teich lag in einer Senke, rundum beschützt von Weiden, die ihre Zweige in sein Wasser tauchten. Die tief stehende Sonne schickte ihre letzten Strahlen durch die Wipfel und ließ goldene Lichtpunkte auf der Oberfläche tanzen wie kleine Lichterfeen. Wildenten und Seerosen trieben träge auf seiner Oberfläche dahin, und auf den Blättern der Teichpflanzen saßen Frösche und warteten auf eine vorbeifliegende Mahlzeit.

Mit der Idylle war es vorbei, als sich der namenlose Hund in das kühle Nass stürzte. Die Enten flatterten davon, die Frösche tauchten ab.

Kathi schlüpfte aus ihren Kleidern, und nach einem prüfenden Blick in die Umgebung entledigte sie sich auch ihrer Unterwäsche. Handtuch und Kleidung drapierte sie über den Ast einer Weide und lief rasch in den Teich. Die schlammige Erde fühlte sich herrlich zwischen ihren Zehen an, genauso wie das weiche Wasser, das ihren Körper bis zur Brust umspielte. Ihre helle Silhouette zeichnete sich bis zum Bauch unter dem Wasser ab, der Rest von ihr zerfloss in wellenförmigen Bewegungen, verschwand in dunkler Tiefe. Kathi erfasste das eigentümliche Gefühl, zweigeteilt zu sein, als befände sich ihr Kopf hier in dieser Welt und unter ihren Füßen verliefe die Grenze zu einem

Paralleluniversum. Sie wackelte mit den Zehen und stellte sich vor, wie jemand am gegenüberliegenden Ende der Galaxie hinauf in den Himmel blickte und sie plötzlich mit den Zehen winken sah. Der Gedanke beglückte sie, als hätte sie ein Geheimnis entdeckt, das niemand außer ihr kannte. Sie schwamm einmal quer durch den Teich, tauchte und planschte unbeschwert wie eine Nixe im Wasser und kletterte wieder an Land.

Der Hund gab seine vergebliche Jagd nach den Enten auf, schnappte sich draußen einen Ast und animierte Kathi, mit ihm zu spielen. Sie schleuderte den Ast immer wieder ins Wasser, und der Hund warf sich jedes Mal mit demselben Eifer hinterher. Er schien keine Müdigkeit zu kennen. Kathi hingegen spürte sie wohl. Zwar konnte das Wasser sie erfrischen, aber es genügte nicht, um die in Tagen gewachsene Schicht aus Furcht und Erschöpfung abzuspülen. Das Licht schwand, der Tag zog sich zurück und legte sich hinter den Weiden schlafen. Und während in diesem Teil der Welt die Sonne unterging, kündigte sich auf der anderen Seite ein neuer Morgen an. *Für alles auf der Welt gibt es ein Gegenstück,* flüsterte Pelageja über den Wipfeln der Weiden.

Im Haus hielt Pelageja frische Kleider für sie bereit. Kathi schlüpfte in Rock und Bluse; solange Franzi nicht zurückkehrte, würde sie nicht zu Bett gehen. Die Sachen passten, und noch bevor Kathi fragen konnte, erklärte Pelageja: »Franzi erzählte von dir. Wir waren in Moskau einkaufen. Sie liebt Einkaufen.«

»Ich weiß. Sie versteht nur nicht, dass man dafür bezahlen muss und die Dinge nicht einfach mitnehmen kann«, schmunzelte Kathi. »Aber ich möchte das sehr gerne tun. Anatoli und du habt so viel für Franzi getan und nun auch für mich.« Kathi legte eine Goldmünze auf den Tisch, die sie noch am Teich aus dem Innenfutter getrennt hatte.

Pelageja sprang auf, als schlüge ihr eine Flamme ins Gesicht. Sie riss ein Küchentuch an sich und warf es über die Münze. Sodann pflückte sie ein Kräuterbündel von der Decke und legte es darüber. »Salbei«, sagte sie, »hilft gegen den Fluch.«

Entgeistert verfolgte Kathi ihr Tun. Sie begriff, einen furchtbaren Fehler begangen zu haben, jedoch nicht weshalb.

»Es ist gut, Katjuscha. Du kannst es nicht wissen, deine Unschuld schützt dich. Um dieses Gold wurde ein schrecklicher Krieg geführt, Tausende starben seinetwillen. Es ist Teufelsgold und zieht die dunklen Mächte an. Wir müssen es loswerden. Hast du noch mehr davon?«

»Ja, insgesamt sieben Stück«, antwortete Kathi eingeschüchtert.

Pelageja holte einen Kupferkessel. »Leg sie hier hinein, auch die vom Tisch.« Danach deckte Pelageja die Münzen mit dem Bündel Salbei zu. »Ich will sie nicht im Haus haben. Heute Nacht werde ich sie vergraben. Schau nicht so verschreckt, Kleines.« Pelageja fuhr Kathi über die Wange. Ihre Finger fühlten sich kühl und tröstlich auf ihrer Haut an, wie die sanfte Berührung einer Mutter. »Ich bin in den alten Künsten bewandert. Die meisten würden mich wohl als Hexe bezeichnen.« Pelageja schlug einen leichteren Ton an. »Da haben wir uns wohl beide erschreckt. Doch keine Sorge«, kicherte sie, »ich bin eine gute Hexe. Mit einem Bärenhunger.«

Aber beim anschließenden Tee mit Gänseschmalzbrot schob Kathi gedankenverloren das Brot auf dem Teller umher, als wisse sie nicht, wohin damit.

»Was ist, schmeckt es dir nicht?«, fragte Pelageja.

Kathi schüttelte den Kopf. »Es ist wegen Franzi. Das, was du über ihr perfektes Wesen gesagt hast, dass aber die Masse der Menschen in ihr nur das Unperfekte sehen würde.« Es hatte in Kathi eine schmerzhafte Erinnerung geweckt. Auch die Nazis hatten ihre Hand nach Franzi ausgestreckt, wollten sie in einer angeblichen Heilanstalt unterbringen. Später hatten sich die schrecklichen Gerüchte bewahrheitet, dass die armen Menschen dort getötet worden waren. »Warum tun die Menschen bloß all diese schrecklichen Dinge? Ermorden unschuldige Kinder wie Franzi?«, brach es heftig aus Kathi hervor.

»Weil die dunklen Mächte das Ungleichgewicht brauchen, Katjuscha. Sie schufen dafür gewaltige Monumente mit einem Opferstein, und das Blut der Unschuldigen tränkte ihre Altäre. Kulte und Rituale, in denen Jungfrauen angeblichen Drachen geopfert wurden, genauso wie das Schlachten zu Bethlehem, als König Herodes befahl, jedes Erstgeborene zu töten. Alle diese Dinge geschehen, um das Pi zu vernichten.«

»Jesus war auch … *ein Pi*?«

»Ja, und Josef war sein erwählter Hüter. Aber sorge dich nicht. Franjuscha ist bei uns in Sicherheit.«

Der Gedanke an Franzi war die Kraft, die Kathi wach hielt. Nun aber gähnte sie, als hätte die Versicherung Pelagejas sie ihrer Energie beraubt. Sie glaubte, jede Minute vom Stuhl zu gleiten. Ihr Zustand glich weniger der Erschöpfung der vergangenen Tage, es war vielmehr eine warme, wohlige Müdigkeit mit der Aussicht auf eine richtige Schlafstatt, mit Bezügen, die nach Kräutern dufteten, und einem weichen Kissen, auf das man sinken durfte und an nichts mehr zu denken brauchte. Und vielleicht einem Hund neben dem Bett, der im Schlaf glücklich seufzte.

»Geh nun schlafen, Katjuscha. Ich zeige dir euer Zimmer.«

»Ich möchte bitte auf Franzi warten«, wiegelte Kathi ab und hielt ihren viel zu schweren Kopf fest, damit er ihr nicht versehentlich auf den Tisch krachte.

»Es geht deiner Schwester gut. Sie wird erst morgen zurückkehren.«

»Oh, woher weißt du das? Hat Anatoli das gesagt?« Kathi konnte sich an nichts dergleichen entsinnen. Vielleicht war ihr Verstand dafür auch schon zu müde.

»Nein.«

Kathi gab sich noch nicht zufrieden. »Aber …«

»Pst«, machte Pelageja. »Du solltest nicht zweifeln. Franjuscha wird nichts geschehen. Anatoli ist ihr Hüter. Und jetzt komm.«

Draußen bellte der Hund. Pelageja öffnete die Tür.

Der Hund lief sofort zu Kathi, setzte sich neben sie und sah mit heraushängender Zunge zu ihr auf.

»Wie willst du ihn nennen?«, fragte Pelageja.

»Oskar«, antwortete Kathi ohne Zögern und legte ihre Hand auf den Kopf des Hundes, als schließe sie einen Pakt. Sie spürte seine lebendige Wärme unter ihren Fingern, und eine enge Verbindung entstand, wie ein Band, das sie gemeinsam knüpften.

Der Hund lief vor ihnen her die Treppe hoch ins Zimmer am Ende des Flurs, trabte sofort zum Bett an der rechten Wand – bevor Pelageja es Kathi zuwies – und ließ sich auf dem kleinen, runden Läufer nieder.

Kathi seufzte glücklich.

34

»Ich bin der unglücklichste Mensch,
denn ich fürchte mich vor meinem eigenen Schatten.«

Josef Stalin

»Du hast dir viel Zeit gelassen«, knurrte Koba. Er kramte auf dem Schreibtisch herum, fand seine Pfeife und steckte sie in den Mund.

»Ich wünsche dir gleichfalls einen guten Tag«, entgegnete Anatoli aufgeräumt.

»Hör auf! Willst du, dass ich noch Kopfschmerzen bekomme? Bis jetzt war es ein lausiger Tag. In einer Stunde geht die Sonne unter, er wird sich kaum noch zum Besseren wenden.«

»Eine Stunde? Ausgezeichnet! Wir können einem Land den Krieg erklären, ein Mädchen vernaschen oder aus dem Fenster springen und einen lausigen Tag auf lausige Art beenden.«

»Oder diese Todesurteile unterzeichnen.« Koba hieb auf einen Stapel und rief theatralisch: »Sie quälen mich mit Exekutionslisten! Unterschreibe hier und hier und hier. An manchen Tagen kann ich kaum mehr meine Hand bewegen.«

»Ausgezeichnet«, wiederholte Anatoli. »Wir springen nicht aus dem Fenster, sondern werfen die Papiere hinaus und retten ein paar Seelen. Das ist gut für den Schlaf, Koba. Besser als Wodka und georgischer Wein.«

»Du auch, Brutus?«, brummte Koba. »Die Ärzte quälen mich noch mehr … Trink weniger Wodka, sagen sie, iss weniger Fettes, sagen sie, und geh um Mitternacht schlafen und nicht im Morgengrauen, sagen sie. Diese Quacksalber verstehen nichts! Ich muss trinken, schmausen, singen, tanzen! Weil ich nachts nicht schlafen kann!« Koba goss sich aus dem Weinkrug nach, trank, stieß sauer auf und setzte die Litanei fort: »Ich lasse meine Magnaten kommen, sehe ihnen zu, wie sie saufen und fressen, sich nach draußen schleppen, kotzen und von vorn beginnen. Ich sehe sie schwanken und kämpfen und wie sie vor Erschöpfung kaum mehr die Augen offen halten können. Denn ich stehle ihnen ihren kostbaren Schlaf! Stück für Stück nehme ich ihren Schlaf in meine Faust, trage ihn zu meinem Kissen und lege ihn darunter. *Macht*, Anatoli, lässt einen niemals schlafen. Nun wollen mir die Ärzte genau das verbieten, was mich am Leben erhält? Ha! Vielleicht sollte ich die Ärzte aus dem Fenster werfen!«

»Erst ziehst du eine Karte.« Anatoli holte einen Stapel Spielkarten hervor, fächerte sie auf und hielt sie seinem Freund entgegen.

»Nein. Erst sagst du mir, was sich da zwischen deinen Beinen versteckt.«

»Oh, das ist meine neue Assistentin.«

»Wozu brauchst du sie?«

»Wozu brauchst du mich?«

Koba strich sich über den Bart. »Wie heißt sie?«

»Franjuscha.«

»Was hat sie da in ihrem Gesicht?«

Anatoli strahlte. »Ist Franjuscha nicht wunderschön?«

»Wo hast du sie her?«

»Sie ist vom Himmel gefallen.«

»So, so. Und fiel dabei aufs Gesicht?« Koba hieb erbost auf den Schreibtisch, das Glas Wein tanzte. »Ah, nun verstehe ich, sie ist deine Tochter! Warum verschweigst du mir, dass du eine Tochter hast? Bin ich nicht dein Freund?«

»Ich verschweige dir nur, was ich selbst nicht weiß.«

»Ha! Den Satz merke ich mir! Jetzt weiß ich, dieses Kind gehört deiner Schwester! Was lässt mir die Zwergenhexe ausrichten?«

»Franjuscha wird eines Tages dein Leben retten.«

»Eines Tages? Wann?«

»Vielleicht heute, vielleicht morgen. Vielleicht im nächsten Jahr.«

»Ich hasse Rätsel. Vielleicht sollte ich dich aus dem Fenster werfen, Sterndeuter«, brummte Koba böse.

»Wenn es so weit ist, bitte ich um ein Erschießungskommando.«

»Kugeln? Pah, ich bestelle eine Kanone!«

»Ausgezeichnet! Ich mochte den Geruch von Schießpulver schon immer.«

»Sag noch einmal *Ausgezeichnet!*, und ich binde dich auf eine Bombe und schicke dich den Japanern.«

»Aha! Da haben wir die Atomlaus, die auf deiner Leber herumspaziert …«

»Die Bombe …«, explodierte Koba und fuhr aus seinem Stuhl. »Du hast mir gesagt, ich werde Lenins Nachfolger! Du hast mir gesagt, ich gewinne den Krieg! Aber du sagtest mir nichts über die Bombe! Warum hast du geschwiegen?«, tobte er.

»Du hast nicht gefragt«, antwortete Anatoli ruhig. »Die Sterne kennen alle Antworten. Aber die Fragen müssen wir ihnen stellen. Ich kann nicht fragen, was ich nicht weiß. Zieh eine Karte, Koba!«

Koba plumpste zurück auf seinen Sessel und ignorierte zunächst den Kartenfächer vor seiner Nase. Er steckte die Pfeife zurück in den Mund und kaute eine Weile wie ein knurriger alter Mann darauf herum, bis er sich mit einer flinken Bewegung eine Karte vom äußersten linken Rand griff.

Verdeckt legte er sie auf den Tisch, hob mit zwei Fingern eine Ecke an und spickte darunter. Er drehte sie um und blickte blinzelnd darauf, wie ein Kurzsichtiger, der versucht, den Blick klarzustellen. »Herzkönig?«, kam es zögerlich. Mit der Miene eines Mannes, der grundsätzlich allem misstraut, fragte er nach: »Ist das eine gute Karte?«

»Eine sehr gute!«, erwiderte Anatoli fröhlich, und sein Zeigefinger schnitt durch die Luft. »Das Volk liebt und verehrt dich, Koba. Du bist ihr roter Zar. Und du wirst es noch viele Jahre sein.«

»Was ist mit dem Schuft Lawrenti Berija?«

»Er wird niemals triumphieren.«

»Gut.« Koba nickte, als hätte ihm Anatoli nur das bestätigt, was er ohnehin wusste. »Die behalte ich.« Koba steckte die Karte in seine Brusttasche und lehnte sich kurz mit geschlossenen Lidern zurück. Als er sie Sekunden später wieder öffnete, stand Franzi neben ihm.

»Was soll das? Was will sie? Warum schleicht sie hier herum?«, brauste Koba erneut auf. Er hatte die Anwesenheit des kleinen Mädchens völlig vergessen und sich erschrocken, als sie so unverhofft neben ihm auftauchte.

Franzi fixierte ihn.

Koba beruhigte sich. »Sie gefällt mir. Sie wendet den Blick nicht ab.«

Es gab nicht vieles, was Koba noch überraschen konnte, aber das kleine Mädchen übte eine ganz eigene Faszination auf ihn aus. Er hob Franzi auf seinen Schoß, und sie betastete ohne Scheu sein Gesicht, zupfte an seinem Schnurrbart, seinen Augenbrauen, kitzelte ihm die Ohren. Dazu summte sie melodisch.

Koba hielt ganz still, und als Franzi die Gänseblümchenkette abnahm und ihn feierlich mit ihr krönte, bedankte er sich mit gemessenen Worten. Darauf kuschelte sich Franzi in seinen Armen zurecht, schloss die Augen und gab einen zufriedenen Seufzer von sich. Gleich darauf zeigte ein leises Prusten an, dass sie eingeschlafen war. Koba schaute verblüfft auf das kleine Mädchen, das sich so arglos an ihn schmiegte. Ihre Unschuld tat ihm gut, entspannte ihn. Er lehnte sich in seinem Sessel zurück und lauschte dem friedlich prustenden Atem des Mädchens.

»Was?« Koba tauchte aus einem angenehmen Traum auf. Verwirrt sah er sich um. Seine Augen gewöhnten sich schnell an das gedämpfte Licht, und er erkannte die vertraute Umgebung. Er lag auf dem Diwan in der Bibliothek neben seinem Büro, und auf seiner Brust spürte er ein ungewohntes Gewicht. Es fühlte sich angenehm warm und beruhigend an, ganz anders als der tonnenschwere Fels, der erst kürzlich seine Brust gedroht hatte zu erdrücken. Ein Infarkt, hatten die Ärzte ihn gewarnt und ihm dringend zur Schonung geraten. Er hatte sie fortgeschickt, diese Quälgeister.

Ah, erinnerte er sich, *er war wohl kurz auf seinem Stuhl eingenickt*. Und Anatoli, dieser russische Bär, musste ihn auf das Schlafsofa nebenan verfrachtet und auch die Vorhänge zugezogen haben. Fürsorglich wie eine Babka. Das ärgerte Koba. Er hatte es nicht erlaubt. Noch mehr erzürnte es ihn, weil er es gar nicht mitbekommen hatte. Man könnte ihn im Schlaf ermorden, und er würde es nicht einmal merken!

Das kleine Mädchen schlief noch immer vertrauensvoll in seinen Armen. Er mochte ihr Prusten, dieses wohltuend friedliche Geräusch, das sich über ihn legte wie eine warme Decke. Er setzte sich auf, legte das Mädchen vorsichtig neben sich auf den Diwan. Er glättete sein wirres Haar. Bei Lenin, er fühlte sich gut! Ausgeruht und mit klarem Kopf. Er bewegte seine Hände wie ein Klavierspieler, ärgerte sich wie jedes Mal über die hässlich geschwollenen Gelenke, doch er spürte nichts! Die Arthritis, sein steter, schmerzender Begleiter, schien ausnahmsweise eine Pause eingelegt zu haben. Er stand auf, wippte auf den Ballen auf und ab, schüttelte die Steifheit des Liegens ab, machte sogar ein paar Kniebeugen. Ha, wenn die Ärzte ihn jetzt sehen könnten!

Seine Armbanduhr zeigte ihm halb neun an. Eine Stunde Schlaf, und er war frisch wie der junge Morgen! Er verspürte Appetit und Lust auf eine schöne Tasse Tee.

Er öffnete die Tür zu seinem Büro. Dort saß Anatoli und spielte Schach mit Poskrebyschew, seinem langjährigen Sekretär – der Einzige, der über Anatolis besondere Rolle in seinem Leben Bescheid wusste.

Poskrebyschew sprang sofort servil auf, als er seinen Chef sah. Anatoli beendete seelenruhig seinen Zug. »Na, ausgeschlafen?«, fragte er Koba. Dem missfiel die Art, wie Anatoli grinste. Aber heute neigte er zur Milde.

»Was isst das kleine Mädchen gern?«, erkundigte er sich.

»Sie liebt Kuchen.«

»Poskrebyschew, lass auftischen, was du an Kuchen auftreiben kannst«, befahl er. »Mir bringst du Tee.«

Als Franzi eine Stunde später erschien, konnte sie aus einem Kuchenbüfett wählen, das keine Wünsche offenließ. Es gab bunte Beerenträume und Torte aus Schokolade, luftige Baisers und kleine, verzierte Küchlein.

Zu diesem Zeitpunkt wusste Koba bereits, dass er nicht eine Stunde, sondern ganze dreizehn durchgeschlafen hatte. Das war ihm noch nie passiert. Allerdings konnte er sich auch nicht entsinnen, wann er sich zuletzt so wohl in seiner Haut gefühlt hatte.

Es ging ihm so gut, dass er beschloss, Lawrenti Berija zu ärgern. Heute würde er kein einziges Todesurteil unterschreiben. Heute würde er Leben schenken. Denn er war Josef Wissarionowitsch Stalin, und er besaß die Macht über Leben und Tod.

35

»Ich habe Pläne«, sprach die Bosheit.
»Ich zeige dir, was ich damit mache«, sagte das Leben und trampelte darauf herum.

Kathi

Xenia hasste den Ausdruck auf dem Gesicht ihres Onkels – ein Mann, mit sich und der Welt vollkommen im Reinen. Ihr wurde speiübel von seinem Anblick. Sie fühlte sich besudelt, wollte nur noch weg von hier. Nach Hause, um ihn sich mit viel Wasser vom Leib zu schrubben.

»Das war gut, ihr Mädchen!«, lobte Berija und schlüpfte in seine Hose. »Ihr habt eure Sache ausgezeichnet gemacht. Wir sollten das bei Gelegenheit wiederholen.«

Niemals! »Gerne«, lächelte Xenia und schmeckte bittere Galle auf ihrer Zunge. Ein Zuviel an Champagner rumorte in ihrem Magen, als setzten die Bläschen ihren Tanz dort fort.

Die kleine Ballettelevin wurde mit der üblichen Belohnung verabschiedet, einem Blumenstrauß, den ihr ein Leibwächter im Vorzimmer überreichte. Das zuvor mit Xenia vereinbarte Entgelt hatte sie bereits hälftig erhalten, den Rest würde sie ihr später zukommen lassen. Xenia sah neidisch, wie sich die Tür hinter ihr schloss. Das Mädchen hatte es hinter sich.

Sie hingegen musste bleiben. Ihr Onkel lud sie ein, mit ihm und ihrer Tante den Nachmittag zu verbringen und einen Film anzusehen. Eben noch hatte er sein schmieriges Geschlecht an ihr gerieben, und nun sollte sie sich neben seine Frau, ihre eigene Tante Nina, aufs Sofa setzen, sich von ihr Tee reichen lassen und mit ihr plaudern? Hatte er sie noch nicht genug erniedrigt?

Um dem sattzufriedenen Gesicht ihres Onkels auszuweichen, räumte sie die mitgebrachten Utensilien in den Korb. Die Champagnerflöten, die Konfektschalen, das restliche Obst. Als sie das Messer in der Hand hielt, mit dem sie eine Mango geschnitten hatte, blubberten die Champagnerbläschen auch in ihrem Kopf. Was hielt sie davon ab, ihm das Messer in den feisten Wanst zu stoßen, das blöde Grinsen aus seinem Gesicht zu tilgen, ihren fortwährenden Kampf zwischen Triumph und Erniedrigung zu beenden?

Das Klingeln des Telefons rettete Berija. Der schrille Ton ließ die Bläschen in Xenias Kopf platzen, ihr Verstand setzte wieder ein. *Fast hätte sie eine Dummheit begangen!* Wofür? Den Fehlschlag hatte ihr der Onkel verziehen, wie er ihr vorhin ins Ohr flüsterte. Er verriet ihr zudem, dass er Großes mit ihr vorhabe, etwas, was mit der Aufgabe Nummer eins zusammenhing, zu dessen Leiter Stalin ihn ernannt hatte.

Sie würde ihre Chance zu nutzen wissen. Nichts konnte sie aufhalten. Ganz sicher nicht zwei kleine deutsche Spioninnen.

Als Xenia bemerkte, wie Berija zum Telefon mit der Standleitung zum Genossen Stalin im Kreml griff, bot sie an: »Ich warte draußen.«

Aber ihr Onkel bedeutete ihr zu bleiben.

Ihr gefiel, wie rasch der prahlerische Ausdruck von seinem Gesicht verschwand, wie er zunächst versuchte, zu intervenieren, aber der Generalissimus jeden seiner Einwände im Ansatz abschmetterte. Gegen Ende des Telefonats hieß es nur noch: »Jawohl, Josef Wissarionowitsch, natürlich, Josef Wissarionowitsch. Wird erledigt, Josef Wissarionowitsch!«

Zornig warf Berija den Hörer auf die Gabel. »Der Krieg hat den Genossen Stalin verrückt gemacht!«, rief er, aufrichtig erschüttert. Dies war bereits der zweite Schlag, den Stalin ihm innerhalb eines Tages versetzte. Am Morgen hatte ihn Stalin gezwungen, die gesamte heutige Exekutionsliste zu annullieren. Er musste darauf einhundertachtundachtzig Hinrichtungsbefehle zurücknehmen. Ein einmaliger Vorgang in der Geschichte ihrer Zusammenarbeit.

»Was ist geschehen, Onkel Lara?«, fragte Xenia scheinheilig. Ihr Onkel musste seine Wut über Stalins neueste Forderung ausleben, und sie befand sich gerade in Reichweite. Sie wappnete sich gegen den Sturm.

»Du!« Berija stand auf. Er baute sich vor ihr auf, der Kopf hochrot, die Backen dick aufgeblasen. Ein hässlicher kleiner Vulkan kurz vor der Eruption. »Du!«, herrschte er sie erneut an und bohrte seinen Zeigefinger schmerzhaft in ihre Brust.

Xenia erkannte ihren Irrtum. Sie war der Grund für seine Wut!

»Josef Wissarionowitsch verlangt, dass wir die Mädchen unbehelligt lassen. Er sagt, sie fallen nicht in meine Zuständigkeit.«

»Was? Ich verstehe nicht …«

»Du verstehst nicht? Du *verstehst* nicht? Was ist da nicht zu verstehen, he?« Er klopfte mehrmals gegen ihre Stirn. Es tat nicht weh, die folgenden Worte hingegen umso mehr: »Dein Freund Nikolaj intrigiert hinter deinem Rücken gegen dich! Verstehst du das jetzt, du dumme Gans? Pchela hat einen Zug getan, und wir sind schachmatt! SCHACHMATT!«, brüllte Berija außer sich, holte aus und versetzte ihr einen heftigen Schlag ins Gesicht.

Xenia taumelte rückwärts, stolperte, hielt sich gerade so auf den Beinen. Sie nahm Haltung an, reckte stolz das Kinn, während sie das Blut ihrer aufgeplatzten Lippe schmeckte. Als ihr Vorgesetzter durfte Onkel Lara sie jederzeit züchtigen. Aber sie wollte verdammt sein, wenn sie Furcht oder Schmerz zeigte.

Berija lief ruhelos durchs Zimmer, entdeckte den Kübel mit der noch halb vollen Champagnerflasche und trat ihn wütend um. Eine Weile sah er zu, wie der Inhalt in seinen kostbaren Teppich sickerte. Xenia hoffte darauf, er würde sich beruhigen.

Weit gefehlt. Plötzlich wirbelte er herum. »Es ist deine Schuld, Xenia«, warf er ihr vor. »Dein Dilettantismus kann mich meinen größten Triumph kosten! Ich gab dir sechs Männer, und du verlierst zwei Mädchen!«

Xenia blickte wortlos an ihm vorbei, eine Soldatin, die eine Standpauke entgegennahm. Genau genommen, traf sein Vorwurf zu. Es war ihr Plan, ihr Kommando, ihre Verantwortung.

»Genosse Stalin gibt die beiden deutschen Mädchen in die Obhut Anatoli Kobulews«, fuhr Berija fort.

Xenias Zunge fuhr über die Zähne. Ausgerechnet Anatoli Kobulew! Neben General Pchela ein weiterer Stachel in Onkel Laras Fleisch, insbesondere seit Genosse Stalin Kobulew das Rolls-Royce-Cabriolet geschenkt hatte, auf das er selbst schon lange ein Auge geworfen hatte.

Es fuchste den mächtigen NKDWD-Chef ungemein, dass Kobulew nach dem Willen des Genossen Stalin für ihn tabu sein sollte. Und Stalins Wille war Gesetz.

Jahrelang hatte sich Berija bemüht, herauszufinden, was Josef Stalin mit Anatoli Kobulew verband, hatte in beider Vergangenheit gewühlt, selbst Stalins Sekretär Poskrebyschew belästigt. Bis Stalin ihn eines Tages beiseitegenommen und ihm erklärt hatte, falls ihm noch einmal zu Ohren käme, dass er Nachforschungen anstelle, ja, wenn er den Namen Kobulew auch nur denken würde, er ihm Blochin schicken würde – Wassili Blochin, den Henker mit der Metzgerschürze, der bereits Berijas

Vorgänger Jagoda und Jeschow erschossen hatte. Die Drohung saß.

Berija hatte sich darauf in Xenias Wohnung betrunken und sich bitterlich über Stalin beschwert, dabei Teile ihres Mobiliars zertrümmert und war anschließend über sie hergefallen.

Die Erinnerung an diesen Abend lebte stark in ihr, der alte Ärger verband sich mit dem neuen und richtete sich nun gegen Nikolaj. Er hatte Anatoli Kobulew zum Waisenhaus geschickt und fiel ihr damit einfach in den Rücken. Sie hatte Anatoli dort gesehen, aber aufgrund der nachfolgenden Ereignisse die Bedeutung verdrängt. Weshalb tat Nikolaj ihr das an? Schließlich war es seine Idee gewesen, dass sie sich um die Mädchen kümmern sollte. Sie war lediglich am Tuschinsker Flugplatz gewesen, um ihn in Empfang zu nehmen. Wegen der beiden Kröten rückte sie nun in den Mittelpunkt von Berijas Intrigen um seinen Intimfeind General Pchela, und der Ärger nahm kein Ende.

Xenia nahm Blickkontakt zu ihrem Onkel auf: »Kobulew wird die Mädchen auf seiner Datscha unterbringen«, sagte sie ruhig.

»Natürlich wird er das!«, blaffte er. »Wir sollen ihm auch das Gepäck der Mädchen aushändigen. Es ist sowieso nutzlos. Die gründliche Durchsuchung ergab keine neuen Hinweise. Hol es dir beim Erkennungsdienst!«

Xenia schob den Frust beiseite, als Gepäckbote missbraucht zu werden. Ihr bereitete mehr Sorge, dass Anatoli ihre Rolle in dem Spiel kannte und sie Stalin gegenüber erwähnt hatte. Dieser Mistkerl! Zeit, eine neue Lunte zu legen! »Damit wissen wir, wo die Mädchen sind, und können sie weiter im Auge behalten. Wir sollten auch überlegen, inwieweit Kobulew in der Sache drinsteckt.«

Als hätte sie einem hungrigen Löwen ein Stück blutiges Fleisch hingeworfen, schnappte Berija sofort danach. »Oho, was sagst du da? Kobulew, das Phantom, spioniert für den Westen? Das ist kühn, Nichte! Aber es ist wahr. Der Mann ist gefährlich wie Rasputin, er flüstert Stalin lauter unsinniges Zeug ins Ohr.« Berija marschierte durch den Raum, die Hände auf dem Rücken verschränkt. »Es ist ausgeschlossen, die Mädchen Kobulew zu überlassen«, erklärte er laut. »Kobulew muss weg! Er hat einen schlechten Einfluss auf Josef Wissarionowitsch. Vielleicht ein Autounfall?«

»Schon wieder?«, platzte es unvorsichtigerweise aus Xenia heraus. Es stand ihr nicht zu, die Methoden des NKWD anzuzweifeln. Besonders, da ihr Onkel gerade eine Niederlage hatte einstecken müssen.

»Stimmt«, antwortete ihr Onkel jedoch unerwartet milde, »das haben wir in letzter Zeit zu oft ausgereizt. Genosse Stalin könnte misstrauisch werden. Und es wäre auch schade um den schönen Wagen. Ich lasse mir etwas einfallen. Lass deinen Onkel Lara nur machen.« Ihm war soeben eingefallen, dass der Vater der Mädchen im Butyrsker Gefängnis einsaß. Sein Trumpf in der Hinterhand, von dem Stalin nichts wusste. Das hob schlagartig seine Laune. Er würde schon einen Weg finden, sich an den Mädchen schadlos zu halten, ohne dass Stalin davon erfuhr. Er küsste Xenia auf den Mund, presste nochmals seinen ekelhaft weichen Körper an sie und sagte gnädig: »Du kannst gehen.«

Xenia bedankte sich und ging, darauf bedacht, ihren Schritt nicht zu beschleunigen. Er hätte es gemerkt, verstand sich auf diese Nuancen. Erst als sie das Vorzimmer hinter sich hatte, zog sie das Tempo an. Am Ende rannte sie beinahe aus dem Haus, und als sie ihren Wagen im Hof stehen sah, fühlte sie sich erleichtert wie eine Gefangene, der gerade die Flucht gelungen war.

Eine Limousine kam durch das Tor, ein Fenster fuhr herab,

und eine junge Stimme sprach sie an, bevor sie ihren Jeep ganz erreichte: »Xenia, ich bin es!«

Xenia erkannte die neunzehnjährige Svetlana Stalina, ein häufiger Gast in Berijas Haus. Nach dem Selbstmord von Svetlanas Mutter hatte Nina Berijawa die Rolle der Ersatzmutter für Stalins einzige Tochter übernommen.

Durch die gemeinsamen Familienurlaube in Sotschi kannten Svetlana und sie sich recht gut. Svetlana war rothaarig wie sie selbst und glaubte irrtümlich, dies schaffe eine besondere Verbindung zwischen ihnen.

»Willst du schon gehen? Bitte bleib doch hier, Xenia«, forderte Svetlana sie auf. »Sergo ist nicht da, und ich mag nicht allein mit Tante Nina und Onkel Lara herumsitzen.«

Xenia fluchte innerlich. Aber der Tochter Stalins schlug man grundsätzlich nichts ab. Mit einem strahlenden Lächeln hakte sie sich bei ihr unter und sagte: »Gerne, Svetlana. Ich freue mich, dich zu sehen.«

***

Indessen spann Lawrenti Berija ein neues Netz von Intrigen.

Er war es gewohnt, dass sich auf seinem Schreibtisch die Arbeit stapelte. Wohl und Ansehen der Sowjetunion lasteten auf seinen Schultern. Seine letzten großen Herausforderungen, die Planung und Durchführung von Stalins Reisen im Februar '45 nach Jalta und im Juli '45 zur Potsdamer Friedenskonferenz, waren logistische Meisterleistungen gewesen. Standen in Jalta zu Stalins Schutz vier NKWD-Regimenter zur Verfügung, ausgestattet mit Flaks, Hundestaffel und einhundertsechzig Kampfflugzeugen mit insgesamt über sechshundert Mann, bot er für Potsdam über zwanzigtausend Mann auf, die unter anderem die zweitausend Kilometer lange Bahnstrecke zu bewachen hatten.

Allein sechzehn NKWD-Kompanien schützten extra gelegte Telefonleitungen, es gab elf schnelle Flugverbindungen nach Moskau, Stalins eigene drei Flugzeuge blieben rund um die Uhr startklar. Für keinen Staatschef der Welt war je ein solcher Aufwand betrieben worden.

Seine neue, vielleicht die wichtigste Herausforderung in seiner Karriere, stellte die Aufgabe Nummer eins dar. Er würde auch hier glänzen, würde der UdSSR und ihrem Führer Josef Stalin die Atombombe beschaffen und so mit den USA gleichziehen. Und er würde seine geheime Aufgabe Nummer zwei vorantreiben: Gennadi Pchela zu stürzen.

Zudem hatte sich eine unerwartete Gelegenheit aufgetan, einem weiteren Günstling Josef Wissarionowitschs am Zeug zu flicken: Semjon Semjonowitsch, dem Chef der SMERSCH. Dass der Mann heimlich mit Gennadi Pchela kungelte, war ihm längst bekannt. Aber bisher fehlte ihm ein Beweis, um Semjonowitsch der Spionage zu überführen. Nun hatte sich eine neue Spur aufgetan, die darauf hindeutete, dass womöglich der Fuchs den Hühnerstall bewachte … Oh, du süßes Gift der Möglichkeiten!

Wie bei allen seinen Unternehmungen machte Lawrenti Berija sich ruhig und mit der Präzision eines Schweizer Uhrwerks an die Arbeit. Hast und Eile hatten noch nie ein Problem gelöst.

Er nahm den Hörer ab, wählte eine Nummer und hörte sich den enttäuschenden Bericht zum deutschen Spion Laurenz Sadler an. »Er hat nichts gesagt, Genosse Volkskommissar. Derzeit ist er ohne Bewusstsein.«

»Dann wecken Sie ihn gefälligst auf! Muss ich Ihnen Ihre Aufgaben erklären, Genosse Abramow?«

»Er kam bereits in schlechter Verfassung an. Der Arzt sagt, wenn wir das Verhör jetzt fortsetzen, stirbt er uns unter den Fingern weg.« Der Mann am anderen Ende der Leitung schluckte hörbar. Starb ein Gefangener, bevor er verwertbare Informationen geliefert hatte, wurde dies als Versagen gewertet. Und Versagen bedeutete in solchen Fällen Gulag oder Tod.

Eine Weile herrschte Stille in der Leitung. Der Untergebene sah sich bereits verurteilt, als Berija entschied: »Ich ändere das Vorgehen. Bringen Sie den Gefangenen in die Nähe jener Stelle, wo seine beiden Töchter verschwunden sind und lassen ihn dann entkommen. Sehen wir, wohin er uns führt. Was ist mit diesem Leutnant, den die Bienen erwischt haben. Lebt er noch?«

»Ja, Genosse Volkskommissar. Seit gestern diensttauglich.«

»Übertragen Sie ihm die Leitung der Operation. Wenn er sich diesmal nicht bewährt, schicken wir ihn ins Lager, ohne Recht auf Briefverkehr.«

Wieder schluckte Abramow. Das war der NKWD-interne Code für Tod durch Genickschuss. Die Angehörigen hofften noch Jahre vergeblich auf ein Lebenszeichen.

Berija setzte seine Befehle fort: »Wenden Sie den Handschellen-Trick an. Er hat sich bewährt. Sie haben zehn Tage, Genosse Abramow. Dann will ich Ergebnisse sehen.«

36

Niemand kann seinem Schicksal entgehen!

Die Große Esmeralda

Am folgenden Morgen frühstückten Pelageja und Kathi nicht allein in der Küche. Ein älteres Paar leistete ihnen schweigend Gesellschaft. Svenja und Stepan, so hießen sie, lebten gleichfalls auf dem Hof und halfen Pelageja und Anatoli bei der Bewirtschaftung. Kathi wunderte sich, weshalb sie gestern nichts von den zweien bemerkt hatte, als Pelageja sie erneut verblüffte. »Ich habe sie gestern angewiesen, unsichtbar zu bleiben«, erklärte sie Kathi, nachdem sich Magd und Knecht auf die Felder verabschiedet hatten.

»Warum?«

»Warum nicht?«

Kathi verzichtete auf weitere Fragen. Pelageja schien heute nicht in derselben Erklärlaune zu sein wie gestern. Sie nahm Kathi mit in den Hühnerstall zum Eiersammeln, danach zeigte sie ihr eine Ziege, die sie melken sollte.

Das erwies sich als gar nicht so einfach. Die Ziege teilte den Stall mit ihren frechen Zwillingszicklein. Kathi fand sich sogleich von zwei Seiten attackiert und an den Kleidern gezupft, weil sie ihnen ihre Milch stahl. »Schon gut«, lachte Kathi, während sie die munteren Zicklein abermals abwehrte. »Nur ein paar Becher. Es bleibt noch genug für euch Schleckermäuler übrig.« Anschließend mistete sie den Stall aus.

Zurück in der Küche, reichte Pelageja Kathi eine Schüssel Erbsen zum Pulen, während sie selbst sich daranmachte, einen Teig zusammenzurühren, der neben fünf Scheffeln Mehl ein Dutzend Eier erforderte. Eine Weile arbeiteten sie vor sich hin, Kathi schweigend, während Pelageja lustige, teils zotige Reime vor sich hin summte.

Niemand weiß, wo die Feder liegt,
wenn der Wind um die Ecke biegt.

Am Morgen noch Jungfrau,
Am Abend schon Altfrau.
Ein Mann kam dazwischen.

Im Frühling knospet die Rose,
dem Herrchen springt auf die Hose.

Immerhin erklärte das Franzis neueste Leidenschaft …

Kathi fühlte sich erfrischt wie lange nicht mehr. Rückblickend erschien ihr der gestrige Tag seltsam unwirklich, weit weg und doch ganz nah. Als hätte sie ihn zweimal erlebt, einmal innerhalb ihres Seifenblasentraums und ein weiteres Mal außerhalb. Manchmal verschiebt sich der Ereignishorizont, vertraute Grenzlinien verschwimmen, und die Realität gewährt eine Atempause.

Sie mochte zwar wieder mit Franzi vereint sein und in Pelageja und Anatoli neue Freunde gewonnen haben.

Dafür rückten nun wieder andere Ängste und Sorgen in den Vordergrund: die erschütternde Begegnung mit ihrem Vater, dessen Verbleib gänzlich ungewiss blieb. Oder Nikolaj, den sie für ihren Freund gehalten und der sie im erstbesten Moment im Stich gelassen hatte.

»Du solltest dir nicht zu viele schlechte Gedanken machen, Katjuscha.«

Pelageja stand ihr zugewandt. Sie hielt die Schüssel in die Hüfte gestemmt und rührte mit kraftvollen Bewegungen den Teig. Die Anstrengung rötete ihr Gesicht, und mehrere bläulich schwarz schimmernde Haarsträhnen hatten sich aus dem Kopftuch gelöst.

Eben blinzelte die Sonne durch das Butzenfenster, und ihr Licht umgab Pelageja wie eine Aureole.

Kathi, die es selbst nur auf 155 Zentimeter brachte, mutete es seltsam an, sich mit einer Erwachsenen zu unterhalten, die einen ganzen Kopf kleiner maß als sie. »Weil es das Gleichgewicht stört?«, entgegnete sie nun auf Pelagejas Bemerkung. Sie hatte bereits verinnerlicht, dass mit fast allem, was Pelageja zu ihr sagte, zugleich die Aufforderung an sie erging, ihrem Denken zu folgen.

Pelageja zwinkerte mit beiden Augen, was ihr einen ungewohnt verschmitzten Ausdruck verlieh. Sie verteilte den Teig auf einem Blech, das sie anschließend in den Ofen schob. »Wie weit bist du mit den Erbsen?« Pelageja kletterte auf einen Stuhl, um in Kathis Topf sehen zu können. »Gut, gut, fast fertig.«

Kathi fiel wieder ein, was sie gestern so beschäftigt hatte. »Franzi sprach von einem Baum der Erkenntnis. Mir ist aufgefallen, dass der tote Baum an der Gabelung einem Y ähnelt.«

Ein wehmütiger Ausdruck trat in Pelagejas Gesicht. »Der Blitz fuhr in ihn am Tag meiner Geburt. Der Pope nannte es einen Gruß des Teufels und befahl meinem Vater, ihn zu fällen. Als es so weit war, zeigte sich plötzlich das Antlitz der Madonna auf seinem Stamm, und da ließ man ihn stehen. Meine Mutter nahm eine seiner Eicheln an sich und pflanzte sie im Hof vor unserem Haus. Aus ihr wurde ein prächtiger Baum.« Pelageja betrachtete ihre Hände mit den kräftigen Fingern. »Das, Kathi, ist der Fluch des Teufels. Er kann nur zerstören, nichts erschaffen.«

»Glaubst du an Gott?«, fragte Kathi spontan.

»Ich glaube an die Freiheit des Denkens. Zu oft hieß es im Laufe der Menschheitsgeschichte: *Du musst glauben*! Warum *muss* ich glauben? *Kann* ich nicht glauben?«

Erinnerungen folgten ihrer eigenen Physik; meist genügte eine Winzigkeit, um sie an die Oberfläche zu locken.

Nun flutete eine ihrer frühesten Kindheitserinnerungen Kathis Gedanken. Unvermittelt stand sie wieder auf dem Jahrmarkt von Gleiwitz, und der Vater hielt ihre Hand fest in der seinen, damit sie in dem bunten Treiben nicht verloren ging. Ihre Mutter ließ sie kurz allein, um ein paar Einkäufe zu tätigen, *Frauenkram*.

Auf dem Markt roch es nicht nur verführerisch nach Bratwurst und gebrannten Mandeln, sondern es lag auch eine fiebrige Stimmung in der Luft. Die Besucher dürstete es nach Spaß und Unterhaltung, um ihrem harten Alltag wenigstens für einige Stunden zu entfliehen. Vater und Tochter schlenderten zwischen den Buden und Bühnen, staunten über Sensationen wie den stärksten Mann und die dickste Frau der Welt. Der Vater brachte sie mit der Bemerkung zum Kichern, die beiden sähen in ihren rot-weiß gestreiften Trikots aus wie Zwillinge, abgesehen natürlich vom Seehundbart des Mannes. Sie lauschten dem alten Leierkastenmann in seiner Fantasieuniform und amüsierten sich über die Possen des winzigen Kapuzineräffchens auf seiner Schulter. Kathis Mund verklebte eine pudrige Wolke Zuckerwatte; sie konnte kaum stillstehen vor lauter Aufregung, eine der angekündigten Sensationen zu verpassen. Schon zog sie ihren Vater weiter, zu einem Zelt mit der Aufschrift: *Die Große Esmeralda*.

Das Zelt übte eine geradezu magische Wirkung auf sie aus. Vielleicht, weil sie in einem Haushalt mit Dorota aufwuchs. Ihre Mutter hingegen machte einen großen Bogen um Esmeraldas Zelt, seit die Alte sich im Vorjahr förmlich an sie geklammert und auf Russisch auf sie eingeredet hatte. Was reihum Aufsehen erregt hatte.

Mit dem Eintritt in das Zelt tauchte Kathi in eine fremde, exotische Welt ein. In einer Tonschale brannte eine dunkle Substanz. Ihr schwerer Duft erfüllte die Luft und legte sich auf Kathi wie ein Mantel. Kerzen verbreiteten ein warmes Licht, das der Fadenscheinigkeit von Zelt und Teppich schmeichelte. In den Ecken schufen mit dunklem Stoff verhüllte Gegenstände eine Atmosphäre aus Geheimnis und Verbotenem. Die Große Esmeralda war sehr alt, aber Kathi erinnerte sich noch, wie gut sie roch und wie ihre Armreife bei jeder Bewegung leise klimperten. Stumm wies Esmeralda sie an, auf der Bank vor ihrem Tisch Platz zu nehmen. Er war mit einem goldenen Tuch bedeckt, darauf lagen zwei Stapel Karten bereit.

Vom Schein einer Kerze geisterhaft beleuchtet, studierte Esmeralda erst Kathis beide Handflächen, danach einen Satz Tarotkarten, den sie für sie legte. Kathi verging beinahe vor Ungeduld. Was sah Esmeralda? Warum sagte sie nichts? Nach langen, stummen Minuten zeigte Esmeralda mit ihrem gefärbten Nagel auf ein geflügeltes Wesen, über dem ein voller Mond schwebte. Der Blick, mit dem sie Kathi darauf musterte, fühlte sich wie ein bohrender Finger an, der in ihrem Innersten nach verborgenen Wünschen wühlte. Endlich öffnete sie den Mund. Kathi beugte sich vor und hielt den Atem an.

In dem Augenblick wurde der Vorhang aufgerissen, und ihre

Mutter Annemarie beendete die Sitzung. In ihren Augen loderte ein Feuer, das jeden Normalsterblichen eingeschüchtert hätte. Doch die Große Esmeralda stieß nur ein keckerndes Lachen aus und rief: *»Niemand kann seinem Schicksal entgehen!«*, und das war auch das Einzige, was Kathi je von der Großen Esmeralda zu hören bekam. Ihr Vater jedoch musste sich anschließend noch so einiges von der Mutter anhören – zum Beispiel, wie in Gottes Namen er dazu käme, seine Tochter zum »Kaffeesatzlesen« zu verführen?

Dies alles war im Jahr 1934 geschehen, ein Jahr bevor Esmeralda für immer vom Jahrmarkt verschwand.

Ohne Erklärung sprang Pelageja auf, rief: »Ich brauche Salat!« und unterbrach damit Kathis Erinnerung. Kathi hörte Oskar draußen erneut bellen. Neugierig spickte sie durchs Fenster und entdeckte Pelageja, die gebückt im Kräutergarten herumspazierte. Nun hob sie etwas auf. Kathi kniff die Augen zusammen. Was trug sie da? Eine Schildkröte?

Es war tatsächlich eine Schildkröte, kaum größer als ein Handteller. Pelageja kam wieder in die Küche und setzte das Tier mitten auf den Tisch. »Verflixt! Shtopka!«, rief sie dann. »Jetzt habe ich den Salat vergessen.«

»Für die Schildkröte?«

»Für das Mittagessen.«

»Ihr esst Schildkröten?«, fragte Kathi ungläubig.

»Falsch, *sie* frisst meinen Salat. Zweistein ist ein Vielfraß. Wie sein Besitzer.«

»Oh, sie gehört Anatoli?« Kathi biss sich sofort auf die Zunge. Sie wollte nicht vorlaut sein. Ihr wurde ganz heiß unter Pelagejas Blick. Die sagte ernst: »Es gibt eine Regel in diesem Haus, Katjuscha: immer das zu sagen, was man denkt. Du darfst sein, was du bist, ohne Einschränkung. So wie Zweistein. Sie ist eine

Schildkröte und führt ein Schildkrötenleben. Anatoli fand Zweistein als Kind. Oder sie ihn. Weiß man's?«

Die Schildkröte saß mittlerweile vor Kathi und ließ sich von ihr den kleinen Echsenkopf kraulen.

Pelageja runzelte die Stirn, als fragte sie sich, wie das Tier auf den Tisch kommen konnte.

»Ist alles in Ordnung?«, fragte Kathi unsicher.

»Nein, vieles ist in Unordnung, aber es wird besser werden«, antwortete Pelageja vage.

37

»Das Dunkel, du wirst es sehen!
Das Einhorn ist fort, aber der Sternenmann
wird kommen und dich mitnehmen!
Doch hüte dich vor der falschen Biene,
hüte dich vor der falschen Biene!«

Dorota Rajewski

Ein Motorgeräusch ließ Kathi aufhorchen. »Sie kommen!«, rief sie aufgeregt und rannte aus dem Haus. Oskar war ihr bereits vorausgestürmt.

Kathi war auf Anatolis imposantes Gefährt eingestellt, daher glaubte sie zunächst, ihr Gehirn spiele ihr einen Streich, als sie den Jeep erblickte. Sie bremste in vollem Lauf ab, als wäre sie gegen eine Wand geprallt. Der Schreck fuhr heiß in sie, als sie Xenia hinter dem Steuer erkannte. *Wie hat sie uns so schnell finden können?*

An eine Flucht war kaum mehr zu denken, sie stand auf dem Hof wie auf dem Präsentierteller. Also sah sie ihrem Unglück tapfer entgegen, während sie die Große Esmeralda lachen hörte: *Niemand entgeht seinem Schicksal!*

Xenia bremste haarscharf vor Kathi ab und hüllte sie in eine Staubwolke. Oskar sprang bellend um den Wagen. Xenia stieg grußlos aus, klappte die Tür zur Ladefläche herunter und sagte: »Da, dein Gepäck.«

Kathi hatte mit vielerlei gerechnet, aber sicher nicht damit, ihr verlorenes Gepäck zurückzuerhalten.

Ihr verblüffter Gesichtsausdruck veranlasste Xenia zu der Bemerkung: »Bist du taub? Steh nicht rum, sondern lad deinen Mist ab! Ich habe nicht ewig Zeit!«

Es war alles da, der Koffer, der Rucksack, das Akkordeon. Kathi betrachtete glücklich den unverhofft wiedergewonnenen Schatz und trug alles zur Holzbank.

»Kann mal jemand den Köter zum Schweigen bringen?«, beschwerte sich Xenia.

»Xenia Kyrillowna Liskowa«, begrüßte Pelageja die Russin wie eine alte Bekannte. »Komm, trink einen guten Tee mit uns.«

Xenia wich mit einem Ausdruck zurück, als hätte ihr Pelageja Schierling angeboten.

»Du siehst schlecht aus, Xenia. Du musst das nicht tun.«

»Ich tue, was immer ich will. Und ich warne dich: Halte dich von mir fern!«

»Es ist noch nicht zu spät, Xenia. Das Drachenblut wird dich nicht schützen.«

Xenias Mund verzog sich zu einem bösen Grinsen. »Und dich wird dein Bruder nicht ewig schützen.«

Verunsichert sah Kathi von Pelageja zu Xenia. Was redeten die beiden da?

»Ich wiederhole, du musst das nicht tun.« Pelageja verringerte den Abstand zwischen sich und der Offizierin. »Aber wenn du es tust«, sagte sie betont, »wird das Feuer dich holen.«

Xenia lachte auf und spuckte neben ihr auf den Boden. »Ha! Jetzt zeigst du dein wahres Gesicht. *Hexe!* Dein Geschwafel macht mir keine Angst.«

»Wie geht es Nikolaj?«, schwenkte Pelageja so plötzlich in Ton und Thema um, dass Kathi zunächst glaubte, sich verhört zu haben. Wieso erkundigte sich Pelageja nach Nikolaj? Kannte sie ihn etwa? Kaum minder verwirrend erwies sich Xenias barsche Antwort.

»Warum fragst du nicht deinen umtriebigen Bruder Anatol? Oder den großen Kürbis?«

»Und du willst wirklich keinen Tee gegen dein Bauchgrimmen?«, erwiderte Pelageja in aller Freundlichkeit.

»Hast du Gurken in den Ohren?«, schrie Xenia entnervt, konnte jedoch nicht verhindern, dass ihre Hand zum Magen fuhr. Der nahm ihr das Übermaß an Berija und Champagner weiterhin übel. *Oh, diese Hexe mit ihrem blöden missionarischen Getue!* Und wie scheinheilig sie sich nach Nikolaj erkundigte. Aber ihr konnte das Weib nichts vormachen, sie wusste genau, was sie damit bezweckte. *Nikolaj*! Dieser Mistkerl hatte sein eigenes kleines Spiel am Laufen, und sie barst gerade vor Wut darüber. Er hatte ihr die Sache mit den Hitlermädchen überhaupt erst eingebrockt. Als Folge stand Berijas Fuß fester denn je in ihrem Nacken. Sie wollte nicht zwischen Nikolaj, dem General und Berija zerrieben werden, sie wollte selbst austeilen! Und das würde sie!

Nikolajs Bitte ignorierend, Katja seine Herkunft zu verschweigen, erklärte Xenia in betont sanftem Ton: »Der arme Nikolaj hatte einen Flugunfall. Sein Vater, der Genosse General Pchela, hat die Unterbringung in einer Spezialklinik auf der Krim veranlasst. Nikolaj muss mehrfach an den Händen operiert werden, damit er sie eines Tages wieder richtig bewegen kann.«

Pelageja schüttelte resigniert den Kopf, während sich Xenia an Kathis jäher Blässe freuen konnte. *Oh*, dachte sie, natürlich, die Kleine war in Nikolaj verliebt! Grußlos setzte sich Xenia in ihren Wagen und brauste davon.

Kathi blieb wenig Zeit, das Gehörte zu verdauen. Denn endlich tauchte auch der Rolls-Royce auf und brachte Anatoli und Franzi zurück. Kathi rannte dem Wagen entgegen, beinahe genauso schnell wie Oskar.

Franzi balancierte ein Paket auf ihrem Schoß, und da sie es partout nicht aus der Hand geben wollte, hob Anatoli sie mitsamt dem Mitbringsel aus dem Wagen.

Sofort streckte Franzi Kathi das Mitgebrachte entgegen: *Für dich*.

»Was ist das?«

Ein Geschenk vom Kuchenkönig.

Franzi war in glänzender Stimmung. Sie summte ununterbrochen, wollte ihrer Schwester unbedingt alles auf einmal über ihr Abenteuer erzählen. Deshalb bekam Kathi nicht mit, wie Anatoli seine Schwester fragte, was Xenia hier gewollt habe.

Kathi, in der sich die Fragen zu Nikolaj stauten, musste diese erst einmal hintanstellen und zusammen mit den anderen von Franzis mitgebrachter Sahnetorte essen.

Nachdem sie das Geschirr gespült und ordentlich weggeräumt hatten, entband Pelageja Kathi von weiteren Pflichten.

Franzi wollte nach ihren Bienen sehen, und Kathi folgte ihr hinters Haus. Oskar begleitete die beiden. Stolz nahm er seinen Ast mit.

Franzi legte sich bei den Bienenkörben ins Gras und schlief binnen einer Minute ein.

Ein wenig beneidete Kathi ihre friedlich schlafende Schwester. In diesem Moment hätte sie alles dafür gegeben, ihr in ihre kleine, geheime Welt folgen zu können, in ein Dasein, in dem es nur Antworten gab und keine Fragen.

Hinter sich nahm sie eine Bewegung wahr. »Pelageja schickt mich«, sagte Anatoli. »Du hast Fragen. Gehen wir eine Runde um den Teich.«

»Wie geht es Nikolaj? Steht es so schlimm um ihn, wie Xenia behauptet hat?« Kathi hegte die Hoffnung, die Russin habe Nikolajs Zustand aus reiner Bosheit übertrieben.

»Es hat ihn böse erwischt. Aber unser Nikolaj ist ein zäher

Bursche. Der wird wieder.« In knappen Worten umriss Anatoli Nikolajs Verletzungen und wie sie zustande gekommen waren. Leider bestätigte er ihr bei dieser Gelegenheit auch Xenias Enthüllung, dass es sich bei Nikolaj tatsächlich um den Sohn von General Gennadi Pchela handelte, dem Mann mit dem Feuermal. »Nikolaj rief mich zu sich ins Krankenhaus«, erläuterte Anatoli weiter, »und trug mir auf, mich um deine Schwester und dich zu kümmern. Dabei hatte uns die kleine Franjuscha längst gefunden.« Anatoli lächelte wie jemand, dem ein Wunder widerfahren war.

Kathi kickte einen Stein vom Weg. Sie fühlte sich in ihren Gefühlen gespalten wie die Eiche an der Gabelung. Der Flugunfall erklärte Nikolajs Schweigen und dass er sie nicht absichtlich im Stich gelassen hatte. Aber warum hatte er sie angelogen, was seine Herkunft betraf? Welchen Grund gab es, sich ihr gegenüber als Deutscher auszugeben? Um ihr Vertrauen zu erschleichen und sie zu überreden, mit ihm nach Moskau zu kommen? »Warum hat mich Nikolaj in dem Glauben gelassen, er sei ein deutscher Kommunist?«, fragte sie Anatoli direkt.

Anatoli zuckte mit den mächtigen Schultern. »Das musst du ihn selbst fragen, Katjuscha. Er hatte vor, mit dir darüber zu sprechen, und bat mich, es dir nicht zu sagen. Aber unsere Xenia musste es ja unbedingt ausplaudern. Sie stiftet gerne Unfrieden. Lass es nicht zu, sonst erreicht sie ihr Ziel.«

»Ist Nikolaj … eng mit Xenia befreundet?«

»Sie kennen sich seit ihrer Kindheit, sind quasi zusammen aufgewachsen.« Anatoli blieb stehen, hob ein trockenes Stück Holz auf und schleuderte es in den Teich. Oskar ließ den eigenen Ast fallen und stürzte sich sofort hinterher.

»Ein netter Hund«, sagte Anatoli. »Ich werde ihn zum Entenjagen abrichten.«

»Woher kennst du Nikolaj?«, fragte Kathi neugierig.

»Oh, wir arbeiten zusammen.«

»Bist du auch Pilot?«

»Nein, mir wird speiübel vom Fliegen. Ich bleibe lieber auf meiner guten russischen Erde.« Er stampfte einmal mit dem nackten Fuß auf und erklärte weiter: »Ich bin Astrophysiker und lehre an der Moskauer Universität. Nikolaj war mein Meisterschüler.«

»Oh«, sagte Kathi verlegen und versuchte, woanders hinzusehen, nur nicht auf Anatolis schmutzige Füße.

»Oh«, wiederholte Anatoli und zwinkerte schelmisch. »Bauer bin ich auch. Ich weiß nicht, weshalb meine Füße immer gleich so aussehen, kaum dass ich die Stiefel ausziehe.« Er wackelte mit den geschwärzten Zehen, bückte sich dann, pflückte ein paar Kräuter und stopfte sie in einen kleinen Lederbeutel. »Die sind für Zweistein. Pelageja sagt, er hat Würmer. Was möchtest du studieren, Katjuscha?« Wie seine Schwester neigte Anatoli zu Gedankensprüngen.

Oskar kehrte zurück, ließ sein Holz fallen und schüttelte sich das Wasser ab, dass es nur so spritzte. Diesmal angelte sich Kathi den Ast und warf ihn zurück in den Teich. Während sie dem munteren Treiben des Hundes zusah, dachte sie daran, wie Nikolaj ihr daheim in Petersdorf dieselbe Frage gestellt und sie darauf im Überschwang ihrer ersten Begegnung geantwortet hatte: *Alles!*

Inzwischen hatte sie sich gründlichere Gedanken über ihr künftiges Studium gemacht. »Ich würde gerne Flugzeugtechnik studieren, dazu Physik und Mathematik. Ginge das?«

»Alles geht«, antwortete Anatoli. »Im September beginnt das neue Studienjahr, und bis dahin bleibt ihr beiden Mädchen hier.«

Spontan legte Kathi die Arme um seinen beachtlichen Bauch und presste ihren Kopf an ihn. »Danke«, flüsterte sie.

»Nicht doch, nicht doch«, brummte Anatoli, nun selbst ein wenig verlegen. »Komm, Täubchen, ich zeige dir was.«

Der Pfad führte über den Teichrand hinaus zu einer kleinen Anhöhe. Oben angekommen, erstreckte sich vor ihnen ein dichter Wald. Erst auf den zweiten Blick entdeckte Kathi in einer nahen Lichtung einen tannengrün angestrichenen, baumhohen Turm. *Ein Taubenhaus?*

»Das ist meine Sternwarte«, erklärte Anatoli stolz wie ein Vater. »Koba hat sie mir geschenkt.«

»Warum steht sie im Wald und nicht hier oben?«

»Ja, das wäre sicher logisch.« Anatoli kratzte sich hinter dem Ohr. »Aber meine Karten sagten mir, dort sei der beste Platz.«

»Ach so.« Kathi fiel ein, was Franzi ihr vorhin über ihren Besuch in Moskau erzählt hatte. »Franzi sagt, du hättest mit deinem Freund Koba Karten gespielt?«

»Nicht so ganz. Es ist ein Geheimnis. Aber ich weiß, du wirst es für dich behalten und nie jemandem erzählen. Ich lege für meinen Freund die Karten des Schicksals.«

»Du bist wie ... die Große Esmeralda?«, entschlüpfte es Kathi. Sie konnte ihr Lachen nicht verhindern, es platzte einfach aus ihr heraus. Sie konnte sich kaum einen größeren Kontrast vorstellen als zwischen der in bunten Flitterkram gewandeten Esmeralda mit ihren klimpernden Goldreifen und dem Riesen Anatoli.

»Du hast ein hübsches Lachen«, sagte Anatoli.

Kathi hieb sich erschrocken auf den Mund. »Ich wollte dich nicht auslachen«, erklärte sie hastig. »Ich musste nur gerade an jemanden denken, den ich mal auf dem Jahrmarkt zu Hause getroffen habe.« *O Gott*, was redete sie denn da? Ihre Erklärung verschlimmerte es nur. Nun musste er denken, sie halte ihn für einen Gaukler!

Die Hände in die Hüften gestemmt, den Kopf zurückgeworfen, sodass Kathi seine kräftigen Backenzähne sehen konnte, brach Anatoli in schallendes Gelächter aus. Ein wahrhaft vitales Lachen! Wäre er tatsächlich Rübezahl, die Erde ringsum würde davon erzittern.

»Du kleines, verschrecktes Täubchen«, gluckste er. »Nur immer her mit deinen Gedanken. Das schafft Platz für neue! Komm, ich zeige dir mein Himmelsauge.«

Zehn Minuten später blickte Kathi ehrfürchtig durch ein großes Spiegelteleskop.

»Es ist von Zeiss, ein deutsches Vorkriegsfabrikat. Ich benutze es hauptsächlich für Sternspektroskopie und habe es selbst mit einem Prismenspektrograf im Primärfokus modifiziert. Den Lichtweg habe ich verschachtelt, damit der Biege-Effekt gering bleibt. Jetzt bei Tag ist es nicht spektakulär. Wir kommen wieder, sobald die Sonne untergeht.«

Kathi fand alles, was sie sah, spektakulär. Das alles wollte sie auch lernen und verstehen können! »Was ist das hier?« Kathi deutete auf eine Konstruktion, die beidseitig am Gerät befestigt war.

»Eine Entlastungsmontierung mit Gegengewichten aus Eisen. Damit kann man das Teleskop durch den Meridian schwenken, ohne es wie zuvor auf die andere Seite umlegen zu müssen.«

»Unglaublich«, sagte Kathi bewundernd. Sie hantierte an den Stangenarmen und bewegte das Instrument um wenige Zentimeter nach rechts. »Wie leicht das geht! Dein Freund Koba muss sehr reich sein, um dir etwas so Tolles zu schenken.«

»Sagen wir so«, brummte Anatoli in seinen Bart. »Ihm gehört die Sowjetunion.«

Kathi hatte gerade noch etwas entdeckt. »Genauso eines«, sie deutete auf den Radioempfänger auf der Holzkiste, »haben wir zu Hause auch gehabt.«

»Ich höre gerne Musik bei der Arbeit. Pelageja mag es nicht im Haus haben. Sie sagt, es störe ihren Gedankenfluss.«

»Musik stört sie?« Kathi mochte es nicht glauben.

»Nein, die Funkwellen stören sie.«

Unten begehrte Oskar lautstark Einlass. Zuvor hatte er es verschmäht, ihnen die Treppe hinauf zu folgen, und sich lieber auf Entdeckungsreise in den Wald begeben.

»Gehen wir«, meinte Anatoli. »Ich habe Durst. Und wir sollten schauen, was unser Blumenkind treibt.«

Franzi tanzte mit den Bienen auf der Wiese. Sie hatte tüchtig vom Honig genascht und klebte wie eine Wabe.

»Hattest du heute noch nicht genug Süßes?«, lachte Kathi.

Was ist genug?, summte Franzi.

Im Haus nahm Pelageja die frischen Kräuter von Anatoli entgegen und zerstampfte sie mit einigen anderen zu einem Brei.

Gibt es Kuchen?, summte Franzi.

»Nein, wir müssen erst Zweistein behandeln. Er hat Würmer.«

Wie Regenwürmer?, fragte Franzi.

»Ja, so ähnlich. Sie fressen sich an ihm fett. Am Ende fressen sie sein Herz.«

Kannst du die Fresswürmer wegmachen?

»Ja, ich werde Zweistein entwurmen.«

Pelageja holte Zweistein aus ihrem Garten und setzte ihm die grünliche Substanz auf einem Tellerchen vor. Für eine Schildkröte fuhr sein Echsenköpfchen verhältnismäßig rasch aus dem Panzer, schnüffelte und zog sich ebenso fix zurück.

Er mag lieber Kuchen, summte Franzi.

»Hör zu, Bürschchen«, setzte Pelageja an, »es gibt nichts anderes. Du wirst das fressen!«

Zweistein bewegte sich nicht. Er hockte stur auf dem Tisch, auf den Pelageja zuvor eine Zeitung gebreitet hatte.

Endlich hob sich der Panzer in Zeitlupe.

Als wollte Zweistein zunächst die Lage peilen, erschien vorsichtig sein mürrisches Köpfchen, lugte nach links, spickte nach rechts und demonstrierte Schildkrötenverachtung für den Kräuterbrei.

»Ja, Freundchen, da kannst du lange deine Nase rümpfen. Friss!« Pelageja tippte auf das flache Tellerchen.

Zweistein fraß. Mit Todesverachtung, wie es Kathi schien.

Anschließend setzte ihn Pelageja in eine Kiste, ernannte Franzi zu seiner Chefärztin und beauftragte sie, Zweistein im Auge zu behalten und sie zu rufen, sobald er Verdauung hatte.

Verdauung?, summte Franzi unsicher.

»Gib Bescheid, Kätzchen, wenn er scheißt«, half Anatoli freundlich aus. Er betrat soeben die Küche. »Was gibt es zu essen?«

Wortlos deutete Pelageja auf den Mörser mit der restlichen Substanz. »Nimm, Anatol. Du gehörst auch dringend entwurmt.«

Anatoli tat so, als hätte ihn eine Kugel getroffen, und verzog sich aus dem Kriegsgebiet, wie er es nannte, in sein Zimmer am Ende des Flurs. Kurz darauf hallten scheußlich schiefe Töne durchs Haus.

»Was ist das für ein Geheul?«, fragte Kathi, der die Ohren schmerzten.

»Anatoli singt. Aber er trifft keinen Ton, selbst wenn er vor ihm steht.«

»Das hat Mutter von Vater auch gesagt, wenn er sang. Sie meinte, er sei ein Fall für die Lärmforschung.«

***

Seit Anatoli ihr versprochen hatte, sie bei Anbruch der Dämmerung mit ins Observatorium zu nehmen, wartete Kathi ungeduldig auf den Abend.

Nach dem Essen, gegen sechs Uhr, trat sie vor das Haus. Hoffnungsvoll blickte sie zum azurblauen Himmel auf. Bis Sonnenuntergang dauerte es noch eine Weile. Die Luft war erfüllt vom Zirpen der Grillen, und vom Teich wehte das Quaken der Frösche herüber. Kathi setzte sich auf die Bank und lauschte dem Chor des Sommers. Oskar stromerte über den Hof, auf der Suche nach Katzen, die er scheuchen konnte. Anatoli kam und setzte sich zu ihr auf die Bank. Er hatte Kathis Akkordeon mitgebracht. Als sie es erstmals nach der Rückgabe aus seiner Hülle schälte, konnte Kathi die Tränen kaum zurückhalten. Ihr geliebtes Instrument, für das ihr Vater lange gespart hatte, war aufgebrochen worden, mindestens ein Drittel der Knöpfe fehlten, und das große Loch in der Faltung sah aus, als hätte es jemand mit der Schere mutwillig hineingeschnitten. Auch jetzt konnte Kathi kaum hinsehen. Anatoli schüttelte den Kopf. »Nicht traurig sein, Katjuscha. Wenn wir es nicht reparieren können, besorgen wir dir ein neues.«

Kathi schluchzte auf wie ein kleines Kind. »Ich will nur dieses! Mein Vater hat es mir geschenkt.«

Unbeholfen legte Anatoli den Arm um sie. Vielleicht ahnte er, dass Kathi gerade um so vieles mehr weinte als nur um ihr zerstörtes Akkordeon.

Als es dunkel wurde, machten sich Kathi und Anatoli mit zwei Taschenlampen auf zum Observatorium.

»Viel Vergnügen«, rief Pelageja ihnen nach. »Ihr werdet ewig auf derselben Ellipse kreisen. Es gibt nichts Unlogischeres als die Existenz des Universums …«

***

Anatoli schaute durch sein Spiegelteleskop. »Der Himmel zwingt uns, unseren Blick nach oben zu richten und über unsere Existenz nachzudenken. Was fasziniert dich am Kosmos, Katjuscha?«

Kathi kannte die Antwort darauf, seit sie als kleines Mädchen den Himmel und seine Gestirne für sich entdeckt hatte. »Mich fasziniert, dass er so weit weg ist. Seine Unerreichbarkeit zeigt uns unsere Grenzen. Gleichzeitig fordert genau das uns heraus.«

»Was, glaubst du, meinte Pelageja vorhin damit, als sie sagte, es gebe nichts Unlogischeres als die Existenz des Universums?«

Kathi begriff, dass ihr Unterricht bereits begonnen hatte. »Weil wir nicht wissen, seit wann es existiert?«, erwiderte sie etwas unsicher. Sie wollte Anatoli so gerne mit einer guten Antwort Freude bereiten.

»Das, Katjuscha, ist nur eine halbe Antwort«, sagte er mit Professorenstimme und bescherte Kathi erstmals einen Eindruck, wie es mit Anatoli als Lehrer sein würde.

Nachdenklich sog Kathi an ihrer Unterlippe. »Wenn wir die Frage nach dem *Seit wann* stellen, müssen wir uns auch fragen: *Was* existierte *vor* dem Universum?«

»Exakt!«, griff Anatoli ihre Antwort auf. »Das ist die größte ungelöste Frage der Welt: *Was existierte vor dem Universum?* Ich halte des Öfteren Vorträge über das Universum und unser Sonnensystem. Einmal nahm ich Pelageja mit. Am Ende meines Vortrags steht sie auf und sagt: ›Was du da erzählst, stimmt alles nicht. In Wirklichkeit ist die Erde eine flache Scheibe, die von einer Riesenschildkröte auf dem Rücken getragen wird.‹ Ich hielt mit folgender Antwort dagegen: ›Und worauf steht die Schildkröte?‹, und sie parierte: ›Sehr schlau! Ich sag es dir: Da stehen lauter Schildkröten aufeinander.‹ Und jetzt erkläre mir, Katjuscha, weshalb Pelageja mit ihrer Behauptung, die Existenz des Universums sei unlogisch, sowohl recht als auch unrecht hat.«

Kathis Antwort erfolgte dieses Mal rasch: »Weil wir bis heute nicht wissen, was *vor* der Entstehung des Universums war.«

»Exakt! Was existierte *vor* dem Universum? Die Leere? Aber ist eine Leere wirklich leer? Nennen wir diese Leere der Einfachheit halber *das große Nichts*. Das führt wiederum zu welcher Frage, Katjuscha?«, forderte er sie auf, tiefer in die Materie einzudringen.

»Was *ist* ein großes Nichts? Ein anderes Universum? Und wann entstand dann dieses andere, unserem vorangegangene Universum? Und dasjenige davor?« Kathis Wangen röteten sich vor Eifer.

»Du siehst, Katjuscha, die Fragen stapeln sich ebenso aufeinander wie die Universen.«

»Oder die Riesenschildkröten.«

»Exakt. Pelageja meint, die Welt sei ein Rätsel und Logiker würden es niemals lösen. Genauso wenig, wie die Philosophen Gott erklären können. Was wir aber tun können, Katjuscha, ist forschen. Forschung ist nichts anderes als der Versuch zu verstehen. So wie Isaac Newton, der das erste richtige Spiegelteleskop baute. Wir müssen dabei allerdings nicht so weit gehen wie Newton, der sich eine Nadel ins Auge stach, um die Natur des Lichts besser zu verstehen. Komm, sieh durch das Teleskop und sag mir, was du siehst!«

Gegen vier Uhr morgens schickte Anatoli Kathi zu Bett. Sie versuchte, ihn davon zu überzeugen, sie sei überhaupt nicht müde, aber er ließ sich nicht erweichen.

Nun lag sie im Bett, und ihre Gedanken hielten sie wach. Während sie mit dem Teleskop hantierten, hatten sie ausländisches Radio gehört. Das war zwar in Russland genauso verboten wie in Deutschland während des Krieges, aber Anatoli liebte Jazz, und den gab es nur bei ausländischen Sendern zu hören. Am späten Abend wurde ein Bericht über die amerikanische Atombombe gesendet. Anatoli schlug das aufs Gemüt. »Teufelswerk!«, grollte er. »Die Wissenschaft sollte nicht missbraucht werden, um monströse Waffen zu erschaffen. Als Forscher sind wir dem Leben verpflichtet, nicht dem Tod.« Erneut zog Anatoli Isaac Newton als Beispiel heran. »Newton«, sagte er, »war das größte Genie der Menschheit und ein Besessener. Für seine Forschung war er bereit, alles zu tun. Und das ist der Unterschied: Sich selbst eine Nadel ins Auge zu rammen, um das Licht zu erforschen, ist das eine. Aber alles Leben zerstörende Waffen zu erschaffen das andere. Als Forscher müssen wir hier die Grenze ziehen. Frage dich stets, Katjuscha, wie weit du bereit bist, für deine Forschung zu gehen.«

Kathi beschäftigte diese Grenze. Wie weit wäre sie bereit, für ihre Forschung zu gehen? Noch etwas begriff Kathi in dieser Nacht: Dorotas Prophezeiung von der falschen Biene hatte sich erfüllt.

Nikolaj war der Sternenmann und auch die falsche Biene. Es war sein Name: Pchela.

38

Die Liebe ist ein Mysterium.

Dorota

Kathi und Franzi verlebten einige unbeschwerte Wochen auf dem Hof – soweit ihnen dies unter den gegebenen Umständen überhaupt möglich war.

Kathi fügte sich in die Hofroutine ein und erfüllte ihre täglichen Pflichten mit Eifer. Sie half Svenja und Stepan beim Einbringen von Heu und Ernte, zupfte Unkraut auf den Feldern, kümmerte sich um Hühner und Ziegen und ging Pelageja in der Küche zur Hand.

Sehr zu Franzis Freude buk Pelageja leidenschaftlich gerne, und beim Anrühren des Teigs gab sie die unsinnigsten Reime von sich. Kathi lernte schnell, und bald reimten sie zu Franzis Vergnügen um die Wette.

Ohne Zähne isst der König keine Schwäne.
Hat er keinen Kuchen, soll er Brot versuchen.

Gänseschmalz und Schweinewurz
schmecken besser als ein Furz.

Die Kleine merkte sich einfach alles und teilte Pelagejas bemerkenswerte Vorliebe für besonders zotige Zeilen.

Kathi stürzte sich auch deshalb in jede Arbeit, um nicht ständig an ihren Vater Laurenz denken zu müssen. Schon am zweiten Tag hatte sie sich Pelageja und Anatoli anvertraut und ihnen von der zufälligen Begegnung am Moskauer Bahnhof berichtet.

Da Anatoli beinahe jeden Mittag nach Moskau fuhr, bot er sofort an, sich nach dem deutschen Kriegsgefangenen umzuhören. Leider waren seine Nachforschungen nicht von Erfolg gekrönt.

Die seltenen Abende zu Hause verbrachte er mit Kathi in seinem Observatorium. Er lehrte sie den genauen Umgang mit dem Teleskop, und Kathi durfte seine Notizen und Sternkarten einsehen.

In der zweiten Woche, während er sich reichlich russischen Kartoffelsalat mit Erbsen auf den Teller türmte, informierte Anatoli Kathi: »Ich habe mit Nikolaj gesprochen. Es wurde entschieden, Katjuscha. Du wirst an der Moskauer Akademie für Luftfahrt studieren. Im September geht es los.«

Kathis Verstand, fix, wenn es um Informationsverarbeitung ging, reagierte dieses Mal verzögert. Anatoli schaufelte sich indessen einen großen Bissen in den Mund, kaute und sprach gleichzeitig: »Ich teile meine Lehrtätigkeit zwischen der Baumann-Universität und diesem Institut. Wir werden uns also dort begegnen. Du wirst im Gebäude der Akademie untergebracht. Neben den Vorlesungen wirst du einer Forschungsgruppe zugeteilt. Du wirst viel lernen, arbeiten und keine Freizeit haben. Offiziell lautet dein Status weiterhin ›Kriegsgefangene‹. Das bedeutet, du darfst das Gebäude der Akademie nur auf Antrag und in Begleitung verlassen.«

Kathi interessierte sich primär für eines, und obgleich sie sich

Mühe gab, geriet ihre Frage dennoch ein wenig atemlos: »Du hast mit Nikolaj gesprochen?«

»Wir haben telefoniert. Ich soll dich und Franzi von ihm grüßen. Morgen nehme ich dich mit nach Moskau und führe dich durch das Institut.«

Franzi summte: *Institut reimt sich nicht auf Idiot.*

»Anatol, du Idiot«, sagte Pelageja freundlich. »Erzähl der Kleinen, wie es Nikolaj geht und wann er zurückkehrt.«

Franzi summte: *Idiot reimt sich auf Patriot.*

Pelageja kicherte, Anatoli schaute irritiert, Kathi zählte verlegen ihre Erbsen, und Franzi lauerte auf ein neues, spannendes Wort.

»Was denn? Du kennst doch unseren Nikolaj«, sagte Anatoli zu Pelageja. »Er ist optimistisch. Zwei Operationen sind überstanden, morgen steht die letzte an. In zwei Wochen, wenn Kathi ihr Studium antritt, kehrt er aus Suchumi zurück.«

Zwei Wochen, dann würde sie Nikolaj wiedersehen! Der Gedanke an ihn löste erneut das vertraute Kribbeln in Kathi aus. Obwohl sie ihm furchtbar zürnte, weil er sie belogen hatte und sie es durch Xenia erfahren musste. Warum musste er auch ausgerechnet der Sohn Pchelas sein? Seit sie es wusste, führte sie ständige Zwiegespräche mit Nikolaj und warf ihm seine Lüge vor. In ihrer Vorstellung endete der Streit stets mit einer Entschuldigung von Nikolaj. Darauf schenkte er ihr sein Lächeln aus Mondlicht und schloss sie in die Arme.

Nikolaj teilte ihren Traum vom Flug zum Mond; wenn sie mit ihm zusammen war, kam sie sich stärker und mutiger vor. Ein Gefühl, als würde sie schweben. Sie freute sich auf ihn, gleichzeitig fürchtete sie sich auch vor der Begegnung.

39

»Ehemals war alle Welt irre« – sagen die Feinsten und blinzeln.

Friedrich Nietzsche,
»Also sprach Zarathustra«

Moskau, damit verband Elena den Herbst, den Winter und den Frühling. Sankt Petersburg hingegen bedeutete Sommer. In weißen Kleidern im Park von Peterhof flanieren, schwimmen, Ballspiele und fröhliche Picknicks im Grünen. Am Abend Musik- und Opernvorstellungen besuchen oder sich vom Djagilew-Ballett berauschen lassen. Danach nächtliche Kutschfahrten im Licht der hell erleuchteten, prunkvollen Adelspaläste entlang des Newski Prospekt. Zu jener Zeit galt Sankt Petersburg als die glanzvollste Großstadt Europas, das Venedig des Nordens, in dem Musiker, Dichter und Künstler wie Strawinski, Tschaikowski, Puschkin und Dostojewski wirkten. Das Leben erschien sorglos in den weißen Nächten von Sankt Petersburg, in den Sommermonaten, wenn es nie ganz dunkel werden wollte.

Dennoch nahm das Verhängnis seinen Anfang in Sankt Petersburg. Aber Elena wollte jetzt nicht an früher denken. Sie durfte den Flaschengeist nicht herauslassen. Dabei blutete ihr Herz längst. Seit einer gefühlten Ewigkeit führten die Gleise vorbei an zerstörten Stätten. Die Zarenschlösser Peterhof und Puschkin, geschwärzte Ruinen. Seit der Kindheit vertraute Silhouetten, verschwunden aus dem Sankt Petersburger Stadtbild. Trümmer häuften sich rechts und links der Bahnstrecke, notdürftig beiseitegeräumt, um den Zugverkehr rasch wieder in Gang zu bringen. Sie presste ihr heißes Gesicht an das Zugfenster, und die Wunden, die die bolschewistische Revolution und der Krieg mit Hitlerdeutschland Sankt Petersburg geschlagen hatten, fühlten sich an wie ihre eigenen.

Als sie die Reise antrat, hatte sie sich fest vorgenommen, den quälenden Erinnerungen keinen Platz einzuräumen. Sie musste kraftvoll und überzeugend auftreten, als Offizierin des NKWD, die einen Auftrag zu erledigen hatte. Semjon hatte sie vor der Abfahrt gewarnt, die russischen Gefangenenlager glichen eher Vernichtungslagern, in denen man an den Deutschen Vergeltung übte. Der Typhus grassiere, und es gebe kaum Lebensmittel und medizinische Versorgung.

Elena hatte verstanden, was er ihr damit sagen, aber nicht aussprechen wollte: Sie musste mit der Möglichkeit rechnen, Laurenz bei ihrer Ankunft entweder tot oder in einem verheerenden Zustand anzutreffen. Und sie musste beiden Situationen mit kaltem Blut begegnen. Für den Fall, dass Laurenz sie auf Deutsch ansprach, würde sie ihn mit einem »Schweig!« ohrfeigen, da die faschistische Sprache ihre Ohren beleidige. Sollte sie vom Tod des Gefangenen unterrichtet werden, so musste sie sich ohne Verzögerung zum Flughafen begeben und nach Helsinki fliegen. Sie würde niemals erfahren, wo Laurenz' sterbliche Überreste verscharrt lägen, nie an seinem Grab Tränen vergießen können.

Sei es ihrer Rückkehr nach Sankt Petersburg geschuldet oder der Vorstellung eines Lebens ohne ihren geliebten Mann, nun kochte doch alles wieder in ihr hoch, und alte Erinnerungen stürzten unaufhaltsam auf sie ein wie eine Sturmflut.

Elena reiste weit zurück in eine Vergangenheit unbeschwerter Kindertage. Sie spielte mit den Töchtern des Zaren, wuchs mit ihnen auf. Ihr Lachen hallte durch den Sommerpalast in Zarskoje Selo, wenn sie mit den Schoßhündchen der Familie über die Flure jagte, stets die mahnende Stimme der Zarin im Nacken, sich zu mäßigen, während der Zar ihren Streichen meist nachsichtig begegnete. Zar Nikolaj und seine Frau Alexandra waren hingebungsvolle Eltern. Ihr Vater Boris erwähnte ihr gegenüber einmal, Zar Nikolaj sei ein weit besserer Vater als ein Zar. Dies sei sicherlich gut für seine Kinder, aber schlecht für das Russische Reich.

Elena verstand seine Bemerkung erst 1914, als sich die Bolschewiki erhoben und Arbeiter, Bauern und einfache Soldaten zu einer Revolution anstachelten, die nicht mehr eingedämmt werden konnte. Auch, weil der Zar sich nicht zu den nötigen Reformen hatte entschließen können.

Ihr Vater, damals Chef der zaristischen Geheimpolizei, hatte den Zar gewarnt und ihm schon im Frühjahr 1917 angeboten, ihn und seine Familie sicher aus Russland herauszuschaffen. Doch es mangelte Zar Nikolaj an Weitsicht, er klammerte sich an die Vergangenheit und hörte auf die falschen Berater, die ihm nur das sagten, was er gerne hören wollte.

Im Frühjahr 1917 wurde die Zarenfamilie in Zarskoje Selo unter Hausarrest gestellt. Für Elena stand fest, wäre sie damals dabei gewesen, als die Kerenski-Regierung die Familie festsetzte, sie wäre bei der ein Jahr jüngeren Anastasia, ihrer damals besten Freundin, geblieben.

Im September 1918 hatten die revolutionären Bolschewiki die Familie Romanow von Tobolsk nach Jekaterinburg im Ural verlegt, in eine der zarenfeindlichsten Regionen des Landes. Schon als die Romanows am Bahnhof den Zug verließen, wurden sie fast vom Mob gelyncht.

In ihrem eigenen Versteck – Elenas Familie gehörte längst selbst zu den Verfolgten – verkündete Elenas Vater: »Wir müssen etwas unternehmen. Wladimir Iljitsch Lenin wird auf Dauer keinen lebenden Romanow in Russland dulden.«

»Du glaubst, er wird Zar Nikolaj töten?«, fragte Elena erschrocken. Für sie unvorstellbar.

»Alle Romanows sind in Gefahr. Lenin wird sie töten, sobald er seine Macht gefestigt hat«, erwiderte Boris Filipow grimmig.

»Aber das kannst du nicht zulassen, Vater!«

»Natürlich nicht. Wir werden die Zarenfamilie befreien und in Sicherheit bringen.« Sie versammelten alle Getreuen um sich und entwarfen einen Plan, in dem Elena eine führende Rolle einnehmen sollte. Ihre Mutter Tatjana versuchte vergeblich, Elena von ihrer Beteiligung abzubringen. Sie überwarf sich darauf sowohl mit ihrer Tochter als auch mit ihrem Mann, weil er zuließ, dass Elena sich in tödliche Gefahr begab. Elena brach mit zwei Mitstreitern, darunter ihre Jugendliebe Semjon Semjonow, und in Richtung Ural auf, ohne sich zuvor mit ihrer Mutter Tatjana ausgesöhnt zu haben.

Die Bremsen kreischten. Der Zug wurde langsamer und stoppte mit einem Ruck. Elena blinzelte, als erwachte sie aus einem langen Schlaf. Sie spürte die Vergangenheit wie einen hohlen Schmerz. Entschlossen stand sie auf, griff nach ihrer Tasche und verließ den Zug. Auf dem Bahnsteig herrschten basarähnliche Zustände. Fliegende Händler bedrängten die Reisenden, ihnen etwas abzukaufen. Fettige Teigtaschen, Wasser und Ziegenmilch, lebende Hühner, eine Kuckucksuhr, Fahrradklingeln, sogar eine Triumph-Reiseschreibmaschine. Es gab wenig, was nicht feilgeboten wurde. Elenas Uniform als Oberst der Roten Armee und ihre abweisende Haltung hielten die Menschen auf Abstand. Sie blendete das Gedränge um sich herum aus und hielt nach Semjons Kontaktmann Ausschau, einem Luftwaffenleutnant mit dem Namen Jewgeni Weinstein.

»Oberst Elena Schukowa?«, wurde sie wenig später auf Russisch angesprochen. Die Wangen des kleinen, säbelbeinigen Leutnants waren durch Pockennarben verunstaltet. Aber er besaß einen sanft geschwungenen Mund und braune Rehaugen.

»Ja?«

»Leutnant Jewgeni Weinstein. Zu Ihren Diensten.« Er nahm Haltung an.

»Gehen wir«, sagte Elena, die dem Bahnhof so schnell wie möglich den Rücken kehren wollte. »Wie weit ist es bis zum Lager?«

»Mit dem Wagen eine knappe Stunde.«

»Und vom Lager zum Flughafen?«

»Etwas weniger, knapp fünfzig Minuten. Unser Pilot erwartet uns auf Abruf. Sobald wir den Gefangenen übernommen haben, ist Eile geboten. Wir sollten uns keine Sekunde länger als nötig aufhalten.«

»Ist Ihnen der Pilot persönlich bekannt?«

»Ja«, erwiderte Jewgeni knapp und hielt seinen Blick stur auf die Straße gerichtet.

Elena verstand, dass er sich nicht näher dazu äußern wollte. Vermutlich wollte er Fragen über sein Fluchtmotiv ausweichen. Elena sollte es recht sein, auch ihr war nicht sonderlich nach Gesprächen zumute. Zumal ihre Erregung mit jedem Meter wuchs, dem sie sich ihrem Ziel näherten. Bald zwanzig Monate waren vergangen, seit sie und Laurenz sich das letzte Mal in den Armen gehalten hatten.

***

Selten entwickeln sich die Dinge so, wie man sie plant. Oder es sich wünscht.

Major Palkow, der stellvertretende Lagerkommandant, empfing die Besucher aus Moskau höflich und zuvorkommend. Sobald ihm aber Elena ihre Papiere mit dem Befehl aus Moskau präsentierte, trat eine kaum merkliche Änderung in seinem Verhalten ein. Er studierte den Befehl mit einer Gründlichkeit, die fast an Beleidigung grenzte. Darauf wühlte er in einer Kartei, fand das Gesuchte, griff zum Hörer und forderte den deutschen Kriegsgefangenen Laurenz Sadler an. Danach verließ er das Büro, um, wie er sagte, für Erfrischungen zu sorgen.

Der kleine, zarte Leutnant Weinstein schwitzte und wurde mit jeder Minute spürbar nervöser.

Nach einer Viertelstunde hielt es Weinstein nicht mehr aus. Dabei hatten sie zuvor noch vereinbart, ihre Kommunikation auf das Nötigste zu beschränken, da die Möglichkeit bestand, dass sie abgehört wurden.

»Da stimmt etwas nicht«, wisperte er ängstlich. »Ich spüre das. Haben Sie Palkows Blick gesehen, bevor er ging? Wir sollten sofort von hier verschwinden, Genossin Oberst.«

Elena dachte gar nicht daran. »Reißen Sie sich gefälligst zusammen, Leutnant!«

Sie warteten geschlagene fünfundvierzig Minuten, in denen Elena fürchtete, der Leutnant könnte sich einnässen.

Als sich die Tür schließlich öffnete und der Major ohne Laurenz zurückkehrte, bereitete sich Elena auf das Schlimmste vor: die Nachricht vom Tod ihres Mannes.

Stattdessen verkündete der Major: »Ich fürchte, Genossin Oberst, ich kann Ihnen den Gefangenen nicht übergeben.«

»Was sagen Sie da? Ich habe Befehl, den Mann zu verhören und nach Moskau zu überführen. Sie sind zur Herausgabe verpflichtet, Genosse Major!«, sagte sie laut.

»Ich kann keinen herausgeben, der nicht da ist.«

»Dann wurde er verlegt? Wohin?«

»Nach Moskau. Vor drei Tagen«, lautete die Auskunft.

Die Nachricht schmetterte Elena nieder. Jede erdenkliche Situation und Möglichkeit hatte sie im Vorfeld durchgespielt, aber nicht mit dieser Entwicklung gerechnet.

»Ihre Moskauer Dienststelle forderte ihn an, und wir haben den Gefangenen sofort losgeschickt. Ich verstehe nicht, warum Sie nicht informiert wurden.«

»Ich denke, hier liegt eine Verwechslung vor, Genosse Major«, erklärte sie forsch. Kaltblütigkeit war vielleicht das Einzige, was sie jetzt noch vor dem Abgrund retten konnte. Nichts konnte Major Palkow davon abhalten, selbst zum Hörer zu greifen und Rücksprache mit Moskau zu halten. Dann flog ihre Scharade auf.

»Ich bestehe darauf, dass Sie nochmals nachsehen, Major. Falls Sie den Spion einem unbefugten Kommando mitgegeben haben, wird das ein Nachspiel haben!«

Die Kiefer des Majors mahlten. »Ich habe bereits gründlich nachgesehen sowie die deutschen Mitgefangenen in der Baracke befragt. Sie und der zuständige Wachoffizier bestätigten die Abholung. Moskau muss ein Fehler unterlaufen sein.«

»Moskau«, Elena verringerte den Abstand zwischen sich und Palkow, »irrt sich nie. Merken Sie sich das gefälligst, Genosse Major! Und nun möchte ich telefonieren. Ungestört.« Sie trat auf Palkows Schreibtisch zu, griff nach dem Hörer und sah Palkow auffordernd an. Ihre Selbstsicherheit zeigte Wirkung, der Major verließ das Büro.

»Kein Wort«, zischte Elena Weinstein zu. »Und trocknen Sie sich das Gesicht, sie schwitzen ja wie in der Banja.«

Elena setzte alles auf eine Karte und wählte die Nummer, die Semjon ihr genannt hatte. Sie sollte sie eigentlich nur einmal nutzen, und zwar, wenn sie sicher in Finnland gelandet wären, und als Codewort sagen: »Verwählt.«

Semjon hob sofort ab. »Ja?«

»Hier Oberst Schukowa. Der deutsche Spion Laurenz Sadler ist nicht mehr im Lager 254. Laut Kommandant wurde er bereits nach Moskau überstellt.«

»Das ist korrekt, Oberst Schukowa. Der deutsche Spion Laurenz Sadler befindet sich bereits in Moskau. Bitte folgen Sie den ursprünglichen Befehlen, und kehren Sie nicht nach Moskau zurück. Ich wiederhole, kehren Sie vorerst nicht nach Moskau zurück! Der deutsche Spion ist in sicheren Händen.«

Elena legte auf. »Verschwinden wir von hier«, sagte sie.

Die Erleichterung, die sich darauf auf Weinsteins Gesicht abmalte, hätte Elena fast veranlasst, ihn zu ohrfeigen.

Vor der Tür wartete Major Palkow. Elena verabschiedete sich knapp: »Danke für Ihre Zeit, Major. Wir kehren nach Moskau zurück.«

Sie bestiegen den Jeep. »Was tut er?«, fragte Weinstein, der den Motor startete. Und sogleich wieder abwürgte. Er fluchte zum Erbarmen.

»Herrgott, reißen Sie sich zusammen!«, fuhr ihn Elena erneut an. Sie winkte dem Major, der vor der Tür der Lagerverwaltung verharrte. Ein zweiter Offizier trat nun zu ihm. Weinstein brachte den Jeep endlich zum Laufen.

Er drückte aufs Pedal, verließ das Lager und raste in Richtung Flughafen.

Elena hieb mit der Faust gegen die Konsole, machte ihrer grenzenlosen Enttäuschung Luft. Unfassbar, sie fuhr nach Sankt Petersburg, dabei befand sich Laurenz in Moskau!

Was sollte sie jetzt tun? Semjons Botschaft war eindeutig gewesen: Sie sollte den ursprünglichen Befehlen folgen und sich im Westen in Sicherheit bringen. Er würde sich um Laurenz kümmern.

»Werden wir verfolgt?«, rief Weinstein über den Lärm des offenen Wagens hinweg.

»Was?«

Weinstein achtete mehr auf den Rückspiegel als auf den Verkehr vor sich und wäre beinahe in ein Fuhrwerk geprallt. Er konnte sich gerade noch mit einem gefährlichen Schlenker nach links retten. Zwei lange Sekunden schienen sie nur auf zwei Rädern unterwegs zu sein.

»Wollen Sie uns umbringen?«, herrschte Elena den Leutnant an.

Ohne weitere Zwischenfälle erreichten sie den Flughafen.

Der Leutnant hielt an der Zufahrt und starb sichtlich weitere tausend Tode, während einer der Kontrollposten bei ihnen blieb und der andere Soldat mit ihren Papieren im Wachhäuschen verschwand. Als Weinstein sah, wie der Rotarmist telefonierte, erbleichte er vollends, beugte sich aus dem Wagen und übergab sich.

»Der Leutnant hat etwas Verdorbenes gegessen«, sagte Elena lächelnd und reichte Weinstein ein Taschentuch.

Sie erhielten ihre Papiere zurück und wurden durchgewunken.

»Da ist er!«, rief Weinstein, als er den wartenden Piloten erkannte. Er bremste und sprang aus dem Wagen. Für einen Moment wirkte es, als wollte er sich dem Mann in die Arme werfen. Elena blieb im Jeep sitzen. Weinstein bedeutete ihr nun, ihm zu folgen. Sie stieg aus. Die Schritte bis zum Flugzeug waren die schwersten ihres Lebens. Sie kam kaum vom Fleck, ihre Füße schmerzten, als brenne der Boden unter ihnen.

»Wo bleiben Sie denn? Kommen Sie, wir müssen los«, drängte Weinstein.

Der Pilot war bereits in der kleinen Messerschmitt verschwunden, Weinstein erklomm die Leiter. Er streckte Elena die Hand entgegen.

Elena tat einen Schritt, noch einen, blieb stehen.

»Nun beeilen Sie sich doch! Kommen Sie!« Weinsteins Flehen kippte ins Weinerliche.

Elena schüttelte den Kopf. Sie hatte sich entschieden. »Ich bleibe hier.«

***

Semjon hockte währenddessen wartend in seinem Büro und trommelte ungeduldig mit den Fingern auf den Schreibtisch. Zwei Minuten später sprang er auf und lief im Raum umher. Dann setzte er sich wieder, trank einen Wodka zur Beruhigung, trommelte erneut, stand auf, marschierte auf und ab. *Verdammt! Wo blieb Elenas Anruf aus Helsinki?* Nach ihrem Telefonat hatte er veranschlagt, wie lange Weinstein und sie vom Gefangenenlager zum Flughafen und von dort nach Helsinki brauchen würden.

Inzwischen war die doppelte Zeit vergangen. Mit jeder weiteren Minute, die verstrich, wuchs seine Nervosität. Vermutlich verweigerten die finnischen Behörden Elena das Telefonat. Eine Möglichkeit, mit der sie rechnen mussten. *Er sollte sich wirklich nicht so viele Sorgen machen, sondern sich in Geduld üben …* Elena würde es schaffen!

Zudem würde man ihn in seiner Eigenschaft als Smersch-Chef sofort über eine mögliche Republikflucht in Sankt Petersburg/Leningrad in Kenntnis setzen.

Semjon hielt der Ungewissheit nicht länger stand. Er wählte die Nachrichtenabteilung an. »Irgendwelche besonderen Vorkommnisse?«, fragte er nach.

»Nein, Genosse Generalleutnant. Nur das Übliche. Wir stellen gerade den neuesten Bericht zusammen. Warten Sie, Genosse, mir wird eben eine wichtige Nachricht gereicht. Ein Zwischenfall in Leningrad!«

»Was ist da passiert?«

»Ein Pilot stahl eine Messerschmitt, um sich damit in den Westen abzusetzen!«

»Was? Sind die in Leningrad unfähig?«, brüllte Semjon aus dem Stand. »Wer lässt sich denn ein Flugzeug klauen? Holen Sie mir den Leningrader Stützpunktkommandanten sofort in die Leitung!«

»Jawohl, Genosse Generalleutnant.«

Wenige Minuten später blaffte Semjon den Kommandanten durchs Telefon an. »Was ist da unten bei euch los? Ihr lasst Spione in den Westen entkommen?«

»Nein, Genosse Generalleutnant. Die fragliche Maschine wurde aufgehalten, die Spione eliminiert.« Dem Klang seiner Stimme nach hielt der Kommandant auf sich selbst große Stücke.

»Was?«, schrie Semjon, dem fast das Herz stehen blieb. »Sie haben die Spione eliminiert, ohne sie vorher zu verhören? Sie Dilettant!«

»Um die Flucht zu verhindern, war eine rasche Entscheidung nötig. Ich befahl den Abschuss der Maschine. Wir bergen bereits die Überreste. Es gestaltet sich schwierig, weil die Messerschmitt ins Meer gestürzt ist. Mein Bericht geht Ihnen in den nächsten Stunden zu, Genosse Generalleutnant.«

Semjon wies seine Sekretärinnen an, ihn unter keinen Umständen zu stören, dann besoff er sich.

Stunden später lag der Bericht aus Leningrad vor. Die Maschine sei unter Beschuss in Brand geraten und noch in der Luft explodiert. Es habe keine Überlebenden gegeben.

Semjon wartete noch bis zum folgenden Abend, hoffte gegen jede Wahrscheinlichkeit, dass Elena sich bei ihm meldete.

Dann nahm er seine Dienstpistole und schoss sich eine Kugel in den Kopf.

40

Im Auge des Sturms warten die Wunder.

Laurenz Sadler

»Mitkommen.«

Instinktiv zog sich Laurenz in die Ecke seiner Zelle zurück. Tagelang hatte man ihn in Frieden gelassen. Ein Arzt versorgte seine Wunden, er durfte duschen und bekam frische, flohfreie Kleider. Auch die Verpflegung besserte sich. Zum üblichen Schwarzbrot mit Wasser gab es täglich eine Schale Suppe, in der manchmal sogar ein Brocken faseriges Fleisch schwamm.

Nach den langen Tagen, in denen er Verhör und Folter ausgesetzt gewesen war, erschien ihm diese Ruhepause wie das Auge des Sturms.

Aus ihm völlig schleierhaften Gründen glaubten die Russen, er sei ein Spion. Sie mussten ihn verwechselt haben. Aber nachdem sie ihm nach und nach die Finger seiner linken Hand gebrochen und ihm zwei Backenzähne gezogen hatten, konnte er verstehen, warum man unter Schmerz bereit war, alles Mögliche zu behaupten. Tagelang hatte er standgehalten, doch wenn die Qualen nun von vorne begannen, wusste er nicht, was passieren würde. Schmerz hebelte den Verstand aus, man wollte nur noch, dass er aufhörte. Seine Zunge fuhr in die leeren Höhlen, die die Zähne hinterlassen hatten. Eine der Wunden hatte sich entzündet, und der Schmerz bohrte sich seit einer Woche durch seinen Kopf. Auch die linke Hand unter dem festen Verband pochte, und er fragte sich, ob sie je wieder zu etwas zu gebrauchen sein würde.

Er wurde nun hochgezerrt und durch lange, kahle Flure geschleift, vorbei an einer Phalanx von Stahltüren, hinter denen Gefangene wie er in leidvollen Gedanken dahinsiechten.

Das jähe Tageslicht biss in seine Augen. Bevor er sich an die Helligkeit gewöhnen konnte, wurden ihm die Arme auf den Rücken gerissen, Handschellen klickten, und er wurde auf den Rücksitz eines Wagens mit verdunkelten Scheiben geschoben. Während sich ein Mann ans Steuer setzte, nahm ein anderer hinten bei ihm Platz. Etwa zehn Minuten jagten sie in wildem Tempo durch Moskau. Der Fahrer hielt die Hupe in Dauerbetrieb, wirbelte das Lenkrad herum, als verwechselte er es mit einem Kreisel, und quittierte jedes gewagte Manöver mit Lachen.

Laurenz fragte sich, ob er bei einem Unfall auf Moskaus Straßen sterben würde. Und ob er sich das vielleicht wünschen sollte? Es kam, wie es kommen musste. Eine jähe Vollbremsung schleuderte ihn und seinen Nebenmann erst nach vorne und presste sie dann in die Sitze zurück. Es krachte, als Blech auf Blech traf. Laurenz spürte einen schmerzhaften Stich im Nacken.

Beide Unfallbeteiligten stiegen aus und stritten sich über den Schaden. Da sich der Unfall im frequentierten Bahnhofsviertel zutrug, sammelte sich rasch eine Menge interessierter Zuschauer an. Der Streit eskalierte, der andere Verkehrsteilnehmer und sein kräftiger Beifahrer wurden handgreiflich. Der Mann neben Laurenz fluchte und stieg aus, um seinem Kumpan zu Hilfe zu eilen.

Laurenz hatte inzwischen gemerkt, dass sich die Handschellen in seinem Rücken gelöst hatten. Seit er in Gefangenschaft geraten war, dachte er ständig an Flucht. Es gab nichts, wonach er sich mehr sehnte, als heimzukehren zu seiner geliebten Familie, wieder in seinem eigenen Haus, in seinem eigenen Bett zu schlafen. Aber niemals hätte er daran gedacht, dass er eine Möglichkeit zur Flucht erhalten würde.

Plötzlich war sie da.

Die Männer trugen vor dem Wagen weiter lautstark ihren Zwist aus. Niemand achtete auf ihn. Er musste nur aussteigen und im dichten Moskauer Stadtgewimmel verschwinden. Wohin er sich wenden sollte oder was passieren würde, wenn sie ihn wieder einfingen, wer wollte in diesem Moment schon daran denken? Er wollte einfach nur fort.

Vorsichtig öffnete er die Tür und tauchte in den dichten Strom der Passanten ein. Er wechselte sogleich die Straßenseite und schlich sich im Schutz eines Pferdefuhrwerks in Fahrtrichtung an der Unfallstelle vorbei. Ein Verhalten, dem er instinktiv folgte. Sobald seine Bewacher seine Flucht bemerkten, würden sie sich zunächst der entgegengesetzten Richtung zuwenden, so hoffte er. Er fand eine Lücke zwischen zwei Häusern und schlüpfte hinein, bloß runter von der Straße. Er gelangte auf einen breiten Innenhof. In seiner Mitte türmte sich Bauschutt, mehrere Kinder turnten kreischend auf ihm herum. Nicht weit von ihnen saß eine Frau auf einem Stuhl und schaukelte ihren Kinderwagen. Das Baby schrie ohne Unterlass. Wäsche trocknete an Leinen oder flatterte vor den Fenstern. Zwei magere Hunde rannten schnüffelnd umher, interessierten sich jedoch nicht für ihn.

Laurenz fand eine offene Tür und landete in einem dunklen Korridor. In die üblichen Gerüche, die sich in jeder Mietskaserne wie Schmiere in der Ecke sammelten, mischte sich der Duft von frisch Gebackenem. Laurenz, seit achtzehn Monaten an Hunger gewöhnt, schwindelte von dem guten Geruch.

Zwei Weiblein in dunklen, bodenlangen Schürzenkleidern

und bewaffnet mit Eimern und Besen beäugten ihn eher neugierig als misstrauisch. Er schenkte ihnen ein Lächeln, weil dies in jeder Sprache als freundliche Geste verstanden wurde. Im Lager hatte er sich zwar einiges an Russisch angeeignet, fürchtete jedoch, seine Aussprache würde ihn sofort als Fremden entlarven. Als hätte er keine Eile, ging er an ihnen vorüber, nickte ihnen nochmals freundlich zu, erntete ein schüchternes Lächeln zurück und spazierte zur Vordertür hinaus, als gehörte er hierher.

Im Schutz des Eingangs spähte er zunächst die Straße aus. Weniger breit und weniger befahren, tummelten sich auf den Bürgersteigen dennoch ausreichend Menschen. Die Häuserfassaden unterschieden sich nicht von jenen anderer Großstädte. Würde er in der Ferne nicht die rötlichen Türme des Kreml aufragen sehen, könnte er sich ebenso in einer Straße in Breslau oder Gleiwitz wähnen. Wohin jetzt? Er wusste, seine Heimat lag im Westen. Bloß, wo war Westen? Die Sonne verbarg sich heute hinter dichten Wolken. Vermutlich würde er nicht beobachten können, wo sie unterging. Er konnte schlecht einen Fußgänger anhalten und fragen, wo, bitte, geht es hier nach Deutschland? Er wartete auf ein Zeichen.

Gegen Ende der Straße entdeckte er eine rasch voranschreitende Soldatin. Die Uniformierte jagte ihm zunächst einen Schreck ein, und er zog sich tiefer in den Hauseingang zurück.

Doch da war etwas an der Haltung ihres Kopfes und an der Art, wie sie entschlossen einen Fuß vor den anderen setzte … Irgendetwas daran erinnerte ihn an seine geliebte Annemarie.

Er sah sich nochmals um, aber er konnte keine Anzeichen einer Verfolgung ausmachen. Fürs Erste schien er seinen Bewachern entkommen. Und so schlug er dieselbe Richtung ein wie die unbekannte Soldatin und folgte ihr in sicherem Abstand.

***

Drei Wochen hatte sie für ihre Rückkehr nach Moskau gebraucht.

Die ersten sechzig Kilometer legte sie noch bequem im Jeep zurück. Als das Benzin zur Neige ging, fuhr sie den Wagen von der Straße auf einen Feldweg und versteckte ihn im Gebüsch. Mit etwas Glück wurde er erst sehr viel später gefunden. Oder, noch besser, jemand konnte ihn gut brauchen und meldete den Fund gar nicht erst.

Zu Fuß setzte sie ihren Weg fort. Erst vor einer Stunde hatte sie den Flughafen verlassen und fragte sich, ob man bereits nach ihr fahndete. Die Flucht Weinsteins und seines Komplizen würde längst entdeckt sein. Eine Befragung vor Ort brächte schnell zutage, dass sie nicht ins Flugzeug gestiegen war, sondern das Gelände wieder verlassen hatte. Sie musste auch damit rechnen, dass der stellvertretende Lagerkommandant einen Anruf nach Moskau getätigt hatte und damit ihre Tarnung aufgeflogen war. Oder er entschied, es sei nicht zu seinem Vorteil, die unmittelbare Aufmerksamkeit Moskaus auf sich zu lenken.

Kurz nachdem sie den Jeep zurückgelassen hatte, hielt neben ihr ein redseliger Futtermittelhändler in einem Automobil mit Holzvergaser. Sie beschloss, das Risiko einzugehen und sich von ihm ein Stück mitnehmen zu lassen. Ein Glücksfall, wie sich erwies, denn der Mann kannte sich in der Gegend bestens aus und nutzte ausschließlich Nebenstrecken, um abgelegene Bauerngehöfte zu besuchen. Fast neunzig Kilometer brachte er sie damit ihrem Ziel näher. Sie nahm sich ein Zimmer in derselben Pension wie er und ließ sich von ihm das Abendessen bezahlen. Bevor sie sich in der Nacht heimlich davonmachte, stahl sie eine Decke und Proviant aus der Küche. Von da an ging sie dazu über, nachts zu marschieren und tagsüber zu schlafen.

Am vierten Morgen stieß sie auf einen kleinen Bach, genoss die herrliche Kühle auf ihrer Haut, wusch ihr Haar und säuberte ihre Kleidung. Einen Tag folgte sie seinem Lauf ostwärts. Ihre Wege trennten sich, als ihr erfrischender Gefährte seinen Weg unterirdisch fortsetzte. Sie marschierte Stunde um Stunde, Nacht für Nacht. Blasen bildeten sich an ihren Füßen, brachen auf, bluteten. Als ihr Essen zur Neige ging, ernährte sie sich von den letzten Beeren und den ersten Pilzen im Wald, holte sich Kartoffeln und Mais von den Feldern. Einige Male brach sie nachts auf einem Hof ein und stahl sich einen Becher euterwarme Milch. Einmal fing sie ein verirrtes Huhn im Wald, es schmeckte köstlich.

Gegen Ende der dritten Woche konnte sie von einem Hügel aus bereits die fernen Lichter Moskaus erspähen. Am nächsten Tag stieg sie im Morgengrauen die Ufer der Moskwa hinab, wusch und säuberte sich. Da der Verkehr sich vor Moskau zunehmend verdichtete, unter ihnen ein dichter Strom von Sackleuten – Bauern, die ihre Ernte in die Stadt brachten, um sie dort zu verkaufen –, ging sie erneut ein Risiko ein und legte die übrige Wegstrecke in einem Pferdefuhrwerk zurück.

Noch immer war sie im Unklaren, ob sie überhaupt verfolgt wurde. Sie setzte darauf, dass ihr Gegner den Gesetzen der Logik folgen und sie in der entgegengesetzten Richtung suchen würde: im Westen.

Als sie gegen Mittag vom Pferdefuhrwerk stieg und wieder Moskauer Luft atmete, erfasste sie ein euphorisches Gefühl. Sie hatte es geschafft, sie war zurück! Bisher hatte sie es strikt vermieden, sich auch nur in die Nähe jenes Hauses zu wagen, in dem sie ihre Kindheit verbracht hatte. Aber nun konnte sie nicht länger widerstehen. Durch Semjon war sie bereits darüber im Bilde, dass von ihrem einstigen Zuhause nicht mehr übrig geblieben war als ein Haufen geschwärzter Steine. Ein wütender Mob, so ihr Freund, habe es geplündert und in Brand gesetzt. Den Rest hätten die Bolschewiki gesprengt. Seitdem sei das Grundstück sich selbst überlassen. Einmal sei er dort gewesen, ein Jammer, seufzte er, diese Verschwendung …

Sie ahnte, weshalb er da gewesen war und wem der Seufzer galt. An einem Frühlingstag, unter dem Rosenspalier, hatten sie einst ihren ersten schüchternen Kuss getauscht. Sie war damals gerade vierzehn gewesen.

Einmal noch wollte sie ihren Fuß in diesen Park setzen und auf den Pfaden ihrer Kindheit und Jugend wandeln. Siebenundzwanzig Jahre lagen zwischen 1918, als die elterliche Villa zerstört wurde, und dem Heute. Niemand würde sie in der Uniform eines russischen Obersten erkennen.

Vorsichtig sah sie sich nochmals um, ließ ihrem Instinkt Raum, witterte wie ein Tier. Aber sie konnte hinter sich keine drohende Gefahr ausmachen, und so lenkte sie ihre Schritte weiter in Richtung der Ulica Prechistenka. Und plötzlich stand sie vor ihrem ehemaligen Zuhause. Ihr blutete das Herz bei seinem Anblick. Hinter der eingestürzten Mauer ragte nicht ein Baum mehr empor. Auch das Tor mit dem Einhornwappen der Filipows war nicht mehr. Sie zögerte, das Grundstück zu betreten, nun doch aufgehalten durch ein unbestimmtes Gefühl drohender Gefahr, als flüsterte das Anwesen ihr eine Warnung zu.

Sie zog sich in die entgegengesetzte Richtung zurück, verschanzte sich hinter einem abgestellten Wagen und behielt die Straße im Blick. Keiner der wenigen Passanten verhielt sich auffallend oder weckte ihren Argwohn. Ein Reiter auf einem kohlrabenschwarzen Pferd trabte vorbei und entdeckte sie aus seiner luftigen Höhe hinter dem Wagen. Bevor er sie anrufen konnte, zog sie ihre Waffe und winkte ihn energisch weiter. Uniform und autoritäres Auftreten rettete in Russland seit jeher fast jede Situation. Sie behielt die Straße weiter im Auge.

Ein Mann erregte nun ihre Aufmerksamkeit, da er sich anders benahm als die übrigen Passanten, die jeder einem festen Ziel zustrebten. Er sah sich unsicher um, als suchte er etwas oder jemanden, wirkte beinahe, als hätte er sich verlaufen. Aus der Entfernung sah er ihrem Laurenz ähnlich. Je näher er ihr kam, umso mehr glich er in seinem Aussehen ihrem Mann. Als sie endlich begriff, dass sie keiner Halluzination erlegen war, da sie beständig sein Bild vor Augen hatte, blieb ihr beinahe das Herz stehen. Laurenz verschwand zwischen den Mauerresten, betrat den Park der ehemaligen Filipow-Residenz. Was machte er hier? Und wie konnte er wissen, was sie mit diesem Haus verband?

Sie ließ alle Vorsicht fahren und folgte ihm, überwältigt davon, in wenigen Augenblicken ihren Mann in die Arme schließen zu können!

Laurenz' Vorsprung betrug kaum hundert Meter. Aber plötzlich wollten ihre Füße ihr ebenso wenig gehorchen wie ihr Verstand, der nun alles andere in ihr ausblendete – die drohende Gefahr, die Möglichkeit einer Falle. In diesem Moment wollte sie an ein Wunder glauben. Sie sah, wie er durch das Areal streifte, als wäre dies sein erster Sommer auf Erden. Sie wollte ihn anrufen, aber jemand kam ihr mit einem harten »Stoj!« zuvor. Jäh kamen vier Männer auf sie zugerannt, kreisten sie und Laurenz ein.

Elenas Überlebensinstinkt übernahm. Sie warf sich hinter einen Baumstumpf, zog noch im Fallen ihre Waffe und erledigte zwei der Männer, bevor diese selbst einen einzigen Schuss abfeuern konnten. Die anderen beiden warfen sich nun ebenfalls zu Boden, nur Laurenz stand zur Säule erstarrt zwischen ihnen.

»Runter!«, schrie Elena zwischen zwei Schüssen.

Das Feuergefecht währte nur kurz. Elena verfügte im Gegensatz zu ihren Gegnern nicht über Ersatzmunition. Und es waren nicht nur vier. Hinter ihr klickte eine Waffe, und der Lauf presste sich gegen ihren Kopf.

»Pistole fallen lassen und mit erhobenen Händen aufstehen«, befahl eine Stimme.

Der Mann scheuchte sie in Richtung Laurenz, den man, die Hände im Nacken verschränkt, auf die Knie zwang. Er sah Annemarie entgegen, als traute er sich selbst nicht. Als er begriff, dass sie es wirklich war, trat ein Leuchten in seine Augen, das sie für all das, was noch kommen würde, entschädigte. Diesen Ausdruck der Liebe würde sie mitnehmen, er würde sie in den Himmel tragen und von dort sein Licht bis ans Ende der Zeit über der Welt ausschütten.

Man drückte sie neben Laurenz auf die Knie, ihre Körper berührten sich.

Er fragte nicht, was sie hier tat oder wo sie herkam. Was er sagte, war: »Du bist es. Ich liebe dich.«

»Und ich liebe dich.«

»Was passiert jetzt?«

»Jetzt, mein Schatz, werden wir sterben.«

41

Für mich gibt es keine Feinde. Nur Menschen.
Wir sind alle Brüder …

Nikolaj

Das Wunder geschah. Nikolaj kehrte zurück!

Eines Tages im September stand er einfach vor Kathi. Sie kam gerade aus dem Ziegenstall und roch entsprechend. Taumelnd wich sie zurück, der Eimer schwappte über, und kostbare Milch wurde vergossen.

Wortlos nahm ihr Nikolaj den Eimer ab und stellte ihn neben sich. »Guten Morgen, Katjuscha«, sagte er und schenkte ihr sein Lächeln aus Mondlicht. Es hüllte sie in die Magie ihrer ersten Begegnung in Petersdorf; es färbte ihre Wangen rot, und ihr Herz raste. Darüber vergaß sie im Moment völlig, wie sehr sie ihm eigentlich wegen seiner Lüge grollte. Wie gut er aussah, selbst mit der verbrannten Wange! Er erschien ihr größer als bei ihrer letzten Begegnung. Vermutlich lag es an seiner Offiziersuniform mit den hohen, glänzenden Schaftstiefeln und der aufgesetzten Mütze. Seine verletzten Hände umhüllten Handschuhe aus Leder. Ihm musste darin fürchterlich heiß sein – Hitze hielt das Land seit geraumer Zeit gefangen, und die Bauern warteten auf Regen.

Kathi merkte nun, wie sie ihn anstarrte, und das wiederum

brachte ihr zu Bewusstsein, wie schrecklich sie selbst aussehen musste. An ihrem Arbeitskittel klebte Mist, und ihr Haar unter dem Kopftuch fühlte sich genauso feucht und verschwitzt an wie ihr Gesicht. Sie wollte etwas Kluges sagen, aber alles, was ihr einfiel, war: »Ich habe die Ziegen gemolken.«

»Das habe ich mir beinahe gedacht.« Nikolajs Stimme klang verändert, weniger jung und etwas rauer.

Sie standen vor dem Stall in der Morgensonne. »Komm, im Haus ist es kühl«, sagte Kathi mit Blick auf seine Uniform aus dickem Tuch.

»Nein. Gehen wir lieber ein Stück spazieren. Zum Teich. Möchtest du dir vorher Schuhe anziehen?«

Verlegen sah Kathi auf ihre nackten, schmutzigen Füße. Wie Anatoli liebte sie es, barfuß zu gehen, und ebenso wie er besaß sie das Talent, dass sie in Rekordzeit aussahen, als hätte sie ihre Füße in Schlamm getaucht.

Während Nikolaj kurz auf der Bank draußen Platz nahm und Freundschaft mit Oskar schloss, brachte Kathi den vollen Eimer rasch in den Vorratskeller. Sie rief Pelageja, die unter Franzis Aufsicht Brot buk, zu, Nikolaj und sie gingen zum Teich. Sie schlüpfte in bereitstehende Holzpantinen und wollte bereits hinauseilen, als der kleine Flurspiegel sie innehalten ließ.

Ein prüfender Blick hinein zeigte einen Schmutzfleck auf der Nase. Mangels Besserem verrieb sie ihn mit Spucke. Auch das verschwitzte Kopftuch riss sie sich herunter, löste den dicken Zopf und schüttelte ihre Locken aus. Schon besser.

Gefolgt von Oskar, der Kathi längst zum zweiten Schatten geworden war, machten Nikolaj und sie sich auf den Weg.

»Wie geht es deinen Verletzungen?«, erkundigte sich Kathi.

»Sie sind gut verheilt. An den Augen ist nichts zurückgeblieben, und meine Hände werden jeden Tag beweglicher.« Er spreizte und bewegte die Finger: »Die Handschuhe muss ich noch tragen, um die Haut vor der Sonne zu schützen. Hör zu, Katjuscha.« Nikolaj blieb stehen und sah sie an. »Es tut mir leid, was geschehen ist. Ich wollte mich um alles kümmern, aber der Unfall machte es mir unmöglich. Aber nun sind deine Schwester und du ja gut bei den Kobulews untergebracht.«

Er sprach sehr förmlich. Kathi überlegte, ob er sich die Worte vorher genau so zurechtgelegt hatte. Und sie fragte sich, ob er ihr damit zu verstehen gab, dass er ihr keine Rechenschaft schuldig und die Angelegenheit damit erledigt sei.

Seine Distanziertheit machte ihr es leichter, ihm jene Frage zu stellen, die in ihr schwärte wie eine infizierte Wunde: »Warum hast du gelogen und dich mir gegenüber als deutscher Kommunist ausgegeben?«

Er zögerte kurz. Vielleicht hatte er sich mehrere mögliche Erklärungen überlegt und pickte nun jene heraus, die ihm am ratsamsten für Kathis Stimmung erschien. »Weil Krieg herrschte, und im Krieg gelten andere Regeln. Zu diesem Zeitpunkt standest du unter dem Verdacht der Spionage. Wir begegneten uns als Feinde.«

»Sind wir das weiter? Feinde?« *Hüte dich vor der falschen Biene*, echote Dorotas Stimme in ihrem Kopf.

»Nein. Ich sagte, wir begegneten uns als Feinde. Aber ich habe dich nie als Feind betrachtet, Katjuscha. Das, was mir Genossin Oberst Petrowa über dich berichtete, weckte meine Neugier. Als ich dich das erste Mal sah, wirktest du sehr verschreckt. Du hast mir leidgetan.«

Ich tat ihm leid? »Russische Soldaten hatten meine Schwester, mich und Dorota eben erst gefangen genommen. Wir sind fast gestorben vor Angst«, erwiderte sie frostig. »Deine Genossin Kommissar Petrowa hat uns nicht gerade mit Samthandschuhen angefasst. Sie hielt meiner kleinen Schwester eine Waffe an den Kopf und spielte mit uns etwas, das sie russisches Roulette nannte.« Sich an diese grausame Szene zu erinnern brachte die Wut und Ohnmacht jener furchtbaren Wochen in russischer Gefangenschaft zurück. Ebenso wenig hatte sie vergessen, wie Franzi und sie von Xenia behandelt worden waren.

Nikolaj blieb erneut stehen. »Du bist mir böse.«

Kathi zuckte die Achseln. Sie hatte sich so sehr nach einem Wiedersehen mit Nikolaj gesehnt. Aber nun wollte sie mit ihm streiten, all das bei ihm abladen, was sich bei ihr in den letzten Monaten angestaut hatte. Schon bei ihrer ersten Begegnung hatten seine Lügen begonnen. Damals trug Nikolaj eine Uniform der Wehrmacht und gab sich als deutscher Kommunist aus. Auf ihre Frage, ob man ihn zwinge, für die Russen zu arbeiten, hatte er geantwortet: »Nein. Die Deutschen haben mich in ihre Uniform gezwungen, mir ein Gewehr in die Hand gegeben und mir befohlen, den Feind zu töten. Aber niemand hat das Recht, irgendjemanden zum Feind zu erklären, nur um ihm das Land zu stehlen. *Für mich gibt es keine Feinde. Nur Menschen. Wir sind alle Brüder …*«

Bisher hatten sie ihr Gespräch auf Deutsch geführt, doch nun fuhr ihn Kathi auf Russisch an: »Du hast mich unter falschen Voraussetzungen nach Moskau gelockt!«

»Ich verstehe«, antwortete er gleichfalls auf Russisch. »Du wärst einem deutschen Kommunisten nach Russland gefolgt, aber keinem sowjetischen? Ist es das, was du mir vorwirfst? Ich habe den Krieg nicht gewollt, Katja.«

»Denkst du, ich habe das? Ich war zehn, als der Krieg begann!«, sagte sie laut.

»Und ich war sechzehn!«, konterte er.

»Und ich *bin* sechzehn! Meine Schwester ist erst neun! Wir sollten jetzt zu Hause sein, bei unseren Eltern!«, schrie Kathi ihn an.

Oskar jaulte. Er saß vor ihnen und blickte zu ihnen auf, als verstünde er die Welt nicht mehr. Kathi und Nikolaj waren viel zu sehr auf sich fixiert, um es zu bemerken.

»Was willst du? Ich habe mich bereits bei dir entschuldigt.« Nikolaj klang eher resigniert als gereizt. Er nahm die Militärmütze mit dem roten Stern ab und fuhr sich mit dem Ärmel über die verschwitzte Stirn.

Kathi lief weiter, schleuderte die Holzpantinen von sich und watete in den Teich. Sie brauchte eine Abkühlung. Oskar flitzte ihr hinterher und stürzte sich neben ihr ins Wasser. Eine Weile spielte er Fangen mit den Enten. Sie ließen ihn auf zwei Meter herankommen und flatterten dann zehn weitere davon. Kathi verfolgte das ungleiche Spiel. Erst als er müde wurde, paddelte Oskar ans Ufer, wo er sich im kühlen Schlamm wälzte.

»Wir sollten uns nicht streiten, Katjuscha«, sagte Nikolaj. Er tauchte plötzlich neben ihr auf, in Shirt und Unterhosen. »Wer zuerst am anderen Ufer ist«, rief er und stieß sich ab.

Kathi sah ihm nach, wie er davonkraulte. Sie konnte das nicht, von einer Sekunde auf die andere umschwenken. Zwar hatte sie sich inzwischen beruhigt, aber das Echo ihrer Wut schwang noch in ihr nach. Sie konnte die schwierigsten Rechenaufgaben lösen, aber offenbar war sie nicht in der Lage, mit dieser Situation umzugehen. In Nikolajs Nähe schlug ihr Herz aus wie eine Kompassnadel, angezogen von einem unbekannten Pol, der ihre Gedanken verwirrte. Sie wollte ihn anschreien, gegen seine Brust trommeln, ihn seiner Lügen und Täuschungen anklagen, und gleichzeitig wollte sie in seinem Lächeln aus Mondlicht versinken.

Sie tauchte kurz unter, spülte Staub und Ziegengeruch ab und kehrte zurück ans Ufer. Dort streckte sie sich im Gras aus.

Wenig später gesellte sich Nikolaj zu ihr. »Weißt du, wie Pelageja diesen Teich nennt?«, sagte er übergangslos.

»Nein.«

»Die Wasser der Wahrheit. Was immer du mich fragst, ich muss dir ehrlich antworten.«

Kathi musste nicht lange überlegen. »Warum bist du Soldat geworden?«

»Ich wollte Pilot werden, und das ging nur beim Militär.«

»Bist du gerne Soldat?«

»Nein, ich bin gerne Pilot. War dein Vater Soldat?«

»Ja. Aber er wollte es nicht sein. Als er den Einberufungsbefehl erhielt, sagte er, keiner Regierung der Welt sollte es erlaubt sein, seine Bürger in eine Uniform zu zwingen. Er nannte es Freiheitsberaubung.«

»Meine Großmutter nannte es *des Mannes Fluch*.«

»Wo ist deine Großmutter?«

»Sie ist gestorben, als ich zehn war.«

»Oh, das tut mir leid.«

»Und mir tut es leid, dass dein Vater in russische Gefangenschaft geraten ist.« Nikolaj rupfte einen Grashalm aus und steckte ihn sich in den Mund.

Der Anblick versetzte Kathi einen Stoß und stürzte sie erneut in ein Wechselbad der Gefühle. Ihr Vater hatte immer an einem Halm gekaut, wenn sie Vater-Tochter-Gespräche unter dem Apfelbaum führten.

Nikolaj drehte sich auf die Seite.

Kathi tat so, als bemerkte sie nicht, wie er ihr Profil studierte. Oder bildete sie sich das nur ein? Ärgerlicherweise beschleunigte sich dabei erneut ihr Herzschlag. Abgekoppelt von ihrem Verstand, entwickelte ihr dummes kleines Herz ein verräterisches Eigenleben.

Eine Biene summte heran, kreiste eine Weile über ihnen und ließ sich auf Nikolajs Schulter nieder. Die richtige Ablenkung im richtigen Augenblick; das Insekt half Kathi, sich wieder zu fokussieren.

Nikolaj ließ sich von der Biene nicht stören. »Anatoli sagt, wir müssen darauf hoffen, dass dieser schreckliche Krieg der letzte große Krieg der Menschheit ist.«

»Wegen dieser neuen schrecklichen Bombe?«, fragte Kathi.

Nikolaj setzte sich abrupt auf, die Biene flog davon. »Was weißt du von der Bombe?«

»Nur das, was Anatoli erzählt hat. Und was im Radio darüber gesprochen wurde. Ich bin keine Spionin«, ergänzte Kathi. »Ich schwöre es beim Wasser der Wahrheit.«

Nikolaj lächelte anerkennend. »Ich wusste ja, dass du schlau bist. Und offenbar genauso raffiniert. Für sechzehn Jahre …«

»Im Dezember siebzehn.« Erneut eine unbedachte Äußerung … »Weshalb sprichst du eigentlich so gut Deutsch?«, schob sie schnell hinterher.

»Meine Großmutter war eine Deutsch-Baltin aus Kurland. Sie sprach oft Deutsch mit mir. Na ja, meist schimpfte sie mich aus, wenn sie mich bei einem Streich erwischte.«

Katja gefiel die Vorstellung eines kleinen Jungen, der sich jede Menge Blödsinn ausdachte. Anton drängte sich unwillkürlich in ihre Erinnerung, und mit ihm stahl sich wie immer auch ein wehmütiges Lächeln in ihre Mundwinkel.

Nikolaj kaute versonnen an einem frischen Grashalm. Kathi fiel auf, dass auch er gerade in eine unbestimmte Ferne sah und abwesend lächelte. Sie wünschte, er würde seine Erinnerung mit ihr teilen.

»Und wie geht es jetzt weiter?«, fragte sie nach einer Weile.

Er drehte sich zu ihr. »Du meinst dein Studium? Hat Anatoli dir das nicht erklärt?«

»Er sagte mir, ich würde an der Akademie für Luftfahrt studieren und auch dort wohnen. Außerdem würde ich einem von dir vorgeschlagenen Forschungsprojekt zugeteilt. Was ist das für ein Projekt?«

»Du kannst es kaum erwarten, was?«, grinste Nikolaj jungenhaft.

»Ich möchte wissen, wofür ich mein altes Leben aufgegeben habe. Aber ich möchte dich auch noch etwas anderes fragen. Jetzt, da der Krieg endgültig vorbei ist.«

»Ich denke, ich weiß, was du fragen willst«, sagte Nikolaj leise. »Du möchtest wissen, wann du wieder nach Hause zurückkehren kannst.«

»Xenia sagt, ich sei eine Kriegsgefangene und müsse das Unrecht am russischen Volk gutmachen.«

»Xenia ist manchmal genauso schwatzhaft wie Anatoli. Aber gerade diese eine Frage kann ich dir nicht beantworten, Katjuscha. Jedenfalls jetzt noch nicht. Dafür sind die Wunden des Krieges in unserem Land noch zu frisch. Sicherlich wird sich die Situation bald entspannen, und die wirtschaftlichen Interessen, die die Länder im Frieden verbinden, werden erneut überwiegen. Es gehört zu den wunderbaren russischen Eigenschaften, nicht allzu nachtragend zu sein. Ich schwöre dir, Katjuscha, dich nie wie eine Gefangene zu behandeln, sondern wie eine Wissenschaftlerin, die sich in unseren Dienst stellt.«

Kathi nahm ihren gesamten Mut für ihre nächste Frage zusammen: »Dein Vater ist doch General Pchela, Chef der militärischen Geheimpolizei?«

»Ich streite es nicht ab.«

»Hat dein Vater viel Einfluss?«

»Es heißt so.«

»Kann er helfen, meinen Vater zu finden?«

»Russland ist groß, es gibt Dutzende Lager und vier Millionen Gefangene«, antwortete Nikolaj eher zögerlich. »Vermutlich befindet sich dein Vater weit weg, schlimmstenfalls in Sibirien. Du willst ihm schreiben?«

»Ich habe ihn vorigen Monat hier in Moskau am Bahnhof gesehen.«

Nikolaj reagierte ungläubig. »Aber wie soll das möglich sein? Bist du dir sicher, dass du ihn gesehen hast?«

»Ich werde doch meinen eigenen Vater wiedererkennen! Er wurde von zwei Männern abgeführt.« Kathi schilderte ihm ihre Beobachtungen. Sogar das Kennzeichen des Wagens hatte sie sich gemerkt.

»Und du bist dir völlig sicher?«, beharrte Nikolaj. »Er stieg in diesen Wagen?«

»Ja, das bin ich.«

»Also gut«, willigte er ein. »Ich versuche, mich ein wenig schlau zu machen. Aber erwarte nicht zu viel. Hast du Anatoli ebenfalls von deinem Vater erzählt?«

»Natürlich. Aber er konnte nichts herausfinden.«

»Hör zu, Katjuscha. Wenn du künftig eine Bitte in dieser Richtung hast, halte dich an mich. Anatoli ist in diesen Dingen etwas … ungeschickt.«

»Was willst du mir damit sagen?«

»Dass wir uns auf sehr dünnem Eis bewegen, und Diplomatie ist nicht gerade Anatolis größte Stärke. Wir müssen darauf achten, nicht die falschen Augen auf uns zu lenken.«

»Ich verstehe noch immer nicht …«

»Ich erkläre es dir ein anderes Mal.«

Den Satz konnte Kathi noch nie leiden. »Hat es damit zu tun, dass ich unter Spionageverdacht stehe?« Plötzlich weiteten sich ihre Augen: »Du hältst mich nach wie vor für eine Spionin?«

»Nein, das tue ich nicht. Aber für andere mag das nicht gelten.«

»Andere wie *Xenia*?«

»Vielleicht.«

Und das war ein Wort, das Kathi allein deshalb widerstrebte, weil es im Vagen wurzelte. »Wirst du nach meinem Vater suchen?«, beharrte sie.

»Das werde ich. Ich spreche nachher mit dem General.«

»Warum sagst du eigentlich General und nennst ihn nicht Vater?«

»Zum einen, weil ich nie einen Vorteil aus seinem Rang und seiner Position ziehen wollte, und zum anderen schafft es die nötige professionelle Distanz, da wir beide in derselben Armee dienen.«

»Und der dritte Grund?«

»Den wirst du mit der Zeit noch herausfinden.«

***

»Dein Verdacht hat sich bestätigt«, sagte General Pchela am darauffolgenden Tag zu Nikolaj. »Laut Kennzeichen stammt der Wagen tatsächlich aus dem Fuhrpark des NKWD. Dahinter steckt wieder unser Freund Berija. Zur Hölle mit ihm, Rasputin soll ihn holen!« Trotz der Flüche klang sein Vater nicht sonderlich erregt.

Im Gegensatz zu Nikolaj. Seit Kathi ihm von der Begegnung mit ihrem Vater erzählt hatte, strömte das Blut schneller durch seine Adern. »Was will er von Katjas Vater? Was plant er?«

»Das Gleiche wie immer, seit ich auf diesem Stuhl sitze: Er will mich stürzen und danach eine Marionette an meine Stelle setzen.«

»Natürlich. Aber was verspricht er sich von dem deutschen Kriegsgefangenen? Hält er ihn für einen Spion?«

»Vielleicht«, sein Vater nahm ihn ins Visier, »hat Xenia ihm verraten, dass du ein besonderes Interesse an der Tochter zu haben scheinst?« Die Augen des Generals glitzerten spöttisch.

Das brachte Nikolaj auf. »Das ist lächerlich!«, rief er und

schoss aus dem Stuhl. Er musste sich bewegen, Energie loswerden.

Sein Vater hingegen thronte hinter dem Schreibtisch wie ein unverrückbarer Fels. Auch deshalb hatte sich Berija bereits mehrfach an ihm verhoben. Nikolaj wünschte sich in diesem Moment, er würde über die gleiche stoische Ruhe wie sein Vater verfügen. »Was übersehen wir?«, fragte er.

»Was übersiehst du?«, entgegnete sein Vater. »Woher rührt deine Überzeugung, dass das Hitlermädchen keine Spionin ist?«

»Weil du mich jahrelang ausgebildet hast. Ich habe ausreichend Zeit mit dem Mädchen verbracht. Sie besitzt keinerlei Talent für Verstellung, sie wäre die schlechteste Spionin aller Zeiten. Genossin Kommissar Petrowa kam im Übrigen zur selben Einschätzung.«

»Vielleicht solltest du *weniger* Zeit mit dem Hitlermädchen verbringen. Nichtsdestotrotz, sie bleibt dein Auftrag. Behalt sie im Auge. Deine Überzeugungen tun hier ohnehin nichts zur Sache, Sohn. Es zählt einzig und allein, was Lawrenti Berija denkt. Und offenbar glaubt er, dass es sich bei Vater und Tochter oder zumindest einem der beiden um einen imperialistischen Spion handelt. Fakt ist, er hat sich den Vater geholt und kann sich jederzeit auch die beiden Töchter greifen. Er tötet eine, behält die andere als Faustpfand und bringt damit den Vater zum Reden. Und das, mein Sohn, ist die wahre Gefahr: Was wird Vater Sadler unter der Folter erzählen, um seine Kinder zu schützen?«

»Dann müssen wir die Mädchen schützen.«

»Deutsche Mädchen? Mach dich nicht lächerlich! Darauf wartet diese fette Ratte doch nur. Unser Bestreben sollte sein herauszufinden, was Berija plant, um uns bei Stalin zu diskreditieren. Halte dich an Xenia. Sie hat jüngst viel Zeit mit Berija verbracht und tauchte mehrmals in der Llubjanka auf. Meine

Spione berichteten mir zudem, Berija habe jüngst Swetlana Stalina und Xenia zu sich nach Hause eingeladen, damit die beiden Frauen Zeit miteinander verbringen. Und pfeife deinen Freund Kobulew zurück. Er schadet uns mit seinen Nachforschungen.«

»Aber Kobulew ist Stalins Freund!«

»Sei nicht naiv. Niemand ist Stalins Freund. Josef Wissarionowitsch sagte vor zwei Tagen zu mir: ›Der Krieg hat mich gebrochen.‹ Koba ist schwach und krank. Und das macht ihn unberechenbarer denn je. Kürzlich widerrief er beinahe zweihundert Todesurteile, und erst gestern wollte er die Meteorologen der Radiostation wegen Sabotage verhaften lassen, weil der Regen, den sie ankündigten, ausgeblieben ist. Molotow, Malenkow und ich arbeiten daran, Koba zu einem Urlaub auf seiner Datscha am Schwarzen Meer zu überreden. So weit weg von Moskau wie nur irgend möglich … Und jetzt geh, ich habe noch ein paar Berichte zu lesen.«

»Warte! Gibt es neue Informationen zum Tod von Semjon Semjonow?«

»Zweifellos hat sich der SMERSCH-Chef selbst getötet. Ärgerlich, damit habe ich meinen besten Draht in die Llubjanka verloren. Berija ist besessen von dem Fall. Er lässt gerade Semjons Frau ausgraben. Ach, fast hätte ich es vergessen …« Der General griff ein Blatt von einem Stapel und reichte es ihm. »Dein Forschungsprojekt für das neue Strahlflugzeug ist bewilligt.«

»Berija hat zugestimmt?« Typisch sein Vater, ihm diese ersehnte Nachricht im letzten Moment und wie beiläufig zu servieren.

»Natürlich. Damit hat er alles unter Kontrolle«, erwiderte der General trocken. »Kobulew und du werdet das Projekt leiten. Xenia Liskowa wurde von Berija zu eurer Stellvertreterin bestimmt. Die weiteren Mitarbeiter kannst du dir selbst wählen. Genosse Chefkonstrukteur Sergejew koordiniert alle Projekte, du und Kobulew berichtet ausschließlich an ihn. Entsprechende Räume werden euch im Gebäude der Akademie für Luftfahrt zur Verfügung gestellt. Ich habe bereits den Umzug deines Büros veranlasst. Am besten, du begibst dich gleich in die Akademie und beginnst mit der Arbeit. Was wir jetzt brauchen, sind Erfolge. Enttäusche mich nicht!«

***

Nikolaj schob die letzte leere Kiste hinaus auf den Flur, aus seinem Blickfeld.

Mit jener Zufriedenheit, die sich nur einstellt, wenn alles, was man sich vorgenommen hat, auch erledigt ist, betrachtete er sein Werk. Er hatte die ganze Nacht geschuftet, um sein neues Büro seinen Bedürfnissen entsprechend einzurichten. Die Bücher standen nach Fachbereich in den Regalen, die Konstruktionsmodelle und Zeichnungen lagen sortiert nach Datum und Projektfortschritt auf dem Schreibtisch, die Büroutensilien waren ordentlich in den Schubladen verstaut. Bis zum letzten gespitzten Bleistift war nun alles für seine Arbeit griffbereit.

Anders als sein Freund Anatoli, der jeden Raum innerhalb von Minuten verwüstete und im fortschreitenden Chaos waltete, benötigte er Struktur und Ordnung. Er musste wissen, wo sich etwas befand, wollte blind darauf zugreifen können. Schreibtisch und Konstruktionstafel hatte er ans Fenster gegenüber der Tür gerückt. Ganz oben auf den Regalen standen seine Flugzeugmodelle. Sein neuester, noch nicht völlig ausgereifter Entwurf parkte auf dem Schreibtisch. Zuletzt nahm er Hammer und Nagel zur Hand und hängte das obligatorische Bild Josef Stalins an die Wand – allerdings so, dass er es von seinem Schreibtisch aus nicht ständig vor Augen hatte.

Heute begann Kathis Studium an der Akademie der Luftfahrt. Anatoli, der den Studiengang Astrophysik leitete, würde sie nach dem Unterricht zu ihm in sein neues Büro bringen. Zufällig hatte sich heute auch Chefkonstrukteur Pawel Sergejew für einen Vortrag an der Akademie angesagt.

Nikolaj hatte sich vorab telefonisch an Sergejew gewandt und ihn gebeten, die junge Kathi seiner neu gebildeten Forschungsgruppe »Strahlflugzeug« persönlich vorzustellen. Mit dieser Maßnahme wollte er ihr die Eingliederung erleichtern. Zum einen war er als Chef zugleich auch der Jüngste der Gruppe, zum anderen kannte er einen Teil der Wissenschaftler selbst noch zu wenig, da er sie auf Empfehlung anderer Kollegen angefordert hatte. Bis sie als homogene Einheit zusammenwuchsen, würde es Zeit brauchen. Auch würden Kathi nur wenige Monate nach Kriegsende im Team zwangsläufig Misstrauen und Ressentiments entgegengebracht werden. Knapp die Hälfte der von ihm ausgewählten Wissenschaftler hatte im Krieg gegen die Deutschen gekämpft, Kameraden sterben sehen, Familienmitglieder verloren oder selbst schwere Verletzungen davongetragen.

»Das ist dein Büro?«, staunte Katja später. »So viele Bücher!« Ehrfürchtig fuhr sie mit den Fingern über die ledernen Buchrücken, studierte die Titel zu Kosmologie, Kosmonautik und Flugzeugtechnik, las Namen wie Pawel Sergejew, Andrej Tupolew und Konstantin Ziolkowski. Auch nicht russische Werke fanden sich dazwischen, von Nicola Tesla, Hermann Oberth, Leo Szilárd, und auch die »alten Meister« wie Isaac Newton und Albert Einstein fehlten nicht. Von anderen wie Robert Goddard oder Augustin Maior hatte Kathi noch nie gehört. Ein wenig schade fand sie es, nicht eine Frau unter den Autoren zu entdecken.

»Du kannst dir jederzeit Bücher ausleihen, Katjuscha«, bot ihr Nikolaj an. »Mein Büro steht dir immer offen.«

Kathi entdeckte das Modell des Raketenflugzeugs auf seinem Schreibtisch. Nikolaj zeigte ihr dazu seinen Entwurf auf der Konstruktionstafel.

Als er einen Schritt zurücktrat, wäre er beinahe über Franzi gestolpert. »Hoppla, Franjuscha, dich habe ich ja gar nicht gesehen!«

Anatoli, der auf dem einzigen Stuhl im Raum lümmelte, kam Kathi zuvor: »Die Kleine wollte heute Morgen unbedingt mit ihrer Schwester mitkommen. Ich habe es erlaubt. Sag, hast du nichts zu trinken da?«

»Nur Wasser.«

»Bei Rasputins Schwanz! Seh ich aus wie ein Fisch?« Er hievte sich aus dem Stuhl. »Lass uns in die Kantine gehen und sehen, ob die was Anständiges dahaben. Ich könnte auch was zwischen die Zähne vertragen.«

»Ist die Kantine denn bereits in Betrieb?«

»Du bist doch seit gestern Morgen da? Warst du noch gar nicht dort?«, wunderte sich Anatoli.

»Nein, ich wollte erst hier fertig werden.«

»Eines Tages wird man dich verhungert in deinem blitzblanken Büro entdecken. Los, gehen wir!«

Franzi zupfte an Nikolajs Hosenbein und summte etwas.

»Was sagt Franjuscha?«, fragte Nikolaj und beugte sich freundlich zu ihr herab.

Kathi übersetzte: »Sie fragt, ob du ihr einen Zwerg mitbringst.«

»Einen Gartenzwerg? Wie? Aus der Kantine?«

Nein, wenn er wieder zurückkommt.

In der Kantine der Akademie im Erdgeschoss herrschte auch am frühen Nachmittag reger Betrieb. Das Essen war kostenfrei und reichlich. Und reichlich verkocht … Anatoli gab ein paar unfeine Dinge über den Küchenchef von sich, unter erneutem Einbezug von Rasputins Schwanz. Dennoch schaufelte er alles in sich hinein und tunkte den letzten Rest Soße mit Brot vom Teller. Dazu trank er Unmengen Bier und spülte mit zwei Wodka nach, während Kathi, Nikolaj und Franzi noch beim Tee saßen, das heiße Wasser zapften sie sich aus einem aufgestellten Samowar. Nachtisch gab es auch. Bei gesüßtem Kefir mit Himbeeren unterhielt Anatoli sie mit einer seiner zahllosen wilden Geschichten, wie er als Junge unbedingt auf einer Kuh reiten wollte und sie danach nur noch saure Milch gegeben hatte.

Bei aller Geselligkeit entging Kathi nicht die Aufmerksamkeit, die ihre kleine Gruppe, insbesondere Franzi, auf sich zog. Die Blicke ließen sie spüren, dass sie hier nicht willkommen war. Doch Anatolis natürliche Autorität und Nikolajs Status als Sohn des mächtigen GRU-Chefs Pchela bildeten einen Schutzwall um sie.

Franzi, die sonst höchst sensibel auf Stimmungen reagierte, störte sich nicht an der Dissonanz im Raum. Fröhlich und gelöst lauschte sie Anatoli, während sie mit gewohntem Eifer alle Himbeeren aus Kathis Nachtisch angelte.

Anatoli schob den Stuhl zurück. »Ich muss nochmals los. Besprechung im Ministerium des Inneren.«

»Und Genosse Sergejews Vortrag?«, erinnerte ihn Nikolaj.

»Muss ohne mich stattfinden. Aber in längstens zwei Stunden bin ich zurück und hole Franjuscha ab.«

***

Ein gedrungener Mann mit beginnender Stirnglatze betrat den großen Vortragsraum und eilte zur Bühne. Der Präsident der Akademie der Wissenschaften trat neben ihn ans Pult. »Genossen und Genossinnen, ich muss Ihnen den verehrten Genossen Chefkonstrukteur nicht extra vorstellen. Sie alle kennen ihn!« Die Zuhörer klatschten.

Das sollte der berühmte Chefkonstrukteur sein? Kathi war enttäuscht. Immer wenn der Name Pawel Pawlowitsch Sergejew fiel, geschah dies mit von Ehrfurcht getränkter Stimme, als könnte dieser Mann Wunder wirken. Doch dieser blasse, unscheinbare Mann entsprach ganz und gar nicht diesem Bild einer strahlenden Sagengestalt. Aber bereits die ersten Sätze packten Kathi. Pawel Sergejew brannte für seine Arbeit, ein Visionär, fest entschlossen, seine Visionen auch in die Tat umzusetzen

Nach dem Vortrag rief Nikolaj seine Forschungsgruppe im Konferenzraum zusammen.

Als eine der Letzten schlenderte Xenia Liskowa in den Raum. Sofort umringten sie mehrere Wissenschaftler.

Kathi fuhr beim Anblick der Russin zusammen. Es war ihr erstes Zusammentreffen, seit Xenia ihr vor fünf Wochen das Gepäck vor die Füße geworfen hatte. Sie bekam mit, wie Nikolaj einen spindeldürren Mann mit Nickelbrille fragte: »Ihr Büro befindet sich doch neben Anatoli Kobulews. Haben Sie ihn gesehen?«

»Nein, Genosse. Er ist noch nicht zurück.«

An der Tür entstand Bewegung. Nikolaj entdeckte den eintretenden Chefkonstrukteur und eilte ihm mit ausgestreckter Hand entgegen. Gleichzeitig verstummten alle Gespräche im Raum. Nikolaj wechselte ein paar Worte mit Pawel Sergejew. Der Chefkonstrukteur sprach auch kurz mit Xenia und schüttelte einigen Männern die Hand.

Darauf winkte Nikolaj Kathi heran. »Genosse Chefkonstrukteur, dies ist die junge deutsche Wissenschaftlerin Katja Sadlerowa. Katja, das ist der verehrte Genosse Chefkonstrukteur Pawel Sergejew.«

»Freut mich, Genossin Sadlerowa«, sagte Sergejew und schüttelte Kathis Hand. »Auf eine gute Zusammenarbeit, Genossinnen und Genossen!«, rief der Chefkonstrukteur darauf in die Runde und legte kurz die Hand auf Kathis Schulter. »Dies ist die Genossin Katja Sadlerowa. Ich muss wohl nicht betonen, dass es keine Rolle spielt, woher Genossin Katja stammt. Was mich anbelangt, kennt die Wissenschaft keine Feinde. Ich fordere alle hier Anwesenden dazu auf, Genossin Katja in unsere Abläufe einzubinden. Wir sind alle Forscher und arbeiten gemeinsam an einer großen Aufgabe zum höheren Ruhm unserer heldenhaften Sowjetunion.« Der Chefkonstrukteur nickte allen zu und verließ darauf mit Nikolaj den Konferenzsaal.

Kathi blieb allein zurück. Trotz der eben erfolgten Ansprache wahrte jeder im Raum einen Sicherheitsabstand. Ohnehin scharten sich nun nach und nach alle Wissenschaftler um Xenia – wie Trabanten um ihren Planeten.

Kathi hoffte auf eine baldige Rückkehr Nikolajs. Sie blickte sich nach Franzi um. Die Kleine hatte sich unter dem für Besprechungszwecke bereitstehenden Tisch unsichtbar gemacht.

Anatoli erlöste sie. Der große, korpulente Mann polterte mit dem üblichen Getöse in den Raum, unter jedem Arm einen dicken Stapel Bücher.

Kathi hörte, wie Franzi unter dem Tisch einen freudigen Laut ausstieß: *Rübezahl!*

»Genosse Anatoli Kobulew, wie immer zu spät«, begrüßte Xenia ihn tadelnd. Anatoli lud die Bücher auf dem Tisch ab und schritt ohne Umschweife auf Kathi zu.

»Ich traf eben auf dem Flur die Genossen Sergejew und Pchela«, sagte er so laut, dass er jedes Gespräch im Raum übertönte. »Sie baten mich, unseren jungen Neuzugang einem jeden persönlich vorzustellen.«

Reihum ging er mit Kathi von Wissenschaftler zu Wissenschaftler, erkundigte sich nach ihren speziellen Fachgebieten und sorgte dafür, dass niemand Kathi auswich und ein jeder ihr zur Begrüßung die Hand reichte. Xenia und Kathi bildeten die einzigen weiblichen Projektmitglieder. Kathi prägte sich jeden der Namen ein. Sie hatte eben den letzten Wissenschaftler begrüßt und einige wenige Worte mit ihm über Aerodynamik gewechselt, als Nikolaj im Türrahmen erschien. Etwas war anders. Sie sah es in seinen Augen.

Xenia verließ nun mit ihrem Gefolge den Raum. Neben Anatoli blieb nur eine kleine Gruppe Forscher zurück, die in einer Ecke in ein Gespräch vertieft war.

Bevor Xenia ging, warf sie Kathi einen intensiven, von Triumph gesättigten Blick zu. Ein Schauer der Vorahnung durchrieselte Kathi. Sie schüttelte sich, als könnte sie damit dieses giftige Gefühl loswerden.

Nikolaj winkte sie an der Tür zu sich.

Kathi sah sich nach Franzi um, die eben Kobulew am Kittel zupfte. Kathi fasste nach ihrer Hand. »Komm, wir müssen gehen.« Doch Franzi sträubte sich. *Nein!*, summte sie laut.

»Was will Franjuscha?«, fragte Anatoli. Er beugte sich herab, indem er seine mächtigen Pranken auf die Knie stützte. Franzi deutete energisch auf seine rechte, ausgebeulte Kitteltasche.

Kathis Blick heftete sich automatisch darauf. Hatte sich in der Tasche gerade etwas bewegt?

Indes teilten sich Kobulews Züge wie eine Wolkendecke und ein sonniges Lächeln blitzte hervor. Mit der einen Hand tätschelte er wohlwollend Franzis Kopf, die andere fasste in besagte Tasche und zog ein gepanzertes Etwas hervor. Zweistein! Kobulew setzte seine Schildkröte vorsichtig auf den Boden. Sofort saß Franzi neben Zweistein, ihr kleines Gesicht glühte vor Seligkeit. Vorsichtig wagte sich der winzige Echsenkopf aus seinem Panzer und ließ sich von Franzis Zeigefinger kraulen.

»Er liebt dich, mein Zweistein«, lächelte Kobulew. Aus der

anderen Kitteltasche zauberte er ein Salatblatt hervor und reichte es Franzi. »Hier.« Der Salat mochte schon ein wenig flügellahm sein, aber die Schildkröte war da nicht wählerisch und zupfte sofort daran.

»Was für eine rührende Szene«, ertönte es plötzlich hinter ihnen.

Xenia! War sie denn überall? So langsam glaubte Kathi, dass die Russin über eine Art sechsten Sinn verfügte, der es ihr erlaubte, jegliche Form von Freude, Lachen oder Verbrüderung aufzuspüren, um sie im Ansatz zu ersticken.

»Ich meine mich zu erinnern, Genosse Kobulew«, sagte Xenia schneidend, »dass Ihnen die Haltung dieses Viechs in der Akademie verboten wurde.«

»Ich hege tiefe Bewunderung für Ihr Erinnerungsvermögen, Genossin Liskowa«, erwiderte Kobulew frech und verneigte sich vor ihr. Früher mochte dies als höfliche Geste gegolten haben, in der neuen Zeit haftete ihr der Geschmack von Dekadenz an. »Sehen Sie, Genossin, dies ist ein wissenschaftliches Institut, und das, was Sie als Viech bezeichnen, ist ein bedeutender Gegenstand meiner Forschung. Überdies hat der Genosse Chefkonstrukteur Zweisteins Anwesenheit ausdrücklich erlaubt.«

Xenia war klug genug, sich vor Nikolaj und dem übrigen halben Dutzend Wissenschaftler im Raum auf keine weitere Diskussion einzulassen. »Wenn der Genosse Chefkonstrukteur kein Problem damit hat … Aber wir sollten jetzt alle wieder an unsere Arbeit zurückkehren.« Damit verließ sie den Raum.

Franzi summte: *Sie gehört entwurmt.*

42

$E = mc^2$

Albert Einstein

»Du gehst schon wieder fort?«, hauchte Kathi niedergeschmettert. Soeben hatte Nikolaj ihr eröffnet, dass er mit dem Genossen Chefkonstrukteur verreisen müsse. »Wohin?«

»Das darf ich dir leider nicht sagen. Es tut mir leid, Katja.«

»Wie lange wirst du weg sein? Darfst du mir das wenigstens sagen?« Ihr war es egal, ob sie sich gerade ungehalten anhörte. Er sollte ihre Enttäuschung ruhig bemerken. Sie fragte sich, ob es von nun an immer so sein würde, ihr Verhältnis zueinander von seinen Geheimnissen geprägt.

»Es ist nicht für lange, Katja«, erwiderte Nikolaj, um Ausgleich bemüht. »Ein paar Wochen, höchstens zwei, drei Monate. Du wirst sehen, die Zeit vergeht schnell. Tagsüber studierst du, danach bist du in die Projektarbeit eingebunden. Anatoli wird sich deiner annehmen. Er ist ein viel besserer Lehrer als ich und mein Stellvertreter.«

»Leider nicht«, dröhnte es von der Tür. »Bei meiner Besprechung im NKOP wurde mir ein neuer Auftrag erteilt.«

Nikolaj und Anatoli tauschten einen schnellen Blick miteinander aus.

»Was ist?«, fragte Kathi beunruhigt.

»Nichts«, wiegelte Anatoli ab. »Mein Befehl lautet, noch heute abzureisen, ein Flugzeug steht am Tuschinsker Flugfeld für mich bereit. Die Zeit reicht eben noch, um auf die Datscha zu fahren und ein paar Dinge einzupacken. Komm, Franzi, huckepack.« Anatoli ging in die Knie. Normalerweise reagierte Franzi darauf und kletterte auf seinen Rücken. In diesem Fall jedoch weigerte sie sich. Sie fasste nach Kathis Hand, sah sie mit ihren dunklen, beredten Augen an und summte: *Ich bleibe bei dir*.

»Du kannst nicht hierbleiben, meine kleine Eidechse«, sagte Kathi und fuhr Franzi liebevoll über den Scheitel. »Das haben wir beide doch besprochen, weißt du noch? Geh mit Anatoli auf die Datscha.« Bei Pelageja wusste Kathi Franzi gut aufgehoben und in Sicherheit, während sie von Montag bis Samstag eine Gefangene der Akademie blieb. Sie durfte das Gebäude nur in offizieller Begleitung verlassen. Den Sonntag allerdings würde sie auf dem Hof der Kobulews und bei Franzi verbringen.

Ich will bei dir bleiben, beharrte Franzi.

»Aber dort sind deine Bienen und die Katzen und Oskar.«

»Und Zweistein!«, ergänzte Anatoli und tippte auf seine Tasche, wo die Schildkröte ihr Schläfchen hielt. »Du musst auf Zweistein achtgeben, solange ich weg bin, kleines Täubchen.«

Ich will bei dir bleiben. Franzi kroch förmlich in Kathi hinein, und die Tränen begannen zu kullern.

»Was ist denn los? Hat sie ihre Puppe verloren?«, fragte Xenia. Niemand hatte ihr Eintreten bemerkt. An der einen Hand baumelte ein elegantes Aktenköfferchen, unter dem anderen Arm klemmten mehrere Rollen Konstruktionspläne.

»Sie will nicht mit Anatoli gehen«, sagte Nikolaj.

»Oh, das verstehe ich. Ich würde auch weinen, wenn ich den Genossen Kobulew begleiten müsste.«

Kobulew war sich zu fein, darauf zu antworten.

Kathi ging neben Franzi in die Hocke. Jetzt, in Xenias Anwesenheit, konnte sie Franzi nicht schnell genug aus der Schusslinie der Russin bringen. »Bitte, Franzi«, sagte sie eindringlich, »geh mit Anatoli.« Sie versuchte, ihre Hand vorsichtig aus der ihrer Schwester zu lösen, mit dem Ergebnis, dass Franzi aufschluchzte und sich umso fester an Kathis Beine klammerte. Kathi kam sich wie ein Schuft vor.

»Meine Güte, was für ein Theater!« Xenia schüttelte den Kopf. »Wenn sie nicht mit Kobulew mitgehen will, dann lasst sie halt bei ihrer Schwester bleiben.«

»Was?« Die Überraschung ließ Kathi herumfahren. Dies war so ziemlich das Letzte, was sie von Xenia erwartet hätte.

Auch Kobulew blickte drein, als könnte er sich keinen Reim darauf machen, während Nikolaj sagte: »Ich nehme an, dir wurde die Leitung meines Projekts übertragen?«

Xenia schenkte ihm ein strahlendes Lächeln.

Kathi erschauerte. Deshalb der triumphierende Blick! Mit Nikolaj und Anatolis Weggang verloren Franzi und sie ihren Schutzwall.

Es war entschieden. Franzi bezog gemeinsam mit Kathi ein winziges Zimmer in der Akademie. Leider wurde ihnen der Aufenthalt darin tagsüber verboten. Erst am Abend nach dem Essen durften sie zum Schlafen dorthin zurückkehren. Nachts wurden sie eingeschlossen.

Also begleitete Franzi Kathi während des Tages überallhin. Hier kam Franzis Talent, sich quasi unsichtbar machen zu können, sehr zupass. Während der Vorlesungen rollte sie sich unter der Bank zu Kathis Füßen ein, schlief und erwachte pünktlich, wenn Kathi den Lehrsaal wechseln musste. Bald wurde Franzis Anwesenheit von den anderen Studenten kaum mehr wahrgenommen.

Was das Forschungsprojekt und den Aufenthalt in der Kantine betraf, galten andere Regeln. Nikolaj und Anatoli hatten ein Vakuum hinterlassen. Unter den Studenten, den Wissenschaftlern der anderen Forschungsprojekte wie auch den Verwaltungsmitarbeitern der Akademie mochte es zwar zwei, drei Mutige geben, die den Geschwistern zunickten, wenn sie sich in den Fluren begegneten. Der Rest aber zog es vor, sie einfach zu übersehen. Sie waren nur geduldet, mehr nicht.

Xenia, als neue Leiterin des Projekts, hatte das Sagen, und sie schloss Kathi kurzerhand von der Mitarbeit aus. Sie habe keine Verwendung für sie.

Das Essen in der Kantine empfand Kathi als Tortur. So mancher Anwesender machte keinen Hehl aus seinem Misstrauen ihr und ihrer Schwester gegenüber. Obwohl sie versuchte, ihre Ohren davor zu verschließen, drang dennoch die eine oder andere Bemerkung zu ihr durch.

Man spekulierte zum Beispiel darüber, weshalb die Mädchen nicht nach Abchasien geschickt wurden, zu den anderen deutschen Wissenschaftlern. Ein anderes Mal schnappte Kathi auf, sie sei nicht das, was sie vorgebe zu sein, sondern ein Spion von Lawrenti Berija, der sie der Forschungsgruppe unterschob. Kathi hätte das alles mit einem Achselzucken abgetan, wären da nicht die hässlichen Kommentare über Franzi gewesen. Kannte Wissenschaft kein Mitgefühl?, fragte sie sich. Und was war mit der schönen Rede des Chefkonstrukteurs, dass Wissenschaft keine Feinde kannte? Kathi fand es tröstlich, dass Franzi von alldem nichts mitbekam. Sie, die sonst so hochsensibel auf jede Stimmung reagierte, schien sich vor Betreten des Gemeinschaftssaals in einen Kokon einzuspinnen, um sich gegen die feindliche Welt abzuschotten.

***

Die Wochen vergingen. Die Tage unterschieden sich kaum in ihrer grauen Einförmigkeit, der Ablauf blieb immer derselbe: Bis zum frühen Nachmittag besuchte Kathi die Vorlesungen an der Akademie. Danach meldete sie sich als Studentin der Akademie der Luftfahrt beim Pförtner ab und sogleich wieder an, diesmal als Wissenschaftlerin des Forschungsprojekts Nr. B/239. Darauf trug der Mann sie geflissentlich in die Anwesenheitsliste ein. Danach blieben Kathi und Franzi sich selbst überlassen.

Xenias Einfluss reichte weit. Da Kathi mit keiner Aufgabe betraut wurde, wies man ihr im Gebäude auch keinen Arbeitsplatz zu. In ihrem winzigen Zimmer gab es weder Tisch noch Schrank, ihre Kleider mussten sie in ihren Koffern aufbewahren, die sie unters Bett schoben.

Wie Vagabunden zogen die Geschwister die ersten Tage durch die verschiedenen Flure des Instituts und arbeiteten sich von unten nach oben durch die Stockwerke. Kathi suchte irgendwo einen Tisch, wo sie sich hinsetzen, lernen und schreiben konnte. In der Kantine versuchte sie es als Erstes, aber sie wurde verjagt, kaum, dass sie ihre Studienunterlagen auf dem Tisch ausgebreitet hatte. Das Gleiche geschah, als sie in der Bibliothek vorsprach. Auch von den Professoren der Luftfahrtakademie erhielt sie trotz Nachfrage keine Unterstützung. Sie ließen sie unisono wissen, sie seien nach dem Unterricht nicht mehr für sie zuständig. Man behandelte Kathi und ihre Schwester wie Straßenköter, deren Flöhe man fürchtete. Türen wurden vor ihrer Nase geschlossen, Räume und Büros versperrt. Monate später wurde Kathi zugetragen, dass das Gerücht umging, Franzi leide an einer ansteckenden Hautkrankheit.

Kathi störte sich wenig daran, dass sie beide wie Aussätzige gemieden wurden, solange Franzi nicht darunter litt. Und das tat sie nicht. Franzi war überglücklich, bei ihrer Schwester zu sein, und Kathi fand nun alle Zeit der Welt für ihre große Leidenschaft: das Lesen. Doch die Fachbücher, die ihr das Studium erlaubten, kannte sie bereits nach zwei Wochen in- und auswendig. Sie hungerte nach mehr und schielte auf die im Haus vorhandene Bibliothek mit weiterer Fachliteratur. Leider gab ihr die Bedienstete bei ihrem ersten Besuch zu verstehen, dass es ihr nur unter Vorlage einer Zutrittsberechtigung erlaubt sei, Bücher auszugeben. Wo sie diese Berechtigung denn bekomme, hatte Kathi gefragt und als Antwort erhalten, dazu müsse sie sich an die Genossin Major Xenia Liskowa wenden.

Kathi überwand ihren Widerwillen, suchte Xenia in ihrem Büro auf und wurde von ihr abgewiesen. Sie hatte es nicht anders erwartet.

Darauf erinnerte sie sich an die vollgestopften Regale in Nikolajs Büro und sein Angebot, sich jederzeit an seinen Büchern zu bedienen. Obwohl eine leise Stimme sie warnte, konnte sie nicht anders. Ihr Hunger nach Wissen war einfach zu groß. Zu ihrer Betrübnis musste sie feststellen, dass Nikolajs Büro nicht vollständig verwaist, sondern sporadisch von Xenia genutzt wurde. Einmal wäre sie ihr beinahe in die Arme gelaufen. Nun bereute sie es, die Frau zuvor um einen Bibliotheksausweis gebeten zu haben. Xenia würde den Braten sicher schnell riechen. Nicht auszudenken, was sie Franzi und ihr antun würde, sollte sie sie unerlaubt in Nikolajs Büro erwischen.

Kathi zog sich vorsichtig zurück und schärfte auch Franzi mehrfach ein, Nikolajs Büro zu meiden und Begegnungen mit Xenia aus dem Weg zu gehen.

Fortan richtete sich Kathis Interesse wieder auf die Bibliothek. Irgendeine Möglichkeit musste es doch geben, dort ungesehen hineinzukommen. Zunächst kundschaftete sie die weibliche Bedienstete aus. Ihren ersten Gedanken, des Nachts in die Bibliothek einzubrechen, verwarf Kathi schnell. Ein solcher

Plan war schlicht undurchführbar, da Franzi und sie jede Nacht in ihr Quartier eingeschlossen wurden. Selbst wenn es ihnen gelänge, sich zu befreien, könnten sie sich anschließend nicht wieder in ihrem Zimmer einschließen.

Sie musste sich die Bücher daher irgendwie tagsüber beschaffen. Während Kathi noch darüber brütete, wie sie es am besten anstellte, löste Franzi das Problem auf ihre Weise. Eines Tages verschwand sie. Tief beunruhigt wog Kathi ab, ob sie sich entweder sofort auf die Suche nach ihr machen oder noch eine Weile an Ort und Stelle auf sie warten sollte. Aber da kehrte Franzi bereits zurück und zog ein Buch unter ihrem Kittel hervor. Mit dem für sie typisch verschmitzten Lächeln überreichte sie Kathi eine Publikation Einsteins, mit der Formel zur Relativitätstheorie auf der Titelseite.

Einmal mehr hatte Franzi den Beweis erbracht, dass es auf dieser Welt nichts gab, das sie nicht stibitzen konnte. Und obwohl Kathi es ihr immer wieder verbot, ihr zu erklären versuchte, wie schlimm dies für sie beide ausgehen konnte, war dem kleinen Sturkopf nicht beizukommen. Und so kam es, dass sich Franzi fortan für ihre Schwester als Bücherdiebin betätigte und ihr half, das Studium zu bewältigen.

Franzi war es auch, die schließlich eine vergessene Besenkammer im vierten Stock aufspürte, am Ende eines Flurs unter der Treppe. Sie befreiten den Verschlag von Staub und Spinnweben und richteten sich ein. Eine Wohltat, nach zwei Wochen Vagabundentum und Herumsitzen im Treppenhaus. Franzi rollte sich in der Kammer neben ihrer Schwester ein und schlief, bis es Zeit wurde für das Abendessen. Kathi ließ die Tür einen Spalt offen und las im einfallenden Flurlicht alles, was Franzi ihr brachte – eine kunterbunte Mischung quer durch alle wissenschaftlichen Fachgebiete und von Franzi nach dem Zufallsprinzip ausgewählt. Aber auf geheimnisvolle Weise war es oft das Buch, das Kathis Erkenntnisse aus einem anderen Werk ergänzte. Kathi schwelgte fortan in einem Universum des Wissens.

Aber alles Gute hat einmal ein Ende. Eines Tages legte sich ein Schatten über das Flurlicht. Erschrocken sah Kathi auf. *Xenia!*

»Was tust du da?«, fragte die Russin scharf.

»Lesen.«

»Werd bloß nicht frech! Gib her!« Xenia riss ihr das Buch aus der Hand und fächerte die ersten Seiten auf. Sie tippte auf den Stempel: »Das ist aus der Bibliothek! Wo hast du es her?«

»Ich habe es mir geliehen.« An sich keine richtige Lüge, und sie glitt Kathi wie selbstverständlich über die Lippen.

»*Geliehen?* Wohl eher gestohlen! Das hat ein Nachspiel.« Xenia warf einen unmissverständlichen Blick auf die schlafende Franzi. Kathi überlief es kalt. »Ich lerne doch nur, Genossin Xenia. Sehen Sie das Buch? Es geht darin um Kernspaltung!«

»Willst du mich etwa belehren? Als würde ich den Inhalt des Buches nicht kennen.« Die intensive Drohung in der Stimme ließ Kathi erschauern. »Die feine Nemetski liest also und drückt sich vor der Arbeit …«

»Welche Arbeit? Niemand hier gibt mir irgendetwas zu tun!« Kathi merkte selbst, wie aufsässig sie sich anhörte. Xenia gelang es mühelos, sie in kürzester Zeit aus dem Gleichgewicht zu bringen. Und Xenia war, wie sie bestürzt feststellte, genauso wütend wie sie. Bisher hatte die Russin sie vollständig ignoriert. Und erst der Blick, den Xenia auf Franzi abschoss. Als handelte es sich bei ihr um Ungeziefer.

Kathis Hand tastete hinter sich, legte sich in einer schützenden Geste auf Franzis Schulter. Die Kleine regte sich, richtete sich auf und summte: *Was will die hässliche Frau?*

»Bitte, Genossin Xenia«, suchte Kathi deren Aufmerksamkeit

exklusiv auf sich zu lenken. »Ich möchte furchtbar gerne arbeiten. Geben Sie mir irgendeine Aufgabe, und ich tue es!«

Fünf Minuten später fand sich Kathi kniend in der Männerlatrine wieder, in der Hand eine Zahnbürste. Damit sollte sie den Raum Zentimeter für Zentimeter schrubben. Franzi bestand darauf zu helfen, und Kathi überließ ihr einen sauberen Lappen, damit sie hinter ihr nachpolieren konnte. Franzi ermüdete schnell. Alsbald saß sie auf einem umgedrehten Eimer, und Kathi unterhielt ihre Schwester summend mit der Geschichte, wie sie und ihr Jugendfreund Anton das verletzte Rehkitz im Petersdorfer Forst gefunden hatten.

Männer kamen und gingen und legten keine Scheu an den Tag, ihr Geschäft vor ihren Augen zu verrichten. Genauso wenig scheute sich Franzi kundzutun, was sie von dieser Form der Entblößung hielt: Sie fand es lustig. Sobald die Männer ihre Hose öffneten, begann sie hemmungslos zu kichern und summte:

Im Frühling knospet die Rose,
dem Herrchen springt auf die Hose.

Kathi hatte die eklige Tätigkeit fast zu einem Ende gebracht, als ihr Franzis Verschwinden auffiel. Dabei hatte sie eben noch auf dem Eimer gesessen! Dass sie ihr versprochen hatte, nicht mehr zu verschwinden, hatte Franzi schon wieder vergessen. Ohne böse Absichten. Franzi war Franzi.

Gott sei Dank kehrte die Kleine bald zurück. Ohne Buch, dafür mit einem dicken schwarzen Stift. Eifrig streckte sie ihrer Schwester ihr neuestes Beutestück entgegen.

Kathi brachte es nie übers Herz, Franzi auszuschelten. Stattdessen zog sie sie erleichtert an sich. Die Kleine ließ es sich nur kurz gefallen, machte sich frei und deutete auf den Spiegel über dem Waschbecken.

»Was willst du mir sagen?«, murmelte Kathi.

Franzi gab ihr zu verstehen, sie wünsche, auf das Waschbecken gehoben zu werden.

Kathi gab nach, und mit dem Stift malte Franzi auf den Spiegel: $E = mc^2$. Darauf wandte sie sich ihrer Schwester zu und blickte sie erwartungsvoll an.

Kathis Stirn lag in Falten. Summend hob sie an: *Warum zeichnest du Einsteins For…* Sie brach ab, begriff. Lachend küsste sie Franzi auf die Stirn. *Franzi, du bist ein Genie!* Dann griff sie selbst zum Stift.

Der nächste Wissenschaftler, der die Toilette aufsuchte, war Chemiker. Dennoch weckten die umfangreichen Berechnungen unter Zuhilfenahme der Eulerschen Bewegungsgleichung, die Kathi auf dem Spiegel anstellte, seine Neugierde. Er alarmierte einen Kollegen und der einen weiteren.

Bald stand eine Gruppe Wissenschaftler vor dem Waschbeckenbereich und diskutierte den Versuch einer Lösung eines komplizierten Problems zur Turbulenz von Flüssigkeitsströmungen, an dem sie sich seit Wochen die Zähne ausbissen. Kathi war zwar der Zutritt zum gemeinschaftlichen Arbeitssaal verwehrt, aber da sie gemeinsam in der Kantine aßen und die Wissenschaftler dies keinesfalls schweigend taten, sondern die Zeit zum regen Austausch nutzten, war es kaum zu vermeiden gewesen, dass Kathi das ein oder andere aus ihren Gesprächen aufschnappte. Die Blicke der Wissenschaftler wechselten von den Formeln auf dem Spiegel zu Kathi. Einige musterten sie neugierig, andere argwöhnisch. Dieser Tag leitete die Wende ein. Die Forscher erkannten in der kleinen Deutschen jemanden, der ihre Form der Besessenheit teilte: Sie wollten forschen. Daran prallte selbst Xenias Einfluss ab.

Kaum merklich begann sich Kathis Status innerhalb der Akademie zu verändern. Zu Beginn wagte zwar noch niemand, offen auf sie zuzugehen. Aber hier und da wurde ihre Anwesenheit nun zur Kenntnis genommen, und der ein oder andere begann, ihr Blätter mit Aufgaben zuzustecken. Kathi war sich bewusst, dass man sie in erster Linie testete. Doch es bedeutete einen Anfang.

Zu Oktoberbeginn stand plötzlich Anatoli Kobulew wieder vor ihr. Unverwüstlich und gut gelaunt wie eh und je, nahm er die Dinge sogleich in die Hand. Kathi erhielt einen eigenen Arbeitsplatz, einen Tisch zum Lernen und eine Tafel zum Zeichnen. Xenia glitt in die zweite Reihe zurück.

Schon am Abend seiner Rückkehr kletterte Franzi willig auf Anatolis Rücken und gab zu verstehen, dass sie jetzt gerne zu Pelageja auf die Datscha zurückkehren würde. Sie winkte ihrer Schwester zum Abschied, sie würden sich am Sonntag sehen.

Als Kathi sich in dieser Nacht ohne Franzi in der Kammer schlafen legte, kam ihr erstmals der Gedanke, dass es vielleicht gar nicht sie war, die Franzi beschützte, sondern es sich genau umgekehrt verhielt.

43

Das Schicksal mischt die Karten.

Anatoli Kobulew

Dank Anatoli verbrachten Kathi und Franzi den folgenden Sonntag zusammen auf der Datscha.

Die milden Tage nahmen ab, die Nächte wurden merklich kühler. Der Wind trug den Herbst heran, und die Blätter der Bäume verfärbten sich.

Kathi machte sich dennoch auf zum Teich. Nach den langen Wochen in Moskau hatte sie das Gefühl, als hätten sich mehrere Schichten von Staub und Argwohn auf ihre Haut gelegt.

Oskar, selig über ihre Rückkehr, stürzte sich neben ihr in das kühle Nass.

Am Nachmittag läutete das Telefon. Kathi half Pelageja in der guten Stube, einen dicken Wollstrang in handliche Knäuel aufzurollen. Franzi saß zu ihren Füßen und band die letzten Herbstblumen zu Kränzen.

Sie hörten, wie Anatoli den Hörer im Flur abnahm.

Nach dem kurzen Gespräch steckte er den Kopf in die Stube und erklärte: »Koba geht es nicht gut.«

Er hat Würmer, sie fressen sein Herz, summte Franzi.

Pelageja kicherte leise in ihre Wolle hinein.

Anatoli fragte Franzi: »Möchtest du heute den Kuchenkönig besuchen, Franjuscha?«

Franzi nahm das Angebot huldvoll an.

***

Der zweite Besuch gestaltete sich ähnlich wie der erste, außer dass Josef Stalin sie diesmal in der Bibliothek empfing.

Anatoli holte sein Kartenset hervor. Extra für Franzi legte er den großen Auftritt hin. Er fächerte die Spielkarten spielerisch auf, ließ sie über die Fingerknöchel wandern und beim Mischen in der Luft tanzen.

Anschließend legte er Koba die Karten. Aber Koba wischte sie unwirsch vom Tisch, und sie segelten zu Boden. Er starrte auf sie hinab, fand jedoch keine einzige aufgedeckt. Darauf fegte er mit einem wütenden Aufschrei mit dem Arm über seinen gesamten Schreibtisch und riss Dokumente, Schreibutensilien und den ganzen angesammelten Kram hinunter.

Koba schenkte dem angerichteten Chaos keinen Blick. Rastlos stapfte er umher, wirbelte dabei die Papiere auf und verteilte sie auf diese Weise über den ganzen Teppich. Er begann zu gestikulieren, schimpfte, dass er niemandem mehr trauen könne, von Saboteuren und Verrätern umgeben sei, selbst seine engsten Freunde würden ihn betrügen. In voller Fahrt brach Stalin plötzlich seine Tirade ab.

Franzi hatte Anatolis Spielkarten zur Seite geschoben und angefangen, die Papiere vom Schreibtisch wie einen Kartenfächer auf dem Boden anzuordnen.

»Was macht sie da?«, fragte Stalin Anatoli.

»Ich glaube, sie legt ihre eigenen Karten des Schicksals«, antwortete Anatoli interessiert.

Stirnrunzelnd beobachtete Stalin Franzis Tun. Allmählich

glätteten sich die Falten auf seiner Stirn, und schließlich hockte er sich sogar zu ihr auf den Boden.

Als Franzi mit ihrem Arrangement zufrieden war, rutschte sie zu Stalin, zupfte ihn an Bart, Augenbrauen und Ohrläppchen und summte eine Melodie. Erneut bezauberte sie den Generalissimus durch ihre vertrauensvolle Unschuld. Darauf kuschelte sie sich für ein Schläfchen zwischen seine Beine, den Kopf auf seinem Schenkel. Franzis geheime Magie wirkte.

Stalin schlief ein und erwachte erst am nächsten Morgen, erfrischt und voller Tatendrang, auf seinem Schlafdiwan. Wieder fiel es ihm anfänglich schwer, sich der genauen Geschehnisse vom Vorabend zu entsinnen. Als er sich aufrichtete, stach ihm der Dokumentenfächer auf dem Fußboden ins Auge, und seine Erinnerung kehrte zurück. Franzi erwachte mit ihm. Er tätschelte ihren Kopf, erhob sich und öffnete ein Fenster. Auf die Brüstung gestützt, sog er die kühle morgendliche Luft tief ein und fühlte sich bereit, neue Staaten zu erobern. Für den Anfang begnügte er sich mit zehn Kniebeugen. Danach streckte er den Kopf aus dem Zimmer und bestellte bei seinem Sekretär Poskrebyschew Frühstück mit Tee für sich und Kuchen für Franzi. Er winkte Anatoli herein, der nebenan in einem zu kleinen Sessel genächtigt hatte, verbogen wie ein Fragezeichen, und im Gegensatz zu ihm nicht halb so frisch wirkte.

Franzi hängte sich an Stalins Hand und zog ihn zum Dokumentenfächer.

Der mächtige Führer der Sowjetunion stützte die Hände auf die Knie, um sich zu Franzi herabzubeugen. »Soll ich eines ziehen, Kleine?«, fragte er freundlich. Franzi schüttelte den Kopf und hielt zwei Finger hoch.

»Ich soll zwei ziehen?«

Franzi nickte.

»Was ist das alles für Zeugs, Koba?«, erkundigte sich Anatoli und strich sich nachdenklich durch den langen Bart.

»Die neuen Hinrichtungsbefehle.«

***

Nicht sehr viel später ging bei Lawrenti Berija ein Anruf Josef Stalins ein. »Ja, Josef Wissarionowitsch? Was kann ich für dich tun?«, meldete sich der Chef des NKWD beflissen.

»Ich schicke dir Poskrebyschew mit zwei Exekutionsbefehlen. Diese beiden Hinrichtungen sind hiermit widerrufen! Poskrebyschew bringt dir meine Anweisung, wie weiter mit diesen Personen zu verfahren ist. Meinem Befehl ist unverzüglich Folge zu leisten. Die Vollzugsmeldung liegt morgen auf meinem Tisch, verstanden?«

Lawrenti Berija traute seinen Augen nicht, als er den neuen Befehl empfing und die Namen der Begnadigten las. »Josef Wissarionowitsch ist fürwahr verrückt geworden«, flüsterte er fassungslos. Allerdings erst, nachdem Stalins loyaler Sekretär sein Büro verlassen hatte.

Berija rief sofort die drei großen Ms, Molotow, Malenkow und Mikojan, zusammen, um sich mit ihnen zu beraten. Er klärte sie über den neuesten, unsinnigen Befehl Stalins auf und sagte: »Ein guter Staat funktioniert selbst dann, wenn sein Führer anwesend ist. Aber in diesem Fall sind Maßnahmen zu ergreifen.« Das Quartett war sich einig, so konnte es nicht weitergehen. Stalin musste fort aus Moskau, der Generalissimus brauchte dringend Erholung!

Tatsächlich zeigten ihre gemeinsamen Einflüsterungen nur Tage später Erfolg. Am 9. Oktober bewilligte sich Stalin sechs Wochen Urlaub und fuhr mit einem Sonderzug via Sotschi nach Gagra ans Schwarze Meer.

Wjatscheslaw Molotow übernahm als Amtsbevollmächtigter Stalins die Regierungsgeschäfte, gemeinsam mit Berija, Mikojan und Malenkow.

Das gesamte Moskauer Politkomitee atmete in einem kollektiven Seufzer auf.

44

Wer einen Schmetterling im Winter sieht,
wird im Frühling einen Bären töten.

Russisches Sprichwort

Helsinki, Finnland

Am Abend des 6. Oktober 1945 standen ein Arzt und eine Nachtschwester vor dem Eingang des Marienhospitals und teilten sich eine Zigarette. In der kalten Luft mischte sich der Rauch mit ihrem Atem und dem feinen Nebel, der von der Meeresbucht herüberwehte.

Schwester Eri erzählte eben lebhaft von ihrer kleinen Tochter, als eine dunkle Limousine heranbrauste und scharf vor ihnen abbremste. Bei laufendem Motor öffnete sich die Hintertür, und ein lebloser Körper fiel aus dem Wagen. Das Fahrzeug gab sofort wieder Gas, die Reifen drehten kurz durch, dann schoss es in die dunkle Nacht davon.

Erst danach entdeckten sie einen zweiten Körper auf der Fahrbahn. Schwester Eri rief ihre Kollegen zu Hilfe. Gemeinsam schafften sie die beiden Bewusstlosen hinein.

45

Nur wer neue Wege beschreitet, wird auch Neues entdecken.

Anatoli Kobulew

»Wo bist du in den letzten Wochen gewesen?«, fragte Kathi Anatoli. »Oder ist das genauso geheim wie Nikolajs Reise?«

»Oh, das kleine Täubchen sticht«, antwortete Anatoli aufgeräumt und trat vom Teleskop zurück. Die klare Nacht lud zur Sternenbeobachtung ein, und so hatten sie es sich am Sonntagabend im Observatorium gemütlich gemacht. Im Radio dudelten russische Volkslieder, und Kathi packte eben den mitgebrachten Imbiss aus. Wie ein Neugeborenes wollte Anatoli alle zwei Stunden gefüttert werden.

»Ich war in Deutschland in der Nähe von Berlin, wenn du es wissen willst. In Babelsberg steht eines der besten Teleskope der Welt.«

»Du warst wegen eines Teleskops in Berlin?«, staunte Kathi.

»Ich habe es auseinandergebaut und mitgebracht. Es ist wirklich ein Prachtstück, ein wunderschönes Mädchen«, schwärmte er.

»Hierher? Kann ich es sehen?«, fragte Kathi eifrig.

»Nein, sein endgültiger Bestimmungsort ist auf der Krim. Ich habe den Auftrag, dort den besten Standort für eine Sternwarte auszuloten und es aufzubauen. Das bedeutet, ich werde bald nochmals verreisen müssen.« Anatoli seufzte.

»Du bist nicht gerne unterwegs?«

»In meinem Inneren, Katjuscha, bin ich ein Nomade und erforsche die entferntesten Galaxien. Aber außer zu den Sternen reise ich äußerst ungern. Ich brauche die gute russische Erde unter meinen Füßen.« Anatoli stapfte mit dem nackten Fuß auf den Boden. Seine Stiefel kamen bisher nur zum Einsatz, wenn es nach Moskau ging. »Aber wie mein alter Lehrer gerne sagte: Nur wer neue Wege beschreitet, wird auch Neues entdecken!«

»Ist Nikolaj auch auf … Entdeckungsreise?«

»Kleines Täubchen, ich weiß es nicht. Sie sind alle Geheimniskrämer. Es ist falsch, und dahinter steht der Eigennutz. Wir umschleichen einander wie Hyänen und gönnen dem anderen den Brocken im Maul nicht. Wir bekämpfen einander wie Geier und fallen tot zur Erde. So entsteht aus Frieden Krieg. Wir werden uns ewig im Kreis drehen, wenn wir nicht lernen, weniger egoistisch zu sein.«

Anatolis Worte stimmten Kathi nachdenklich. Entstammte jedes Übel dem Egoismus? Sie erinnerte sich an eine ähnliche Diskussion mit ihrem Vater. Er hatte den Egoismus angeprangert – den religiösen und politischen Fanatismus von Menschen, die glaubten, im alleinigen Besitz der Wahrheit zu sein. Und leider danach handelten. Für die Menschheit resultiere dies stets in verheerenden Kriegen. Ihr Vater hatte all seine Hoffnung auf ihre Generation gesetzt – die Generation seiner Kinder würde es besser machen. Daran hatte er fest geglaubt. Sie fragte sich, was sie selbst dazu beitragen konnte.

»Täubchen, mach dir nicht so schwere Gedanken«, erinnerte Anatoli sie an seine Anwesenheit. »Das ist wie Steinesammeln. Dein Gepäck wird von Mal zu Mal schwerer, und irgendwann erdrückt es dich. Nikolaj wird nicht ewig fortbleiben. Bis er zurückkehrt, bleibe ich hier. Das Teleskop auf der Krim kann warten.«

Erleichterung durchflutete Kathi. Allein der Gedanke, Xenia könne die Regentschaft über Nikolajs Forschungsprojekt zurückgewinnen und sie erneut in die Verbannung schicken, erfüllte sie mit Schrecken. Diese Arbeit war neben ihrem Studium das, was ihr half, mit ihrem neuen Leben zurechtzukommen. Sie wollte lernen, sie wollte wissen. Es lenkte sie ab, wenn die Erinnerungen sie einholten, wenn sie ihre Eltern und Dorota und Paulina und Oleg vermisste, wenn das Heimweh nach dem Ort, wo Glück und Wärme wohnten, sie zu überwältigen drohte.

Und ja, sie wartete auf Nikolaj, sehnte sich nach ihm. Sie wünschte, sie könnte dieses Brennen in ihrem Inneren abstellen, das sie allem gegenüber verletzlicher machte, als säßen ihre Gefühle direkt unter ihrer Haut.

Mit Nikolajs Rückkehr verband sie auch die Hoffnung, etwas Neues über ihren Vater zu erfahren. Hatte Nikolaj seinen mächtigen Vater um Nachforschungen bitten können? Und war dieser der Bitte auch nachgekommen?

Jeden Tag dachte sie an ihre Eltern. Am Abend, wenn sie zu Bett ging, hatte sie ein kleines Ritual entwickelt. Sie sprach mit ihrer Mutter und ihrem Vater, erzählte ihnen, wie es Franzi und ihr ging und was sie tagsüber erlebt hatten. Ein geflüstertes Tagebuch. Und sie blieb unerschütterlich in ihrem Glauben, dass ihre Mutter sie suchen und finden würde. Eines Tages würden sie wieder als Familie vereint sein.

46

Wenn es nicht absurd klingt, so ist es nur eine halbe Idee.

Anatoli Kobulew

Der Oktober verabschiedete sich mit Dauerregen. Der November brachte Kälte und zunehmend stürmische Winde heran, die die letzten Blätter von den Bäumen rissen. Wenig später hielt der Schnee Einzug in Moskau.

Über zwei Monate wartete Kathi nun schon auf Nikolajs Rückkehr. Zwei Monate ohne eine Nachricht, zwei Monate ohne ein Lebenszeichen.

Inzwischen fand sie sich gut in das Projekt eingebunden. Die Mehrheit der Studenten und der Wissenschaftler akzeptierte sie, und wenn die Kommunikation auch auf das rein Fachliche beschränkt blieb, so bedeutete es dennoch einen Riesenfortschritt. Daher trug sie es auch mit Fassung, dass die engsten Xenia-Bewunderer aus ihrem Herzen weiterhin keine Mördergrube machten. Aber dank Anatoli gab es kaum Berührungspunkte mit Xenia. Kathi konzentrierte sich auf das Positive, zum Beispiel jeden Tag neu mit so vielen genialen Wissenschaftlern zusammenarbeiten zu dürfen. Sie warfen all ihr Wissen und Können zusammen. Anatoli sagte nie: »Das ist nicht möglich«, sondern: »Versuchen wir's!«

Gemeinsam stellten sie sich schwierigen Herausforderungen und Aufgaben, jubelten, wenn sie auf die Antwort kamen. Tag für Tag lösten sie Knoten aus dem Seil des Wissens.

Kathi machte auch bald Bekanntschaft mit den diversen Schrullen und Marotten, die einzelne der Wissenschaftler pflegten. Stetski, einer der Physiker, trat den Dienst jeden Morgen mit einer langen Salatgurke an. Sie lugte aus seiner Kitteltasche und wurde mit fortschreitendem Tag immer kürzer. Niemand überließ ihm gerne seine Pläne, weil man darauf wetten konnte, sie mit Gurkenflecken zurückzuerhalten. Woloschin, einer der älteren Mathematiker, setzte nie seine Mütze ab. Sie war ein ulkiges Ding zwischen Teewärmer und Topfdeckel und diente Motten bereits als Speisekammer. Woloschin behauptete, ohne sie könne er nicht denken. Sein Fachkollege Losskow knetete ständig einen kleinen roten Gummiball. In der Kantine legte er ihn neben seinen Teller. Die anderen Wissenschaftler begrüßten den Ball stets als Frau Losskowa und wünschten ihr einen guten Appetit.

In der Akademie herrschte ein ständiges Kommen und Gehen, und es fanden zahlreiche Veranstaltungen und Vorträge statt. Als sich eine Delegation hochgestellter Genossen ansagte, begann man bereits Tage vorher die Akademie auf Hochglanz zu polieren. Dutzende Bilder mit den Konterfeis Josef Stalins und Lawrenti Berijas wurden zusätzlich angeliefert, Wände und Fassaden erhielten einen frischen Anstrich und wurden mit Fahnen und Spruchbändern geschmückt.

Die Studenten, die Professoren der Akademie für Luftfahrt und alle Teilnehmer der Forschungsprojekte drängten sich in der großen Aula, um der Rede Lawrenti Berijas zu lauschen. Eine Stunde pries der Volkskommissar des Inneren die Errungenschaften der glorreichen Sowjetunion. Zwischendurch brach immer wieder frenetischer Jubel aus, und Kathis Gehör schmerzte von den vielen falschen Tönen.

Anschließend fand für geladene Gäste ein Festmahl in der Kantine statt. Aus ihr unerfindlichen Gründen hatte auch Kathi eine Einladung erhalten. An Anatolis Seite wurde sie nicht weit vom Tisch der hohen Herren platziert.

Kathis Kopfhaut begann zu kribbeln, als sie den Blick Berijas auf sich spürte. Er flößte ihr nicht wenig Furcht ein. Den Mann umgab etwas Dämonisches, eine Mischung aus Unheil und Gefahr, auch wenn er sich mit Jovialität und Freundlichkeit zu tarnen wusste. Er schüttelte Hände, teilte Lob aus. Hinter seinem Lächeln jedoch lauerte Grausamkeit – das selbstverliebte Wissen, dass er nur mit dem Finger auf jemanden zeigen musste, um seinen Tod zu besiegeln. Ein Mensch, vergiftet von der eigenen Machtfülle. Warum bloß sah er zu ihr herüber? Hatte Xenia ihm von ihr erzählt?

Über die Russin wurde viel getratscht. Ihre Schönheit, gepaart mit einem brillanten Geist, ließ nur wenige kalt. Einige behaupteten, sie sei gut mit Berija bekannt, wenn nicht sogar mit ihm verwandt. Wiederum andere wussten zu berichten, Stalin selbst interessiere sich für Xenia; es sei schließlich kein Geheimnis, dass der Generalissimus eine Schwäche für rothaarige Frauen habe.

Nicht nur Berijas Besuch vom Vortag beschäftigte Kathi, auch Franzis merkwürdiges Verhalten. Als sie und Anatoli gestern früh am Montagmorgen nach Moskau aufgebrochen waren, wollte Franzi unbedingt mit. Dabei hatte es ihr in den letzten Wochen nie etwas ausgemacht, wenn ihre Schwester für sechs Tage nach Moskau verschwand. Sie war glücklich auf der Datscha. Diesmal musste Anatoli ein Machtwort sprechen. Angesichts des Besuchs von Lawrenti Berija hielt er es für keine gute Idee, Franjuscha mitzunehmen. Kathi stimmte ihm zu, aber es gelang ihr nicht, Franzi zu beruhigen. Pelageja musste Franzi zu sich in die Küche holen, damit sie dem Wagen nicht hinterherlief.

Kathi kam sich grausam vor, ihre Schwester weinend zurückzulassen. Nun fragte sie sich, ob Franzi selbst auf der Datscha Berijas dämonische Kraft spüren konnte und sie davor hatte bewahren wollen? Süße kleine Franzi, dachte Kathi zärtlich. Wie sie dieses kleine, zarte Wesen vergötterte …

Kathi packte ihre Bücher und Studienunterlagen zusammen und verließ den Vorlesungssaal. Bevor sie sich auf den Weg zu Anatolis Büro machte, schlüpfte sie in ihren Arbeitskittel. Sie hatte ihn sich auf der Datscha nach dem Muster von Anatolis Kittel genäht. Und wie Anatoli gewöhnte sie sich schnell an, alle möglichen Dinge einzusammeln und in ihre Taschen zu stopfen. Auf dem Korridor holte sie ein Mann ein und rempelte sie ziemlich rüde an. Der heftige Stoß ließ Kathi gegen die Wand taumeln, ihre Unterlagen fielen zu Boden.

Der Verursacher hastete indes ohne ein Wort des Bedauerns weiter. Zweifellos hatte er sie absichtlich geschubst. Dies war nicht das erste Mal, dass ihr so was passierte. Kathi vermutete einen der eingeschworenen Xenia-Trabanten dahinter, rieb sich die schmerzende Schulter, sammelte ihr Zeug ein und setzte ihren Weg fort.

Erst am Nachmittag bemerkte sie in der Toilette den Zettel in ihrem Arbeitskittel. Als sie das Papier auseinanderfaltete, fiel ein Schlüssel heraus. Der Zettel enthielt eine verschlüsselte Nachricht. Verblüfft erkannte Kathi den Textcode. Ihr Freund Milosz, der polnische Mathematiker, hatte ihn ihr vor Jahren beigebracht. Sie entzifferte: *Wenn du deinen Vater sehen willst, komm heute nach dem Abendbrot in den Keller. L2.*

Erregung erfasste Kathi. Das L2 stand für Luise Liebig! Und Luise Liebig war niemand anders als Genossin Oberst Sonia Iwanowna Petrowa! Bei ihrer Gefangennahme vor neun Monaten hatte Sonia ihr zugesagt, ihr Nachrichten über ihren Vater zukommen zu lassen, wenn sie sich der Sowjetunion als nützlich erwies. Offenbar hatte ihre jüngste Idee zur Verbesserung des Flugsteuerungssystems dies bewirkt. Nun stand die Genossin zu ihrem Wort.

Den übrigen Tag war Kathi für nichts zu gebrauchen und fieberte dem Abend entgegen. Zwischendurch versuchte sie sich an den Mann zu erinnern, der sie angerempelt und ihr dabei den Zettel zugesteckt hatte. Doch sosehr sie sich auch bemühte, sein Gesicht blieb ein verschwommener, blasser Fleck. Das Einzige, was in ihrem Gedächtnis haften geblieben war, war ein starker Tabakgeruch. Nichts Ungewöhnliches. Fast jedermann hier rauchte, und in allen Räumlichkeiten hing permanent eine Qualmwolke in der Luft.

Am späten Nachmittag fragte eine Stimme hinter ihr: »Wo bist du, Katja? Auf dem Mond?«

Vor Schreck ließ sie den Bleistift fallen, wirbelte herum und prallte gegen Nikolaj.

Unbemerkt war er hinter sie getreten und deutete nun über ihre Schulter hinweg auf die unfertige Zeichnung eines Raketenaggregats. Sie hatte sie am Nachmittag vor sich auf dem Tisch ausgebreitet, seither jedoch nicht um einen Strich ergänzt. So oft hatte sie sich ausgemalt, wie ihr Wiedersehen mit Nikolaj sein und was sie zu ihm sagen würde. Nun, wie sich gerade herausstellte, sagte sie absolut gar nichts. Nicht ein Wort kam über ihre Lippen. Alles Blut strömte aus ihrem Gesicht, ihr Verstand drohte ihr zu entgleiten. Stumm stand sie vor Nikolaj und konnte nichts anderes tun, als ihn mit den Augen zu verschlingen. Die Narben auf seiner Wange waren weiter verblasst, das blonde Haar etwas dunkler nachgewachsen, und die Handschuhe hatte er mittlerweile auch abgelegt. Seine Hände schienen gut zu verheilen, auch wenn sie das Geflecht der Brandnarben darauf erschreckte. Besonders gefiel ihr, dass Nikolaj zivile

Kleidung trug. Die Uniform vermittelte ihr immer ein fremdartiges Gefühl. Weiterhin um Worte verlegen, steckte sie ihre Hände in den Arbeitskittel, um ihr Zittern vor ihm zu verbergen.

»Und was ist das hier?« Nikolaj umrundete Kathi und beugte sich näher über ihren Zeichentisch. »Hm, das hat große Ähnlichkeit mit deinem Zuhause«, bemerkte er.

Kathi zuckte zusammen, als wäre sie bei etwas Verbotenem ertappt worden. Unbewusst hatte sie am Rand des Blattes herumgekritzelt und unverkennbar den Sadlerhof in Petersdorf skizziert. Selbst Oskar, ihr erster geliebter Hund, fehlte nicht. Wie zu seinen Lebzeiten schlief er friedlich vor der Haustür.

Ohne sich um die Anwesenheit der anderen im großen Arbeitssaal zu scheren, fasste Nikolaj Kathi bei den Armen und küsste sie herzhaft auf russische Art dreimal abwechselnd auf die Wange. Sein ungezwungenes Verhalten überrumpelte Kathi. Sie wich rasch einen Schritt zurück und stieß sich dabei schmerzhaft die Hüfte am Zeichentisch.

Falls Nikolaj ihre Befangenheit bemerkte, so ließ er es sich nicht anmerken. Er streckte ihr ein längliches Päckchen entgegen. »Ich habe dir etwas mitgebracht. Eigentlich ist es ja für Franjuscha.«

»Was …?«, stammelte Kathi und starrte auf das Paket, ohne es anzunehmen.

»Es ist ein Zwerg. Wie bestellt«, sagte Nikolaj und lächelte sie an.

Es war zu viel für einen Tag. Erst die lang erhoffte Nachricht zu ihrem Vater, und nun tauchte nach über zwei Monaten Abwesenheit plötzlich Nikolaj bei ihr auf und benahm sich, als wäre er niemals weg gewesen.

Eine Bewegung an der Tür ließ Kathi aufmerken.

Xenia stand dort. Ihre Blicke kreuzten sich, und die Boshaftigkeit in den Augen der Wissenschaftlerin ließ Kathi erschauern. Die Hand in ihrem Kittel krampfte sich um den Schlüssel. »Danke für den Zwerg«, presste sie hervor, und dann waren die Worte doch da: »Warum hast du dich nie gemeldet?« Das Zittern in ihrer Stimme verriet sie.

»Katja«, sagte er leise und berührte ihre Schulter. Der heftige Wunsch, den Kopf zu wenden und ihren Mund auf seine langen, kräftigen Finger zu drücken, überraschte Kathi. Auch in Nikolajs Augen glomm kurz Verwunderung auf.

»Wir müssen weiter, Nikolaj.« Xenias metallische Stimme zerstörte diesen fragilen Moment. »Der Genosse General erwartet uns.«

Nikolajs Finger verharrten noch eine Sekunde auf ihrer Schulter. Erst dann zog er die Hand zurück, eine Bewegung wie eine Liebkosung.

47

»Ich sage euch: Man muss noch Chaos in sich haben, um einen tanzenden Stern gebären zu können.«

Friedrich Nietzsche,
»Also sprach Zarathustra«

Nikolaj liebte Gedankenspiele und Worte, die einen großen Schatten warfen. *Chaos* war eines davon. So nannten die alten Griechen das ordnungslose Nichts, bevor die Götter den Kosmos schufen. Aus dem Durcheinander entstand Ordnung, aus Raum Tiefe.

Manchmal war das Chaos auch in ihm, und er fühlte sich gerade wenig imstande, dem entgegenzutreten. Was war los mit ihm? Er sollte sich auf seine Aufgaben konzentrieren. Davon gab es reichlich, die dringlichste: seinen Reisebericht fertigzustellen. Stattdessen stiegen ständig Episoden aus seiner Kindheit wie Luftblasen in ihm auf.

Als Junge hatte er ständig Prügel bezogen. Schwierig, verstockt, unbelehrbar schimpfte man ihn. Die Erwachsenen wollten einfach nicht begreifen, wie spannend die Welt ringsumher war. Achtlos gingen sie an ihren Geheimnissen und Wundern vorüber, sahen nicht das, was er sah. Seine verzweifelten Versuche, seine Entdeckungen dennoch mit ihnen zu teilen, führten meist zu Missverständnissen, und wieder kassierte er Schläge. Seinen Forscherdrang dämmte das nicht ein.

Vielleicht wäre seine Kindheit weniger turbulent verlaufen, wäre seine Mutter Ludmilla nicht so früh aus seinem Leben verschwunden. Sie sei sehr krank und müsse in einem Heim gepflegt werden, wurde ihm gesagt. Da war er noch keine sechs. Danach gab der Vater ihn zu seiner eigenen Mutter.

Die verwitwete Großmutter war strenggläubig, und so kam Nikolaj in ein Haus, in dem ihm von jeder Wand geschwärzte Ikonen entgegenstarrten. Die Großmutter bewirtschaftete einen kleinen Hof und hatte für die Flausen ihres Enkels weder Verständnis noch Zeit. Ein Kleinkind, das einem ständig zwischen die Beine geriet, dabei alles krallte, was nicht niet- und nagelfest war, um daraus irgendwelche geheimen Gerätschaften zu basteln, über die man dann unverhofft stolperte … Was konnte es Lästigeres geben? Vom Gitterbett über den Wandschrank und später neben dem Hofhund angebunden, durchlief Nikolaj die verschiedensten Stadien der Gefangenschaft. Jegliche Versuche seiner Großmutter, seinen Bewegungsdrang einzuschränken, scheiterten grandios. Nikolaj überwand alle Hindernisse, entwirrte jeden Knoten, brach jedes Schloss auf. Erwischte ihn die Großmutter bei einer seiner *Flausen*, gab sie stets denselben Satz von sich: »Es ist mir unerklärlich, wie der Junge darauf kommt.« Immer, wenn er heute einen Durchbruch in seiner Arbeit erzielte, glaubte er ihre heisere Stimme zu hören: *»Es ist mir unerklärlich …«*

Aus Nikolajs Flausen entwickelten sich bald echte Lausbubenstreiche. Je toller er es trieb, desto mehr Beachtung erhielt er. Und umso mehr Prügel. Auf diese Weise lernte er früh, viel einzustecken.

Bei allem blieb seine Großmutter stets gerecht. Sie liebte ihren Enkel, und es gab durchaus auch zärtliche Momente, einen Gutenachtkuss auf die Stirn oder ab und zu eine Geschichte über den unbekannten Großvater, einen Helden des Ersten

Weltkriegs. Die Großmutter wusste bloß nicht mit dem Kind umzugehen. Schläge waren für sie Erziehung zu seinem Besten.

Wenn Nikolaj heute über seine Streiche nachdachte, so hatte er seine Bestrafung meist verdient. Die Großmutter war es jedoch auch, die ihm einen Denkanstoß lieferte, den er für den Rest seines Lebens verinnerlichen sollte.

Eines Tages hatte er einen neuen Streich ausgeheckt. Seine Großmutter fürchtete weder Tod noch Teufel, und auch die Nacht konnte ihr keine Schrecken bereiten. Was sie jedoch unerklärlicherweise fürchtete, waren Schatten. Also wälzte sich Nikolaj in Kohlestaub, schwärzte Gesicht und Hände und verschanzte sich hinter einem riesigen Strohballen. Als sich seine Großmutter zu ihrem abendlichen Besuch des Aborts aufmachte, sprang er hinter seinem Strohversteck hervor und ihr mit einem »Hui!« in den Weg.

Hinterher wurde kolportiert, ihr erschrockener Schrei sei noch im vier Kilometer entfernten Nachbarort zu hören gewesen. Die Abreibung, die die Großmutter ihrem Enkel anschließend verpasste, erwies sich als seine bisher schlimmste. Das erste Mal kam ein Gürtel zum Einsatz.

Später, als sie ihm Salbe auf den wunden Hintern schmierte, sagte sie zu ihm: »Junge, es ist einfach, sich als Zwerg hinter einem Riesen zu verstecken und seine alte Großmutter zu erschrecken. Aber wenn du ein richtiger Mann werden willst, dann musst du lernen, wie man sich als Riese hinter einem Zwerg verbirgt.«

Diese Lektion verstand er erst später, aber er vergaß sie nie.

Dass er anders war als die anderen Kinder, bemerkte er zuerst an seinem sechsten Geburtstag. Es musste ein heißer Tag gewesen sein, weil sein Vater, der ihn bei der Großmutter besuchte, die Uniformjacke auszog.

Nicht weit vom Haus befand sich ein kleiner Teich. Das fröhliche Geplantsche und Kreischen, wenn die Kinder von der überhängenden Weide hineinsprangen, drang laut zu ihnen herüber. Nikolaj spielte gerne am Teich und hatte sich auch des Öfteren Gedanken über das Schwimmen gemacht. An jenem Tag stand sein Vater auf, nahm ihn bei der Hand und sagte: »Komm, du springst jetzt von der Weide. So habe ich schwimmen gelernt.« Nikolaj lernte alle Dinge auf diese Art: Sein Vater sagte, er solle es tun, und er tat es.

Dieses Mal nicht. »Vater«, hatte er gerufen, »ich werde untergehen! Ich muss erst schwimmen lernen.«

»Darum geht es ja. So lernst du es. Ruder mit den Armen und Beinen. Sieh zu, wie es die anderen machen.«

Er war nicht überzeugt. Es passte nicht. Er hatte das noch nicht berechnen können, das Verhältnis, wie sich sein Gewicht zum Wasser verhielt, und ob seine Paddelbewegungen das ausglichen. Sein Vater und seine Großmutter mochten es nicht, wenn er wertvolles Papier mit seinen Zahlen vollkritzelte. Sie verlangten von ihm vorbildliches Verhalten. Das bedeutete, ohne Widerspruch zu tun, was sie sagten, und nur zu sprechen, wenn er gefragt wurde. Aber er besaß doch Körperöffnungen, und nach seinem Verständnis würden sie volllaufen, und er würde immer schwerer werden und untergehen. Er hatte das mit einer Flasche getestet. Leer schwamm sie an der Oberfläche, aber sobald sie volllief, versank sie. Er vermutete, die Kinder hätten ihre Öffnungen mit Wachs verschlossen, so würde er es nämlich machen. Die Nase konnte man zuhalten. Oder beim Untertauchen ausprusten, was er bereits in der Waschschüssel austestete.

Aber der Vater hatte kein Ohr für die Einwände des Sohnes. Er warf Nikolaj ins Wasser und, o Wunder, er lief weder voll, noch ertrank er. Nikolaj begriff erstmals, dass es für ein Problem verschiedene Lösungen gab.

Als er zehn wurde, starb seine Großmutter. Daraufhin steckte ihn sein Vater in ein Heim für Kinder hoher Regierungsbeamter. Den Vater, einen hochrangigen Militär, sah er wenige Stunden am Wochenende, wenn überhaupt.

Auch im Heim bezog Nikolaj reichlich Schläge. Er störte den Unterricht, prügelte sich mit seinen Mitschülern, war rebellisch und rastlos. Bis einer seiner Lehrer eher zufällig den Grund für Nikolajs Verhalten herausfand: Der Junge war mit den schulischen Aufgaben hoffnungslos unterfordert. Darauf schickte man ihn auf die Eliteschule 175, wo er auf Kinder mit den unterschiedlichsten Begabungen traf, unter ihnen auch Sergio Berija und Xenia Liskowa. Zum ersten Mal in seinem Leben fühlte sich Nikolaj akzeptiert, niemand nahm dort Anstoß an seinem Wissensdrang.

Als Berija ihn im Spätsommer 1945 zusammen mit Chefkonstrukteur Sergejew nach Deutschland beorderte, um vor Ort die erbeutete Nazi-Waffentechnik in Augenschein zu nehmen, konnte er es zuerst gar nicht erwarten. Er gierte danach, eine A4-Rakete zerlegen zu können, Neues zu erfahren und Neues zu lernen, die Gedanken und Vorgehensweise genialer Köpfe wie Wernher von Braun und Ferdinand von Schwarzenbach nachzuvollziehen! Aber plötzlich hatte sich auch etwas eingeschlichen, was seine Freude trübte und ihn daran hinderte, es richtig zu genießen. Bis zu seiner Rückkehr hatte er geglaubt, es läge daran, dass er gerade die Erlaubnis für sein erstes eigenes Forschungsprojekt erhalten hatte und es gleich wieder abgeben musste, bevor er auch nur einen Bleistift zur Hand nehmen konnte. Als er nun Katja wiedersah, kamen ihm ernsthafte Zweifel an dieser Theorie. Er mochte das Mädchen, und er hatte sie tatsächlich vermisst. Aber er durfte diese Gefühle keinesfalls an sich heranlassen. Wie sein Vater sagte: Katja war ein Auftrag, er sollte ihr Vertrauen gewinnen.

Nach dem Termin beim General verabschiedete er sich von Xenia und begab sich in Anatolis Büro.

Sein Freund hockte mit entblößten Füßen auf dem Boden. An sich nichts Ungewöhnliches, nur dass Anatoli gerade damit beschäftigt war, mit einer Nacktschnecke über seinen großen Zeh zu streichen.

Nikolaj, hinlänglich mit Anatolis Schrullen vertraut, fand, dass er sich heute damit selbst übertraf. »Puh! Was machst du denn da? Und was ist das?« Nikolaj zeigte auf das Einmachglas neben Anatoli. Träge regte sich darin ein halbes Dutzend Nacktschnecken.

»Nacktschneckenschleim hilft gegen Warzen«, erklärte Anatoli und angelte nach der nächsten. Er schwenkte das Tier zwischen Daumen und Zeigefinger: »Brauchst du auch eine?«

Nikolaj hob abwehrend beide Hände. »Danke, ich verzichte.«

»Ich sage dir, Schuhe sind irgendwann mein Tod.« Anatoli fuhr seelenruhig in seinem Treiben fort. Nikolaj nahm hinter dem Schreibtisch Platz, um sich das Schauspiel nicht ansehen zu müssen.

»Ich habe schon gehört, dass du zurück bist, mein junger Freund. Hast du neue Universen entdeckt?«

»Das kann man so sagen. Die Deutschen sind uns um einige Jahre voraus. Es ist eine Schande, dass sie ihr Wissen in Militärtechnik stecken, um Kriege zu führen.« Nikolaj umriss für Anatoli einige der technischen Raffinessen, die er vor Ort untersucht hatte.

»Ich konstatiere, du hegst Bewunderung für die Deutschen«, meinte Anatoli und angelte sich eine weitere Schnecke.

»Ich achte ihre Ingenieurskunst, aber ich verachte, was sie daraus machen. Sie verschwenden ihr Wissen.«

»Es heißt, die Amerikaner profitieren jetzt davon? Ist es wahr, dass sie uns in Thüringen hundert A4-Raketen gestohlen und sie samt deren Entwickler, diesem Wernher von Braun, nach Amerika verschifft haben?«

»Ich dachte, du interessierst dich nicht für Gerüchte?«

»Nur, wenn sie stimmen.« Anatoli beendete seine Schneckenkur, schraubte das Glas zu und stellte es auf den Schreibtisch, Nikolaj vor die Nase.

»Wie weit seid ihr mit dem Projekt vorangekommen?«, fragte Nikolaj und überließ Anatoli seinen Platz. Nun war es an Anatoli, Nikolaj über den Stand der Arbeit am Raketenflugzeug Pe-318–1 zu unterrichten. Gemeinsam beugten sie sich über die neuesten Zeichnungen des Treibstoffversorgungssystems und des Strahltriebwerks. »Katjuscha hatte eine interessante Idee zum Steuerungssystem.« Er zeigte ihm ihre Skizze, und sie besprachen, inwiefern Katjas Vorschlag umsetzbar und die Steuerung dadurch zielgenauer ausgerichtet werden könnte.

»Wie kommt Katja sonst in der Projektgruppe klar?«, fragte Nikolaj, während er weiter die Zeichnung studierte.

»Ah! Daher weht der Wind deines Besuchs.«

»Wie darf ich das verstehen?«

Anatoli setzte ein unschuldiges Gesicht auf und wechselte das Thema. »Übrigens macht sich Xenia nicht ganz so gut in der Gruppe.«

Nikolaj schlug Anatoli auf die Schulter: »Kampf der Titanen, was?«, grinste er. »Hauptsache, ihr beiden habt euren Spaß. Du bist ab sofort erlöst, ich übernehme sie wieder.«

»Spektakulär. Gehen wir in die Kantine? Wenn ich nicht bald was zu beißen bekomme, fresse ich Schnecken.«

»Zumindest sprießen dir dann keine Warzen im Mund.«

Anatoli lachte und drosch auf Nikolajs Schulter, dass dessen Knie einknickten.

Der Hüne strebte zur Tür.

»Ziehst du keine Schuhe an?«, mahnte Nikolaj.

»Nein, der Schleim muss erst einwirken. Triffst du heute noch Katjuscha?«

»Wie kommst du darauf?«

»Vergiss nicht, junger Freund, ich weiß die Sterne zu deuten.«

»Manchmal bist du richtig lästig.«

»Ich tue, was ich kann. Sag, konnte der General etwas über den Verbleib von Katjuschas Vater herausfinden?«

»Bisher nicht. Der Mann scheint völlig von der Bildfläche verschwunden zu sein.«

»Das ist schlecht. Sprich mit Katjuscha, sie hat eine kleine Aufmunterung nötig.«

48

Der Teufel ist Kommunist.

Josef Stalin

Kathis Puls kam nicht mehr zur Ruhe. Was für ein Tag! Nikolaj war zurückgekehrt, und sie würde noch heute ihren Vater wiedersehen!

Die Zeit bis nach dem Abendessen schlug sie damit tot, auf die Uhr zu starren. Entgegen jedem physikalischen Gesetz schien sich der Zeiger dadurch noch langsamer zu bewegen.

Am Ende ging alles dennoch sehr fix. Seit Anatolis Rückkehr aus Berlin wurde sie nachts nicht mehr in ihr Zimmer eingesperrt. Sie konnte sich ungesehen hinausschleichen und verschaffte sich mit dem ihr zugesteckten Schlüssel Zutritt zum Keller der Akademie. Das Licht einzuschalten wagte sie nicht, stattdessen tastete sie sich die Wand entlang die Treppe hinab.

Am Absatz angelangt, spürte sie sofort die fremde Präsenz. Schon flammte eine Taschenlampe auf und leuchtete ihr ins Gesicht. »Genossin Oberst Sonia, sind Sie …?« Weiter kam Kathi nicht.

Eine grobe Hand packte sie von hinten, verschloss ihren Mund und erstickte jeden weiteren Laut. Kathi wurde gefesselt, geknebelt und eine Haube über den Kopf gestülpt. Man bugsierte sie über endlos lange Flure, schwere Türen wurden geöffnet und wieder geschlossen. Schließlich gelangten sie ins Freie. Für einen Moment umfing Kathi der eisige Hauch des Moskauer Winters, dann wurde sie in einen Wagen gestoßen.

Nach kurzer Fahrt stoppte das Auto. Kathi wurde erneut gepackt und in ein Gebäude geführt, über Treppen und Flure, das reinste Labyrinth.

Endlich zog man ihr die Haube vom Kopf und löste den Knebel. Kathi, halb erstickt, schnappte nach Luft. Nach der dunklen Haube stach das jähe Neonlicht in ihren Augen.

Ein Mann wie ein Kleiderschrank ging vor ihr, ein zweiter führte sie mit festem Griff am Arm. »Wo bin ich, was wollen Sie von mir?«, japste Kathi.

Die Antwort bestand in einem schmerzhaften Schlag gegen ihren Nacken und einem geknurrten »Halt's Maul, oder du wirst wieder geknebelt«.

Sie betraten nun einen Raum, in dem ein halbes Dutzend junger Frauen an Schreibmaschinen saß und eifrig tippte. Keine blickte auf oder schien den drei Besuchern das geringste Interesse entgegenzubringen. Alle Frauen waren auffällig hübsch und trugen adrette Kostüme. Die gesamte Atmosphäre strahlte etwas Unechtes, fast schon Surreales aus, als handelte es sich um eine Filmkulisse.

Kathi wurde quer durch das Zimmer zu einer zweiten Tür manövriert. Dieses Mal klopfte der Vordermann an, wartete auf Antwort und trat ein.

Vor ihnen öffnete sich ein Raum mit gerahmten Bildern an den Wänden und dicken Teppichen auf dem Boden. Schwere Möbel und ein Kronleuchter ließen ihn eher wie ein Wohnzimmer wirken. Wäre da nicht der imposante Schreibtisch gewesen, hinter dem ein aufgeschwemmter Mann mit Stirnglatze und einem Kneifer auf der Nase thronte.

Kathi erkannte Lawrenti Berija sofort, und ein Frösteln überzog ihren Körper. Was wollte der mächtige Chef des NKWD von ihr?

Berija bedeutete ihrem Bewacher, sie von den Fesseln zu befreien, und wies ihr den Stuhl vor seinem Schreibtisch an. Als Katja sich nicht sofort setzte, drückte der menschliche Kleiderschrank sie darauf nieder.

»Du bist Katharina Sadler aus Petersdorf, geboren am 24. Dezember 1928?«, fragte Berija.

»Ja.«

»Deine Schwester heißt Franziska Sadler, geboren am 12. November 1935 ebendort?«

»Ja, aber was soll …?«

»Schnauze! Franziska Sadler wohnt derzeit auf der Datscha von Anatoli und Pelageja Kobulew?«

»Ja.«

»Gut. Wenn du jemandem von unserem Gespräch erzählst, ist deine Schwester tot. Hast du das verstanden, Nemetski? Antworte!«

»Ja«, flüsterte Kathi.

»Pojechali, auf geht's, kleine Nemetski! Lass uns auf deinen Hitler trinken!« Berija ergötzte sich an Kathis Gesichtsausdruck, als er ihr ein randvolles Glas mit Wodka über den Tisch schob.

Kathi vertrug weder Alkohol, noch stand ihr der Sinn danach. Hinter sich spürte sie die Bereitschaft ihres Bewachers, ihr beim Trinken nur allzu gerne nachzuhelfen. Ob sie ablehnte oder nicht, am Ende würde der Wodka trotzdem in ihrem Magen landen. Also hob sie das Glas, und Berija, ihr zuprostend, wiederholte seinen unsinnigen Trinkspruch: »Auf Hitler!«

Der Geheimdienstchef kippte den Alkohol in einem Zug.

Katja nippte zaghaft an ihrem Glas. Ihre Zunge stand bereits beim ersten Kontakt in Flammen.

»Alles«, befahl Berija.

Kathi gehorchte. Der scharfe Schnaps versengte ihr die Kehle.

Berija trank ein weiteres Glas, verzichtete jedoch darauf, ihr nachzuschenken. Er musterte sie. »Warum hinkst du?«

Kathi verstand die Frage nicht. Sie hinkte nicht. Wollte der mächtige Chef des russischen Geheimdienstes sie dazu provozieren, ihm gleich zu Beginn zu widersprechen?

»Ich bin unsicher auf den Beinen, weil ich bis eben verbundene Augen hatte«, antwortete sie vorsichtig.

»Du hinkst also sicher nicht? Gut, dann kam es mir nur so vor.« Für Kathi hörte es sich an wie eine Drohung. *Was nicht ist, kann noch werden.* Vor Berija entdeckte Kathi eine Mappe mit ihrem Namen darauf. Die Akte war so dick, dass sie sich unwillkürlich fragte, was sie alles enthalten mochte.

»Wie uns zuverlässig bekannt ist, hast du Verbindungen zu diversen Spionen gepflegt.«

»Was?«

Er blätterte in der Akte und las mehrere russische Namen vor, die ihr allesamt unbekannt waren. Allein bei dem Namen Sokolow regte sich etwas in ihr. Als sie im Februar 1945 in russische Gefangenschaft geraten war, hatte man sie in diversen Verhören ebenfalls nach ihm gefragt. Als Nächsten nannte Berija Milosz Rajewski, bezeichnete ihn verächtlich als polnischen Verräter und leierte anschließend eine Reihe deutscher Namen herunter, unter ihnen Ferdinand von Schwarzenbach. »Wer war dein Geliebter? Rajewski oder Schwarzenbach? Beide?« Die Worte stießen auf Kathi scharf wie Fangzähne herab.

Sie sah keinen Nutzen darin, zu antworten. Dieser kleine, verblendete Mann würde ihr ohnehin nichts glauben.

»Oho! Das kleine Hitlermädchen ist sich wohl zu fein für eine Antwort! Also sind sie alle deine Geliebten! Sag, treibst du es auch mit Genosse Nikolaj?«

»Was?«

»Was?«, äffte Berija sie nach. Er beugte sich vor und brachte sein aufgeschwemmtes Gesicht nahe an ihres, sodass sie seinen sauren, alkoholgetränkten Atem riechen konnte.

»Ich kenne deine Sorte! Du bist doppelzüngig wie alle Deutschen. Du stellst dich dumm und naiv und hältst dich dabei für sehr schlau. Denkst du, du könntest mich täuschen? Mich, Berija? Ihr im Westen, ihr habt Russland und sein Volk schon immer unterschätzt. Sieh deinen Hitler an! Wo ist denn jetzt sein Tausendjähriges Reich? Er hat Deutschland in zwölf Jahren verkleinert, hehe. Und jetzt ist sein Reich Staub. Er ist Staub! Auf der Asche der Faschisten bauen wir unser eigenes Weltreich. Dein Hitler hat uns zum Phoenix gemacht!« Er lachte wie über einen guten Scherz. »Also trinke ich auf Hitler, den besten Freund, den das russische Volk je hatte!«

Er trank eine Menge auf Hitler.

»Die Sowjetunion ist der große Sieger in einem großen Krieg«, setzte Berija seinen Monolog fort. Wieder dieses blecherne Lachen, das wie der Schlag einer Henkersaxt klang. Er goss sich nach, leerte das Glas, leckte sich über die feuchten Lippen. Endlich schob er Glas und Flasche von sich und richtete sie in einer Ecke des Schreibtischs aus. Er tat dies durchaus konzentriert, ein Gewohnheitstrinker, der den Grad seiner Trunkenheit einzuschätzen wusste.

Er senkte die trägen Lider, und der anschließende Blick schickte erneut ein Frösteln durch Kathis Körper. Nicht einmal die Stunden im Schutzbunker in Berlin, inmitten des Bombenhagels, hatten sie in diesen Zustand der Angst versetzt. Als befände sie sich in den Fängen eines urzeitlichen Ungeheuers, das jeden Augenblick seine Zähne in sie graben und ihr Fleisch zerreißen würde.

»Du bist hübscher, als ich dich in Erinnerung habe«, sagte

Berija schleppend. Er erhob sich schwerfällig und kam um den Schreibtisch herum. Zu Katjas Entsetzen nestelte er dabei an seiner Hose, öffnete sie und holte sein erigiertes Glied hervor. Ihr blieb nicht einmal Zeit zu schreien. Ohne Umschweife packte er ihren Kopf mit beiden Händen und drückte sie hinab. »Und nun, kleines Hitlermädchen, zeig mir, wie du es bei deinen Geliebten gemacht hast. Und wehe, du machst es nicht gut! Dann hole ich mir deine Schwester.«

49

Wie tief die Wunden des Lebens auch sein mögen,
es gibt immer die Hoffnung auf einen neuen Morgen.

Aus »Das Mädchen hinter der Maske«

»Doktor Hajumäkki«, sagte die Krankenschwester, »der Anruf aus London, auf den Sie gewartet haben. In Ihrem Büro.«

»Danke, Schwester Mari.« Er legte das Stethoskop ab. »Ich bin gleich zurück«, informierte der Arzt seinen Patienten und eilte aus dem Krankenzimmer. Er nahm den Hörer auf. »Hallo, ist da London?«, rief er laut, da es in der Leitung rauschte und knackte.

»Ja. Hier spricht Dimitri Filipow. Sie baten um Rückruf, Doktor Harju …?«, sagte eine ferne Stimme.

»Doktor Hajumäkki aus Helsinki. Danke für den Rückruf. Ich habe hier eine Patientin, Elena Filipow. Sie sagt, sie sei Ihre Nichte.«

»Meine Nichte ist seit bald dreißig Jahren tot«, antwortete Großfürst Dimitri reserviert. Er war jene Glücksjäger leid, die von zu Zeit zu Zeit auftauchten und sich als Überlebende der Romanows oder Filipows ausgaben, weil diese Adelshäuser zu Europas reichsten zählten.

»In dem Fall soll ich Ihnen ausrichten«, Doktor Hajumäkki las von einem Notizzettel ab, »sie habe Sie Onkel Ryschik genannt, und Sie selbst nannten sie Lukutschka.«

»Lukutschka?« *Zwiebelchen*? Dimitris Hand krampfte sich um den Hörer, als der Kosename aus den Tiefen seiner Vergangenheit emportauchte. Er hatte Elena das Reiten beigebracht. Die Kleine war unerschrocken. Sooft sie auch abgeworfen wurde, sie weinte nie. Irgendwann taufte er sie Zwiebelchen, weil sie selbst eine Zwiebel damit zum Weinen brachte. Und sie nannte ihn Onkel Ryschik, *Onkel Rotschopf*. Niemand außer ihnen kannte diese beiden Kosenamen. »Kann ich mit ihr sprechen?«

»Sie ist derzeit ohne Bewusstsein. Als sie eingeliefert wurde, bat sie um Stift und Zettel und schrieb eine Notiz, sie zu verständigen.«

»Was ist mit ihr? Ist sie krank?«

»Ihre Schulter und ein Bein sind gebrochen und auch einige Gesichtsknochen. Wir haben sie operiert.«

»Ein Unfall?«

»Wir wissen es nicht. Aber …«

»Was?«

»Wir glauben, dass sie gefoltert wurde. Dafür spricht auch der Zustand ihres Begleiters.«

»Welcher Begleiter?«

»Auf dem Zettel steht, es sei ihr Mann.«

»Lesen Sie mir den Zettel vor.«

»*Mein Name ist Elena. Bei mir ist mein Ehemann Laurenz. Bitte verständigen Sie Großfürst Dimitri Alexejewitsch Filipow in London. Er ist Onkel Ryschik, ich bin Lukutschka*.

»Geben Sie mir Ihre Adresse in Helsinki. Ich komme zu Ihnen.«

»Da ist noch etwas, Großfürst, es ist mir ein wenig unangenehm, aber …«

»Wenn es um die Kosten geht, ich übernehme alles. Bitte lassen Sie meiner Nichte und ihrem Mann die bestmögliche Behandlung zukommen.«

»Natürlich.«

»Dimitri, bist du das?«, flüsterte Elena. Die leisen Worte gingen unter im Plätschern des Wassers und in den Schreien der Seevögel, die durch das geöffnete Fenster hereindrangen.

Der Großfürst hörte sie dennoch. »Du bist wach! Wie fühlst du dich, Lukutschka?«

»Als hätte mich ein Pferd getreten.«

»Ich sehe nach einem Arzt.«

»Nein! Bitte, wie geht es Laurenz?«, fragte sie furchtsam.

»Er lebt. Aber er ist ohne Bewusstsein.«

»Ich muss zu ihm! Hilf mir.« Elena wollte sich aufrichten, als ein scharfer Schmerz sie durchfuhr.

»Ruhig. Deine rechte Schulter war mehrfach gebrochen. Doktor Hajumäkki musste dich operieren.«

»Mein Bein?«

»Ebenfalls gebrochen und geschient. Ich würde dich gerne fragen, wie das passiert ist. Aber das hat Zeit.« Dimitri öffnete die Tür und bat eine Schwester, den Arzt zu verständigen.

Elena betastete mit der linken Hand ihr teilweise bandagiertes Gesicht.

Dimitri kehrte zurück. Nach ihm federte ein junger Mann im Arztkittel herein. »Ich bin Doktor Hajumäkki!«, sagte er fröhlich. »Schön, dass Sie wach sind. Wie fühlen Sie sich? Haben Sie Schmerzen?«

»Nicht sehr.«

»Das ist das Morphin.« Er nahm ihre Hand, fühlte den Puls, schlug danach die Decke zurück und besah sich ihr Bein. Er tippte nacheinander ihre Zehen an, die aus dem Gips lugten, und wies sie an, diese zu bewegen. »Hervorragend! Funktioniert alles bestens. Jetzt die Schulter.« Er kontrollierte den Verband, befand seinen Sitz ebenfalls für hervorragend und widmete sich anschließend ihrem Gesicht. »Ihre Nase und eine Augenhöhle waren gebrochen, aber die Heilung verläuft gut, und die Hämatome bilden sich auch langsam zurück. Aber vielleicht sehen Sie besser erst in ein paar Tagen in den Spiegel.« Er lächelte sie aufmunternd an.

Elena gefiel der junge Arzt. Seine Finger rochen frisch und sauber, und er strahlte trotz seiner Jugend Kompetenz aus.

»Seit wann bin ich hier?«

»Seit fünf Tagen.«

»Bitte, sagen Sie mir, wie es meinem Mann geht. Die Wahrheit.«

»Nun, sein Zustand bei der Ankunft war überaus bedenklich und die linke Hand brandig. Wir mussten sie ihm abnehmen, um die Infektion zu stoppen. Er hat weiterhin hohes Fieber und ist derzeit noch ohne Bewusstsein.«

»Wann, glauben Sie, wird er aufwachen?«

»Das kann ich nicht ehrlich beantworten. Wir tun alles, um das Fieber zu senken. Und nun ruhen Sie sich aus. Ich sehe heute Abend nochmals nach Ihnen.« Er ging.

»Dimitri«, sagte Elena, »hör zu, du musst nach meinen Mädchen suchen.« Mit jedem Wort musste sie mehr gegen ihre Schwäche ankämpfen. Sie hatte ihre Schilderung erst zur Hälfte beendet, als ihr die Augen zufielen und sie in einen erschöpften Schlaf sank.

»Ruh dich aus, Lukutschka«, murmelte Großfürst Dimitri. Er zupfte fürsorglich die Decke um sie zurecht und verließ leise den Raum, um ein Telefonat nach London anzumelden.

50

Manche Dinge muss man ruhen lassen.
Sonst legt man Macht in sie.

Pelageja Kobulewa

Kathi wähnte sich in einem Albtraum gefangen.

Vor ihr stand Berija mit offener Hose. Mit einer Hand hielt er sein erigiertes Geschlecht umfasst, mit der anderen presste er ihren Kopf dagegen. Der Gestank nach altem Urin und die Erniedrigung verursachten ihr Übelkeit. Jäh stülpte sich ihr Magen um, bittere Galle schoss in ihren Mund, und sie erbrach sich mit einem einzigen gewaltigen Schwall.

Berija fluchte und rettete sich mit einem Sprung, bekam aber dennoch einiges ab.

Kathi kniete keuchend auf dem Teppich. Durch ihre tränenden Augen hindurch sah sie zum beschmutzten Berija auf. Aus dessen offener Hose lugte nun ein kleines rosa Würstchen. Grotesk und erschreckend harmlos. Plötzlich glaubte Kathi Franzi summen zu hören:

Im Frühling knospet die Rose,
dem Herrchen springt auf die Hose.

Aber es ist ja noch gar nicht Frühling … schoss es ihr durch den Kopf. Dem Gedanken folgte unmittelbar ein hysterischer Anfall. Das Lachen brach ebenso aus ihr heraus wie ihr Mageninhalt, sie schnappte nach Luft, Schweiß trat auf ihre Stirn.

Ein brutaler Faustschlag gegen ihre Schläfe setzte dem ein Ende. Bewusstlos kippte Kathi zur Seite.

***

»Was ist … passiert?« Kathi versuchte, sich aufzurichten. Aus unerfindlichen Gründen fand sie sich in Nikolajs Armen wieder. Sie glaubte einen Moment zu träumen, doch jedes Körperteil schmerzte. Am schlimmsten fühlte sich ihr Kopf an, als schlüge darin ein Hammer von innen gegen ihre Schläfen.

»Bleib!« Nikolaj drückte sie sanft zurück auf seinen Schoß. »Du hast vermutlich eine Gehirnerschütterung.«

»Wo sind wir?« Merkwürdigerweise roch es stark nach Leder.

»In meinem Wagen, auf dem Rücksitz.«

»Wie …?«

»Woran erinnerst du dich?«

»Ich weiß nicht. Mir ist furchtbar übel, und in meinem Kopf ist alles voller Nebel.«

»Ruh dich aus. Lass uns später sprechen. Kirill!«, befahl er dem Fahrer. »Bring uns hinaus zu Kobulews Datscha.«

»Sie schläft jetzt«, sagte Pelageja, als sie in die Küche trat, in der Nikolaj und Kirill warteten. »Der Trank ist stark. Sie wird bis morgen früh durchschlafen.«

»Hat sie noch irgendetwas gesagt?«, erkundigte sich Nikolaj beklommen.

»Nein.«

»Fragst du gar nicht, was geschehen ist, Pelageja Kobulewa?«

»Warum? Ich weiß doch, was passiert ist. Lawrenti Berija hat versucht, ihr Böses anzutun, und du hast sie davor bewahrt.«

Ganz so einfach war es nicht gewesen, überlegte Nikolaj. In der langen Fassung hatte er am Abend mit Kathi sprechen wollen. Er beobachtete, dass sie ihr Zimmer heimlich verließ, war ihr hinterhergeschlichen und hatte die Entführung mitbekommen. Da er alleine und ohne Waffe unterwegs war, beschloss er, die Männer zunächst nur zu verfolgen. Leider erwies er sich am Ende als nicht schnell genug. Die Eisentür, die nach draußen führte, fiel vor ihm ins Schloss, und er konnte sie nicht mehr öffnen. Da er ohnehin argwöhnte, wohin die Reise ging – niemand anders als Berija konnte dahinterstecken –, jagte er den Weg zurück und verständigte seinen Vater.

»Bist du betrunken?«, bellte der durch die Leitung. »Misch dich nicht ein. Er wird sie schon nicht umbringen.«

»Halt, leg nicht auf! Hör zu. Anatoli erzählte mir heute, der Genosse Stalin habe dem Genossen Berija die klare Anweisung erteilt, sich nicht an den beiden deutschen Mädchen zu vergreifen.«

»Ist das so?« Eine Pause entstand. Nikolaj konnte sicher sein, dass sein Vater gerade alle Optionen durchging, wie er aus dieser Situation den besten Vorteil für sich herausschlagen konnte. »Einverstanden. Ich statte dem Genossen Berija gleich einen Besuch ab. Mal sehen, inwieweit ich ihm die Suppe versalzen kann.«

»Ich komme mit. Hol mich an der Kusnezkij-Brücke ab!«

Amt und Autorität klärten die Verhältnisse zugunsten des Generals, und ungehindert marschierte er bis in Berijas Vorzimmer. Dessen Leibwächter stellten sich dem General dort zwar entgegen, wagten es aber nicht, handgreiflich zu werden.

Der General ertappte Berija quasi in flagranti; eine offene

Hose lässt sich schwer leugnen. Es folgte ein kurzer Wortwechsel, und die bloße Nennung von Josef Wissarionowitsch und Anatoli Kobulew klärte die Angelegenheit zugunsten des GRU-Chefs. *Vorerst …* Der Blick, mit dem Berija seinem Erzfeind Pchela die bewusstlose Katja überließ, hätte die Hölle zum Einfrieren gebracht. Dies erfuhr Nikolaj später von Kirill, der den General bis ins Vorzimmer begleitete. Er selbst musste auf ausdrücklichen Befehl seines Vaters im Wagen zurückbleiben.

Wohl schlug sein Herz ungeduldig aus, allerdings überraschte ihn seine folgende, heftige Reaktion. Als Kirill ihm das besinnungslose Mädchen in die Arme legte, gab etwas in ihm nach.

Während sein Vater, durchdrungen von seinem Sieg über Berija, meinte: »Ich hätte nicht geglaubt, dass dein Hitlermädchen uns so von Nutzen sein würde«, kämpfte Nikolaj mit seinen verwirrenden Gefühlen. Dieses abscheuliche Schwein Berija! Er hatte Katja geschlagen! Es grenzte an ein Wunder, dass sein heiß schwelender Zorn das Fahrzeug nicht in Brand setzte. Er holte sein Taschentuch hervor und tupfte behutsam das Blut aus Kathis Gesicht. Er fühlte eine überwältigende Zärtlichkeit für die geschundene junge Frau auf seinem Schoß, so unerwartet, als begegnete ihm ein Geheimnis, von dessen stiller Existenz er bisher nichts geahnt hatte. Wie leicht und zart sie war, er spürte ihr Gewicht kaum, als hielte er einen Schmetterling im Arm. Er wollte sie an sich drücken, sie beschützen, ihr tröstende Worte ins Ohr flüstern. Ein überaus hübsches Ohr, wie er fand, eine perfekte kleine weiße Muschel. Er ertappte sich beim Wunsch, mit seinen Lippen über dieses Ohr zu streifen, seine Vollkommenheit zu erkunden.

Sein Vater setzte seinen Träumereien ein jähes Ende. »Du willst sie. Das wird Xenia nicht gefallen.«

»Was?«

»Du siehst das Hitlermädchen an, als wolltest du von ihr

abbeißen. Nichts dagegen. Solange du dabei deinen Auftrag nicht vergisst.«

»Nenn sie nicht immer *Hitlermädchen*«, antwortete er lahm.

Der General lachte keckernd und ließ sich zu Hause absetzen. »Sie gehört dir«, sagte er und stiefelte davon.

»Wird sie sich an alles erinnern?«, fragte Nikolaj Pelageja nun, während er sich an seinem Becher Tee festhielt.

»Vermutlich. Aber wenn sie nicht darüber sprechen möchte, lass sie in Frieden. Es ist ihre Entscheidung. Wer sich zu viel mit schwarzen Löchern beschäftigt, fällt irgendwann selbst hinein. Manche Dinge muss man ruhen lassen. Sonst legt man Macht in sie.«

51

Die Bösen hetzen die Dummen auf die Klugen,
weil sie die Einzigen sind,
die ihre Motive entlarven können.

Aus »Marlene«

War ein mächtiger Mann wütend, bekam es seine Umgebung zu spüren.

In der Llubjanka herrschte dicke Luft. Jedermann ging auf Zehenspitzen und suchte die Aufmerksamkeit Lawrenti Berijas nach Möglichkeit nicht auf sich zu lenken.

Indessen köchelte Berija vor sich hin und sann auf Rache. Nichts entwickelte sich wie geplant, Sackgassen, wohin er sich auch wandte. Trotz monatelanger Überwachung gab es keine Anzeichen von Spionagetätigkeit, weder bei den Sadler-Mädchen noch bei den Kobulews. Sie waren einfach zu schlau, hielten die Füße still. Auch Xenia hatte versagt. Es gelang ihr nicht, ihm das Notizbuch der kleinen Deutschen zu beschaffen. Pchela hielt es genauso unter Verschluss wie den Autoatlas. Die Adressen im Atlas, die angeblich zu geheimen Naziforschungsstätten führten, hatten sich bisher ebenfalls als Fehlschlag erwiesen. Seine Leute hatten wochenlang umsonst gegraben.

Und der Sadler-Vater und die Unbekannte, die sie auf dem Filipow-Anwesen gefasst hatten, schwiegen sich aus, selbst unter der verschärften Folter. Er hätte sie schon noch zum

Reden gebracht, wenn ihm nicht der Genosse Stalin mit seinem unsinnigen Befehl dazwischengefunkt hätte. Unfassbar, was da in Josef Wissarionowitsch gefahren war! Natürlich steckte dieser Kobulew dahinter! Und er war nicht der einzige Wissenschaftler, der ihm auf der Nase herumtanzte. Berija hatte sich erst kürzlich deshalb bei Stalin beschwert.

Aber der hatte nur an seiner Pfeife gezogen und gemeint: »Lass die Wissenschaftler machen, Lawrenti. Wir können sie später immer noch erschießen.« Lawrenti wollte nicht warten, er wollte sie gleich erschießen, er hatte eine Liste mit Namen parat.

Einzig beim rätselhaften Selbstmord des Smersch-Chefs Semjonow erzielte er Fortschritte. Die Obduktion der Semjonowa zeigte Reste von NKWD-Gift im Blut. Zweifellos hatte ihr Mann sie ermordet. Überraschend fanden sich in Semjonows Büro auch Fotoabzüge von der Sadler-Akte. Die konnte ihm nur Pomerenko überlassen haben. Er ließ den Verräter vorerst nur beobachten, um zu sehen, mit wem er sonst noch verkehrte.

Die große Frage aber lautete: Welche Verbindung bestand zwischen Semjonow und dem Vater der Hitlermädchen? Wenn Genosse Stalin ihn seine Arbeit machen lassen würde, wüsste er es längst! Selbst den Zugriff auf die Töchter verwehrte ihm der Woschd. Aber er hatte bereits einen Plan, wie er die Ältere dennoch als Spionin entlarven konnte. Es war nicht das erste Mal, dass er heimlich einem Befehl Stalins zuwiderhandelte. Josef Wissarionowitsch hielt sich für schlau, aber er war schlauer.

Er griff zum Telefon und beorderte den Sektionschef für die skandinavischen Länder zu sich. »Wen kennen wir in Finnland?«, fragte er den Mann, kaum dass er vor ihm stand. Eine halbe Stunde später schickte er ihn mit entsprechenden Instruktionen fort. Als Nächstes holte er eine der Sekretärinnen zu sich und diktierte ihr seine neuen Befehle. Zuletzt befahl er: »Holen Sie den Genossen Oberleutnant Nikolaj Pchela her.«

52

Es gibt kein Leben ohne Leid und Tränen.

Pelageja Kobulewa

Kathi verbrachte die nächsten Tage auf der Datscha. Es lag großer Frieden in dem Wissen, wieder ein Zuhause zu haben, in das man zurückkehren konnte, im Glück und im Unglück.

Kobulew kam zu ihr und sagte, er werde dafür Sorge tragen, dass *so etwas* nicht mehr passierte. Ansonsten bedrängten weder Pelageja noch Anatoli sie mit Fragen oder machten zu viel Aufhebens um das Geschehene.

Kathi empfand das als tröstlich. Sie wollte das Erlebnis mit Berija schnell vergessen, sich nicht von schlechten Gedanken gefangen nehmen lassen. Keine Macht in sie legen … Vor allem aber wollte sie künftig ihr Leben nicht in Furcht verbringen. Wenn man hinter jeder Ecke Unheil erwartete, schrumpfte die Welt auf den winzigen Flecken, auf dem man stand. Sie aber träumte nach wie vor davon, den Kosmos zu erobern.

Pelageja fand dafür ihre eigenen Worte. »Es gibt kein Leben ohne Leid und Tränen, Katjuscha. Wir haben nur die Wahl, es entweder auszuhalten oder an seinen Prüfungen zugrunde zu gehen.«

Kathi erinnerte sich, dass sie schon so einiges hatte aushalten müssen: Antons Tod, den ihres neugeborenen Bruders und jenen der Großeltern, das ungewisse Schicksal ihrer Eltern und den Verlust der Heimat.

Einen Tag igelte sie sich mit Franzi und Oskar in ihrem Zimmer ein. Aber sobald ihr der Kopf nicht mehr zu zerspringen drohte, wurden ihr die Wände im Haus zu eng. Ungeachtet des stürmisch-nasskalten Wetters drängte es sie nach draußen. Sie genoss den Regen auf ihrem Gesicht, und jeder Tropfen wusch das Erlebte von ihr ab, war für sie ein Stück wiedergewonnener Freiheit. Mit Oskar unternahm sie Spaziergänge in die Umgebung und an den Teich, erforschte den Wald, und oft führte ihr Weg sie auch zur vom Blitz gespaltenen Eiche. Der Baum der Erkenntnis übte eine seltsame Anziehungskraft auf sie aus. In ihren Augen umgab ihn ein Rätsel, und einem Rätsel konnte sie nie widerstehen. Er war nicht tot, solange seine Wurzeln noch fest in der lebendigen Erde ankerten. Dieser Baum verband das Vergangene mit dem Gegenwärtigen; Tod und Leben, die zwei Hälften einer Gleichung. Nichts ging wirklich verloren, nichts entstand neu, alles wandelte sich nur. Es war ein physikalisches Grundgesetz.

Während Kathi die Freiheit genoss, dem Geheimnis des Lebens nachspürte und Gespräche mit Bäumen führte, zog es Franzi vor, sich bei Pelageja in der warmen Küche einzukuscheln. Mit den Bienen in geheimer Seelenverwandtschaft verbunden, passte sie sich wie in jedem Jahr deren natürlichem Rhythmus an und wurde mit Ende des Sommers zunehmend schläfriger. Wie daheim in Petersdorf suchte sie sich bei Herbstbeginn ihr besonderes Plätzchen unter dem Tisch und richtete sich dort ihren persönlichen Bienenstock ein, bestehend aus einem halben Dutzend Katzen, Nikolajs *Zwerg*, Brehms Tierleben, das neuerdings den Verlust ihres geliebten Atlas wettmachte, sowie einem Teller Kuchen, stibitzt mit Pelagejas Einverständnis. Inzwischen verschlief sie viele Stunden des Tages. In ihren Wachphasen lernte sie neue Reime von Pelageja. Zweistein fehlte neuerdings in ihrer Menagerie, da er seinen eigenen Winterschlaf in einer Kiste in der Scheune hielt.

Seit dem Morgen fiel der Schnee in dicken Flocken vom Himmel. Die flaumigen Bällchen lockten auch Franzi unter dem Tisch hervor. Eingepackt wie ein Polarforscher, stand sie mit Kathi auf dem Hof, reckte das kleine Gesicht den Wolken entgegen und fing die Himmelsflocken mit der Zunge auf. Jedes Mal, wenn ein Kristall in ihrem Mund schmolz, juchzte sie auf.

So traf Nikolaj sie gegen Mittag an, mit ausgestreckten Zungen auf der Jagd nach Schneeflocken. Er schloss sich dem kindlichen Vergnügen sofort an. Daraus entwickelte sich bald eine wilde Schnellballschlacht. Oskar sauste bellend zwischen ihnen hin und her und fing so manches Wurfgeschoss im Flug ab. Doch nicht wenige der Schneekugeln fanden ihr Ziel, wobei Franzi eine erstaunliche Treffsicherheit an den Tag legte.

Und als wären sie noch nicht ausreichend durchnässt, legten sie sich am Ende auf den Rücken und malten Engel in den Schnee. Zwei große und ein kleiner. Eine Engelsfamilie. Oskar schmiss sich sofort neben sie und wälzte sich glückselig auf dem Rücken.

Pelageja empfing die lärmende Schar mit heißer Milch und leckerem Honiggebäck. Während ihre Kleidung vor dem Ofen trocknete, saßen die drei Schneeengel mit roten Wangen am Tisch und stritten darüber, wer wohl die meisten Treffer gelandet hatte.

Nachdem die Milch getrunken, die Kekse gegessen und Franzi sich auf ihr Kissen unter dem Tisch zurückgezogen hatte, schlug Nikolaj Kathi einen Spaziergang zum Observatorium vor. Wortlos holte Anatoli den Schlüssel aus der Tasche und händigte ihn Nikolaj aus.

Oskar sprang erwartungsfroh auf.

Kathi und Nikolaj schlüpften in ihre kaum getrocknete Kleidung und traten hinaus in eine weiß verzauberte Winterlandschaft. Es schneite nur noch leicht, sanft wie Federn schwebten die Flocken zur Erde.

Sie lenkten ihre Schritte hinter das Haus und zeichneten die erste Spur in den jungfräulichen Schnee. Still gingen sie nebeneinanderher. Vor einer Stunde hatten sie noch wie fröhliche Kinder herumgetobt – und nun dieser Zustand der Befangenheit.

Kathi verspürte ohnehin nicht das Bedürfnis zu reden. Sie hatte sich gewünscht, dass Nikolaj kommen würde. Und hier war er, neben ihr. Sie wollte das Universum nicht mit weiteren Wünschen überfordern.

Die Bäume trugen ein weißes Kleid, und der Teich ruhte als dunkler, glitzernder Fleck in einem unberührten Land. Auf seiner Oberfläche schmolzen die Schneeflocken wie zuvor auf ihren Zungen. Sie verharrten an seinem Ufer und warfen den Enten kleine Brotstückchen zu, die ihnen Pelageja beim Aufbruch mitgegeben hatte. Oskar, der ihnen die ganze Zeit gefolgt war, erhielt seinen Anteil am Brot, eine Bestechung, weil ihm Kathi die Entenjagd heute verbot.

»Wie geht es dir?«, fragte Nikolaj höflich und malte mit der Stiefelspitze Kreise in den Schnee.

»Gut, danke schön. Und dir?«, antwortete sie artig wie ein Mädchen aus dem Pensionat.

»Auch danke.« Weitere Kreise im Schnee, das letzte Brot verfüttert.

Sie liefen weiter, zogen sich erneut in ihre Nischen des Schweigens zurück. Oskar trippelte zwischen ihnen. Er hatte einen Stock aufgetrieben, und sie schleuderten ihn abwechselnd so weit sie konnten. Oskar sauste jedes Mal hinterher, tauchte kopfüber in den Schnee und kehrte mit seinem Spielzeug zurück. Ein Hund im Glück. Seine Freude am Leben hatte etwas unwiderstehlich Ansteckendes. Kathi und Nikolaj tauschten ein erstes, schüchternes Lächeln. »Sollen wir darüber reden?«, fragte Nikolaj vorsichtig.

»Nicht über den kleinen, hässlichen Mann«, antwortete Kathi schnell und bestimmt. »Ich will ihn nicht in meine Gedanken lassen.«

»Verständlich. Ich möchte mich gerne bei dir ent…«

»Nein, bitte. Es war nicht deine Schuld, wenn du das sagen wolltest. Ich habe dir und deinem Vater zu danken. Wenn ihr nicht…« Sie brach mit einer kleinen, hilflosen Geste ab. Mehr gab es darüber wirklich nicht zu sagen. Es gab anderes, was sie beschäftigte. Ebenso erging es Nikolaj, wie seine folgende Frage zeigte: »Wie bist du eigentlich an den Schlüssel für den Keller gekommen?«

»Er wurde mir zusammen mit einer Notiz zugesteckt. Darauf stand, ich solle am Abend in den Keller gehen, um meinen Vater zu treffen.« Sie schilderte ihm den genauen Wortlaut der Nachricht und weshalb sie annahm, sie stamme von der Politkommissarin Sonia Petrowa alias Luise Liebig.

»Hast du den Zettel noch?«

»Nein. Zettel und Schlüssel wurden mir abgenommen.«

»Es war eine hinterhältige Falle«, sagte Nikolaj. Am liebsten hätte er gegen einen Baum getreten. Aber der konnte ja auch nichts für die Kreatur Berija.

»Ich habe darüber nachgedacht«, sagte Kathi. »Dieser Zettel beweist, dass dieser… Du-weißt-schon-wer etwas über meinen Vater weiß.« Sie erreichten die Tür des Observatoriums, und Nikolaj schloss auf. Er ließ Kathi den Vortritt, und

Oskar zögerte nicht und sprang hinter seiner Herrin die Stufen hinauf.

Sie blieben unterhalb der Aussichtsplattform, wo sich Kobulew ein Ministudierzimmer mit einem Holzofen für die kalten Tage eingerichtet hatte. Nikolaj hatte von unten Holz mitgebracht. Bald brannte das Feuer, und sie setzten ihre Unterhaltung fort. »Dein Vater wurde am Bahnhof tatsächlich von einem Wagen des NKWD abgeholt, Katja. Aber ab dem Moment scheint er verschwunden. Der General konnte nichts über seinen Verbleib herausfinden. Es tut mir leid.«

Das war natürlich keine Auskunft, mit der sich Kathi zufriedengeben konnte. »Aber es muss doch eine Möglichkeit geben!«

»Nenn sie mir, und ich tue es!«

Kathi starrte finster ins Feuer. »Warum interessiert sich dieser Du-weißt-schon-wer für meinen Vater? Du sagtest, es gäbe vier Millionen Gefangene. Warum ausgerechnet er?«

»Offenbar hält ihn Du-weißt-schon-wer für einen Spion.«

Kathi umfasste mit beiden Händen ihren Kopf. »Das ist doch verrückt, verrückt, verrückt«, murmelte sie. »Wo soll das alles einmal enden, wenn jeder von jedem das Schlechteste annimmt? Mein Vater ist niemals ein Spion! Er ist Musiker und Bauer. Er wurde in den Krieg gezwungen, und jetzt hält man ihn irgendwo gefangen und lässt ihn nicht mehr zurück nach Hause. Krieg ist etwas für Verrückte! Krieg kann doch kein normaler Mensch ernsthaft wollen!«

Sie sah hilflos zu Nikolaj, und er wünschte, er könnte die Traurigkeit in ihren Augen auslöschen. Ihrem Ausbruch hatte er nichts entgegenzusetzen. Er wollte sich gerade auch nicht damit befassen, ob er zu den Verrückten zählte. Alles, was er je wollte, war Fliegen. Dabei beschossen zu werden oder selbst Bomben abzuwerfen war niemals Teil seines Traums gewesen. Als begabter Mathematiker wusste er mit Variablen und

Wahrscheinlichkeiten umzugehen, das Schicksal hingegen war ein eher ungenaues Konzept. Es folgte seinen eigenen, überraschenden Pfaden, und dazu gehörte auch die Erkenntnis, dass er in diesem Moment Katja nicht gegenübersitzen würde, hätte Hitler seine Heimat Russland nicht überfallen. Er fühlte sich wohl in der Gesellschaft des Mädchens. Er sah sie gerne an, mochte ihren oft abwesenden Blick, der ihr etwas anrührend Zerstreutes verlieh. Er bewunderte die Art, wie sie dachte, ihren messerscharfen Verstand genauso wie ihr ausgeprägtes Gerechtigkeitsempfinden und dass sie nie davor zurückscheute, ihre Gefühle offen zu zeigen. Auch wenn sie teilweise erschreckend naiv agierte. Aber das kannte er von einigen Wissenschaftlern. Sie besaßen einen brillanten Geist und konnten sich das Unvorstellbare vorstellen, aber sie versagten vollkommen gegenüber dem Bösen. Weil das Böse nicht berechenbar war.

Es betrübte ihn, dass er Katja keine besseren Nachrichten zu ihrem Vater überbringen konnte. Noch weniger konnte er ihr verraten, was Berija über ihn erzählt hatte. Es würde sie zu sehr verletzen. Überdies hatte er ihr noch mehr mitzuteilen. »Ich habe einen neuen Befehl erhalten.«

»Du gehst schon wieder weg? Für wie lange?«

»Ich weiß es nicht.«

So hatte sich Kathi das nicht vorgestellt. Durch die doppelte Enttäuschung schlug ihre Stimmung endgültig um. Niedergeschlagen sagte sie: »Das kommt bestimmt wieder von Du-weißt-schon-wer.«

»Der Mann ist nun einmal mein Chef.« Nikolaj zuckte mit den Achseln. »Aber dieses Mal kommst du mit.«

Er brachte dies mit einem Ernst vor, dass Kathi die Bedeutung der Worte zunächst entging. Abwesend kraulte sie Oskars Kopf, der sich gegen ihre Knie drückte.

Nikolaj beobachtete Kathi, die entzückende Stirnfalte, während sie trübe Gedanken wälzte, die dunklen Locken, die sich unter der Wollmütze hervorkringelten. Er hätte ihr Haar gerne berührt, gewusst, ob es sich so weich anfühlte, wie es aussah.

Sie begegnete seinem Blick. »Was hast du gesagt?«, fragte sie ungläubig.

»Dass du mich dieses Mal begleiten wirst.«

»Wohin?« Eine Frage wie ein Hauch.

»Eigentlich darf ich es dir nicht verraten, aber da du es ohnehin nächste Woche erfahren wirst: Es geht nach Deutschland.«

»Ich darf … nach Hause?«

53

Gold öffnet jede Tür.

Großfürst Dimitri Filipow

»Ich muss träumen …« Laurenz fühlte sich furchtbar schwach. Selbst das Öffnen der Lider erforderte eine unermessliche Anstrengung. Als müsste er ein tonnenschweres Gewicht bewegen.

»Nein, du träumst nicht, Liebster«, sagte Elena und griff nach seiner Hand.

»Du bist es …«

»Ja, ich bin es, mein Liebling. Jetzt kann uns nichts mehr trennen.«

»Wo …?« Er schluckte, auch die Worte kosteten ihn Kraft.

»Du bist in einem Krankenhaus in Helsinki.«

»Wie …?«

»Ich kann es mir selbst nicht richtig erklären. Es ist ein Wunder. Ein Freund hat es wohl für uns vollbracht. Ich erzähle dir später von Semjon. Ruh dich jetzt aus. Ich sage einem Arzt Bescheid, dass du aufgewacht und ansprechbar bist.«

Elena schloss zuerst das Fenster, das sie kurz zum Lüften geöffnet hatte. Inzwischen war ihr der Blick über den Hafen am Finnischen Meerbusen vertraut. Das stürmische Wetter wühlte das Wasser auf, und die Wellen brandeten hoch gegen das Hafenbecken.

»Wie lange …?«

»Wir sind seit einem Monat hier. Du warst in einem fürchterlichen Zustand, als man uns brachte.«

Laurenz hatte weitere Fragen. Aber Annemarie legte ihm sanft den Finger auf seine aufgesprungenen Lippen. »Still, mein Liebster. Später.« Sie ging zur Tür, winkte eine Schwester herbei und tauschte einige leise Worte mit ihr.

Wenig später betrat Doktor Hajumäkki das Krankenzimmer. Da schlief Laurenz bereits wieder.

»Er hat mich zum ersten Mal erkannt!«, konnte ihm Elena freudig berichten.

»Ausgezeichnet!« Der Doktor fühlte Laurenz' Stirn. »Sein Fieber scheint endlich gesunken.« Er wies die Schwester an, alle Verbände zu erneuern.

Elena begab sich nach draußen. Laurenz' Armstumpf heilte gut, aber sein Anblick bereitete ihr immer noch Schmerzen. Inzwischen waren auch Laurenz' Beine gerichtet und geschient worden. Nur die Zeit würde zeigen, ob er wieder würde laufen können. Ihre eigenen Verletzungen verheilten ebenfalls. Allerdings weniger rasch als von ihr erhofft. Die Schulter bereitete ihr kaum Probleme. Es war ihr Bein. Nach wie vor konnte sie es nicht richtig belasten. Während sie zum Fernsprechapparat hinkte, stellte sie sich vor, wie sie und Laurenz künftig gemeinsam Arm in Arm durchs Leben humpeln würden.

Eine knappe Stunde später traf Großfürst Dimitri ein. Er küsste seine Nichte herzhaft zur Begrüßung. »Dein Mann ist also aufgewacht?«

»Ja. Gott sei gedankt. Beim ersten Mal vor zwei Tagen hat er lediglich fantasiert. Aber heute hat er mich erkannt.«

»Also wird dein Mann genesen. Das ist eine gute Nachricht, Elena. Wie hat er das mit seinem Arm aufgenommen?«

»Er war noch zu sehr vom Fieber benommen, um es zu bemerken.« Sie lehnte sich an ihren Onkel. »Danke, dass du hier bist. Ich weiß, es ist nicht leicht für dich, diese weite Reise nun schon zum zweiten Mal auf dich zu nehmen.«

»Immerhin ist an mir noch alles dran.« Großfürst Dimitri lächelte ohne Wehmut. Seinem Auftreten haftete etwas Aristokratisches an, das Erbe aus fünfhundert Jahren Familienstammbaum. Er war von hohem Wuchs, hielt sich kerzengerade, und sein Haar besaß noch die wilde Dichte seiner Jugend, lediglich das einst flammende Rot war einem verblichenen Orange gewichen. In Elenas Augen sah ihr Onkel aus wie ein weiser alter Löwe – ein Löwe, der wegen eines verkrüppelten Beins am Stock ging. *Das Hinken schien sich zu einem Familienmerkmal auszuwachsen …*

In den furchtbaren Tagen der Revolution hatten Bolschewiki auf den Großfürsten eingeprügelt. Als sie ihn für tot hielten, ließen sie ihn in seinem Blut liegen. Dies war sein Glück. Später gelang ihrem Onkel die Flucht.

Mehr als diesen knappen Bericht hatte sie ihm nicht entlocken können. Aber sie verstand sein Motiv. Auch sie wollte nicht an die Wochen in den Folterkellern der Llubjanka erinnert werden, verdrängte sie an eine unzugängliche Stelle ihres Unterbewusstseins.

»Und wie geht es dir, meine kleine Lukutschka? Du siehst erschöpft aus. Du solltest dir endlich auch ein wenig Ruhe gönnen. Und etwas essen. Du bist dünn wie ein Grashalm.«

»Das sagst du jedes Mal, Onkel Ryschik.«

»Weil es wahr ist. Komm, ich fahre dich ins Hotel. Du machst dich frisch, und danach gönnen wir uns ein gutes Abendessen. Ich habe da ein wunderbares kleines Fischrestaurant am Hafen aufgetan. Die servieren da ein Muschelgericht. Köstlich!« Er unterstrich den Genuss, indem er mit der Zunge schnalzte.

Elena schüttelte den Kopf. »Ich möchte bei Laurenz bleiben. Konntest du etwas Neues zu meinen beiden Mädchen in Erfahrung bringen?«

»Es tut mir leid. Alles noch beim alten Stand. Und du? Weiterhin keine Antwort auf deine Briefe nach Petersdorf?«

»Nein.« Elena seufzte.

»Verlier nicht den Mut. Im Krieg sind viele Daten verloren gegangen. Es braucht Zeit, bis die Ämter wieder ordentlich arbeiten und Normalität in die Verwaltungen einziehen kann. Wir werden deine Kinder finden.«

»Konzentrierst du deine Nachforschungen weiter auch auf die Suche nach Milosz Rajewski?«

»Ja. Die Anzeichen verdichten sich, dass er Ferdinand von Schwarzenbach nicht nach Amerika gefolgt ist.«

»Können wir nicht jemanden direkt nach Petersdorf schicken? Ich muss wissen, ob es unseren Leuten dort gut geht.«

»Ich werde sehen, wen ich damit beauftragen kann. Es könnte schwierig werden. Die Russen und Polen machen alle Schotten dicht, und die Grenzkontrollen sind äußerst streng. Sie fürchten rückkehrende Juden und Deutsche. Aber nach wie vor öffnet ein wenig Gold jede Tür.«

54

Ein Hund, der beißen will, knurrt.
Eine Biene, die stechen will, summt.
Aber ein Mädchen lässt nur seine Augen leuchten.

Russisches Sprichwort

Erst Anfang Februar '46 kamen Kathi und Nikolaj in Deutschland an. Ihre Abreise hatte sich mehrmals verzögert. Aus administrativen Gründen, wie Nikolaj behauptete. Aber Kathi konnte ihm ansehen, dass er dieser Erklärung selbst wenig Glauben schenkte.

Dieses Mal fuhren sie mit dem Zug. Der Weg führte für Kathi jedoch nicht nach Hause.

Von Moskau über Brest ging es ins völlig zerstörte Warschau. Wegen eines Schadens an einer Hilfsbrücke fuhren sie erst spätabends durch die dunkle Stadt. Sie wurden angewiesen, sich auf den Boden zu legen. Allgemein galten Fahrten in der Nacht als gefährlich. Das Dienstpersonal schlief nicht, und in den Vorräumen und an den Fenstern ihres Zuges wachte bewaffnetes Militär.

Bei leichtem Nieselregen lief ihr Zug nach drei Reisetagen am 2. Februar in Berlin auf dem Schlesischen Bahnhof ein.

Ein Chauffeur holte sie mit einem kirschfarbenen Horch ab. Das Zentrum Berlins präsentierte sich als einziger riesiger Trümmerhaufen. Ob Warschau oder Berlin, der Zerstörungswahn im Krieg kannte keine Grenzen, Bombe wurde mit Bombe vergolten. Der Wiederaufbau war schon allerorts in vollem Gange, ganze Hundertschaften unterwegs, um Schutt und Trümmer zu beseitigen. Kathi fragte sich, wie viele dieser Menschen einst ihrem Führer zugejubelt hatten, um nun die Überreste des Dritten Reichs zusammenzukehren?

Sie übernachteten im Stadtbezirk Oberschönweide und setzten die Fahrt am folgenden Tag, einem Sonntag, ins knapp dreihundert Kilometer entfernte Bleicherode fort. Der Anblick von so viel Zerstörung war nicht spurlos an Kathi vorübergegangen und hatte ihr eine schlaflose Nacht beschert. Ihr Weg nach Thüringen, der sie durch dichte Wälder und Felder mit endlosen Reihen kultivierter Obstbäume führte, brachte wieder etwas Ruhe in ihre Gedanken. Nach knapp fünf Stunden erreichten sie ihren Zielort. Still und idyllisch lag Bleicherode am Fuße zweier Berge und wirkte, als hätte es den Krieg verschlafen. Kathi atmete einmal tief durch.

Der Fahrer hielt vor einer zweistöckigen Villa aus roten Ziegeln. Dort nahm sie zu Kathis Überraschung Pawel Sergejew, der Chefkonstrukteur, in Empfang. Er bewohnte das Haus allein, während die früheren Besitzer namens Fischer nebenan in einer kleinen Wohnung logierten und ihm den Haushalt führten. Sergejew stellte das ältere Ehepaar als Frau Maria und Herrn Alfons vor und wies Kathi ein Mansardenzimmer zu. Er selbst zog sich sogleich mit Nikolaj in sein Arbeitszimmer in der zweiten Etage zurück.

Kathi erkundete das Haus. Besonders gefielen ihr der kleine Garten und der verglaste Erker. Gegen sechs aßen sie zusammen. Als zum Nachtisch eingemachte Kirschen von den Thüringer Plantagen gereicht wurden, nahm sich Kathi eine zweite Portion. Reisen machte sie immer hungrig.

Und dann gab es noch eine Überraschung: Pawel Sergejew

höchstpersönlich gab ihr das konfiszierte Notizbuch zurück. Beinahe ein Jahr war vergangen, seit der russische Major Tolkin es ihr in Petersdorf abgenommen hatte.

Kathi wurden vor Freude die Augen feucht. Dieses Buch war ihr Leben, ihre Träume auf Papier. Liebkosend fuhr sie über den seidenen Einband mit dem asiatischen Drachenmotiv. Einst hatte es ihr der wundersame Herr Levy geschenkt, damit sie alle ihre Gedanken darin festhalten konnte. Sie drückte das Notizbuch an ihr Herz. Dabei fing sie Nikolajs Blick auf. Seit ihrer Abreise wurde sie nicht aus ihm schlau. Er schien neuerdings auf Distanz bedacht, vergrub sich im Zug stundenlang in Berichte und Bücher und interessierte sich für nichts, das außerhalb seiner Lektüre stattfand. Aber sie bemerkte, dass seine Augen öfters auf ihr ruhten, mit einem Ausdruck, der dem ihres Vaters ähnelte, wenn er mit seiner alten Kamera unterwegs auf Motivsuche war.

Kurz vor Warschau hatte sie ihn freiheraus gefragt, was mit ihm los sei, ob er vielleicht ein Schweigegelübde abgelegt habe? Oder ob sie ab sofort wieder eine Gefangene sei und er ihr Wärter, der Abstand wahrte?

»Du schießt immer gleich auf dein Ziel los, was?«, entgegnete er.

»Warum sollte ich Umwege wählen, wenn ich mein Ziel kenne? Das Leben ist nicht kompliziert, wenn man ehrlich zueinander ist.«

Mit ihrer Offenheit hatte sie nichts erreicht. Nikolaj verschloss sich noch mehr. Falls ihn Kathis Freimut irritierte, so verbarg er es geschickt.

Am nächsten Morgen standen sie früh auf. Statt des kirschroten Horch mit Fahrer überließ ihnen Sergejew heute einen blauen Opel Olympia.

Nikolaj lenkte ihn nach Nordhausen, knapp zwanzig Kilometer von Bleicherode gelegen. Während Bleicherode vom Weltenbrand verschont geblieben war, hatte es Nordhausen mit ganzer Wucht getroffen. Trümmerberge, wohin man sah. Im Hintergrund zog sich ein karstiges Bergmassiv wie ein langer Rücken durch die Landschaft.

»Weshalb ist der Ort derart zerstört?«, wollte Kathi wissen.

»Weil sich in unmittelbarer Nähe, im Berg Kohnstein, eine unterirdische Waffenproduktionsstätte der Nazis befand. Deshalb wurde die Gegend mehrfach massiv bombardiert.«

Nikolaj hielt auf einer pfeilgeraden Straße auf das Bergmassiv zu.

Schon von Weitem sah Kathi den schwer bewaffneten russischen Militärposten und kurz darauf auch den Tunnel, dessen Öffnung durch ein Tarnnetz verdeckt wurde. Zuggleise führten in den Berg hinein. Mehrere Lastwagen und Jeeps parkten auf der Straße.

»Was ist das hier?«, fragte Kathi, als Nikolaj nach der ausführlichen Kontrolle am Straßenrand stoppte.

»Das Mittelwerk Dora.«

»Oh!«

»Sagt es dir etwas?« Wieder dieser konzentrierte Ausdruck aus dem Zug.

»Natürlich. Ich wurde bei den Verhören mehrmals dazu befragt. Was du sicher weißt.« Letzteres klang ziemlich spitz.

»Sonia erzählte mir, es existiere eine Zutrittsberechtigung auf deinen Namen.«

»Ich kann nichts dafür, wenn die Nazis meinen Namen auf Ausweise drucken«, sagte Kathi verstimmt. »Ist das der Grund, warum wir hier sind? Weil du testen willst, ob ich mich an diesem Ort auskenne, mich irgendwie verrate? Du hältst mich also weiter für eine Spionin? Im Ernst, so fangt ihr Spione? Indem ihr euch die Beweise zurechtbiegt, damit sie in eure Schablone passen?«

»Ach verflucht«, knurrte Nikolaj. Das Gespräch nahm die falsche Wendung. Inzwischen musste er doch Kathis Offenheit kennen! Sie mochte vielleicht manchmal naiv sein, aber nicht arglos. Plötzlich stieg ein Lachen in seine Kehle. Sie hatte recht! Der Verdacht gegen sie war absurd. Xenia und Berija hatten sich in etwas festgebissen. *Das kam davon, wenn man sein Leben mit Personen verbrachte, deren Lebensberechtigung an der Existenz von Spionen hing.* Paranoia als Teil der Arbeitsbeschreibung …

Nun entwirrten sich auch seine eigenen Motive. Er war auf Berijas Angebot eingegangen, weil er Zeit mit Katja verbringen wollte, und nicht, weil er sie für eine Spionin hielt. Was Katjas Vater Laurenz anging, war er sich nicht ganz so sicher. Berija hatte ihm stichhaltige Beweise vorgelegt, dass sich Vater Sadler nach seiner Flucht mit einer Agentin in der Villa des Ochrana-Chefs Filipow traf. Aber anders als Berija war er überzeugt, dass Kathi keine Ahnung von der Spionagetätigkeit ihres Vaters hatte.

»Was ist bitte so witzig daran?«, schnappte Kathi, unfähig, sich zu verstellen. Sie war knatschig, enttäuscht und wütend.

»Ich. Du. Wir beide«, antwortete Nikolaj, durchdrungen von einer neuen, inneren Leichtigkeit. Er legte unvermittelt den Arm um sie, zog sie zu sich heran und drückte ihr einen Kuss auf die Schläfe. »Das ist ein Friedenskuss«, sagte er und verwirrte Kathi damit erst richtig. Er gab sie gleich wieder frei. »Lass uns einen Pakt schließen«, schlug er vor. »Ab sofort gibt es keine Heimlichkeiten mehr zwischen uns.«

»Wie einseitig. Ich hatte nie Geheimnisse vor dir!«

»Du bist mir böse.«

»Sprich nicht mit mir wie mit einem kleinen Mädchen!«, brach es aus Kathi hervor. »Ich dachte, wir wären Freunde. Aber so behandelt man keine Freunde. Du bist nicht ehrlich. Keine Heimlichkeiten mehr? Gut! Dann sag mir einfach, was du von mir willst. Was ist daran so schwer? Ich jedenfalls weiß, was ich von dir will.«

Als Nikolaj nicht sogleich antwortete und auch ein klein wenig betreten wirkte, was sie durchaus liebenswert fand, holte Kathi einmal tief Luft. Sie versuchte, sich in ihn hineinzuversetzen und die Welt aus seinem Blickwinkel zu sehen. Sie verstand, dass es einen Unterschied machte, ob man mit einem Vater wie General Pchela aufwuchs oder das Glück hatte, jemanden wie ihren Vater Laurenz zu haben. Nikolaj war anders als ihr Vater. Oder Anton. Offenheit fiel ihm schwer. »Ich hatte einen Freund, er hieß Anton«, begann Kathi. Warum sie Nikolaj von ihm erzählen wollte, konnte sie selbst nicht sagen. Sie ließ sich einfach von ihrem Gefühl leiten. »Anton träumte vom Fliegen, er wollte unbedingt Pilot werden. Er knabberte deshalb ständig an Karotten, die seien gut für seine Augen.« Die Erinnerung an Antons ewig verschrumpelte Rüben in der Hosentasche entlockte ihr ein Lächeln. »Anton scherte sich nie um die Meinung anderer. Er trug meinen Schulranzen und hielt meine Hand. Als die anderen Jungen ihn deshalb hänselten, klärte er das mit ein wenig Schwitzkasten, wie er es nannte. Anton wusste genau, was er wollte: Er wollte mich. Ich gehörte zu seinem Lebensplan. Ich war sieben und er neun, da zeigte er mir die Stelle, wo er unser Haus bauen würde – mit vielen Zimmern, denn er wollte mindestens drei Kinder haben. Er war ein Einzelkind und hatte sich immer Brüder und Schwestern gewünscht.« Kathis Stimme brach. Die Erinnerung an Anton lebte stark in ihr. Er hatte sie für die Liebe geprägt. Liebe, rein und ehrlich. Weshalb fürchteten sich so viele davor, sie offen zu zeigen, von ihr zu sprechen? *Wenn zwei sich wahrhaftig liebten, wurde das Leben einfach.*

»Was wurde aus Anton?«

»Er ist mit dreizehn gestorben.«

»Das ist traurig.«

»Ich vermisse ihn jeden Tag. Aber er hat mir etwas sehr Wertvolles hinterlassen. Durch ihn weiß ich, dass man sich vor Liebe und Gefühlen niemals fürchten muss.«

»Genosse Stalin sagte einmal, das Gefährlichste in seinem Land sei die Liebe. Ich glaube, ich verstehe erst jetzt, was er damit meinte. Komm!« Nikolaj öffnete die Wagentür. »Es hat aufgehört zu regnen. Lass uns ein paar Schritte gehen.«

Nikolaj half ihr die Böschung hinauf. Es gab keinen erkennbaren Weg. Sie liefen zwischen Bäumen und Büschen entlang und wichen dem Geröll aus, das überall herumlag. Luft und Erde waren gesättigt von Feuchtigkeit. Ein feiner Nebel entstieg dem Wald und hing wie ein schützender Schleier über den Wipfeln. Kathi liebte den Wald seit jeher. Seinen Geruch, seine Geheimnisse und auch seine Melancholie, wenn er im Herbst die Blätter verlor. Ein Wald, das war Leben und Stille zugleich.

Stille herrschte auch zwischen ihr und Nikolaj. Während sie voranschritt, fühlte sie sich seltsam körperlos, erleichtert im Sinne des Wortes. Sie hatte alles gesagt, alles gegeben. Nun war Nikolaj am Zug. Worüber musste er noch nachdenken? Er brauchte nur zu sagen, wie er sich ihr weiteres Zusammensein vorstellte. Freunde, Kameraden, Liebende? Was war daran so schwer?

Je weiter sie in den Wald vordrangen, umso mehr gewöhnte sie sich an die Ruhe. Deshalb erschrak sie beinahe, als Nikolajs Stimme plötzlich die Stille durchschnitt: »Es ist wahr, Katjuscha. Ich habe Gefühle für dich. Aber ich kann nicht mit dir zusammen sein.«

»Weil ich eine Deutsche bin?«

»Weil ich mit Xenia verlobt bin.«

»Das …, das …« *Das ist nicht dein Ernst*, wollte sie sagen. Aber die Worte blieben ihr im Hals stecken. Sie lehnte sich an einen Baum und brachte ihre Atmung wieder unter Kontrolle.

»Es tut mir leid«, sagte er leise.

Kathi schüttelte unwillig den Kopf. »Warum? Es muss dir nicht leidtun. Wenn du sie wirklich liebst.«

»Das ist nicht fair.«

»Was ist nicht fair?«

»Dass du klüger bist als ich. Dass du solche Sätze sagst und ich mich dadurch irgendwie kleiner fühle.«

»Wie ein Zwerg?« Kathi zwang sich zu einem halben Lächeln.

Er gab es ihr zurück, schüchtern und traurig zugleich, und es fand seinen Weg direkt unter Kathis Haut. Wie ein zweiter Puls.

Mit der Stiefelspitze wühlte Nikolaj in der dicken Schicht Blätter und legte einen Tannenzapfen frei. »Meine Großmutter«, er hob den Zapfen auf, »sagte mir einmal, wenn ich ein richtiger Mann sein wolle, müsse ich lernen, mich als Riese hinter einem Zwerg zu verstecken.«

»Was hattest du angestellt?«, fragte Kathi sofort.

»Siehst du, das meinte ich. Du bist klüger. Lebensklüger. Dabei bist du …«

»Jünger?«, half sie aus.

»Auch. Ach, ich weiß nicht. Ich kenne niemanden wie dich. Vielleicht meinen Freund Grigorij. Er trägt sein Herz ebenfalls auf der Zunge. Aber bei ihm gleicht es mehr einem Spiel, verstehst du? Er beeindruckt damit die Mädchen. Glaube ich jedenfalls.« Er sah sie an, seine Hände zerpflückten den Zapfen. »Xenia ist mein Anton«, sagte er plötzlich. »Ich kenne sie schon sehr lange. Seit der Schule. Wir teilen dieselben Träume. Am Tag, als Hitler Russland überfiel, haben wir uns verlobt und versprochen, nach dem Krieg zu heiraten. Wir kamen bisher nur noch nicht dazu.«

Kathi rechnete nach. »Dann warst du bei eurer Verlobung erst siebzehn.«

»So alt wie du heute. Xenia ist drei Jahre älter als ich. Sie behauptet immer, wir würden perfekt zusammenpassen. Sie hat es sogar berechnet.«

»Wie in Gottes Namen kann man Liebe berechnen? Ist das was Russisches?«

»Sie hat einen Fragenkatalog entworfen, für die verschiedenen Antworten Punkte verteilt und sie zusammengezählt. Sie sagt, wir hätten die Höchstzahl erreicht.«

»Hast du nachgezählt?«

»Weshalb sollte ich das tun?«

»Weil das von vorne bis hinten Schummelei ist! Liebe berechnen. Pffft!«, machte Kathi. »So ein Quatsch! Als wäre Liebe eine Frage von Mathematik und Statistik. Wenn du mich fragst ...« Kathi unterbrach sich selbst. Nikolaj sah ein wenig unglücklich drein. Mist, nun war sie zu weit gegangen.

»Was soll ich dich fragen, Katja? Sag's mir, ich höre dir zu.«

So aufgefordert, kam sich Kathi selbst ein wenig klein vor. Klein wie kleinmütig, aber mit großer Klappe. Jetzt käme ihr ein Riese gerade recht, hinter dem sie sich verstecken könnte. *Du hast es angefangen, nun bring es zu Ende*! »Ich frage mich, ob du Xenia wirklich liebst. Ohne Formular und Höchstpunktzahl.« Auch Kathi fand es plötzlich interessant, mit der Schuhspitze feuchte Blätter aufzuwühlen.

»Schade, ich dachte, du fragst dich, ob ich dich mehr lieben könnte als Xenia.«

Kathi sah betroffen auf. Nikolaj forderte sie heraus, ohne dabei verärgert zu wirken. Ein schiefes Lächeln stahl sich in ihren Mundwinkel. »Wenn du mich so fragst ... Wir sind Wissenschaftler. Aufgeben ist niemals eine Option, oder?«

»Du weißt wirklich ganz genau, was du willst«, sagte er rau. Es lag etwas Besiegtes in seiner Haltung. Als fühlte er sich um etwas betrogen, dessen Vorhandensein sich ihm bisher entzogen hatte.

»Daran ist nichts Falsches. Und müsste das nicht die Frage sein, die wir uns alle stellen sollten: Was will ich?«

Er tat einen Schritt auf sie zu. »Was willst du, Katjuscha?«

»Ich will dich«, sagte sie.

Ja, die Liebe war einfach, wenn man sie zuließ. Sie küssten sich. Ihr erster Kuss war sehr feucht. Ein Regenkuss. Sie hatten nicht bemerkt, dass mittlerweile der Himmel seine Schleusen erneut geöffnet hatte und immer mehr dicke Tropfen ihren Weg durch die Blätter fanden. Das Wasser lief über ihre Gesichter, sickerte in ihre Kleidung. Sie lachten glücklich, fühlten sich als ein Teil der Elemente. Vergaßen die Zeit.

Eine russische Patrouille störte sie. Dies sei Sperrgebiet! Sie wurden zu ihrem Wagen zurückbegleitet. Respektvoll. Schließlich trug Nikolaj die Uniform eines NKWD-Oberleutnants.

»Wie lautet eigentlich dein Auftrag?«, fragte Kathi, als sie wieder im Fahrzeug saßen.

»Keine Heimlichkeiten mehr, was?« Freimütig gab er zu: »Ich soll dein Vertrauen gewinnen. Dazu gehört, dich notfalls auch zu verführen.«

»Nicht das!« Kathi knuffte ihn, genoss ihre neue, noch ungewohnte Vertrautheit. »Ich meine, was ist das hier genau?« Sie deutete auf den Tunnel.

»Mittelbau-Dora. Nach Peenemünde die größte geheime Raketen- und Waffenproduktionsstätte der Nazis. Nachdem die Briten Peenemünde auf Usedom bombardiert hatten, wurde der Bau der A4-Raketen hierher verlegt. Der Stollen ist riesig. Man kann darin mit dem Auto herumfahren.«

»Du bist bereits hier gewesen?«

»Ja, ein paar Wochen im letzten Frühjahr.«

»Können wir es uns ansehen? Bitte?«

Er konnte ihre Ungeduld spüren. Sein erster Besuch in Kohnstein hatte ihn in die gleiche fiebrige Erregung versetzt.

»Jetzt gleich? Ist dir nicht kalt?«

»Nein. Bitte, ich bin neugierig. Gibt es noch Raketen zu besichtigen?«

»Nein, nur noch Schrott. Reste von Triebwerken, Flugzeugteile … Die Amerikaner waren vor uns da. Wir sind dabei, die Reste des Montagewerks zu demontieren und nach Russland zu schaffen.«

Nikolaj startete den Opel, und sie fuhren in den Stollen ein. Kathi staunte über die Dimensionen. Kilometerlange, parallele Wege, durch unzählige Querstrecken miteinander verbunden. »Hier wurden ab 1944 circa eintausend A4 im Monat gefertigt«, erklärte Nikolaj. »Als die Deutschen 1942 mit dem Bau begannen, zogen sie neben jüdischen auch sowjetische Gefangene heran. Es wird geschätzt, dass beim Bau bis zu siebzigtausend starben. Ganz in der Nähe befindet sich das Konzentrationslager Mittelbau-Dora, wo die Arbeiter lebten.«

»Können wir dort auch hin?«

»Ich denke, das solltest du dir nicht ansehen, Katjuscha.«

»Du warst schon dort?«

»Sagen wir so: Es ist kein Ort, den ich mir freiwillig ein zweites Mal antun würde. Es ist grausig und unheimlich, als streifte der Tod noch umher. Erspar dir den Besuch lieber, glaub mir.«

»Nein, ich will es sehen. Mich jetzt davor zu drücken, wäre schäbig. Sonia Petrowa zeigte mir die Bilder aus Auschwitz. Ich kann das, was passiert ist, nicht ändern, aber ich kann den Opfern meinen Respekt erweisen.«

Das Todeslager bestand aus Dutzenden niedriger Barackenbauten am Fuß eines Berges. Drei Reihen Stacheldraht umgaben das Areal. Sie betraten das Lager durch ein Tor mit Wachstuben und standen auf einem großen zentralen Platz. »Das ist der ehemalige Richtplatz«, sagte Nikolaj leise.

Von dort aus gingen sie zu den Baracken mit ihren langen Reihen enger Pritschen, in denen noch immer ein schwerer Geruch hing, der Kathis Herz beklommen machte. Trotzdem wollte sie auch das Gefängnis sehen, den Folterkeller mit Galgen und den Gefängnishof, der nach hinten abfiel und »Sack« genannt wurde, weil man den Verurteilten dort eine Kugel in den Kopf gejagt hatte und sie daraufhin wie ein Sack in die Zementrinne kippten. Am Rand des Lagers, neben der schmutzigen Krankenstation befand sich das Krematorium mit drei Öfen. Noch immer war darin Asche zu sehen. Kathi bekreuzigte sich und murmelte ein kurzes Gebet. Sie machte auch nicht halt vor der Halle mit den schaurigsten Exponaten der Nazi-Verbrechen: Damentaschen, Geldbörsen, Buchhüllen … Als sie begriff, woraus sie gefertigt worden waren, stolperte Kathi aus dem Museum und übergab sich. Nikolaj hielt ihren Kopf, reichte ihr ein Taschentuch und besorgte ihr einen Becher Wasser. Dankenswerterweise sagte er nichts.

Schweigend und in sich gekehrt stiegen sie in den Wagen und fuhren zurück nach Bleicherode.

Das Abendessen verlief still. Kathi rührte keinen Bissen an. Noch immer meinte sie, das Innere der Baracken zu riechen, diese unbeschreibliche Mischung aus Leid und Verzweiflung. Heute war ihr der Tod in seiner furchtbarsten Gestalt begegnet, nicht Teufel, sondern Mensch. An welchem Punkt, fragte sie sich, verlor der Mensch seine Menschlichkeit?

Der Genosse Chefkonstrukteur beschränkte die Konversation auf das Nötigste, als er von ihrem Besuch im Todeslager Dora hörte. Kathi bemerkte, dass sein Blick mehrfach prüfend auf ihr ruhte. Aber sie brachte es nicht fertig, auch nur den Kopf zu heben. Sie musste an Pelagejas Worte denken, als sie Du-weißt-schon-wer entkommen war: *Es gibt kein Leben ohne Leid und Tränen, Katjuscha. Wir haben nur die Wahl, es entweder auszuhalten oder an seinen Prüfungen zugrunde zu gehen.* Klangen sie nicht eher banal angesichts der heutigen Erfahrung?

»Ich verbrachte fast zwei Jahre in einem Lager«, sagte Pawel Sergejew unvermittelt. Er tauchte seinen Löffel in die Suppe, und beinahe gleichmütig berichtete er von der schwersten Zeit seines Lebens: »Ich wurde Mitte 1938 während des Großen Terrors unrechtmäßig verhaftet. Als ich unter der Folter den vorgeworfenen Sabotageakt nicht zugab, drohte man mir, meine Frau und meine kleine Tochter zu inhaftieren. So unterschrieb ich ein Geständnis für etwas, das ich nicht getan hatte. Man brachte mich nach Kolyma in Sibirien. Dort musste ich in einer Goldmine schuften. Die Bedingungen waren unmenschlich, die Versorgung lausig. Wir bekamen Hungerödeme, Skorbut und litten an Erfrierungen. Wie viele andere hatte ich ständig offene Beine. Ich sah dort viele gute Männer sterben. Die Kolyma wird deshalb auch ›Straße der Knochen‹ genannt. Beim Wachpersonal wie auch unter den Insassen des Lagers gab es Männer, die Lust am Quälen hatten. Aber es gab auch die Guten, Kameraden, die zusammenhielten und füreinander sorgten, eine Ärztin, die uns Extrarationen Sauerkraut und Rüben gegen den Skorbut beschaffte. So habe ich überlebt. Denke ich an das Lager, denke ich an das Gute, das mir dort widerfahren ist. Daran, dass Menschen, die selbst kaum mehr hatten, bereit waren, noch das wenige mit anderen zu teilen. Heute könnte ich nicht zufriedener sein. Ich bin ein freier Mann und tue das, wovon ich immer geträumt habe. Man kann dem Tod nur mit einem begegnen: mit Leben.«

***

Nachts lag Kathi wach. Der Tag lastete schwer auf ihr. Innerhalb weniger Stunden durfte sie den Himmel erleben, um danach eine menschengemachte Hölle zu betreten.

Erstmals konnte sie nachvollziehen, weshalb Chefkonstrukteur Pawel Sergejew so verehrt wurde. Man hatte seine Familie bedroht, ihm Jahre seines Lebens gestohlen, er war gequält worden, sein Kiefer gebrochen. Bis heute schmerzte ihn jeder Bissen, weshalb er vorzugsweise Suppe aß. Pawel Sergejew hätte allen Grund zur Bitterkeit. Aber er hatte sich entschieden, seinen Traum zu leben, ohne einen Blick zurückzuwerfen. Er hatte die Steine der Vergangenheit nicht mit in die Gegenwart geschleppt. Und er erzählte ihr von seiner Vergangenheit, weil er wollte, dass auch sie nach vorne sah.

Kathi schlug entschlossen die Decke zurück. Nach vorne zu sehen bedeutete für sie Nikolaj. Sie sehnte sich nach ihm, wollte bei ihm sein. Wollte den Tod mit Leben auslöschen.

Sie öffnete die Tür der Mansarde. Das Haus war dunkel und still. Leise tastete sie sich die Treppe hinab, jedes Knarzen des alten Holzes ließ sie zusammenzucken. Aus Sergejews Schlafzimmer im zweiten Stock klang sonores Schnarchen. Nikolajs Zimmer befand sich im ersten Stock, doch so weit musste sie gar nicht gehen, denn sie stieß mit Nikolaj auf der Treppe zusammen, auf dem Weg zu ihr … Wortlos nahm er ihre Hand und zog sie mit sich.

Der Raum mit dem Fenster zum Garten war in silbernes Mondlicht getaucht. Das Bett mit den weißen Laken ruhte im Zimmer wie die magische Insel Avalon.

Sie entkleideten sich langsam, ihr Verlangen unterlag nicht der Hast. Sie tasteten sich ab, ohne die Lippen voneinander zu lösen, sie fuhren die Konturen ihrer Körper nach, formten sich gegenseitig aus ihrem Begehren. Sie liebten sich im Licht des Mondes, und Kathi erfuhr das Mysterium der Liebe.

So also fühlt es sich an, dachte sie später staunend, als sie sich in die bequeme Kuhle an Nikolajs Hals kuschelte. Anders, aber sehr viel schöner, als sie es sich je vorgestellt hatte. Wie nah sich zwei Körper sein konnten und wie sich alles zusammenfügte, als entstammten sie ein und derselben Form. Sich vollkommen ineinander zu verlieren und so vieles zu finden. Die Entdeckung der eigenen pulsierenden Mitte; all ihr Sein, zusammengezogen in einem angenehmen Schmerz in ihrem Schoß. Als wäre Nikolaj noch in ihr. Er füllte eine Leere in ihr aus, die sich erst aufgetan hatte, seit die Liebe zu ihm sie durchströmte. Fortan würde die Sehnsucht nach ihm sie nie wieder loslassen.

Liebe, wie mächtig sie doch war, überlegte Kathi. Sie machte den Menschen gleichzeitig zum Sklaven und zum Herren. Die Liebe gebot über das Herz und ihr Bruder, die Lust, über den Körper.

Viel zu schnell wurde aus dem Mondlicht Morgenlicht, und sie konnten hören, wie die Haustür aufgeschlossen wurde. Frau Fischer kam, um das Frühstück vorzubereiten. Über ihnen öffnete sich ebenfalls eine Tür. Sergejew begab sich ins Badezimmer, kurz darauf gurgelte das Wasser in den Rohren.

»Was sagen wir, wenn sie uns erwischen?«, fragte Nikolaj und küsste ihre Schläfe.

Kathi rekelte sich wohlig. »Oh, wir sagen, du hast mich verführt. Auftrag erfüllt, Genosse!« Kathi kicherte und rieb ihr Bein an seinem.

»Du frivoles kleines Ding.« Nikolaj streckte sich. Er wusste nun, wie unendlich zart sich Kathis Lippen und Haut anfühlten. Auch ihr Haar war genauso weich wie in seiner Vorstellung.

»Ich nehme an, du hast nichts gegen eine längere Reise?«, fragte Nikolaj.

»Wohin?«

»Verrat ich dir später. Pack ein paar Sachen ein für zwei, drei Tage.«

Nach dem Frühstück verabschiedeten sie sich von Pawel Sergejew.

»Und wohin fahren wir?«, fragte Kathi neugierig.

»Ostsee. Insel Usedom.«

Bei Kathi fiel sofort der Groschen. »Du zeigst mir Peenemünde?«

»Das gehört alles zu meinem geheimen Plan, dich als Spionin zu entlarven«, erklärte Nikolaj ernst.

»Prima!« Kathi ging auf das Spiel ein: »Ich treffe mich dort mit einem britischen Spion und verrate … Oh, was soll ich eigentlich verraten? Falls ich gestern richtig zugehört habe, haben die Amerikaner euch Russen die deutsche Waffentechnik vor der Nase weggeschnappt, und die russische Forschung hinkt der westlichen ein ganzes Stück hinterher.«

»Freches Luder«, erwiderte Nikolaj gut gelaunt. Er kaute amerikanischen Kaugummi, was ihn sehr jungenhaft erscheinen ließ. Kathi selbst umgab etwas Leuchtendes. Als hätte sie sich das nächtliche Mondlicht übergestreift.

Nikolaj trug wieder seine Uniform. Kathi wünschte, er könnte sich in Zivil kleiden. Sie vergaß gerne, dass Deutschland nun ein besetztes Land war, sie sich in der sowjetischen Zone aufhielten und Nikolaj als Offizier der Sowjetarmee dazu verpflichtet war, sich entsprechend zu kleiden.

Kathi vergaß auch alles andere um sich herum. Sie war verliebt, und es kam ihr gar nicht in den Sinn, ihre Gefühle zurückzuhalten. Wie ihre Eltern mochte sie nicht auf Gesten der Zuneigung verzichten. Im Wagen gab sie Nikolaj spontan einen Kuss auf die Wange. Zunächst überrascht, ging er schnell darauf ein. Ihn bezauberte, wie sehr ihr jegliche Form der Schüchternheit abging. Nikolaj staunte auch ein wenig über sich selbst. Ihm blieb durchaus präsent, dass ihn Berija auf die Reise mit Katja geschickt hatte, damit er einen Auftrag erfüllte. Aber im Moment war ihm das völlig egal, Berija und Moskau waren weiter entfernt als der Mond. Er verfiel Kathis natürlicher Art, sich voll und ganz auf den kostbaren Augenblick einzulassen, und warf alle Bedenken über Bord. *Das Leben ist nicht kompliziert, wenn man ehrlich zueinander ist …* Und es gab kein ehrlicheres Gefühl als die Liebe.

Nach stundenlanger Fahrt und mehrfachen Kontrollen erreichten sie am Nachmittag Wolgast an der Ostseeküste. Dort ließen sie ihren Wagen stehen und setzten mit einem Ruderboot zur nahen Insel Usedom über. Auf der Fahrt hatte Nikolaj Kathi bereits instruiert, ausschließlich auf Russisch zu kommunizieren. Er und sie reisten als Raketenspezialisten, mehr brauchten seine Ansprechpartner nicht zu wissen.

Die sowjetische Kommandantur residierte in Zinnowitz in Schwabe's Hotel. Nachdem sie sich ordnungsgemäß gemeldet und eingetragen hatten, brachten sie ihr Gepäck nach oben. Kathi gefiel die Türmchenfassade und vor allem, dass sie von ihrem Zimmer auf das Meer blicken konnte. Zum Auspacken blieb keine Zeit, ein russischer Ingenieur wartete am Empfang und begleitete sie zum ehemaligen deutschen Raketenzentrum. Dort übernahm Nikolaj die Führung. Mit fünfundzwanzig Quadratkilometern sei dies die größte militärische Waffenforschungsanstalt der Welt, erklärte er Kathi. Zeitweise hätten hier bis zu zwölftausend Menschen gearbeitet. Überraschenderweise habe die Bombardierung durch die Briten weit weniger Schaden angerichtet als ursprünglich angenommen, so hätte man weite Teile der Fabrik wie Fertigungshallen, Prüfstände und Labors noch intakt vorgefunden. Allerdings seien ihnen die Amerikaner wie in Kohnstein zuvorgekommen und hätten das Gelände bereits nach den besten Stücken durchkämmt.

Sie besichtigten die riesigen Werkshallen aus rotem Backstein und Teile der ober- und unterirdischen Anlagen. Überall sah Kathi russische Spezialisten bei der Bestandsaufnahme.

Nikolaj zeigte ihr auf dem Gelände einen Feldstein mit Bronzetafel. Die Inschrift darauf lautete: *Am 3. Oktober 1942 fiel dieser Stein von meinem Herzen. Wernher von Braun.*

»An dem Tag fand der erste erfolgreiche Raketenstart der Aggregat-4 statt«, erklärte Nikolaj.

»Was weißt du generell über die A4? Oder darfst du mir das nicht verraten?«, fragte Kathi und lehnte sich an den Gedenkstein.

»Das ist kein besonderes Geheimnis. Die A4 ist die erste Rakete, deren Flugbahn durch ein Kreiselsystem nachverfolgt und mit Strahl- und Luftrudern stabilisiert werden konnte. 1945 erreichte die A4 eine Höhe von circa zweihundert Kilometern.«

Diese letzte Information elektrisierte Kathi: »Sie hat den Weltraum erreicht?«

»Das hat sie. Verdammte Deutsche!«

***

In Schwabe's Hotel stand Kathi ein eigenes Zimmer zur Verfügung, Nikolaj eine ganze Suite. Nachts schlich sie sich zu ihm.

Als werfe das Schicksal bereits seinen Schatten voraus, kosteten sie jede gemeinsame Minute aus. Füllten sie mit Liebe und Geflüster, mit Bekenntnissen und Träumen. Die Nacht, geheime Verbündete aller Liebenden.

Mit dem ersten Licht des Tages kehrten die Fragen zurück. »Wie viel Zeit haben wir?«, fragte Kathi.

»Zwei Wochen, Swojdotschka, mein Sternchen.« Nikolaj küsste ihr Ohr. Es war durchscheinend wie eine Membran.

»Und danach?«

»Darüber muss ich mir erst noch Gedanken machen.«

»Ich mache mir jetzt Gedanken.« Kathi setzte sich auf, zum Zeichen, dass sie es ernst meinte.

Nikolaj, der gerne noch länger an ihrem Ohr geknabbert hätte, schob sich mit einem Seufzer hoch, stopfte sich ein Kissen in den Rücken und zog Kathi an seine Brust. »Gut, du Quälgeist. Denken wir zusammen nach. Du fängst an.«

»Wäre ich eine Spionin, ließe sich das auch irgendwie beweisen. Aber wie stellt man es umgekehrt an? Wie kann ich beweisen, dass ich keine bin?«

Statt zu antworten, zog Nikolaj die Decke fürsorglich über Kathis entblößten Oberkörper.

»Mir ist nicht kalt«, wehrte Kathi ab.

»Dein bezaubernder Anblick lenkt mich aber vom Denken ab«, erklärte Nikolaj charmant. »Und ich verstehe deine Sorge, Katjuscha. Aber lass das meine Sache sein. Ich werde einen Bericht schreiben, in dem ich dich abschließend von jedem Spionageverdacht freispreche.«

Mit einer kleinen Drehung sah sie zu ihm auf, forschte in seinem Gesicht.

»Du glaubst mir nicht?«

»Schon. Aber ich kann nicht glauben, dass es am Ende so einfach sein soll. Du sagtest vorgestern, zwischen uns solle es keine Heimlichkeiten mehr geben. Dennoch verschweigst du mir etwas.«

Er hielt kurz den Atem an. *Sie ist einfach zu klug!* Es stimmte, es konnte für ihn gefährlich werden, wenn er Lawrenti Berija nicht das lieferte, was dieser von ihm erwartete. Entschlossen legte er die letzte Karte auf den Tisch: »Berija geht es um den

Autoatlas, den Major Tolkin zusammen mit deinem Notizbuch im Februar konfisziert hat. Er will wissen, was es mit den speziell darin markierten Orten auf sich hat, und er glaubt, dass du darüber Bescheid weißt. Nicht nur Berija, auch mein Vater ist davon überzeugt, hierbei handle es sich um geheime Naziforschungsstätten. Ähnlich dem Stollen in Kohnstein, der fast bis zum Ende des Krieges geheim blieb. Berija droht mir an, die Heirat mit Xenia zu untersagen, wenn ich dir auf der Reise nicht die entsprechenden Informationen entlocke. Was ist los? Lachst du etwa?« Er knuffte sie.

Kathi bebte in der Tat an seiner Schulter, presste ihr Gesicht an seine Haut. Ihr war der Ernst der Situation durchaus bewusst, aber sie kam gegen den Heiterkeitsausbruch nicht an. Nikolaj wartete pikiert darauf, dass sie sich wieder beruhigte.

»Sind dir die vielen neuen Katzen auf der Datscha von Pelageja und Anatoli aufgefallen?«, begann Kathi schließlich.

»Was hat das denn jetzt mit dem Atlas zu tun?«, fragte Nikolaj irritiert.

»Alles. Es sind Franjuschas Katzen. Sie zieht sie an, genauso wie Bienen. Zu Hause hatten wir auch viele Katzen. Weißt du, wie Franjuschas Katzen heißen?«

»Nein …?«

»Ratibor, Oderberg, Rybnik, Goldentraum, Frankenstein, Breslau und Görlitz.«

Nikolaj stutzte. »Aber, das sind die markierten Orte im Atlas!«

»Eben. Der Atlas«, erklärte Kathi, »gehört meiner Schwester. Sie hat alle ihre Katzen nach Orten im Atlas getauft. Da sie nie richtig lesen gelernt hat, wählte sie einen Ort, malte einen Kringel darum, und ich las ihn ihr vor. Und das ist das ganze Geheimnis.«

»Verdammt!«, entfuhr es Nikolaj nach zwei Sekunden betretenen Schweigens. »Das ist zu einfach. Das werden sie dir niemals als Erklärung abnehmen!«

»Genau das war auch mein Gedanke. Darum habe ich es bei den Verhören durch Major Tolkin und Sonia Petrowa gar nicht erst erwähnt. Vor allen Dingen wollte ich nicht meine Schwester ins Spiel bringen. Glaubst du mir denn?«

Er rieb seine Nase an ihrer Schläfe, küsste sie zärtlich. »Natürlich. Wer sollte sich so etwas Verrücktes ausdenken? Katzennamen … Unglaublich. Wer hätte das gedacht.« Er schüttelte den Kopf.

»Und was erzählen wir stattdessen?«

»Wir haben zwei Wochen, um uns etwas einfallen zu lassen. Wozu sind wir beide hochbegabt?« Nikolaj versprühte Zuversicht.

»Aber über eines bin ich nicht traurig, weißt du«, murmelte Kathi.

»Was meinst du?«

»Dass Du-weißt-schon-wer dir die Heirat mit Xenia untersagt, falls du mich nicht als Spionin entlarvst.«

Nikolaj suchte ihren Mund. Küsste sie. Lange. Langsam rutschten sie im Bett nach unten.

Ein lautes Poltern gegen die Tür ließ sie auseinanderfahren. Der trainierte Soldat Nikolaj war sofort aus dem Bett, warf die Decke über Kathi und schlüpfte in seine Hosen. Auf das zweite heftige Klopfen reagierte Nikolaj mit dem Ruf: »Einen Moment!« Bevor er die Tür öffnete, vergewisserte er sich, dass Kathi gut verborgen war.

Vor der Tür stand sein bester Freund Grigorij.

Sie frühstückten gemeinsam im Hotel. »Was führt dich hierher, mein Freund?«, fragte Nikolaj. Er süßte seinen Tee mit Kirschmarmelade. Kathi fiel ein, dass ihre Mutter das auch manchmal getan hatte. Sehr zum Missfallen von Großmutter Charlotte.

»Man hat mich hierher beordert, um deutsche Flugzeuge zu testen.« Kathi lauschte still ihren Fachsimpeleien. Ihr gefiel es, Nikolaj im Umgang mit seinem Freund zu beobachten. Grigorij verschwand sofort nach dem Frühstück, und zeitgleich betrat Chefkonstrukteur Pawel Sergejew mit einer kleinen Gruppe Militärs den Frühstückssaal.

Kathi und Nikolaj verbrachten den Tag abermals in Peenemünde, wo russische Raketenspezialisten unter Anleitung von Pawel Sergejew mit der Montage einer A2 begannen.

Grigorij gesellte sich am Abend nochmals zu ihnen. Nach dem Essen holte er eine Mundharmonika hervor und begann zu spielen. Sogleich war ihr Tisch von einer Schar Soldaten umringt. Einige sangen sofort mit, es wurde getanzt und getrunken.

Zu Kathis Freude entpuppte sich auch Nikolaj als versierter Mundharmonikaspieler. Jeden Tag lernte sie Neues über ihn. Die Liebe war eine Entdeckungsreise.

Ein Akkordeon tauchte plötzlich auf. Kathi konnte nicht widerstehen und gab ebenfalls einige Stücke zum Besten, darunter *Heimat ist ein Sehnsuchtsort* – das Lied, das ihr Vater einst für die Mutter komponiert hatte. Es passte in seiner Melancholie perfekt zu den zuvor von Grigorij vorgetragenen Melodien. So gesellig die Russen auftraten, ihre Musik klang fast immer irgendwie traurig, Töne gewebt aus seelenvollem Schmerz. Aber wunderschön. Einige weinten, darunter auch Grigorij. Ein wahrhaft gefühliges Volk.

Am Morgen der Abschied. Grigorij blieb auf Usedom, während Kathi und Nikolaj nach Bleicherode zurückkehrten.

»Grigorij mag dich«, sagte Nikolaj, und Kathi freute sich über diese Bemerkung. Nikolaj ließ sie in seine Welt ein, wollte, dass sie ein Teil davon wurde. Sie fühlte sich ihm dadurch noch mehr zugehörig.

Unterwegs schlug Nikolaj einen Abstecher nach Weimar vor. Wie Touristen besichtigten sie die Stadt, die den Krieg weitgehend unbehelligt überstanden hatte. Sie schauten sich Goethes Wohnhaus am Frauenplan an und den Friedhof, wo er und Schiller ihre letzte Ruhe gefunden hatten und man den beiden Dichterfürsten zu Ehren ein Denkmal errichtet hatte.

Am Abend kehrten sie in die Villa in Bleicherode zurück. Da Pawel Sergejew noch eine Woche in Peenemünde bleiben würde, hatten sie das ganze Haus für sich allein. Und weil Nikolaj niemandem Rechenschaft ablegen musste, verbrachten sie dort herrliche Tage in Zweisamkeit. Sie gingen ins Kino und sahen zweimal den Film »Das Herz muss schweigen«, und als Kathi mit einem Juchzer Ahoj-Brause in einem Geschäft entdeckte, kaufte Nikolaj sofort den gesamten Vorrat für sie auf.

Ihre Tage flossen nun wie ein Märchen. Während außerhalb der Villa das Leben weiterlief und die Menschen versuchten, nach dem Weltenbrand in die Normalität zurückzukehren, verweilten Kathi und Nikolaj in einer rosa gefärbten Zeitblase. Sie waren jung, sie waren sorglos, sie waren verliebt. Und dachten für kurze Zeit nicht an das Später.

***

Das Später traf in Etappen ein.

Als Erstes reiste Pawel Sergejew einen Tag früher an, als angekündigt, und belegte Nikolaj sofort mit Beschlag. Zwei Tage hörte Kathi nichts von Nikolaj. Seine Abwesenheit hinterließ eine schmerzhafte Leere. Kathi begriff, dass sich Liebe weniger durch Glück definierte als durch das Maß des Verlassenseins, wenn der Liebste fort war. Sie nutzte die Zeit zum

Lesen und Spazierengehen. Auch schrieb sie lange Briefe an Dorota in Petersdorf. Einen funktionierenden Postservice gab es zwar noch nicht, aber auf Empfehlung von Maria Fischer gab sie ihre Briefe beim örtlichen Roten Kreuz ab.

Pawel Sergejew hatte ihr erlaubt, über den Telefonanschluss der Villa ihr Zuhause in Petersdorf anzuwählen. Doch die Leitung war tot. Sie hatte damit gerechnet, dennoch wog die Enttäuschung schwer.

Nikolaj kehrte zurück, und in der Nacht bewies er Kathi, dass er sie genauso vermisst hatte wie sie ihn.

Dennoch warf der Tag der Abreise bereits seine Schatten voraus. »Noch drei Tage, Swojdotschka«, flüsterte Nikolaj in ihr Ohr.

»Was erwartet uns in Moskau?«

Nikolaj verstand, was Kathi ihn eigentlich damit fragte: Wie sollten sie Berijas Verdacht weiter begegnen?

»Ich habe mit dem Genossen Chefkonstrukteur über dich gesprochen. Er wird uns unterstützen.«

»Er hält mich nicht für eine Spionin?«

»Nein. Er hat dein Notizbuch gründlich studiert, und er versprach mir, einen separaten Bericht an Berija zu verfassen. Zu Hause spreche ich mit dem General über den Autoatlas. Ich will ihn überzeugen, Berija den Atlas zu überlassen. Keine Sorge, Katjuscha. Ich werde nicht zulassen, dass Berija dir nochmals etwas tut. Das ist ein Versprechen.«

55

Liebe ist ein Paradox.

Kathi

1 + 1 = 2. Diese einfache mathematische Gleichung galt auch für die Liebe. *Wenn zwei sich wahrhaft liebten, wurde das Leben einfach*.

Leider galt diese Wahrheit nur, wenn man sich in Freiheit lieben durfte. Dies wurde Kathi nach ihrer Rückkehr schmerzhaft bewusst. Sie galt nach wie vor als Kriegsbeute, und in Moskau erwartete sie Xenia.

Und die Heimlichkeit.

Von nun an haftete jedem Wort, jeder Berührung, jedem Blick etwas Verbotenes an.

Kathi erlebte die schmerzliche Erfahrung, wie sehr Unfreiheit die Qualen der Liebe erhöhte. Sie kam mit der Situation zurecht, solange Nikolaj nicht in ihrer Nähe war. Schier unerträglich wurde es, wenn er zu Besprechungen bat, an denen auch Xenia teilnahm, sodass Kathi zwar nur wenige Meter von ihm entfernt saß, aber ihre Sehnsucht verbergen musste.

Ihn nicht berühren zu dürfen, seine Hand nicht greifen zu können – ständig auf der Hut sein zu müssen, damit niemand etwas bemerkte. Am allerwenigsten Xenia.

Ihr Verstand geriet genauso außer Kontrolle wie ihr Herz. In Kathis Kopf wirbelte nur noch Nikolaj, in allen Variablen und Erscheinungsformen.

Bereits am ersten Sonntag nach ihrer Rückkehr wartete Kathi auf der Datscha vergeblich auf Nikolaj. Xenia beanspruchte den Verlobten für sich. Seelenqualen!

Kathi musste sich der Vernunft und Nikolajs Argumenten beugen, dass eine Auflösung der Verlobung mit Berijas Nichte vor allem ihr und Franzi schaden würde. Berija hatte bisher weder auf seinen Bericht reagiert noch ihn empfangen.

Nikolaj unternahm den Versuch, Xenia etwas zu entlocken. Aber sie ließ ihn wissen, dass sie sich aus dieser Angelegenheit heraushalte. Ihr Gespräch endete im Streit.

Dagegen erklärte sich Nikolajs Vater, der General, bereit, den Autoatlas an Berija auszuhändigen. Damit überraschte er seinen Sohn, der sich auf einen zähen Kampf eingestellt hatte. »Warum tust du das?«, hakte er argwöhnisch nach.

»Meine Entscheidung beruht auf gesundem Menschenverstand und einer gründlichen Prüfung der markierten Örtlichkeiten. Im Umfeld von Peenemünde und Kohnstein wusste beinahe jeder Deutsche über die Waffenfabriken Bescheid. Personal- und Materialbewegungen in solchem Umfang lassen sich nicht geheim halten. Bei Breslau und Görlitz handelt es sich um große Städte, und wir haben zahlreiche Einwohner teils verschärft verhört. Dennoch haben sich dabei nicht die geringsten Anhaltspunkte für geheime Waffenforschungsstätten oder Führerhauptquartiere ergeben.«

»Der Atlas ist also wertlos?«

»So ist es. Er ist irreführend. Soll Berija seine Zeit damit vergeuden.«

***

Den folgenden Sonntag hoffte Kathi erneut auf Nikolajs Besuch. Trotz des stürmischen Wintertags trieb sie sich extra lange mit Oskar im Freien herum, in der Hoffnung, ein Motorgeräusch zu hören, das Nikolajs Ankunft ankündigte. Als Liebende spürte sie weder Hunger noch Kälte, allein die Sehnsucht setzte ihr zu.

Pelageja rief sie schließlich herein und verordnete ihr wortlos ihr Universalheilmittel, Kräutertee aus ihrem Garten.

Auch in dieser Woche hatte Kathi Nikolaj kaum zu Gesicht bekommen. Er hastete von einem Termin zum nächsten, und zumeist fanden sie außerhalb der Akademie statt. In zwei Wochen konnte er es ein einziges Mal bewerkstelligen, sich am Abend zu ihr in die Kammer zu schleichen. Sie stürzten sich aufeinander, liebten sich bis zum Morgen mit einer verzweifelten Intensität, wie sie nur eine allgegenwärtige Gefahr hervorzubringen vermochte.

In dieser viel zu kurzen Nacht bat Nikolaj Kathi erneut um Geduld. Seine Zurückhaltung geschehe zu ihrem Schutz. Gerade in der ersten Zeit nach ihrer Rückkehr durften sie nicht den Anschein erwecken, sich in irgendeiner Weise nahezustehen. Zudem schweige sich Du-weißt-schon-wer weiter zu seinem Bericht aus.

Kathi verstand seine Gründe. Aber die Ungewissheit zerrte an ihren Nerven. Ihr Herz wollte sich dem Joch der Vernunft nicht beugen. Es rebellierte, und auch ihr Körper hungerte nach Nikolajs Nähe.

Sie stürzte sich in die Arbeit, aber selbst diese schenkte ihr nicht die erhoffte Ablenkung. Sie war eine Geisel ihrer Sehnsüchte – Empfindungen, die sich ihren Weg wie Wasser durch ihren Körper suchten, ihn vollkommen durchdrangen und keinen Platz für anderes ließen außer Nikolaj.

Auch an diesen Sonntag hielt Kathi vergeblich nach ihrem

Liebsten Ausschau. Zu ihrer großen Bestürzung tauchte stattdessen Xenia am Vormittag bei ihr auf. In Streitlaune.

Schroff schlug Xenia Pelagejas Angebot einer Tasse Tee aus. Wenig darauf erpicht, in Pelagejas Gegenwart zu sprechen, forderte sie Kathi auf: »Los, gehen wir ein paar Schritte!«

Kathi wiederum verspürte so gar keine Lust auf ein Gespräch mit Xenia. Aber welche Wahl blieb ihr, außer es schnell hinter sich zu bringen? Sie schlüpfte rasch in Mantel und Stiefel und folgte der Russin mit einer Mischung aus Nervosität und böser Vorahnung.

Draußen hatte der Nordwind tüchtig aufgefrischt. Heulend verfing er sich in den Bäumen und pfiff ihnen um die Ohren. In dieser Geräuschkulisse war ein normales Gespräch kaum möglich. Kathi winkte Xenia in den Stall.

Die Kühe wandten neugierig ihre Köpfe und freuten sich über den Besuch. Xenia verzog angewidert das Gesicht und versuchte, keinem der Tiere zu nahe zu kommen.

»Was willst du?«, fragte Kathi kurz angebunden.

»Achte auf deinen Ton!«, drohte Xenia und bohrte Kathi den spitzen Zeigefinger in die Schulter. »Fühl dich bloß nicht zu sicher! Die Genossen Sergejew und Nikolaj konntest du vielleicht mit deinem verlogenen Kleinmädchengetue einlullen. Mich nicht. Aber der gute Nikolaj hatte schon immer ein Problem damit, Falschheit zu erkennen. Aber ich weiß, wer du bist. Wie der Vater, so die Tochter.«

»Was weißt du über meinen Vater?«, rief Kathi erschrocken.

»Ach? Hat Nikolaj etwa vergessen, das zu erwähnen?«

Kathi verstand, dass Xenia unbedingt Unfrieden stiften wollte. Daher schwieg sie. Xenia würde es ihr ohnehin verraten.

»Dein Vater«, walzte Xenia genüsslich aus, »ist vor einiger Zeit aus der Moskauer Haft geflohen. Am selben Tag traf er sich auf dem Filipow-Anwesen mit einer ausländischen Agentin.«

Kathi nahm sich Zeit, die Information zu verarbeiten. »Ich weiß nicht, mit wem sich mein Vater getroffen haben soll«, entgegnete sie betont. »Aber mit Sicherheit ist er kein Spion. Diese Anschuldigung ist absurd.«

»Du lügst! Du kennst das Filipow-Anwesen! Nach deiner Flucht aus dem Waisenhaus hast du dich mit deiner Schwester stundenlang dort herumgetrieben. Wenn sich dein Vater am selben Ort mit einer gefährlichen Agentin trifft, dann keinesfalls aus Zufall. Diese Frau hat vor ihrer Festnahme zwei unserer Leute erschossen!«

Kathi bewegte primär nur eine Frage: »Wo ist mein Vater jetzt?«

»Tot!«

Kathi stolperte rückwärts über den Futtertrog und stürzte einer Kuh direkt vor die Hufe. Das gutmütige Tier blieb ruhig stehen, während sich Kathi zitternd wieder aufrappelte. Da hatte Xenia den Stall längst verlassen.

Den Unfrieden ließ sie da.

***

Erst am Montagmittag sah Kathi Nikolaj wieder. Es hatte ihre gesamte Willenskraft erfordert, um am Morgen vor Unterrichtsbeginn nicht sogleich sein Büro zu stürmen und ihn zur Rede zu stellen. Oder vielleicht auch, sich an seine Schulter zu werfen, zu weinen und sich von ihm trösten zu lassen. Sie traute sich gerade selbst nicht über den Weg.

Den Kobulews gegenüber hatte sie Xenias Behauptungen nicht erwähnt, und sie schwieg vor allem wegen Franzi. Sie fand es unnötig, die Kleine zu beunruhigen und in dieselbe Sorge zu stürzen, wie sie sie empfand.

Pelageja merkte lediglich an, dass sie ihr jederzeit zuhören würde, wenn sie über Xenias Besuch sprechen wolle. Kathi tat dieses Vertrauen gut. Sie wollte nicht an den Tod ihres Vaters glauben, zur selben Zeit befürchtete sie, Xenias Behauptungen könnten wahr werden, wenn sie darüber redete. Rational betrachtet, war das natürlich absoluter Unsinn. Aber wenn man litt, verabschiedete sich die Logik immer als Erstes.

Im Übrigen hätte sie Nikolaj am Morgen gar nicht angetroffen, wie sie von Xenia erfuhr. Die Russin ließ Kathi gegen zehn aus dem Unterricht holen und zu sich ins Büro bringen.

Xenias Laune befand sich auf einem neuen Tiefstand. Sie hatte unschöne Stunden mit Berija hinter sich, in denen sie ihn einmal mehr hatte »besänftigen« müssen. Ihr Onkel zeigte sich nach wie vor äußerst ungehalten über Nikolajs inhaltsleeren Bericht aus Deutschland, und er gab ihr die Schuld daran, weil sie *ihren Verlobten nicht im Griff habe*.

Schlechte Laune ließ sich nur verbessern, indem man sie an andere weiterreichte. Also träufelte die Russin noch mehr Gift in Katjas Seele. »Ich habe von deinem Abenteuer mit dem Genossen Reichskommissar Berija erfahren. Es ist eine große Ehre, vom Genossen Berija bemerkt zu werden. Zeige dich also das nächste Mal gefügiger. Hast du das verstanden, Hitlermädchen?«

Kathi biss sich fest auf die Lippe, damit kein unvorsichtiges Wort ihren Mund verließ.

»Hast du dich eigentlich nie gefragt, wie Nikolaj wissen konnte, dass du beim Genossen Berija bist?« Auch diese Frage beantwortete Xenia gleich selbst: »Er hat die Entführung selbst angezettelt, damit er als dein Retter herbeieilen konnte. Es ging ihm vom ersten Tag an nur darum, dein Vertrauen zu gewinnen. Das war sein Auftrag. Du kannst gehen. Und falls du vorhast, dich beim Genossen Nikolaj auszuheulen: Er ist nicht da.«

***

Wie in Trance kehrte Kathi in den Unterricht zurück.

Während um sie herum das Leben seinen gewohnten Gang ging, verharrte sie in einer Zeitschleife mit Xenia, konnte die boshafte Stimme in ihrem Kopf nicht abstellen. Im Gegenteil, sie wurde immer lauter. Inzwischen drehten sich Kathis Gedanken wie ein außer Kontrolle geratenes Karussell. In ihrer Verzweiflung hieb sie sich selbst mit den Fäusten gegen die Schläfen.

»Was ist? Kopfschmerzen?«, flüsterte der Student neben ihr. Er gehörte zu den wenigen Aufrechten, die von Beginn an weder Berührungsängste noch Ressentiments gezeigt hatten. Er hatte sich sogar den Sitzplatz neben ihr ausgesucht.

»Alles gut, danke«, flüsterte Kathi zurück. Seine Anteilnahme brachte sie ein wenig zur Besinnung. Sie verstand, dass Xenia ihre Spielchen mit ihr trieb. Anatoli hatte sie mehrfach gewarnt. Die bange Frage lautete dennoch: Wie viel von dem, was die Russin behauptete, entsprach der Wahrheit?

Auch dieser zähe Unterrichtstag fand ein Ende, und Kathi machte sich auf in die Kantine. Anatoli und sie waren zum Mittagessen verabredet. Aber wo blieb er? Er verpasste nie eine Mahlzeit. Und dann tauchte unverhofft Nikolaj auf und nahm Anatolis Platz ein. Unbefangen lächelte er sie an. »Entschuldige«, raunte er leise. »Ich konnte gestern nicht zur Datscha kommen und auch nicht Bescheid geben. Ich hatte keine Minute für mich allein.«

»Ist das deine ganze Erklärung?«, zischte Kathi in gleichfalls gedämpften Ton zurück. Da sie unter ständiger Beobachtung standen, konnten sie sich keine Vertraulichkeiten erlauben. Gab es jedoch etwas Vertraulicheres als einen öffentlichen Streit? Sie würde sich verraten, und danach wüsste jeder Bescheid. Aber es gelang ihr nicht, sich zu zügeln. Längst brodelte es in ihr. Sie hatte seit gestern eine Menge zu verdauen, und das Gespräch mit Xenia vom Vormittag hatte ihr den Rest gegeben. Die Emotionen siegten im Rennen gegen die Vernunft.

»Du hast mich angelogen!«, fauchte sie.

Nikolaj legte das Besteck weg. »Was ist los?«, raunte er.

»Seit wann weißt du, dass mein Vater tot ist?«

»Wer sagt das?«, fragte er stirnrunzelnd.

»Xenia.«

Ein winziges Zögern, das alles verriet. In Kathis Herz tat sich ein Riss auf.

»Es tut mir leid, dass du es auf diese Weise erfahren musstest«, sagte er leise.

»O Gott, du hast es gewusst und mich angelogen.« Ein unbeschreiblicher Schmerz durchfuhr Kathi. Ihr Vater war tot und der Mann, den sie liebte, ein Lügner!

Nikolaj schob den unberührten Teller von sich. »Wir werden beobachtet. Besser, wir unterhalten uns in meinem Büro weiter. Ich gehe vor. Komm in ein paar Minuten nach.«

Im Büro erklärte Nikolaj: »Ich habe dich nicht angelogen, Katjuscha. Ich habe dir lediglich eine unangenehme Wahrheit verschwiegen.«

Kathi platzte beinahe vor Wut und Enttäuschung – ihr letzter finaler Schutz, bevor sie endgültig in den Abgrund der Trauer stürzen würde. »Natürlich hast du gelogen! Wie kannst du das leugnen? Ich habe dich in Deutschland nach meinem Vater gefragt, und du hast mir geantwortet, dir sei zu ihm nichts Neues bekannt! Dabei hattest du mir versprochen, es gäbe zwischen uns keine Heimlichkeiten mehr! Wie soll ich dir jetzt überhaupt noch ein Wort glauben?« Nikolajs Täuschung schmerzte wie Nesselgift. Und es war beileibe nicht seine erste Lüge gewesen … Wie konnte man denn so leben? Wie konnte er so leben? Verstrickt in Heimlichkeiten und Verrat? Nein, dafür war sie nicht geschaffen. Noch eine weitere Frage brannte in ihr: »Xenia behauptet, mein Vater sei ein Spion. Glaubst du das auch? Dass mein Vater ein Spion ist?«

Wieder verriet ihn sein Blick.

»Ich fasse es nicht! Warum hast du nicht mit mir darüber gesprochen, mich nicht gefragt? Warum vertraust du Leuten wie Du-weißt-schon-wer und Xenia? Warum vertraust du nicht mir?« Ihre Stimme brach. Genauso wie ihr Herz.

Er sah ihren Schmerz, und gleichzeitig erkannte er seine eigene Schäbigkeit. Er hatte geglaubt, sie durch sein Schweigen zu schützen. Dabei hatte er nur gezaudert, sich feige verhalten. Er besaß nicht Katjas Mut, nicht ihre Tapferkeit. Ihr Vater war tot, und er, Nikolaj, hatte es nicht für nötig gehalten, mit ihr darüber zu sprechen. »Katjuscha …«, flüsterte er.

Sie spürte ihn dicht hinter sich. Die Wärme, die von seiner Gegenwart ausging, sein Atem in ihrem Nacken, sein ihr schon so sehr vertrauter Geruch. Ach, wie einfach es wäre, sich zurückzulehnen, an seine Brust zu sinken und alles zu vergessen. Aber die Verletzung saß zu tief. »Du warst nicht ehrlich zu mir, und du vertraust mir nicht. Ich kann das nicht. So leben wie du.«

»Was soll das heißen?« Er trat vor sie.

Kathi schluckte. »Es tut mir leid, aber das mit uns beiden ist keine gute Idee gewesen. Lass es uns hier und jetzt beenden«, erklärte sie tapfer. *Und nun geh*! *Bring Abstand zwischen dich und ihn*! Ein Schritt. Zwei.

»Warte, Katjuscha!« Er stellte sich ihr in den Weg. »Das war längst nicht alles. Was hat dir Xenia noch erzählt?«

Kathi wich ihm nicht aus. »Dass du von Beginn an auf mich angesetzt wurdest, um mein Vertrauen zu gewinnen.«

»Aber das habe ich nie abgestritten, Katjuscha! Und hatten wir das nicht schon im letzten Jahr geklärt? Bei den Wassern der Wahrheit?«

Kathi zuckte mit den Achseln. Sie wollte nicht mehr diskutieren, sie wollte aus seiner Nähe fliehen. Stattdessen bohrte sie nun selbst in der Wunde: »Vielleicht gehörte das ja auch zu deiner Taktik? Wie kam es, dass du rechtzeitig zur Stelle warst, um mich aus Berijas Händen zu befreien?«

Damit hatte sie ihn getroffen. Alle Farbe wich aus Nikolajs Gesicht. »Das fragst du mich allen Ernstes? Wer von uns beiden kann hier nicht vertrauen, Katjuscha?«, sagte er mit rauer Stimme.

Doch sie war nicht empfänglich für seine Bestürzung. Sie liebte, und wie alle Liebenden konnte sie auch grausam sein: »Sehr gut! Dann weißt du ja, wie es sich gerade für mich anfühlt!«

Ein Türklopfen verhinderte, dass sie den Streit weiter austrugen und es noch bitterer für sie beide wurde.

Die Wissenschaftler Stetski und Woloschin traten ein. »Du wolltest uns sprechen, Genosse Ingenieur?«

Kathi nutzte den Moment und drückte sich rasch an Nikolajs Besuchern vorbei zur Tür hinaus.

»Wo willst du hin, Genossin Sadlerowa?«, rief Nikolaj.

»In den Arbeitssaal, Genosse Ingenieur. Meine Schuld am russischen Volk abarbeiten.« Sie knickste wie eine Dienstbotin und schritt erhobenen Hauptes davon.

Erst im Waschraum ließ sie ihren Tränen freien Lauf. Sie hätte es besser wissen müssen. Sie hatte bereits gelernt, dass die guten Dinge nicht von Dauer waren.

Heute vor sechs Wochen war sie zur Frau geworden, heute vor sechs Wochen hatte sich der Himmel für sie aufgetan.

Heute erfuhr sie die Wahrheit über Nikolaj, heute stürzte ihre gesamte Welt in Trümmer.

Alles an Nikolaj war Lüge. Jedes Wort: *Lüge!* Jede Geste: *Lüge!*

Die Liebe hatte sie emporgehoben und danach wie einen Vogel mit gebrochenen Flügeln auf die Erde zurückgeschmettert. Eine kurze Zeit des Glücks nur, und der Schmerz währte ein ganzes Leben.

Und dennoch sehnte sie sich nach Nikolajs Gegenwart, seinem Lächeln, seiner Stimme. Die Sehnsucht, sie wollte einfach nicht sterben. Kathi war gefangen in der geheimen Algebra der Gefühle. Irgendwo hatte sie einmal gelesen, Liebe würde einen verrückt machen. Keine Einwände! Liebe war kein vernünftiges Gefühl. Liebe war ein Paradox. Oh, wie leicht es war, sich zu verlieben. Und wie schwer, sich wieder zu entlieben. Sie versuchte, sich auf die Logik zu konzentrieren. Aber Liebe gehorchte niemals der Sprache der Logik. Sie folgte der Sprache des Herzens.

Dummes, törichtes Mädchen. Naive Nemetski. Wie recht Xenia damit gehabt hatte. Sie war Nikolaj direkt in die Falle gelaufen. Was gab es Niederschmetternderes, als wenn die eigenen Gewissheiten ins Wanken geraten? Sie hatte geglaubt, er sei der Sternenmann, hatte sich durch seine Liebe sicher gefühlt.

Aber Nikolaj Pchela war die falsche Biene.

56

Manchmal ist die Wahrheit ein schwarzer Spiegel.
Der eine erblindet, der andere sieht.

Nikolaj

Manche Entschlüsse traf man spontan aus dem Bauch heraus. Für andere wiederum brauchte es einen langen Reifungsprozess. Insbesondere, wenn sie mit Unannehmlichkeiten verbunden waren.

Tatsächlich konnte sich Nikolaj wenig Unerfreulicheres vorstellen als eine Konfrontation mit Xenia. Dabei hätte er das Gespräch mit ihr schon sehr viel früher suchen müssen. Sofort nach der Besprechung mit Stetski und Woloschin machte er sich auf den Weg zu ihr.

Viel zu lange war es seiner Verlobten gelungen, ihn zu täuschen und zum Narren zu halten. Nun, da er endlich das Monster hinter ihrer schönen Fassade erblickt hatte, beschämte ihn seine jahrelange Blindheit. Mit dem Versuch, Katja Berija auszuliefern, war Xenia endgültig zu weit gegangen. Er begriff das falsche Spiel in dem Augenblick, als Katja es ihm vorwarf.

Er traf Xenia in Gesellschaft an. Die Mitarbeiter hingen wie gewohnt an ihren Lippen und saugten jedes Wort wie Nektar auf. Der Anblick erinnerte ihn daran, wie er Xenia früher kaum minder andachtsvoll gelauscht hatte. Erneut bestürzte ihn die eigene Dummheit. »Raus hier! Alle!«, bellte er.

Erstaunte Blicke. Misstrauische Blicke. Diesen Ton kannte keiner von ihm. Nikolajs gesamte Körpersprache drückte Zorn aus, er verteilte sich im Raum wie eine unsichtbare Strahlung und erfasste die Anwesenden.

Die Männer reagierten. Stühle wurden gerückt, Unterlagen eingesammelt, und ein halbes Dutzend Wissenschaftler trabten hinaus.

Nikolaj schloss hinter ihnen die Tür.

Xenia lehnte weiter an ihrem Schreibtisch, entspannt und selbstsicher. Ein winziges Lächeln huschte über ihr Gesicht.

Unter anderen Umständen hätte ihm ihre Beherrschtheit Bewunderung abgenötigt. Erneut fragte sich Nikolaj, wie er sich derart lange von ihrer Falschheit hatte blenden lassen können. Dabei kannte er die Antwort. Sie war banal und so alt wie die Welt: Schönheit, gepaart mit heißem Blut, verschloss Männern den Verstand und öffnete ihnen die Hose.

Er zwang sich selbst zur Ruhe, wollte sich keineswegs gebärden wie ein enttäuschter Jüngling. Xenia würde daraus ihren Vorteil schlagen. Er wollte, dass sie es zugab; er wollte die Wahrheit aus ihrem verlogenen Mund selbst hören. »Wir müssen miteinander reden, Xenia.«

»Gerne, Liebster. Aber gerade kommt es mir etwas ungelegen.« Sie wies auf ihren mit Papieren überhäuften Schreibtisch und schloss in der Geste auch die Tür mit ein, durch die die Gruppe Wissenschaftler entschwunden war. »Wie wäre es heute Abend bei mir in der Wohnung?«

»Nein, wir reden jetzt.«

»Schön. Möchtest du einen Tee?« Xenia zeigte auf den zischelnden Samowar.

»Nein.«

Sie trat hinter ihren Schreibtisch, griff nach ihren Machorkas und steckte sich eine in den Mund. Eine winzige Pause entstand, ein erstes vages Kräftemessen. Xenia wartete, dass Nikolaj ihr Feuer gab. Stattdessen verschränkte er die Arme und bewegte sich keinen Zentimeter.

Gleichmütig entfachte Xenia die Zigarette selbst. »Also, wo drückt der Schuh?«, fragte sie nach dem ersten Zug. Bläulicher Rauch umkräuselte ihre Lippen.

»Unsere Verlobung. Sie war ein Fehler. Betrachte sie hiermit als gelöst.«

»Wegen dieser kleinen Sache mit dem Hitlermädchen?« Verächtlich schnippte sie mit den Fingern. »Mach dich nicht lächerlich.«

Sie leugnete es nicht einmal! Die Erkenntnis fraß sich wie Säure in seine Eingeweide. Er kämpfte den Zorn nieder, konnte jedoch nicht verhindern, dass sich seine Stimme rau anhörte: »Das ist genau das, was ich meine. Eine Entführung und Beinahevergewaltigung ist keine ›kleine Sache‹, Xenia. Es ist ein abscheuliches Verbrechen! *Du* bist abscheulich.«

»Meine Güte, was für eine verquere Moralvorstellung. Worüber regst du dich so auf?« Verständnislos zuckte Xenia mit den Schultern und aschte auf den Boden neben sich. »Hast du die deutschen Kriegsverbrechen schon vergessen, das Schänden, Brandschatzen und Morden? Das Klagen der Mütter und Ehefrauen, die ihre Söhne, Töchter und Männer betrauern? Ich höre sie noch! Dieses Mädchen gehört dem russischen Volk. Nicht dir, Nikolaj. Und sie ist aus einem einzigen Grund hier: um für die deutschen Verbrechen zu sühnen.« Xenia drückte ihre kaum gerauchte Zigarette aus. »Und nun lass uns das alles vergessen und von etwas anderem sprechen. Ich habe …«

»Nein, nichts werde ich vergessen!« Nikolaj beugte sich über den Schreibtisch und fixierte ihren Blick. »Hör mir genau zu: Ich wünsche, dass du Katja und ihre Schwester künftig in Frieden lässt. Keine weiteren Racheakte oder was auch immer dir in deiner Bosheit noch einfallen mag. Hast du das verstanden?«

»Herrje, wenn es dich glücklich macht. Mir ist die Kleine im Grunde völlig egal. Und du tust mir unrecht, Lieber. An der Sache mit Berija war ich mitnichten beteiligt. Du kennst ja die Gerüchte über ihn. Er hat das Mädchen gesehen und …«

Wieder dieses arglose, ganz und gar verlogene Achselzucken. Es brachte Nikolaj vollends in Rage. »Schluss!«, explodierte er und hieb mit der Faust auf den Tisch. »Hör auf, mich zu belügen! Ich kenne deine Methoden. Du hast es arrangiert, dass Berija Katja in der Akademie begegnet. Weil du genau wusstest, was danach geschehen würde. Es ist aus, ich will nichts mehr mit dir zu tun haben. Meine Sachen lasse ich noch heute von Kirill bei dir abholen.«

»Jetzt werd nicht gleich melodramatisch. Wir sind immerhin verlobt und …«

»Hörst du mir überhaupt zu? Wir sind nicht mehr verlobt!«

»Komm schon, Lieber. Du bist gerade sehr wütend und weißt nicht, was du sagst. Ich hingegen weiß genau, dass du es nicht so meinst«, entgegnete sie ruhig. »Wir sind das perfekte Paar, die perfekte Gleichung. Der eine funktioniert nicht ohne den anderen. Schau«, sie legte eine wohldosierte Mischung aus Wärme und Lockung in ihre Stimme, »wir haben das doch beide immer gewollt. Du hast *mich* immer gewollt! Und jetzt willst du mich plötzlich nicht mehr?« Sie umrundete den Schreibtisch, stand nur noch wenige Zentimeter von ihm entfernt, hüllte ihn ein in ihren fraulichen Duft, versuchte ihn mit ihrem Körper.

Aber all das, was ihn früher anzog, ihm beinahe den Verstand geraubt hatte, hatte keine Wirkung mehr auf ihn. »Du sprichst von Wollen, Xenia, und nicht von Liebe. Der Wille ist an der Liebe nicht beteiligt.«

»Weißt du was? Lass uns später darüber sprechen«, erwiderte sie leichthin. »Du bist im Moment viel zu erregt für ein vernünftiges Gespräch.«

Nikolaj hielt das Knurren zurück, das aus seiner Brust empordrängte. Dieser Frau war einfach nicht beizukommen, sie schien in einem völlig anderen Universum als er zu kreisen. »Es gibt kein Später, hörst du! Um es mit deinen Worten zu sagen: Ich will dich nicht mehr.« Er wandte sich zu gehen.

»Du bist ein Heuchler, Nikolaj«, sagte Xenia verächtlich in seinem Rücken. »Du wirfst Berija allen Ernstes vor, was du dir selbst genommen hast.«

Nikolaj fror mitten in der Bewegung ein.

Xenia sprach weiter, jedes einzelne Wort rollte genüsslich über ihre Zunge: »Dachtest du, ich würde nicht davon erfahren? Du bist es doch gewesen, der sich letzte Woche zu ihr geschlichen hat. Das Mädchen ist ein Auftrag. Dein Auftrag! Und du hast sie benutzt. Du bist der wahre Januskopf, Nikolaj. Du belügst sie seit Monaten und heuchelst ihr Gefühle vor. Damit bist du um keinen Deut besser als mein Onkel Lawrenti.«

Wie von der Tarantel gestochen, wirbelte er herum: »Das ist etwas völlig anderes als Entführung und …« Seine Stimme versagte, da er schier an seiner Wut erstickte. Wie konnte sie ihn nur mit diesem schlimmsten aller Sadisten vergleichen? Er sah wieder die geschundene, blutende Katja vor sich. Mit jeder Faser drängte es ihn danach, ins Hauptquartier des NKWD zu stürmen und Berija zu Brei zu schlagen. Gewonnen hätte er dadurch nichts, am allerwenigsten für Katja. Viel fehlte nicht, und er hätte sich stattdessen auf Xenia gestürzt, damit sie endlich aufhörte, ihr ekelhaftes Gift zu verspritzen. Er biss sich heftig in die Wange, und es gelang ihm, den Impuls hinunterzuschlucken. Niemals würde er so tief sinken und eine Frau schlagen.

Xenia, ansonsten unfehlbar darin, wenn es galt, Stimmungen

auszuloten, missinterpretierte sein Schweigen. Überzeugt und unerschütterlich in ihrem Selbstbewusstsein meinte sie leichthin: »Sehr gut, mein Lieber, du hast es begriffen. Damit wäre das geklärt. Können wir nun bitte zur Tagesordnung übergehen?« Sie öffnete einen Aktendeckel. Obenauf lag eine Konstruktionszeichnung. Xenia tippte darauf. »Unser Fuchs in Übersee hat neues und höchst interessantes Material geschickt. Sieh her. Demnach haben die Amerikaner vor, als Nächstes eine …«

Nikolaj fand endlich Stimme und Fassung wieder. Noch einmal stützte er sich mit den Händen auf den Schreibtisch, auch, weil sich seine Beine gerade ziemlich schwach anfühlten. Er beugte sich zu der Frau vor, von der er einmal angenommen hatte, dass er sie liebte.

Keine zwanzig Zentimeter trennten ihre Gesichter voneinander. Kurz sah er Triumph in Xenias Augen aufblitzen, wohl in Erwartung, dass er sie küssen und für sein törichtes Verhalten um Verzeihung bitten würde. Er nagelte ihren Blick fest. »Du hast recht«, sagte er kalt. »Es ist alles geklärt. Denn endlich kann ich klar sehen, was du wirklich bist: ein gefühlloses Scheusal, ein Monster wie dein Onkel. Leb wohl!« Er drehte sich um und strebte zur Tür.

Hinter ihm lachte Xenia gekünstelt auf. »Komm schon, Nikolaj, das kann unmöglich dein Ernst sein. Wir sind doch ein gutes Team, das beste! Lass uns heute Abend zusammen bei mir essen. Und wenn dir so viel daran liegt, können wir gerne nochmals über alles reden.«

Nikolaj wandte sich nicht zu ihr um.

Da endlich ging Xenia seine Entschlossenheit auf. »Du benimmst dich nicht wie der Nikolaj, den ich kenne. Die kleine Nemetski hat dir wohl völlig den Verstand vernebelt?«

»Im Gegenteil«, erwiderte er ruhig, mit der Hand schon an der Türklinke. »Nie im Leben habe ich klarer gesehen.«

»Dir liegt wirklich etwas an diesem Mädchen …«, sagte Xenia gepresst.

Ein letztes Mal wandte er sich ihr zu. »Du hast es begriffen. Ich liebe sie.«

***

An Xenias Gesichtsausdruck hatte er sogleich seinen Fehler erkannt. Das hätte er niemals sagen dürfen! Damit hatte er Katja erst recht in Gefahr gebracht. Er musste sie warnen, mit ihr sprechen, bevor Xenia die Gelegenheit dazu haben würde. Er stürmte über den Flur zur Treppe in den großen Arbeitssaal und flog sie förmlich hinauf. Nur um dort zu entdecken, dass an Katjas üblichem Pult ein fremder Mann hantierte. Er stürmte auf ihn zu, packte ihn am Arm und riss ihn herum. »Wer sind Sie? Was tun Sie da? Wo ist Genossin Sadlerowa?«

»Sachte, sachte, Genosse Nikolaj«, mischte sich Rudenko, der zweite leitende Ingenieur, ein. »Das ist Genosse Matwej«, stellte er den Mann an Katjas Pult vor. »Er wurde heute zu uns versetzt.«

»Und wo ist Genossin Sadlerowa?«

»Sie wurde abgeholt.«

»Von wem?«

Unsicherheit flackerte in Rudenkos Augen auf. »Zwei Männer des NKWD«, entgegnete er zögerlich. Nikolaj entging keineswegs Rudenkos verstohlener Seitenblick zu Matwej. Ein eindeutiges Signal, dass Matwej in Diensten des NKWD stand. Ein weiteres Kuckucksei aus dem Nest des mächtigen Lawrenti Berija.

Nikolaj ließ alle Vorsicht fahren. Sollte der Mann denken, was immer er wollte. Hier ging es um Katja! Und weshalb handelte Berija erneut gegen Stalins Befehl? »Wann war das? Und warum wurde ich nicht gerufen?«, forderte er laut.

»Weshalb hätten wir das tun sollen? Es geschah auf Veranlassung unseres verehrten Genossen Reichskommissar Berija«, beschied ihm Rudenko und trat einen Schritt zurück. Als könnte er damit Abstand von der Gefahr gewinnen, die von Nikolajs Verhalten ausging. *Hör auf nachzufragen!,* flehte sein Blick. *Das bringt uns alle in Schwierigkeiten!*

Wortlos machte Nikolaj kehrt und verließ im Sturmschritt den Raum. Er verschwendete hier nur seine Zeit.

Derselbe wütende Elan trug ihn eine halbe Stunde später ins Hauptquartier der GRU. »Wo ist Katja? Was hat er mit ihr gemacht?«, schrie er, noch bevor er die Tür zum Allerheiligsten des Generals ganz erreichte. Vor ihm tauchte unmittelbar Kirill auf und versuchte, ihn zurückzuhalten. Nikolaj tauchte geschickt wie ein Fisch unter seinen Pranken hindurch, rauschte in den Raum und baute sich vor dem Schreibtisch des Generals auf.

»Was soll dieser Auftritt? Bist du besoffen?«, erwiderte der stirnrunzelnd. In seinen Augen blinkte deutlich das Warnzeichen.

Nikolaj übersah das Signal bewusst. »Keine Spielchen. Wo ist sie? Was hat er mit ihr gemacht?«

»Vielleicht kann ich helfen?«, sagte eine Stimme von der Seite.

Ihr Klang riss Nikolaj herum wie einen Fallschirmspringer im Moment der Schirmöffnung. *Berija*! Die ganze Zeit über stand er ihm vor Augen, hatte er in seiner Fantasie auf ihn eingedroschen. Und jetzt fläzte sich der mächtige Geheimdienstchef in einem Sessel an der Wand. Berija kostete sichtlich seine Rolle aus, während Nikolaj aus seiner gefallen war. Zu deutlich hatte er soeben seine Gefühle für ihn offenbart. Auch wenn es zu spät war und er sich gerade einen Todfeind schuf, spielte er die

Szene zu Ende: »Genosse Berija, ich habe sie nicht gesehen. Es überrascht mich, Sie …«

»Hehe«, unterbrach Berija ihn vergnügt. »Er hat mich nicht gesehen! Und überrascht ist er auch«, rief er General Pchela zu. »Genosse Nikolaj verfügt über viel heißes Blut. Eine Abkühlung täte ihm gut. Was sagen Sie dazu, Genosse General?« *Abkühlung, der Code für Sibirien!*

Der General zuckte nicht mit der Wimper. »Was soll ich schon dazu sagen? Er ist ein Heißsporn. Er ist genauso, wie ich früher gewesen bin.«

»Sicher waren Sie das, mein lieber General«, erwiderte Berija gönnerhaft, und der Blick, mit dem er sein Gegenüber nun maß, enthielt eine gehörige Portion Gemeinheit.

Die Kiefer des Generals mahlten.

Unwillkürlich fragte sich Nikolaj, ob Berija das wohlgehütete Geheimnis des Generals kannte. Und gab sich selbst die Antwort darauf. Natürlich wusste Berija Bescheid.

»Ja, die Jugend«, nickte Berija in einem Ton, als erklärte dieses eine Wort alles. Er beäugte Nikolaj wie eine Spinne ihre Beute. »Nun, junger Heißsporn. Für heute überlasse ich es dem Genossen General, ihnen eine angemessene Lektion zu erteilen.« Damit hievte er sich aus dem Sessel, klopfte Nikolaj beim Hinausgehen auf die Schulter und marschierte von dannen.

Die Wut, die Nikolaj hierher getragen hatte, wandelte sich kurz in Verblüffung. Weshalb in aller Welt, fragte er sich, ließ ihn der gefürchtete NKWD-Chef beinahe beiläufig vom Haken? Das beunruhigte ihn mehr als jede direkte Konfrontation. Was führte die fette Spinne im Schilde? Wohin ging er? *Katja!*, durchfuhr es ihn. Er wollte Berija nachsetzen. Doch der General erteilte beinahe träge den Befehl: »Kirill, halt ihn auf.!«

Der hünenhafte Bursche pflanzte sich in die Tür und versperrte ihm den Ausgang. Es bestand kein Zweifel an Kirills

Entschlossenheit. Ein weiteres Mal würde er sich nicht so einfach austricksen lassen. Schon traf Nikolaj Kirills Faust wie ein Hammer und schickte ihn zu Boden. Darauf reichte ihm Kirill fürsorglich ein Taschentuch für die blutende Nase und half ihm hoch.

Der General kam um den Schreibtisch gehinkt und schüttelte den Kopf. »Kein Wort jetzt, Junge! Dein Benehmen ist eine Schande!«

»Aber er hat …«

Der General stand jetzt vor ihm. »Schweig still!«, brüllte er.

»Ich werde sicher nicht schweigen.« Blind vor Wut und voller Angst um Katja sah Nikolaj auch die Faust des Generals nicht kommen.

Die Wucht des Schlages ließ ihn taumeln. Dieses Mal wenigstens konnte er sich auf den Beinen halten.

»Schaff ihn raus in den Wagen, Kirill! Falls er sich wehrt, verpass ihm noch eine Tracht Prügel«, befahl der General. »Ich komme in fünf Minuten nach.« Er griff nach dem Hörer.

Im Wagen angekommen, blaffte der General Nikolaj an: »Willst du uns alle in Gefahr bringen? Berija spielt mit uns, und du legst dein Blatt offen vor ihm auf den Tisch!«

Inzwischen hatte sich Nikolaj beruhigt und auch begriffen, warum ihn der General unbedingt aus dem Büro haben wollte: »Dein Büro ist schon wieder verwanzt?«

General Pchela ließ die Abhörgeräte regelmäßig entfernen, und ebenso regelmäßig brachten Berijas Spione neue an. Selbstverständlich konfrontierte er den Genossen Berija niemals damit. Was sollte das bringen? Er würde die Maßnahme einfach leugnen.

Der General ließ seinem Zorn weiter freien Lauf: »Du musst völlig den Verstand verloren haben!«

Nikolaj fiel auf, dass dies das zweite Mal innerhalb einer Stunde war, dass man seinen Verstand anzweifelte.

»Dein Benehmen wird Konsequenzen haben!«, schimpfte der General weiter. »Du hast uns in Gefahr gebracht! Und alles wegen dieses Hitlermädchens.«

»Nenn sie nicht immer so! Ihr Name ist Katja.«

»Ja, ja.«

»Was wollte Berija?«

»Das hätte ich herausgefunden, wenn du nicht derart kopflos in mein Büro gestürmt wärst!«

»Wohin fahren wir?«

»Zum Woschd. Ich muss Berijas Intrige zuvorkommen.«

»Welcher Intrige?«

»Er will mich als Chef der GRU diskreditieren.«

»Tut er das nicht schon seit Jahren?« Nikolajs Stimme verriet wenig gesteigertes Interesse.

»Ja, aber dieses Mal ist es ernst. Entweder ich reiße das Ruder herum, oder ich stürze. Und wenn ich stürze, Sohn, dann du mit mir. Sollten wir das heute überleben, musst du dich künftig mehr im Griff haben. Berija ist auf dem Höhepunkt seiner Macht. Also bring das mit Xenia wieder ins Lot. Wir brauchen sie. Das ist das Hitlermädchen nicht wert.«

Nikolaj war da anderer Meinung. Aber im Augenblick hielt er es für klüger, zu schweigen. Da fiel ihm etwas auf. »Woher weißt du von meinem Streit mit Xenia? Ich komme eben erst …« Nikolaj stutzte, als ihm ein ganzer Kronleuchter aufging. »Du hast ihr Büro verwanzt?«

»Natürlich. Was denkst du denn?«

Da der Llubjankaplatz nur einen knappen Kilometer nordöstlich vom Roten Platz lag, erreichten sie den Kreml innerhalb von Minuten. Der General begab sich allein zu Stalin. Nikolaj wurde zum Warten verurteilt.

Allerdings nicht lange. Kaum eine halbe Stunde später kehrte sein Vater zurück. Ohne Begleitung. Immerhin war er nicht verhaftet worden.

»Was ist los?«, empfing ihn Nikolaj.

»Josef Wissarionowitsch ist in Kunzewo auf der Datscha. Kirill! Nach Kunzewo!«, befahl er.

»Ist das klug?«, fragte Nikolaj.

»Klug? Unklug? Das Kluge bestimmt der Mächtige! Vielleicht sind wir heute Abend schon tot.« Der General lachte keckernd.

***

Der Tod musste vorerst warten.

Gegen sechs Uhr am folgenden Morgen traten Nikolaj und sein Vater die Rückfahrt von Stalins Datscha in Kunzewo nach Moskau an. Die primäre Gefahr an Stalins Tisch hatte darin bestanden, nicht volltrunken einzuschlafen und versehentlich mit dem Kopf im Teller zu landen. Als Gastgeber bewertete der Woschd diese Form der Schwäche als persönliche Beleidigung. Einige Unglückliche hatten deshalb in der Vergangenheit seinen unversöhnlichen Zorn zu spüren bekommen. Nach der wüsten Zecherei waren Vater und Sohn allerdings so betrunken, dass sie auf der kurzen Fahrt auf dem Rücksitz genau das taten: schlafen.

Auf der Fahrt nach Kunzewo hatte der General Nikolaj genaue Instruktionen erteilt, wie er sich Stalin gegenüber, sollte der das Wort an ihn richten, zu verhalten habe: »Schau ihm in die Augen und zeige keine Nervosität! Antworte standfest und in kurzen, verständlichen Sätzen!«

Stalins Hauptdatscha Kunzewo, wie die meisten seiner Landsitze mit kakigrünem Anstrich versehen, lag kaum zwanzig Kilometer außerhalb Moskaus in einem jungen Fichtenwald.

Nachdem Pchelas Limousine Schranke und Kontrollpunkt ohne Schwierigkeiten passiert hatte, betraten sie das Haus. Im Flur empfing sie eine riesige Weltkarte, von da ging es in das weitläufige Esszimmer.

Dort trafen die beiden Pchelas auf die engsten Vertrauten aus Stalins georgischer Clique: Berija, Schdanow, Molotow, Malenkow, Mikojan, Bulganin und den allgegenwärtigen Sekretär Poskrebyschew. Die Männer standen in Grüppchen beisammen und unterhielten sich. Stalin selbst war nirgends zu sehen. Andrei Schdanow, seines Zeichens aktueller Favorit für Stalins Nachfolge, winkte den General zu sich. Nikolaj klinkte sich aus dem Gespräch aus. Verstohlen musterte er den Raum. Über dem langen Tisch, der dreißig Personen Platz bot, brannten zwei Kronleuchter, mehrere Wandlampen sorgten für zusätzliches Licht. Es gab hohe Fenster mit langen Gardinen, bequeme Stühle, weiche Teppiche, in einer Ecke stand ein Klavier. Auf eigentümliche Art wirkte die Örtlichkeit auf ihn bedrückend. Vielleicht, weil ihm bekannt war, dass in diesem Raum seit Jahren politische Entscheidungen getroffen wurden, deren Tragweite sich auf die gesamte Welt auswirkten.

Stalin trat ein, in einer abgetragenen Wolljacke und mit seiner geliebten Dunhill-Pfeife im Mundwinkel, als wäre er längst mit ihr verwachsen. Die Züge des Woschd wirkten heute weniger mitgenommen als im letzten August bei der eilends anberaumten Zusammenkunft nach dem Abwurf der amerikanischen Bombe.

Schdanow näherte sich dem Generalissimus und wechselte leise einige Worte mit ihm. Stalin lauschte milde lächelnd und winkte darauf die beiden Pchelas zu sich. Er begrüßte sie unter seinen Gästen und lud alle Anwesenden zum Essen an seine Tafel.

Den flüssigen Reigen eröffnete georgischer Wein und Sekt, Letzterem sprach Stalin besonders zu. Es folgten Weinbrand und das Teufelsgetränk Pfefferwodka. Trinkspruch folgte auf Trinkspruch, und bis die ersten Gerichte serviert wurden, konnte sich niemand mehr nüchtern nennen. Bis auf Stalin, dem es diebische Freude bereitete, zuzusehen, wie sie sich betranken. Besonders Berija tat sich hervor, der die beiden Pchelas mit Bemerkungen wie »Los, trinken Sie mit, wie alle anderen!« zum Saufen anstachelte.

Erst nach zwei Stunden wurden die ersten der zahllosen Gänge aufgetragen, serviert von drallen Bäuerinnen in Kittelschürzen.

Verblüfft beobachtete Nikolaj, wie Stalin in einem tiefen Teller zwei verschiedene Suppen mischte, Brot hineinbröselte und zuletzt einen weiteren Schöpfer Suppe daraufkippte. Den Vorspeisen folgten Perlhuhn, Ente und Wachteln.

Das Gespräch wogte hin und her, eine Vielzahl von Themen wurde angeschnitten, die jedoch niemals Tiefe erreichten, sondern an der Oberfläche dahinplätscherten. Die neuen sowjetischen Magnaten agierten dabei überaus vorsichtig, setzten ihre Worte ein, als hantierten sie mit explosiven Stoffen. Dabei belauerte jeder jeden, während sie gleichzeitig um die Aufmerksamkeit des Generalissimus buhlten. Nikolaj erinnerte ihr Verhalten an eingeschüchterte Schulkinder, mit der geheimen Agenda, ihren gewalttätigen Lehrer unter keinen Umständen zu reizen.

Dennoch, ist man betrunken, sinken Schutzschilder und Hemmungen, und Unbedachtes ist schnell geäußert. Fraglos gehörte das zur Taktik Stalins, seinen Vertrauten im Suff die Zunge zu lockern. Während weitere Speisen serviert wurden und alle vor ihren üppig gefüllten Tellern saßen, erwähnte Mikojan unvorsichtigerweise die Nahrungsknappheit im Land.

Stalin reagierte beunruhigt: »Warum gibt es denn nicht genug zu essen?«

»Lass dir das von Malenkow erklären, der ist für die Landwirtschaft zuständig«, antwortete Mikojan.

Der aufgeschwemmte Malenkow, der ohnehin aussah, als hätte er die gesamte Jahresernte einer Kolchose auf den Hüften, blieb der sprichwörtliche Bissen im Halse stecken.

Nikolaj, neben Mikojan sitzend, bemerkte, wie unter dem Tisch Berija kräftig gegen Mikojans Schienbein trat. Später auf der Terrasse, wohin jeder einmal verschwand – weniger um frische Luft zu schnappen, als sich vielmehr diskret ins Gebüsch zu übergeben –, bekam er zufällig mit, wie die beiden auf Mikojan einredeten: »Was soll das? Es verärgert Stalin nur, und dann fängt er an, einen von uns zu beschimpfen. Man darf ihm nur sagen, was er gerne hört, das sorgt für eine angenehme Stimmung. Anstatt uns das Essen zu verderben!«

Während des Gelages richtete Stalin zweimal das Wort direkt an General Pchela. Nichts wies darauf hin, dass sich der General in Ungnade befand. Was allerdings kaum als Gradmesser taugte. Stalin liebte es, sein Umfeld im Ungewissen zu lassen. Schließlich beruhte seine Macht gerade auf der Furcht, die jedermann vor ihm hatte.

So oder so fand Nikolaj die Situation schier unerträglich. Er konnte die ganze Zeit über an nichts anderes denken als an Katja, während er mit Josef Stalin und Lawrenti Berija am selben Tisch saß, den Männern, die Katjas Schicksal in ihren Händen hielten.

Plötzlich spürte er selbst einen Tritt gegen sein Schienbein. Erschrocken fuhr er auf. Stalins Blick ruhte aufmerksam auf ihm. *Bei Lenin!* Stalin hatte ihn etwas gefragt, und er hatte nicht zugehört!

»Der Frühling naht, und der Genosse Oberleutnant Nikolaj will heiraten: meine Nichte Xenia!«, rief die Schlange Berija vergnügt und goss weiteren Pfefferwodka in Nikolajs Glas. Er hob das eigene für einen weiteren Toast. »Auf dass eure Kinder glückliche und reiche Eltern haben!«

Nikolaj lächelte blöde, bevor er trank und sich ein weiteres Mal die Kehle mit dem Höllengetränk versengte. Der ganze Raum schien sich mittlerweile um ihn zu drehen. Oder befand er sich auf einem schwankenden Floß?

»Der Genosse Stalin interessiert sich für dein Raketenflugzeug«, eilte ihm der General zu Hilfe.

Nikolaj fokussierte sich auf sein Projekt, und als der Woschd ihm einige Fragen stellte, die echtes Interesse am Thema verrieten, brachte er es zuwege, kurz und verständlich zu antworten. Von ein wenig Lallen einmal abgesehen. Beflügelt durch Wodka und dem Wohlwollen des Woschd, ignorierte er einen weiteren Tritt unter dem Tisch seitens des Generals und erklärte, dass es in wenigen Jahren möglich sein werde, mit Strahlflugzeugen ins All zu fliegen. Er schlug spontan vor, dass Russland einen Weltraumbahnhof, ein Kosmodrom, für künftige Raketenstarts bauen solle. Russland dürfe nicht noch einmal zulassen, dass die Amerikaner ihnen zuvorkämen.

Totenstille. Im Raum knisterte es wie vor einem Gewitter. Aller Augen ruhten auf Nikolaj. Er war zu weit vorgeprescht, seine Zunge durch Trunkenheit gelockert.

»Seht her!«, sagte der Woschd gedehnt und zeigte erneut sein mildes Großvaterlächeln, das schon viele in trügerischer Sicherheit gewogen hatte. »Hier haben wir einen jungen Sowjet mit Visionen! Genau das braucht unser Russland. Helle Köpfe mit kühnen Ideen. Lawrenti«, wandte er sich streng an diesen: »Warum erfahre ich jetzt erst davon? Warum hast du mir dieses Projekt verschwiegen? Vielleicht sollte ich dem jungen Pchela deine Aufgaben übertragen?«

So ist es mit Tyrannen. Sie sind unberechenbar.

57

Die Frauen zahlen den Preis.

Annemarie Sadler

Während sich Nikolaj eine üble Alkoholvergiftung einfing, verbrachte Kathi die Nacht allein in einer dunklen Zelle der Llubjanka. Zeit zu grübeln, Zeit zu leiden, Zeit für Tränen. Ein einziger Gedanke beherrschte sie: Ihr Vater war tot, und Nikolaj hatte es nicht für nötig gehalten, es ihr mitzuteilen.

Am nächsten Morgen wurde sie in die Akademie zurückgebracht. Ein Verhör fand nicht statt, eine Erklärung war nicht zu erwarten. Einem halben Dutzend Wissenschaftler aus diversen Projekten der Akademie der Luftfahrt war dieselbe Behandlung widerfahren. Aber ein jeder kehrte wie Kathi tags darauf unversehrt zurück. Das Gerücht, es gebe einen Spion in der Akademie, machte die Runde, und diese Maßnahme diene lediglich dem Schutz aller.

Anatoli Kobulew sprach von einer Machtdemonstration Lawrenti Berijas, spuckte auf den Boden und schloss Kathi erleichtert in seine Arme.

Nikolaj indessen zerriss es beinahe. Sosehr drängte es ihn danach, mit Kathi zu sprechen, sich zu erklären. Aber wenn er sich ihr näherte, wich sie ihm aus, flüchtete sich in den Arbeitssaal oder in den Flur, in dem sich Xenias Büro befand. Wie schnell Präferenzen wechseln konnten. Nun war Kathi dankbar für ihren Status als Kriegsgefangene, der es ihr erlaubte, sich Nikolaj zu entziehen. Allen Vertraulichkeiten aus dem Weg zu gehen.

Freitagabend klopfte Nikolaj an ihre Tür. Kathi reagierte nicht. Zitternd kauerte sie auf ihrem Bett und umklammerte das dünne Kissen wie eine Rettungsboje. Den Brief, den er ihr daraufhin unter der Tür durchschob, zerriss sie ungelesen.

»Anatoli«, bat sie ihn am nächsten Morgen um Hilfe. »Bitte sprich mit Nikolaj, und sag ihm, er soll mich in Ruhe lassen und mir auch nicht mehr schreiben. Ich kann das nicht, mit Lügen leben. Ich habe meine Freiheit verloren, aber nicht meine Würde.«

Wie auch immer Anatoli es genau bewerkstelligte, aber fortan hielt sich Nikolaj an Kathis Bitte.

Es folgten Wochen der Trauer und Melancholie. Kathi ging es nicht gut. Sie schlief schlecht und erwachte am Morgen aus den grauen Schleiern wirrer Träume. Nur selten gelang es ihr noch, in kindheitswarme Erinnerungen abzutauchen, sich in ihnen zu verkriechen und daran zu erfreuen, dass es auch einmal gute Zeiten gegeben hatte. Eigentlich nur, wenn am Sonntag auf der Datscha Franzi zu ihr ins Bett kroch und sie ihrem vertrauten Prusten lauschen konnte. Am Morgen fühlte Kathi sich oft elend und so schwach, dass ihr davon richtiggehend übel wurde. Offenbar machte Liebe nicht nur verrückt, sondern auch krank.

Pelageja wusste es lange vor ihr, und auch Anatoli. Und als sie es selbst begriff, brauchte sie dennoch einige Tage, bis sie es sich mit einem erbarmungswürdigen Laut endlich eingestand.

Kathi hatte bereits gelernt, dass nichts unmöglich, sondern alles möglich war. Im Guten wie im Schlechten. Das Leben ist ungewiss.

Sie erwartete ein Kind.

58

Der Wahrheit ist es egal, wer an sie glaubt.

Anatoli Kobulew

Sonntag. Kein Windhauch regte sich, alles zerfloss in der Hitze des Sommers.

Nach einem Bad im Teich, dessen erfrischender Effekt allzu rasch verpufft war, lag Kathi mit Franzi im Schatten einer Weide und döste. Selbst Oskar beendete seine Plantscherei früher als gewöhnlich; die Enten konnten wieder ihre Ruhe genießen.

Kathi wollte an nichts denken und versuchte, die aufdringlichen Zahlen und Formeln, die sich vor ihrem inneren Auge miteinander verwoben, zu ignorieren. Aber sie ließen sich nicht vertreiben. Sie landete immer wieder beim dritten Newtonschen Axiom und der Frage, wie sie die Antriebskraft der Rakete …

Erzählst du mir eine Geschichte?, summte Franzi.

Dankbar ging Kathi auf die Ablenkung ein. »Welche möchtest du denn hören?«

Die vom Bienenkrieg!

Kathi kam nicht umhin festzustellen, dass Franzi in Kobulews Gesellschaft einen entschiedenen Hang zum Morbiden entwickelte.

»Sollen wir nicht lieber ein bisschen reimen?«

Nein. Ich mag den Bienenkrieg!

Kathi gab nach. Sie setzte sich auf, lehnte sich an den Stamm der Weide und lud Franzi ein, den Kopf auf ihre Knie zu betten.

»Es war einmal eine wunderschöne Prinzessin namens Margarita«, begann sie mit Erzählstimme. »Sie lebte im Königreich Sternenfall. Seit siebenundsiebzig Jahren herrschte Krieg zwischen Sternenfall und dem Königreich Saturnien. An einem heißen Junitag geschah es, dass Margarita den Lauf der Welt änderte, weil sie eine Biene aus ihrem Teich rettete. Nachdem sie die Flügel der Biene trockengepustet hatte, erhob sich diese unversehrt und summte in den nahen Wald davon.

Zu jener Stunde durchquerte just eine Gesandtschaft aus dem mit Sternenfall verfeindeten Königreich Saturnien den Wald. Sie wurde angeführt von Prinz Persios, dem einzigen Sohn des Herrschers von Saturnien. Er war ein Jüngling von stattlicher Gestalt und berühmt für seine Schwertkunst. Der Prinz wurde von seiner Leibgarde begleitet, zwölf jungen Rittern, der Blüte des Königreichs. Sein Vater, der König, war des ewigen Blutvergießens überdrüssig und beschloss, es sei an der Zeit, dieses zu beenden.

Also sandte das Herrscherpaar von Saturnien ihren einzigen Sohn Persios als Botschafter nach Sternenfall, um einen Frieden mit dem verfeindeten Königreich auszuhandeln.

Da der Prinz inkognito reiste und im Sommer gerne darauf verzichtete, in seiner Rüstung gegrillt zu werden, trug er Lederbekleidung und statt Helm eine Kappe mit Pfauenfeder. Die schillernde Feder wippte im Rhythmus des Pferdetritts auf und ab und erregte die Aufmerksamkeit der geretteten Biene. Emsig umsummte sie den Kopf des Prinzen. Der wedelte sie fort. Die Biene blieb unverdrossen bei ihrem Versuch, die Feder zu bestäuben. Wieder hob der Prinz die Hand und erwischte sie eher zufällig. Erschrocken stach die Biene zu.

Prinz Persios ignorierte den Stich und ritt weiter. Alsbald erfasste ihn ein Schwindel, sodass er den Himmel nicht mehr von der Erde unterscheiden konnte. Er rang röchelnd nach Luft, griff sich an die Kehle und fiel wie ein Kartoffelsack vom Pferd. In Todesangst wälzte sich der Prinz am Boden, konnte nicht mehr schreien, konnte nicht mehr atmen, das schöne Gesicht schmerzverzerrt. Seine schockierten Ritter umringten ihn und wussten nichts Besseres zu tun, als abwechselnd ›So helft ihm doch!‹ und ›Was ist mit Euch, mein Prinz?‹ zu rufen.

So wurde Prinzessin Margarita auf den nahen Tumult aufmerksam, eilte herbei und traf auf zwölf Ritter, die ihrem Prinzen kopflos beim Sterben zusahen. ›Schnell!‹, rief sie. ›Nehmt Eure Trinkflaschen, und kühlt ihn mit Wasser!‹ Sie warf sich neben den Prinzen und öffnete die Schnürung seines Lederhemds. Aber jede Hilfe kam zu spät. Prinz Persios tat seinen letzten Atemzug in den Armen der jungen Prinzessin.

Margarita wurde darauf von den Rittern gefangen genommen und nach Saturnien verschleppt. Vergeblich erklärte die Prinzessin den trauernden Eltern, der Tod ihres Sohnes sei das Ergebnis eines bedauerlichen Unglücks: Eine Biene habe ihn gestochen …

Aber niemand wollte ihr glauben, keiner hörte ihr zu. Am allerwenigsten des Prinzen Leibgarde, zwölf junge Ritter, die für das Leben des Prinzen verantwortlich gewesen waren. Eine winzige Biene sollte ihren stattlichen Prinzen umgebracht haben? Eine groteske Lüge, von den Feinden Saturniens in die Welt gesetzt!

Am Ende hieß es, die Prinzessin selbst habe den Prinzen auf das Heimtückischste ermordet. Nur einer der Ritter, Ivan Löwenmut, wagte einzuwenden, dass es dem Prinzen bereits sehr schlecht ging, *bevor* die Prinzessin herbeigeeilt war.

Davon wollten die anderen elf nichts hören. Sie verschworen

sich gegen Ivan, und am Ende wurde der mutige Ivan als Mittäter zum Tode verurteilt und als Prinzenmörder in der Kampfarena Saturniens gevierteilt. Prinzessin Margarita wurde in den höchsten Turm des Landes gesperrt, als einzige Gesellschaft die Raben, die die Mauern umkreisten. Sie verblieb dort bis an ihr Lebensende …

… Und so geht der Krieg zwischen Sternenfall und Saturnien bis zum heutigen Tag weiter. Und wenn sie nicht gestorben sind, so kämpfen sie bis heute …«

Franzi schlief meist bei den letzten Sätzen ein. Aber heute summte sie: *Margarita und Ivan wachsen Flügel, und sie fliegen mit den Raben davon …*

Anatoli nannte seine Geschichte eine Parabel auf die Beschränktheit des Menschen. »Der Wahrheit ist es egal, wer an sie glaubt. Und selten ist die Wahrheit von heute die von morgen. Vergiss das nicht, Täubchen!«, hatte er Kathi erklärt.

Worauf sie sich an ihr erstes Gespräch in der Sternwarte erinnerte und nachdenklich meinte: »Die Erde ist eine Scheibe …«

59

Erinnerungen sind Zeitreisen.

Kathi

»Hier bist du!« Nikolaj fand Kathi im Besprechungsraum, wo sie gerade im Begriff stand, die Tafel abzuwischen. Unbewusst legte sie ihre Hand schützend an ihren schwellenden Leib. Nikolajs Blick folgte ihrer Bewegung. Ein hungriger Ausdruck trat in seine Augen. Monatelang hatte er Kathis Bitte respektiert, sie in Frieden zu lassen. Sie empfing ihn entsprechend abweisend: »Was willst du?«

»Anatoli hatte einen Autounfall«, erklärte er hastig.

»Was?« Kathi erbleichte. »Wie geht es ihm?«

»Ich weiß es noch nicht. Ich bin gerade auf dem Weg zu ihm ins Krankenhaus. Möchtest du mitkommen?«

»Natürlich!«

Im Botkinsker Krankenhaus, in dem bereits Nikolaj nach seinem Flugunfall gelegen hatte, wurden sie nicht zu Anatoli vorgelassen. Die Untersuchungen seien noch nicht abgeschlossen, mehr wusste die Schwester nicht zu berichten.

»Hast du Pelageja verständigt?«, fragte Kathi, als sie im Flur auf einer Wartebank Platz nahmen.

»Nein, ich wollte zuerst hören, wie es um Anatoli steht.«

»Wie hast du von dem Unfall erfahren?«

»Der General hat mich angerufen.«

»Wie ist es passiert?«

»Man fand Anatolis Rolls-Royce auf der Staatsstraße von Kunzewo im Graben. Mein Vater vermutet, dass es einen zweiten Unfallbeteiligten gab. Er hat Untersuchungen eingeleitet.«

Kathi bemerkte, dass Nikolaj wiederholt auf ihren Bauch schielte. Zusammen in einem Krankenhaus um einen teuren Freund zu bangen schuf Intimität. Und sie trug sein Kind.

Kathi rutschte an den äußersten Rand der Bank. Sie konnte nichts gegen die Wärme tun, die Nikolajs Gegenwart ausstrahlte, aber sie war peinlich darauf bedacht, keine noch so zufällige Berührung zu riskieren.

»Noch ein Zentimeter, und du plumpst hinunter«, sagte Nikolaj trocken und auch ein wenig traurig. Er stand auf. Unbeholfen strich er sich mit seiner vernarbten Hand durchs Haar. »Ich versuche, einen Arzt aufzutreiben. Diese Warterei ist ja fürchterlich.« Er verschwand, als könnte er ihrer Gegenwart nicht schnell genug entfliehen.

Kathi sah ihm nach, und plötzlich gingen ihre Gedanken auf Reisen, war sie wieder dort – in der heimeligen Backsteinvilla in Bleicherode, in der sie zur Frau wurde. Auf ihrer Zauberinsel Avalon. Sie erinnerte sich daran, wie seine Haut schmeckte, und an die Stunden, die sie damit verbracht hatte, seinem Atem zu lauschen und ihm beim Schlafen zuzusehen. An die Verzückung, die sie dabei empfunden hatte. Erinnerte sich an ihre Liebe.

Sie hatte alles darangesetzt, sich zu kontrollieren und ihr Sehnen als etwas Bedeutungsloses abzutun. Doch grau war alle Theorie, und das galt auch für ihre Gefühle. Denn nichts war bedeutungslos, nicht einmal der Schmerz.

Das Kind in ihr, das sich die meiste Zeit über ruhig verhielt, trat nun heftig gegen ihren Bauch, als wollte es sagen, *ich bin auch noch da …*

Nikolaj kehrte mit einem Arzt zurück. Sie forschte in seiner Miene nach guten oder schlechten Nachrichten.

»Wir können gleich zu Anatoli«, erlöste Nikolaj Kathi von ihrer Anspannung. »Ein Bein ist gebrochen, und er hat eine dicke Beule am Kopf.«

»Ihr Freund hat sehr viel Glück gehabt. Und eine gute Konstitution«, sagte der Arzt und lächelte freundlich. Er glich dem Tierarzt in Petersdorf, der sich immer besonders zufrieden zeigte, wenn ihre Tiere im Stall alle gesund waren.

Anatolis Bein war bereits geschient worden. Es steckte in einer Schlinge und hing in der Luft wie ein schiefes Ausrufezeichen. Um den Kopf gewickelt trug er einen Verband, so dick wie ein Turban. Es verlieh ihm den Anschein eines mürrischen Sultans, was exakt seiner Laune entsprach.

Nachdem er sich gebührend darüber beschwert hatte, dass man ihn hier gegen seinen Willen festhielt und elendig verhungern ließ, fragte er: »Wie geht es meinem Rolls-Royce?«

»Ich weiß es nicht. Der General kümmert sich darum. Was ist passiert?«

»Eine Limousine hat mich abgedrängt. Bei Rasputins Schwanz! Dieses Schwein ist einfach abgehauen und hat mich liegen lassen!«

Sie blieben über zwei Stunden bei Anatoli. Zwischendurch trieb Nikolaj etwas zu essen auf. Er schleppte einen riesigen Laib Brot und mehrere runde Ziegenkäse an, was die Laune des Brummbären erheblich anhob. Verschmitzt steuerte er eine Flasche Wodka bei, die er just unter der Decke hervorzog. Wusste der Teufel, wo er sie wieder aufgetrieben hatte. Bei Anatoli wunderte Kathi gar nichts mehr.

Die Stimmung wurde zunehmend gelöster, und das lag nicht nur am Wodka, den Nikolaj und Anatoli alleine tranken. In erster Linie trug ihre Erleichterung dazu bei, dass Anatolis Unfall glimpflicher ausgegangen war als zunächst befürchtet.

Trotzdem hätte Kathi niemals geglaubt, dass es ihr und Nikolaj möglich wäre, nochmals derart unbefangen miteinander umzugehen. Ein Gespräch zu führen, sich dabei in die Augen zu sehen und sogar gemeinsam hier und da über Anatolis Scherze zu lachen. Doch genau das taten sie an diesem Nachmittag im Krankenhaus.

Zum ersten Mal seit Langem fühlte Kathi so etwas wie Zuversicht. Verstohlen streichelte sie ihren Bauch. Sie hatte in der Nacht von ihrem Baby geträumt und war überzeugt, dass sie einen Jungen bekommen würde. Sie wollte ihn Laurenz nennen, nach ihrem Vater.

In ihrer Versunkenheit entging ihr, mit welcher Sehnsucht Nikolaj sie betrachtete.

60

Liebe ist das Einzige, was diese Welt heilen kann.

Rabea Rosenthal
aus »Die Seelenfischer«

»Das Krankenhaus hat sich gemeldet. Anatoli geht es sehr schlecht!« Nikolaj war bleich vor Sorge.

»Aber gestern ging es ihm doch noch gut!«, stotterte Kathi.

Schlagartig war jedes Gespräch im Arbeitssaal verstummt. Anatoli erfreute sich allergrößter Beliebtheit. Im Nu sah sich Nikolaj von Wissenschaftlern und ihren Fragen bestürmt. Er erhob die Hand und rief: »Genossen! Ich weiß selbst nichts Genaueres. Aber die Genossin Sadlerowa und ich fahren jetzt sofort zu ihm. Genosse Kobulew hat nach uns beiden verlangt.«

Nikolaj griff nach Kathis Arm und zog sie mit sich nach draußen. Ihre erste Berührung nach Monaten. Aber Kathi befand sich zu sehr in Schockstarre, um es überhaupt wahrzunehmen.

Fürsorglich half Nikolaj der Schwangeren in den Wagen. Kathi fürchtete sich vor der Frage und noch mehr vor der Antwort. »Wie schlimm steht es?«

»Es ist wohl seine Kopfwunde. Anatoli hat auch nach einem Popen verlangt.«

»O Gott. Anatoli …« Kathi barg ihr Gesicht in den Händen, schluchzte nur ein Wort. »Pelageja?«

»Ich habe Kirill bereits beauftragt, sie von der Datscha abzuholen.«

Als sie ins Krankenzimmer traten, fanden sie ihren Freund mit geschlossenen Lidern im Bett. Sein massiger Körper war vom Hals abwärts bis zu den Füßen straff in die Decke gehüllt, der lange, graue Bart ruhte gekämmt auf seiner Brust. Er entsprach dem gemeißelten Abbild auf dem Sarkophag eines mittelalterlichen Königs. Es fehlte nur noch das Langschwert zwischen den Händen.

Anatoli rührte sich nicht, lag so still und starr, dass Kathi fürchtete, sie kämen vielleicht schon zu spät. Sie spürte, wie ihr Herz vor Angst in der Kehle flatterte. Halt suchend klammerte sie sich an Nikolajs Arm.

Der Pope, dessen graues Haar und Bart ihm eine verblüffende Ähnlichkeit mit Anatoli verlieh, nickte ihnen gemessen zu. Der würzig-benebelnde Geruch im Raum verriet, dass bereits eine Menge Weihrauch zum Einsatz gekommen war.

Gemeinsam traten Kathi und Nikolaj an Anatolis Bett.

Der Pope beugte sich zu ihm hinab und sagte: »Anatoli, deine jungen Freunde sind gekommen.«

Anatoli stöhnte. Er wandte den Kopf und öffnete zunächst nur ein Auge. Der Augapfel rollte wild umher, als könnte er ihn nicht kontrollieren.

Kathis Herz sank. Wie schlecht es ihrem Freund gehen musste … Unvorstellbar, dass diese mächtige Eiche gefällt werden konnte. Anatoli war ihr stets als die Unverwüstlichkeit in Person erschienen. War er nicht der Berggeist Rübezahl, der ein ganzes Gebirge auf seinen Schultern trug?

»Ihr seid da«, flüsterte Anatoli.

»Ja, wir sind da«, sagte Kathi liebevoll und sank neben dem Bett auf die Knie. Sie griff nach seiner schwieligen Hand und presste ihre Lippen darauf.

»Anatoli hat einen letzten Wunsch geäußert«, sagte der Pope gemessen.

»Was ist es? Kann ich etwas für ihn tun?«, fragte Kathi sofort.

»Ja«, flüsterte Anatoli. Er entzog Kathi seine Hand und gab dem Popen ein Zeichen.

Der kam um das Bett herum, nahm zuerst Kathis, dann Nikolajs Hand, legte sie ineinander und umschloss sie selbst mit seinen beiden. Er sprach einen Segen und erklärte darauf den Verdutzten feierlich: »Anatoli wünscht, dass ihr beide Frieden miteinander schließt. Sonst kann er nicht in Frieden gehen. Und er möchte, dass ihr Euch im Angesicht Gottes das Eheversprechen gebt und als Eltern gemeinsam für Euer Kind sorgt.«

»Tut es«, hauchte Anatoli mit flackernden Lidern und sichtlich schwindenden Kräften. »Ihr liebt euch, und Liebe ist selten in diesen Tagen. Verschwendet sie nicht.«

Kathi und Nikolaj fehlten die Worte. Die Rasanz, mit der sich die Situation entwickelte, ließ ihnen keine Zeit für Verblüffung oder Protest. Der Tod mochte real sein, der Rest war Unwirklichkeit.

Und so vollzog der Pope den russischen Heiratsritus, und am Ende sagte er: »Und nun küsst Euch.«

Es fühlte sich eigenartig an, sich am Bett eines Sterbenden zu küssen. Der Kuss gestaltete sich dann auch äußerst zaghaft, und in gewisser Hinsicht fühlte er sich kaum weniger feucht an als ihr erster Kuss vor Monaten in einem deutschen Wald. Nur, dass er dieses Mal nach Salz und Tränen schmeckte.

Mit salbungsvollen Worten bat der Pope Kathi und Nikolaj zu gehen und ihn mit dem Todgeweihten allein zu lassen.

Kaum hatte sich die Tür hinter ihnen geschlossen, da riss Anatoli die Decke fort und setzte sich auf: »Wie war ich?«

»Bei Rasputin! Ich habe dir deine Vorstellung fast selbst geglaubt. Himmel, der ganze Weihrauch bringt mich noch um.« Der Pope öffnete das Fenster.

»Darauf einen Wodka.« Anatoli entkorkte die Flasche mit den Zähnen.

»Wie willst du es ihnen erklären?«

»Wunderheilung.« Anatoli ließ einen herzhaften Rülpser vom Stapel.

61

Du sollst nicht Geschenke nehmen;
denn Geschenke machen die Sehenden blind
und verkehren die Sache der Gerechten.

Aus der Bibel, 2 Moses 23:8

»Immer herein!«, reagierte Kobulew auf ihr Klopfen. Als Kathi mit Franzi eintrat, kramte er in einer Schachtel mit den längsten Eisennägeln, die Kathi je zu Gesicht bekommen hatte. Er stopfte sich zwei davon zwischen die Lippen.

Seine überraschende Heilung lag erst wenige Wochen zurück. Ab und an überkam Kathi und Nikolaj der Verdacht, dass Anatoli sie vielleicht übertölpelt hatte. Aber sie hüteten sich davor, den Gedanken dem anderen gegenüber preiszugeben.

Kathi fand nicht zu ihrem früheren Groll gegen Nikolaj zurück. Sie hatten sich beide nochmals ausgesprochen, und als auch Pelageja sich für Nikolaj einsetzte und dafür Verständnis zeigte, dass er Kathi durch sein Schweigen habe schonen wollen, tauschte Kathi ihre Stärke gegen eine andere Form der Stärke: die Liebe. Mit Nikolaj verband sie so viel mehr als ihr Stolz – ihr Kind und das Versprechen, das sie sich vor einem Priester gegeben hatten. Keine Sekunde konnte für sie ein Zweifel daran bestehen, wie sehr sich Nikolaj auf ihr gemeinsames Kind freute. Natürlich besaß ihre heimliche Trauung keine offizielle Legitimation im sowjetischen Russland; in ihren Herzen jedoch hatte sie Gültigkeit. Von nun an waren sie untrennbar miteinander verbunden. Allein, dass sie ihre Liebe weiter verbergen mussten, trübte ihr junges Glück. Als Anatoli anbot, im Hintergrund ein paar Hebel in Bewegung zu setzen, lehnte Nikolaj dies beinahe entsetzt ab.

Anatoli reagierte darauf beleidigt.

»Du hast schon genug für uns getan, alter Freund«, suchte Nikolaj ihn zu beschwichtigen.

»Weshalb soll ich denn bei Koba kein gutes Wort für euch beide einlegen?«, fragte Anatoli argwöhnisch nach.

»Weil ein Ochse niemals eine Giraffe melken kann.«

Das bescherte Nikolaj einen hinter die Löffel. Kathi kicherte, als sie sich an die Episode vom letzten Sonntag erinnerte.

Vor Kurzem war Anatoli ein größeres Büro in der Akademie zugeteilt worden. Dabei fühlte er sich in seinem alten höchst wohl, wie er mehrfach betonte, und Umzüge seien ihm ein Gräuel. Allerdings bedeutete ein größeres Büro eine hohe Auszeichnung, und eine solche auszuschlagen käme einer Revolte gleich. Also packte er grummelnd seine Siebensachen.

An diesem Samstagnachmittag hatte Franzi Anatoli nach Moskau begleitet, um Kathi für das Wochenende abzuholen. Franzi wollte nochmals die Kammer sehen, die sich die Geschwister im letzten Jahr für einige Wochen geteilt hatten.

Anatolis neues Büro sah genauso wüst aus wie das alte, nur dass ihm nun noch mehr Platz zur Verfügung stand, um sein übliches Chaos zu verbreiten. Kathi warf einen kurzen Blick auf jenen Teil des Raums, in dem es aussah wie in einer Spirituosenhandlung. Schuld daran trug der Genosse Stalin. Nach Anatolis Unfall hatte ihm Stalin eine Kiste georgischen Weins zukommen lassen und eine Karte: »Mit den besten Genesungswünschen, Koba«. Die eine oder andere Flasche Genesungswodka hatte bereits zuvor ihren Weg zu Anatoli gefunden, aber sobald sich das Wohlwollen des Woschd herumsprach, wurde er geradezu mit guten Wünschen und Hochprozentigem zugeschüttet.

Den übrigen Raum beherrschte eine riesenhafte Holzkiste. Im Eifer des Auspackens war es Anatoli gelungen, die Holzspäne, die den Inhalt schützen sollten, größtenteils auf dem Boden zu verteilen. Es sah aus, als hätte es Sägespäne geschneit. Dazwischen lagen Einwickelpapiere und durchtrennte Schnüre. Egal, wo sie hintraten, es raschelte und knackte unter ihren Füßen.

»Hast du einen Sarg bestellt?«, fragte Kathi.

»Frefes Täubfen«, erwiderte Anatoli, behindert durch die beiden Monsternägel im Mund.

»Was hast du eigentlich vor?«, erkundigte sich Kathi neugierig.

»Nach waf fieht ef denn auf? Ich fänge ein Bild auf.«

Kathi blickte sich suchend um und entdeckte hinter sich ein Gemälde an der Wand. »Dieses hier? Aber es ist riesig!« Kathi studierte das zwei Meter hohe und beinahe anderthalb Meter breite Bild. Sie fand es beängstigend.

Es zeigte den Tod als geflügeltes Skelett, das grinsend eine Mutter mit Kind beäugte. Am Rand tummelten sich zusätzlich zwei Engelchen, die dabei so verloren wirkten, als wären sie versehentlich aufs Bild geraten. Und eine Eule.

Kathi bemerkte eine Inschrift am Gemälde:

Conceptio culpa
Nasci pena
Labor vita
Necesse mori

Sie kramte nach ihren Lateinkenntnissen: »Die Zeugung ist Sünde, die Geburt Schmerz, das Leben Mühsal, der Tod unvermeidlich.« Der Spruch bescherte ihr eine Gänsehaut.

Anatoli spuckte die Nägel aus. »Es heißt: *Die Zerbrechlichkeit des Menschen.*«

»Wie aufmunternd«, meinte Kathi mit Blick auf Anatolis geschientes Bein. Der Bruch verheilte nicht sonderlich gut, was ihren Freund zu einer Menge Flüche veranlasste. Auch die Umstände des Unfalls waren bislang nicht aufgeklärt worden. Als gesichert galt einzig, dass ein zweiter Wagen daran beteiligt gewesen war. Anatoli und Nikolaj hatten den Motor schnell repariert, schwieriger gestaltete sich die Ersatzteilbeschaffung für den Blechschaden. Pelageja meinte, ihr gefiele der Rolls-Royce mit seinen Schrammen jetzt ohnehin viel besser. Endlich sei er perfekt unperfekt.

»Salvator Rosa malte es Mitte des 17. Jahrhunderts«, klärte Anatoli Kathi auf. »Als in Italien die Pest wütete, verlor er seinen Sohn und große Teile seiner Familie. Da malte er sich seinen Schmerz von der Seele.«

»Ganz ehrlich, ich finde das Bild zum Fürchten.« Kathi wandte sich ab. Sie legte beide Hände schützend auf ihren Bauch, fühlte das Leben, das darunter stark und tröstlich pulsierte.

»Es ist ein Geschenk von Koba.«

»Wer hätte das gedacht«, murmelte Kathi leise. Allerdings nicht leise genug.

Anatoli hüpfte auf seinen Krücken heran und zwickte sie in die Nase. »Oh, es ist nicht für mich. Er schenkt es Franjuscha.«

»Franzi?« Kathi zuckte zurück. Weshalb in Gottes Namen schenkte Josef Stalin einem Mädchen wie Franzi ein Gemälde, aus dem die Melancholie aus jedem Pinselstrich tropfte?

Franzi, eifrig dabei, einen Stuhl als Einstiegshilfe vor die Kiste zu rücken, merkte auf, als von ihr gesprochen wurde.

Sie trippelte zu ihnen, stellte sich vor das Gemälde und betrachtete es eine Weile. Endlich zeigte sie auf das Kind auf dem Schoß der Mutter und summte: *Nadeshda*.

»Was sagt Franjuscha?«

»Einen Namen. *Nadeshda*. Kennst du jemand mit diesem Namen?«

»Täubchen, ich kenne mindestens ein Dutzend Nadeshdas.« Anatoli summte ein freches kleines Lied, sichtlich inspiriert durch eine verflossene Nadeshda.

Franzi zeigte kein weiteres Interesse an dem Geschenk und widmete sich erneut ihrem Versuch, in die Kiste zu klettern.

Kathi hingegen beschäftigte die Geste Stalins. »Warum tut er das?«

»Wer tut was?«

»Warum schenkt dein Freund Koba Franzi ausgerechnet dieses Bild?«

»Bin ich Stalin? Vielleicht hatte er es gerade zur Hand. Aber du hast recht, Täubchen. Das ist ein Gemälde für eine Basilika.« Er sammelte die Nägel ein.

Hinter ihnen gab Franzi einen seligen Juchzer von sich, als sie kopfüber in die Kiste tauchte.

62

Die Liebe vollbringt Wunder!

Aus »Das Mädchen hinter der Maske«

Kathi öffnete die Lider. Jemand musste schon früh da gewesen sein, um die Vorhänge zu öffnen. Die ersten Strahlen der Morgensonne stahlen sich durchs Fenster und vertrieben die nächtlichen Schatten aus dem Zimmer.

Neben ihr regte sich ein weiches, warmes Bündel. *Ihr Kind!* Es war ihr gebracht worden, während sie schlief. Sie nahm es an sich und legte es wie etwas unendlich Zerbrechliches auf ihre Brust. Ihr kleines Mädchen, wie zart es war. Mit dem Finger strich sie über den weichen Flaum des Köpfchens, bewunderte den winzigen, wie aus Blütenblättern geformten Mund und seine durchscheinende Haut, unter der sich die Adern wie feinstes blaues Gespinst abzeichneten. Ein Wunder. Und es gehörte ihr. Ein überwältigendes Glücksgefühl durchströmte sie. Dieses kleine Mädchen war ihre Zukunft. So wie die Sonne das Dunkel der Nacht vertrieb, verblassten im Bewusstsein ihres neuen Glücks alle Ängste und Albträume, verlor die Vergangenheit ihre Macht. Und sie weinte warme, salzige Tränen der Freude.

Ein Tag mit Dorota unter dem alten Apfelbaum stieg in ihrer Erinnerung auf, und sie hörte ihre mütterliche Freundin flüstern: *Du musst Glück finden in dem, was du tust, und in dem, was du hast, Herzele.*

Sie hatte Franzi. Sie hatte Nikolaj. Und sie hatte jetzt ein Kind mit dem Mann, den sie liebte. Die Liebe, das Mysterium, von dem Dorota einst gesprochen hatte, nun wusste sie um sein Geheimnis, verstand, was ihre Eltern füreinander empfunden hatten.

Kathis Blick wanderte zum Fenster. Ein neues Land, ein neues Leben. Aber es waren der gleiche Himmel, die gleiche Sonne, dieselben Sterne. Derselbe Mond. Und auch sie war noch immer dieselbe Katharina Sadler aus Petersdorf. Es lag an ihr, sich für das Leben zu entscheiden. Für Liebe und Lachen, für Lärm und Geschichten. Glück zu finden in dem, was sie hatte.

Ein lang verschüttetes Gefühl regte sich in ihr: Hoffnung.

Da wusste sie, wie sie ihr Kind nennen würde: *Nadeshda*. Denn das war es, was der Name auf Russisch bedeutete: Nadeshda, *Hoffnung*.

63

Heimat ist die Summe des Vertrauten.

Kathi

Dem Wunder von Nadeshdas Geburt folgte ein weiteres.

Mitte November brachte Nikolaj sie und ihr Kind auf die Datscha, wo Kathi von einem treuen Freund erwartet wurde: dem wundersamen Herrn Levy! Sie glaubte zu träumen, als ihr der alte Wanderhändler, unverwüstlich wie ehedem, entgegentrat und ihr sein traditionelles Geburtsgeschenk überreichte: zierliche Ballettschuhe mit langen Bändern aus Satin, die man um die Knöchel schnürte.

Nachdem man Kathi in der guten Stube bequem auf einem Sessel mit Fußbank platziert und Nadeshda in eine Wiege gebettet hatte, zeigte sich, dass Herr Levy in seinem Bauchladen weitere Wunder barg: Briefe von Dorota! Sie weinte Freudentränen bei der warmherzigen Schilderung zu Dorotas beiden Enkeln Alma und August. Endlich fand sie auch das bestätigt, was ihr Herz schon längst gewusst hatte: Ihre Mutter war tatsächlich nach Russland aufgebrochen, um ihren Vater zu suchen!

Überdies teilten Pelageja und Anatoli ihre Zweifel an Xenias Behauptungen zum Tod ihres Vaters. Und Nikolaj gestand ein, dass er sich lediglich auf Xenias Aussage stützen konnte.

Und noch mehr Hoffnung zog in Kathis Herz.

»Wie haben Sie Franzi und mich gefunden, Herr Levy?«, fragte Kathi nach dem ersten Überfliegen der Briefe. Sie würde sie später nochmals genauer lesen. Im Moment brannte sie darauf, den Wanderhändler auszufragen.

»Oij, wie sonst auch. Die Welt ist eine Kugel, und ich wartete darauf, dass die Informationen auf mich zurollen«, sagte Herr Levy und lächelte auf eine Weise, dass nur beschränkte Menschen an seinen Worten zweifeln würden. »Letztes Jahr«, fuhr er fort, »machte ich mich auf den Weg nach Moskau. Wie immer zu Fuß, von Tür zu Tür. Deine Mutter, junge Kathi, muss auf der Reise jede Vorsichtsmaßnahme ergriffen haben. Denn ich fand niemanden, der mir über sie hätte Auskunft geben können. Als ich im Januar in Moskau eintraf, suchte ich lange nach einem Mann namens Semjon Semjonow. Bis ich herausfand, dass er gestorben war. Darauf bemerkte ich, dass man mich beschattete. Ich musste flüchten, ein befreundeter jüdischer Arzt gewährte mir Unterschlupf. Mein Freund Winugradow erzählte mir kürzlich von einem deutschen Mädchen, das er von einem Kind entbunden hatte. Und hier bin ich.«

Leider brachte Herr Levy auch einige Wermutstropfen mit. Seinem Bericht nach hatte sich Kathis Mutter bereits im Frühjahr 1944 in Richtung Osten aufgemacht.

»Aber das ist bald zwei Jahre her. Wo ist sie?«, wandte Kathi ein und sah beunruhigt in die Runde. Franzi hatte sich auf ihrem Kissen unter dem Tisch eingerollt, mehrere Katzen leisteten ihr Gesellschaft und schnarchten in allen Tonarten.

»Nun, ein Großteil der deutschen Kriegsgefangenen wurde nach Sibirien verbracht«, erklärte Herr Levy. »Von Moskau beträgt die einfache Wegstrecke viertausend Kilometer. Eine kraftzehrende und gefährliche Reise. Insbesondere, wenn man sich auf dem Rückweg mit einem Flüchtigen vor den Behörden verstecken muss. Das kann dann schon so lange dauern, fürchte ich.«

»Aber mein Vater ist nicht in Sibirien!«, rief Kathi. »Ich habe ihn im August 1945 in Moskau auf dem Bahnhof gesehen!«

»Oh«, machte Herr Levy und legte den Kopf schief. »Das ist interessant. Darüber muss ich nachdenken.«

Kathi hielt es nicht lange aus, ihm beim Denken zuzusehen. »Worüber?«, fragte sie.

Herr Levy lächelte versonnen. »Darüber, wie sich alles fügt. Bis eben, Puppele, habe ich geglaubt, mein Auftrag sei es, nach deinen Eltern zu suchen. Stattdessen fand ich aber dich und deine Schwester. Es ist nämlich so: Deine Mutter hat nie erfahren, dass ihr hier seid. Sie wähnt euch sicher in London, in der Obhut von Dorotas Neffen Milosz Rajewski.«

»Oh«, hauchte nun Kathi. »Deshalb hat sie uns bisher nicht gefunden. Weil sie gar nicht erst nach uns gesucht hat!«

»Ja, was machen wir nun?«, fragte Herr Levy sich selbst. »Ich bin hier, und eure Eltern sind irgendwo. Da muss ich wohl wieder aufbrechen, eure Eltern finden und ihnen sagen, wo ihr seid.« Wie Herr Levy das so sagte, klang es ganz einfach, als stünden ihm weder unzählige Kilometer beschwerlichen Fußmarschs noch sonstige Strapazen wie Reisen im russischen Winter bevor. »Ach, ich hätte euch zwei Mädchen ja gleich mit heimgenommen. Was würde sich Dorota freuen! Aber mit deinem kleinen Puppele wird es wohl nicht gehen.«

Kathi spürte, wie sich Nikolaj neben ihr versteifte.

Später am Abend, nachdem er sie zu Bett gebracht hatte und nun dabei zusah, wie Kathi, mit reichlich Kissen in ihrem Rücken, Nadeshda die Brust gab, fragte er sie: »Möchtest du denn nach Hause, Katjuscha?«

»Was ist denn das für eine Frage?« Sie sah ihn an. »Natürlich wünsche ich mir das!«

Nikolajs Gesicht verschloss sich.

Um ihre Aussage abzufedern, sagte sie: »Schau, Heimat, das ist die Summe des Vertrauten. Hielte man dich in Deutschland fest, würdest du dich da nicht nach deinem Zuhause sehnen, deinen Eltern und Freunden? Als du monatelang fort warst, hattest du da nie Heimweh?«

Nikolaj ließ sich Zeit mit seiner Antwort, ein Holzsplitter im Finger beanspruchte seine gesamte Aufmerksamkeit.

Kathi wünschte, er würde den Arm um sie legen, damit sie sich in seine Wärme schmiegen konnte. Schließlich hatten sie nur diesen einen Tag in der Woche für sich. Aber sie musste zuerst die Harmonie zwischen ihnen wiederherstellen. Seit Herrn Levys Ankunft und insbesondere seiner Bemerkung, Franzi und sie mitzunehmen, benahm sich Nikolaj seltsam. Er ließ Nadeshda und sie seitdem keine Minute mehr aus den Augen. Sogar zum Abort war er ihr gefolgt. Kathi hatte ihn bereits damit aufgezogen, ob er annehme, dass Herr Levy sie schrumpfen, in seinem Bauchladen verstecken und heimlich mit ihnen verschwinden würde.

»Vielleicht«, antwortete Nikolaj widerstrebend, »nicht gerade nach dem General … Aber sonst, ja. Russland ist meine Heimat. Ich möchte nirgendwo sonst leben.«

»Man sehnt sich umso mehr nach der Heimat, je ferner man ihr ist. Und wenn sie unerreichbar ist, wie für mich derzeit, noch ein ganzes Stück mehr. Ich sehne mich nach dem Sadlerhof, nach meinem Leben dort. Ich sehne mich nach meinen Eltern, nach Dorota und Oleg und Paulina, und ich würde wahnsinnig gerne die kleinen Zwillinge kennenlernen. Es wäre wunderbar, sie zusammen mit Nadeshda aufwachsen zu sehen. Weil ich sie alle liebe. Aber das bedeutet nicht, dass ich dich weniger liebe, Dummkopf. Ich weiß, dass man im Leben nicht alles haben kann. Aber was spricht dagegen, sich trotzdem alles zu wünschen?«

Nikolaj legte endlich den Arm um sie und presste seine Lippen auf ihre Schläfe. »Was macht dich so weise, meine Liebste, meine Lyubimy?«, murmelte er.

»Man altert schneller im Krieg«, flüsterte sie zurück.

***

Herrn Levy hielt es nur wenige Tage auf der Datscha. Es jucke ihn in den Füßen, wie er sagte.

Als er aufbrach, steckten in seiner Tasche lange Briefe von Kathi für die Bewohner des Sadlerhofs. Er kündigte an, sich so bald wie möglich per Telefon bei den Kobulews zurückzumelden. Und er versprach, alles in seiner Macht Stehende zu tun, damit der Sadlerhof bald an ein Telefonnetz angeschlossen würde. Schon der Gedanke, in nicht allzu weiter Ferne vielleicht mit Dorota telefonieren zu können, versetzte Kathi in Euphorie. Nikolaj dämpfte die Erwartungen allerdings mit der Bemerkung, dass die Telefone in Sowjetrussland überwacht würden und man nicht so mir nichts, dir nichts einen Anschluss in Polen anwählen könne. Anatoli schimpfte Nikolaj einen Miesepeter und versprach seinerseits, dass er eine Möglichkeit finden würde.

Kathi sah den alten Wanderhändler mit gemischten Gefühlen ziehen. Sie hätte gerne noch länger Zeit mit ihm verbracht. Der wundersame Herr Levy verkörperte für sie das erste echte Stück Heimat seit anderthalb Jahren. Herr Levy, das waren Geschichten und Erinnerungen an die Kindheit, an lebhafte Gespräche in der Küche und lustige Kabbeleien mit Dorota. Herr Levy, das waren Glück und Wunder.

Dabei hatte sie sich mit Nadeshda und Nikolaj längst ein eigenes Stück Heimat geschaffen. Die Heimat ihres Herzens.

64

Begehre nie den Honig des Feindes. Er schmeckt bitter.

Gennadi Pchela

Nadeshdas Geburt änderte wenig an Kathis Tagesablauf. Nach einer Woche hieß es für sie wieder zurück zu Studium und Arbeit, sechs Tage die Woche. Urlaub stand ihr nicht zu. Daran konnten auch Anatoli und Nikolaj nicht rütteln, auch wenn sie ab und an ein paar zusätzliche freie Stunden für Kathi herausschlugen.

Die Trennung von ihrem Kind, das sie nur auf der Datscha in die Arme schließen konnte, setzte Kathi schwer zu. Auch ihre schmerzenden Brüste erinnerten sie in jeder Minute an Nadeshda. Sie hätte ihr kleines Mädchen gerne weiter gestillt. Sie fand Trost im Wissen, dass die kleine Nadeshda in Pelagejas Obhut kaum besser aufgehoben sein könnte. Zudem war es unfassbar rührend mit anzusehen, wie Franzi mit ihrer kleinen Nichte umging. Sie wich ihr kaum von der Seite. Franzi hatte ihr Kissen unter dem Küchentisch hervorgezogen und es gleich neben Nadeshdas Wiege platziert. Gemeinsam hielten das Baby und sie ihre Schläfchen. Mit großer Begeisterung schob Franzi auch den Kinderwagen über den Hof, dabei stets assistiert von Hund Oskar, der sich ebenfalls zu Nadeshdas Wächter aufgeschwungen hatte.

Vom ersten Tag an war Nadeshda von einer Wolke der Liebe umhüllt.

Nikolaj richtete es beinahe jeden Sonntag ein, seine kleine Familie auf der Datscha zu besuchen.

Zugute kam ihm dabei, dass er lange vor Kathis Ankunft mit den Kobulews befreundet gewesen war.

Während ihrer Schwangerschaft behandelte Xenia Kathi wie Luft. Das Drangsalieren hatte aufgehört, doch Kathi traute dem Braten nicht und blieb auf der Hut. Das Gefühl, dass Xenia nur einen langen Anlauf nahm, um ihr jäh in den Rücken zu springen, blieb ihr steter Begleiter.

Als Kathi jedoch nach der Geburt in die Akademie zurückkehrte, war Xenia nicht mehr da! Allgemein hieß es, Berijas Nichte sei mit *bedeutenderen Aufgaben* betraut worden. Die Erleichterung, die Kathi bei dieser Nachricht empfand, fühlte sich unbeschreiblich an. Ganze Rübezahlgebirge glitten ihr von den Schultern. Fürs Erste bedeutete es eine Sorge weniger.

Zwischenzeitlich war auch General Pchela mit bedeutenderen Aufgaben betraut worden. Nikolajs Vorschlag vom Bau eines Weltraumbahnhofs hatte für Vater und Sohn weitreichende Konsequenzen.

Aufgrund des Ablebens von Semjon Semjonow hatte Josef Stalin dem General die vakante Position als Chef der SMERSCH übertragen. Der General verlor damit die Leitung der GRU. Dennoch wertete er die neue Aufgabe als einen klaren Sieg über Berija, da die SMERSCH weitreichende Befugnisse gegenüber dem NKWD besaß. Der General jubelte! Unangekündigte Kontrollen der Llubjanka, Durchsuchung von NKWD-Räumlichkeiten und Beschlagnahmung von Akten … All dies schloss seine neue Funktion ein. Und selbstredend ließ der General sofort sämtliche Muskeln spielen.

Die Freude währte kurz.

Im Mai '46 beschloss Stalin völlig überraschend, die SMERSCH aufzulösen. Damit verlor der General innerhalb dreier Monate die Leitung der GRU *und* der SMERSCH.

Nun jubelte Lawrenti Berija.

Stalin ernannte den General darauf zum Minister für Bewaffnung und übertrug ihm die *bedeutende* Aufgabe, Ressourcen und Wissenschaftler der beiden wichtigsten Zukunftsprogramme der Sowjetunion, der Entwicklung der Atombombe und der Eroberung des Kosmos, zu bündeln und für rasche Ergebnisse zu sorgen. Dies schloss auch den Bau eines Weltraumbahnhofes ein. Den ersten der Welt, wie der Generalissimus betonte und den General anschließend mit einem Schulterklopfer entließ, der sich wie ein Hieb anfühlte.

Der General sah sich unvermittelt mit einer Aufgabe konfrontiert, die er nie gewollt hatte und vor der ihm so sehr graute, dass er sich zunächst in einen Vollrausch verabschiedete. Sein halbes Leben hatte er mit Geheimdienstarbeit verbracht, er wusste alles über Spione und noch mehr darüber, wie man Furcht säte. Aber er hatte keine Ahnung von Bomben, keine Vorstellung vom Kosmos, und noch weniger behagte ihm die Zusammenarbeit mit Wissenschaftlern, von denen vermutlich jeder Einzelne klüger war als er selbst.

So jedoch lautete Stalins Befehl, und sein Wille geschah. Immer.

Und wieder hockte ihm damit die Zecke Lawrenti Berija im Nacken. Faktisch fungierte General Pchela nun als dessen Mitarbeiter, auch wenn er weiterhin direkt an Josef Stalin zu berichten hatte. Nicht, um dem General einen Vorteil zu gewähren, sondern um die Rivalität zwischen den beiden Männern lebendig zu halten.

Der General wusste, er konnte den NKWD-Chef nur von

seinem Blut fernhalten, indem er dem Woschd rasche Erfolge präsentierte. Als Erstes bestellte er Nikolaj zu sich. Sollte der sich Gedanken wegen des Kosmodroms machen. Er hatte ihm die ganze Sache schließlich eingebrockt. Der Chefkonstrukteur für reaktive Bewaffnung, Pawel Sergejew, kehrte rechtzeitig aus Deutschland zurück und machte sich federführend mit Nikolaj an die Verwirklichung eines Traumes, der auch der seine war. Und so nahm eine Vision, dahingesagt in den Nebeln des Alkohols, im Laufe des Jahres zunehmend Gestalt an.

Bereits in Deutschland war es Sergejew gemeinsam mit russischen Raketenspezialisten gelungen, eine deutsche A4 auf dem Peenemünder Testgelände zu rekonstruieren und erfolgreiche Tests durchzuführen. Nun legte er eigene Konstruktionspläne für die Entwicklung einer russischen Fernrakete R-2 vor, analog zur A4, mit einer Reichweite von sechshundert Kilometern. Nikolajs Expertise aus dem eigenen Projekt, der Entwicklung eines Strahlflugzeugs, ergänzte Sergejews Ideen. Es ging nicht allein um die technischen Voraussetzungen, es mussten Materialien bestimmt, Fertigungs- und Testprozesse erarbeitet werden.

In den Projekt-Besprechungen kristallisierte sich heraus, dass Pawel Sergejew weit mehr war als nur ein innovativer Flugzeugkonstrukteur. Er besaß das Geschick, Menschen, Ideen und Prozesse zusammenzuführen, er konnte organisieren und improvisieren und scheute nicht davor zurück, notwendige Entscheidungen zu treffen – selbst wenn sie seine eigentlichen Kompetenzen überschritten. Die für ihn wichtigste Vorgabe war minimaler Einsatz von Zeit und Mitteln bei maximaler Vorsicht. Risiken mussten berechenbar bleiben.

Um ihre Visionen und Ideen in die Tat umzusetzen, brauchte es zuallererst einen Ort, eine Fabrik. Viel Auswahl gab es nicht. Auf ihren schriftlichen Antrag hin teilte man ihnen eine der ältesten Waffenfabriken Russlands zu, die bereits im 19. Jahrhundert Kanonen produziert hatte. Sie lag in Kaliningrad in der Oblast Moskau, etwa zehn Kilometer von der Hauptstadt entfernt.

Die erste Besichtigung entsetzte die Raketenspezialisten. Sie mussten bei null beginnen und erst einmal Maschinen beschaffen, bevor sie Wissenschaftler und Techniker anwerben und die Fertigungsprozesse festlegen konnten. Doch allen Beteiligten war bewusst, dass sie dabei waren, Großes zu schaffen. Es ging nicht allein darum, das Wohlgefallen ihrer Vorgesetzten zu erlangen. Sie sahen sich als Pioniere im Dienste der Menschheit.

65

Kinder sind schnell gemacht.
Das Hinterher dauert länger …

Pelageja Kobulewa

Am 24. Dezember wurde Kathi achtzehn Jahre alt. Am folgenden Sonntag feierten sie Geburtstag und Heiligabend nach. In Russland beging man Weihnachten traditionell erst am 6. Januar, aber Kathi hatte für Franzi wie schon im Jahr zuvor einen kleinen Baum mit Strohsternen geschmückt und mit Pelagejas Hilfe ein Kleid für ihre Schwester genäht und mit einem Bienenmuster bestickt. Franzi liebte ihr neues Kleid und wollte es unbedingt auch zum Schlafen tragen.

Nikolaj überraschte Kathi mit einer bezaubernden Silberkette mit einem Sternanhänger. Auf der Rückseite hatte er Nadeshdas Geburtsdatum und ihrer beider Initialen eingravieren lassen.

Anfang 1947 begann Nikolaj zwischen Moskau, Kaliningrad und Kapustin Jar, dem künftigen Raketenschießplatz in Kasachstan, zu pendeln. Kathi trieb derweil ihr Studium in Moskau voran, und sie wurde einer anderen Projektgruppe zugeteilt, die sich mit Steuerungssystemen befasste. Das Paar sah sich nur noch alle zwei bis drei Monate. Wenn Nikolaj Kathi auf der Datscha besuchte, war es immer ein Fest. Und immer zu kurz. Sie hielten Kontakt über Telefon und schrieben sich täglich. Wegen der zusätzlichen Herrschaften, die in Berijas Auftrag ihre Briefe abfingen und lasen, verzichteten sie darin auf Liebesgeflüster. Aber ihre Gefühle flossen in jeden Buchstaben, sie verfassten ihre Worte mit der Tinte des Herzens.

Nikolaj berichtete enthusiastisch von seiner Arbeit, ohne technisch allzu sehr ins Detail zu gehen, auch dies ein den Agenten Berijas geschuldeter Tribut. Für die ungebetenen Mitleser formulierte er im Übrigen extra pathetische Sätze über Pflichterfüllung. Und er sparte nicht an der Beschreibung von Landschaft und Wetter. Sein liebstes Thema war Staub: *Wir stehen um halb fünf auf, frühstücken und fahren aufs Feld. Es ist Niemandsland, nackt und wasserlos, überall ein furchtbarer Staub. Wenn die Sonne scheint, braten wir. Wenn es regnet, versinken wir im Schlamm. Wenn es kalt ist, ist es nicht nur kalt, sondern ein Eiswind bläst und friert uns die Ohren ab. Wir diskutieren viel, oft bis nachts um eins. Ich erfülle meine Pflicht und bin davon überzeugt, mit guten Ergebnissen heimzukehren …*

Während die Mitarbeiter um Pawel Sergejew und Nikolaj den Bau des Raketenschießplatzes überwachten, bekam Nadeshda ihren ersten Zahn. Als die Wissenschaftler in der kasachischen Salzsteppe, in der außer Wermut und Kamelkraut nichts gedieh, neben den technischen auch erste Wohnwaggons aufstellten, versuchte sich Nadeshda an ihren ersten Schritten. Und als in Kapustin Jar die erste Testrakete gezündet wurde und eine Höhe von zweihundert Kilometern erreichte, sprach Nadeshda ihr erstes Wort: Biene. *Pchela*. Ihr zweites Wort lautete: Mama. Und sie sagte es zu Pelageja. Nicht zu Kathi.

Kathi absolvierte indessen ihr Studium der Physik, Mathematik und Flugzeugtechnik in Rekordzeit. Bereits für das kommende Jahr plante sie die Abschlussprüfungen abzulegen. Anatoli unterstützte sie dabei nach Kräften. Er war auf eigenen Wunsch in Moskau geblieben und unterrichtete weiter an der Akademie.

Im August 1948, als sie am Ufer des Teichs bei einem ausgedehnten Picknick saßen, sprach Kathi Nikolaj auf die Zukunft an. »Was geschieht, wenn ich mein Studium abgeschlossen habe? Nimmst du mich dann mit nach Kapustin Jar?«

»In diese staubige Wüste?«

»Weiche mir nicht aus«, sagte Kathi streng und drückte Oskars Schnauze fort, der eben heranrobbte, um ein Stück Käse zu mopsen.

Nikolaj blinzelte ertappt und sah rasch zu Franzi und Nadeshda. Franzi zeigte der Kleinen, wie man Gänseblümchenkränze flocht. Nadeshda hatte mehr Spaß daran, die Blümchen in die Luft zu werfen. Sie sprang, drehte sich anmutig im Kreis und jubelte ihre Freude laut heraus. Sie besaß Nikolajs blondes Haar, das ihr Puppengesicht in süßen kleinen Locken umkringelte. Das Blau ihrer Augen und die zarte Statur hingegen stammten von ihrer Mutter. Genauso wie der Eigensinn, wie Nikolaj gerne behauptete. Bei allem Liebreiz steckte in Nadeshda auch eine kleine Despotin. Sie war höchst wählerisch beim Essen und wurde schnell jähzornig. Dann flog schon mal ein Teller. Der verliebte Vater meinte wenig hilfreich, seine Tochter besitze einen zarten Gaumen und ein gesundes Temperament. Kam er zu Besuch, weigerte sich Nadeshda regelmäßig, zu Bett zu gehen, da half keine Gutenachtgeschichte, kein Bitten, kein Versprechen. Oftmals spielten sich dann wahre Dramen ab. Die Kleine beanspruchte Nikolaj völlig für sich und reagierte eifersüchtig auf jeden Kuss zwischen den Eltern. Kathi und Nikolaj, die sich danach sehnten, allein Zeit miteinander zu verbringen, sahen sich mit einem Kind konfrontiert, das ihnen keine ruhige Minute gönnte. Es fing sofort an, herzzerreißend zu weinen, wenn es nicht seinen Willen bekam, und kletterte nachts mehrmals aus seinem Bettchen, um bei ihnen unter die Decke zu kriechen.

Pelageja fasste es in einem Satz zusammen: »Kinder sind schnell gemacht. Das Hinterher dauert länger.«

Kathi war sich bewusst, dass sie ohne Pelageja aufgeschmissen wäre. Mit der gleichen Hingabe wie bei Franzi kümmerte sie sich nun auch um Nadeshda. Doch Franzi bereitete ihnen seit einiger Zeit vermehrt Sorge. Schon während des Krieges war Franzi nicht mehr gewachsen. Die nunmehr Elfjährige war kaum größer als eine Siebenjährige und zart wie ein Schmetterling. Ihre früheren Krampfanfälle traten dank Pelagejas speziellem Wissen in Kräuterheilkunde weniger häufig auf, und wenn, dann verliefen sie zumindest weniger heftig. Aber auch Pelageja konnte nicht verhindern, dass Franzis Hautverhärtungen weiter wuchsen und das Mädchen vermehrt von Schmerzen gepeinigt wurde.

»Willst du mir nicht antworten?«, hakte Kathi nach, da sich der verliebte Vater weiterhin nicht vom Anblick seiner hinreißenden Tochter lösen konnte.

Er zupfte sich am Ohr, eine Geste, die Kathi verriet, wie unwohl er sich gerade in seiner Haut fühlte. »Doch, natürlich. Ich hätte dich furchtbar gerne in meiner Nähe, Katjuscha. Aber was ist mit Nadeshda? Kapustin Jar ist kein Ort für Kinder, die nächste Schule über hundert Kilometer entfernt. Wir müssen auch an später denken.«

»Eben. Ich tue genau das: Ich denke an später! Kapustin Jar liegt über eintausend Kilometer entfernt«, erinnerte ihn Kathi.

»Soll das ewig so weitergehen? Dass wir uns alle zwei oder drei Monate für maximal ein, zwei Tage sehen?«

Unbehaglich bewegte sich Nikolaj auf der Decke, die Lippen zusammengepresst.

»Ja«, sagte Kathi. »Das Thema ist unangenehm. Aber wir können ihm nicht ausweichen.«

»Ich weiß. Aber was schlägst du vor?« Nikolaj nahm von Nadeshda eine Blüte entgegen. Zum Entzücken seiner Tochter kaute er mit lustigen Grimassen darauf herum.

Auch Kathi bekam eine Blüte gereicht. Erst als sich Nadeshda wieder Franzi zuwandte, antwortete sie: »Ich möchte gerne bei dir sein. Nadeshda nehmen wir mit. Ein Kind sollte seinen Vater jeden Tag sehen. Sie wird im November zwei. Wenn es Zeit wird für die Schule, finden wir eine neue Lösung. Wir möchten jetzt mit dir zusammen sein. Wir sind eine Familie.«

Nikolaj nickte und bearbeitete weiter sein Ohrläppchen.

Sie griff nach seiner Hand. »Was ist los? Warum bist du so unruhig? Wenn du uns nicht bei dir haben willst, dann sag es einfach.«

»Das ist es nicht, meine Lyubimy.« Nikolaj küsste ihre Fingerspitzen. »Es ist nur so, dass ich dir nichts versprechen kann. Von der Entscheidung anderer abhängig zu sein, das ist einfach ein ekelhaft deprimierendes Gefühl. Aber ich werde mit dem Chefkonstrukteur reden. Vielleicht kann er helfen.« Nikolaj gab Kathi einen weiteren Kuss.

Sofort drängte Nadeshda heran, warf ihre Ärmchen um den Hals ihres Vaters und forderte lautstark Küsschen für sich ein.

Später spielte Nikolaj auf seiner Mundharmonika für sie. Nadeshdas Füßchen zuckten. Sie tanzte und sprang und drehte sich, dass ihre Löckchen nur so flogen. Kathi erkannte in ihrem kleinen Mädchen den eigenen wilden Bewegungsdrang ihrer Kindheit wieder. Sie lächelte versonnen.

66

*Den größten Schmerz erfahren wir durch jene,
die wir lieben.*

Kathi

Heimweh war eine Krankheit, und sie kam in Schüben. Dank Nikolaj und Nadeshda, Pelageja und Anatoli stellte sich bei Kathi mit der Zeit jedoch eine gewisse Immunität ein.

Sie war kein freier Mensch in Russland, aber mit den Jahren hatten sich die Bedingungen ihrer Gefangenschaft gelockert. In der Akademie nahm niemand mehr Anstoß daran, wenn sie ein ganzes Wochenende zu Hause verbrachte. Ohnehin galt es längst als ein offenes Geheimnis, dass Kathi Nikolajs Geliebte und ihr Kind von ihm war.

Bald zwei Jahre dauerte Xenias Abwesenheit nun an, und mit ihrem Verschwinden ging einher, dass auch Berija sie seitdem nicht mehr behelligt hatte. Kathi, die weiterhin mit dem Scheinfrieden haderte, fragte Nikolaj: »Glaubst du, das Interesse von Du-weißt-schon-wer an uns ist endgültig erloschen?«

»Vom General höre ich, der Woschd halte ihn auf Trab, und Du-weißt-schon-wer sei mit zahllosen Projekten beschäftigt. Allein für die Aufgabe Nummer eins dirigiert er eine halbe Million Menschen. Und die Konflikte mit dem Westen nehmen zu. Jüngst wurde die Blockade von Berlin befohlen.«

»Warum denn das?«

»Sie streiten um das neue Geld, das die Amerikaner für die Deutschen drucken. Sie nennen es Währungsreform. Die deutsche Wirtschaft soll damit wieder angekurbelt werden.«

»Heißt das, die Menschen in Berlin werden nicht mehr versorgt und müssen hungern?«

»Die Amerikaner und Briten haben einen Weg gefunden, um Russlands Boykott zu boykottieren. Sie versorgen die Bevölkerung per Flugzeug mit allem Notwendigen.« Nikolaj sagte es nicht ohne Bewunderung.

Auch dafür liebte ihn Kathi: für seine Empathie. Er war als Russe mit der marxistischen Ideologie aufgewachsen und durch sie sozialisiert worden. Und dennoch hatte er sich genug kritischen Geist bewahrt, um die Dinge nicht rein aus einem Feindbild heraus zu betrachten.

Inzwischen konnte sich Kathi auch über den regelmäßigen Briefaustausch mit Dorota freuen und dank Anatolis Verbindungen fast jeden Monat mit ihr telefonieren. Auch der wundersame Herr Levy war im Jahr zuvor für einen Besuch auf die Datscha zurückgekehrt. Im Herbst hatte sie alle ihre Prüfungen bestanden; daraufhin hatte sie Chefkonstrukteur Pawel Sergejew offiziell für sein Forschungsprojekt NII-88 in Kapustin Jar angefordert.

Und, das Wichtigste von allem, er hatte nichts dagegen einzuwenden, dass Nadeshda sie begleitete! In wenigen Wochen, im Januar 1949 war es so weit, und sie und Nadeshda würden mit Nikolaj in die kasachische Wüste übersiedeln. Endlich als Familie vereint! Sie konnte es kaum mehr erwarten. Hätte nicht weiterhin jedes Lebenszeichen von ihren Eltern gefehlt, hätte Kathi kaum glücklicher sein können.

Eines Tages, Anfang Dezember, betrat Kathi die Kantine und sah sich nach Anatoli um. Wie so oft hatten sie sich zum Essen verabredet. Aber noch war sein Tisch verwaist. Und da sah sie sie: *Xenia!* Wann war die Russin zurückgekehrt? Und wusste Nikolaj davon?

Xenia schien ihren Blick zu spüren. Sie hob den Kopf, und ihre Augen richteten sich auf Kathi. In ihrem Blick lag eine ganze Welt boshafter Vorfreude.

Kathi wurde von einer fürchterlichen Ahnung befallen. Wo blieb Anatoli nur?

Sie hielt es in der Kantine nicht länger aus und lief hinaus, um im Flur auf ihren Freund zu warten.

Gerade als sie beschloss, ihr Glück in seinem Büro zu versuchen, kam er auf sie zumarschiert. Sie erkannte es sofort an seinem Gesicht: Ein Unglück war geschehen.

Anatolis Stimme klang rau, als er ihr die Neuigkeit überbrachte. Sie hatten ihr Nadeshda genommen und in ein Kinderheim gesteckt! Um sie zu einem treuen sowjetischen Staatsbürger zu erziehen. In dem zurückgelassenen Amtsschreiben hieß es lediglich, dass die Eltern ihr Kind für die Dauer eines Jahres nicht sehen durften, *diese Maßnahme diene der Eingewöhnung und dem Wohl des Kindes*.

Wie viel konnte das Herz einer Mutter ertragen? Wie viel Schmerz, bevor es brach? Wie konnte es auf dieser Welt möglich sein, dass zwei fremde Männer vorfuhren und ein Kind aus seiner gewohnten Umgebung reißen durften? Eine wehrlose Frau wie Pelageja schlagen und auf Oskar schießen?

Kathi telefonierte mit Nikolaj in Kapustin Jar. Außer sich vor Schmerz und Trauer, schrie sie ihn an: »Bring mir meine Tochter zurück!«

Nikolaj versprach, sofort zu kommen. Doch als er am nächsten Tag nach einem halsbrecherischen Nachtflug auf der Datscha eintraf, war ihm Xenia bereits zuvorgekommen. Ihre zerstörerischen Worte schlugen mit der Wucht einer Bombe in Kathis Herz: Nikolaj hatte längst gewusst, dass es so kommen würde.

67

Jesus sprach zu ihm: Wahrlich ich sage dir:
In dieser Nacht, ehe der Hahn kräht,
wirst du mich dreimal verleugnen.

Aus der Bibel, Matthäus 26:34

Nikolaj rüttelte an der Klinke. Kathi hatte einen Stuhl daruntergeklemmt.

»Katja, komm. Bitte, lass mich rein.«

»Nein! Wusstest du, dass man mir Nadeshda wegnehmen wird oder nicht?«

»Darüber will ich mit dir reden.«

»Du leugnest es nicht einmal! Verschwinde!«, fauchte Kathi.

»Wir müssen aber miteinander reden!«

»Nein.«

»Es ist wichtig. Du musst mir zuhören.«

»Nein«, wiederholte Kathi stur. »Ich will keine weiteren Lügen von dir hören.«

»Das ist doch verrückt!«

Dieses Mal blieb Kathi stumm. Zitternd lehnte sie an der Tür.

»Katja?«

»Geh weg!«

»Nein, geh du von der Tür weg.«

»Was?«

»Ich komme jetzt rein. Geh zurück. Sofort!« Ein wuchtiger

Stiefeltritt hob die Tür beinahe aus den Angeln und beförderte den Stuhl quer durchs Zimmer.

Erschrocken wich Kathi an die gegenüberliegende Wand zurück.

Nikolaj hob beschwichtigend die Hände. »Entschuldige, aber du lässt mir keine Wahl«, sagte er und stellte den Stuhl wieder auf. »Setzen wir uns und reden über alles.«

»Es gibt nichts zu reden! Ich glaube Xenia. Sie mag ein Biest sein und hat mir und Franzi eine Menge abscheulicher Dinge angetan. Aber sie hat sich wenigstens nie verstellt. Im Gegensatz zu dir ist sie ehrlich gewesen!« Kathi war mit jedem Wort lauter geworden. Den letzten Satz schleuderte sie ihm wie eine Anklage entgegen.

»Bitte, Katja, lass es mich dir erklären.«

»Damit du mir noch mehr Lügen auftischen kannst?«

»Aber du kennst nicht die ganze Wahrheit!«

»Das ist der Punkt. Ich will die *ganze Wahrheit* gar nicht mehr wissen.« Kathi strebte zur Tür. Ging er nicht, dann eben sie.

Nikolaj trat ihr in den Weg. »Katjuscha«, flehte er.

»Lass mich durch, oder lass mich wegsperren wie Nadeshda. Es ist mir gleich.«

Er spürte ihre Entschlossenheit, sah die Endgültigkeit in ihren Augen. Er konnte sie so nicht gehen lassen. Ein Leben ohne Katja? Unvorstellbar. Er musste sie dazu bringen, ihn anzuhören. »Bitte, Katja«, beschwor er sie. »Manchmal zwingen einen die Umstände, sich zwischen zwei furchtbaren Alternativen zu entscheiden. Und dabei belügt man ausgerechnet jene, die man am meisten liebt. So wie deine Mutter. Sie lebte unter falschem Namen und Nationalität.«

»Denkst du, mich interessiert ein Lügenmärchen über meine Mutter?«, erwiderte Kathi verächtlich. »Für wie dumm hältst du mich eigentlich?«

»Bitte, hör mich an. Es ist wichtig. Der Name deiner Mutter ist weder Annemarie, noch ist sie eine Deutsche. Sie ist Russin!«

»Na und? Selbst wenn es so wäre, hat es nicht das Geringste mit uns zu tun. Und jetzt lass mich vorbei.«

»Nein! Versteh, doch. Unsere Geschichten sind eng miteinander verknüpft. Mein Vater hat damals deiner Mutter das Leben gerettet!«

Katja stieß einen verächtlichen Laut aus. »Der General soll *meiner* Mutter das Leben gerettet haben? Du redest wirres Zeug!«

»Nicht General Pchela! Ich bin nicht sein leiblicher Sohn, ich bin selbst ein Kind, das seinen Eltern weggenommen wurde. Denkst du allen Ernstes, ich würde das meiner eigenen Frau, meinem eigenen Kind antun?«

Kathi würdigte ihn keiner Antwort. Er setzte seine Erklärung fort: »Der Name meines Vaters lautete Dimitri Domratchev. Er war Offizier des NKWD und wurde 1923 für eine Geheimmission abkommandiert.« Endlich hatte er ihre Aufmerksamkeit. Jedoch nicht wie von ihm erhofft.

»Eine Geheimmission? Wie der Vater, so der Sohn!«, höhnte Katja, und die Kälte ihrer Stimme schnitt mitten durch sein Herz.

Hastig redete er weiter: »Kurz nach der Abkommandierung meines leiblichen Vaters Dimitri nahm man mich meiner Mutter Wanja weg und gab mich in die Obhut der Pchelas. Als Pfand, damit mein Vater seinen Auftrag loyal ausführen würde. Die Wahrheit erfuhr ich erst am Tag, als Ludmila Pchelawa starb. Die Frau, die ich für meine Mutter hielt, lebte seit Jahren in einer Heilanstalt. Ludmila übergab mir auf dem Sterbebett einen Brief meiner leiblichen Mutter. Durch diese Zeilen erfuhr ich erstmals meine wahre Herkunft.«

»Gratulation«, sagte Kathi sarkastisch. »Du bist also nicht

Pchelas Sohn, sondern der eines NKWD-Offiziers. Und das soll deine Erklärung sein? Im Ernst?«

»Katjuscha«, sagte Nikolaj gequält. »Es ist wahr, mein Vater kannte deine Mutter. Er hat sie damals gerettet und …«

»Ja, ja. Du wiederholst dich, und du beleidigst mich im selben Atemzug. Dein Vater rettete in geheimer Mission meine russische Mutter. Sag, wo ist denn dieser angebliche Brief von Wanja Domratcheva? Ich möchte ihn lesen.«

»Xenia hat ihn mir gestohlen.«

»Wie überaus praktisch!«

Nikolaj zuckte unter ihrer hohngetränkten Stimme zusammen. Er rieb sich über die Augen, die müde Geste eines Mannes, der an der Situation zu verzweifeln drohte. »Du willst mir nicht glauben«, sagte er heiser.

»Wieso sollte ich? Alles ist Lüge! Unsere erste Begegnung. Lüge! Dein erstes Lächeln. Lüge! Deine angebliche Liebe. Lüge! Ich sehe dich an und denke: *Lüge!*«

»Bitte, Katjuscha. Liebste, Lyubimy.«

»Wage es nicht, mich noch einmal Liebste zu nennen! All die Zeit hast du mich nur benutzt. Wir haben sogar eine gemeinsame Tochter! Vermutlich hast du sogar selbst dafür gesorgt, dass man sie mir weggenommen hat!«

»Wie kannst du nur so etwas Abscheuliches von mir denken? Nadjuscha ist auch meine Tochter, und ich liebe sie mehr als mein Leben!« Die ungerechte Anschuldigung traf ihn ins Mark. Er wurde ebenfalls laut: »Denkst du, ich habe mir diese Existenz ausgesucht? Mein ganzes Leben wurde ich auf Gehorsam gedrillt! Schon als Kleinkind steckte man mich in eine Uniform. Es folgte der Drill auf der Militärakademie, wo man uns täglich den Hass auf die deutschen Faschisten eingeimpft hat. Ja, du warst ein Auftrag, ein Befehl, den ich auszuführen hatte. Aber dann lernte ich dich kennen, und du wurdest zu einem Menschen aus Fleisch und Blut. Ich sah dich, und ich konnte dich nicht hassen. Aber ich wollte dich wenigstens nicht lieben. Ich habe mich lange gegen meine Gefühle gewehrt.«

»Was für eine subtile Art, mich daran zu erinnern, dass ich es war, die quasi zuerst unter deine Bettdecke geschlüpft ist!«

Nikolaj verzog das Gesicht, als litte er Schmerzen. »Das wollte ich niemals andeuten. Ich wollte das alles nicht.«

»Ach ja? Davon habe ich in jener Nacht nichts gemerkt. Und später auch nicht. Und jetzt hast du dir eine hübsche kleine Geschichte über meine Mutter und deinen angeblichen Vater ausgedacht. Denkst du, deine Lügen interessieren mich? Gib mir meine Tochter zurück!«, brüllte sie ihn zuletzt an. »Das ist alles, was ich noch von dir will. Und jetzt hau ab, und lass mich in Ruhe!«

»Nein! Erst musst du die ganze Geschichte hören.«

»Zu Befehl, Herr Offizier.« Katja salutierte. »Wenn ich mir dein Märchen zu Ende angehört habe, lässt du mich dann gehen?«

»Wenn du mir danach immer noch nicht glaubst, ja, dann werde ich gehen.« In diesem Moment hätte er ihr alles versprochen, solange sie nur dazu bereit war, ihn anzuhören. Er holte einmal tief Luft, bevor er begann: »Du wirfst mir vor, ich hätte dir dein Kind, unser Kind, weggenommen. Das ist nicht wahr! Ich weiß, wie viel Leid daraus entstehen kann. Als man mich meiner Mutter als Baby wegnahm, gab man ihr unmissverständlich zu verstehen, sie habe ihr Schicksal zu akzeptieren. Aber meine Mutter dachte gar nicht daran. Ich war ihr Kind. Sie bat einen guten Freund meines Vaters ihr bei der Suche zu helfen, Konstantin Sokolow.«

Kathi runzelte bei der Nennung des Namens die Stirn. Nikolaj missinterpretierte ihre Reaktion als Unwillen und legte mehr Tempo in seine Rede. »Sokolow fand heraus, dass ich den

Pchelas übergeben worden war. Darauf nahm meine Mutter Wanja heimlich Kontakt zu Ludmilla Pchelawa auf. Meine Ziehmutter glaubte ihr und die beiden Frauen verabredeten, dass meine Mutter mich ab und an sehen durfte. Natürlich in aller Heimlichkeit, meist bei Spaziergängen im Park. Über ein Jahr ging das gut.« Unbewusst machte Nikolaj einen Schritt auf Kathi zu, während er weitersprach. »Eines Tages erschien meine leibliche Mutter Wanja nicht wie verabredet im Park. Man war ihr auf die Schliche gekommen. Ihr Todesurteil. All das erfuhr ich von meiner Ziehmutter erst auf ihrem Sterbebett.«

»Hast du nicht vorhin behauptet, das stünde in dem Brief deiner richtigen Mutter?«, fragte Kathi argwöhnisch.

»Vielleicht habe ich mich missverständlich ausgedrückt. Der Brief meiner leiblichen Mutter Wanja erzählt von sich und meinem Vater. Sie wollte, dass ich die Geschichte ihrer Liebe erfahre und warum sie beide nicht für mich da sein konnten.« Seine Stimme war dünn wie Papier geworden, wie jedes Mal, wenn er an die bewegenden Zeilen seiner Mutter dachte – der einzige gegenständliche Beweis ihrer Existenz.

Hoffnung wallte in Nikolaj auf, weil er zu spüren meinte, wie Katjas Abwehrbereitschaft nachließ. Konnte sie es fühlen, wie sehr er sie liebte und wie ehrlich er es mit ihr meinte? Obwohl alles gegen ihn sprach?

Katjas Antwort kam leise und zögernd, als schwankte sie zwischen dem, was sie fühlte, und dem, was sie glauben sollte: »Das mit deiner Mutter tut mir ehrlich leid. Wenn es denn so gewesen ist … Aber diese Geschichte über deinen Vater, der angeblich meine Mutter kannte und sie gerettet haben soll, das klingt mir allzu fantastisch.«

»Das ist mir klar, und ich an deiner Stelle würde mir auch nicht glauben.«

Überrascht blickte sie auf. Bisher hatte sie jeden direkten Augenkontakt mit ihm gemieden. »Ist das jetzt eine neue Finte, um mich zu überzeugen?«

»Nein. Aber ich habe begriffen, dass ich kein Recht habe, dich zu irgendetwas zu zwingen. Noch nicht einmal dazu, mir zuzuhören. Ich liebe dich, Katjuscha.« Ein trauriges Lächeln huschte über seine Züge, und seine Schultern sanken herab. Als würde er vor sich selbst kapitulieren. Völlig unvermittelt trat er beiseite und machte den Weg für sie frei.

Das überrumpelte Katja. Etwas in ihr gab nach. Ein Schwindel erfasste sie, fast wäre sie gestrauchelt. »Also gut. Erzähl mir von deinem Vater Dimitri.« Sie hatte nicht vorgehabt, das zu sagen, die Worte flossen einfach über ihre Lippen.

Nun, da er ihr Ohr hatte, fand Nikolaj keinen Anfang. »Hattest du nie das Gefühl, dass dir deine Mutter etwas verheimlicht?«, tastete er sich vor.

»Nein.«

Lag da nicht doch ein winziges Zögern in ihrer Stimme? Er entschied, von ganz vorne zu beginnen. »Mein Vater Dimitri kam 1905 als Student nach Sankt Petersburg. Als dort die Erste Russische Revolution ausbrach, schlug er sich auf die Seite der Arbeiter und Bauern. Damals lernte er Konstantin Sokolow kennen. Der trat später der Tscheka bei und holte auch meinen Vater zum russischen Geheimdienst. 1923 erhielt mein Vater den Befehl zu einer Sondermission. Er sollte eine Gefangene bewachen.«

»Und hierbei soll es sich um meine Mutter gehandelt haben?«

»Nein. Die Identität der Gefangenen ist nach wie vor geheim.«

»Wie willst du dann wissen, dass es sich *nicht* um meine Mutter handelte?«

»Weil man die Gefangene nicht allein eingesperrt hat. Bei

ihr befand sich eine weitere Frau: deine Mutter. Anscheinend diente sie ihr als Hebamme.«

»Meine Mutter? Eine Hebamme?«, wiederholte Kathi zweifelnd.

»Ja, sie entband die unbekannte Gefangene von insgesamt fünf Kindern.«

»Fünf Kinder? Wie soll das gehen, wenn sie doch eingesperrt waren?«

»Offenbar bekamen sie regelmäßig… Besuch. Ja, ich weiß, wie sich das anhört«, kam Nikolaj ihrem Protest zuvor. »Und es ist so furchtbar, wie du denkst. Die arme Frau wurde dazu gezwungen.«

»Man hat der Frau permanent Gewalt angetan? Weshalb in Gottes Namen?« Ihre Stimme erstickte. Das Entsetzen presste ihr alle Luft aus den Lungen.

»Den Grund hat mein Vater meiner Mutter gegenüber nie erwähnt.«

»Dein Vater hat davon gewusst und diese Abscheulichkeit jahrelang zugelassen?«, rief sie entsetzt.

»Nicht freiwillig! Er tat es, um seine Familie zu schützen. Seine Frau und seinen Sohn.«

Endlich ging Kathi die gesamte Tragweite auf. »Meine Mutter«, fragte sie stockend. »Hat man ihr dasselbe angetan?«

»Ich weiß es nicht«, antwortete Nikolaj unglücklich.

»Wo ist dein Vater Dimitri? Ich möchte mit ihm sprechen!«

»Mein Vater ist seit beinahe zwanzig Jahren tot.«

»Aber dann kannst du erst zwei Jahre alt gewesen sein, als du mit ihm gesprochen hast!« Kathi wich vor ihm zurück. Erneut malte sich Misstrauen auf ihrem Gesicht ab.

»Ich habe nie behauptet, dass ich mit ihm selbst gesprochen habe, Katja. Nachdem mein Vater den beiden gefangenen Frauen zur Flucht verholfen hatte, versuchte er, seine Frau und seinen Sohn rechtzeitig vor dem NKWD in Sicherheit zu bringen.«

»Warum hat er so lange für diese Entscheidung gebraucht? Warum hat er nicht längst früher gehandelt?«

»Weil er die Gefangenen nicht allein bewachte, sondern mit einem halben Dutzend Rotarmisten. Vier davon konnte er im Laufe der Jahre auf seine Seite ziehen. Sie flohen mit ihm. Die beiden anderen musste er töten, damit sie die Flucht nicht verrieten. Aber als er nach Moskau kam, lebte in seiner früheren Wohnung längst eine andere Familie. Niemand konnte ihm sagen, was aus seiner Frau und seinem Sohn geworden war. Er suchte nach ihren Eltern, aber auch sie waren ermordet worden, weil sie sich mit dem Verschwinden ihrer Tochter und des Enkelkindes nicht hatten abfinden wollen. Das alles erfuhr er erst durch Sokolow.« Mit einem schnellen Blick vergewisserte sich Nikolaj, dass er weiter Kathis Aufmerksamkeit besaß. »Ich kann nur spekulieren, was mein Vater plante. Er versuchte jedenfalls nicht, mich im Park zu entführen. Vielleicht dachte er, es würde mich zu sehr erschrecken, wenn mich ein Fremder der einzigen Mutter, die ich je gekannt hatte, entreißen würde. Aber er gab sich meiner Adoptivmutter Ludmilla zu erkennen.«

Als fiele ihr erst jetzt auf, dass sich Nikolaj ihr genähert hatte, wich Kathi einen Schritt zurück, bis sie ans Fenster stieß. »Wie hat sie reagiert?«, fragte sie mit blassen Lippen.

»Meine Ziehmutter hat ihn verraten. Weil ihr klar war, dass er, genauso wie meine Mutter, mich niemals aufgeben würde. Sie betrachtete mich mittlerweile als *ihren* Sohn. Mein Vater Dimitri wurde verhaftet und starb unter der Folter. Er bewahrte sein Geheimnis bis zum Schluss. Um die unbekannte Gefangene und deine Mutter zu retten, hat er alles riskiert. Und alles verloren.«

»Was weißt du noch über meine Mutter, außer dass sie Russin und angeblich Hebamme gewesen sein soll?«

»Ich kenne nur ihren Vornamen: Elena.«

»Elena«, wiederholte Kathi nachdenklich. *Ihre Mutter eine Russin?* »Vorhin hast du gesagt, manchmal zwingen einen die Umstände dazu, zwischen zwei furchtbaren Alternativen zu wählen. Vor welcher Wahl standest du?«

»Entweder ich übergebe das Baby an den Staat und lasse es linientreu erziehen, oder sie …«

»Oder …?«

»Oder sie hätten unser Kind abgetrieben.«

»Also hast du es gewusst. Nichts anderes hat Xenia behauptet«, erwiderte Kathi kalt. »Geh und finde unsere Tochter! Und wage es nicht, mir ohne Nadeshda jemals wieder unter die Augen zu treten.«

68

Jeder hat das Recht, auf seine Weise zu leiden.

Pelageja Kobulewa

Als Berijas Häscher auf der Kobulew-Datscha aufgetaucht waren, um Nadeshda mitzunehmen, hatten sich ihnen Pelageja und Oskar in den Weg gestellt. Ihren Kampfgeist bezahlte Pelageja mit einer aufgeplatzten Lippe und diversen Prellungen; Oskar fing sich eine Revolverkugel ein.

Ihren Blessuren zum Trotz ließ es sich Pelageja nicht nehmen, Oskar selbst zu operieren. Sie betäubte ihn mit einem ihrer zahllosen Mittel und entfernte die Kugel, die nah an seinem Herzen saß. Oskar erholte sich rasch und stolzierte umher, als trüge er einen Orden und keinen Verband.

Frühmorgens nach ihrem Streit machte sich Nikolaj mit Anatoli nach Moskau auf. Kathi verkroch sich inzwischen in Nadeshdas Zimmer. Sie kannte nur noch zwei Zustände: Wut und Schmerz. In der einen Minute wollte sie ihre Stirn gegen die Wand schlagen, in der nächsten brach sie in Tränen aus.

Pelageja ließ Kathi bis zum nächsten Tag gewähren. Dann ging sie zu ihr. »Jeder geht mit einer Krise auf seine Weise um, und jeder hat das Recht, auf seine Weise zu leiden«, sagte sie. »Auch Nikolaj leidet.«

Davon wollte Kathi gerade nichts wissen. »Nikolaj hat mich die ganze Zeit belogen!«, schrie sie ihre Qual heraus.

»Nein, er hat geschwiegen. Er trug die Last allein, damit du unbeschwert mit Nadeshda glücklich sein konntest. Du hättest an Nikolajs Stelle genauso gehandelt. Du hast es bereits bewiesen.«

»Was?«, stotterte Kathi. Gefangen zwischen Wut und Schmerz, blieb wenig Raum für klare Gedanken.

»Du hast deinen Vater am Bahnhof getroffen, und später sagte dir Xenia, er sei tot. Beides hast du Franzi verschwiegen. Warum?«

Manchmal braucht man länger, um etwas zu verstehen. Beschämt erinnerte sich Kathi an ihre Entscheidung. Sie hatte diese Informationen über den Vater für sich behalten, um Franzi nicht zu beunruhigen; sie wollte ihr nicht wehtun, alles Leid von ihr fernhalten …

»Nikolaj wollte dir nicht wehtun«, formulierte Pelageja Kathis Gedanken. »Du besitzt einen ausgeprägten Gerechtigkeitssinn und Kampfeswillen. Aber manchmal muss man die Dinge einfach fließen lassen. Was zu dir gehört, findet dich.«

»Werde ich Nadeshda zurückbekommen?«

»Täubchen, das kann ich dir nicht sagen. Anatoli sagt, die Sterne des Schicksals seien derzeit voller Wankelmut. Ich sage, das Leben ist ungewiss. Wir müssen hoffen.«

»Ist es eine Prüfung? Dann weiß ich nicht, ob ich sie aushalten kann.«

»Hoffnung gibt es nicht umsonst. Und du leidest nicht allein.«

»Franzi?«, hauchte Kathi kleinlaut.

»Unsere Kleine ist in der Scheune. Es ist Winter. Die Bienen schlafen.«

Kathi fand Franzi zusammengekauert neben Zweisteins Kiste. Oskar ruhte neben ihr, und im dämmrigen Licht nahm

Kathi die Silhouetten einiger Katzen wahr, die sich ins Heu duckten. Oskar hob kurz den Kopf, als Kathi eintrat, und seine Rute bewegte sich schwach.

Kathi hörte ihre Schwester leise ein Lied summen. Ihre Eltern hatten es für sie gesungen, wenn sie schlecht geträumt hatte: *Weißt du, wie viel Sternlein stehen, an dem blauen Himmelszelt …*

Kathi setzte sich zu Franzi, öffnete ihre Arme, und die Kleine kuschelte sich sofort hinein. Liebe tröstet.

69

Nie kommt man der Freiheit näher als in Gedanken.

Kathi

Die nächste Hiobsbotschaft ließ nicht lange auf sich warten. Anatoli kehrte am folgenden Tag allein aus Moskau zurück. »Sie haben Nikolaj verhaftet.« Er selbst sah aus wie nach einer Kneipenschlägerei.

»Was ist passiert?« Hand in Hand mit Franzi kam Kathi ihm entgegen.

»Nikolaj ist auf Berijas Schergen losgegangen. Ich habe noch versucht, ihn zurückzuhalten. Aber …« Anatoli schüttelte betrübt den Kopf.

Pelageja stieß zu ihnen, musterte ihren Bruder und sagte: »Du brauchst Fleisch. Katjuscha, hol ein Pfund vom guten Rindfleisch aus der Kühlkammer.«

In der Küche hieß Pelageja Anatoli auf der Bank Platz nehmen. Sie platzierte eine Fleischscheibe auf sein zuschwellendes Auge und reichte ihm ein Glas Wodka. Anatoli kippte den Wodka in einem Zug, ein weiteres Glas schloss die medizinischen Maßnahmen ab, und Anatoli berichtete über die jüngsten Ereignisse.

Nikolaj habe auf eine sofortige Vorsprache in der Llubjanka

bei Berija bestanden. Wie zu erwarten, wurden sie vom Chef des NKWD nicht empfangen. Darauf habe Nikolaj versucht, sich gewaltsam Zutritt zu Berijas Büro zu verschaffen. Mehrere Leibwächter hätten sich auf ihn gestürzt und ihn weggeschleppt.

»Du hättest Nikolaj von dieser Dummheit abhalten müssen, Anatol«, sagte Pelageja streng.

»Hab ich doch versucht!«, empörte sich Anatoli. »Was glaubst du, wem ich das dicke Auge zu verdanken habe? Der Junge besitzt eine Eisenfaust!« Er nahm das Fleisch aus dem Gesicht. »Können wir das nachher braten?«

»Nein! Du hättest gar nicht erst mit dem Jungen zur Llubjanka fahren dürfen. Wut macht dumm. Wie oft habe ich dir das gesagt?«

»Schon gut. Was schlägst du vor?«

»Zahnweh.«

»Hast du auch einen Schlag auf den Kopf bekommen?«, fragte Anatoli vorsichtig.

Kathi unterließ es gleich, den Sinn zu hinterfragen. Erst Nadeshda, nun Nikolaj. Sie saß auf den Scherben ihres mühsam zurückeroberten Glücks.

Franzi hingegen war ihnen ein Stück voraus und summte: *Ohne Zähne isst der König keine Schwäne. Hat er keinen Kuchen, soll er Brot versuchen.*

Anatoli blinzelte in Richtung Franzi. »Natürlich habe ich gleich an Koba gedacht«, verteidigte er sich. »Aber ich muss warten, bis er sich meldet. Koba hasst Bittsteller.«

»Das Telefon wird klingeln«, sagte Pelageja.

Das tat es, gleich am nächsten Morgen. Pelageja packte etwas von diesem und etwas von jenem, wie sie sagte, in ihren Kräuterkorb und fuhr mit Anatoli und Franzi nach Moskau. Sie befreite den Generalissimus von seinem tobenden Zahn und den Schmerzen, und Franzis geheime Magie bewirkte das Übrige.

Nach einer Bußzeit von sechs Monaten kam Nikolaj frei. Er war blass und mager, was sich mit den Wochen wieder gab. Er war jung, seine Konstitution stark. Als dauerhaft erwies sich der neue Zug von Melancholie um seinen Mund. Eine winzige Kerbe, unter der sich Unbeschreibliches verbarg und die verriet: Er hatte ins Dunkel geblickt.

Sein Angriff auf den Volkskommissar des Inneren wurde mit einem Angriff auf den Sowjetstaat gleichgesetzt. Darauf stand entweder der Tod oder lebenslange Zwangsarbeit in Sibirien. Mit einem halben Jahr Haft kam Nikolaj nahezu ungeschoren davon. Nadeshda jedoch erhielten sie nicht zurück. Ihre kleine Tochter blieb im Heim, das Kontaktverbot für ein Jahr bestehen.

Nikolaj hielt Kathi nach seiner Rückkehr im Arm. »Es tut mir leid, meine Lyubimy. Ich werde nichts unversucht lassen, damit wir unsere Kleine so bald wie möglich wiedersehen.«

Kathis Mut sank. Sie hatte ein halbes Höllenjahr gewartet, gehofft, gebangt, gelitten. Und die Qual nahm kein Ende.

»Der General sagt, wir müssen Erfolge nachweisen. Er schickt mich nach Kasachstan. Ich wurde der Gruppe um Chefphysiker Igor Kurtschatow zugeteilt.«

Kathi begriff die Bedeutung seiner Worte. »Du sollst bei der Entwicklung der Atombombe helfen?«

»Ich will nicht, aber ich muss. Sei unbesorgt, ich habe nicht vor, etwas zum Erfolg der Bombe beizusteuern.«

»Und was ist mit mir?«

»Der General sagt, das sei noch nicht entschieden. Vorläufig bleibst du hier.«

»Aber ich sitze bereits seit deiner Verhaftung hier herum! Warum lässt man mich nicht weiter für Pawel Sergejew arbeiten?«

»Hab noch ein wenig Geduld, mein Liebling. Nadeshda ist in Moskau. Besser, einer von uns beiden bleibt in ihrer Nähe.«

»Natürlich, du hast recht. Aber diese ständigen Trennungen! Wir haben uns sechs Monate nicht gesehen, und schon gehst du wieder fort. Ich wünschte …« Kathi brach ab.

»Was, meine Lyubimy?« Nikolaj vergrub sein Gesicht an ihrem Hals.

»Ich wünschte«, flüsterte Kathi, »wir lebten in einem Land, in dem wir frei sein können.«

70

Es ist nicht schwer, Politiker zu täuschen,
wenn man sich auf Stimmungen versteht.

Gennadi Pchela

Im tiefsten Russland, südwestlich von Nischni Nowgorod, liegt ein von dichten Wäldern abgeschirmter Ort: Sarow. General Pchela erklärte bei jeder Gelegenheit, dass es auf der ganzen Welt, abgesehen von Kapustin Jar, keinen trübseligeren Ort als Sarow geben konnte. Ein Ort, der sogar von allen Landkarten gestrichen worden war. Er verfluchte sein Schicksal, das ihn dazu zwang, seit Jahren von einem staubigen Ort zum nächsten zu pendeln.

Sein Adjutant trat ein. »Genossin Xenia Liskowa möchte Sie sprechen, Genosse General.«

Über die Miene des Generals zog eine dunkle Wolke. Die Liskowa fehlte ihm noch. Er brütete eben darüber nach, wie er den neuesten Forderungen aus Moskau begegnen konnte. Es war unmöglich, sie zu erfüllen. Er war nicht Gott. Abgesehen davon, dass jener für überflüssig erklärt und durch Sozialismus und Brüderlichkeit ersetzt worden war. Trotzdem verlangte man von ihm Wunder.

Wenigstens genoss er alle Privilegien seiner Position. Er aß gut und reichlich und trank erstklassigen Wodka, nicht den billigen Bauernfusel. Und er verfügte über einen persönlichen Burschen, Kirill, dessen hervorstechendste Eigenschaft Unfähigkeit war. Nach wie vor drückte ihn sein linker Stiefel. Unauffällig kreiselte er den Fuß unter dem Tisch. Im anderen Stiefel steckte ein Kunstbein. Seines war im Großen Krieg der großen Armee geblieben. Nur in seinen Albträumen, da hüpfte es hinter ihm her und rief: »Warte auf mich, Gennadi, warte!« Doch ein fehlendes Bein hieß nicht, dass es einen nicht auch quälen konnte. Phantomschmerz nannten es die Ärzte.

Seine Laune entsprach stets seinem Schmerz, und an diesem Tag bereitete ihm sein Bein Höllenqualen. Moskau und seine Utopien! Die hockten da im Kreml, soffen Wodka, furzten Löcher in die Sessel, und im Rausch überlegten sie dann, wie man mit Atombomben den Sozialismus in die Welt tragen könnte. Dabei vergaßen diese Politärsche völlig, dass man Trümmer nicht regieren konnte. Davon abgesehen, besaßen sie keine Atombomben. Jedenfalls keine brauchbaren. Und jetzt sollte er ihnen schnellstmöglich gleich mehrere davon liefern. *Am besten in den Kreml,* dachte er böse. Mit Funkzünder …

Gennadis Miene hellte sich auf. Gut, dass ihm keiner in den Kopf sehen konnte. Da fiel ihm ein, dass einige Genossen Wissenschaftler den Auftrag hatten, genau daran zu forschen: Gedanken zu lesen. Auch die Amerikaner führten laut der jüngsten Geheimdienstberichte Experimente dazu durch.

Wodka wäre jetzt genau das Richtige, dachte Gennadi. Als Stärkung für den nächsten Eiertanz mit Moskau. In regelmäßigen Abständen stellten diese völlig wirklichkeitsferne Forderungen, und er befriedigte sie ebenso periodisch mit enthusiastischen Erfolgsmeldungen, manifestiert durch zehn Zentimeter dicke Protokollkonvolute. Es war nicht schwer, Politiker zu täuschen, wenn man sich auf Stimmungen verstand.

Heute jedoch hatten ihn die Moskauer zum ersten Mal überlistet. Er starrte auf das Telegramm, das am frühen Morgen eintraf. Zehn Worte, die sein Schicksal besiegelten: *Genosse Generalissimus erwartet Vorführung Z. Bereiten Sie alles vor. Dreißig Tage.* Gezeichnet von: Lawrenti Berija.

Sein Adjutant hüstelte leise. Stimmt, Genossin Liskowa wollte ihn sprechen. Er hätte sie liebend gerne weggeschickt, das keifende Weib. Aber tatsächlich kam sie zur rechten Zeit. Sie war seine Vorzeigegenossin. Er würde sie in ihr eigenes Wettrennen schicken, indem er ihr die Leitung der Vorführung übertrug. Chefphysiker Kurtschatow würde nichts dagegen einzuwenden haben, wenn er ihn kurzzeitig aus der Schusslinie rückte. Kein Mann sah in Uniform bestechender aus als die Liskowa, und die Tatsache, dass sie ein Weib war, bewies, dass hohe Intelligenz den Russen an sich auszeichnete. Dazu jung und attraktiv – summa summarum Attribute, für die sich der Genosse Generalissimus noch immer erwärmen konnte. Was man so hörte.

»Schicken Sie die Genossin herein.«

Schon an ihrem federnden Schritt und dem Glitzern in ihren Augen erkannte er, dass die Liskowa mit einer bedeutsamen Nachricht zu ihm kam. Ein Durchbruch in ihrer Forschung? Sein Blick verirrte sich kurz zu dem dechiffrierten Telegramm. Konnte er auf diese Synchronizität hoffen?

Er lauschte ihrer Anklage ohne jede erkennbare Regung, beschied sie zum Schluss mit einem knappen »Ich prüfe das« und erstickte ihren Protest mit einem zweiten, schärferen »Ich prüfe das!«. Daraufhin übertrug er ihr die Leitung des Projekts Z.

Die kaum merkliche Verlagerung ihres Gewichts und der Ausdruck, der sich kurz auf ihrem Gesicht abmalte, verriet ihm, dass sich diese Frau auf die Herausforderung freute. In einer Mischung aus Boshaftigkeit und Genugtuung erkannte Gennadi, dass sie einzig die Beförderung darin sah und nicht die

Risiken. Was erneut seine These stützte: Zu viel Ehrgeiz verleitete intelligente Menschen zu dummem Verhalten. Er erklärte Xenia, was er von ihr erwartete. Und weil ihn der zufriedene Glanz in ihren Augen nach wie vor störte, schickte er am Ende, als sie bereits auf dem Weg nach draußen war, hinterher: »Genossin Liskowa, dir muss wohl klar sein, dass angesichts der historischen Mission, die ich dir soeben übertragen habe, Opfer erforderlich sind.«

»Welche Opfer?«

»Du wirst dir die Aufgabe mit Nikolaj teilen.«

»Aber …« Ihr Ausdruck zufriedener Selbstgewissheit war wie weggewischt. »Ich werde sicher nicht mit diesem Verrä …«

»Schweig, Major Liskowa! Du tust, was ich dir sage. Und zu niemanden ein Wort über unser Gespräch. Wenn mir auch nur ein Gerücht zu Ohren kommt, dass du dich nicht an meinen Befehl gehalten hast, wird es das Letzte sein, was die Welt von dir zu hören bekommt. Hast du das verstanden?«

»Du drohst mir?«

»Nein, ich erkläre dir nur, was passieren wird.«

»Mein Onkel wird erfahren, wie ich hier behandelt werde«, schnaubte Xenia.

»Wir wissen beide, warum dein Onkel dich in die kasachische Wüste geschickt hat. Dass du für ihn hier herumspionieren sollst, ist nur die eine Hälfte der Wahrheit.«

Xenia zuckte zusammen. Ihr Onkel bestrafte sie mit Kasachstan, weil sie zuletzt nicht mehr die von ihm erhofften Ergebnisse geliefert hatte.

Treffer, dachte der General. Es verschaffte ihm eine seltsame Genugtuung. Unverhofft spürte er eine Regung zwischen den Schenkeln. Dabei war es nur das ferne Echo lang vergangener Vergnügungen. *Phantomlüsternheit*. Die deutsche Granate hatte sich mehr als nur sein Bein geholt. Ein weiterer Grund, die Deutschen zu hassen. Er war stets stolz auf das pulsierende Stück Virilität zwischen seinen Beinen gewesen, es hatte ihm das Gefühl von Macht verliehen.

Heute erfuhr er dieses Machtgefühl durch seine Stellung. Dafür brauchte es Gegner wie die Liskowa. In früheren Zeiten hätte er ihr die Uniform vom Leib gerissen und sie genommen, gleich hier auf dem Schreibtisch. Die Hierarchien klargestellt. Er oben, sie unten. Nachdem er die Liskowa fortgeschickt hatte, trank Gennadi Tee mit Wodka und fixierte das Telegramm auf eine Weise, als könnte er die Worte mit purer Willenskraft in den Äther zurückpressen.

Er ließ eine halbe Stunde verstreichen. Zwischenzeitlich würde sich die Nachricht von Liskowas Beförderung unter den Wissenschaftlern der Anlage verbreiten. Liskowa selbst würde dafür sorgen. Er fragte sich, wie lange es dauern würde, bis der Chefphysiker sich bei ihm meldete.

Er rief Nikolaj im Labor an. Sein Sohn meldete sich nicht. »Kirill!«, rief er nach seinem Burschen: »Such Nikolaj, und bring ihn unverzüglich hierher!«

Ebenso, wie er nicht an Wunder glaubte, machte er sich auch keinerlei Illusionen über seine Zukunft. Deshalb wollte er vorbereitet sein, wenn die Vorführung nicht den Erwartungen des Genossen Stalin entsprach. Und das würde sie nicht, auch eine Xenia Liskowa würde das nicht schaffen. So wie er Stalin und das Politbüro hinhielt, machten es die Wissenschaftler mit ihm. Seit beinahe drei Jahren versicherten sie ihm, sie stünden kurz vor dem Durchbruch. Sie verlangten nur noch mehr Material und Mitarbeiter, mehr Uran, mehr Schweres Wasser; die Schraube des Irrsinns drehte sich jeden Tag ein Stückchen weiter.

Nun blieben den Wissenschaftlern dreißig Tage für den Durchbruch, ihm selbst dreißig Tage, um seine Flucht in den Westen vorzubereiten. Schon länger war ihm klar, dass der Tag kommen würde, an dem er das Wettrennen gegen den Kreml verlor. Es wunderte ihn vielmehr, wie lange er mit seinen Scharaden durchgekommen war.

Der Westen also, genauer, Amerika, das einzige Land, das ihn vor dem Zugriff des mächtigen NKWD schützen konnte. Gennadi erhob sich und lief humpelnd ein paar Schritte. Gesicherten Quellen nach verfügten die Amerikaner über weit bessere Prothesen als die Sowjets. Die Bequemlichkeit russischer Kriegsversehrter stellte kein primäres Anliegen der Politeliten dar.

Gennadi hielt Politik für eine widerwärtige Angelegenheit. Politiker folgten nur den eigenen Interessen, sie legten Schlingen um die Beine der Gegner, um sie zu Fall zu bringen. Die Idee des Kommunismus? Geschenkt. Er hatte die Auswüchse der stalinistischen Säuberungen miterlebt, als fast alle Kameraden seines Offiziersjahrgangs auf Stalins persönlichen Befehl hin entweder ermordet oder in ein sibirisches Gulag verschleppt wurden. Die Segnungen des sowjetischen Sozialismus? Eine Mär für die Massen … In den armseligen Dörfern hatte sich weder nach der Russischen Revolution noch nach dem Sieg über das faschistische Deutschland etwas geändert: Die Hierarchien blieben dieselben, genauso wie die Korruption und die Profiteure. Aus Bürgermeistern waren Apparatschiks geworden. Und er kannte nur fette Apparatschiks. Die Bauern hingegen waren dünn und knochig wie eh und je und schufteten sich den Rücken krumm. Ein Bauer blieb ein Bauer, aus Steuern wurden Quoten. Deshalb gibt die Kuh auch nicht mehr Milch. Das hatte Nikolaj kürzlich zu ihm gesagt. Eine Aussage, die sich zu merken lohnte. Weil es eine einfache Wahrheit war. Im Grunde war die Wahrheit immer einfach. Es waren die Politiker, die sie verkomplizierten, um sich damit zu legitimieren. Es war das Schicksal des russischen Bauern, in jedem System betrogen zu werden, in den Kriegen ihrer Herrschaft verheizt, um danach, weil die Felder im Krieg verwüstet und nicht bestellt wurden, gemeinsam mit ihren Familien zu verhungern. Die Bestrebungen Lenins, des großen Revolutionärs und Gründers der Sowjetunion, wurden pervertiert, damit sich eine neue Politkaste an die Macht morden konnte. Sein Vater, der verdammte Priester, hatte in seinen Predigten ausdauernd gegen die Bolschewiken gewettert: *Hütet euch vor jenen, die sagen, sie meinten es gut mit euch! Denn in Wahrheit sagen sie: Wir meinen es gut mit uns!*

Ja, alle meinten es gut mit Russland – ob Zaren oder Marxisten … Ihm war das gleich. Er diente Russland. Es war seine Heimat, seine Seele, sein Land. Er hatte kein anderes, was blieb ihm anderes übrig, als sich mit jedem System zu arrangieren? Wie es aussah, würde er am Ende trotzdem alles verlieren. Aber zumindest sein Leben wollte er behalten.

Ohne anzuklopfen, trat Nikolaj in sein Büro. Gennadi musterte die Züge seines angenommenen Sohnes, suchte in ihnen zu lesen. Aber Nikolaj hatte inzwischen dazugelernt, verstand es besser, seine Gedanken vor ihm zu verbergen. Gut! Der Junge war zu weich, es mangelte ihm an der nötigen Härte, die seine Stellung erforderte.

»Was willst du?«, fragte Nikolaj barsch.

»Deine Kooperation.«

Nikolaj setzte sich langsam und streckte die langen Beine aus. Er war es gewohnt, dass sein Vater zunächst einige Haken schlug, bevor er auf den eigentlichen Kern des Gesprächs kam. Ihm mangelte es jedoch gerade an der nötigen Geduld für das Vorgeplänkel.

»Genossin Major Liskowa war eben hier. Sie beschuldigt dich, das Projekt zu sabotieren, indem du dein Wissen zurückhältst und dich absichtlich dumm stellst. Zudem behauptet sie, es sei waffenfähiges Uran verschwunden.«

»Hast du sie deshalb befördert? Für ihre Denunziation?«

»Beantworte die Frage!«

»Du hast keine gestellt.«

»Hast du Uran gestohlen?«

»Nein. Du?«

Der General lächelte gefährlich. »Du wirst gefälligst mit Xenia zusammenarbeiten und dich vollkommen in den Dienst der Sowjetunion stellen. Muss ich dich daran erinnern, dass wir Patrioten sind?«

»Die Sorte Patrioten, die dem eigenen Land Uran stiehlt, um sich damit eine Passage in den Westen zu kaufen?«

Der General überging die Anschuldigung und sagte: »Ich übertrage dir und Xenia die Leitung von Projekt Z. Der Auftrag gilt dreißig Tage. Danach übernimmt wieder der Genosse Chefphysiker Kurtschatow.«

»Und wenn ich mich weigere?«

»Sorge ich dafür, dass du und dein Hitlermädchen euer Balg für eine sehr lange Zeit nicht seht. Oder …«

»Oder?«

»Du verschaffst der Sowjetunion erfolgreich die Atombombe, und zur Belohnung beordere ich dein Hitlermädchen hierher. Das ist es doch, was du dir wünschst, Genosse Oberleutnant. Wie entscheidest du dich?«

Der General weidete sich an Nikolajs innerem Kampf, wirkte geradezu beschwingt. Er holte Wodka und Gläser aus dem Schreibtisch und schenkte ein. »Trink!«

Nikolaj war dankbar für das warme Gefühl, das der Alkohol in seinem Magen entfachte. Wie sehr er den Mann inzwischen hasste, den er einmal für seinen Vater gehalten hatte.

Ein zerstörerisches Gefühl bemächtigte sich seiner. Die Hand krampfte sich um das Glas. Es zerbrach, aber er ließ es nicht los, drückte noch fester, bis die Scherben tief in seine Haut schnitten. Sein Blut tropfte auf den nackten Beton. Er sah dem steten Strom zu, wartete auf den erlösenden Schmerz. Doch alles, was er fühlte, war sein heftig pochendes Herz. *Katjuscha*, flüsterte es, und in einem immer schneller werdenden Rhythmus: *Katjuscha. Katjuscha. Katjuscha.* Natürlich wollte er sie bei sich haben. *Selbst wenn er dafür einen Pakt mit dem Teufel eingehen musste …*

Sein Vater beobachtete ihn ungerührt. Die Minuten vergingen, während Nikolajs Blut den Boden färbte. Das Klingeln des Telefons brach den Bann.

Bevor Gennadi den Hörer ergriff, warf er Nikolaj ein Taschentuch zu. »Und jetzt scher dich zurück an deine Arbeit!«

71

Mensch, Henker der Natur, der alles entleibt,
der goldene Schwarm auf immer schweigt.

Aus dem Gedicht »Honigtot«

Am 29. August 1949, bei Tagesanbruch, stieg in der kasachischen Steppe ein gewaltiger Atompilz in den Himmel.

Stalin verpasste das schaurige Schauspiel. An seiner statt beobachtete Lawrenti Berija die Freilassung des Feuerdrachens.

General Pchela selbst erlebte den Triumph der ersten sowjetischen Atombombe nicht mehr. Zehn Tage zuvor war er mitten in einer Besprechung einfach tot vom Stuhl gekippt. Herzversagen. Als Berija davon erfuhr, tobte er. Wo er ihn doch selbst hatte umbringen wollen!

Sofort übernahm erneut Chefphysiker Igor Kurtschatow die Leitung der Aufgabe Nummer 1. Kurtschatow, der herzlich wenig von Xenia hielt, beorderte sie zurück in die Projektgruppe. Nikolaj behielt er als seinen Chefassistenten.

Dass der General ihm vor seinem Tod in Aussicht gestellt hatte, im Falle der erfolgreichen Zündung der Kernwaffe Katjuscha nach Sarow zu beordern, erwähnte Nikolaj Kurtschatow gegenüber nicht. Er bat jedoch um die Genehmigung für eine Woche Urlaub, der ihm zum Jahresende genehmigt wurde. Einen Tag nach Kathis einundzwanzigstem Geburtstag traf

Nikolaj in Moskau ein. Ihr Antrag, Nadeshda zu sehen, wurde indes abgelehnt. Die Behörden pochten auf die verordneten zwölf Monate Kontaktverbot. Die Eltern waren zum Warten verurteilt.

Als es endlich so weit war und sie Nadeshda das erste Mal besuchen durften, instruierte sie eine Erzieherin vorab über den Ablauf. Das Treffen sei auf eine Stunde beschränkt, auf Körperkontakt möglichst zu verzichten, eine Umarmung, auch zur Begrüßung, nicht erlaubt! Und keine Tränen! Das Kind solle nicht verstört werden. Um die Einhaltung der Regeln zu überwachen, blieb die Frau die gesamte Zeit anwesend.

Nadeshda war nun fast drei Jahre alt. Als ihr Kind an der Hand der Erzieherin durch die Tür trat, wies nichts darauf hin, dass sie das Paar im Warteraum als ihre Eltern wiedererkannte. Die Erzieherin setzte sich, und Nadeshda stand einfach nur da. Wie ein Soldat beim Appell. Kathi erschrak. Wo war das Lebendige, das Ungestüme, das ihre Kleine ausgemacht hatte? Nicht einmal die Neugier, die ein Kind in diesem Alter kennzeichnete, war ihr anzumerken.

Als Kathi und Nikolaj sich vor ihre Tochter knieten und erklärten, sie seien ihre Eltern, wich die Kleine gar einen Schritt zurück.

»Mein Mütterchen ist das heldenhafte sowjetische Volk. Mein Väterchen ist der verehrte Genosse Stalin«, sagte sie steif.

Ratlos tauschten Kathi und Nikolaj einen Blick. Nikolaj versuchte es nochmals: »Erinnerst du dich denn nicht an mich? *Ich* bin dein Väterchen.«

Nadeshda schüttelte unwillig den Lockenkopf und wiederholte: »Mein Väterchen ist der verehrte Genosse Stalin. Meine Eltern sind Feinde des sowjetischen Volkes.«

Die Indoktrinierung zeigte bereits bittere Früchte. Ebenso

bitter schmeckten die Tränen, die Kathi und Nikolaj später im Wagen vergossen.

»Mein Gott, was tun sie ihr nur an! Sie ist wie eine Aufziehpuppe, die alles nachplappert«, schluchzte Kathi und barg ihr Gesicht an Nikolajs Schulter. »Es fühlt sich an, als würden sie mir mein Kind ein zweites Mal nehmen. Wir müssen sie da rausholen, Nikolaj!«

»Ich werde alles versuchen. Wir müssen Vertrauen haben. Es wird besser werden, je öfter wir unsere Kleine sehen.«

Kathi war für jede Form von Trost empfänglich. »Wann wird das nächste Mal sein?«, fragte sie hoffnungsvoll.

»Wir müssen einen Antrag stellen. Vermutlich können wir sie ab jetzt alle drei Monate besuchen.«

72

Den Feuerlöscher hole ich erst heraus,
wenn es brennt.

Nikolaj

Während Nikolaj in Sarow unter Igor Kurtschatow arbeitete, wohnte und arbeitete Kathi weiterhin sechs Tage pro Woche in der Akademie der Luftfahrt. Sie wurde innerhalb der verschiedensten Forschungsprojekte herumgereicht, mehrheitlich, um anfallende mathematische Probleme zu lösen. Ihr Können trug ihr bald den Ruf »deutsche Rechenmaschine« ein.

Im Laufe des Jahres durften die Eltern Nadeshda lediglich zweimal sehen. Ihre weiteren Anträge, jeweils seitenlang ausgefüllte Formulare, wurden ohne Begründung abgelehnt.

Erst im Jahr darauf pendelte es sich allmählich auf den Drei-Monats-Rhythmus ein. Zu wenig für liebende Eltern und genug, um Nadeshda ihrem Einfluss zu entziehen. Und ihrer Liebe.

Im August 1951 kehrte Nikolaj mit aufregenden Neuigkeiten nach Moskau zurück.

»Chefkonstrukteur Pawel Sergejew hat die ersten vertikalen Raketenstarts durchgeführt!«

»Aber hat er das nicht bereits mehrfach getan?«, wunderte sich Kathi, die sich an frühere Berichte Nikolajs erinnerte.

»Nicht mit lebenden Versuchstieren!«

»Was denn für Versuchstiere?«

Nikolaj biss sich auf die Lippe. Aber er war bereits zu weit vorgeprescht. »Zwei Hunde, und keine Sorge, sie leben beide, und es geht ihnen gut. Ein spezieller Trainer kümmert sich um sie.«

»Wie kannst du das alles so genau wissen?«

»Genosse Sergejew rief mich an. Er wurde gerade befördert. Und er will uns.«

»*Uns,* was heißt *uns*?«, fragte Kathi hoffnungsfroh.

»Viele Männer träumen davon, für ihre Liebste einen Stern vom Himmel zu holen. Ich kann dir alle versprechen, Swojdotschka«, lächelte Nikolaj. *Sein Lächeln aus Mondlicht*. Lange schon hatte es sich nicht mehr auf seinem Gesicht gezeigt.

»Pawel Sergejew will, dass ich an sein Institut zurückkehre. Und er hat versprochen, auch dich dazuzuholen!«, verkündete er.

»Aber was ist mit Nadeshda?«

»Schon geklärt. Der Genosse Chefkonstrukteur erlaubt uns, alle drei Monate nach Moskau zurückzukehren, um unsere Kleine zu sehen.«

Und so übersiedelten sie bereits im folgenden Monat nach Kapustin Jar. Das erste Mal, dass sie zusammen am gleichen Ort wohnten und arbeiteten. Ihre Aufgabe brachte ihnen Erfüllung, aber sie vermissten ihre kleine Nadeshda.

Bei ihren Besuchen empfing Nadeshda sie wie zu einer Audienz und interessierte sich mehr für die mitgebrachten Geschenke und entfernte sich immer weiter von ihren Eltern. Ein kleiner Stern, der fern der Liebe durch das Leben navigierte. Doch Kathi gab nie auf. Sie erzählte Nadeshda von Pelageja und Franzi, Oskar und den Katzen, suchte ihre Erinnerung an die ersten glücklichen Jahre ihrer Kindheit auf der Datscha zu wecken. Manchmal glaubte sie, tief in Nadeshdas Augen einen kleinen Sternenfunken erkennen zu können.

Im Juli 1952 bemerkte Kathi Anzeichen einer erneuten Schwangerschaft. Sie wartete einen Monat ab, bis sie es Nikolaj sagte.

»Wir bekommen wieder ein Kind?« Kathi sah die Freude, aber auch die Sorge in seinem Gesicht. Ihr ging es nicht anders. Sie dachten beide an Nadeshda, die Tochter, die man fern von ihnen zu einer linientreuen Komsomolzin erzog.

Bei ihrem letzten Besuch hatte die bald Sechsjährige nur noch über Ballett gesprochen und den Unterricht, den sie neuerdings erhielt. Dem Tanz galt ihre ganze Leidenschaft, und sie warf mit französischen Begriffen nur so um sich, schwärmte von Pliés, Battements, Arabesques und Allongés. Sie führte ihr Können vor, bog ihren schmalen zarten Körper, wirbelte in Pirouetten und versank am Ende in einer Révérence.

Erstmals seit sie ihr Nadeshda genommen hatten, überkam Kathi das Gefühl, dass Nadeshda sich wie ein echtes Kind benahm, dass der Tanz sie glücklich machte. Und ein klein wenig nahm die sichtliche Freude ihres Kindes auch die Schwere aus ihrem Herzen.

Doch nun trat eine neue Sorge in ihr Leben. »Ist das nicht furchtbar, Nikolaj«, entfuhr es ihr jetzt. »Wir bekommen ein Kind, und wir können uns nicht darüber freuen. Allein der Gedanke, dass sie mir auch dieses Kind nehmen werden, macht mich krank.«

Nikolaj hielt sie fest. »Ich kann dich nicht leiden sehen, Lyubimy. Mir wird etwas einfallen, ich verspreche es.«

Die Verzweiflung gebar mitunter die gewagtesten Ideen. Mitten in der Nacht stupste Nikolaj Kathi an und erklärte ihr, was er sich ausgedacht hatte.

»Du willst in den Westen fliehen?«, wiederholte Kathi ungläubig. Es wäre gelogen gewesen zu behaupten, sie hätte nicht selbst schon daran gedacht. Aber seit sie Nadeshda hatten, kam es für sie nicht mehr infrage. Nikolaj folgte ihrem Gedanken. »Wir nehmen Nadeshda mit. Hör zu!« Er erläuterte ihr seinen Plan, in dem auch sein bester Freund Grigorij eine Rolle spielte.

Kathi blieb skeptisch. Es gab zu viele Unwägbarkeiten. Sie dachte dabei vor allem an ihre Tochter. »Wenn sie uns erwischen, was geschieht dann mit Nadeshda?«

»Mehr, als sie uns wegnehmen, können sie nicht, Liebste. Und das haben sie ja bereits getan.«

»Grigorij riskiert dabei sein Leben«, wandte sie weiter ein.

»Das würde er. Ich frage ihn, wenn wir im August Nadeshda das nächste Mal in Moskau besuchen dürfen.«

»Lass uns auch Anatoli fragen, was die Sterne ihm verraten.«

»Seit wann glaubst du an Astrologie? Hast du nicht gesagt, diese Wissenschaft sei unlogisch?«

»Ich glaube an Anatoli.«

***

Nikolaj bat Grigorij auf die Datscha und erzählte ihm im Beisein der bereits eingeweihten Kobulews von ihrem Fluchtplan.

Franzi hatte sich auf der Bank eng an Kathi gekuschelt. Bereits den gesamten Morgen wirkte sie extrem schutzbedürftig und folgte Kathi auf Schritt und Tritt.

»Hm, ihr wollt eine Erzieherin bestechen, euch Nadeshda zu überlassen, um anschließend gemeinsam mit einem Flugzeug in den Westen zu fliehen?«, fasste Grigorij den Plan seines Freundes in einem Satz zusammen.

Kathi griff unter dem Tisch nach Nikolajs Hand.

»Wenn du keine bessere Idee hast, mein Freund, so ist das der Plan«, erwiderte Nikolaj. Er hielt Grigorijs durchdringendem Blick stand. »In der Vergangenheit bin ich oft zwischen Moskau, Kapustin Jar und Sarow hin- und hergeflogen«, führte Nikolaj aus. »Zuletzt auch einige Male mit Katjuscha. Und ab und an habe ich auch Passagiere befördert. Die größte Schwierigkeit besteht darin, Nadeshda und Franzi an Bord zu schmuggeln.«

»Du kennst die strengen Kontrollen und weißt, dass du entsprechende Papiere für die Mädchen vorweisen musst. Es wird nicht einfach sein, die zu besorgen. Berijas Leute sind überall.«

»Willst du es mir etwa ausreden?«

»Woher denn? Nein, ich habe einen besseren Plan. Hört zu. Noch ist es geheim, aber für Oktober ist ein großes Militärmanöver geplant, um dem Genossen Stalin die neuesten Errungenschaften der sowjetischen Luftwaffe vorzuführen. Als Testpilot gehöre ich zu einer Truppe, die die Flugzeuge im Vorfeld auf ihre Zuverlässigkeit prüft. Damit nicht plötzlich vor den Augen des Generalissimus ein Flügelchen herabsegelt …« Grigorijs samtbraune Augen, mit denen er die Mädchen reihenweise betörte, blitzten schalkhaft. »Ich überlasse dir die neueste Entwicklung, mein Freund. Das Schnellste, was unsere Luftwaffe derzeit zu bieten hat: eine TW-12.«

Nikolajs Augen leuchteten auf. »Eine TW-12? Die nur noch ein Turbinentriebwerk hat? Ist sie denn schon in der Erprobung?«

»Seit Kurzem. Ich werde einen Fehler melden und sie in den Reparaturhangar zum Flughafen Monino bringen. Ihr startet von dort, während das Manöver läuft und im Luftraum Dutzende Flugzeuge unterwegs sind. Du musst nur vermeiden, abgeschossen zu werden.«

Kathi zuckte zusammen. Nikolaj hatte bereits angedeutet, dass darin die größte Gefahr bestand.

»Keine Sorge, Katja. Ich kann das Risiko auf ein Minimum begrenzen«, erklärte Grigorij. »Mir sind die Koordinaten der am Boden stationierten Luftabwehrraketen bekannt. Ich kann euch die sicherste Flugroute in unserem Luftraum berechnen. Falls ihr von Abfangjägern verfolgt werdet, solltet ihr mit der schnelleren TW-12 sicher entkommen können.«

Auch für Nadeshdas Entführung aus dem staatlichen Kinderheim kam Grigorij mit einem eigenen Plan um die Ecke: Er wollte sich an eine der Erzieherinnen heranmachen. Bei einer früheren Liebschaft mit einer Mitarbeiterin einer ähnlichen Institution hatte er den Eindruck gewonnen, die Damen seien für Liebe weit empfänglicher als für Gold.

Ihr Fluchtplan nahm weiter konkrete Züge an. Selbst die Sterne schienen ihnen gewogen, wie ihnen Anatoli am nächsten Morgen nach nächtlicher Konsultation eröffnete. Nach seiner Lesart würden alle Beteiligten das Vorhaben unbeschadet überstehen.

»Der Plan wird gelingen?«, suchte Kathi nach weiterer Bestätigung.

Statt Anatoli antwortete ihr Pelageja. »Das heißt, was es heißt: Euch wird nichts geschehen.«

***

Am Ende behielten Anatoli und Pelageja recht. Alle am Fluchtplan Beteiligten nahmen keinen Schaden. Abgesehen vom gebrochenen Herzen einer Erzieherin, die sich fragte, weshalb Grigorij ihre Bekanntschaft nicht weiter vertiefen wollte.

Dennoch schlug ihr Vorhaben fehl.

In der Nacht ihrer geplanten Flucht begab sich Nikolaj mit Kathi und Franzi zum vereinbarten Treffpunkt am Flughafen

Monino. Außerhalb der umzäunten Schutzzone warteten sie in ihrem Wagen auf Grigorij, der mit Nadeshda zu ihnen stoßen würde. Eine kleine Schonung bot ihnen Schutz. Anatoli begleitete sie als Fahrer und hatte sich zu diesem Zweck von einem Kollegen ein unauffälligeres Gefährt als das seine geliehen.

Kathi befürchtete, ihr Herz könne vor Ungeduld jeden Moment zerspringen. Ihre Finger waren Eiszapfen, gleichzeitig fühlte sie sich fiebrig. Nikolaj rieb ihre Hände, murmelte beruhigende Worte und ließ sie die eigene Nervosität nicht spüren. Franzi summte Schüttelreime, Kobulew spielte mit einer Zigarre, roch immer wieder daran, zündete sie aber aus Rücksicht auf seine Fahrgäste nicht an. Immer wieder suchten ihre Blicke die Uhr. Grigorij verspätete sich, und Kathi wusste nicht, wie sie das Warten auch nur eine weitere Sekunde aushalten sollte. Endlich, die Erlösung! Grigorij klopfte gegen die Scheibe.

Kathi sprang aus dem Fahrzeug. »Wo ist meine Kleine? Hast du sie im Wagen gelassen?« Sie wollte losrennen, als Grigorij sie davon abhielt. »Ich habe sie nicht, Katja. Es tut mir leid. Nadeshda wohnt nicht mehr im Erziehungsheim.«

»Was? Was ist passiert? Wo ist sie? Geht es ihr gut?«, schrie Kathi. Nikolaj schlang die Arme um sie. »Schsch, meine Liebste. Wir dürfen keine Aufmerksamkeit erregen.«

Sie zogen sich tiefer in das Wäldchen zurück.

»Ich habe mich am Abend wie verabredet mit Wera Antonjowa getroffen«, berichtete Grigorij. »Wera erklärte mir, Nadeshda sei am Morgen aus dem Kinderheim geholt und in die staatliche Ballettschule des Bolschoi gebracht worden. Ich habe mir das Gebäude angesehen, aber auf die Schnelle war da nichts zu machen. Es tut mir leid«, wiederholte er. »Kommt jetzt, ich schleuse euch in den Hangar zur Maschine.«

»Was soll das? Wir können nicht ohne Nadeshda fliegen!«, sagte Kathi scharf. »Nikolaj …?«

Nikolajs Hand krampfte sich um Kathis Schulter. »Katjuscha hat recht. Wir werden nicht ohne unser Mädchen gehen.«

Grigorij hob gleichmütig die Schultern. »Euer Kind, eure Entscheidung. Ich sage nur, jetzt ist die Gelegenheit. Vorschlag: Lasst mich versuchen, Nadeshda zu einem späteren Zeitpunkt zu holen. Ich werde sie dann zu euch bringen.«

Nikolajs Kopf zuckte überrascht zurück. Unglaube zeichnete sich auf seinem Gesicht ab. »Du planst eine Flucht in den Westen?«

»Bis jetzt nicht. Aber gerade juckt es mich.«

»Aber du bist Russe!«

»Ich bin überall Russe. Also, was ist jetzt?«

»Wir bleiben«, bestimmte Kathi.

Am nächsten Morgen, einem Montag, kehrten sie nach Kapustin Jar zurück und traten ihren üblichen Dienst an.

Frühestens in drei Monaten, beim nächsten Wiedersehen mit Nadeshda, konnten sie einen neuen Fluchtversuch wagen. Grigorij hatte ihnen versprochen, bis dahin ein wenig im Bolschoi *herumzuschnüffeln,* wie er es nannte.

»Im Januar werde ich im achten Monat sein. Jeder wird sehen können, dass ich schwanger bin«, meinte Kathi niedergeschlagen. Sie kramte in ihrem Spind. »Wo ist denn mein verflixter Arbeitskittel schon wieder?«

»Hattest du ihn nicht eingepackt und mit nach Moskau genommen?«

»Dann muss er noch bei meinen Sachen auf der Datscha sein«, seufzte Kathi.

Nikolaj reichte ihr seinen. Als Kathi in den viel zu großen Männerkittel schlüpfte, meinte Nikolaj plötzlich: »Wir versuchen es trotzdem!«

»Was?«

»Wir halten deine Schwangerschaft geheim!«

»Wie soll das gehen?«

»Erinnerst du dich an Stetski, der stets eine Salatgurke in der Kitteltasche herumtrug?«

»Gurken-Stetski? Wie kommst du jetzt auf ihn?«

»Er hat den ganzen Tag an dem Gemüse geknabbert. Ab sofort wird man dich nur noch mit etwas Essbarem sehen. Das dient als Erklärung für deine Gewichtszunahme. Und du läufst nur noch in meinem Arbeitskittel herum.«

Kathi schüttelte skeptisch den Kopf. »Das nimmt uns doch keiner ab.«

»O doch, du wirst sehen!«, sagte Nikolaj, von der eigenen Idee überzeugt. »Wissenschaftler sind oft blind für das Offensichtliche. Neben Pawel Sergejews Frau Nina bist du bisher die einzige Frau hier. Du verstehst dich doch gut mit der Genossin Nina. Sie wird schweigen, wenn du sie darum bittest, und die Männer werden es nicht merken. Bis Januar können wir das durchhalten. Weil wir müssen.«

Letztendlich stimmte Kathi zu. Sie hatten nichts zu verlieren.

Das neue Jahr 1953 kam, und es brachte keine guten Nachrichten. Grigorij meldete sich bei Nikolaj in Kapustin Jar. Er hatte einen neuen Geheimbefehl erhalten. Schon am folgenden Tag musste er aufbrechen.

Nikolaj und Kathi fassten einen neuen Plan, für den sie allerdings Nina Sergejewas Hilfe benötigten. Der Chefkonstrukteur und seine zweite Frau Nina waren erst seit Kurzem verheiratet. Kathi bat Nina um eine vertrauliche Unterredung und erklärte ihr die Notlage. Die junge Frau, die sich selbst ein Kind wünschte, versprach, sie zu unterstützen.

Daraufhin verschoben Kathi und Nikolaj den nächsten erlaubten Besuch bei Nadeshda auf Anfang März – den ungefähren, von Kathi berechneten und durch Pelageja bestätigten Geburtstermin. Der Chefkonstrukteur gewährte ihnen nach Fürsprache Ninas eine Woche Urlaub.

Etwaige Komplikationen blendeten die werdenden Eltern aus. Es musste einfach klappen, es musste!

Kathi setzte das Versteckspiel ihrer Schwangerschaft fort, knabberte für alle sichtbar ständig an Brotstücken oder an klebrigen Datteln, für die sie ohnehin eine Vorliebe entwickelt hatte, und holte sich bei den gemeinsamen Mahlzeiten eine zweite Portion Nachtisch.

Anfang März kehrten sie auf die Datscha zurück, und mit Pelagejas Hilfe brachte Kathi am Morgen des 5. März 1953 einen gesunden Jungen zur Welt.

»Wie soll er heißen?«, fragte Nikolaj die erschöpfte Mutter. Kathi hatte ihm erlaubt, während der Geburt zu bleiben. Er hatte ihre Hand gehalten und ihr den Schweiß von der Stirn getupft. Nun fühlte er sich kaum minder erschöpft. Er verstand, dass die Männer es vorzogen, draußen zu warten. Wer seine Frau liebte, wollte sie nicht leiden sehen. Oder sich schuldig fühlen …

»Ich möchte ihn Laurenz nennen.« Kathis Gesicht leuchtete vor Glück. Sie konnte ihre Augen kaum von dem Bündel in ihrem Arm lösen. Laurenz Junior hatte bereits seine erste Milchmahlzeit genossen und schlief nun satt und zufrieden an sie geschmiegt.

Nikolaj fuhr mit dem Zeigefinger über die weiche, runde Babywange. »Wie winzig er ist«, hauchte er. Er beugte sich herab und küsste erst die Mutter, dann sein Kind. »Ich verspreche dir, dich und Baby Laurin immer zu schützen. Mit meinem Leben«, sagte er feierlich.

Am späten Abend erreichte sie die Nachricht vom Tode Josef Stalins.

»Jetzt werden die Karten neu gemischt. Jetzt beginnt die Zeit der Abrechnung«, verkündete Anatoli grimmig.

Nikolaj saß mit den Kobulews in der Küche. Allen drei Anwesenden war bewusst, sollte sich Lawrenti Berija als sein Nachfolger durchsetzen, würden sie das nicht lange überleben.

»Ihr müsst euch verstecken, du, Katjuscha, Franjuscha und euer Sohn«, schlug Anatoli vor.

»Wo sollen wir denn hin?«, rief Nikolaj zweifelnd.

»Unter dem Observatorium befindet sich ein geheimer Raum. Ich habe ihn selbst angelegt. Niemand weiß davon. Wir schaffen ausreichend Vorräte hinein, und ihr bleibt vorerst da. Dann sehen wir weiter.«

Nikolaj rieb sich müde die Augen. *Wurde es denn nie leichter*? Wenigstens ein paar Stunden wollte er sich über seinen neugeborenen Sohn freuen, doch schon senkten sich neue Schatten auf ihn. »Wir weihen Katjuscha erst morgen ein. Lassen wir sie sich wenigstens noch diese eine Nacht erholen. Sie hat bereits genug Sorgen.«

Pelageja sah ihn darauf streng an. Bis Nikolaj den Blick senkte, aufstand und zu Kathi ging, um ihr von der neuesten Entwicklung zu berichten.

»Danke«, sagte Kathi schlicht.

»Wofür?«

»Dass du es mir gesagt und nicht verheimlicht hast. Was sollen wir tun?«

»Anatoli schlägt vor, uns zu verstecken. In Moskau ist der Machtkampf bereits entbrannt. Solange wir nicht wissen, wie er ausgeht, können wir nur abwarten.«

»Du-weißt-schon-wer könnte der neue Stalin werden?«, flüsterte Kathi. Sie sah hinab auf das Kind in ihrem Arm, so klein, so schutzbedürftig. Sie drückte es an sich, schmiegte ihre Wange an den zarten Flaum seines Köpfchens. Und wie zuvor Nikolaj fragte sich nun auch sie: *Wird es denn niemals leichter?*

***

Da der Telefonapparat der Datscha seit Jahren abgehört wurde, begab sich Anatoli früh am nächsten Morgen in die Akademie der Wissenschaften. Dort führte er ein Telefonat mit Chefkonstrukteur Pawel Sergejew in Kapustin Jar. Der Institutsleiter, ein Freund, dessen Bruder vor Jahren auf Nimmerwiedersehen in der Llubjanka verschwunden war, stellte ihm dafür sein Telefon zur Verfügung.

Anatoli wählte seine Worte mit Bedacht, erging sich in Andeutungen und ohne Namen zu nennen; Pawel Sergejew ließ sich auf den Eiertanz ein und gab ebenfalls indirekt zu verstehen, Nikolaj und Kathi nicht zu melden, sollten sie nach Ablauf des genehmigten Urlaubs nicht nach Kapustin Jar zurückkehren.

Schweren Herzens mussten Kathi und Nikolaj auch darauf verzichten, ihre Nadeshda im Bolschoier Ballettinternat zu besuchen.

Bevor die junge Familie ihr Versteck bezog, versetzte ausgerechnet Franzi ihrer Schwester einen gehörigen Schrecken. Die mittlerweile Achtzehnjährige war zart wie eine Blume und wirkte keinen Tag älter als zehn. Als Kathi sie zu dem Versteck führte und ihr zu erklären versuchte, weshalb sie den Hof verlassen mussten, weigerte sich Franzi strikt, auch nur einen Fuß in das Observatorium zu setzen.

Ihre gesummte Erklärung ließ Kathi das Blut stocken: *Ich will nicht unter der Erde leben! Ich werde mit Baby Laurenz in den Himmel fliegen …*

Was sie auch unternahmen, um Franzi zu überzeugen, es blieb bei ihrer Weigerung. Am Ende versteckte sich Franzi, und als Kathi sie aufstöberte, erlitt Franzi einen Krampfanfall. Es blieb ihnen keine andere Wahl, als Franzi bei Pelageja im Haus zurückzulassen.

Kathi und Pelageja hatten viel Mühe darauf verwandt, das Versteck so wohnlich wie möglich zu gestalten. Der Raum war nicht sehr hoch, aber er maß wenigstens zehn Quadratmeter. In einer Kiste lagerten Vorräte für mehrere Tage, ein Tisch diente zum Essen und zum Arbeiten, in der Ecke befand sich ein Matratzenlager für die Eltern, für Baby Laurenz stand die Wiege bereit.

Eine Woche verging. Anatoli tauchte auf, brachte neben frischen Vorräten auch Gerüchte und Neuigkeiten aus Moskau mit. »Sie haben Stalin einbalsamiert und im Kolonnensaal der Gewerkschaften aufgebahrt. Die Leute strömen in Massen dorthin. Auf dem Vorplatz gibt es Tumulte und Tote. Auf einer Trauerveranstaltung!«, erregte sich Anatoli.

Wenig später wusste er zu berichten, dass Woroschilow zum neuen Präsidenten und Malenkow zum Premier gewählt worden war. »Malenkow ist Berijas Mann, aber Chruschtschow und Molotow stehen Gewehr bei Fuß. Das letzte Wort ist noch nicht gesprochen. Die große Unbekannte ist Marschall Schukow«, erklärte Anatoli weiter. »Er könnte sich als der Königsmacher erweisen.«

Sie mussten sich weiter in Geduld üben.

»Noch ist es nicht entschieden. Die Atmosphäre in Moskau ist unheimlich. Die ganze Stadt hält den Atem an.« Kathi spürte Anatolis Sorge. Aber es gab nichts, was sie tun konnten. Außer abzuwarten, wie sich die Dinge weiter entwickelten.

»Irgendwelche Anzeichen von Beschattung?«, erkundigte sich Nikolaj.

»Nein, niemand. Stepan und Svenja halten ebenfalls die Augen offen.« Anatoli trat an die Wiege, in der Baby Laurenz lag. Der Kleine war wach und strampelte munter mit den Beinchen. Von Zeit zu Zeit ließ er ein schmatzendes Geräusch hören. Im Gegensatz zu Nadeshda, die als Baby beinahe unablässig geschrien hatte, erwies sich Baby Laurenz als ein sehr stilles Kind, das seine Umgebung mit großen, klaren Augen studierte.

Anatoli beugte sich zum Säugling herab und fuhr ihm mit dem Finger sachte über die Stirn. Eine Geste, als wollte er ihn segnen. »Koba war ein Scheusal, das weiß ich wohl«, murmelte er kaum hörbar. »Aber ich war ihm seit der Jugend verbunden, und er hat seine Hand über uns gehalten.«

Eine weitere Woche verging. Aus Moskau nichts Neues.

Und dann traf doch Besuch für Kathi ein. Dieses Mal handelte es sich nicht um den wundersamen Herrn Levy. Nein, es war ein weit größeres Wunder …

Denn als Pelageja die Falltür öffnete und sagte: »Kathi, es ist Besuch für dich gekommen«, da stieg jemand zu ihnen herab, dessen Anblick Kathi taumeln ließ. Alles verschwamm vor ihren Augen. Nikolaj musste die Schwankende stützen, als sie stammelte: »Mutter?«

73

Solange es Schmetterlinge gibt, gibt es Hoffnung.

Aus »Marlene«

Manchmal war Freude etwas Unwirkliches. Man hoffte jahrelang mit ganzem Herzen auf ein Ereignis, und wenn es plötzlich eintrat, befiel einen eine innerliche Starre.

Kathi fürchtete sich fast davor, ihre Freude zuzulassen. Aber sie war es leibhaftig: Annemarie, ihre Mutter.

Bald neun Jahre hatten sich Mutter und Tochter nicht mehr gesehen. Die ersten Minuten lagen sie sich einfach nur stumm in den Armen. Von Zeit zu Zeit sahen sie sich an, als wollten sie sich der Gegenwart der anderen vergewissern, vergossen Tränen, tauschten zärtliche Gesten aus. Franzi drückte sich eng an sie, sie war mit ihrer Mutter gekommen. Das erste Mal, dass sie das Versteck betrat.

Nikolaj stand mit Baby Laurenz daneben und ließ ihn an seinem Finger nuckeln. Pelageja verabschiedete sich nun und kehrte in die Datscha zurück.

Kathis dringlichste Frage beantwortete Annemarie sofort: Ihr Vater Laurenz lebe, es gehe ihm gut. Aber zuerst solle nun Kathi erzählen. Annemarie lauschte dem Bericht ihrer Tochter mit dem kleinen Laurenz auf dem Schoß.

»Und darum sitzen wir hier seit Stalins Tod unter der Erde fest«, schloss Kathi ihre Schilderung nach mehr als einer Stunde.

Und dann war Annemarie an der Reihe. Sie begann mit ihrer Flucht vor der Gestapo aus Breslau im Sommer 1944 und ihrem anschließenden Weg nach Moskau. Wo sie in der Stadt unverhofft ihren Mann Laurenz wiederfand und sie gemeinsam verhaftet worden waren. Wie sie nach Monaten im Gefängnis völlig überraschend freigelassen und nach Finnland ausgewiesen wurden. »Die ganze Zeit ging ich irrtümlich davon aus, dass ihr zwei in London in Sicherheit seid. Deshalb wollten dein Vater und ich so schnell wie möglich von Helsinki nach England reisen. Am Tag unserer Abreise wurden wir vom finnischen Geheimdienst verhaftet, als russische Spione verurteilt und eingesperrt.«

»Der lange Arm des Lawrenti Berija«, erklärte Nikolaj düster.

Annemarie nickte. »Das halte ich auch für die wahrscheinlichste Erklärung. Vor zwei Wochen holte man uns aus den Zellen, karrte uns zur russischen Grenze bei Sankt Petersburg und warf uns aus dem Wagen. Erst an der Grenze erfuhren wir den Grund für unsere plötzliche Freilassung: Josef Stalin war tot. Die verblüfften Sowjets wollten uns aber gar nicht haben. Weder Russland noch Finnland fühlten sich für uns weiter zuständig. Wir saßen praktisch auf dem Grenzstreifen fest. Dein Vater meinte, sein Hintern sei finnisch, die Füße russisch, und er könne nicht für seinen deutschen Kopf garantieren.« Annemarie lächelte bei der Erinnerung an Laurenz' Bemerkung.

»Was passierte dann?«, fragte Kathi völlig mitgenommen von der Schilderung ihrer Mutter.

»Ich versprach den Grenzsoldaten Geld, wenn sie mir ein Telefonat nach England ermöglichen würden. Sie hatten nichts zu verlieren, und ich konnte sie schließlich dazu überreden. Ich rief meinen Onkel Dimitri an. Mithilfe befreundeter Diplomaten arrangierte mein Onkel alles für unsere Ausreise. Durch

Dimitri erfuhr ich dann auch endlich, wo ihr euch befindet. Und da bin ich!«

Kathi schüttelte mehrmals den Kopf, fühlte sich seltsam matt in ihrer Fassungslosigkeit. »Wie hast du das bloß alles geschafft? Und was ist mit Vater?«

»Ich konnte ihn überzeugen, allein mit dem Flugzeug nach London zu Dimitri zu fliegen. Ich aber bin hierhergekommen, um dich und Franzi abzuholen.«

Nun war es an Nikolaj, ungläubig nachzuhaken: »Einfach so? Wie ist das möglich?«

»Mein Onkel hat mich nicht nur mit einem Diplomatenpass ausgestattet, sondern auch mit reichlich Devisen: amerikanischen Dollars und britischen Pfund. Katharina und Franziska sind in den Papieren als meine Kinder ausgewiesen und damit zur Ausreise berechtigt.«

»Wer ist dieser Onkel Dimitri, Mutter? Ich kann mich nicht erinnern, dass du ihn je zuvor erwähnt hast.«

»Nein, das habe ich nicht.« Annemarie wich Kathi nicht aus. »Es tut mir leid, mein Liebling. Ich bin deine Mutter, aber ich bin nicht die, für die du mich hältst. Es ist an der Zeit, dass du von mir die Wahrheit erfährst.«

Kathi blickte unsicher zu Nikolaj. »Ich glaube, ein Teil deiner Vergangenheit ist mir bereits bekannt. Ist dein richtiger Name Elena?«

Annemaries Augen weiteten sich. Auch sie wandte sich kurz Nikolaj zu. Er glaubte, Misstrauen zu erkennen. Diese Frau war nicht zu unterschätzen. Sie hatte Jahre im Gefängnis verbracht, und die erlittenen Strapazen hatten Spuren in ihr Gesicht gegraben. Aber ihre ganze Person umgab eine enorme Zähigkeit und ein ungebrochener Kampfeswille. Eine Löwin auf dem Sprung. Fast glaubte er zu hören, wie sie ihn warnte: *Komm nicht zwischen mich und meine Kinder!*

Nikolaj fasste nach Kathis Hand. »Ich habe Katja erzählt, was ich von meiner Pflegemutter erfahren habe. Ich bin der leibliche Sohn von Wassili Domratchev.«

Annemaries Haltung entspannte sich. Das Baby in ihren Armen regte sich und hob kurz das Köpfchen, als wollte es sich versichern, dass die Welt sich noch im Lot befand. Es gluckste zufrieden und schlief wieder ein. Annemarie senkte ihre Lippen und strich mit einem sanften Kuss über seine Wange. »Ich möchte euch von meiner anderen Familie erzählen. Und auch von den Töchtern des letzten Zaren. Sie waren wie Schwestern für mich. Einst wurde ich Zeugin ihres schrecklichen Martyriums …«

Viel später sprachen sie über die Zukunft. »Das Flugzeug steht für uns bereit. Wir sollten uns beeilen, solange sie in Moskau weiter ihren Machtkampf austragen. Niemand weiß, wohin das Pendel ausschlagen wird. Ich habe genug Devisen bei mir, um auch Nikolaj und eure Kinder freizukaufen«, erklärte Annemarie mit Nachdruck.

Kathi und Nikolaj sahen sich an. Ihre Entscheidung fiel in Sekundenbruchteilen. *Nadeshda*. »Ich hole sie«, sagte Nikolaj entschlossen. »Gleich morgen.«

Sie besprachen den Plan. Auch Anatoli und Pelageja wurden eingeweiht. Anatoli erklärte sich sofort bereit, sie nach Moskau zu bringen. Früh am Morgen brachen sie auf. Erneut gab es keine Anzeichen von Beschattung. Berijas Schlangenauge schien sich voll und ganz auf seine Intrigen zur Machtergreifung zu richten.

In Moskau wechselten Annemarie, Kathi, Franzi und Baby Laurenz in ein Taxi in Richtung Flughafen Monino, während sich Anatoli und Nikolaj zum Ballettinternat des Bolschoi begaben.

Annemarie hatte sie mit einem dicken Bündel Dollarscheine ausgestattet, das Lösegeld für eine Prinzessin.

Annemarie regelte am Flughafen die Formalitäten ihrer Ausreise mit jenem Funktionär, der ihr, auf Vermittlung des britischen Diplomaten, bereits die »unbürokratische« Einreise ermöglicht hatte. Kathi wartete mit Baby Laurenz und Franzi so lange im Taxi. Beunruhigt beobachtete Kathi das Militär, das überall unterwegs war, und ihre Nervosität übertrug sich auf ihr Baby. Es benahm sich ungewohnt quengelig und fing immer wieder an zu weinen, hohe, lang gezogene Töne, die an ihren Nerven zerrten. Der Kleine ließ sich nicht beruhigen. Kathi nestelte verstohlen an ihrem Gewand, versuchte, ihn im Taxi zu stillen. Aber Laurenz junior verschmähte selbst die Brust. Der Taxifahrer kapitulierte vor dem Geschrei. Er stieg aus und rauchte.

Was dauerte da so lange? Wo blieb ihre Mutter? Und Nikolaj mit Nadeshda? Dabei war kaum eine halbe Stunde verstrichen; ihre Nervosität zog die Zeit in die Länge.

Franzi klebte an der Scheibe und beobachtete das Treiben ringsumher. Kathi hatte ein schlechtes Gewissen, weil sie sich seit Laurenz' Geburt so wenig um Franzi gekümmert hatte. Ihre Schwester verhielt sich ungewöhnlich still. Aber auch jetzt erforderte Baby Laurenz die gesamte Aufmerksamkeit seiner Mutter.

Kathi erschrak beinahe, als ihre Mutter schließlich die Tür des Taxis öffnete. »Alles in Ordnung«, versicherte Annemarie. Dennoch lag ein angespannter Zug um ihren Mund, und sie blickte sich mehrfach wachsam um, während sie erklärte: »Unser Pilot hat soeben die Freigabe für den Flug erhalten. Er nimmt euch jetzt mit aufs Vorfeld, und ihr steigt bitte sofort ins Flugzeug. Ich werde hier auf Nikolajs Ankunft warten.«

Kathi musterte kurz die beiden Männer, die ihre Mutter zum Wagen begleitet hatten. Sie hielten sich etwas abseits im Hintergrund. In dem großen, etwas steif wirkenden Uniformierten vermutete sie den Piloten. Demnach handelte es sich bei dem anderen um jenen Funktionär, der ihnen gegen entsprechende Bezahlung die Ausreise ermöglichen würde. Er wirkte mindestens so nervös wie sie selbst und zupfte ständig an einer Warze an seiner Schläfe herum.

»Nein, Mutter«, widersprach Kathi und verließ den Wagen. »Bitte geh du mit Franzi und Baby Laurenz voraus. Ich werde hier weiter auf Nikolaj und Nadeshda warten.«

»Mir wäre sehr viel wohler, Liebling, ich wüsste euch schon im Flugzeug.«

»Bitte, Mutter.«

»Also gut.« Annemarie gab mit einem Seufzer nach. »Ich kläre das.« Sie zog den Funktionär beiseite. Es folgte eine kurze Diskussion. Kathi beobachtete, wie ihre Mutter erst in ihre Tasche griff, dem Mann scheinbar das Jackett richtete und dabei unauffällig weitere Devisen den Besitzer wechselten. Annemarie kehrte zurück. »Alles in Ordnung. Ich bringe Franzi und Baby Laurenz zum Flugzeug und komme dann nochmals zurück und hole euch nach.« Die Mutter übernahm das weinende Kind, legte es sich in die Armbeuge, und wie durch ein Wunder verstummte es im gleichen Augenblick. »Komm, Franzi!« Annemarie streckte die freie Hand aus. Franzi schüttelte den Kopf. Sie wollte bei Kathi bleiben.

Nun redete ihr Kathi zu. Zähe Minuten vergingen. Franzi weinte, aber schließlich stimmte sie widerstrebend zu. Mit tränenfeuchten Küssen verabschiedete sie sich von Kathi. Immer wieder blickte sie zur älteren Schwester zurück.

Kathi winkte ihnen nach, bis die drei endgültig vom Flughafengebäude verschluckt wurden. Sie fühlte sich zutiefst unglücklich, als hätte sie gerade einem Abschied für immer zugestimmt. Aber für sie stand fest, ohne Nadeshda und Nikolaj würde sie dieses Gebäude nicht betreten.

Eine halbe Stunde später kam Annemarie zurück.

Noch immer kein Zeichen von Anatoli, Nikolaj und Nadeshda.

Eine weitere bange Viertelstunde verging, bis sie endlich Anatolis auffälligen Rolls-Royce auf sich zurollen sahen. Kathi lief dem Wagen entgegen, konnte es kaum abwarten, bis er stand.

Bis auf Anatoli war das Fahrzeug leer.

»Wo sind sie?« In ihrer Erregung krallte sich Kathi in Anatolis Arm, ließ ihm kaum Zeit, auszusteigen.

»Es tut mir leid. Nadeshda weigerte sich mitzukommen. Nikolaj hat wirklich alles versucht. Am Ende hat sie ein solches Geschrei veranstaltet, dass die halbe Schule zusammengelaufen ist. Sicherheitsleute haben Nikolaj abgeführt.«

Kathi barg ihr Gesicht in den Händen. Ihr Traum von Freiheit zerfloss vor ihren Augen. Sie fühlte die Hand ihrer Mutter auf dem Rücken.

»Wir müssen jetzt klar denken, mein Liebling«, sagte Annemarie. »Und eine Entscheidung treffen. Uns bleibt nicht mehr viel Zeit. Komm mit mir nach England! Dort überlegen wir uns in Ruhe, wie wir Nikolaj und Nadeshda nachholen können.«

Es war die schwerste Entscheidung ihres Lebens, und es riss Kathis Herz in Stücke. Aber sie musste es tun, für ihre Kinder. »Nein, Mutter. Ich werde dieses Land nicht ohne meine Tochter verlassen! Flieg du mit Laurenz und Franzi voraus. Ich bleibe hier.« Was auch immer weiter geschehen würde, Baby Laurenz würde in einem freien Land aufwachsen. *Ihr Sohn würde frei sein …*

Ihre Mutter verstand, was Kathi bewegte, und unternahm gar nicht erst den Versuch, es ihr auszureden. Als sich Mutter und Tochter zum letzten Abschied in den Armen lagen, fiel Kathi ein, dass Franzi wie so oft die Ereignisse vorausgesehen hatte: *Ich will nicht unter der Erde leben! Ich werde mit Baby Laurenz in den Himmel fliegen*!

74

Meine Schwester fliegt zu den Sternen,
ich liege unter dem Honig.

Franzi

Was blieb, wenn die ganze Welt aus den Fugen geriet, sich vor den eigenen Augen auflöste? Wie fern Kathi nun der Traum vom Kosmos war. Ein normales Alltagsleben, das war alles, wonach sie sich jetzt sehnte.

Doch ihr Liebster Nikolaj saß erneut im Gefängnis, und sie hatte ihr eigenes Kind weggeschickt – ohne zu wissen, wann und ob sie es in diesem Leben je wiedersehen würde. Der Schmerz war unbeschreiblich. Und die Zweifel … Hatte sie das Richtige getan?

Anatoli fand heraus, dass Nikolaj nicht in die Llubjanka verbracht worden war, sondern ins alte Butyrsker Gefängnis. Besuch blieb ihm vorerst verwehrt. Aber dem findigen Anatoli gelang es mehrmals, Essen, Kleidung und Briefe zu ihm hineinzuschmuggeln. Wie so oft überwanden ein paar zusätzliche Rubel jede noch so hohe Mauer.

Stalins Tod bedeutete das Ende einer Ära. Mitte Juni berichtete Anatoli, freiheitsliebende ostdeutsche Bürger des neuen deutschen Staats DDR hätten sich gegen die sozialistischen Machthaber erhoben, der Aufstand sei jedoch von russischen Panzern blutig niedergeschlagen worden.

Ende Juni kamen neue Gerüchte auf. Erst hieß es, Lawrenti Berija sei erschossen, dann, er sei verhaftet worden. Bald wurde es Gewissheit: Mit der Unterstützung von Marschall Schukow hatte ein neuer Mann Stalins verwaisten Thron übernommen: Nikita Chruschtschow. Das zerstörte viele Leben, andere rettete es. Auch das von Nikolaj. Ohne Vorankündigung öffneten sich für ihn im August die Gefängnistore.

Kathi hatte das ungeliebte Erdversteck noch vor Berijas Verhaftung verlassen. Man hatte ihr bereits alles genommen, mehr konnte man ihr nicht antun. Seither verbrachte sie viel Zeit am Ufer des kleinen Teichs in der Gesellschaft von Oskar, der Enten, der Natur und ihrer schweren Gedanken. Meist drückten sich auch die Katzen in ihrer Nähe herum, auch sie seltsam verwaist ohne ihre Franzi.

Kathi, viel zu sehr in den eigenen Grübeleien gefangen, bemerkte Nikolaj erst, als Oskar bellte. Darauf gab es kein Halten mehr, sie warfen sich einander in die Arme, umklammerten sich wie Ertrinkende, stammelten unsinnige Worte, weinten und liebten sich im Schatten der Weide.

Kathi hatte Nikolaj in ihren Briefen nichts verschwiegen. Aber billigte er ihre Entscheidung wegen ihres Sohnes auch? Sie hatte sich ihr Gespräch dazu Dutzende Male vorgestellt. Auch, wie sie seinen Vorwürfen begegnen würde.

Er hielt sie im Arm. »Vor Jahren hast du zu mir gesagt, du wünschst dir, wir könnten in einem Land leben, in dem wir frei sind. Weißt du das noch, Swojdotschka?«

»Natürlich erinnere ich mich daran.«

»Unser Sohn ist jetzt frei.«

»Und wir? Werden auch wir frei sein?« Kathi wandte ihm ihr tränenüberströmtes Gesicht zu.

Nikolaj presste sie an sich, gleichzeitig zeigten die nächsten Worte seine Bereitschaft, sie loszulassen: »Im Gefängnis sprachen einige Mithäftlinge davon, dass es womöglich bald ein Abkommen geben könnte, deutsche Kriegsgefangene freizulassen und zurückzuschicken.«

»Nein, ich werde dieses Land niemals ohne dich und Nadeshda verlassen!«

»Unsere Kleine wird niemals freiwillig mitkommen, Lyubimy. Sie ist ein sturer, kleiner Wildfang. Du hättest sie erleben sollen.« Nikolaj zeigte ihr den Unterarm mit einer halbmondförmigen Narbe. »Da hat sie mich gebissen, bevor sie das halbe Ensemble herbeibrüllte. Ich kam mir vor wie ein schändlicher Entführer kleiner Mädchen. Es brach mir fast das Herz.«

»Wir müssen alles versuchen, damit wir sie so bald wie möglich wiedersehen können.«

Als es jedoch so weit war, teilte man ihnen mit, dass Nadeshda sich weigere, ihre Eltern zu sehen. Nach einigem Hin und Her erklärte sich die Kleine bereit, wenigstens ihre Mutter zu empfangen.

Es war beinahe unerträglich für Kathi zu erleben, wie einstudiert alles an ihrer Tochter wirkte. Als hinge sie an unsichtbaren Fäden, die jeden ihrer Gedanken steuerten. Nadeshda ließ sich nicht von ihr umarmen, hielt Abstand und verkündete ihrer Mutter nach der kühlen Begrüßung: »Ich will keinen Besuch von dir und Vater. Ich brauche keine Eltern. Ich möchte eine berühmte Primaballerina werden, um mich meinem geliebten sowjetischen Vaterland würdig zu erweisen.«

Kathi weinte, als sie Nikolaj im Wagen von der Begegnung erzählte.

»Hab ein wenig Geduld. Nadeshda wird älter werden und vernünftiger. Dann finden wir schon wieder Zugang zu ihr.«

»Aber wie lange wird das dauern? Sie ist sieben!«

»Was können wir sonst tun? Außer du möchtest Nadeshda gegen ihren Willen entführen?«, meinte er vorsichtig.

»Nein, ich fürchte, das würde sie uns nicht verzeihen. Sie ist so überzeugt von dem, was sie ist, und von dem, was sie will. Geben wir ihr ein paar Monate Zeit. Im nächsten Jahr versuche ich erneut, sie zu besuchen.«

»Du bleibst hier, bei mir?«, fragte er. Es lag Atemlosigkeit in seiner Stimme.

»Natürlich! Wie oft willst du es noch von mir hören? Ich lasse Nadeshda nicht zurück. Bei meiner Mutter in England wird es unserem Sohn an nichts fehlen. Und Franzi ist ebenfalls bei ihm. Sie beschützt ihn. So wie sie mich immer beschützt hat.«

»Eines Tages«, sagte Nikolaj und küsste nacheinander ihre Handflächen, »werden auch wir frei sein, mein Liebling.«

Wenige Tage darauf kehrten sie nach Kapustin Jar zurück.

Da das Leben ihnen die kleinen Alltagsfreuden verwehrte, suchten sie Halt im Größeren und verfolgten weiter beharrlich ihren Traum von der Eroberung des Kosmos. Sie schöpften Kraft durch ihre Arbeit, dem Einzigen, was sie von ihrem Schmerz abzulenken vermochte.

Zu ihrer Überraschung stand diesmal für sie ein gemeinsamer Wohncontainer bereit! Sie verdankten ihn dem Wirken Pawel Sergejews. Und so kam es, dass die beiden Liebenden erstmals zusammenleben durften wie das Ehepaar, das sie schon lange heimlich waren.

In Kapustin Jar hatte sich in den letzten Monaten wenig verändert. Allerdings behauptete Nikolaj bei jeder sich bietenden Gelegenheit, dass der Staub weiter zugenommen habe. Sobald sie Wohn- oder Arbeitscontainer verließen, wirbelte jeder Schritt eine Wolke aus Staub auf. Sie gewöhnten sich an, wie Beduinen mit vor das Gesicht gezogenen Schals herumzulaufen. Der Staub fand trotzdem seinen Weg überallhin. Wenn sie wenigstens mehr Wasser zur Verfügung gehabt hätten. Aber das war streng rationiert. Kathi und Nikolaj gewöhnten sich an, stets zusammen zu duschen. Was Nikolaj ein wenig mit dem Staub versöhnte …

***

Am 23. Dezember 1953, einen Tag vor Kathis fünfundzwanzigstem Geburtstag, ereilte Stalins Großinquisitor Lawrenti Berija das Schicksal seiner zahllosen Opfer: Ein halbes Jahr nach seiner Verhaftung wurde er in einem Geheimprozess abgeurteilt und in der Llubjanka hingerichtet.

Im Jahr darauf gab die Große Sowjetenzyklopädie an ihre Abonnenten folgende Empfehlung heraus: »… die Seite mit Berijas Porträt herauszutrennen, mit einem Messer oder mit einer Rasierklinge«.

Das Ende eines Tyrannen, aus der Geschichte getilgt.

Der Tod ihres größten Widersachers schenkte Nikolaj und Kathi nicht die Freiheit, aber es befreite sie von einer Last. Sie erfuhren, dass auch Berijas gesamte Familie bei seiner Verhaftung interniert worden war. Außer seiner Frau Nina waren das der Sohn Sergo, die Schwiegertochter und … Xenia.

In den ersten Tagen des neuen Jahres traf der wundersame Herr Levy auf der Datscha ein. In seinem Gepäck: unzensierte Briefe von Dorota, Kathis Mutter und dazu ein Album mit unzähligen Fotos von Baby Laurenz! Auch Dorota hatte in ihrem Brief Fotos ihrer »herzigen Enkele« beigesteuert. Annemaries Zeilen enthielten die wundervollsten Nachrichten überhaupt. Sie hatte in London alle Hebel in Bewegung gesetzt. Es war ihr tatsächlich gelungen, ein Treffen mit der Familie an einem neutralen Ort zu arrangieren: in der englischen Botschaft in Moskau. Kathi musste die Zeilen mit der freudigen Nachricht mehrmals lesen, sie wollte es erst gar nicht glauben. Sie würde ihr Baby wiedersehen, ihre Familie! Und endlich auch ihren Vater!

Am 10. März 1954 war es so weit. Einzig Nikolaj blieb das Familientreffen verwehrt. Nikolajs Vita als Ziehsohn von General Gennadi Pchela, des Leiters von GRU und SMERSCH, war dem britischen Geheimdienst und auch dem englischen Botschafter Sir William Hayter bekannt.

So betrat Kathi die Botschaft allein.

Alle waren sie da, ihre Eltern, Franzi, und auf dem Boden krabbelte ihr munter Baby Laurenz entgegen. Die ersten Minuten gehörten ganz der Wiedersehensfreude. Kathi, mit ihrem Kind im Arm, schluchzte an der Brust ihres Vaters. Wären da nicht seine Augen und seine Stimme gewesen, sie hätte ihn schwerlich erkannt. Das einst dunkle Haar war dünn und weiß geworden, er ging gebückt, als lastete auf seinen Schultern ein unsichtbares Gewicht, und aus seinem rechten Ärmel ragte eine Hand aus Kunststoff. Aber er lebte, nannte sie seinen kleinen Kolibri, und wenn er sie ansah, fand sie in seinen Augen das vertraute Leuchten. Schon nach wenigen Minuten sah sie wieder ihren früheren starken Vater vor sich, den Mann ihrer Kindheit, der unerschütterlich an das Leben glaubte. Auch die Mutter betrachtete ihn mit demselben liebevollen Blick, sah *ihren* Laurenz, die Vornehmheit und Güte seines Herzens, seine innere Schönheit, nicht die Folgen des Krieges, die ihn vorzeitig zum Greis hatten werden lassen.

Franzi summte fröhlich, erkundigte sich nach Pelageja und Rübezahl, ihren Bienen und Katzen. Sie wich ihrer Schwester nicht von der Seite, erzählte unentwegt von der neuen Datscha, auf der sie nun lebten.

»Wir haben uns außerhalb von London ein altes Landhaus gekauft. Es liegt an den Ufern der Themse«, ergänzte die Mutter und beschrieb ihr neues Leben in den Hügeln von Twickenham. Sie hielten sich viel in der frischen Luft auf, würden ihr Gemüse selbst anbauen, Hühner hätten sie sich auch angeschafft, und als Nächstes planten sie, sich einige Schafe zuzulegen. Aber vor allem liebten sie lange Spaziergänge in die umgebende Landschaft. Der Vater berichtete davon, dass er viel komponiere, an einer Sinfonie arbeite und es überaus genieße, sich von seiner schwerreichen Frau aushalten zu lassen wie ein junger Dandy. Sie stünden auch in enger Verbindung mit Dorota, aber eine Rückkehr auf den Sadlerhof sei nicht geplant. Aus vielerlei Gründen, nicht zuletzt, weil der Hof nun offiziell Oleg und Paulina gehörte. Außerdem lag ihr Petersdorf nun hinter dem Eisernen Vorhang.

»Ich vermisse Dorota. Und Oleg und Paulina. Und ich würde so gerne ihre Kleinen, Alma und August, kennenlernen«, bedauerte Kathi die rigiden Einreisebeschränkungen.

»Vielleicht wird es in der Zukunft möglich sein, uns alle dort zu treffen?«, orakelte ihre Mutter. Kathi merkte ihr an, dass sie bereits über die Möglichkeiten nachdachte. Auch an ihrer Mutter waren die Jahre der Gefangenschaft nicht spurlos vorübergegangen. Aber Kathi glaubte zu erkennen, dass sie nicht nur unendliche Kraft aus der Wiedervereinigung ihrer Familie schöpfte, sondern auch daraus, dass sie ihre frühere Identität zurückgewonnen hatte. Sie hatte sich von ihrer Lebenslüge befreit, und nun umgab sie eine beinahe greifbare Leichtigkeit.

Sie unterhielten sich lange über den kleinen Laurenz, der sich, wie man sehen konnte, auf das Prächtigste entwickelte. Er zappelte auf Kathis Schoß und streckte immer wieder seine

Beinchen, um sich hochzustemmen. Kathi hielt ihn unter den Achseln und ließ ihn auf und ab wippen, was ihm muntere Quietschgeräusche entlockte. »Er ist ein bisschen speckig«, kicherte sie glücklich und küsste sein Patschhändchen, das sich immer wieder in ihr Gesicht verirrte. Baby Laurenz ließ nach einer Weile keinen Zweifel daran, dass er wieder auf den Boden zurückwollte. Kathi setzte ihn ab, worauf er schnurstracks zum nächsten Beistelltisch krabbelte und versuchte, sich an ihm hochzuziehen. Die Lampe darauf wackelte bedenklich. Franzi fing ihren Neffen ein.

»Wie geht es Nadeshda?«, erkundigte sich ihre Mutter vorsichtig.

Kathi schüttelte den Kopf. »Sie will weder mich noch Nikolaj sehen.«

Annemarie drückte mitfühlend die Hand ihrer Tochter. Sie verstanden sich stumm.

Beim späteren gemeinsamen Essen, das die Botschaft für sie ermöglicht hatte, verkündete Annemarie mit einem Lächeln: »Ein großes Vermögen ist von großem Vorteil.« Sie nickte ihrem Mann zärtlich zu. »Es gibt noch eine gute Nachricht. Wir haben bereits die Genehmigung der beteiligten Behörden für ein weiteres Wiedersehen im August erhalten.«

»Oh, Mutter, das ist wundervoll!«, freute sich Kathi. »Kann ich Nikolaj dann mitbringen? Ich möchte gerne, dass Vater ihn auch kennenlernt.«

»Ich werde mit Sir William sprechen. Wir finden eine Lösung, mein Schatz.«

Sie durften bis zum nächsten Mittag zusammenbleiben. Auch Kathi wurde die Übernachtung in der Botschaft gestattet. Der Abschied gestaltete sich tränenreich, und der Vater meinte augenzwinkernd, wenn sie nicht aufpassten, würden sie noch die Botschaft unter Wasser setzen. Tapfer versicherten sie sich gegenseitig, wie sehr sie sich auf das nächste Treffen im August freuten. Vermutlich würde Baby Laurenz dann schon laufen können! Als ihre Mutter Annemarie sich mit dem Baby im Arm von ihr verabschiedete und ging, konnte Kathi spüren, wie sich der hohle Raum in ihrem Herzen weiter ausdehnte. Dennoch stand sie zu ihrer Entscheidung. Ihr Sohn würde in Freiheit und Liebe aufwachsen. Und das schien ihr jedes Opfer wert.

75

Das sind die wahren Wunder der Technik, dass sie das,
wofür sie entschädigt, auch ehrlich kaputt macht.

Karl Kraus

Pawel Sergejew, mittlerweile zum korrespondierenden Mitglied der Akademie der Wissenschaften ernannt, trieb seine Vision eines Raketenraumschiffes und der Schaffung eines künstlichen Erdsatelliten energisch voran.

Am 16. September 1955 fand im Weißen Meer erstmals ein erfolgreicher Raketentest statt. Kathi und Nikolaj, als maßgebliche Ingenieure, waren dabei anwesend.

Es war Kathis erster U-Boot-Aufenthalt. Die Arbeitsbedingungen in der Enge und Hitze rangen ihr nicht wenig Bewunderung für die Schiffsbesatzung ab. Schon nach wenigen Minuten im Rumpf überkam sie das Gefühl, ersticken zu müssen.

Wenige Wochen zuvor hatte Kathi einen neuerlichen Versuch gestartet, ihre Tochter Nadeshda in Moskau zu besuchen. Die Neunjährige verweigerte weiterhin jeden Kontakt. Erneut hatte sich Kathi gefragt, wie viel ein Mutterherz ertragen konnte. Sie und Nikolaj arbeiteten wie besessen, nicht selten bis Mitternacht, schliefen ein paar Stunden und kehrten spätestens um sieben an ihre Schreibtische zurück.

An diesem Tag auf dem U-Boot führten sie gleich mehrere erfolgreiche Starts durch. Die neue Rakete erwies sich als robust und stabil. Ausgerechnet beim letzten Versuch zündete das Triebwerk nicht. Für einen solchen Fall sah das Protokoll vor, die Rakete von Bord zu entfernen und im Meer zu versenken. Pawel Sergejew wollte davon nichts wissen. Er plädierte dafür, der Ursache für den Fehlstart auf den Grund zu gehen. Getreu seiner Maxime, lieber sich selbst als andere zu opfern, traf er eine riskante Entscheidung. Kathi versuchte, ihn davon abzuhalten: »Genosse Sergejew, der Startknopf wurde getätigt! Die Membranen der Triebwerksvorrichtung stehen unter Druck und können jederzeit nachgeben. Dann haben Sie keine Chance, dem Feuerstrahl auszuweichen!«

Sergejew entschied sich dennoch dafür. Als er zurückkehrte, klebte ihm das Hemd am Rücken, aber er hatte den Fehler gefunden. Eine Schraube war abgebrochen. Ein simpler Materialfehler.

Im selben Jahr waren Kathi und Nikolaj zu einem Vortrag anlässlich des 125. Jahrestages der Gründung der Technischen Baumann-Universität eingeladen.

Chefkonstrukteur Pawel Sergejew hielt einen historischen Vortrag, der mit den Sätzen endete: *»Unsere Aufgaben sind die Schaffung einer neuen Art des superschnellen Transports für Passagiere und Lasten – die Entwicklung von Raketenraumschiffen. Unsere Aufgabe ist es, dass der erste künstliche Erdsatellit ein sowjetischer Satellit sein wird, der von sowjetischen Ingenieuren entwickelt wurde. Unsere Aufgaben bestehen darin, dass im grenzenlosen Weltraum als Erstes sowjetische Raketen und Raketenraumschiffe fliegen!«*

Wenig später diskutierten sie in einer Projektsitzung über die Möglichkeit, eine Rakete zu entwickeln, die einen Menschen ins All befördern könnte. Der Erdsatellit war nur der erste Schritt.

Der nächste würde sein, eine Rakete zu bauen, die zum Mond und zurück fliegen konnte …

1955 nahm Nikolajs Traum eines Weltraumbahnhofs Gestalt an. Das Klima am neuen Standort Tjuratam glich jenem von Kapustin Jar. Die Landschaft hatte sich unter der Sonne in eine weiß glühende Steppe verwandelt, in der weder Baum noch Strauch gedieh. Und wieder schluckten Kathi und Nikolaj Staub.

Anfangs wohnten die Wissenschaftler weiter in Containern, aber bald wurden einfache Montagehäuser aus Holz errichtet. Kathi und Nikolaj bezogen ihr erstes gemeinsames Haus: zwölf eigene Quadratmeter. Es besaß sogar ein winziges Bad mit Holzofen. Warmes Wasser! Sie genossen diesen ungewohnten Luxus sehr. Mit einem Gaskocher bereiteten sie sich Tee und manchmal auch eine Suppe zu. Die übrigen Mahlzeiten nahmen sie gemeinsam mit den Wissenschaftlern in einer eigens eingerichteten Kantine ein. Immer mehr Männer und Frauen aus allen möglichen Landesteilen und wissenschaftlichen Bereichen trafen ein. Jeden Abend kamen sie im Versammlungshaus zusammen, diskutierten, rauchten, tranken. Sie alle einte ein gemeinsames großes Ziel.

Die treibende Kraft hinter alldem blieb aber Chefkonstrukteur Pawel Sergejew. Bei einer Projektbesprechung erinnerte er an die gebrochene Schraube und dass es auch in eine Katastrophe hätte münden können, wäre die Rakete explodiert. »Wir alle träumen vom Kosmos«, erklärte er den Anwesenden. »Doch der Weg dorthin ist Wissenschaft, und Wissenschaft ist Präzision! Jeder Handgriff muss exakt protokolliert und nachvollziehbar sein. Jede Abweichung verfälscht das Ergebnis«, wiederholte Sergejew seine liebste Doktrin. »Wenn wir hier auf der Erde nachlässig sind, Genossen, stirbt kein Traum. Es sterben Menschen! Vergessen Sie das nie!«

76

Krieg löst keine Probleme. Er schafft sie.

Anatoli Kobulew

Die Welt kam nicht zur Ruhe. Dem Zweiten Weltkrieg folgte unmittelbar ein Krieg Ost gegen West, Kommunismus gegen Demokratie. Der Kalte Krieg. Warum man gerade auf diese Bezeichnung gekommen war, hatte Kathi Pelageja gefragt. Pelageja hatte geantwortet: »Weil die Herzen der Menschen kalt sind.«

Am 4. Oktober 1957 um 22:28 Uhr begann ein neuer Krieg, an dem Kathi unmittelbar beteiligt war: der kosmische Krieg. An diesem Tag sandte der sowjetische Sputnik 1 sein Beep Beep aus dem All um die Erde.

Es war der Beginn des Zeitalters der Weltraumfahrt. Bis Sputnik nach drei Monaten in der Erdatmosphäre verglühte, hatte er 1440 Erdumkreisungen vollzogen.

Der Westen hatte das Duell um die Eroberung des Kosmos verloren!

Ost und West rüsteten sich nun für die nächste Schlacht: den Wettlauf zum Mond.

***

Eines Tages erschien im zuständigen Moskauer Hundekontor ein Wissenschaftler, suchte ein halbes Dutzend junger weiblicher Mischlingshunde aus und nahm sie mit ins neue Kosmodrom.

Sofort nachdem Kathi vom neu eingerichteten Zwinger erfahren hatte, war sie dorthin geeilt. Sie vermisste ihren Oskar, der auf der Datscha lebte und den sie viel zu selten sah. Sie schloss Freundschaft mit Oleg Gasenko, der die Tiere als Mediziner und Trainer betreute.

»Genossin Sadlerowa! Sie sind sehr früh auf«, begrüßte er sie am heutigen Morgen.

»Sie auch, Genosse«, erwiderte Kathi. Sie fütterte die munteren Tiere abwechselnd mit besonderen Leckerbissen. Eigentlich hatte sie spekuliert, dabei nicht erwischt zu werden.

»Passen Sie auf, Genossin Sadlerowa, sonst nehmen unsere vierbeinigen Freunde zu und dann werden sie zu schwer für ihre Aufgabe sein«, sagte Oleg Gasenko durchaus freundlich. »Morgen beginnt das Training. Ich muss Sie leider bitten, Genossin, den Hunden keine zusätzliche Nahrung mehr zu geben.«

»Ich weiß.« Kathi kraulte die zutraulichen Tiere, die sich um sie drängten und die Schnauzen an ihrer Schulter rieben. Gasenko hatte ihnen Namen gegeben: Kudrjawka, das Löckchen, Belka, das Eichhörnchen, Strelka, das Pfeilchen, Ptoschjolka, das Bienchen, Muschka, das Mückchen, Tschernuschka, das Schwarzohr, und Tschuschka, das Käferlein.

Kathi mochte nicht daran denken, was den Hunden alles noch bevorstand. Sie waren als Pioniere auserkoren, als die ersten lebenden Säugetiere im All. Die ersten Kosmonauten der Welt. Dafür mussten sie jedoch zuerst an die Enge der Raumkapsel, an Lärm und Zentrifugalkraft gewöhnt werden. Dazu würde man sie tagelang in kleine Käfige sperren, sie Raketenlärm und Stress aussetzen und in Zentrifugen herumschleudern.

Kathi musste ständig an das Gespräch mit Anatoli denken, als er ihr sein Observatorium gezeigt hatte. Ein Satz hatte sich ihr damals eingebrannt: *Wie weit bist du bereit, für deine Forschung zu gehen?*

Als klar wurde, dass nur vier Wochen nach dem Start von Sputnik 1 an Bord von Sputnik 2 eine Hündin mitfliegen würde, hatte Kathi sich strikt dagegen ausgesprochen. Denn ohne Hitzeschild würde das Tier beim Wiedereintritt in die Atmosphäre elendig verglühen! Warum konnte man nicht warten, bis der Hitzeschild konstruiert war, an dem sie arbeitete? Warum diese Eile?, hatte sie den Chefkonstrukteur bestürmt.

»Es ist der Wunsch unseres verehrten Führers Nikita Chruschtschow, dass Sputnik 2 zeitnah gestartet wird«, erklärte ihr Pawel Sergejew.

Kathis Wangen glühten vor Erregung: »Ich verstehe. Es geht um Propaganda! Um den vierzigsten Jahrestag der Oktoberrevolution im Herbst. Bitte, Genosse Sergejew. Lassen Sie uns noch ein paar Monate warten. Ich biete mich dann selbst für den Flug ins All an!«

»Was reden Sie denn da, Genossin Sadlerowa«, entgegnete Sergejew ungehalten. »Ihre Kenntnisse sind zu wertvoll für unsere große Aufgabe. Niemals werde ich Sie für ein Experiment mit ungewissem Ausgang hergeben.«

Kathi wollte nicht klein beigeben und brach einen Streit mit dem Chefkonstrukteur vom Zaun. Um weiteren Schaden abzuwenden, telefonierte seine Frau Nina Nikolaj herbei, der Kathi mehr oder weniger aus Sergejews Büro tragen musste. Es war ihm schon länger aufgefallen, dass Kathi seit einigen Jahren zunehmend dünnhäutiger geworden war.

Es hatte seinen Anfang genommen, als man ihnen Nadeshda genommen und entfremdet hatte und verstärkte sich weiter, seit sie sich von ihrem Baby hatten trennen müssen. Ihn selbst befiel des Öfteren eine Schwermut, die er mit noch mehr Arbeit zu bekämpfen suchte. Wenn er es gar nicht mehr aushielt und das grässliche Gefühl hatte, vor sich selbst davonlaufen zu müssen, griff er zur Mundharmonika und spielte, bis er buchstäblich keine Luft mehr bekam. Manchmal weinte er auch. Heimlich.

Kathis Zwist mit dem Chefkonstrukteur blieb nicht ohne Konsequenzen. Man erteilte ihr Kontaktverbot zu den Hunden. Sie hielt sich jedoch nicht daran. Wann immer es ihr möglich war, schlich sie sich in die Nähe der Tiere. Und Oleg Gasenko drückte ein Auge zu, ließ sie gewähren. Auch ihm gefiel die Behandlung der Tiere nicht. Aber so lauteten nun einmal die Befehle.

Kathi ging auch Nikolaj deswegen an. Doch der wollte sich auf keinen Streit darüber mit ihr einlassen. Schon gar nicht nach einem anstrengenden Tag. Er hatte sich auf einen ruhigen Abend gefreut, auf ein Glas Wein und ein Konzert im Radio. Und nun spürte er, wie in ihm sein russisches Temperament erwachte. Dass die Forschung Opfer forderte, wusste Kathi selbst nur zu gut: Erst vor wenigen Tagen hatten sie mehrere Ingenieure verloren, als eine Versuchsrakete auf der neuen Startrampe explodiert war. Rauch und Trauer hingen noch überall in der Luft.

»Das ist etwas anderes«, erklärte Kathi, ohne dass Nikolaj überhaupt etwas gesagt hätte. Sie schien von Pelageja die irritierende Eigenschaft übernommen zu haben, seine Gedanken vorwegzunehmen. »Ich bin nicht naiv! Nicht mehr«, sagte sie laut. »Wir Forscher kennen unser Risiko. Wir sind bereit, es zu tragen. Auch die Schuld, die wir auf uns laden. Aber diese Tiere sind völlig unschuldig! Sie haben das gleiche Recht zu leben wie wir!«

Er glaubte, sie projiziere die Liebe zu ihren Kindern auf die leidenden Tiere, und ließ sich unbedachterweise dazu hinreißen, ihr das auch zu sagen.

Nun zündete Kathis Temperament gleich einer Rakete, und ihr heißer Zorn schlug ihm wie eine Feuerwolke entgegen. »Das eine hat mit dem anderen überhaupt nichts zu tun!«, schrie sie. »Jedes Lebewesen zählt! Wie kannst du da nur so ruhig bleiben! Was bist du nur für ein Mensch! Dir sind die Hunde völlig egal!« Sie hatte keine Tränen in den Augen, aber ihre Seele weinte bitterlich.

Er litt mit ihr. »Sie sind mir nicht egal, Swojdotschka«, erwiderte er traurig. »Aber was erwartest du von mir? Dass ich sie entführe? Sie freilasse? Dann holen sie sich andere. Dadurch ist nichts gewonnen.«

Doch Kathi war nicht beizukommen. Sie hatte sich völlig verrannt, verfangen in ihrer absoluten Machtlosigkeit, die sie immer weiter über die Grenzen des rationalen Denkens hinaustrieb. Eines Tages hielt sie es nicht mehr aus. Sie konnte es nicht länger mit ansehen, wie die Hündin Kudrjawka fünfzehn Tage am Stück in einen winzigen Käfig gepfercht wurde, um die Enge der Kapsel zu simulieren, sodass das arme Tier am Ende selbst das Koten einstellte. Wenn sonst niemand etwas tat, dann musste eben sie etwas tun!

77

To tak po prostu! Dann ist es halt so.

Oleg Rajewski

Genossin Katja Sadlerowa wurde vor den Chefkonstrukteur zitiert. Kathi traf Pawel Sergejew in vertrauter Pose an: hinter dem Schreibtisch stehend, über einen Konstruktionsplan gebeugt. Damit sich das dünne Pauspapier nicht einrollen konnte, stützte er sich mit beiden Händen darauf. Sie riskierte einen kurzen Blick auf den Plan und erkannte darin einen ihrer eigenen Entwürfe für eine Raumkapsel mit Hitzeschild.

Sergejew ließ sich bei seinem Studium nicht durch ihre Anwesenheit stören. Die Minuten verstrichen. Eintönig tickte die Uhr.

Schließlich hielt Kathi das Warten nicht mehr aus. »Es tut mir *nicht* leid, Genosse Chefingenieur«, sagte sie aufsässig.

Pawel Sergejew richtete sich mit einem hörbaren Seufzer auf. Er ließ den Plan los, dessen Enden sofort aufeinander zusprangen.

Der Chefkonstrukteur kam um den Tisch herum und erforschte sie mit demselben Ernst wie zuvor die Zeichnung. Nichts in seiner Miene ließ auf seinen Gemütszustand schließen.

Kathi erwartete dennoch einen seiner gefürchteten Ausbrüche. So stoisch und beherrscht der Genosse Sergejew die meiste Zeit erscheinen mochte, er konnte ebenso schnell aufbrausen. Sie würde den Sturm über sich ergehen lassen und jede Bestrafung akzeptieren.

»Setz dich, Genossin Katja«, forderte Sergejew sie zunächst auf und wies ihr einen der beiden Sessel zu. Er selbst blieb vor ihr stehen und lehnte sich mit verschränkten Armen an den Schreibtisch.

»Ich will dir eine Geschichte erzählen. Als man mich 1938 als Mitglied einer trotzkistischen Organisation verhaftete, brachen für meine Familie schwere Zeiten an. Wir lebten ohnehin in ärmlichen Verhältnissen. Ich verdiente nicht viel, meine erste Frau arbeitete als Chirurgin im Krankenhaus und erhielt ebenfalls nur einen geringen Lohn. Es reichte gerade aus, um uns und unsere damals dreijährige Tochter zu ernähren. Nun fiel mein Gehalt weg. Meine Frau nahm darauf jede Arbeit an, schob zusätzlich Bereitschaftsdienst, arbeitete buchstäblich Tag und Nacht. Oft lief sie nach ihren Mehrfachschichten den weiten Weg zu Fuß nach Hause, um noch die letzte Kopeke für die Straßenbahn zu sparen.« Kurz verirrte sich Sergejews Blick zum Fenster, als läge die ferne Erinnerung hinter der Scheibe verborgen. »Dem Chefarzt entgingen ihre Anstrengungen nicht, und eines Tages bot er meiner Frau eine Assistenzstelle in der Traumatologie an. Dies bedeutete höheres Gehalt, aber auch, dass sie dafür ihre Dissertation vorbereiten musste. Dies schloss experimentelle Versuche an Kleintieren wie Fröschen, Meerschweinchen und Kaninchen mit ein.« Er sah Kathi nun durchdringend an. »Du solltest wissen, als Chirurgin hatte meine Frau bereits jahrelang praktische Erfahrungen gesammelt, hatte Gliedmaßen amputiert, Bauchhöhlen geöffnet und die verschiedensten menschlichen Organe operiert. Aber sie sah sich nicht in der Lage, einen einzigen Frosch zu töten. Ungeachtet unserer finanziellen Nöte war sie deshalb gezwungen, einen Sanitäter einzustellen, der diesen experimentellen Teil für sie übernahm. Anders hätte sie ihre Dissertation niemals abschließen können.«

Sergejews und Kathis Blicke trafen sich und hielten einander sekundenlang fest. Die geheimsten Seelenteile des mächtigen Chefkonstrukteurs verbanden sich mit jenen der jungen deutschen Wissenschaftlerin, begegneten sich auf der Ebene eines tieferen Verständnisses.

»Und nun«, fuhr Sergejew streng fort, »gehen Sie mir aus den Augen, Genossin! Aber ich warne Sie: Falls Sie unsere Arbeit noch ein einziges Mal sabotieren, haben Sie die Konsequenzen zu tragen. Dann werde ich Sie aus dem Projekt entfernen.«

78

Ihr müsst Herzen säen, wollt ihr Herzen ernten.

Polnisches Sprichwort

Pawel Sergejew rief die maßgeblich am Sputnik-Projekt beteiligten Wissenschaftler zusammen und verkündete feierlich, sie alle würden einen Orden für ihre erfolgreiche Arbeit erhalten. Als Beweis für die Großzügigkeit der sowjetischen Union galt dies auch für alle nicht russischstämmigen Forscher.

»Orden dienen den Interessen des Auszeichnenden«, erklärte Kathi Nikolaj später. »Ich will diesen Firlefanz nicht.«

»Aber Präsident Woroschilow wird uns die Orden persönlich im Kreml verleihen!«

»Gott, manchmal bist du ein richtiger Sowjet«, sagte Kathi streng.

»Gott, sei doch nicht immer so ein Spielverderber!«, konterte Nikolaj. »Freu dich doch einfach! Du wirst den Kreml sehen! Und du kannst erneut das Bolschoi besuchen und dich nach Nadeshda erkundigen.«

Kathi wirkte darauf äußerst nachdenklich. »Weißt du was«, sagte sie mit einem angedeuteten Lächeln, »vielleicht ist das gar keine so dumme Idee mit dem Orden.«

Nikolaj wurde sofort misstrauisch. »Dieses Gesicht kenne

ich! Ich muss mir hoffentlich keine Sorgen um den russischen Präsidenten machen? Oder was heckst du gerade aus?«

»Das erzähle ich dir, wenn es geklappt hat.«

***

Am 14. Februar 1958 empfingen Kathi und Nikolaj aus der Hand des Vorsitzenden des Obersten Sowjets Kliment Jefremowitsch Woroschilow den Leninorden.

Am Rand des prunkvollen Georgssaales stand die zwölfjährige Nadeshda in der Uniform einer Komsomolzin – Rock, weiße Bluse und rotes Halstuch, sichtlich stolz. Ihre Eltern Helden der sozialistischen Sowjetunion! Ausgezeichnet vom Präsidenten persönlich!

Dieses besondere Ereignis brachte die Wende im Verhältnis zwischen Eltern und Tochter. Nadeshda lehnte ihre Besuche nicht länger ab. Es war das erste Mal, dass Kathi einem Orden eine gewisse Nützlichkeit nicht absprechen konnte.

Zwar blieb ihr Verhältnis weiterhin von einer eigentümlichen Steifheit geprägt, aber sobald Nadeshda auf das Tanzen zu sprechen kam, taute sie auf, und ein junges, schwärmerisches Mädchen trat zutage, dessen gesamter Horizont um das Ballett kreiste.

Kathi verstand ihre Tochter, erkannte sie sich doch in dieser Besessenheit selbst wieder. Sie verfolgten beide ihren großen Lebenstraum: Sie hatte zeitlebens vom Mond und seiner Eroberung geträumt, Nadeshda davon, eine Primaballerina zu werden. Wenn allerdings ihre Tochter von ihrem Lebensziel sprach, vergaß sie niemals den Zusatz, dass dies zum höheren Ruhme ihres Vaterlandes, der glorreichen Sowjetunion, geschehe. Ein Satz, der Kathi jedes Mal ein Stück aus der Seele brach.

Aber wenn sie zusah, wie Nadeshda tanzte, scheinbar mühelos mit ihren Sprüngen die Schwerkraft überwand und ihr Körper sich anmutig bog wie eine Blume im Wind, überkam sie die Ahnung, dass ihre Tochter ihre Ziele keineswegs zu hoch gesteckt hatte. Sie war für den Tanz geboren. Oder wie es Nikolaj ausdrückte: Das Ballett war eigens für ihre Tochter erfunden worden.

Kathi fand es drollig, Nikolaj mit Nadeshda zu beobachten. Er hatte dann jedes Mal einen derart selig-blöden Ausdruck im Gesicht, dass sie ihn dafür nur umso mehr liebte.

Meist stockte ihr Gespräch schnell. Nadeshda stellte keine Fragen, und sie besaß keinerlei Geduld, um den Erzählungen der Eltern lange zu lauschen. Niemals saß sie still, ihre Hände und Füße waren in ständiger Bewegung, als arbeitete sie auch im Sitzen an ihren Schrittfolgen.

Eines Tages wagte es Kathi, ihrer Tochter eine Telefonnummer zuzustecken. »Da kannst du mich erreichen. Wann immer du mich brauchst, ich bin für dich da, mein Liebling.« Nadeshda steckte den Zettel wortlos ein. Kathis Puls schlug höher, ihre schlimmste Befürchtung, sie könnte ablehnen, war nicht eingetreten.

Kathi sann über Möglichkeiten nach, eine tiefere Verbindung zu ihrer Tochter herzustellen. Und fand sie in der Musik. Sie brachten fortan zu den Treffen Akkordeon und Mundharmonika mit und spielten für ihre Tochter eigens zuvor einstudierte Ballettstücke.

Und Nadeshda tanzte nur für sie. Mit einem verzückten Ausdruck im jungen, schönen Gesicht, der ihre Eltern mit allem versöhnte. Ihre Tochter fand Glück und Erfüllung im Tanz, und das ließ auch ihre Herzen lächeln.

79

Wissen ist Schönheit.

Kathi

Ungläubig prüfte Nikolaj Kathis Berechnungen. Seit Wochen zerbrachen sich Dutzende Wissenschaftler den Kopf darüber, wie sie die Raumkapsel mit dem ersten Menschen an Bord sicher zur Erde zurückbringen konnten. Nun wussten sie es! »Das ist genial, Katjuscha. Du bist genial!« Er nahm sie in die Arme, er musste seine wunderbare Frau jetzt einfach küssen. Sie erwiderte die Zärtlichkeit, wurde in seinen Armen weich und nachgiebig. »Glück meines Lebens«, flüsterte er zärtlich und strich ihr eine weiche Locke aus dem Gesicht, die sich am Ende des Tages stets aus dem straffen Pferdeschwanz löste. Zwölf Jahre währte nun ihre Liebe schon, zwei Kinder entstammten ihrer Verbindung, und er fühlte das Band zu ihr stärker denn je. Sie konnte ihn noch immer überraschen, noch immer verwirren. Sein Verstand hatte sich verlangsamt, da alle seine Empfindungen noch um den Kuss kreisten, und so fragte er wenig einfallsreich: »Wie bist du darauf gekommen?«

Katja machte eine vage Bewegung zum Fenster hin, als wäre dort die Antwort zu finden. Der trübe Tag war längst einer wolkenverhangenen Nacht gewichen. Über ihrer Arbeit vergaßen sie oft die Zeit.

»Der Mond«, sagte sie leise, »er ist immer da, auch wenn wir ihn nicht sehen können. Genauso wenig, wie ich all die Dinge, die in meinem Kopf sind, immer sehen kann. Aber manchmal weitet sich mein inneres Universum, und ich weiß, irgendwo in diesem unermesslichen Raum wächst eine vollkommene Blume. Ich breite meine Flügel aus, gleite durch Chaos und Ordnung, und plötzlich schwebe ich über ihr, einer Blume aus Licht. Und warte auf das Wunder. Ich sehe, wie sich ihre Blütenblätter eines nach dem anderen öffnen, jedes für sich vollkommen. Wissen ist Schönheit, und in manchen Augenblicken wird sie mir in ihrer ganzen Vollkommenheit zuteil.«

80

Es ist einfach, in der Sonne zu tanzen.
Es im Regen zu tun, das ist die Kunst.

Aus »Solange es Schmetterlinge gibt«

Im Dezember 1957 holten die USA zum Gegenschlag im kosmischen Krieg aus und konterten mit einem eigenen Sputnik. Brachte es der sowjetische Satellit auf gut 80 Kilogramm und 58 Zentimeter im Durchmesser, wog die amerikanische Antwort nur 1,6 Kilogramm und hatte die Größe einer Orange.

Der Orangen-Sputnik sah das Weltall nie. Seine Trägerrakete explodierte gleich nach dem Start, und Millionen Menschen erlebten die amerikanische Blamage live vor den Fernsehgeräten. Darauf tauften die Medien die Orange um in *Kaputnik* oder *Flopnik*.

Anfang 1958 gelang den Amerikanern schließlich doch der erfolgreiche Start eines Satelliten. Als die Sowjets erfuhren, dass der Architekt dieses Erfolgs Wernher von Braun hieß, feixten sie, dass die Amerikaner es selbst nicht hinbekämen, sondern dazu fremde Hilfe benötigt hätten.

Kathi fand in diesen Tagen wenig Freude an ihrer Arbeit. Immer wieder sah sie die kleine Hündin Kudrjawka vor sich. Nicht einmal ihren Namen hatte man ihr gelassen, sondern sie kurz vor dem Start von Sputnik 2 in Laika umgetauft. Sie wurde von Laikas letztem Blick verfolgt, als man ihr den Raumfahrthelm übergestülpt und die Kapsel geschlossen hatte. Diese gute, treue Seele, die genau jenen Menschen vertraut hatte, die sie nun wissentlich in den Tod schickten. *Vergib uns*, hatte Kathi Laika als letzte Worte zugeflüstert. Da sie Laikas Schicksal nicht hatte abwenden können, begleitete sie sie bis zum Schluss. Und sie war beileibe nicht die Einzige, die Tränen vergoss. Auch Oleg Gasenko wandte sich mit feuchten Augen ab.

Nach dem Start verfolgte Kathi mit bangem Herzen Laikas Lebenszeichen. Der Puls der Hündin schlug doppelt so schnell, der Blutdruck stieg, aber die Vitalzeichen zeigten auch an, dass Laika in den ersten Stunden Nahrung zu sich nahm – ein von Wissenschaftlern speziell entwickeltes Gel. Da Sputnik 2 noch über keinen Hitzeschild verfügte, war der Futterapparat so eingestellt, dass er Laika in sieben Tagen Gift verabreichen würde. Damit sollte ihr der qualvolle Tod durch Verglühen beim Wiedereintritt in die Erdatmosphäre erspart werden. Aber Laika starb bereits Stunden nach dem Start an Stress und Überhitzung. Die Analyse ergab, dass das Ventilationssystem kurz nach dem Start versagt hatte.

Später meinte Oleg Gasenko zu Kathi, ob es nicht vielleicht besser sei, dass Laika nicht erst nach sieben Tagen Enge und Einsamkeit durch das vergiftete Futter gestorben war, sondern ihr Martyrium bereits sieben Stunden nach dem Start endete.

Doch Kathi konnte keinen Trost in dem Gedanken finden, dass die Hündin aufgrund der defekten Kühlung qualvoll in der überhitzten Kabine eingegangen war.

Nicht weit vom Zwinger gestaltete Kathi eine kleine Gedenkstätte für den ersten tapferen Hundekosmonauten. Gemeinsam mit Nikolaj, Oleg Gasenko und einigen weiteren am Projekt beteiligten Wissenschaftlern legte Kathi dort einen Herzstein für Laika nieder. »Leb wohl, kleiner, tapferer Schatz.«

Indessen trieb Chefkonstrukteur Pawel Sergejew sein nächstes Projekt voran: *Der erste Mensch im All*.

Anfang 1959 startete Luna-1 von Tjuratam. Kathi taufte sie Metscha, *der Traum*. Metscha war die erste Rakete der Menschheit, die den mondnahen Raum erforschte.

Im September folgte Luna-2, die erstmals die Mondoberfläche erreichte und dort die sowjetische Fahne absetzte. Einen Monat später gelangen Luna-3 die ersten spektakulären Fotografien der Rückseite des Mondes.

Am 19. August 1960 folgte Kathis großer Triumph. Dieses Mal wurden die Hunde Belka und Strelka sowie mehrere Mäuse und Ratten ins All befördert. Und alle Tiere kehrten tags darauf wohlbehalten aus dem All auf die Erde zurück. Später sprach der Chefkonstrukteur vor allen der Genossin Katja Sadlerowa das Lob aus, ihre Verbesserungen der Lebenserhaltungssysteme sowie der von ihr konstruierte Hitzeschild hätten wesentlich zum Erfolg der Mission von Sputnik-5 beigetragen.

Wenige Monate später rief Oleg Gasenko Kathi zu sich, und sie durfte Augenzeuge sein, als Strelka Mutter von sechs Welpen wurde. Pawel Sergejew ließ ihr ausrichten, sie dürfe einen davon behalten. Kathi war überglücklich! Ein Hund war niemals ein Ersatz für ihre Kinder, aber kam dem immerhin am nächsten. Sie suchte sich eine Hündin aus und taufte sie Kudrjawka, Löckchen, nach Laikas erstem Namen. Sie konnte es kaum erwarten, bis das Tier zu ihnen ins Haus ziehen durfte.

Nach ihren jüngsten Verdiensten um die russische Raumfahrt hatte es nicht nur erneut Orden und Titel gehagelt, auch ihre Wohnverhältnisse hatten sich nochmals verbessert. Mit den Jahren wuchs das kleine Tjuratam und bekam einen neuen Namen: Baikonur. Immer mehr Wissenschaftler zogen dorthin, immer mehr Gebäude, Labore, Hallen und Wohnhäuser wurden gebaut. Nikolajs Traum eines Kosmodroms, eines Weltraumbahnhofs, hier wurde er Wirklichkeit. Als Wohnstätte für Wissenschaftler entstand Leninsk, ein richtiger Ort mit Begegnungsstätten und kleinen Geschäften, die Waren für den persönlichen Bedarf anboten. Auch Kathi und Nikolaj logierten inzwischen im Ort Leninsk in einem kleinen Zweizimmerhaus, solide aus Ziegelstein gebaut, mit Wasser- und Stromanschluss, und Fenstern, die dicht genug waren, um den Staub draußen zu halten. Meistens jedenfalls, seufzte Kathi, wenn Nikolaj es endlich lernen würde, Türen und Fenster ordentlich zu schließen. Die Einrichtung genügte gerade den bescheidensten funktionellen Ansprüchen, aber Kathi hatte sich bunten Stoff besorgt, hübsche Vorhänge und Tischdecken genäht und stellte, wann immer die Jahreszeit es erlaubte, Blumen auf. Sie verfügten sogar über eine winzige Küchenzeile, und eines Tages im Mai, als der örtliche Laden frische Kirschen anbot und sie einen ganzen Korb davon erworben hatte, kam Kathi auf die Idee, selbst Marmelade einzukochen. Mit Dorota hatte sie früher tagelang Beeren gepflückt und Marmelade eingekocht. Begeistert schloss sich Nikolaj ihrem Vorhaben an und wurde dazu abgestellt, die roten Früchte zu entkernen.

Zwei Stunden später hatte sich die Küche in ein Schlachtfeld verwandelt. Erhitzt und vollkommen erledigt, erholten sich Katja und Nikolaj auf der Bank.

»Du hast gelogen«, sagte Nikolaj. »Du kannst gar nicht einmachen.«

»Bei Dorota sah das immer so leicht aus«, seufzte Katja und betrachtete die vielen dunklen Flecken auf ihrer Schürze.

»Zuzusehen ist immer leicht«, schmunzelte Nikolaj und wischte ihr mit dem Zeigefinger einen Saftspritzer von der Wange.

»Ja, so viel zu Theorie und Praxis«, kicherte Kathi.

Seit der erfolgreichen Rückkehr der Hunde Belka und Strelka aus dem Kosmos nahmen die Pläne, erstmals einen Mann ins All zu entsenden, konkrete Formen an. Schon vor einiger Zeit hatte Pawel Sergejew in Zusammenarbeit mit General Kamanin, seines Zeichens oberster Kosmonautenchef, eine Liste erarbeitet, welche Eigenschaften die künftigen Kosmonauten erfüllen mussten. Zunächst sollte es ein Mann sein, der die Epoche verkörperte, ein Symbol seiner Zeit und Heimat.

Deshalb kam an erster Stelle: *grenzenloser Patriotismus*. Es folgten:

unbeirrbarer Glaube an den Erfolg des Fluges
ausgezeichnete Gesundheit
unversiegbarer Optimismus
geistige Beweglichkeit und Wissbegierde
Kühnheit und Entschlossenheit
Liebe zur Arbeit
Bescheidenheit
große menschliche Wärme und Aufmerksamkeit für die Mitmenschen

»Auf diesen Übermenschen bin ich gespannt«, lautete Kathis trockener Kommentar.

Pawel Sergejew, der es gehört hatte, ergänzte: »Und er muss vor allem lächeln können! Das sollten Sie übrigens auch öfters tun, Genossin Sadlerowa. Nur ein Rat.«

Am Abend fragte Kathi Nikolaj: »Findest du, dass ich zu wenig lächle?«

»Lächeln wir alle nicht immer zu wenig?«

»Weich mir nicht aus. Sag mir die Wahrheit. Bin ich zu ernst?«

»Früher hast du mehr gelächelt, Swojdotschka.« Nikolaj zog sie auf seinen Schoß. »Weil es mehr Momente zum Lachen gab. Damals hatten wir noch unsere Nadeshda. Und Franjuscha. Und Baby Laurin. Wir haben ein Anrecht, traurig zu sein, Liebste. Wären wir weniger traurig, würden wir sie auch weniger lieben.«

Vielleicht hatte ihr Pawel Sergejew deshalb die kleine Löckchen geschenkt, überlegte Kathi einige Wochen später. Denn mit dem lebenslustigen Welpen zog eine Menge Lachen in ihr kleines Häuschen ein.

Löckchen stellte unentwegt verrückte Sachen an, versuchte den eigenen Schatten zu fangen, jagte jeder Fliege nach und stolperte tollpatschig über die eigenen Beine. Sie lachten, als sie Nikolajs Stiefel anknabberte, und lachten, als sie jedes Stück Papier zerfetzte, das ihr zwischen die Pfoten geriet. Eine besondere Vorliebe hegte Löcken für Nikolajs Zeitung. Bevor sie lernten, alles in ihrer Reichweite wegzusperren, sah es in ihrem Haus oftmals aus, als hätte es bunte Fetzen geschneit.

»Ich denke, auf diese Weise wurde Konfetti erfunden«, meinte Kathi zu Nikolaj.

81

»Ich sah, wie herrlich unser Planet ist,
lasst uns dieses Schöne bewahren,
mehren und nicht zerstören …«

Juri Gagarin

Bald sollte Kathi dem Übermenschen begegnen, der als erster Kosmonaut der Menschheit in die Geschichte eingehen sollte. Er gehörte zur Gruppe zwanzig junger Flieger, die Ende März 1960 ihr reguläres Training für den Raumflug antraten.

Als maßgebliche Konstrukteure der Raumkapsel lud Chefkonstrukteur Sergejew Kathi und Nikolaj Ende 1960 gemeinsam mit den drei erwählten Kosmonauten Juri Gagarin, German Titow und Grigori Neljubow in das riesige, zweistöckige Konstruktionsbüro in Kaliningrad bei Moskau. Dort wurde den drei Kosmonauten die im Bau befindliche Raumkapsel in der Fertigungshalle gezeigt.

»Wer will schon mal Platz nehmen?«, fragte Pawel Sergejew aufgeräumt. Worauf der junge Gagarin rief: »Ich, wenn Sie erlauben!«, aus den Schuhen schlüpfte, was der Chefkonstrukteur wohlwollend zur Kenntnis nahm, und auf Socken in die Kapsel kletterte. Der junge Pilot wirkte wie verzaubert von diesem neuen Wunderwerk der Technik.

Pawel Sergejew überließ es Kathi, den Kosmonauten einen Überblick über Raumkapsel und Mission zu geben.

»Es ist vorgesehen, mit der Kapsel eine Erdumkreisung in einhundertachtzig bis zweihundertdreißig Kilometern Höhe zu absolvieren.« Kathi erklärte die Funktionsweise der dreistufigen Trägerrakete, die wichtigsten technischen Ausrüstungen wie Steuer- und Lebenserhaltungssysteme. Als Nächstes kam sie auf den Landeapparat zu sprechen.

»Warum ist er rund?«, fragte einer der Kosmonauten interessiert.

»Wegen der günstigen Aerodynamik. Ich zeige ihnen dazu ein kleines Experiment. Kommen Sie!« Kathi zog einen mit Knete zentrierten Tennisball aus der Tasche und ließ ihn aus dem oberen Stockwerk des Konstruktionsbüros ins Treppenhaus fallen.

»Ich sehe, was Sie meinen!«, rief Gagarin. »Er liegt ganz ruhig in der Luft.«

»Wann ist das Raumfahrzeug fertig? Wann wird es in den Himmel steigen?«, fragte German Titow.

»Wir wollen nichts überstürzen, junge Genossen«, mahnte der Chefkonstrukteur lächelnd. »Es geht um ein Maximum an Sicherheit. Bedenken Sie, Sie werden in eine lebensfeindliche Umgebung vordringen. *Der Mensch ist kein Spielzeug, und mit dem Kosmos ist nicht zu spaßen*«, zitierte der Chefkonstrukteur aus einem seiner Vorträge.

»Wie soll die Raumkapsel heißen?«, erkundigte sich Juri Gagarin.

»Sie hat noch keinen Namen«, antwortete der Chefkonstrukteur.

In Kathi stieg eine ferne Erinnerung auf. Damals, als sie Nikolaj in Petersdorf kennengelernt und er sie zu überzeugen versucht hatte, sich in den Dienst der Sowjetunion zu stellen, hatte er zu ihr gesagt:

»Frag dich, ob es nicht egal ist, von wo die Rakete startet. Hauptsache, sie landet auf dem Mond …«

Ihre Rakete ins All startete nicht aus dem Westen, sondern aus dem Osten. »Wostock«, schlug Kathi das russische Wort für Osten vor. »Sie sollte Wostock heißen.«

»Eine hervorragende Idee! Sie denken wie eine echte Russin, Genossin Sadlerowa«, lobte Pawel Sergejew.

Am 12. April 1961 war es so weit. Der Kosmonaut Juri Gagarin startete vom Kosmodrom Tjuratam zum ersten Flug eines Menschen ins All. Er umrundete die Erde und kehrte nach hundertacht Minuten unversehrt zurück.

Die Welt hatte einen neuen Helden, und mit seinem gewinnenden Lächeln eroberte Juri sie im Sturm.

Eine neue Flut an Orden brach über die Konstrukteure von Wostok 1 herein. Sie wurden zu Helden der Sozialistischen Sowjetunion ernannt, erhielten einen Sonderbonus und Urkunden mit der Unterschrift Nikita Chruschtschows.

Aber der allerschönste Dank für Kathi bestand darin, dass ihr Pawel Sergejew versprach, sich dafür einzusetzen, dass sie eine Genehmigung für eine Reise in ihre ehemalige Heimat erhielt.

82

Tränen kann man trocknen, aber das Herz – niemals.

Aus »Unter Wasser kann man nicht weinen«

Ein knappes Jahr nach Gagarins Reise ins All befand sich Kathi gerade auf dem Weg in die Montagehalle, wo Nikolaj ihr etwas zeigen wollte, als jemand rief: »Genossin Katja!«

Kathi wandte sich um und erkannte Nina Sergejewa. »Kommen Sie schnell, Genossin Katja. Ihre Tochter ist am Apparat.«

Kathi erschrak. Von einer bösen Vorahnung ergriffen, rannte sie Nina hinterher zu deren Büro.

»Mama«, weinte Nadeshda durch den Hörer, »du … kannst du …« Die Worte erstickten in einem Schluchzer.

»Kind, Liebling. Ich bin da! Was ist passiert?« Kathi bemühte sich um einen ruhigen Ton, auch wenn die Furcht kleine Schockwellen durch ihren Körper jagte.

Nadeshda schniefte. »Kannst du kommen, Mama, und mich holen?«

Wie oft hatte sich Kathi nach diesen Worten gesehnt, aber nicht unbedingt unter diesen Umständen. »Natürlich«, versicherte sie. »Papa und ich machen uns gleich auf den Weg.«

»Nein, du allein … bitte.«

»Was hast du? Hat dir jemand wehgetan?«

»Bitte, Mama. Komm einfach. Schreib bitte die Adresse mit.«

»Bist du nicht im Bolschoi?«

»Nein, komm zu der Adresse.« Nadeshda diktierte Kathi eine Straße und Hausnummer in Moskau und legte auf.

»Was ist mit Ihrer Tochter?«, erkundigte sich Nina Sergejewa mitfühlend.

»Sie wollte es mir nicht sagen. Sie hat nur gebeten, dass ich allein zu ihr komme. Ohne ihren Vater.«

Nina Sergejewa fragte nicht weiter nach, sondern stellte bereits praktische Erwägungen an. »Mein Mann fliegt in zwei Stunden mit einigen Ingenieuren nach Moskau. Er hat sicher nichts dagegen, Sie mitzunehmen. Ich frage ihn gerne.«

Es dämmerte bereits, als Kathi aus dem Taxi stieg. Die von Nadeshda genannte Adresse lag nicht gerade in Moskaus feinster Gegend. In den Nachkriegsjahren schnell hochgezogene Mietshäuser reihen sich endlos aneinander, und der eben einsetzende Nieselregen machte sie auch nicht ansprechender. Kathi zog ihre Jacke enger und schlang den Schal um ihren Hals.

»Soll ich auf Sie warten, Genossin?«, fragte der Taxifahrer und lächelte sie an. Freundlich, weniger geschäftstüchtig, wie es Kathi schien.

»Gerne. Es kann aber eine Weile dauern«, fügte sie hinzu und begab sich zur angegebenen Hausnummer. Unter Dutzenden machte sie das Namensschild aus und betrat das Gebäude. Eine schwache Glühbirne beleuchtete gesprungene Fliesen und fleckige Wände. Einen Aufzug gab es nicht. Kathi stieg fünf Stockwerke hinauf, fand die richtige Tür und klopfte. Augenblicklich verdunkelte sich der Spion im Türblatt. »Wer da?«, fragte eine raue Stimme.

Kathi nannte ihren Namen.

»Sind Sie allein?«

»Ja.«

Die Tür ging auf, und Kathi schlug ein merkwürdiger Geruch entgegen. Nach Kräutern, Essig und etwas Undefinierbarem, ein Geruch, der nicht dazu beitrug, ihre Unruhe zu besänftigen.

Eine grauhaarige Frau zog sie rasch hinein. Kathi gefiel der Blick nicht, mit dem sie hinter ihr in den Flur hinausblickte – als wollte sie sich versichern, dass sie wirklich allein gekommen war. Was machte ihre Tochter hier? In was war Nadeshda da bloß hineingeraten? Das Ganze kam Kathi vor wie ein konspiratives Treffen.

»Wo ist meine Tochter?«

»Komm«, sagte die Frau und schlurfte vor ihr her. Die Ikonen an den Dielenwänden wirkten auf Kathi weniger heilig als vielmehr einschüchternd. Sie fühlte sich auf ihrem Weg von den geschwärzten Gesichtern verfolgt. Auf einer Konsole brannte ein ewiges Licht, daneben stand eine Muttergottes mit gefalteten Händen. Alles atmete Schäbigkeit und Staub. Der moderne Telefonwandapparat bildete hierzu einen verblüffenden Kontrast, ein Unheilbringer, den weinende Mädchen benutzten, um ihre Mütter herbeizurufen.

Die Frau schob einen verschlissenen Vorhang am Ende des Flurs zur Seite.

Im schmalen Raum dahinter entdeckte Kathi ihre Tochter. Sie lag auf einer Matratze am Boden, die fleckige Decke bis zum Kinn hochgezogen.

Nun erkannte Kathi, was sie noch gerochen hatte: *Blut*.

»Mein Gott, was haben Sie getan?«, rief Kathi, stieß die Frau beiseite und warf sich neben Nadeshda zu Boden.

»Was denn, was denn?«, murmelte die Frau. »Immer das Gleiche. Kommen hierher und spielen sich auf. Die Kleine wird wieder wie neu. Ich verstehe mein Handwerk.« Sie klang weniger empört als resigniert.

»Mama«, flüsterte Nadeshda mit geschlossenen Lidern. »Du bist gekommen.«

»Ich bin hier.« Kathi nahm die Hand ihrer Tochter und erschrak, wie kalt sie sich anfühlte. »Was ist passiert, mein Liebling? Was machst du hier?« Dabei ahnte sie das Drama längst. Die Frau, das Blut, dieser Ort …

Nadeshda öffnete die Augen und versuchte sich an einem Lächeln, das kläglich scheiterte. »Nicht weinen, Mama. Mir geht es gut.«

»Was ist jetzt?«, sagte die Frau in der Tür. »Nehmen Sie sie jetzt mit? Ich brauche das Bett. Die nächste Kundschaft wartet.«

Nadeshda schob die Decke weg, wollte sich aufrappeln.

»Nein, bleib!«, sagte Kathi bestimmt. »Unten wartet noch der Taxifahrer. Ich werde ihn holen und bitten, dich zu tragen.«

Der Fahrer half, und Minuten später war Nadeshda im Taxi untergebracht. Kathi wollte sie sofort ins Krankenhaus fahren lassen. Aber Nadeshda wehrte sich dagegen mit aller ihr verbliebenen Kraft. »Wenn das rauskommt, werfen sie mich aus dem Bolschoi«, flüsterte sie. »Mir geht es gut, ich muss mich nur ein wenig ausruhen.«

Kathi fühlte die Stirn ihrer Tochter. Sie war nicht heiß. Trotzdem … »Dann lass uns zu Pelageja auf die Datscha fahren. Sie wird sich gut um dich kümmern.«

»Nein!«, wehrte Nadeshda geradezu erschrocken ab.

Ihre Reaktion versetzte Kathi einen Stich. Sie hatte an Pelagejas Vermutung gezweifelt. Aber eben hatte Nadeshda den Beweis erbracht: Aus unerfindlichen Gründen fürchtete sich ihre Tochter vor der kleinen Frau. Es erinnerte sie auf eigentümliche Art an Xenias Benehmen in Pelagejas Gegenwart.

Xenia begegnete ihr angriffslustig, dabei überspielte sie nur ihre Unsicherheit und Furcht.

»Bitte, Mutter. Ich bin müde und benötige lediglich ein wenig Schlaf. Dann bin ich wie neu.«

Kathi fand ihre Tochter stur und leichtsinnig. Aber sie wollte ungern gegen ihren Willen handeln. Es war offensichtlich, dass Nadeshda in diesem Zustand auf keinen Fall in ihr winziges Zimmer im Bolschoi-Internat zurückkehren konnte. Der Taxifahrer empfahl ihnen ein kleines und sauberes Gästehaus.

»Gut«, gab Kathi nach. »Aber wenn du Fieber bekommst, dann hole ich sofort einen Arzt.«

Der Fahrer half noch, Nadeshda nach oben ins Bett zu bringen, und Kathi entlohnte ihn anschließend fürstlich. Dank ihrer vorausschauenden Mutter fehlte es ihr nie an Devisen.

Der Taxifahrer betrachtete den Zehndollarschein, als hielte er ein Goldstück in der Hand. »Falls Sie echtes amerikanisches Penizillin brauchen, Genossin, ich könnte welches besorgen.«

Kathi überlegte nicht lange, wollte gegen alle Eventualitäten gewappnet sein. Eine Stunde später hielt sie ein kleines Döschen in der Hand, und nochmals wechselte ein Schein den Besitzer.

Mithilfe der Wirtin beschaffte Kathi Fleischbrühe, Brot, Tee und roten Wein. Während sie auf das Essen warteten, wusch Kathi Nadeshda und wechselte die Binden. Zu ihrer Erleichterung registrierte sie, dass Nadeshda nur wenig nachblutete. »Bitte erzähl Vater nichts davon«, bat Nadeshda, als Kathi sie zudeckte.

»Das kann ich nicht, mein Liebling. Dein Vater und ich haben uns geschworen, niemals Heimlichkeiten voreinander zu haben. Ich werde ihn nicht belügen.«

»Aber …« Nadeshda unterbrach sich selbst, als sie dem Blick ihrer Mutter begegnete. Was immer sie darin las, sie ließ vom

Thema ab. »Weißt du, du erinnerst mich gerade sehr an meinen Ballettmeister, Mutter.« Und dann sagte Nadeshda etwas zutiefst Erschreckendes: »Mach dir keine Sorgen, Mutter. Wir Ballettmädchen sind zäh. Ein paar von uns lassen jedes Jahr eines wegmachen. Eine von uns hat sogar gleich am nächsten Tag wieder getanzt!« Darauf aß ihre Tochter etwas Fleischbrühe, trank ein Glas Wasser, schluckte zwei Penizillinpillen und fiel bald darauf in einen erschöpften Schlaf.

Vom Wandapparat im Flur aus rief Kathi Nikolaj an. Noch während ihres Berichts hatte sie alle Mühe, ihren erregten Mann davon abzuhalten, sofort in ein Flugzeug nach Moskau zu steigen. Mit dem Versprechen, sich am Morgen wieder bei ihm zu melden, beendete sie das Gespräch.

Kathi wachte die ganze Nacht am Bett ihrer Tochter, betete, dass sie kein Fieber bekam und ihr Körper diese »Sache« unbeschadet überstand. Welchen Schaden ihre junge Seele dabei genommen hatte, daran mochte sie jetzt nicht denken. Immer wieder legte sie ihre Hand auf Nadeshdas bleiche Stirn. Die Geste beinhaltete so viel mehr, als nur zu prüfen, ob ihre Tochter an Fieber litt. All die Liebe und Zärtlichkeit, die sich in den Jahren in ihr angestaut hatten, flossen in diese Berührung ein. Seit ihnen seelenlose Menschen ihr kleines Mädchen vor vierzehn Jahren weggenommen und in ein staatliches Heim gesteckt hatten, war sie ihrem Kind nie mehr so nahe gekommen. Einzig den sowjetischen Bruderkuss ließ Nadeshda von den Eltern zu, jeden anderen körperlichen Kontakt lehnte sie weiterhin ab.

Es war Kathi einfach unbegreiflich, wie man einem Kind die Zuneigung zu seinen Eltern aberziehen konnte. Warum man eine Familie zerstörte. Es war unnatürlich. Die einzige Liebe, die Nadeshda erlaubt war, bestand in der Liebe zu einem

Phantom, das in einem fernen Palast residierte. Selbst wenn schreckliche Umstände Mutter und Tochter in diesen Stunden zusammengeführt hatten, so erfüllte Kathi dennoch große Dankbarkeit, dass ihr in dieser Nacht das Wunder gewährt wurde, ihrem Kind nahe sein zu dürfen.

Am Morgen erwachte Nadeshda fieberfrei und klagte über keinerlei Beschwerden. »Siehst du? Wir Sowjetmädchen sind stark«, erklärte sie.

Kathi hatte eine Menge Fragen an ihre Tochter, nicht zuletzt die nach dem Vater des Kindes. Wusste er Bescheid, dass sie eine Engelmacherin aufgesucht hatte? Sie verschob ihre Fragen bis nach dem Frühstück. Jeder Bissen, den ihre Tochter zu sich nahm, würde zu ihrer Stärkung beitragen. Zufrieden sah sie zu, wie Nadeshda mit gesundem Appetit aß, soeben ihr zweites Brot mit Butter und Marmelade bestrich und herzhaft ihre Zähne hineingrub.

»Danke, dass du mich nicht mit Fragen quälst, Mutter«, sagte Nadeshda zwischen zwei Bissen und löffelte reichlich Kirschmarmelade in ihren Tee. Sie süßte ihren Tee auf die gleiche Weise wie Nikolaj. Und wie ihre Großmutter Annemarie, obwohl Nadeshda diese nie kennengelernt hatte. Kathi hatte sie schon einige Male gefragt, ob sie nicht zu den vierteljährlichen Familientreffen in der Botschaft mitkommen mochte, auch, um endlich ihren kleinen Bruder Laurenz kennenzulernen. Aber davon wollte Nadeshda nichts wissen. Sie interessiere sich nicht für den *deutschen* Teil der Familie, und sie wolle auch keinen Bruder treffen, der niemals »ein wahrer Sowjet« sein würde, weil er im kapitalistischen England erzogen würde.

Angesichts des fragilen Fundaments ihrer Beziehung fiel Kathis folgende Frage reichlich zaghaft aus: »Möchtest du denn nicht über den Vater deines Kindes sprechen?«

»Nein.« Nadeshdas Miene verschloss sich sofort, die Hand,

die sich eben zum Brotkorb streckte, zuckte zurück. »Ich muss gehen.« Nadeshda schob das Tablett von den Knien und versuchte, aus dem Bett zu steigen.

»Aber du musst dich ausruhen«, rief Kathi alarmiert.

»Mir geht es gut, Genossin Mutter.« Nadeshdas jähe Blässe und die Schweißperlen auf ihrer Stirn sagten allerdings etwas anderes.

»Ich stelle keine Fragen mehr, in Ordnung?« Kathi war zu jedem Zugeständnis bereit, auch wenn es bedeutete, dass sie sich erpressen ließ. Hauptsache, ihre Tochter mutete sich nicht gleich wieder zu viel zu.

»Also gut, ein bisschen kann ich noch bleiben.« Nadeshda sank vorsichtig auf ihre Kissen zurück.

83

Ich sehe dich an und weiß, warum ich dich liebe.

Nikolaj

Nikolaj wedelte mit einem Dokument, das ein Bote eben gebracht hatte. »Auf die Korruption ist doch stets Verlass.«

Kathi blickte von Pasternaks Buch auf. Nikolaj hatte ihr die verbotene Ausgabe organisiert.

»Was hast du da?«, fragte sie.

»Das, mein Liebling«, Nikolaj beugte sich zu ihr herab, küsste ihren weichen Scheitel und legte das Papier vor sie, »ist die Freiheit.«

»Was?« Kathi sprang auf, las die behördlichen Zeilen. »Sie erlauben uns, nach Polen zu reisen?« Plötzlich schien die Luft zu dünn zum Atmen. Chefkonstrukteur Pawel Sergejew hatte sein Wort also gehalten und sich für sie eingesetzt!

Zwar hatte es bald ein Dreivierteljahr erfordert und sicher eine nicht unerhebliche Summe des Filipow-Vermögens verschlungen, aber nun lagen alle erforderlichen Genehmigungen, Stempel und Visa vor. Schon in drei Monaten, im Juni, würde es so weit sein: Kathi und Nikolaj würden gemeinsam eine einwöchige Reise in die polnische Woiwodschaft Schlesien antreten.

»Mein Gott!«, rief Kathi außer sich vor Freude. »Du wirst

endlich meine Familie kennenlernen, und Dorota und Oleg und …« Kathi ließ die eigene Stimme im Stich. Zu sehr überwältigte sie die kaum mehr erhoffte Nachricht.

Nach siebzehn Jahren würde sie endlich all die Menschen wiedersehen, die sie so schmerzlich vermisst hatte. Und ihre Heimat.

Die folgenden drei Monate schwang sie das gesamte Gefühlsbarometer auf und ab, bangte, ob ihr Traum auch wirklich wahr werden würde.

Und dann war der Tag gekommen.

Da ihr Ziel Polen lautete, durfte Nikolaj die Maschine nicht selbst steuern. Stattdessen waren sie für einen regulären Flug bis nach Wroclaw, früher Breslau, gebucht. Dort würden sie sich mit Kathis Eltern und ihrem mittlerweile neunjährigen Sohn treffen. Oleg würde sie alle gemeinsam vom Flughafen abholen. Alles war durch Annemarie bestens vorbereitet und organisiert.

Die Nacht vor ihrem Abflug verbrachten sie bei Anatoli und Pelageja auf der Datscha. Löckchen würde die Woche bei den Kobulews bleiben. Oskar, inzwischen ein betagter Hundeherr, erduldete Löckchens ungestüme Avancen mit Langmut und der Weisheit eines langen Lebens.

Aufgeregt und glücklich verabschiedeten sie sich am nächsten Morgen von Anatoli, der sie am Flughafen absetzte. Nun konnte nichts mehr schiefgehen.

In der Halle erwartete Kathi und Nikolaj trotzdem ein Schockmoment. Unvermittelt stand Xenia vor ihnen.

Seit deren Verhaftung hatte niemand mehr von ihr gehört. Und Kathi hatte gehofft, dass das auch so bleiben würde. Ausgerechnet jetzt tauchte sie wieder auf und zog mit ihren vierzig Jahren immer noch die Blicke auf sich. Wo auch immer sie sich in der Zwischenzeit aufgehalten haben mochte, an guter Verpflegung schien es ihr dort nicht gemangelt zu haben. Das zweiteilige, auf Figur geschnittene Kostüm betonte höchst üppige Rundungen. Allerdings hatte sich die Bosheit, die sie lange vor Nikolaj hatte verbergen können, inzwischen als unvorteilhafter Zug in ihr Gesicht gegraben.

Nikolaj legte seine Hand beruhigend auf Kathis Knie. Er täuschte keine Höflichkeit vor, als er sagte: »Genossin Liskowa. Du bist zurück?«

»Oh, ich war nie richtig weg, mein Lieber«, antwortete Xenia leichthin und deutete auf einen grau melierten Mann in Generalsuniform, der in einigem Abstand eine Zigarette rauchte und sich dabei mit einer älteren, gut gekleideten Dame unterhielt. Nikolaj erkannte in dem Militär einen hohen Funktionär und Vertrauten Leonid Breschnews. »General Kaminov, mein Mann«, erklärte Xenia und fixierte Nikolaj herausfordernd. Ihre stumme Botschaft ließ Kathi erschauern. *Sie war noch nicht fertig mit ihnen …*

Nikolaj blieb nach außen ruhig, nur Kathi konnte spüren, was wirklich in ihrem Mann vorging. »Gratulation. Du wusstest dich schon immer gut zu betten, Genossin Liskowa.«

Xenia lächelte sardonisch, während ihr Blick kurz auf Kathis schäbigem Koffer ruhte – demselben, mit dem sie einst nach Russland gekommen war.

Nikolaj holte eine Packung Zigarillos hervor. Seit Kurzem war auch Kathi auf den Geschmack gekommen. Hier kam das Erbe ihrer exzentrischen Großmutter Charlotte durch, die zeitlebens Zigarren geschmaucht hatte. Er hielt ihr das offene Etui entgegen. »Teilen wir uns eine?« Kathi nickte. Nikolaj bot Xenia nichts von dem Tabak an. Bevor sie ging, ließ sie jedoch noch einen Satz fallen, der in ihre Herzen einbrach wie ein Felsen. »Ach, gratuliere zu deiner Tochter, Genosse Nikolaj. Ich habe gehört, sie sei der aufgehende Stern am Bolschoi?« Damit stöckelte sie davon.

»Ich hätte sie damals umbringen sollen«, knurrte Nikolaj. Er sog heftig am Zigarillo und stieß den Rauch in die Luft.

Kathi ignorierte den eigenen rasenden Puls. »Xenia tut das, was sie immer tut: Sie versucht, Unfrieden zu stiften. Ich möchte mich jetzt aber auf die Reise und meine Familie freuen«, erklärte sie fest.

Nikolaj nahm ihre Hand und legte sie an seine Wange. »Ich sehe dich an, Stern meines Lebens, und weiß, warum ich dich liebe. Ich höre dir zu und weiß, warum ich nie aufhören werde, dich zu lieben.«

84

Glück musst du in dem finden, was du tust,
und in dem, was du hast, Herzele.

Dorota

»Oleg, halt an! Ich möchte hier aussteigen und den Rest zu Fuß gehen«, bat Kathi. Alle schlossen sich ihr an. Von der Anhöhe bot sich ihnen ein einmaliger Blick auf das umgebende Land und den Sadlerhof, der zwischen zwei grüne Hügel gebettet lag.

»Genau hier habe ich deine Mutter zum ersten Mal gesehen«, verkündete Nikolaj seinem Sohn.

»Du erinnerst dich?«, hauchte Kathi überrascht.

»Natürlich. Du hast mit deiner Schwester Franjuscha auf der Ladefläche eines Lkw gesessen, und ich fuhr hinter euch her. Du sahst verschreckt aus wie ein junges Eichhörnchen, und ich musste dir einfach zulächeln.«

»Und nun sind wir wieder hier.«

»Ja, das sind wir.« Nikolaj fasste nach ihrer Hand. »Bist du bereit für die Heimat, Swojdotschka?«

»Ja.« Kathi streckte ihre andere Hand aus, und ihr Sohn ergriff sie. Zu dritt schritten sie den Weg hinab. Ihnen folgten Annemarie und Laurenz, Hand in Hand mit Franzi.

Ihre kleine, feierliche Prozession hatte den Hof noch nicht ganz erreicht, als ihnen zwei riesige, zottelige Hunde entgegensprangen. Darauf öffnete sich die Haustür, und Dorotas »Herzele, Herzele«-Schreie übertönten selbst das Gebell der beiden Ungetüme.

Dorota breitete die Arme aus, und Kathi und Franzi warfen sich an ihre weiche Brust. »Oij, heute ist ein guter Tag«, stammelte Dorota mehrmals unter Tränen. Als die Polin die Arme um sie schloss, wusste Kathi: Nun war sie wahrhaftig zu Hause.

Am Abend feierten sie ein Festmahl in der guten Stube. Paulina hatte es mithilfe ihrer siebzehnjährigen Zwillinge Alma und August zubereitet. Dorota, nun in ihren Achtzigern, hatte »das Reißen«, wie sie sagte, und konnte sich nicht mehr so gut bewegen wie früher. »Geht halt alles etwas langsamer, aber es geht«, versicherte sie.

»Aber kommandieren kann sie noch genauso gut wie früher«, sagte Paulina mit einem Augenzwinkern.

»Und vergiss den Besen nicht!«, ergänzte Oleg schmunzelnd.

Sie hatten sich viel zu erzählen. Kathis Neffe August schien ein nachdenklicher junger Bursche zu sein, der sich sehr für Politik interessierte. Er belegte Nikolaj mit Beschlag und fragte ihn zu den Verhältnissen in Russland aus. Nach dem Abitur wollte August Jura studieren, in Warschau.

»Warum Warschau und nicht Breslau?«, fragte Kathi und nahm sich noch von Dorotas herrlichem Pflaumenkompott.

»Weil Alma ab diesem Herbst auch nach Warschau gehen wird.«

»Ich habe kürzlich die Aufnahmeprüfung für das Warschauer Staatsballett bestanden«, erklärte Alma nicht ohne Stolz.

»Das ist fantastisch, Alma. Wenn ich das meiner Nadeshda erzähle …« Kathi vermisste ihre Tochter so sehr, wünschte sich, sie hätte sie hierher begleitet. Leider hatte Nadeshda ihren Vorschlag mit einer Vehemenz abgelehnt, die es Kathi schwer machte, vor ihr zu verbergen, wie sehr sie ihr Verhalten verletzt hatte.

Dass ihre Nichte Alma und Nadeshda dieselbe Tanzleidenschaft teilten, wusste sie durch den Briefverkehr mit Dorota und Paulina seit Jahren. Die beiden Mädchen glichen sich in ihrer zarten Statur und der Grazie ihrer Bewegungen, aber damit endeten auch schon die Gemeinsamkeiten. Alma war eine selbstsichere junge Frau und strahlte auch eine gewisse Robustheit aus. Sie schien Kathi nicht nur besser geeignet für die harte Arbeit und Strapazen, die das Ballett erforderte, sondern vor allem besser gewappnet für den unbarmherzigen Konkurrenzkampf, der unter den jungen Elevinnen herrschte. Nadeshda dagegen wusste im Grunde nichts über die Welt außerhalb der Bühne, auf der sie sich bewegte. Ihr Kopf war angefüllt mit Parolen und leeren Phrasen, die das selbstständige Denken ersetzten. Den Tag, an dem sie erwachen und feststellen würde, dass ihr Leben auf rotem Sand gründete, fürchtete Kathi genauso wie die Möglichkeit, dass ihre Tochter das gesamte Leben in diesem inhaltsleeren Zustand verbringen könnte.

Die Nacht verbrachte Kathi mit Nikolaj in ihrem alten Kinderzimmer. Alma wohnte jetzt darin, aber sie hatte es für sie gerne geräumt. Als ihr Zwillingsbruder vorschlug, ein gemütliches Lager in der Scheune herzurichten, schlossen sich Alma, Franzi und Laurenz Jr. seinem Vorschlag begeistert an. Ruckzuck fand sich auch ein halbes Dutzend Katzen ein, die bis auf den letzten Tupfen aussahen wie Franzis frühere Kindheitsgefährten. Fraglos handelte es sich um deren Nachkommenschaft.

Kathi konnte es am nächsten Morgen nicht erwarten, Nikolaj die Stätten ihrer Kindheit zu zeigen. Aber an erster Stelle stand ein gemeinsamer Besuch auf dem Friedhof an.

Oleg und Paulina hatten dafür Sorge getragen, dass die

Urgroßeltern August und Charlotte aus dem Stollen geholt wurden, in dem Dorota und Kathi sie einst aus der Not heraus im Kriegswinter 1945 bestattet hatten, und in die Familiengrabstätte der Sadlers umgebettet wurden. Während Annemarie, Laurenz und die anderen noch am Grab von Laurenz' Eltern verweilten, führte Kathi Nikolaj zu einer weiteren Grabstelle.

Als er die Inschrift las, verstand Nikolaj, weshalb Kathi am Morgen gemeinsam mit Franzi nicht nur Wiesenblumen gepflückt, sondern auch eine Karotte eingesteckt hatte.

Anton Luttich
17.01.1927 – 30.08.1939
Er träumte vom Fliegen.

Kathi legte Blumen und Karotte auf Antons Grab nieder. Da sie ihr Taschentuch Franzi überlassen hatte, reichte ihr Nikolaj seins.

»Wer war dieser Junge, Mama?«, fragte ihr Sohn, der ihnen gefolgt war.

»Er war mein Hüter. Bis dein Vater kam, mein Schatz.« Kathi strich ihrem Jungen über die Stirn. Gott, wie sie ihn liebte … Er sah aus wie ein perfekter kleiner Gentleman, und er sagte zu allen Frauen *Madam*. Dorota war höchst entzückt und kam aus dem Schwärmen über das Bubele, das freiwillig sein Frühstücksgeschirr wegräumte, nicht mehr heraus.

Am Morgen hatte ihr Junge darauf bestanden, seinen Anzug anzulegen, um seinen Urgroßeltern die letzte Ehre zu erweisen. Nikolaj meinte, die Briten sollten sich vorsehen, er könnte einmal ihr Premier werden … Und nun hatten sie eine ganze Woche gemeinsam, nicht nur ein paar gestohlene Stunden in Moskau. Es fühlte sich noch immer unwirklich an, dieses Glück.

»So wie Anatoli auf Franzi aufgepasst hat?«, fragte Laurenz

Jr. nun eifrig. Es verstand sich von selbst, dass er alle Geschichten über Pelageja, Anatoli und Franzi in- und auswendig kannte.

Später schlenderten sie zu dritt durch den Ort, während Annemarie und Laurenz mit Franzi auf den Sadlerhof zurückkehrten. Franzi wollte bei ihren Bienen schlafen. Ihr Schlafbedürfnis, ohnehin hoch, hatte in den letzten Jahren weiter zugenommen. Ihr Zustand bereitete ihnen seit Längerem zunehmend Sorgen. Sie bekam mehr Krampfanfälle und Schmerzen, und in ihrem blassen, spitzen Gesicht stand der kleine Mund wie ein O.

Am Abend zuvor hatte Annemarie Kathi beiseitegenommen und erzählt, sie habe in London einen Arzt kennengelernt, der zwei Patienten mit ähnlichem Krankheitsverlauf behandelte. »Er steht auch mit Kollegen in den USA in Verbindung. Es gibt einen Namen für Franzis Krankheit: Sklerodermie. Üblicherweise sterben die Patienten in viel jüngerem Alter, sogar wenn sie schwächere Symptome haben. Franzi ist die älteste ihm bekannte Patientin.«

»Aber Franzi sieht doch gar nicht so schlecht aus?«, wunderte sich Kathi, die es sich nach der Schilderung im letzten Brief ihrer Mutter schlimmer vorgestellt hatte.

Ihre Mutter lächelte, und die Sorgenfalten in ihrem Gesicht glätteten sich dadurch. »Seit der Nachricht, dass wir uns hier alle wiedersehen, ist Franzi richtig aufgeblüht, das ist wahr. Ich bin so froh zu sehen, wie sie sich über die Heimkehr auf den Hof freut. Aber …«

»Was aber?«

»Ein wenig fürchte ich mich auch vor der Abreise. Wie wird es ihr danach gehen?«

Kathi überlegte, wusste jedoch nicht, ob sie ihren Gedanken aussprechen sollte. Sie wagte es: »Denkst du, Franzi wäre glücklicher hier auf dem Hof, bei Dorota?«

»Ach, ich weiß es nicht. Ich will doch nur, dass es meiner Kleinen gut geht«, rief ihre Mutter hilflos aus.

»Ich spreche mit Franzi«, bot Kathi an. »Vielleicht sagt sie mir, was sie möchte.«

»Danke, mein Schatz!«

Kathi nahm ihre Mutter in den Arm. Das brauchten sie jetzt beide. Kathi dachte an jenen Tag in Moskau vor neun Jahren zurück, als sie ihren kleinen Sohn losgelassen hatte, um ihm ein freies, kindgerechtes Leben zu ermöglichen. Würde ihre Mutter bald vor einer ähnlichen Entscheidung stehen?

***

Vieles hatte sich in Petersdorf verändert, und nur weniges erinnerte Kathi noch an den Ort ihrer Kindheit. Die jahrhundertealte Kirche war im letzten Kriegsjahr noch durch die Nazis in Brand gesteckt worden, weil ihr Pfarrer Berthold dem Widerstand angehörte. An ihrer Stelle war zwar eine neue errichtet worden, jedoch um einiges kleiner und von liebloser Schmucklosigkeit. Für Kathi stand der Bau irgendwie verloren herum, als gehörte er nicht hierher. Sie fragte sich, ob ihr Empfinden wohl damit zu tun habe, dass dem Ort mit Pfarrer Berthold die Seele geraubt worden war. Kathi murmelte ein kurzes Gebet für den Mann, der einst versucht hatte, sie und Franzi zu retten, und damit vermutlich sein eigenes Schicksal besiegelt hatte. Ihre stille Hoffnung, dass er den Krieg überlebt und nach Petersdorf zurückgekehrt war, hatte sich nicht erfüllt. Sein Verbleib würde wohl für immer ungeklärt bleiben. Pelageja hatte es einmal auf ihre Weise ausgedrückt: Ungewissheit sei der letzte Racheakt des Teufels an den Überlebenden.

Auch der Gasthof Klose mit der Brauerei *Petersdorfer Märzen*, der Krämerladen, in dem sie einst ihre Wundertüten und die herrlich prickelnde Ahoj-Brause gekauft hatten, das Schulgebäude und das Haus der Luttichs waren aus dem Dorfbild verschwunden. Wer ein Bier trinken oder einkaufen wollte, musste nun ins benachbarte Michelsdorf fahren. Die neuen Bewohner, ausnahmslos Polen, grüßten die Besucher sehr freundlich. Dennoch brach Kathi die Besichtigungstour ab. Es stimmte sie irgendwie melancholisch, dieses ihr fremd gewordene Dorf.

Zurück auf dem Hof, erwartete sie der Duft von frisch gebackenem Kuchen und Besuch. Ein Mann saß bei Dorota in der Küche und trank Tee.

Entzückt erkannte Kathi den wundersamen Herrn Levy. Auch in seinen Achtzigern ging dieser noch unermüdlich auf Wanderschaft. Sie umarmte ihn herzlich zur Begrüßung.

Insgeheim hatte sie es sich gewünscht, ihm hier zu begegnen. Aber zum ersten Mal fragte sie sich, ob sein Haar immer schon so weiß und die Furchen in seinem Gesicht so tief gewesen waren.

Nichtsdestotrotz schien Herr Levy bester Dinge. Franzi saß neben ihm, und obwohl auch vor ihr ein Teller mit Kuchen stand, stibitzte sie den von seinem Teller.

Herr Levy kicherte und tauchte seine Gabel in ihr Kuchenstück. »Vom anderen Teller schmeckt es halt immer besser, was?«, meinte er zwinkernd in die Runde.

»Wie lange bleibst du, Abel?«, fragte Dorota, die an seiner anderen Seite saß.

»Oij, ich bin gekommen, um zu gehen, Dorotele.«

Wohin?, summte Franzi. Kathi übersetzte.

»In den Himmel, in den Himmel«, antwortete Herr Levy, und eine weitere Gabel Kuchen wanderte in seinen Mund.

Auch im Himmel wachsen Blumen, summte Franzi.

»Oij«, machte nun auch Dorota.

Kathi fand, sie wirke heute ein wenig stiller als sonst. Ihre gute Dorota mit der Sonne im Herzen, die alles Italienische liebte, seit Kathis Vater in den Zeiten seines Breslauer Musikstudiums den italienischen Studenten Piero mitgebracht hatte, um die Ferien mit ihnen zu verbringen. Der heimwehkranke Piero hatte damals mit seinen Kochküsten und Schwärmereien Italien ins Haus geholt und für Dorota zum Leben erweckt. Auf Kathis Lippen stahl sich ein feines Lächeln, als sie daran dachte, wie sie früher von der Schule heimkam und schon im Hof von Dorotas Stimme begrüßt wurde, die in der Küche *O sole mio* schmetterte. Aber Dorotas Zurückhaltung rührte sicher daher, dass sie durch »ihr Reißen« nicht mehr wie früher mit einem Lied auf den Lippen in der Küche wirbeln, im Stall keine Kuh mehr melken und auf dem Feld keine Kartoffeln mehr lesen konnte. Dorota ohne Arbeit, das war, als würde man ihr das Lebenselixier nehmen. Aber eine Klage würde ihr niemals über die Lippen kommen.

»Ich glaube«, meinte Annemarie am Abend zu ihrer Tochter, »unsere Dorota weiß nicht einmal, wie man das Wort *Klage* buchstabiert.«

Tags zuvor, als Kathi von den Reisen ins All erzählte, da hatte Dorota die Hände vors Gesicht geschlagen und gerufen: »Bei der Schwarzen Madonna! Unsereins schafft es nicht einmal bis ins Land der Zitronen, und das Herzele spaziert demnächst auf dem Mond herum!«

Franzi, die zuletzt von ihren Zoten gelassen und sich mehr auf das Dichten verlegt hatte, summte einen neuen Vers. Kathi übersetzte.

Die Träume nie vorbei.
Die Blumen lächeln,
Für immer.

»Oij, das ist aber hübsch, Herzele. *Die Blumen lächeln*«, wiederholte Dorota, und ein verträumter Ausdruck trat auf ihr Gesicht, als zögen vor ihrem inneren Auge all die schönen Dinge eines erfüllten Lebens vorbei. Ihre alte, abgearbeitete Hand ruhte auf dem Tisch, und Herr Levy legte nun die seine darüber. Auch er lächelte.

Später ließen Kathi und ihr Vater Laurenz eine alte Tradition wieder aufleben. Sie bestiegen gemeinsam den Hügel mit dem Apfelbaum. Der Nachwuchs der Wiedehopfe, die seit dem Krieg jedes Jahr in ihr heimisches Astloch zurückkehrten, war längst ausgeflogen. Aber einer der seltenen Vögel saß im Zweigwerk und begrüßte ihre Wiederkehr. Ein Singvogel war er nicht, sein Repertoire umfasste gerade einmal drei Flötentöne. Aber Kathi fand sein exotisch-fremdartiges Aussehen seit jeher umwerfend.

Als Kathi ihre Stirn an die dunkle, sonnenwarme Rinde lehnte, da spürte sie eine ganz starke Verbindung. An diesem Ort berührten sich Vergangenheit und Gegenwart. Der Wiedehopf breitete die Flügel aus und flog über den Hügel davon. Sehnsüchtig folgte ihr Blick seinem Flug. Und plötzlich meinte sie, sich aus sich selbst herauszulösen, spürte sie, wie ihr selbst Flügel wuchsen und sie in den Strom der Gezeiten eintauchte. Gemeinsam glitten sie und der Vogel über Petersdorf hinaus, stiegen in den Himmel bis hinauf ins Universum und sahen die Erde unter sich in überirdischem Blau leuchten. Ein merkwürdig zweigeteiltes Gefühl erfüllte Kathi. *Weltenliebe. Weltenschmerz.*

Ihr Vater schien genau zu verstehen, was sie gerade bewegte. »Deine Mutter hat einmal zu mir gesagt, Heimat sei mehr als nur ein Ort. *Heimat sei ein Gefühl.*«

Kathi löste sich aus der Schwerelosigkeit und kehrte ins Irdische zurück. »Nikolaj meinte etwas Ähnliches zu mir: *Wer seine Wurzeln kennt, der kann überall hingehen.*«

»Bist du glücklich, kleiner Kolibri?«

»Gerade ist mir eher melancholisch zumute«, antwortete Kathi ehrlich.

»Weil du dich an das große Glück erinnerst, das einmal gewesen ist. Wir waren hier auf dem Hof als Familie sehr glücklich. Die Melancholie, die du jetzt spürst, das ist das Echo dieses vergangenen Glücks. Aber wir haben uns ein neues Glück geschaffen, kleiner Kolibri. Schau, wir sind hier. Zusammen. Unser Apfelbaum ist immer noch derselbe, so wie wir noch immer dieselben sind. Und die Liebe, die gehört uns auch für immer.«

Kathi horchte in sich hinein, suchte und fand die guten Samen, die Dorota bereits in ihrer Kindheit in sie gelegt hatte: »Frag mich noch einmal nach dem Glück, Vater.«

»Bist du glücklich, kleiner Kolibri?«

»Ja, das bin ich. Auch wenn ich mir noch mehr wünsche. Aber ich halte mich an das, was mir Dorota mit auf den Weg gegeben hat: *Glück in dem zu finden, was man tut, und in dem, was man hat*. Es klappt nicht immer«, ergänzte Kathi mit einem wehmütigen Lächeln. *Nadeshda*. Ihre Kleine, die man ihr zweimal genommen hatte … Dieser Schmerz in ihrem Inneren, er schwelte in ihr wie eine offene Wunde.

Sie setzten sich unter den Baum, und Kathi barg ihren Kopf an der Schulter ihres Vaters. Wie früher. Seine Nähe vermittelte ihr Sicherheit und das Gefühl, dass eines Tages alles gut werden würde. Mit seinen Vaterkräften blieb er für sie der Held ihrer Kindheit, der Wunder wirken und Zauberschlösser schaffen konnte. Die Frage nach seinem Glück stellte sie ihm nicht. Weil sie die Antwort darauf kannte. Er hatte sie ihr schon vor vielen Jahren in Moskau gegeben. Sie wussten um ihre gegenseitigen Geschichten, um das Gewicht ihrer Gedankenlast. »Niemand kann seine Vergangenheit ändern, kleiner Kolibri«, hatte ihr

Vater erklärt. »Man kann sie entweder zeitlebens mit sich herumschleppen oder mit ihr abschließen. Das erfordert einen Akt des Verzeihens. Ich habe meinen Peinigern verziehen und auch den Umständen. Es hat mich befreit, und heute kann ich mein Leben in der Gegenwart genießen.«

Es waren heilende Gedanken, und Kathi bewunderte ihren Vater für seine Stärke. Er legte jetzt den ihm verbliebenen Arm um sie, und Kathi schmiegte sich hinein.

Versunken betrachteten Vater und Tochter das weite Land zu ihren Füßen, still und friedlich ruhte es unter der goldenen Junisonne. Die Äcker bestellt, alles war im Werden und Reifen. Leben!

»Kleiner Kolibri«, begann ihr Vater. Kathi richtete sich auf, fragte sich, ob jetzt die Bitte kommen würde, die günstige Gelegenheit zur Flucht in den Westen zu ergreifen. Seit sie von der Reise nach Petersdorf wusste, hatte sie sich natürlich darüber Gedanken gemacht, genauso wie Nikolaj. Aber keiner hatte den anderen darauf angesprochen, als hätten sie einen geheimen Stillschweigepakt geschlossen. Gestern jedoch hatte Nikolaj sie am Bienenhaus beiseitegenommen und ihr gesagt: »Manche Menschen schließen die Augen und sehen nichts. Wenn ich die Augen schließe, dann sehe ich eine ganze Welt, und das bist du. Du bist die Welt für mich, Katjuscha. Du bist meine Heimat, du bist der Sehnsuchtsort meines Herzens. Ich gehe mit dir überallhin.«

Kathi fürchtete sich nun vor der Frage ihres Vaters, denn dann würde sie eine Entscheidung treffen müssen.

Sie erkannte ihren Irrtum, als ihr Vater erklärte: »Es ist unsere Dorota. Es geht ihr nicht sehr gut. Darum ist auch Herr Levy gekommen.«

»Was willst du damit sagen?« Kathis Herz zog sich schmerzhaft zusammen, es hatte die Wahrheit längst erkannt.

»Sprich selbst mit ihr. Nimm Franzi mit. Es ist Dorotas Wunsch.«

»Wann hast du davon erfahren?«

»Herr Levy hat es uns geschrieben. Deine Mutter hat große Kraftanstrengungen unternommen, um die Genehmigung für unsere Reise zu beschleunigen. Dorota hat auf uns gewartet. Nein, nicht weinen, kleiner Kolibri. Heute ist ein guter Tag.«

Der Vater fuhr mit dem Daumen über ihre Wange und fing die Träne auf. Die Sonne verfing sich darin und verwandelte sie in einen Diamanten. Über ihnen im Baum flötete der Wiedehopf.

85

Die Welt ist voller Wunder, für den, der sie sieht.

Aus »Solange es Schmetterlinge gibt«

»Es ist das Herz, Herzele. Es hat immer stark geschlagen, aber jetzt ist es müde geworden. Und das ist gut so. Auch ein Herz hat das Recht, sich einmal auszuruhen. Ich hätte schon früher gehen können, aber ich wollte doch auf dich und das Puppele warten.«

Dorota saß in ihrem Lieblingsstuhl in der guten Stube, die Beine bequem auf einen Hocker gebettet. Franzi kauerte zu ihren Füßen. Kathi kniete neben dem Sessel, Dorotas Hand lag locker auf ihrem Kopf.

»Du musst mir versprechen, nicht traurig zu sein. Oij, vielleicht nur ein bissele, ja? Ich hatte ein gutes Leben. Kein besseres hätt' ich mir wünschen können. Na ja, bis auf das eine oder andere, und die beiden Kriege hätt's auch nicht gebraucht.« Sie lächelte weise und ein wenig wehmütig. »Aber ohne den ersten hätt' ich auch nicht meinen Oleg. Den hat mir ja der Krieg zur Tür reingeweht. Nun muss ich durch eine andere Tür hinausgehen.«

Gleich?, summte Franzi. *Ich will dir Blumen bringen.* Kathi übersetzte.

»Nein, Puppele. Heut nicht. Heut ist kein guter Tag zum Sterben.«

Drei Tage später saß Dorota mit Herrn Levy auf einer Bank und beobachtete, wie die Sonne hinter dem Hügel versank. Als ihre letzten Strahlen den Apfelbaum berührten und es aussah, als würde er in Flammen stehen, sagte Dorota zu Herrn Levy: »Heute ist ein guter Tag, Abel. Bring mich ins Bett. Und dann hol den Pfarrer.«

Dorota empfing die Heiligen Sakramente, und alle kamen, um Abschied zu nehmen.

Früh am Morgen, als sich die ersten Sonnenstrahlen durch das Fenster tasteten und Dorota die Wärme auf ihrem Gesicht spürte, lächelte sie ein letztes Mal. Umgeben von all ihren Lieben, murmelte sie glückselig: »Heute ist ein guter Tag zum Sterben.«

Und verschied.

Franzi, die die Nacht auf einem Kissen auf dem Boden neben ihr verbracht hatte, erwachte just in diesem Moment, verschwand für einige Minuten und kehrte mit einem kleinen Strauß Gänseblümchen zurück. Sie legte sie Dorota behutsam in die Hände und summte: *Die Blumen lächeln*.

Dann küsste sie ihre Eltern und ihre Schwester und ihren Neffen Laurenz und verkündete, sie wolle mit den Bienen spielen.

Lange kehrte sie nicht zurück.

Gegen Mittag machten sich Annemarie und Kathi auf zu den Bienenstöcken hinter dem Haus. Das Bienenhaus lag seit Jahrhunderten am Fuße des Hügels. Schon der erste Sadlerbauer hatte sich als Imker betätigt, und Oleg und sein Sohn August setzten diese Tradition fort.

Sie fanden Franzi, zwischen den bunten Tupfen der Wiesenblumen ruhend, bei ihren geliebten Bienen.

Mutter und Tochter fassten sich an den Händen, ihre Finger verflochten sich. Sie spürten, dass ihnen gerade etwas Außergewöhnliches zuteilwurde. Der göttliche Funken, der von diesem goldenen Geschöpf im Gras ausging, zündete in ihren Herzen. Alles war möglich, eine Spalte in der Zeit, die Geburt eines Sterns, eine Begegnung mit der Schöpfung.

»Meine kleine Blume«, rief Annemarie ihre Tochter zärtlich an. Der Schwarm, der Franzis Schlaf bewacht hatte, flog nun auf, als Annemarie und Kathi näher herantraten. Er umwogte sie wie eine freundliche Wolke, und sein Summen klang wie ein fernes Lied. Nie waren sie einem Wunder näher gekommen als in diesem Augenblick. Mutter und Schwester versuchten, Franzi zu wecken. Aber sie war friedlich eingeschlafen. Für immer.

86

In der Heimaterde schlafen,
nicht eine, sondern zwei.
Die Träume nie vorbei.
Die Blumen lächeln,
Für immer.

Franzi

Nie zuvor hatte Petersdorf eine größere Trauergemeinde gesehen. Von überallher strömten die Menschen, um Dorota das letzte Geleit zu geben, und Kränze und Blumen türmten sich auf ihrem Grab.

Jeder konnte es spüren, hier war ein großes Leben zu Ende gegangen.

Die Sonne strahlte vom blauen Himmel wie selten bei einer Beerdigung, Kathi spielte auf dem Akkordeon *O sole mio* für Dorota, Oleg und Herr Levy hielten bewegende Reden. Für die Familie war es ein schwerer Tag. Schon am Morgen hatten sie Franzi in aller Stille zu Grabe getragen.

Den Pfarrer nicht mitgezählt, standen gerade einmal neun Personen vor dem kleinen Sarg.

Jedes Familienmitglied hielt ein Sträußchen Gänseblümchen in der Hand. Kathi trug summend für Franzi einige ihrer letzten Gedichte vor. Und weil niemand sie verstehen konnte und es Franzi sicher gefallen hätte, schmuggelte sie auch ein paar ihrer frechen Zoten darunter.

Als der Pfarrer die Segnungen sprach und sie ihre Sträußchen auf den Sarg niederlegten, erschien ein riesiger Schwarm Bienen. Minutenlang verharrte er über der Grabstelle, ein Bienenballett, das nur für Franzi tanzte. Und Kathi hätte schwören können, dass Franzi mit ihnen flog und ihr zulächelte. *Auch im Himmel wachsen Blumen.*

Auf Dorotas Grabstein stand für alle Zeit geschrieben:

Heute ist ein guter Tag.

Und auf Franzis ließen die Eltern gravieren:

Die Blumen lächeln. Für immer.

87

»Wir haben das Glück erfunden« –
sagen die letzten Menschen und blinzeln.

Friedrich Nietzsche,
»Also sprach Zarathustra«

Als Nächstes verabschiedete sich Herr Levy. Kathi hatte noch seine Worte im Ohr: »Ich bin gekommen, um zu gehen.« Aber offensichtlich nicht in den Himmel, wie er angekündigt hatte.

»Wohin gehen Sie, Herr Levy?«, fragte Kathi.

»Ich habe in meinem Leben viele Häfen angesteuert, Kathele. Jetzt werfe ich meinen letzten Anker. Wir Juden haben jetzt einen eigenen Staat. Israel. Da werde ich hingehen.«

»Sie ziehen aus Polen fort?«

»Es ist nie zu spät für eine neue Heimat, Kathele.«

Noch ein Abschied stand der Familie bevor. Am Vorabend der Abreise nahm Annemarie Kathi und Nikolaj beiseite. »Ihr müsst nicht zurück nach Russland. Kommt mit uns nach England!«

Nikolaj und Kathi sahen sich an. Die Freiheit, ihr großer Traum, zum Greifen nahe. Ihren wunderbaren Sohn aufwachsen zu sehen, bei der Familie zu sein … Und reisen, die Welt sehen! Für Dorota Italien besuchen und ihr irgendwann an ihrem Grab vom Land der blühenden Zitronen erzählen. So viele Möglichkeiten, so viele Herzenswünsche. Dennoch waren sie sich in ihrem Entschluss einig.

Annemarie senkte verstehend den Kopf. »Ihr werdet nicht mit uns kommen«, murmelte sie und tastete mit dem Finger über eine raue Stelle der Tischplatte. Drei kleine Einkerbungen, dicht beieinander. Sie erinnerte sich gut daran, wie sie zustande gekommen waren. Franzi hatte sich als Kleinkind eine Kuchengabel gemopst und in den Tisch gerammt. Sie hatte ihre Franzi verloren, und nun würde auch ihr zweites Kind sie wieder verlassen.

»Bitte, Mutter. Wir müssen es tun«, erklärte Kathi. »Wir möchten nicht, dass Nadeshda unter unserer Flucht leidet. Und vor allem geben wir die Hoffnung nicht auf, dass Nadeshda eines Tages aufwacht und ihren Irrtum erkennt. Wir möchten dann als Eltern für sie da sein und sie auffangen.«

»Alles ist gut, mein Schatz.« Annemarie strich Kathi liebevoll über die Wange, eine einzelne Träne löste sich aus ihrem Auge. »Wer könnte euch besser verstehen als ich? Das ist das Maß der Liebe – was wir zu geben bereit sind. Nadeshda ist euer Kind. Und schließlich ist es auch das, was Nadeshdas Name bedeutet. *Hoffnung.*«

WISSENSWERTES, AUCH BEKANNT ALS NACHBEMERKUNG

Himmel! Bei der Madonna von Tschenstochau, womit beginne ich?

Mit Kathi. Sie ist klug, sie ist warmherzig, sie trägt das Buch. Sie hat viele Vorbilder, starke, selbstbewusste Mädchen, die unbeirrt ihren Traum leben. Stellvertretend möchte ich hier nur Sabrina Pasterski, Jahrgang 1993, nennen, die bereits mit vierzehn Jahren ihr erstes Flugzeug konstruierte und damit die Wissenschaftler des MIT Boston verblüffte.

Ein kluger Mann (meiner) hat mir gesagt, schreibt man über Historie, Ideologien, Politik und Politiker, dann »Cover your ass!«. Dies ist kein Sachbuch, es ist ein Roman. Etwaige Ausdrücke, Ansichten, politische Meinungsäußerungen etc. einzelner Romanfiguren orientieren sich am damals herrschenden Zeitgeist und spiegeln nicht meine persönliche Meinung wider. Dieses Buch möchte weder verurteilen noch bewerten. Aber es zeigt, dass Kriege und/oder diktatorische Herrschaftsgefüge entstehen, weil die Menschheit zu oft auf Programme und Versprechungen von Politikern hereinfällt, ohne zu erkennen, dass diese Personen getrieben sind von der Lust an der Macht und Eigeninteressen. Für die Opfer macht es keinen Unterschied, unter welchem politischen Dach sie gefoltert und getötet werden. Ihr Schmerz und ihr Leid sind individuell. Gewalt ist nie die Lösung und darf es niemals sein. Oder wie Anatoli es ausdrückt: Krieg löst keine Probleme, er schafft sie.

Voll und ganz stimme ich mit Pelageja überein. Das Glück liegt nicht im Perfekten. Wir sind Menschen, wir dürfen unperfekt sein. Sein, wie wir sind. Uns mögen, wie wir sind.

Auch wenn ich mich weitgehend an historische Vorgaben gehalten, Josef Stalin, Lawrenti Berija und Chefkonstrukteur Pawel Sergejew einige Originalzitate in den Mund gelegt habe, die Sie den angeführten Literaturquellen entnehmen können, so habe ich mir auch wieder künstlerische Freiheiten erlaubt. So hießen die Leiter von GRU und SMERSCH damals nicht Pchela und Semjonow, sondern Iwan Iwanowitsch Iljitschow und Wiktor Semjonowitsch Abakumow. Die Rivalität der beiden Männer untereinander ist allerdings verbrieft, und sie war buchstäblich mörderisch.

Nikolaj ist in Ansätzen vom russischen Atomphysiker Georgi Fljorow inspiriert, der 1939, mit neunundzwanzig Jahren, das Phänomen des spontanen radioaktiven Zerfalls entdeckte und damit die Möglichkeiten der Kernspaltung erkannte.

Die Entwicklung der Atombombe überwachte der NKWD-General Awraami Sawenjagin, das realhistorische Äquivalent zu General Gennadi Pchela im Buch. Der NKDW nannte sich ab 1946 MGB, ab 1954 KGB. Und der Llubjankaplatz hieß damals noch Dsershinskij-Platz. Aber ich wollte Sie, meine lieben Leser, nicht ständig mit wechselnden Bezeichnungen belästigen.

Pawel Pawlowitsch Sergejew ist als genialer Chefkonstrukteur eine fiktive Person. Doch es hat diesen Chefkonstrukteur tatsächlich gegeben, eine Legende bereits zu Lebzeiten und der Öffentlichkeit damals nur als *Mister X* bekannt: Chefkonstrukteur Sergej Pawlowitsch Koroljow.

S. P. Koroljow zeichnete maßgeblich verantwortlich für die Entwicklung der Sputnik-Satelliten wie auch für den ersten Mann im Orbit, Juri Gagarin. Unter dem Pseudonym Prof. K. Sergejew veröffentlichte S. P. Koroljow verschiedene Artikel, unter anderem in der Prawda. Er litt unter seiner Anonymität, doch das Politbüro hatte es so entschieden. Man fürchtete Anschläge oder eine Entführung. Erst nach seinem Tod im Jahre 1966 erfuhr die Welt von seiner realen Existenz. S. P. Koroljow starb mit neunundfünfzig Jahren. Wie es heißt, an den Spätfolgen erlittener Folterungen und Lagerhaft.

Sergej Pawlowitsch Koroljows Archive stehen bis heute teilweise unter Verschluss.

Ich bedanke mich bei der einzigen Tochter von S. P. Koroljow, der wunderbaren Ärztin Natalja Koroljowa, die ihrem Vater in drei Bänden das gebührende Denkmal setzte. Ihre Trilogie erwies sich für mich als ein wahrer Schatz des Wissens.

Nikolajs Flugunfall, bei dem er beinahe sein Augenlicht verlor, ist S. P. Koroljow selbst passiert. Er hätte bei diesem Testflug nicht an Bord anwesend sein müssen. Aber S. P. Koroljow hat sich selbst nie geschont, wenn es darum ging, neue Erfindungen zu erproben. Seine oberste Maxime lautete: Sicherheit. Für die anderen, nicht für sich.

Das Teleskop aus Babelsberg, das Anatoli Kobulew dort einst 1945 abbaute und nach Russland verbrachte, leistet bis heute auf der Krim seinen Dienst.

Und wie so manches Mal erweist sich Geschichte als wechselhaft und die »Wahrheit« von gestern ist nicht die von heute. Aus

Annemaries und Semjons Wunsch wurde Wirklichkeit. In diesen Tagen weht tatsächlich wieder der goldene Zarenadler über dem russischen Kreml …

Krieg und Atomwaffen: Auf dem Höhepunkt des Kalten Krieges stieg ihre Anzahl weltweit auf über 60 000. Sie reichten aus, um die Erde nicht einmal, sondern zehntausendfach zu vernichten und auf Jahrhunderte unbewohnbar zu machen. Mit Stand 2019 sind es noch knapp 14 000. Jeweils circa 6000 fallen auf die USA und Russland. Die restlichen verteilen sich auf China, Frankreich, Großbritannien, Indien, Pakistan, Israel und Nordkorea.

Die eingemotteten Waffen strahlen irgendwo weiter vor sich hin … Es sei daran erinnert, dass es nicht wenige kluge Menschen gab, Wissenschaftler, Gelehrte, Aktivisten, die sich zuvor über das Danach Gedanken machten und eindringlich warnten, aber das interessierte die Mächtigen damals wenig. Die mahnenden Stimmen wurden entweder totgeschwiegen oder mundtot gemacht. Je nach Regime.

Was mit dem Manhattan-Projekt und dem Abwurf der beiden Atombomben auf Hiroshima und Nagasaki begann, setzte sich in Sowjetrussland fort. Der Beginn des mörderischen Wettrüstens zwischen Ost und West.

1947 arbeiteten im Atomprojekt in Sarow (Arsamas-16) knapp 10 000 Gulag-Häftlinge, darunter 2000 Frauen. Bis 1950 entstanden rund 350 Gebäude für die Atomsiedlung.

Hunderte Atombomben zündeten die Sowjets während des Kalten Krieges allein auf dem kasachischen Kernwaffentestgelände Semipalatinsk.

Beim Bau der Atombombe wirkten nicht nur Zehntausende sowjetische Wissenschaftler um Chefphysiker Igor Kurtschatow mit, sondern auch eine ganze Reihe deutscher Kernphysiker. Sie wurden nach Kriegsende von Awramij Sawenjagon, Generalleutnant der Staatssicherheit und Stellvertreter von Lawrenti Berija, angeworben. General Sawenjagon kommandierte Ende der Dreißigerjahre im nordrussischen Norilsk ein Bergbaukombinat mit 19 000 Gulag-Gefangenen. Den deutschen Kernphysikern präsentierte er sich überaus zuvorkommend. So warb er Manfred von Ardenne vom Kaiser-Wilhelm-Institut für die Sowjetunion an. Mit Ehefrau wurde der Nuklearphysiker von Berlin Tempelhof nach Moskau geflogen und in einer Staatsdatscha am Rand Moskaus untergebracht. Die Verpflegung dort erwies sich als vorzüglich, und das Ehepaar gab sich nach eigenen Worten »den dargebotenen Genüssen hin«, wenn auch »mit dem Gedanken an unsere ausgehungerten Angehörigen zu Hause«. Im August 1945 eröffnete General Sawenjagon dem Baron, die fürstliche Bewirtung habe ihren Preis. Ardenne sollte der Sowjetunion helfen, die Atombombe zu bauen. Später erklärte der Baron, dass seine Entscheidung im Interesse des Weltfriedens lag.

Eine ganze Reihe deutscher Wissenschaftler beteiligten sich an der Entwicklung der sowjetischen Bombe: Nikolaus Riehls Gruppe befasste sich mit der Herstellung reinen Urans, die Männer um Manfred von Ardenne und Gustav Hertz vom Kaiser-Wilhelm-Institut arbeiteten an der Isotopen-Trennung zur Urananreicherung.

Die Wissenschaftler lebten in einer Villa an der abchasischen Riviera, die reich an Palmen, Weinreben und Mandarinen ist. Den Deutschen wurden weit höhere Gehälter als den sowjetischen Spezialisten gezahlt. Zeitzeugen erinnern sich in der russischen Fernsehdokumentation »Bombe für die Sieger« an ihren Arbeitseifer: »Die waren unglaublich fleißig und begannen immer um neun Uhr.«

In Stalins Diktatur galt das Prinzip der Überwachung. Der Physiker Max Steenbeck schilderte in seinen 1977 in der DDR publizierten Memoiren das »ständige Beobachtetwerden« und die »Depressionen über die vorhandene Lage«. Das Verlassen der umzäunten Siedlung war nur mit einem offiziellen Begleiter gestattet. Jedes Stück Papier wurde nummeriert und musste abgegeben werden, Briefe nach Deutschland erfuhren Zensur. Lawrenti Berija spielte gegenüber den deutschen Forschern den liebenswürdigen Gastgeber. Erst Mitte der Fünfzigerjahre kehrten die Forscher nach Deutschland zurück. Einige gingen in die BRD, andere wie Baron Ardenne in die DDR.

Nach dem Krieg verfiel Josef Stalin zunehmend der Paranoia, witterte überall Verrat, fühlte sich verfolgt. Unter anderem wollte er tatsächlich jene Meteorologen erschießen lassen, als sich das Wetter nicht entwickelte, wie vorhergesagt. Wissenschaftler waren ihm suspekt, er benutzte sie, schätzte sie aber nicht und ließ viele von ihnen töten oder in den Gulags vermodern.

Er erlitt mindestens einen Herzinfarkt, einen Schlaganfall, kämpfte mit Arthritis und Zahnschmerzen, und er hasste Ärzte. Nach und nach warf er die Besten ihrer Zunft ins Gefängnis, ließ sie foltern. 1952 strengte er die sogenannten Prozesse der Ärzteverschwörung an. Er ging vor allem gegen jüdische Ärzte vor, sein Antisemitismus brach sich damals brutal Bahn. Als ihn in der Nacht vom 1. März 1953 ein erneuter Hirnschlag niederstreckte, saßen die besten Ärzte des Landes in den Folterkammern der Llubjanka. Berija und Konsorten hofften ohnehin auf Stalins Tod und versagten ihrem Meister zunächst die Behandlung. Als man die zweite Garde der Ärzte zu Stalin ließ, kam jede Hilfe zu spät.

Berija war der Erste, der Stalins Totenbett verließ und nach Moskau eilte …

Strelka, die tapfere Kosmonautin, bekam 1961 tatsächlich sechs Welpen. Einen davon schenkte der sowjetische Präsident Nikita Chruschtschow der Tochter des amerikanischen Präsidentenpaares, Caroline Kennedy.

Der weibliche Welpe wurde von der CIA durchleuchtet, man fürchtete, er sei »verwanzt«. Im Kalten Krieg herrschte die Paranoia auf beiden Seiten.

Später bekam Strelkas Tochter selbst vier Welpen, von Carolines Hund Charlie. Die beiden pfiffen auf den Kalten Krieg und hielten es mit heißer Liebe. Präsident John F. Kennedy nannte ihre Welpen scherzhaft *Puppniks*, ein Wortspiel aus dem englischen Wort *Puppy* für Welpe und Sputnik.

In meiner eigenen Familie gibt es einen neuen Running Gag: »Erde an Hanni. Wo bist du? Auf dem Mond?«

Ja, mag sein, dass ich zu viel träume. Ich träume von einer besseren Welt. Für unsere Kinder. Am Anfang aller guten Dinge steht ein Traum. Und wenn wir ihn alle gemeinsam träumen, so geht er auch in Erfüllung. Ich lade Sie ein, mit mir zu träumen.

IN EIGENER SACHE – AUCH BEKANNT ALS DANKSAGUNG

Wenn es so weit ist, Abschied von einer Geschichte zu nehmen, hat mich die Wehmut fest im Griff. Über zwei Jahre habe ich mit meinen Figuren gelebt und gelitten. Kathi, Franzi, Nikolaj, Nadeshda, Baby Laurenz, Annemarie, Laurenz, Dorota, Pelageja und Anatoli begleiteten mich überallhin, und ich kann sie nur schwer loslassen. Manchmal kam es mir vor, als stünden sie als gerahmtes Bild auf meinem Schreibtisch und flüsterten mir ihre Erlebnisse und Gedanken zu. Selten standen mir Figuren aus meinen Romanen näher als Kathi und Franzi. Sie wünschten sich ein Leben ohne Leid und Tränen, eine Welt ohne Krieg. Alle Kinder dieser Erde haben genau das verdient. Kathi und Franzi stehen stellvertretend für alle Mädchen und Jungen, die in einer falschen Zeit an einem falschen Ort geboren und unschuldig in einen Strudel aus Unrecht katapultiert wurden und werden.

Vermutlich hat meine Melancholie auch damit zu tun, dass ich in Band 1 der Heimat-Saga Erinnerungen und Anekdoten aus meiner eigenen Familiengeschichte verarbeitet habe. Und ich erlebe, wie sehr Krieg und Vertreibung das Leben meiner Mutter und ihrer vier Geschwister beeinflusst haben und bis heute in ihnen nachwirken. Meinen Großvater hat der Verlust der Heimat nie losgelassen, meine Großmutter fasste nie Fuß in der neuen und starb bald darauf. So habe ich den größten Teil der Berichte aus der Zeit des Krieges und jener danach, meiner Stiefgroßmutter Kathi zu verdanken. Sie stammte aus demselben Ort wie meine Großeltern. Dorota ist ihr nachempfunden. Wie Dorota war sie lebensklug und stets gut gelaunt, sang gerne in der Küche und träumte vom Reisen. Sie liebte den Süden und das Meer. Leider hat sie das Meer nie gesehen. Ihre Pflichten ließen es nicht zu. Noch heute sehe ich sie vor mir, wie sie Kaffeebohnen in der Mühle mahlte, dazu sang und mit den Knien wippte. Meine Schwester und mich nannte sie Herzele und Puppele.

Spasibo!, sage ich auch zu meinem Mann Tilo und unserer Hündin Puppi, obwohl sie wenig zum Gelingen dieses Buches beigetragen haben. Immer wenn ich gerade den genialsten Einfall hatte, kurz davorstand, die Blume im All zu entdecken, verlangte mein Mann nach einer warmen Mahlzeit, oder Puppi legte mir ihr Lieblingsspielzeug vor die Füße. Ach, ich liebe sie!

Ich danke meiner Herzensfreundin Myriam, die mich nun schon so lange durch alle meine Bücher begleitet und mich noch immer aushält. Ich weiß nicht, woher sie die Geduld nimmt, ich an ihrer Stelle hätte mich schon längst auf den Mond geschossen. (Sämtliche Fehler und Irrtümer in diesem Buch sind ausschließlich mir anzulasten.)

Ich danke den besten Mädele des Universums Barbara R. (werd schnell gesund, die Welt braucht Menschen wie Dich, tesoro), Barbara S., Christine, Heike, Ro, Claudi, Eva, Tine, Caro, Julia, Rami und dem Bubele Ludwig für den technischen Support 24/7.

Ich danke meiner großartigen Lektorin Andrea Müller vom Piper Verlag und der ganzen engagierten Truppe bei Piper sowie ihrer fantastischen Chefin Felicitas von Lovenberg – denn die Blume duftet immer vom Kopf. Ich danke der grandiosen Patrizia di Stefano für ihr Cover, das mir Flügel verleiht. Ich danke den engagierten Buchhändler*innen, die mit so viel Herzblut für Bücher und Geschichten kämpfen. Ich danke meiner nimmermüden Agentin Lianne Kolf, die Bücher lebt und atmet (und ich danke auch Isabelle, Simone und Tatjana, die uns beiden den Rücken freihalten). Ich danke meinem Agenten Andrew Nurnberg, der gemeinsam mit seinem rührigen Team dafür sorgt, dass meine Bücher in siebzehn Ländern erscheinen dürfen. Ich danke auch all jenen, die ich hier namentlich nicht mehr nenne, ihr seid alle in meinem Herzen.

Meinem verstorbenen Papele widme ich dieses Buch. Er gab mir einst Alexander Solschenizyns »Archipel Gulag« zu lesen.

Und ich danke meiner Mama, für alles, was sie ist, wofür sie steht, und für das, was sie uns Kindern mit auf den Weg gegeben hat. In ihr Herz passen alle aufeinandergestapelten Universen. Das beantwortet vielleicht auch Kathis und Anatolis Frage nach der Größe des Universums: Egal, wie groß es sein mag, die Herzen der Mütter sind größer!

Wenn Ihnen die Geschichte gefallen hat, so empfehlen Sie mich weiter. Wenn sie Ihnen nicht gefallen hat, schreiben Sie mir das gerne: mail@hannimuenzer.de.

Es gibt für mich nichts Wichtigeres als Sie, meine Leser. Nur durch Sie kann ich meinen Traum leben. Ich freue mich über jede Post, bin dankbar für jede Unterstützung, jede Kritik, jede Rezension, jede Anregung. Denn ohne Sie, meine Leser, bin ich nichts, aber Sie sind alles für mich. So ist es jedes Mal etwas Besonderes für mich, mit meinen Lesern in einen Gedankenaustausch zu treten und von Zeitzeugen berührende Erlebnisse, wahre Geschichten und Worte zu erfahren. Dafür lebe ich, und ich bin unendlich dankbar, diese Erfüllung durch Sie zu erfahren. Inzwischen zwingen mich leider sehr positive Umstände dazu, nicht mehr jede Leserpost via mail / webpage / socialmedia beantworten zu können, vor allem nicht in der Ausführlichkeit, in der ich es manchmal gerne täte: Es sind mittlerweile zu viele geworden, die mich selbst aus dem fernen Neuseeland erreichen ☺. Der Kopf will, will, will. Aber irgendwann, nach einem Tag an der Tastatur, schreien die Hände: »Pause, Pause, Pause!« Aber ich lese jede Zuschrift!

Wird es einen dritten Band geben? Ja, das könnte durchaus passieren. Die Geschichte lebt bereits in meinem Kopf, und ich weiß, wie es mit Kathi und Nikolaj und ihren Kindern Nadeshda und Laurenz Jr. weitergehen wird. Ein kleiner Vorgeschmack findet sich in meinem Roman »Unter Wasser kann man nicht weinen«, in dem meine Kathi eine Rolle spielt.

Am Ende von Band 1 schrieb ich, dass ich mich beim Schreiben hauptsächlich von Kaffee ernähre. Mein Lebenselixier. Vielleicht trinken wir einmal einen zusammen? Ich würde mich sehr freuen. Bleiben Sie gesund, glücklich, staunend und unverzagt, in diesen für Seele und Körper herausfordernden Zeiten.

Fühlen Sie sich von mir von Herzen umarmt, ich schließe mit Franzis Worten:

Die Blumen lächeln, für immer.

Ihre Hanni M.

GLOSSAR 1

Babka:	Großmutter
Banja:	Russische Sauna
Devushka:	Mädchen
Golubtka:	Täubchen
Koschytschka:	Kätzchen
Lasstatschka:	Schwälbchen
Lukutschka:	Zwiebelchen
Lyubimy:	Liebste
Malyschka:	Baby
Kosovorotka:	Kosakenhemd
Pojechali:	Auf geht's!
Ryschik:	Rotschopf
Shtopka:	Verflixt!
Spasibo:	Danke
Ssolnyschka:	Sonnchen
Swojdotschka:	Sternchen

GLOSSAR 2

Enigma	Rotor-Schlüsselmaschine. Diente der Wehrmacht im Zweiten Weltkrieg zur Verschlüsselung des Nachrichtenverkehrs
Gestapo	Geheime Staatspolizei, Politische Polizei und Kriminalpolizei während der Zeit des Nationalsozialismus 1933–1945
GKO	Sonderkomitee für Organisation und Abtransport wertvoller in Deutschland erbeuteter Schätze
GRU	(Glawnoje Raswedywatelnoje Uprawlenije) Russischer Militärnachrichtendienst
Hitler/Stalin-Pakt	Noch im Jahr 1989, unter Präsident Gorbatschow, leugnete die Sowjetunion die Existenz des Zusatzprotokolls und wies es als antisowjetische Propaganda zurück

Llubjanka	Zentrale der Politischen Polizei in Moskau mit eigenem Gefängnis
Komsomol	Sowjetische Jugendorganisation der KPdSU
Matrjoschka	Aus Holz gefertigte, bunt bemalte Puppen, ineinander schachtelbar. Seit 1890. Werden auch als Talisman verwendet
NKOP	Volkskommissariat der Verteidigungsindustrie
NKWD	Sowjetisches Volkskommissariat des Inneren – verfügt über eigene Truppen und ab 1935 über eine Geheimpolizei
Ochrana	(Ochrannoje otdelenie) Geheimpolizei im zaristischen Russland
SD	Geheimpolizei der NSDAP und SS
SMERSCH	Militärischer Nachrichtendienst zur Spionageabwehr von April 1943 bis Mai 1946
Transeamus	Weihnachtliches Chorwerk eines unbekannten Komponisten aus Schlesien. Nach Ende des Zweiten Weltkriegs erlangte das Transeamus Weltberühmtheit, wurde eine Art Ersatzhymne für schlesische Flüchtlinge und Vertriebene
Tscheka	Sowjetische Kommission zur Bekämpfung von Konterrevolution und Sabotage, später umbenannt in NKWD

LITERATURNACHWEISE/ QUELLENNACHWEISE

(Heimatsaga Band 1 und 2)

Jörg Baberowski: Verbrannte Erde, Stalins Herrschaft der Gewalt. Fischer Taschenbuch Verlag, 2014

Christopher Clark: Die Schlafwandler. Pantheon Verlag, 2013

Colli, Giorgio, Montinari, Mazzino (Hrsg.): Nietzsche Werke. Kritische Gesamtausgabe. Teil 3, Bd. 4: Nachgelassene Fragmente, De Gruyter, S. 286

Florian Freistetter: Newton – Wie ein Arschloch das Universum neu erfand. Rowohlt Taschenbuch Verlag, 2017

Victor Klemperer: LIT – Notizbuch eines Philologen. Aufbau-Verlag, 1947

Natalja Koroljowa: S.P. Koroljow, Vater, Zweites und Drittes Buch. Elbe-Dnjepr-Verlag 2010

Gerhard Kowalski: Der unbekannte Gagarin. Machtwortverlag Dessau, 2015

Karl Kraus: Nachts. Severus Verlag, Hamburg 2013.

Otto von Leixner: Aus meinem Zettelkasten. Sprüche aus dem Leben für das Leben, Verein der Bücherfreunde Berlin 1896

Martin Luther King: Stride Toward Freedom: The Montgomery

Story. [STF]. Beeinflusst durch Mahatma Gandhis Ideale, nutzte der Bürgerrechtler 1958 Aphorismen aus dessen Buch

Martin Luther King: Tischreden, Reclam, Philipp, jun. GmbH, Verlag (1986), Herausgeber Prof. Kurt Aland, ISBN-13: 978-3150012222

Karl Marx: Der achtzehnte Brumaire des Louis Bonaparte. MEW 8, S. 115, 1852

Horst Möller: Die Weimarer Republik. Piper Verlag München, 2018

Anne Morrow Lindbergh: Bring mir das Einhorn. Jahre meiner Jugend, Motto auf S. 5. Aus dem Amerikanischen von Anjuta Aigner-Dünnwald und Elisabeth Piper, Piper Verlag, 1972

Vladimir F. Nejrassow (Hrsg.): Berija, Henker in Stalins Diensten. edition q Verlags-GmbH, Berlin, 1992

Friedrich Wilhelm Nietzsche: Also sprach Zarathustra. Ein Buch für Alle und Keinen, 1. vollständige Ausgabe 1892, Erster Teil, Zarathustras Vorrede

Marcel Pagnol: Eine Kindheit in der Provence, Piper Verlag, 1999

René Maria Rilke: Erste Strophe des Gedichts »Lieben – IV« Traumgekrönt. Neue Gedichte, Verlag P. Friesenhahn, Leipzig, 1897

Antoine de Saint-Exupery: Bekenntnis einer Freundschaft. Übersetzt von Joseph Leitgeb, Karl Rauch Verlag, 2010

Simon Sebag Montefiore: Stalin, am Hof des roten Zaren. Fischer Taschenbuch Verlag, 2013

J. D. Salinger: Der Fänger im Roggen, Deutsch von Heinrich Böll, Kiepenheuer & Witsch, Köln, 1962, Kap. 18, letzte Sätze

Kurt Tucholsky: Der Traum – ein Leben. Revue von Alfred Polgar und Theobald Tiger, 1927

H. G. Wells: Befreite Welt. Gesammelte Werke, übersetzt von Felix Paul Greve, Heinz von Sauter (erstmalig 1985) und Jan Strümpel, © Anaconda Verlag, Köln, 2019. Titel der Originalausgabe: The World Set Free (London 1914). Deutsche Übersetzung: Paul Zsolnay Verlag, Wien 1985

Patrick White: Im Auge des Sturms. Piper Verlag 1992, Lizenzausgabe der Claasen Verlag GmbH, Düsseldorf, 1974

A. Wilh. V. Zuccalmaglio: Deutsche Volkslieder mit ihren Original-Weisen, unter Mitwirkung von E. Baumstark, »als Fortsetzung des A. Kretzschmer'schen Werkes«. Zweiter Teil. Vereins-Buchhandlung, Berlin 1840, Nr. 274, S. 494 f.

Stiftung Christliche Medien: Die Jesus-Bibel, SCM R. Brockhaus GmbH & Co. KG, 2011

ZEITTAFEL

1914–1918	Erster Weltkrieg – Sturz der Hohenzollern, Habsburger und Romanows
1917–1921	Russische Revolution und Bürgerkrieg
1919	Gründung des Völkerbundes
1922	Benito Mussolini ergreift die Macht in Italien
1925	Josef Stalin ergreift die Macht in der Sowjetunion
1929	Schwarzer Freitag in den USA – weltweite Wirtschaftskrise
1933	Adolf Hitler ergreift die Macht in Deutschland
1939	Deutschland und Russland schließen Nichtangriffspakt

1939	Überfall auf Polen; Großbritannien und Frankreich erklären Deutschland den Krieg
1939–1945	Zweiter Weltkrieg
1937–1945	Pazifikkrieg
1944	Die Alliierten landen in der Normandie
1945	Deutschland kapituliert im Mai – Kriegsende in Europa
1945	Amerika zündet zwei Atombomben in Japan
1945	Japan kapituliert – Ende Zweiter Weltkrieg im September
1946	Nürnberger Kriegsverbrecherprozesse
1947	Start des European Recovery Program (ERP) nach George C. Marshall
1948	Gründung des Staates Israel (14. Mai)
	Währungsreform in der Trizone der Besatzungsmächte USA / Frankreich / England (ab 20. Juni)
	Berlin-Blockade (24. Juni 1948–12. Mai 1949)
1949	Gründung der NATO (4. April)

	Zündung der ersten russischen Atombombe (29. August)
	Mao Zedong ergreift die Macht in China (1. Oktober)
	Gründung Deutsche Demokratische Republik (DDR) (7. Oktober)
1950	Beginn Koreakrieg
1951	Gründung Bund der vertriebenen Deutschen (BvD)
1952	Gründung der Europäischen Gemeinschaft für Kohle und Stahl / Montanunion (Beneluxstaaten, Frankreich, Italien, BRD)
1953	Josef Stalin stirbt (5. März) – Nikita Chruschtschow wird neuer Parteichef der KPdSU
	Volksaufstand DDR (17. Juni)
1954	Frankreich verliert Indochinakrieg, gleichzeitig Beginn des Algerien-Aufstands gegen Frankreich
	Höhepunkt der McCarthy-Ära in den USA durch »Communist Control Act«

1955	Warschauer Pakt, unterzeichnet von Albanien, Bulgarien, DDR, Polen, Rumänien, Sowjetunion, Tschechoslowakei, Ungarn (14. Mai)
	Pariser Verträge – Ende der Besatzungszeit in BRD, Österreich, DDR (5. Mai)
	Montgomery Bus Act – Beginn der Bürgerrechtsbewegung in USA (5. Dezember)
	Beginn des Vietnamkrieges
1956	Volksaufstand Ungarn
	Nikita Chruschtschow, Vorsitzender der KPdSU verurteilt auf dem XX. Parteitag Terror und Willkür unter dem Regime Josef Stalins
1957	Gründung Europäische Wirtschaftsgemeinschaft EWG (Belgien, Frankreich, Italien, Luxemburg, Niederlande, BRD) (25. März)
	Sputnik, erster Satellit in der Erdumlaufbahn (4. Oktober)
1958	Bewegung für atomare Abrüstung erstarkt
1959	Fidel Castro ergreift die Macht in Kuba
1961	Der Russe Juri Gagarin ist mit Wostok 1 der erste Mann im All (12. April)

	Baubeginn der Berliner Mauer (13. August)
	John F. Kennedy wird Präsident der USA
	Invasion in der Schweinebucht/Kuba – USA unterstützen Kuba-Exilanten
1962	Kubakrise (16.–28. Oktober)
1963	Präsident John F. Kennedy wird in Dallas ermordet (22. November)